Charles Dickens

Les Aventures d'Olivier Twist

Préface
de Jean-Louis Curtis
de l'Académie française

Traduction
de Francis Ledoux

Notes
de Pierre Leyris

Gallimard

PRÉFACE

On raconte que Valéry, ayant lu les premières pages de David Copperfield, déclara qu'il voyait « comment c'était fait » et qu'il pourrait tenir le pari d'écrire la suite sans trop s'écarter de l'original. Sur quoi il referma le livre, qui avait cessé de l'intéresser.

Le mot de Valéry est une boutade, à rapprocher de la trop fameuse « marquise sortit à cinq heures » et relevant du mépris, éminemment moderne, que s'attirent les ouvrages artistiques ou littéraires dont les procédés de fabrication sont trop évidents. Oscar Wilde non plus ne goûtait guère les romans de Dickens. Il les trouvait vulgaires. Le verdict rejoint celui de Valéry. Dickens, si aimé d'un vaste public (et, en ce sens, « vulgaire » en effet, si la grande popularité l'est par définition), n'a jamais plu aux formalistes ni aux esthètes, deux types d'esprit pour qui la qualité des œuvres est en raison inverse de leur succès.

Les procédés de fabrication, chez Dickens, sont quelquefois un peu trop aisément repérables. Reste à savoir si l'intérêt d'un roman repose tout entier sur ses procédés de fabrication, ou s'il tient à d'autres facteurs, moins définissables. C'est en ce point précis que l'on devrait situer la querelle que, depuis la fin du XIXe siècle, on fait au roman en général, pas seulement à ceux de Dickens, — querelle où interviennent tour à tour les Symbolistes, les Surréalistes, les Formalistes des années cinquante et les tenants actuels de la Contre-Culture ou du Minimal Art.

Dickens, romancier, est totalement et résolument naïf. Il ne remet pas en question une forme littéraire qu'il pratique au niveau technique où l'ont amené *Fielding, Smollett* et les autres picaresques du XVIIIe siècle. Il trouverait absurde, si on le lui suggérait, de s'interroger sur la légitimité du privilège que s'octroie traditionnellement le narrateur, à savoir l'omniscience divine. « Mais bien sûr, je connais tout d'avance sur mes personnages, aurait-il dit, puisque c'est moi qui les ai inventés. » Lecteur passionné, dans son enfance, des *Mille et Une Nuits*, Dickens pense (ou aurait pensé si quelqu'un, à son époque, lui avait demandé de s'expliquer là-dessus) que le roman est un jeu magnifique, ou peut-être une machine à la fois très simple et très compliquée, destinée à piéger le lecteur, c'est-à-dire à lui faire partager des émotions élémentaires et vives, le rire, l'attendrissement, la terreur, que le narrateur a commencé par éprouver lui-même en écrivant. Sur les places des villages d'Orient, on voit, les jours de marché, un homme autour de qui s'assemble un cercle d'auditeurs enchantés, — enfants et adultes. C'est le griot, l'aède, celui qui raconte des histoires. Le ou les premiers auteurs de l'Odyssée ont dû raconter ainsi les aventures d'Ulysse. Dickens est cet aède. Parce qu'il vit dans l'Angleterre industrielle du XIXe siècle, et non en Arabie, ou dans la Grèce préhistorique, il écrit ses histoires au lieu de les dire, ou de les psalmodier. Mais il les racontera aussi de vive voix, et les mimera, lors de ses tournées de conférences, devant des publics immenses où se mêlent toutes les classes sociales.

Donc, au départ, un homme qui prend un genre littéraire, le roman, au point où l'ont laissé ses devanciers, sans se soucier le moins du monde d'apporter quelque chose de nouveau (il l'apportera, bien sûr, mais non point de propos délibéré : il n'a pas voulu être original, il l'était). La nouveauté comme critère de valeur artistique est une invention de notre fin de siècle. Tout à l'ivresse de raconter, Dickens ne songe pas (entre autres choses à quoi songent un peu trop les romanciers d'aujourd'hui) à gommer, à effacer la présence du narrateur. Cette présence, dans ses livres, est ingénument indiscrète. A chaque instant, Dickens saute à pieds joints dans son récit et nous rappelle qu'il est là, ordonnateur de nos plaisirs de lecteur. Il nous avertit qu'il nous prépare des surprises, s'excuse d'avoir laissé en plan tel ou tel personnage, mais nous prévient que nous allons les retrouver incontinent. Du reste, il n'hésite pas à dire « *Je* » quand cela lui

*convient, dans un récit qui est pourtant écrit à la troisième
personne. D'où, encore, les titres de ses chapitres, résumés de leur
contenu, et que Dickens, tout comme ses devanciers, notamment
Sterne dans* Tristram Shandy, *veut tantôt facétieux, tantôt
didactiques. Quant aux jugements moraux portés sur les personnages, ces jugements* ex cathedra *qui, selon la critique contempo-
raine, devraient anéantir les êtres de fiction, en leur ôtant leur
imprévisibilité, ils sont toujours implicites dans la présentation
même des personnages, donnés au départ pour ce qu'ils sont.
Bref, la manière de raconter, l'art du récit, qui est celui de
Dickens, si on les examine point par point, se révèlent exactement
aux antipodes de l'esthétisme moderne, tout hérissé d'interdits,
qui recommanderait plutôt le refus du moralisme, de la psycholo-
gie, de l'intrigue, et la primauté absolue de la forme. Il semble
que beaucoup de romanciers de notre temps, paralysés par
d'étranges inhibitions, se préoccupent d'abord, et peut-être
exclusivement, du « comment raconter », du « comment faire »,
voire du « comment écrire ». Pas la plus légère trace de telles
angoisses chez Dickens. Il raconte. Il prouve le mouvement en
marchant. Encore une fois, son œuvre relève d'un art « naïf », et
on comprend dans quel sens j'emploie l'épithète : au sens d'un art
dont la fin unique est l'efficacité, — au sens où Sartre dit
qu'aujourd'hui, après le marxisme, la psychanalyse et la
sociologie, nous ne pouvons plus être que naïfs dans le roman.*

Si Olivier Twist *valait surtout par l'intrigue, il ne vaudrait
rien. L'intrigue de* Olivier Twist, *comme celle de tous les romans
de Dickens (il faut mettre à part* David Copperfield *où la
transposition autobiographique constitue presque toute la substance romanesque), est du pur mélo. L'enfant abandonné à
l'hospice se trouve être le fils naturel d'une noble jeune fille, qui
fut pécheresse. Un médaillon permettrait de l'identifier, mais ce
médaillon est volontairement égaré par le fils légitime, qui voue
au bâtard une haine mortelle. On cherche à pervertir l'enfant
naturel en le livrant à des promiscuités affreuses et en faisant de
lui un apprenti voleur ; mais son innocence résiste (les infortunes
de la vertu, un des thèmes chers aux romanciers du XVIII*ᵉ *siècle,
devenu cliché tire-larmes chez les feuilletonistes du XIX*ᵉ*). Bref,
un arsenal de situations archétypiques. Dickens ne se prive de
rien, ne néglige aucun effet, utilise toutes les ficelles du genre. Les*

personnages sont traités selon une optique grossissante qui en fait des symboles, ou des types, plutôt que des êtres humains avec leurs contradictions, leur fuyante complexité. Un manichéisme élémentaire les départage en deux groupes antagonistes : les bons et les mauvais. Pas de nuances : les bons sont très bons, et les mauvais vraiment très mauvais. On sait, dès leur apparition, que Fagin est un scélérat, Bumble un pompeux imbécile et un hypocrite papelard, Sikes un truand capable de tuer père et mère, Harry Maylie un jeune homme d'élite, et Rose Fleming un ange de douceur. Parfois il y a des transfuges, des mauvais qui passent dans le camp des bons, — jamais le contraire : c'est qu'ils étaient bons à l'origine : ce sont les hasards de l'existence qui les avaient placés dans l'autre camp. Nous les reconnaissons tout de suite, ces faux réprouvés : nous attendons avec confiance le moment où un changement de sort les restituera à leur bonté foncière. Ainsi, parmi les jeunes voleurs qui entourent Fagin, Charles Bates se repentira et décidera de se réformer. Nous l'avions deviné dès son premier éclat de rire : Charles Bates est un enfant. Ainsi la malheureuse Nancy, que la misère a livrée à la prostitution, proie désignée des bas-fonds, mais qui garde au cœur une nostalgie de la pureté, et qui se rachètera par le sacrifice de sa vie. Pour Dickens, donc, la bonté, la vertu ne sont pas liées au rang social, fleurissent aussi bien chez les humbles que chez les superbes, avec une prédilection toutefois pour les humbles ; mais la répartition de l'espèce humaine en bons et en méchants, en bonnes gens et en crapules, en anges et en démons, est bien tranchée. A la fin du roman, Dickens règle le sort de ses personnages dans le détail, selon une Justice distributrice qui répartit exactement les châtiments et les récompenses. C'est le Jugement dernier : damnation pour les uns, félicité pour les autres. Fagin est pendu, Sikes se tue, Bumble finit misérablement à l'hospice où il a été bedeau, tandis qu'Olivier vit heureux avec ses amis et protecteurs. Les morts eux-mêmes ne sont pas oubliés : Agnès, la mère d'Olivier, aura sa tombe dans l'église du village où vit son fils naturel.

Les délicats s'offusquent de tant de conventions et de clichés. Mais il faut rappeler tout d'abord que si Olivier Twist, comme la plupart des romans de Dickens, relève d'une veine feuilletonesque, c'est qu'il fut en effet publié en feuilleton, par livraisons mensuelles. Il fallait donc que l'auteur se soumît aux lois de ce *genre populaire, capable de plaire à tous les publics. Jean-Louis Bory, dans sa biographie d'Eugène Sue, énonce quelques-unes de ces lois :* « *accrocher dès l'abord le lecteur, donc nécessité de la plongée* in medias res *avec recours au dialogue vivant tout en typant fortement les personnages ; suspendre à la fin des feuilletons la lecture de telle sorte que cet arrêt ne soit pas conclusion mais amorce aussi brillante que possible* ». *Remarquons aussi que ce qui nous paraît convention et cliché aujourd'hui était relativement neuf en 1840, pas seulement en Angleterre mais partout en Europe. Par exemple, la fille mère portant le fardeau de l'opprobre social, ou la fille pauvre et dévoyée, sont parmi les réalités du* XIXe *siècle, auxquelles les écrivains commencent à s'intéresser. Nancy, d'*Olivier Twist, *est la sœur de* Fleur de Marie *d'Eugène Sue.* « Il y a du Dickens chez Sue » *dit Jean-Louis Bory. L'inverse est vrai aussi : il y a beaucoup d'Eugène Sue chez Dickens. 1840, c'est la floraison du Romantisme ; et c'est le commencement d'une prise de conscience sociale diffuse, qui sensibilisera les écrivains sur la misère des basses classes, l'exploitation des humbles, l'injustice de l'ordre établi. Les bas-fonds deviennent à la mode, non comme ils avaient pu l'être au siècle précédent, en tant que source de pittoresque, mais comme témoignage pathétique d'une plaie sociale qu'il serait urgent de débrider. Ce n'est plus* L'Opéra du gueux, *c'est* Les Mystères de Londres *ou de Paris, c'est* Olivier Twist. *Les mêmes courants de sentiment et de morale animent les œuvres des grands romanciers du* XIXe *siècle, et l'on passe sans difficulté de Sue à Dickens et à Balzac et de ceux-ci à Dostoïevski. Une sorte de fond commun romanesque, de* pool *sentimental européen, baigne ces ouvrages dont beaucoup furent publiés en feuilleton. Du feuilleton au chef-d'œuvre, il y a une gradation de qualité, mais non point une différence de nature.*

Roman d'étude et de critique sociale, Olivier Twist *l'est au premier chef par la place qu'y tiennent la description d'une institution anglaise de l'époque, la* workhouse, *et celle d'un milieu en marge des lois, les bas-fonds criminels de Londres. La* workhouse *est un hospice où sont recueillis les indigents et où on les fait travailler, très dur, contre une nourriture insuffisante. L'exploitation, ici, se cache sous les apparences de la philanthropie, et c'est tout d'abord cette hypocrisie, cette tartuferie de bien-*

*pensants, que Dickens attaque avec une virulence dévastatrice.
L'institution n'y survivra pas, car une certaine forme d'humour
est mortelle, l'humour qui, d'un objet dont on dévoile la vilenie,
fait simultanément un objet de dérision. Toute l'horreur de la
workhouse s'incarne en la personne de Bumble, le bedeau de
justice, imbécile pompeux et analphabète, satisfait de lui, cruel
pour ceux qu'il domine, abject devant les puissants. C'est par la
satire que Dickens s'efforce de disqualifier, de rendre haïssable,
aux yeux des contemporains, une plaie sociale qu'il convient de
débrider d'urgence. Quand il s'agit, non d'attaquer une institution, mais de démolir un préjugé, Dickens a recours au
pathétique : ainsi pour défendre la mémoire d'Agnès, la mère
d'Olivier, qui fut « faible et pécheresse ». Dickens est de son
époque, il est éminemment victorien avant d'être un « Victorien
éminent » : pour lui comme pour ses contemporains, l'amour hors
du mariage est coupable ; mais à tout péché miséricorde, surtout
aux péchés que l'amour a inspirés. De même la pauvre Nancy,
pécheresse elle aussi, mais à la manière d'une prostituée de
Dostoïevski, souffrant de sa dégradation et essayant de se
racheter, a droit à toute notre indulgence. Dickens est, avant
tout, un imaginatif et un sentimental : la critique sociale que l'on
trouve dans ses livres n'a rien de dogmatique, ni même de
raisonné ; elle est élan passionné vers la justice, ferveur évangélique, toute pénétrée de sympathie pour les humbles, les pauvres,
les exploités, — l'autre aspect, complémentaire, de cette ferveur
évangélique étant la haine de l'égoïsme, de la cupidité, de la
sécheresse de cœur. Dickens n'a pas dénoncé le capitalisme avec
les armes d'un théoricien révolutionnaire, mais avec la charité
violente d'un apôtre. Ainsi, par une action directe sur la
sensibilité du public, a-t-il beaucoup contribué à préparer les
crises d'opinion qui ont modifié le climat moral et politique de
l'époque, obtenu la suppression des abus les plus flagrants, et les
réformes les plus urgentes. Vue sous cet angle seul, l'œuvre de
Dickens a une importance, non pas certes égale, ni même
comparable, à celle de Marx, mais concomitante. (A rappeler,
en passant, que Marx et Engels admiraient beaucoup Dickens.)*

*Comment Dickens procède-t-il quand il veut faire la critique
ou la satire d'une injustice sociale ? Il emploie l'antiphrase,
figure de rhétorique qui consiste à dire le contraire de ce que l'on*

*veut faire entendre. C'est l'un des principaux mécanismes de son humour. Voici, par exemple, dès les premières pages d'*Olivier Twist *: le premier soir où il couche à l'hospice, l'enfant sanglote jusqu'à ce qu'il sombre dans le sommeil. Dickens commente : « Quel noble exemple de l'humanité des lois anglaises : elles permettent aux indigents de s'endormir ! » On sert aux enfants, en guise de repas, une écuellée d'un brouet immangeable. Dickens baptise ce brouet : « mets de fête ». Au lieu de dire que les portions étaient maigres, il dit : « Les bols ne nécessitaient jamais un nettoyage : les garçons les polissaient avec leur cuiller au point de leur restituer tout leur éclat. » Parfois l'antiphrase est poussée jusqu'à des développements extrêmes, qui font apparaître une sorte de cruauté joyeuse, c'est l'humour noir. Ainsi, lorsque le conseil de l'hospice songe à embarquer Olivier sur un navire marchand, pour se débarrasser de lui : « Cela se présentait comme la meilleure solution : il était probable en effet que le capitaine le flagellerait à mort un soir qu'il serait d'humeur badine après dîner, ou encore lui ferait éclater la cervelle avec une barre de fer, ces deux passe-temps étant, comme chacun sait, les récréations favorites et ordinaires des messieurs de cette classe. Plus le cas se présentait au conseil sous cet angle, plus apparaissaient les multiples avantages de cette mesure. » Dickens, on le voit, n'y va pas de main morte. Le procédé, qui est classique en littérature polémiste, consiste à feindre de trouver naturelles, légitimes et normales des choses horribles, afin d'en mieux souligner l'horreur. Swift a eu constamment recours à ce procédé dans ses écrits pamphlétaires (A Modest Proposal) et dans *Gulliver*.*

*Un autre procédé de l'humour dickensien est l'insistance sur un trait physique ou moral des personnages, sur une singularité de conduite, de pensée ou de caractère, — insistance dont l'aspect mécanique est, naturellement, assez artificiel, mais dont l'efficacité est certaine : c'est un gag. Ainsi l'irascible Mr. Grimwig parle-t-il toujours de « manger sa tête » quand il est en fureur. Dickens chérit les excentriques, espèce dont l'Angleterre, on le sait, est prodigue. Il en a peuplé ses romans, et certains, comme Mr. Micawber de *David Copperfield*, sont célèbres, participent à la dignité des grandes créations romanesques. Les excentriques forment autour des héros enfantins, Olivier, David, Pip,*

Nicholas, la petite Dorrit, Paul Dombey, une frise de figures tutélaires, ridicules et délicieuses. Triomphe de l'attendrissement mêlé aux sourires.

Il arrive que Dickens force la note, verse dans une outrance qui, détruisant toute vraisemblance et toute crédibilité, passe à côté du but : ainsi lorsque Bumble reproche à Mrs. Sowerberry d'avoir suralimenté Olivier. Ou encore dans l'épisode de l'idylle entre Bumble et Mrs. Cormey : l'antiphrase (ici, la feinte de trouver noble et héroïque ce qui est trivial et sournois) est alors tellement poussée, tellement soutenue, que l'humour s'évanouit. Dickens ne se contient pas, il en rajoute tant qu'il peut. On sent qu'il s'esclaffe, qu'il rugit de rire sur ses propres facéties. Là réside cette vulgarité occasionnelle qu'on lui a tant reprochée. C'est la vulgarité d'un être exubérant qui ne mesure pas toujours l'expression de ses aversions et de ses enthousiasmes. Comme l'observe un critique anglais, Bloor, il y a chez Dickens une joie de vivre, une effervescence qui appartiennent à la mentalité adolescente : boyishness, dit Bloor.

Comme son humour verse souvent dans la facétie pesante, son sentimentalisme peut verser dans le pathos larmoyant. Par exemple, lorsque Mr. Brownlow est ému par les malheurs d'Olivier : « Le cœur de Mr. Brownlow qui avait, à vrai dire, une capacité suffisante pour six vieux messieurs d'un caractère compatissant normal, lui fit monter aux yeux, par quelque procédé hydraulique que nous ne sommes pas assez philosophes pour expliquer, une ample provision de larmes. » Le « procédé hydraulique » est mis là par pudeur, par litote en quelque sorte ; mais comme cette fausse pudeur, cette litote qui s'annonce elle-même à coup de trompe, sont grossières, et comme elles manquent l'effet recherché ! L'émotion qui allait naître chez le lecteur se glace à la source, parce que la volonté de l'émouvoir est trop visible et les moyens trop appuyés. Ce sont des faiblesses de ce genre qui découragent les délicats. On se rappelle le mot cruel d'Oscar Wilde, sur la mort de la petite Dorrit dans le roman qui porte ce titre : « Il faut avoir un cœur de pierre pour lire ce chapitre sans rire. »

Dickens n'avait pas un cœur de pierre et c'est le secret du charme qu'il exerce sur un vaste public. C'est un auteur amical, familier, le dernier grand représentant de ce sentimentalisme anglo-saxon, tout pénétré d'humour, qui, tel un *Gulf Stream* de chaleur humaine, traverse l'océan de la littérature anglaise. Quand Dickens est « bien », il est insurpassable. Des plus grands romanciers il a cette vision un peu fantastique, qui transmue les décors et les gens de la vie quotidienne en les arrachant à leur banalité et en accentuant certains traits, certains détails, jusqu'au bouffon ou au sinistre. Londres existe surtout depuis que Dickens l'a inventée ; ou plus exactement, Londres s'est mise à ressembler à l'image que Dickens en a donnée, mais que personne n'avait su dégager avant lui. Ainsi Dickens accomplit-il ce qui est, selon Proust, la mission fondamentale de l'artiste : créer le monde une nouvelle fois. Peut-être que la plus grande vertu romanesque de Olivier Twist, *au-delà d'une* intrigue quelque peu mélodramatique, de personnages de convention, trop sommairement typés pour convaincre vraiment, au-delà d'un sentimentalisme excessif et d'un humour souvent trop appuyé, réside dans l'extraordinaire évocation d'un Londres mi-réel mi-fantastique, où il semble que l'artiste ait employé en même temps la palette de Hogarth et celle de Goya. Dès l'ouverture du récit, c'est l'entrepôt des pompes funèbres où l'on enferme un soir le jeune Olivier et qui devient, à travers la peur de l'enfant, l'antichambre de l'au-delà. C'est ensuite l'antre de Fagin secret, suintant, où nous respirons, avec Olivier, une odeur de moisi et de crime. Ce sont les innombrables errances, courses, poursuites dans les rues d'un Londres grouillant d'une vie inquiétante, avec ses bouches d'ombre, ses recoins où se tapit l'épouvante. C'est la masure branlante au-dessus du fleuve, où Monks attire Bumble et la mégère Cormey. Un univers de formes larvaires ou burlesques s'impose à nous avec l'évidence des mauvais rêves. Ici, Dickens se révèle le continuateur ou l'héritier du roman noir, illustré au siècle précédent par Mrs. Radcliffe, Maturin et Walpole, comme, en d'autres domaines, il est l'héritier du roman picaresque. Plusieurs traditions littéraires s'amalgament ainsi dans les œuvres de cet auteur, mais elles sont transcendées, refondues au creuset d'un génie qui, finalement, ne doit rien à personne.

Créateur d'une fécondité incomparable, Dickens a mis en mouvement des sortes de macrocosmes dont il est peut-être vain de se demander s'ils entretiennent des rapports de ressemblance avec *le monde tel que nous le vivons. Peut-être est-il vain aussi de chercher dans ses ouvrages autre chose que ce qu'il y a jeté à profusion, — par exemple des exigences esthétiques ou des préoccupations intellectuelles qui lui étaient étrangères. Acceptons-le en bloc, génie et « vulgarité » mêlés. Et si la vulgarité, chez lui comme chez d'autres (Balzac, Hugo, Dostoïevski), était justement un des corollaires inévitables du génie ? Alors, vive la vulgarité, et Dieu nous protège de la distinction ! Valéry se faisait fort de refaire* David Copperfield, *mais il n'a jamais tenu le pari. Un roman comme ceux de Dickens (ou de Balzac, ou de Dostoïevski) ne se déduit pas mécaniquement de formules, même quand on croit avoir découvert ces formules. Il est, en partie, fabriqué, mais pas avec des matériaux qui seraient à la portée de n'importe qui. Il n'est ni un jeu de l'intelligence ni une pure machine de langage, mais un organisme aussi complexe qu'un organisme vivant, et possédant le même genre d'évidence, qui est, justement, de vivre.*

Jean-Louis Curtis.

Les Aventures
d'Olivier Twist

PRÉFACE DE L'AUTEUR[1]

Naguère l'on considéra comme vulgaire et choquant que certains personnages de ce livre aient été pris parmi la population la plus criminelle et la plus dégradée de Londres. Comme je ne voyais aucune raison, lorsque j'écrivis cet ouvrage, pour que la lie du peuple ne servît pas (pourvu que son langage n'offensât point l'oreille) à des fins morales tout aussi bien que sa fine fleur ou sa crème, je m'enhardis à penser que ce naguère ne s'avérerait pas un toujours, ni même un longtemps. Je voyais de solides et nombreux motifs de poursuivre ma voie. J'avais lu quantité d'histoires de voleurs ; c'étaient toujours des personnages séduisants (aimables pour la plupart), aux vêtements impeccables, au gousset bien garni, connaisseurs en chevaux, hardis d'allure, heureux en amour, bons chanteurs, solides buveurs, aussi habiles aux cartes qu'aux dés, dignes compagnons des plus braves enfin. Mais je n'avais jamais rencontré (sauf chez Hogarth) la misérable réalité. Il me sembla qu'assembler un groupe de ces compagnons de crime tels qu'ils existent en vérité ; les dépeindre dans toute leur hideur, dans toute leur indigence, dans toute la sordide misère de leur existence ; les montrer tels qu'ils sont en réalité, toujours à rôder furtivement, en proie à une inquiétude constante, dans les sentiers les plus fangeux de la vie, l'horizon bouché de quelque côté qu'ils se tournent par la grande, la sombre, l'horrible potence ; il me sembla que faire cela serait tenter quelque chose dont la nécessité se faisait sentir, quelque chose qui rendrait service à la société. Et je le fis du mieux que je pouvais.

Dans tous les livres que je connais traitant de pareils personnages, on les couvre de charmes et d'attraits. Même dans *l'Opéra du Gueux*[1], on représente les voleurs comme menant une vie plutôt enviable ; cependant que Macheath, qui jouit de tous les prestiges du commandement et de la dévotion de la plus belle fille, du seul être pur de la pièce, offre autant de sujets d'admiration et d'émulation aux spectateurs sans défense que le plus beau de ces gentils-hommes en habit rouge qui, comme dit Voltaire, ont acheté le droit de commander à deux milliers d'hommes et de braver la mort à leur tête. Quand Johnson se demande si un homme se fera voleur du fait que Macheath obtient un sursis, il me semble être à côté du sujet. Ce qui m'intéresse, c'est si la condamnation à mort du même Macheath et l'existence de Peachum et de Lockit détourneront cet homme de son projet ; et quand je me rappelle la vie à toutes brides, la superbe figure, les grands succès et les solides avantages du capitaine, je me sens bien assuré que nul homme ayant quelque penchant en ce sens ne trouvera en lui un avertissement : il ne verra dans la pièce qu'une agréable route fleurie qui, avec le temps, mènera une honorable ambition au gibet de Tyburn[2].

En fait, la spirituelle satire de Gay contre la société avait un objet général qui, à cet égard, lui faisait entièrement négliger l'exemple et lui donnait d'autres visées bien plus vastes. On pourrait en dire autant du puissant et admirable roman de Sir Edward Bulwer, *Paul Clifford*[3], que l'on ne peut honnêtement considérer comme ayant, ni en fait ni en intention, le moindre rapport avec cet aspect de notre sujet.

Quel est donc le mode de vie décrit dans ces pages comme étant l'existence quotidienne d'un voleur ? Quels charmes a-t-il pour les garçons aux mauvais penchants, quelles séductions pour le plus balourd des adolescents ? Ici, l'on ne voit nulle galopade au clair de lune sur la lande, nulle joyeuse réunion dans des cavernes bien confortables, nuls attraits vestimentaires, pas de broderies, de galons, de bottes à genouillères, pas d'habits rouges et de jabots, rien de tout cet entrain et de cette liberté que l'on a, de temps immémorial, prêtés aux voleurs de grands chemins. Les rues de Londres à minuit, froides, humides, sans abri ; les tanières infectes et puantes, où le vice s'entasse sans même la place pour se retourner ; les repaires de la faim et de la maladie ; les haillons minables qui tiennent à peine ensemble ; où donc est la séduction de tout cela ?

Il est cependant des gens d'une nature si raffinée, si délicate qu'ils ne peuvent supporter la contemplation de pareilles horreurs. Non qu'ils se détournent instinctivement du crime ; mais les criminels, pour leur plaire, doivent, comme leurs mets, revêtir des dehors appétissants. Un Massaroni en habit de velours vert est un être enchanteur ; mais ils ne sauraient supporter un Sikes vêtu de futaine. Une Mme Massaroni, belle dame en cotillon court et travesti, sera imitée dans des tableaux vivants ou figurera en lithographie sur la couverture de jolies chansons ; mais une Nancy, cette créature en robe de coton sous un châle bon marché, il n'y faut point penser ! C'est merveille de voir comme la Vertu se détourne des bas crottés et comment le Vice, uni aux rubans et à une parure pimpante, change de nom, telles les dames lors de leur mariage, pour s'appeler le Romanesque.

Mais comme la dure vérité, même sous l'habit de cette engeance tant exaltée (dans les romans), était un des buts de ce livre, je n'ai pas supprimé à l'intention de ces lecteurs un seul des trous de l'habit du Renard, ni une seule papillote de la chevelure dépeignée de Nancy. Je n'avais aucune confiance dans cette délicatesse qui ne pouvait supporter de les voir, aucun désir de faire des prosélytes parmi ces gens-là. Je n'avais aucune considération pour leur avis, bon ou mauvais ; je ne recherchais pas leur approbation, je n'écrivais pas pour leur divertissement.

On a fait remarquer à propos de Nancy que sa dévotion envers le brutal cambrioleur ne semblait pas naturelle. Et du même souffle on a objecté au personnage de Sikes — non sans inconséquence, me semble-t-il — qu'il était certainement trop chargé, car l'on ne trouvait chez lui aucun de ces traits rédempteurs que l'on estimait si anormaux chez sa maîtresse. Je me contenterai de faire remarquer, au sujet de cette dernière objection, qu'il y a, je le crains, en ce monde certaines natures insensibles et impitoyables qui deviennent bel et bien totalement et incurablement mauvaises. Que ce soit vrai ou non, je suis sûr en tout cas d'une chose : c'est qu'il existe des hommes tels que Sikes, qui, si on les suivait de près durant le même laps de temps et dans le même enchaînement de circonstances, ne donneraient pas, fût-ce par une action passagère, le moindre indice d'une nature meilleure. Tout sentiment humain empreint de quelque douceur est-il mort dans pareils seins ou la corde qu'il conviendrait de toucher est-elle rouillée et difficile à trouver, je ne prétends pas le savoir ; mais je suis certain qu'il en est comme je le dis.

Il est vain de débattre si le comportement et le caractère de la fille semblent naturels ou faux, vraisemblables ou invraisemblables, justes ou non. ILS SONT VRAIS. Tout homme qui a observé ces tristes nuances de la vie sait nécessairement qu'il en est ainsi. Depuis l'instant où paraît cette pauvre malheureuse jusqu'à celui où elle pose sa tête ensanglantée sur la poitrine du voleur, il n'y a pas un mot qui soit exagéré ou forcé. C'est là positivement la vérité de Dieu, car c'est la vérité qu'Il laisse dans ces seins dépravés et misérables ; l'espérance qui s'y attarde encore ; la dernière goutte d'eau pure au fond du puits obstrué de mauvaises herbes. Elle comprend les meilleures et les pires nuances de notre nature, beaucoup de ses plus vilains aspects et un peu des plus beaux ; c'est une contradiction, une anomalie, une impossibilité apparente ; mais c'est une vérité. Je suis heureux qu'elle ait été mise en doute, car en cela je puiserais, s'il était nécessaire, l'assurance suffisante qu'il était besoin de la dire.

En l'année 1850, un étonnant échevin déclara publiquement à Londres que l'Ile de Jacob [1] n'existait pas et qu'elle n'avait jamais existé. Or l'Ile de Jacob continue d'exister (en malapprise qu'elle est), encore qu'améliorée et fort changée, en l'an 1867.

CHAPITRE PREMIER

QUI TRAITE DU LIEU
OÙ NAQUIT OLIVIER TWIST
ET DES CIRCONSTANCES QUI ENTOURÈRENT
CETTE NAISSANCE

Entre autres édifices publics de certaine ville que, pour de multiples raisons, j'aurai la prudence de ne pas nommer, et que je ne désire pas non plus baptiser d'un nom fictif, il en est un qui est commun depuis longtemps à la plupart des villes, grandes ou petites, à savoir un hospice ; et c'est dans cet hospice que naquit, un jour dont je n'ai pas besoin de préciser la date, car elle ne saurait présenter aucune importance pour le lecteur, à ce point de l'affaire tout au moins — c'est dans cet hospice donc que naquit le petit mortel dont le nom figure en tête de ce chapitre.

Longtemps après que le médecin de la paroisse l'eut introduit dans ce monde de douleur et de tourments, on fut considérablement enclin à croire que l'enfant ne survivrait pas pour porter quelque nom que ce fût — auquel cas les présents souvenirs n'auraient, selon toute vraisemblance, jamais vu le jour, ou bien, s'ils avaient paru, auraient compté tout au plus deux pages, possédant ainsi le mérite inestimable de représenter le spécimen de biographie le plus concis et le plus fidèle qui ait jamais existé en tous les temps et tous les pays.

Encore que je ne sois pas enclin à soutenir que naître dans un hospice constitue en soi le sort le plus heureux et le plus enviable qui puisse échoir à un être humain, j'entends bien dire que dans le cas particulier d'Olivier Twist ce fut la meilleure des éventualités qui pût se produire. Le fait est qu'on éprouva des difficultés considérables à lui persuader d'assumer lui-même la fonction respiratoire — pratique ennuyeuse, que l'usage a cependant rendue nécessaire à une existence tranquille ; il demeura quelque temps à suffoquer sur un petit matelas de bourre de laine, dans un équilibre assez instable entre ce monde et l'autre, la préférence étant nettement en faveur de ce dernier. Or, si, durant cette brève période, Olivier s'était trouvé entouré de grand-mères attentives, de tantes anxieuses, d'infirmières expérimentées et de médecins d'une profonde sagesse, il eût été inévitablement et sans aucun doute occis en un rien de temps. Mais comme il n'y avait là qu'une vieille indigente, dont une ration inaccoutumée de bière avait rendu les esprits quelque peu fumeux, et un médecin de paroisse qui s'occupait de ces choses à forfait, Olivier et la Nature vidèrent entre eux leur différend. Le résultat fut qu'après avoir quelque peu lutté, Olivier respira, éternua et se mit en devoir d'annoncer aux pensionnaires de l'hospice qu'une nouvelle charge venait d'être imposée à la paroisse, en poussant un cri aussi puissant qu'il était raisonnable de l'attendre d'un enfant mâle ne jouissant de ce fort utile apanage, la voix, que depuis un peu plus de trois minutes et quart.

Tandis qu'Olivier donnait ce premier témoignage de l'activité propre et libre de ses poumons, le couvre-pieds en arlequin négligemment jeté sur le lit de fer frémit légèrement ; le pâle visage d'une jeune femme se souleva languissamment sur l'oreiller, et une voix affaiblie prononça les mots suivants :

« Qu'on me laisse voir l'enfant, avant de mourir. »

Le médecin était jusqu'alors resté assis face au feu, se chauffant et se frottant alternativement les paumes. En entendant la jeune femme, il se leva, s'avança jusqu'au chevet du lit et dit avec plus de douceur qu'on n'en aurait attendu de sa part :

« Oh, il ne faut pas encore parler de mourir.

— Mais non, par exemple, la pauvre âme ! s'écria la garde, en rangeant vivement dans sa poche un flacon de verre vert, dont elle venait, dans un coin, de goûter le contenu avec une satisfaction évidente. Dieu la bénisse, cette chérie ! Quand elle aura vécu aussi longtemps que moi, Monsieur, et qu'elle aura eu treize enfants bien à elle et qu'y seront tous morts sauf deux et qu'y sont à l'hospice avec moi, elle n' pensera plus à s' désoler comme ça, la pauv' chérie ! Pensez à c' que c'est d'être maman, mon agneau ; ça vaudra mieux ! »

La perspective consolante de ces espérances maternelles manqua apparemment à produire l'effet mérité. La malade hocha la tête et tendit la main vers l'enfant.

Le médecin le lui mit dans les bras. Elle pressa avec passion ses lèvres blanches et froides sur le front du bébé, se passa les mains sur le visage, jeta autour d'elle un regard éperdu, frissonna, retomba sur l'oreiller — et mourut. Le médecin et la garde lui frictionnèrent la poitrine, les mains et les tempes ; mais son sang avait cessé à jamais de circuler. Ils prononcèrent des paroles d'espoir et de réconfort. Ils étaient restés trop longtemps pour elle des étrangers.

« C'est fini, madame Machin ! dit au bout de quelque temps le médecin.

— Ah, la pauvre âme, c'est bien vrai ! dit la garde, en ramassant le bouchon de la bouteille verte, qui était tombé sur l'oreiller tandis qu'elle se penchait pour prendre l'enfant. Pauv' chérie !

— Ce ne sera pas la peine de m'envoyer chercher si l'enfant crie, dit le médecin en enfilant ses gants avec une sage lenteur. Il est fort probable qu'il sera agité. Dans ce cas, donnez-lui un peu de gruau. »

Il mit son chapeau ; puis, en allant vers la porte, il s'arrêta auprès du lit et ajouta :

« C'était une jolie fille, d'ailleurs ; d'où venait-elle ?

— On l'a amenée ici hier soir, sur l'ordre du directeur du Bureau de Bienfaisance. On l'avait trouvée étendue dans la rue. Elle avait dû marcher assez longtemps : ses souliers s'en allaient en morceaux ; mais d'où qu'elle venait et où qu'elle allait, ça, personne n'en sait rien. »

Le médecin se pencha sur le corps et souleva la main gauche.

« Toujours la même histoire, dit-il en hochant la tête ; pas d'alliance, je vois. Heu ! Bonne nuit ! »

L'homme de l'art s'en alla dîner, et la garde, après avoir eu recours une fois de plus à la bouteille verte, s'assit sur une chaise basse devant le feu et se mit en devoir d'habiller l'enfant.

Quel excellent exemple du pouvoir inhérent au vêtement représenta le jeune Olivier Twist ! Tant qu'il avait été enveloppé dans la couverture qui jusqu'alors avait constitué son seul habillement, il aurait aussi bien pu être l'enfant d'un aristocrate que celui d'un mendiant ; il eût été difficile à l'étranger le plus arrogant de fixer la position qui lui revenait dans la société. Mais maintenant qu'il était revêtu des vieilles nippes de calicot, jaunies tant elles avaient servi à ce même usage, il était marqué, étiqueté pour ainsi dire ; il trouvait aussitôt sa place, celle d'enfant à charge de la paroisse, d'orphelin d'un hospice, d'humble souffre-douleur à demi affamé, voué à recevoir du monde taloches et bourrades, méprisé de tous et plaint de personne.

Olivier cria de toutes ses forces. S'il avait pu savoir qu'il était orphelin, abandonné aux tendres soins des marguilliers et des surveillants, peut-être n'en aurait-il crié que plus fort encore.

CHAPITRE II

QUI TRAITE DE LA CROISSANCE, DE L'ÉDUCATION ET DE LA NOURRITURE D'OLIVIER TWIST

Durant les huit ou dix mois suivants, Olivier fut victime d'un courant systématique de perfidie et de duperie. On le nourrit au biberon. Les autorités de l'hospice rendirent dûment compte aux autorités de la paroisse de l'état souffreteux et famélique du nourrisson orphelin. Les autorités de la paroisse demandèrent avec dignité aux autorités de l'hospice s'il n'y avait pas pour lors sur place quelque femme susceptible de donner à Olivier Twist le réconfort et la nourriture dont le défaut se faisait sentir. Les autorités de l'hospice répondirent avec humilité qu'il n'y en avait point. Sur quoi, les autorités de la paroisse, faisant montre d'une grande magnanimité, résolurent humainement qu'Olivier serait « mis en nourrice », autrement dit, expédié à une succursale de l'hospice située à quelque trois milles de là, où vingt à trente enfants transgresseurs des lois sur l'assistance publique se roulaient par terre à longueur de journée, sans être incommodés par aucun excès de nourriture ou de vêtements, sous la surveillance maternelle d'une femme d'âge respectable qui recevait les coupables à raison de sept pence et demi par petite tête et par semaine. La contre-valeur de sept pence et demi par semaine représente un assez beau régime pour un enfant ; on peut obtenir bien des choses pour sept pence et demi, en quantité tout à fait suffisante pour surcharger un jeune estomac et mettre un enfant mal à l'aise. La personne d'un certain âge était une femme remplie de sagesse et d'expérience ; elle savait ce qui était bon pour les enfants, et elle avait aussi la notion très exacte de ce qui était bon pour elle. Elle appliquait donc à son usage personnel la plus grande part de la pension hebdomadaire et réduisait la génération paroissiale montante à une allocation plus étroite encore que celle qui avait été originellement fournie à leur intention. Découvrant ainsi au niveau le plus profond une profondeur plus grande encore, elle se rangeait au nombre des plus grands philosophes expérimentaux.

Tout le monde connaît l'histoire de cet autre philosophe expérimental, dont la grande théorie était qu'un cheval peut vivre sans manger, et qui le démontra si bien qu'il réduisit la ration de son propre cheval à un brin de paille par jour ; il en aurait indubitablement fait un animal fort vif et fougueux en ne lui donnant plus rien du tout, n'eût été que la bête mourut vingt-quatre heures avant le moment où elle devait avaler pour la première fois un bon picotin d'air pur. Malheureusement pour la philosophie expérimentale de la femme aux soins dévoués de qui fut remis Olivier Twist, un résultat semblable accompagnait d'ordinaire la mise en pratique de son système à elle ; car, au moment même où un enfant était arrivé à subsister avec la plus petite ration de la nourriture la plus légère, la malignité du sort voulait huit fois et demie sur dix soit qu'il tombât malade de privation ou de froid, soit qu'il chût dans le feu par manque de surveillance ou qu'il fût à demi étouffé par accident ; dans chacun de ces cas, le misérable petit être était généralement appelé dans l'autre monde pour y rejoindre les parents qu'il n'avait jamais connus dans celui-ci.

De temps en temps, à l'occasion d'une enquête plus intéressante que d'habitude au sujet d'un enfant de la paroisse auquel on n'avait point fait attention en retournant un lit, ou qui était mort de ses brûlures après qu'on l'eut ébouillanté par mégarde au cours d'une lessive occasionnelle — encore que pareil accident fût assez peu fréquent, tout ce qui pouvait ressembler à une lessive étant, à la garderie, un rare événement —, le jury[1] se mettait en tête de poser des questions gênantes, ou bien les paroissiens en rébellion apposaient leur signature au bas d'une protestation. Mais ces impertinences se trouvaient rapidement enrayées par la déposition du médecin et le témoignage du bedeau de justice[2] ; le premier avait toujours ouvert le corps sans y rien trouver (ce qui était certes bien vraisemblable), et le second jurait invariablement tout ce que voulait la paroisse (ce qui était fort dévoué de sa part). Le Conseil faisait en outre des pèlerinages périodiques à la garderie et envoyait toujours le bedeau annoncer sa visite la veille. Les enfants étaient nets et propres à voir quand les membres du Conseil arrivaient ; que pouvait-on demander de plus ?

On ne saurait s'attendre à ce que ce système de culture produisît une récolte bien extraordinaire ni bien luxuriante. Son neuvième anniversaire trouva un Olivier Twist pâle et maigre, de taille assez menue et de circonférence nettement médiocre. Mais la Nature ou l'hérédité avaient implanté dans sa poitrine un bon et vigoureux esprit. Celui-ci avait eu toute la place voulue pour se développer, grâce au régime frugal de l'établissement ; peut-être pouvait-on aussi attribuer à cette conjoncture le fait qu'il eût même atteint son neuvième anniversaire. Quoi qu'il en fût, cependant, c'était bien son neuvième anniversaire. Il le célébrait dans la cave à charbon en compagnie de deux autres jeunes messieurs qui, après avoir partagé avec lui une bonne raclée, s'étaient vu enfermer pour s'être permis l'abominable audace d'avoir faim, quand Mme Mann[1], la bonne dame du logis, fut saisie par l'apparition imprévue de M. Bumble[2], le bedeau, qui s'efforçait d'ouvrir la petite porte du jardin.

« Mon Dieu! Est-ce bien vous, monsieur Bumble? dit Mme Mann, en passant vivement la tête par la fenêtre avec tous les transports d'une joie bien simulée. (" Suzanne, emmenez Olivier et ces deux morveux en haut et débarbouillez-les tout de suite! ") Par exemple! monsieur Bumble, je suis bien heureuse de vous voir; pour ça, oui! »

M. Bumble était un gros homme, de caractère irascible; aussi, au lieu de répondre à cette cordiale salutation avec une chaleur correspondante, secoua-t-il la petite porte avec une énergie formidable, tout en lui assenant un coup de pied tel que seul pouvait le donner un bedeau.

« Seigneur, comment imaginer ça? s'écria Mme Mann en se précipitant au-dehors (on avait entre-temps fait disparaître les trois garçons). Dire que j'avais oublié que la porte était verrouillée de l'intérieur à cause de ces chers petits! Entrez, Monsieur; entrez, je vous en prie, monsieur Brumble, s'il vous plaît. »

Bien que cette invitation s'accompagnât d'une révérence digne d'attendrir le cœur d'un marguillier, elle ne réussit nullement à adoucir le bedeau.

« Croyez-vous donc que ce soit là une conduite respectueuse ou même convenable, madame Mann? demanda M. Bumble en serrant sa canne. Faire attendre à la porte de votre jardin les fonctionnaires de la paroisse qui viennent ici pour les affaires paroissiales concernant les orphelins de la paroisse? Vous vous rendez-t-y pas compte, madame Mann, que vous êtes, comme qui dirait, une déléguée paroissiale, une stipendiaire?

— Pour sûr, monsieur Bumble, j'étais juste en train de dire à un ou deux de ces chers petits qui vous aiment tant que c'était vous qu'arriviez », répondit Mme Mann avec grande humilité.

M. Bumble avait une très haute idée de ses capacités

oratoires comme de son importance. Il avait déployé les premières et fait valoir la seconde ; il se détendit donc.

« Bon, bon, madame Mann, reprit-il d'un ton radouci. C'est peut-être comme vous dites ; c'est possible. Passez devant, madame Mann ; je viens pour affaires, et j'ai à vous parler. »

Mme Mann fit entrer le bedeau dans un petit salon carrelé de brique, lui avança un fauteuil et déposa avec zèle son tricorne et sa canne sur la table placée devant lui. M. Bumble essuya son front où gouttait la sueur causée par la marche, jeta un coup d'œil satisfait à son chapeau et sourit. Oui, il sourit. Les bedeaux sont des hommes comme les autres ; et M. Bumble sourit.

« N'allez pas vous offusquer de ce que je vais vous dire, fit Mme Mann avec une douceur enchanteresse. Vous avez beaucoup marché, vous savez ; sans ça, je n'en parlerais pas. Enfin... vous prendrez bien une petite goutte de quelque chose, monsieur Bumble ?

— Rien du tout. Rien du tout, dit M. Bumble, en levant avec dignité, mais assez placidement, la main droite.

— Mais si, mais si, reprit Mme Mann, qui avait remarqué le ton du refus et le geste qui l'accompagnait. Juste une toute petite goutte, avec un peu d'eau fraîche et un morceau de sucre. »

M. Bumble toussota.

« Allons, une toute petite goutte ? dit Mme Mann, d'une voix persuasive.

— Qu'est-ce que c'est ? demanda le bedeau.

— Eh bien, je suis obligée d'en avoir un peu dans la maison pour en mettre dans le sirop[1] de ces chérubins, quand ils ne sont pas bien, monsieur Bumble, répondit Mme Mann, en ouvrant une armoire d'encoignure et en prenant sur l'étagère une bouteille et un verre. C'est du gin. Je ne veux pas vous le cacher, monsieur Bumble, c'est du gin.

— Vous donnez aux enfants du sirop à l'alcool, madame Mann ? demanda Bumble, en suivant des yeux l'intéressante opération du mélange.

— Ah, pour ça, oui, Dieu les bénisse, tout cher que ça

soye, répondit la garde. Je pourrais pas les voir souffrir sous mes yeux, vous savez, Monsieur.

— Non, dit M. Bumble d'un ton approbateur, non, certainement. Vous êtes une femme de cœur, madame Mann (ici, elle posa le verre sur la table). Je saisirai la première occasion de le dire au Conseil, madame Mann (il attira le verre à lui). Vous êtes comme une mère, madame Mann (il remua le gin à l'eau). Je... je bois cordialement à votre santé, madame Mann (et il avala la moitié du contenu).

« Et maintenant, parlons affaires, dit le bedeau, qui tira de sa poche un calepin de cuir. L'enfant qui fut ondoyé sous le nom d'Olivier Twist a neuf ans aujourd'hui.

— Dieu le bénisse ! coupa Mme Mann, en s'irritant l'œil gauche du coin de son tablier.

— Et nonobstant une récompense de dix livres qu'on a offerte et qu'on a ensuite portée à vingt livres, nonobstant les efforts les plus superlatifs et, comme qui dirait, surnaturels de la part de la paroisse, dit Bumble, nous n'avons jamais pu découvrir qui est le père ni quels étaient le domicile, le nom ou l'état de la mère. »

Mme Mann leva les bras en signe d'étonnement, mais ajouta après un instant de réflexion :

« Comment ça se fait, alors, qu'il ait un nom ? »

Le bedeau se redressa, plein de fierté, et dit :

« C'est moi qui l'ai inventé.

— Vous, monsieur Bumble ?

— Moi-même, madame Mann. Nous nommons nos enfants d'après l'ordre alphabétique. Le dernier était S — Swubble, qué je l'ai appelé. Lui, c'était un T — Twist [1], je l'ai appelé. Le prochain qu'on aura, ce sera Unwin, et le suivant Vilkins. J'ai des noms tout prêts jusqu'au bout de l'alphabet, et même en remontant à l'autre bout, quand on en sera à Z.

— Mais vous êtes un véritable homme de lettres, Monsieur ! s'exclama Mme Mann.

— Hé, hé ! ça se peut bien, dit le bedeau, manifestement sensible au compliment. Peut-être bien, madame Mann. »

Il acheva le gin à l'eau avant d'ajouter :

« Olivier étant trop âgé maintenant pour demeurer ici, le

Bureau a décidé de le faire rentrer à l'hospice. Je suis venu moi-même pour l'y ramener. Je voudrais donc le voir tout de suite.

— Je vais le chercher à l'instant », dit Mme Mann en quittant la pièce à cet effet.

Olivier, qu'on avait débarrassé entre-temps (dans la mesure où c'était possible en une seule séance de lavage à la brosse en chiendent) de la croûte de crasse qui recouvrait sa figure et ses mains, fut amené dans la pièce par sa bienveillante protectrice.

« Salue le monsieur, Olivier », dit Mme Mann.

Olivier fit une révérence, qui s'adressait par parties égales au bedeau assis dans le fauteuil et au bicorne posé sur la table.

« Veux-tu venir avec moi, Olivier ? » demanda M. Bumble d'un ton majestueux.

L'enfant était sur le point de dire qu'il s'en irait bien volontiers avec n'importe qui, lorsque, levant les yeux, il aperçut Mme Mann, qui s'était placée derrière le fauteuil du bedeau et secouait le poing dans sa direction avec une expression furibonde. Il saisit aussitôt l'invite, car ce poing avait trop souvent laissé des traces sur sa personne pour n'en point laisser dans son souvenir.

« Et elle, elle viendra avec moi ? demanda le pauvre Olivier.

— Non, elle ne peut pas, répondit M. Bumble. Mais elle viendra parfois te voir. »

Ce n'était point là une bien grande consolation pour l'enfant. Si jeune qu'il fût, il avait assez de bon sens pour feindre un grand regret à la pensée de s'en aller. Se faire monter les larmes aux yeux ne lui fut guère difficile. La faim et des mauvais traitements récents facilitent bien les choses quand on veut pleurer, et Olivier pleura certes avec un grand naturel. Mme Mann lui donna mille embrassades et, chose dont il avait bien plus besoin, une tartine de beurre, de crainte qu'il ne parût trop affamé en arrivant à l'hospice. La tranche de pain à la main et la petite casquette paroissiale de drap brun sur la tête, Olivier fut emmené par M. Bumble de cette affreuse maison où jamais un mot ni un regard gentil n'avait éclairé la tristesse de ses primes années. Et pourtant, il sombra dans une crise aiguë d'enfantin chagrin au moment où la porte de la petite maison se referma derrière lui. Si pitoyables que fussent les petits compagnons de misère qu'il laissait derrière lui, c'étaient les seuls amis qu'il eût jamais connus ; et, pour la première fois, le sentiment de sa solitude dans le grand et vaste monde pénétra profondément le cœur de l'enfant.

M. Bumble marchait à grandes enjambées ; le petit Olivier, fermement agrippé au parement galonné d'or, trottait à ses côtés et demandait, chaque quart de mille, si « on était presque arrivé ». A ces interrogations, M. Bumble répondait en termes brefs et hargneux : l'amabilité temporaire que le gin à l'eau éveille au sein de certains s'étant entre-temps dissipée, il était redevenu le bedeau qu'il était.

Olivier n'était pas depuis un quart d'heure dans les murs de l'hospice et il avait à peine eu le temps de dévorer une seconde tranche de pain que M. Bumble, qui l'avait remis aux soins d'une vieille femme, revenait ; il lui annonça que c'était un soir de réunion du Bureau et l'avisa que celui-ci demandait sa comparution incontinent.

N'ayant pas une notion bien définie de ce qu'était un bureau vivant, Olivier fut assez abasourdi de cette information et ne sut trop s'il devait rire ou pleurer. Il n'eut d'ailleurs guère le temps de réfléchir à la question, car M. Bumble lui donna un petit coup sur la tête avec sa canne pour le tirer de sa torpeur et un autre sur le dos pour le mettre en train ; puis il lui enjoignit de le suivre et le mena dans une grande pièce blanchie à la chaux, où une dizaine de messieurs corpulents siégeaient autour d'une table. Au haut bout, assis dans un fauteuil légèrement plus grand que les autres, se trouvait un monsieur particulièrement grassouillet, qui avait une figure très ronde et très rouge.

« Salue le Bureau », dit M. Bumble.

L'enfant essuya vivement deux ou trois larmes attardées dans ses yeux et, ne voyant d'autre bureau que la table, s'inclina heureusement devant ce meuble.

« Comment t'appelles-tu, mon garçon ? » demanda le monsieur du grand fauteuil.

Olivier était effrayé de voir tant de messieurs, qui le faisaient trembler, et le bedeau lui donna par-derrière une autre tape, qui le fit pleurer. Ces deux causes firent qu'il répondit d'une voix très sourde, avec hésitation ; sur quoi, un des messieurs, qui portait un gilet blanc, déclara qu'il était stupide. Belle façon de lui faire reprendre courage et de le mettre tout à fait à l'aise !

« Écoute-moi, mon garçon, dit le monsieur au grand fauteuil. Tu sais que tu es orphelin, je pense ?

— Qu'est-ce que c'est, Monsieur ? demanda Olivier.

— Ce garçon est décidément idiot — je le pensais bien, reprit le monsieur au gilet blanc.

— Chut ! fit celui qui avait parlé le premier. Tu sais que tu n'as ni père ni mère et que tu as été élevé par la paroisse, n'est-ce pas ?

— Oui, Monsieur, répondit Olivier en versant des larmes amères.

— Pourquoi pleures-tu ? demanda le monsieur au gilet blanc (pour sûr, c'était là une chose fort extraordinaire : pourquoi l'enfant pouvait-il bien pleurer ?).

— J'espère que tu fais ta prière tous les soirs, dit un autre monsieur d'une grosse voix, et que tu pries pour ceux qui te nourrissent et prennent soin de toi — en bon chrétien.

— Oui, Monsieur », balbutia le garçon.

Celui qui avait parlé le dernier avait inconsciemment raison : c'eût été de la part d'Olivier agir vraiment en chrétien, en remarquablement bon chrétien, que de prier pour les gens qui le nourrissaient et prenaient soin de lui en particulier. En fait, ce n'était pas le cas, personne ne lui ayant appris à le faire.

« Bon ! Tu es venu ici pour qu'on t'élève et qu'on t'apprenne un métier utile, reprit le monsieur à la figure rouge, assis dans le grand fauteuil.

— Tu commenceras donc à faire de la filasse demain matin à six heures », ajouta le bourru au gilet blanc.

En reconnaissance des deux bienfaits conjugués dans la seule et unique opération de faire de la filasse, Olivier, sur l'instigation du bedeau, s'inclina très bas ; puis il fut rapidement emmené dans une grande salle, où, couché dans un lit très dur et très rêche, il sanglota jusqu'au moment où il sombra dans le sommeil. Quel noble exemple de l'humanité des lois anglaises : elles permettent aux indigents de s'endormir !

Pauvre Olivier ! Il était bien loin de se douter, tandis qu'il dormait ainsi dans l'heureuse inconscience de tout ce qui l'environnait, que le Bureau avait pris le jour même une décision qui devait exercer une influence des plus essentielles sur tout le cours de sa destinée. Mais il en était ainsi, et voici quelle était cette décision :

Les membres de ce Bureau étaient des hommes fort sages, d'une pénétrante philosophie ; quand ils vinrent à porter leur attention sur l'hospice, ils s'aperçurent immédiatement d'une chose que le commun n'aurait jamais découverte : les pauvres s'y plaisaient ! C'était, pour les classes déshéritées, un véritable lieu de réjouissance publique, une taverne où, sans rien avoir à payer, on avait des petits déjeuners, des déjeuners, des thés et des dîners assurés tout le long de l'année, un élysée de brique et de mortier où il n'y avait que plaisir et point de travail. « Ho, ho ! fit le Conseil, d'un air fort entendu, nous sommes gens à porter bon ordre à cet état de choses ; nous allons y mettre fin en un rien de temps. » Aussi établit-il que tout pauvre aurait devant lui l'alternative — on s'en voudrait de contraindre quiconque, certes ! — de se voir affamé lentement dans la maison, ou rapidement au-dehors. Dans cette perspective, on traita avec l'usine de distribution des eaux pour une fourniture illimitée d'eau, et avec un négociant en grains pour une fourniture périodique et limitée de farine d'avoine ; après quoi, on distribua trois repas de brouet par jour, avec un oignon par semaine et un demi-petit pain le dimanche. Le Bureau prit encore, concernant les dames, de multiples autres mesures sages et humaines qu'il est inutile de consigner ici ; il entreprit avec bienveillance de séparer les conjoints pauvres, en considération des frais élevés qu'entraîne une instance de divorce au Collège des Docteurs ; enfin, au lieu de contraindre un homme à subvenir aux besoins de sa famille, comme le Conseil l'avait exigé jusqu'alors, on lui enleva cette famille pour faire de lui un célibataire ! On ne peut savoir combien d'impétrants auraient pu surgir dans toutes les classes de la société pour demander à être secourus à ce double égard, si les secours en question n'avaient été conjugués à l'hospice ; mais le Conseil était composé de fins matois, qui avaient su parer à cette difficulté. Les secours étaient bel et bien inséparables de l'hospice et du brouet, ce qui faisait peur aux gens.

Durant les six premiers mois qui suivirent le départ d'Olivier Twist, le système fonctionna à plein. Il avait commencé par se révéler assez coûteux, par suite de l'augmentation de la note des pompes funèbres et de la nécessité de remettre à la taille de tous les indigents les vêtements qui flottaient autour de leur personne amaigrie et rétrécie par une semaine ou deux de brouet. Mais le nombre des pensionnaires de l'hospice s'amenuisa en même temps que les pauvres, et le Conseil fut aux anges.

Le réfectoire où les garçons recevaient leur pâture était une grande salle de pierre, avec au bout une chaudière où le surveillant, revêtu pour la circonstance d'un tablier et assisté de deux ou trois femmes, puisait le brouet au moment des repas. Chaque enfant recevait de ce mets de fête une écuellée sans plus — sauf à l'occasion de quelque grande réjouissance publique, auquel cas il avait en plus deux onces et quart de pain. Les bols ne nécessitaient jamais aucun nettoyage : les garçons les polissaient avec leur cuiller au point de leur rendre tout leur éclat ; et quand ils avaient terminé cette opération (ce qui ne prenait jamais bien longtemps, les cuillers étant presque aussi grandes que les bols), ils restaient assis, les yeux braqués sur la chaudière avec une telle avidité qu'ils semblaient capables de dévorer les briques mêmes dont elle était faite, cependant qu'ils s'employaient avec la plus grande application à sucer leurs doigts, dans l'idée de récupérer toute éclaboussure de brouet qui aurait pu s'y égarer. Les petits garçons ont généralement fort bon appétit. Olivier Twist et ses camarades supportèrent la torture d'une lente inanition trois mois durant : à la fin, ils devinrent si voraces, si enragés de faim, que l'un d'eux, qui était fort grand pour son âge et qui n'avait pas été habitué à ce genre de traitement (son père ayant tenu une petite rôtisserie), laissa entendre d'un air sombre à ses compagnons qu'à moins de recevoir une écuellée supplémentaire *per diem*, il craignait bien d'en arriver quelque soir à dévorer son voisin de lit, un chétif freluquet d'âge tendre. Il avait l'œil égaré et avide, et tous le crurent sans hésitation. On tint conseil et on tira au sort pour désigner celui qui le soir même, à la fin du dîner, irait trouver le surveillant pour lui demander un supplément ; le sort tomba sur Olivier Twist.

Vint le moment du dîner ; les enfants prirent place à table. Le surveillant, vêtu de sa tenue de cuisinier, se posta près de la chaudière ; ses assistantes indigentes se rangèrent derrière lui ; l'on servit le brouet et l'on dit de longues grâces sur le bref ordinaire. Le brouet disparut ; les garçons chuchotèrent entre eux et adressèrent des clins d'œil à Olivier, tandis que ses voisins immédiats le poussaient du coude. Tout enfant qu'il était, la faim et la détresse lui donnaient l'énergie farouche du désespoir. Il se leva de table, s'avança, écuelle et cuiller à la main, jusqu'au surveillant et dit, quelque peu effrayé de sa propre audace :

« S'il vous plaît, Monsieur, j'en voudrais encore. »

Le surveillant était un gros homme, regorgeant de santé, mais il devint livide. Hébété de stupéfaction, il contempla quelques secondes le petit rebelle, puis s'agrippa à la chaudière en guise de soutien. Les assistantes étaient paralysées par la surprise, les enfants par la peur.

« Quoi ? fit enfin le surveillant, d'une voix faible.

— S'il vous plaît, répéta Olivier, j'en voudrais encore. »

Le surveillant allongea un coup de sa louche sur la tête de l'enfant et enserra celui-ci dans ses bras en hurlant pour appeler le bedeau.

Le Conseil siégeait en conclave solennel quand M. Bumble se précipita, tout excité, dans la pièce et dit à l'adresse du monsieur assis dans le grand fauteuil :

« Monsieur Limbkins, excusez-moi, Monsieur ! Olivier Twist en a redemandé ! »

Il y eut un sursaut général. L'horreur se peignit sur tous les visages.

« Redemandé ! s'écria M. Limbkins. Remettez-vous, Bumble, et répondez-moi clairement. Dois-je comprendre qu'il a demandé un supplément, après avoir mangé le dîner alloué par le règlement ?

— Oui, Monsieur, répondit Bumble.

— Ce garçon finira au gibet, dit le monsieur au gilet blanc. Je suis certain qu'il finira au gibet. »

Personne ne contredit cette prophétique opinion. Une discussion animée prit place. On ordonna qu'Olivier fût immédiatement enfermé et, le lendemain matin, un placard fut apposé à l'extérieur de la grille, offrant une récompense de cinq livres à quiconque voudrait débarrasser la paroisse de la personne d'Olivier Twist. En d'autres termes, on offrait cinq livres et Olivier Twist à tout homme ou toute femme désirant un apprenti en n'importe quel métier, commerce ou profession.

« Jamais de ma vie je n'ai été plus convaincu de quoi que ce soit que je ne le suis de ceci, dit le monsieur au gilet blanc tandis que le lendemain matin il frappait à la porte et lisait l'avis : ce garçon finira au gibet. »

Comme je me propose de montrer ultérieurement si le monsieur au gilet blanc avait raison ou non, je gâcherais peut-être l'intérêt de ce récit (à supposer qu'il en ait aucun) en me risquant à laisser entendre dès maintenant si la vie d'Olivier Twist eut ou non cette fin violente.

CHAPITRE III

QUI RACONTE COMMENT OLIVIER TWIST
FUT BIEN PRÈS D'OBTENIR UNE PLACE
QUI N'EÛT POINT ÉTÉ UNE SINÉCURE

Durant une semaine après la perpétration du crime scandaleux et inique qui consistait à en redemander, Olivier demeura étroitement enfermé dans la pièce sombre et isolée où l'avaient confiné la sagesse et la charité du Conseil. Il n'est pas déraisonnable à première vue de supposer que, s'il avait éprouvé un convenable sentiment de respect à l'égard de la prédiction du monsieur au gilet blanc, il aurait établi une fois pour toutes la réputation prophétique de ce sage personnage en attachant un bout de son mouchoir à un crochet du mur et en s'attachant lui-même à l'autre bout. Il y avait cependant un obstacle à l'exécution de cet exploit : les mouchoirs ayant été déclarés articles de luxe, un ordre exprès du Bureau siégeant en Conseil, ordre solennellement donné et prononcé, portant la signature des membres et revêtu de leur sceau, les avait retirés du nez des indigents pour le reste des temps à venir. C'était un obstacle plus grand encore que la jeunesse et la puérilité d'Olivier. Il se contentait de pleurer amèrement tout le long du jour et, quand la longue et morne nuit s'avançait, il étalait ses petites mains devant ses yeux pour en bannir les ténèbres, puis, recroquevillé dans un coin, tentait de s'endormir ; de temps à autre, il se réveillait en sursaut, tout tremblant, et se blottissait de plus en plus contre le mur, comme si le contact de cette surface, si froide et dure qu'elle fût, lui était une protection contre l'obscurité et la solitude qui l'environnaient.

Que les ennemis du « système » n'aillent pas supposer que, durant la période de son incarcération solitaire, on refusa à Olivier les bienfaits de l'exercice, les plaisirs de la société, ni les réconforts de la religion. Pour ce qui est de l'exercice, il faisait un beau temps froid, et on lui permettait de faire tous les matins ses ablutions sous la pompe, dans une cour pavée, en présence de M. Bumble qui le préservait d'attraper un rhume et provoquait dans tout son corps une sensation réconfortante de picotement par l'administration répétée de coups de canne. En ce qui concerne la société, on le menait tous les deux jours dans la salle où dînaient les garçons et, là, on le fustigeait en société à titre d'exemple et d'avertissement publics. Enfin, loin de lui refuser les consolants bienfaits de la religion, chaque soir, à l'heure de la prière, on le faisait pénétrer à coups de pied dans le même local où on lui permettait d'écouter, pour son réconfort spirituel, une supplication en commun des pensionnaires, contenant une clause spéciale introduite par ordre du Conseil et dans laquelle ils demandaient en grâce de devenir bons, vertueux, satisfaits et obéissants et d'être préservés des péchés et des vices d'Olivier Twist ; cette supplication laissant nettement entendre que l'enfant se trouvait sous la protection et le patronage exclusif des puissances du mal et qu'il provenait en droite ligne de la manufacture du Diable en personne.

Il advint un matin, comme les affaires d'Olivier étaient en cet heureux et confortable état, que M. Gamfield [1], ramoneur, descendit la Grand-Rue en réfléchissant profondément aux voies et moyens qui lui permettraient de s'acquitter de certain arriéré de loyer au sujet duquel son propriétaire se faisait plutôt pressant. Les évaluations les plus optimistes de l'état de ses finances n'arrivaient pas — il y manquait toujours bien cinq livres — à les élever jusqu'à la somme voulue ; dans une sorte de désespoir arithmétique, il mettait alternativement à la torture sa cervelle et les flancs de son âne, quand, passant devant l'hospice, son regard tomba sur le placard apposé sur la porte.

« Ho !... ho ! » dit M. Gamfield à son âne.

L'animal était dans un état de profonde abstraction ; sans doute se demandait-il si, une fois débarrassé des deux sacs de suie dont était chargée la petite charrette, il se verrait régaler de quelques trognons de choux ; aussi, sans prêter attention à l'ordre qui lui était donné, poursuivit-il son petit bonhomme de chemin.

M. Gamfield grommela une imprécation furieuse à l'adresse de l'âne en général, mais plus particulièrement à celle de ses yeux [2] ; il le rattrapa en courant et lui assena sur la tête un coup qui n'aurait pas manqué de défoncer le crâne de tout autre qu'un âne. Après quoi, saisissant la bride, il infligea au mors une brutale torsion pour rappeler gentiment à l'animal qu'il n'était pas son propre maître. Par ces moyens, il lui fit faire demi-tour. Il lui donna ensuite un autre coup sur la tête, à seule fin de l'étourdir jusqu'à son propre retour. Ces dispositions prises, il s'approcha de la grille pour lire l'avis.

Le monsieur au gilet blanc, qui venait d'exprimer dans la salle du Conseil quelques opinions bien senties, se tenait là, les mains derrière le dos. Ayant été témoin de la petite dispute entre M. Gamfield et l'âne, il sourit joyeusement quand ce personnage s'avança pour lire le placard, car il vit immédiatement que c'était exactement le genre de maître qui convenait à Olivier Twist. M. Gamfield sourit également en prenant connaissance du document : cinq livres faisaient en effet la somme exacte qu'il désirait ; quant au garçon dont elle était grevée, le ramoneur, qui connaissait le régime de l'hospice, savait bien qu'il serait d'un gentil petit format, tel précisément que l'exigeaient les poêles à registre. Il déchiffra donc encore une fois l'avis, du début jusqu'à la fin ; puis, portant deux doigts à son bonnet de fourrure en signe d'humilité, il accosta le monsieur au gilet blanc :

« Ç' gars-là, M'sieur, çlui qu' la paroisse elle veut mettre en apprentissage...

— Oui, mon ami, dit le monsieur au gilet blanc avec un sourire de condescendance. Eh bien ?

— Si que la paroisse voudrait qu'il apprenne un bon métier, ben agréable, dans une respectable affaire de ramonage, dit M. Gamfield, j'ai besoin d'un apprenti : j' veux bien le prendre.

— Entrez donc », dit le monsieur au gilet blanc.

M. Gamfield, après s'être attardé pour administrer à son âne un autre coup sur la tête et une autre torsion du mors en guise d'avertissement afin qu'il ne s'enfût pas durant son absence, suivit le monsieur jusque dans la pièce où Olivier l'avait aperçu pour la première fois.

« C'est un métier pénible, dit M. Limbkins quand M. Gamfield eut de nouveau exposé son désir.

— On a déjà vu de jeunes garçons étouffés dans des cheminées, dit un autre.

— Ça, c'était pasqu'on avait mouillé la paille avant d' l'allumer dans la ch'minée pour les faire redescendre, expliqua le ramoneur ; ça fait que d' la fumée et pas d' flamme ; mais la fumée, ça sert à rien pour faire redescendre le garçon, ça fait que l' faire dormir et c'est tout ç' qu'y veut. Y sont tout ostinés, ces gamins, et pis paresseux, Messieurs ; y a rien comme une bonne flambée bien chaude pour les faire sauter et redescendre en vitesse. C'è humain aussi, Messieurs, pasque, même s'y sont coincés dans la ch'minée, sentir leurs pieds qui rôtissent, ça les fait s' tortiller pour s'extirper. »

Le monsieur au gilet blanc parut se divertir fort de cette explication, mais sa gaieté se trouva vite réprimée par un regard de M. Limbkins. Les membres du Bureau se mirent ensuite à converser entre eux durant quelques minutes, mais à voix si basse que seuls furent intelligibles les mots « économies de frais », « faisait bien dans les comptes », « faire paraître un rapport imprimé ». Encore n'entendait-on ceux-ci que parce qu'ils revenaient fréquemment et qu'ils étaient prononcés avec une accentuation particulière.

Enfin, les chuchotements cessèrent et, les membres du Conseil ayant repris leur siège et leur solennité, M. Limbkins dit :

« Nous avons examiné votre offre, et elle ne nous agrée point.

— Pas du tout même, dit le monsieur au gilet blanc.

— Non, incontestablement », ajoutèrent les autres membres.

Comme il se trouvait en fait que M. Gamfield était aux prises avec la menue imputation d'avoir déjà meurtri à mort trois ou quatre gamins, il lui vint à l'idée que les membres du Conseil s'étaient peut-être mis en tête, par quelque inexplicable lubie, que cette circonstance étrangère à la question devait influencer leurs débats. Si la chose était exacte, elle ne ressemblait guère à leur manière habituelle de traiter les affaires ; cependant, comme il n'avait pas un désir particulier de ranimer cette rumeur, il tortilla son bonnet dans ses mains et s'éloigna lentement de la table.

« Alors vous n' voulez pas m' le donner, Messieurs ? fit-il en s'arrêtant près de la porte.

— Non, répondit M. Limbkins ; ou du moins, comme c'est un vilain métier, nous pensons que vous devriez recevoir moins que la prime offerte. »

Le visage de M. Gamfield s'éclaira, tandis que, d'un pas rapide, il revenait à la table et disait :

« Combien qu' vous m' donneriez, Messieurs ? Allons ! N' soyez pas trop durs avec un pauvre homme. Combien qu' vous donneriez ?

— A mon avis, trois livres dix shillings serait bien payé, dit M. Limbkins.

— Dix shillings de trop, opina le monsieur au gilet blanc.

— Allons ! dit Gamfield. Mettez quat' livres, Messieurs. Quat' livres et j' vous débarrasse pour de bon. Là !

— Trois livres dix shillings, répéta M. Limbkins avec fermeté.

— Allons ! Coupons la poire en deux, Messieurs, fit Gamfield, insistant. Trois livres quinze shillings.

— Pas un sou de plus, fut la ferme réponse de M. Limbkins.

— Vous êtes bougrement durs pour moi, dit Gamfield, indécis.

— Allons donc, quelle plaisanterie ! dit le monsieur au gilet blanc. Ce serait pour vous une affaire, même s'il n'y avait aucune prime. Prenez-le donc, nigaud ! C'est exactement le garçon qu'il vous faut. Il a bien besoin d'une correction de temps à autre : cela lui fera du bien ; et sa nourriture ne vous coûtera pas cher : il n'a pas été suralimenté depuis sa naissance ! Ha, ha, ha ! »

M. Gamfield tourna un regard malin sur les visages qui entouraient la table et, observant un sourire sur chacun d'eux, se laissa graduellement aller à sourire lui-même. L'affaire fut conclue, et M. Bumble aussitôt avisé qu'il aurait à conduire Olivier Twist devant le magistrat l'après-midi même, muni du contrat d'apprentissage, pour approbation et signature.

A la suite de cette décision, le petit Olivier fut, pour son plus grand étonnement, délivré de sa servitude, en même temps qu'il recevait l'ordre de mettre une chemise propre. A peine avait-il accompli cette très inhabituelle gymnastique que M. Bumble lui apporta, de ses propres mains, une jatte de brouet et la ration dominicale de deux onces un quart de pain. A ce spectacle fantastique, Olivier se mit à pleurer misérablement : il pensait, comme il était assez naturel, que le Conseil avait dû décider de le mettre à mort dans quelque dessein pratique, sans quoi on n'aurait jamais commencé à l'engraisser de la sorte.

« Ne te rends pas les yeux rouges, Olivier ; mange seulement ce qu'on te donne et sois-en reconnaissant, dit

M. Bumble, sur un ton de solennelle emphase. On va faire de toi un apprenti, Olivier.

— Un apprenti, Monsieur, dit l'enfant, tout tremblant.

— Oui, Olivier. Ces bons messieurs — Dieu les bénisse ! — qu'ont été comme des pères pour toi, Olivier, qu'en avais pas, y vont te mettre en apprentissage, y vont t'établir dans la vie et faire de toi un homme, malgré les trois livres dix que ça va coûter à la paroisse ! — trois livres dix, Olivier ! — soixante-dix shillings — cent quarante pièces de six pence ! — et tout ça pour un méchant orphelin que personne peut y aimer. »

Tandis que M. Bumble s'arrêtait pour reprendre haleine après avoir lancé cette adresse d'une voix terrible, les larmes roulèrent le long des joues du pauvre enfant, qui sanglotait amèrement.

« Allons, dit M. Bumble avec un peu moins de solennité, car cela flattait sa sensibilité d'observer l'effet produit par son éloquence. Allons, Olivier ! Essuie tes yeux avec le revers de ta manche et ne pleure pas dans ton brouet ; c'est trop sot, Olivier » (ce l'était, certes, car il y avait déjà bien assez d'eau dedans).

Tandis qu'ils se rendaient chez le magistrat, M. Bumble informa Olivier que tout ce qu'il aurait à faire serait d'avoir l'air très heureux et, quand le monsieur lui demanderait s'il voulait être apprenti, de répondre que c'était son plus cher désir. L'enfant promit d'autant mieux d'obéir à ces deux injonctions que le bedeau laissa échapper une douce allusion au fait que, si l'enfant manquait à observer l'un ou l'autre des deux points, nul ne saurait dire ce qui pourrait lui arriver. Quand ils parvinrent au bureau du magistrat, Olivier se vit enfermer tout seul dans une petite pièce où le bedeau lui enjoignit de rester jusqu'à ce qu'il revînt le chercher.

Le garçon resta donc là, le cœur battant, durant une demi-heure. Au bout de ce temps, M. Bumble passa brusquement par la porte sa tête privée de la parure du bicorne et dit d'une voix forte :

« Et maintenant, mon petit Olivier, viens voir le monsieur. »

En prononçant ces mots, il prit une expression sévère et menaçante et ajouta à voix basse :

« Prends garde à ce que je t'ai dit, vaurien ! »

En entendant ces commentaires de style quelque peu contradictoire, Olivier écarquilla des yeux innocents pour dévisager M. Bumble ; mais ce personnage prévint toute remarque de sa part en le conduisant immédiatement dans une chambre attenante, dont la porte était ouverte. C'était une vaste pièce éclairée par une grande fenêtre. Derrière un bureau étaient assis deux messieurs à la tête poudrée ; l'un d'eux lisait le journal, tandis que l'autre prenait connaissance, à l'aide d'une paire de lunettes d'écaille, d'un petit document de parchemin placé sous ses yeux. Devant le bureau se tenaient d'un côté M. Limbkins et de l'autre M. Gamfield, le visage partiellement lavé ; deux ou trois hommes à l'air bourru, chaussés de bottes à genouillères, traînaient de-ci de-là.

Le vieux monsieur aux lunettes s'assoupit peu à peu sur le petit bout de parchemin, et il se fit une courte pause quand M. Bumble eut posté Olivier face au bureau.

« Voici le garçon, Votre Honneur », dit M. Bumble.

Le vieux monsieur qui lisait le journal leva un instant la tête et tira l'autre par la manche ; sur quoi, ce dernier s'éveilla.

« Ah, c'est donc le garçon ? dit-il.

— Oui, c'est lui, Monsieur, répondit M. Bumble. Salue le magistrat, mon petit. »

Olivier sortit de son apathie et fit sa plus belle révérence. Il s'était demandé, tandis qu'il avait les yeux fixés sur la tête poudrée du magistrat, si tous les bureaux étaient nés avec cette matière blanche sur la tête et si c'était pour cette raison qu'ils devenaient dès lors bureaux.

« Alors, dit le vieux monsieur, je suppose qu'il aime le ramonage ?

— Il en est fou, Votre Honneur, répondit le bedeau, en pinçant furtivement Olivier pour lui signifier qu'il ferait bien de ne pas le contredire.

— Et il veut absolument être ramoneur, n'est-ce pas ? demanda le vieux monsieur.

— Si on irait l'engager demain dans un autre métier, il s'enfuirait tout aussitôt, Votre Honneur, répondit le bedeau.

— Et cet homme qu'on doit lui donner comme maître... vous, Monsieur..., vous le traiterez bien, vous le nourrirez convenablement et tout ce qui s'ensuit, n'est-ce pas ? demanda encore le vieux monsieur.

— Quand c'est que j' dis que je l' ferai, je l' ferai, fit M. Gamfield d'un air buté.

— Vous avez le parler bourru, mon ami, mais vous avez l'air franc et honnête, dit le vieux monsieur en tournant ses lunettes dans la direction du candidat à la prime dont la sinistre face était une reconnaissance dûment timbrée de cruauté. Mais le magistrat était à demi aveugle et à demi retombé en enfance ; on ne pouvait donc s'attendre raisonnablement à ce qu'il discernât ce que chacun pouvait voir.

— J'espère bien que je l' suis, M'sieur, dit M. Gamfield avec un vilain regard en dessous.

— Je n'en doute pas, mon ami », répondit le vieux monsieur en affermissant ses lunettes sur son nez et en cherchant autour de lui son encrier.

Ce fut le moment critique du sort d'Olivier. Si l'encrier s'était trouvé là où le croyait le vieux monsieur, celui-ci y aurait trempé sa plume, aurait signé le contrat et on aurait emmené Olivier tout de go. Mais cet encrier se trouvant justement sous son nez, il s'ensuivit tout naturellement que le magistrat le chercha sur tout le bureau sans le trouver ; au cours de cette recherche, il lui advint de regarder droit devant lui et ses yeux tombèrent sur le visage pâle et angoissé d'Olivier Twist qui, en dépit de tous les coups d'œil et pinçons avertisseurs de Bumble, examinait la figure repoussante de son futur maître avec une expression d'horreur et de crainte mêlées, trop manifeste pour qu'on pût s'y tromper, fût-on même un magistrat à demi aveugle.

Le vieux monsieur s'arrêta court, posa sa plume et porta son regard d'Olivier sur M. Limbkins, lequel affecta de humer une prise d'un air détaché et serein.

« Mon enfant ! » dit le vieux monsieur en se penchant au-dessus de son bureau.

Olivier sursauta au son de cette voix ; il en était bien

excusable, car les mots étaient dits avec bonté et les sons inhabituels font peur. Il se mit à trembler violemment et éclata en pleurs.

« Mon enfant ! répéta le vieux monsieur, tu sembles pâle, effrayé. Qu'y a-t-il donc ?

— Écartez-vous un peu de lui, bedeau, dit l'autre magistrat en posant son journal et en se penchant en avant avec une expression d'intérêt. Allons, mon garçon, dis-nous ce qu'il y a ; n'aie pas peur. »

Olivier tomba à genoux et, joignant les mains, supplia qu'on le fît réintégrer la pièce sombre, qu'on le privât de toute nourriture, qu'on le battît, qu'on le tuât si on voulait, tout, plutôt que de le faire partir avec cet affreux homme.

« Ça alors ! s'écria M. Bumble en levant les bras et les yeux avec une solennité des plus émouvantes. Ça alors ! De tous les orphelins les plus rusés, les plus artifacieux que j'aie jamais vus, Olivier, t'es bien le plus déhonté !

— Silence, bedeau, dit le second monsieur quand M. Bumble eut laissé échapper ce curieux adjectif.

— Je demande pardon à Votre Honneur, dit M. Bumble qui n'en croyait pas ses oreilles. C'est à moi que parle Votre Honneur ?

— Oui. Silence. »

Le bedeau en resta stupide d'étonnement. On avait ordonné le silence à un bedeau ! C'était une révolution dans les mœurs !

Le vieux monsieur aux lunettes d'écaille regarda son collègue ; il hocha la tête d'un air significatif.

« Nous refusons notre ratification à ce contrat d'apprentissage, dit le vieux monsieur qui, tout en parlant, jeta de côté le parchemin.

— J'espère, balbutia M. Limbkins, j'espère que les magistrats ne vont pas se forger, sur le seul témoignage d'un simple gamin, l'opinion que les autorités se sont rendues coupables d'une conduite incorrecte.

— Les magistrats ne sont pas appelés à formuler leur opinion à ce sujet, dit sèchement le vieux monsieur. Ramenez l'enfant à l'hospice et traitez-le avec douceur ; il semble en avoir besoin. »

Ce même soir, le monsieur au gilet affirma du ton le plus absolu et le plus décisif non seulement qu'Olivier finirait au gibet, mais qu'il y serait traîné sur la claie et démembré par-dessus le marché. M. Bumble hocha la tête avec une expression de sinistre mystère et dit qu'il espérait que l'enfant se tournerait en fin de compte vers le bien ; à quoi M. Gamfield répondit qu'il espérait qu'il se tournerait en fin de compte vers lui. Encore que le ramoneur s'entendît sur de nombreux points avec le bedeau, ces deux souhaits semblaient parfaitement contradictoires.

Le lendemain matin, le public se vit une fois de plus informer qu'Olivier Twist était à louer, et qu'on verserait cinq livres à quiconque voudrait prendre possession de lui.

CHAPITRE IV

OLIVIER, À QUI ON A OFFERT
UNE AUTRE PLACE,
FAIT SON ENTRÉE
DANS LA VIE PUBLIQUE

Dans les grandes familles, quand on ne peut obtenir pour l'adolescent qui atteint l'âge d'homme une place avanta-geuse, que ce soit par jouissance, par droit de retour, par réversion, ou en espérance, c'est une coutume assez répan-due d'en faire un marin. Le Conseil, à l'imitation d'un exemple aussi sage et aussi salutaire, délibéra sur l'opportu-nité d'embarquer Olivier Twist sur quelque navire mar-chand en partance pour un bon port bien malsain. Cela se présentait comme la meilleure solution : il était probable en effet que le capitaine le flagellerait à mort un soir qu'il serait d'humeur badine après dîner ou encore lui ferait éclater la cervelle avec une barre de fer, ces deux passe-temps étant, comme chacun sait, les récréations favorites et ordinaires des messieurs de cette classe. Plus le cas se présentait au Conseil sous cet angle, plus apparaissaient les multiples avantages de cette mesure ; on en vint donc à conclure que la seule façon de pourvoir efficacement aux besoins d'Olivier était de l'embarquer sans délai.

On avait délégué M. Bumble pour prendre divers renseignements préliminaires tendant à découvrir quelque capitaine qui désirât un mousse dépourvu de parents proches ; il revenait à l'hospice communiquer le résultat de sa mission, quand il rencontra à la porte ni plus ni moins que M. Sowerberry[1], l'entrepreneur de pompes funèbres de la paroisse.

C'était un homme grand et maigre, aux articulations épaisses ; il était affublé d'un costume noir élimé, de bas de coton reprisés et de souliers à l'avenant. Ses traits ne prêtaient pas naturellement au sourire, mais il était en général assez enclin à l'humeur joviale qui va de pair avec sa profession. Il avait le pas élastique et, tandis qu'il s'avançait vers le bedeau et lui serrait cordialement la main, son visage reflétait sa gaieté intérieure.

« J'ai pris les mesures des deux femmes qui sont mortes hier au soir, monsieur Bumble, dit l'entrepreneur.

— Vous allez bientôt faire fortune, monsieur Sowerberry, dit le bedeau en plongeant le pouce et l'index dans la tabatière qu'on lui tendait et qui était un ingénieux modèle réduit de cercueil. Je dis bien, vous allez faire fortune, monsieur Sowerberry, répéta le bedeau en tapant amicalement sur l'épaule de l'entrepreneur avec sa canne.

— Vous croyez ? dit celui-ci d'un ton dont on ne savait trop s'il admettait ou contestait la probabilité de pareille éventualité. Les prix concédés par le Conseil sont bien serrés, monsieur Bumble.

— Les cercueils aussi », répondit le bedeau en se laissant aller à l'expression la plus proche du rire que puisse se permettre un grand fonctionnaire.

M. Sowerberry fut, comme il se doit, transporté de joie à cette plaisanterie et en rit longuement sans aucune interruption.

« Que voulez-vous, monsieur Bumble, fit-il enfin ; on ne peut nier que, depuis qu'on a inauguré le nouveau système d'alimentation, les cercueils sont un peu plus étroits et un peu moins profonds qu'autrefois ; mais il faut bien qu'on fasse son petit bénéfice, monsieur Bumble. Le bois bien sec coûte cher, Monsieur ; et toutes les ferrures viennent par bateau de Birmingham.

— Bon, bon, dit M. Bumble. Tout commerce a ses inconvénients. Mais un bénéfice raisonnable est légitime, bien sûr.

— Bien sûr, bien sûr, reprit l'entrepreneur ; et puis, si je ne fais pas de bénéfice sur tel ou tel article précis, eh bien, je me rattrape sur l'ensemble, vous comprenez. Ha, ha, ha !

— Parfaitement, dit M. Bumble.

— Il faut bien dire, pourtant, continua l'entrepreneur, revenant au cours de ses réflexions interrompu par le bedeau, il faut bien dire, monsieur Bumble, que j'ai à lutter contre un très grand désavantage : c'est que ce sont tous les gros qui partent le plus vite. Les gens qui ont vu des jours meilleurs, qui ont payé leurs impôts de longues années, sont les premiers à dépérir quand ils entrent à l'hospice ; et, permettez-moi de vous le dire, monsieur Bumble, trois ou quatre pouces de dépassement sur les calculs, ça fait un grand trou dans les bénéfices, surtout quand on a une famille à nourrir, Monsieur. »

M. Sowerberry articula ces mots avec l'indignation qui convient à un homme lésé, et M. Bumble, ayant l'impression qu'ils tendaient à porter atteinte à l'honneur de la paroisse, crut bon de détourner le cours de la conversation. Comme Olivier Twist occupait la première place dans sa pensée, il le prit pour thème.

« A propos, demanda donc le bedeau, vous ne connaîtriez personne qui voudrait un apprenti, par hasard ? Un apprenti de la paroisse, qu'est pour le moment un poids mort, comme qui dirait un boulet au cou de la paroisse. A des conditions intéressantes, monsieur Sowerberry, à des conditions intéressantes ! »

Tout en parlant, le bedeau leva sa canne vers le placard qui se trouvait au-dessus de sa tête et en donna trois petits coups secs sur les mots « cinq livres », écrits en majuscules d'une taille gigantesque.

« Pardieu ! s'écria l'entrepreneur en saisissant le revers galonné d'or de l'habit officiel ; c'est exactement ce dont je voulais vous parler. Vous savez... Mon Dieu, quel élégant bouton vous avez là, monsieur Bumble ! Je ne l'avais jamais remarqué.

— Oui, je le trouve assez joli, dit le bedeau en abaissant un regard de fierté sur les larges boutons de cuivre qui ornaient son habit. La gravure est identique à celle du sceau paroissial ; c'est le Bon Samaritain en train de soigner l'homme blessé et malade. Le Conseil me l'a offert le matin du Nouvel An, monsieur Sowerberry. Je l'ai mis pour la première fois, je m'en souviens, pour assister à l'enquête sur le marchand ruiné qui est mort à minuit sous une porte cochère.

— Je me rappelle, dit l'entrepreneur. Le jury a rendu le verdict : " Mort de froid et de privation des nécessités ordinaires de l'existence ", n'est-ce pas ? »

M. Bumble fit un signe affirmatif.

« Et il a corsé son verdict, me semble-t-il, en y ajoutant en conclusion que si le commissaire des pauvres avait...

— Quelles sornettes ! coupa le bedeau. Si le Conseil devait s'occuper de toutes les bêtises que racontent ces ignorants de jurés, ils n'en finiraient pas !

— Voilà qui est bien vrai, dit l'entrepreneur ; ils n'en finiraient pas.

— Les jurés, reprit M. Bumble, qui serrait avec force sa canne comme à l'accoutumée quand il commençait à se mettre en colère, les jurés, c'est tous des misérables qu'ont pas d'éducation, des grossiers, des lèche-bottes !

— Pour ça, oui, fit l'entrepreneur.

— Y a pas chez eux plus de philosophie ni d'économie politique que ça ! s'exclama le bedeau en faisant claquer ses doigts avec dédain.

— Pas plus, acquiesça l'entrepreneur.

— Je les méprise, continua le bedeau, devenant pourpre.

— Moi aussi, dit l'entrepreneur.

— Et tout ce que je voudrais, c'est qu'on aurait un jury du genre indépendant à l'hospice une ou deux semaines de temps, reprit le bedeau ; les lois et règlements du Conseil leur rabattraient vite le caquet.

— On pourrait compter dessus pour ça », répondit l'entrepreneur.

Ce disant, il sourit d'un air approbateur pour calmer la colère grandissante du fonctionnaire paroissial indigné.

M. Bumble souleva son bicorne, prit un mouchoir qui se trouvait dans la coiffe, essuya sur son front la sueur causée par sa rage, réassujettit le chapeau, puis, se tournant vers l'entrepreneur, reprit d'une voix plus calme :

« Bon, et ce garçon ?

— Oh ! répondit l'entrepreneur, vous savez, monsieur Bumble, je verse moi-même pas mal d'argent en fait de taxes des pauvres.

— Hum ! dit Bumble. Et alors ?

— Eh bien ! reprit l'entrepreneur, je trouve que, si je paie beaucoup pour eux, j'ai bien le droit de tirer d'eux autant que possible, monsieur Bumble ; et... et... je crois que je prendrai moi-même le garçon. »

M. Bumble saisit l'entrepreneur par le bras et le fit entrer dans le bâtiment. M. Sowerberry fut cloîtré durant cinq minutes avec le Conseil, et l'on décida qu'Olivier irait chez lui le soir même « à l'essai » — expression qui signifie, dans le cas d'un apprenti de paroisse, que si le maître trouve, après un court essai, qu'il peut tirer assez de travail d'un enfant sans y mettre trop de nourriture, il le gardera un certain nombre d'années pour faire de lui ce que bon lui semblera.

Le jeune Olivier comparut ce soir-là devant « ces messieurs », et on l'informa qu'il devait aller, la nuit même, comme garçon à tout faire chez un fabricant de cercueils ; s'il se plaignait de sa situation ou si jamais il revenait à la paroisse, on l'enverrait sur mer se faire noyer ou assommer, selon le cas ; il montra alors si peu d'émotion que ces messieurs déclarèrent d'un commun accord qu'il n'était qu'un petit vaurien endurci, et ils ordonnèrent à M. Bumble de l'emmener sur-le-champ.

Or, bien qu'il fût tout naturel que le Conseil, plus que qui que ce fût au monde, éprouvât un grand étonnement et une vertueuse horreur à la vue du moindre signe d'insensibilité chez quiconque, il était, en l'occurrence, quelque peu dans

l'erreur. Le fait tout simple était qu'Olivier, au lieu d'avoir
trop peu de sensibilité, en possédait plutôt trop ; les mauvais
traitements encourus étaient tout bonnement en voie de le
réduire pour le restant de ses jours à l'état stupide et
maussade d'une simple brute. Il entendit l'annonce de sa
destination dans un silence parfait et, quand on lui eut mis
son bagage entre les mains — celui-ci n'était pas bien lourd à
porter, vu qu'il tenait tout entier dans un paquet de papier
brun d'un demi-pied carré sur trois pouces de profondeur —,
il se contenta de tirer sa casquette sur ses yeux ; puis, une
fois de plus agrippé au parement de M. Bumble, il fut
emmené par ce dignitaire vers un nouveau théâtre de
souffrance.

M. Bumble entraîna Olivier sans lui adresser pendant
quelque temps aucun avis ni remarque, car le bedeau tenait
sa tête très droite, ainsi que le devrait toujours un bedeau ;
et, comme c'était un jour de vent, le petit Olivier se trouvait
complètement enseveli sous les basques de l'habit que le
vent tenait écartées, révélant avantageusement le gilet à pans
et les culottes de panne grise. Alors qu'ils approchaient de
leur destination, cependant, M. Bumble jugea opportun de
baisser les yeux pour voir si l'enfant était prêt à affronter
l'inspection de son nouveau maître ; il le fit donc, de l'air de
bienveillante protection qui convenait.

« Olivier, dit le bedeau.

— Oui, Monsieur, répondit l'enfant d'une voix sourde et
tremblante.

— Relève cette casquette de devant tes yeux et tiens la
tête droite. »

Bien qu'Olivier eût immédiatement obtempéré à ce désir
et qu'il eût vivement passé le revers de sa main libre sur ses
yeux, il y avait laissé une larme quand il leva la tête vers son
conducteur. Comme M. Bumble le contemplait sévèrement,
cette larme roula le long de sa joue. Elle fut suivie d'une
autre, et d'une autre encore. L'enfant fit un grand effort,
mais ce fut peine perdue. Il retira son autre main de celle du
bedeau, se couvrit le visage et pleura jusqu'à ce que les
larmes jaillissent entre son menton et ses doigts osseux.

« Eh bien, eh bien ! s'exclama M. Bumble, en s'arrêtant

court pour jeter à son jeune protégé un regard de profonde malveillance. De tous les garçons les plus irreconnaissants et les plus malententionnés que j'ai vus, tu es le...

— Non, non, Monsieur, fit Olivier en sanglotant ; et il s'accrochait à la main qui tenait la canne trop bien connue ; non, non, Monsieur ; je serai sage ; oui, je serai sage, oui, Monsieur ! Je suis un tout petit garçon, Monsieur, et je suis si... si...

— Si quoi ? demanda M. Bumble, estomaqué.

— Si seul, Monsieur ! Si seul ! s'écria l'enfant. Tout le monde me déteste. Oh ! Monsieur, non, je vous en prie, ne soyez pas fâché contre moi ! »

L'enfant se frappait la poitrine et braquait sur le visage de son compagnon des yeux emplis des larmes d'une angoisse réelle.

M. Bumble contempla durant quelques secondes avec un certain étonnement l'aspect pitoyable et désespéré d'Olivier, éclaircit trois ou quatre fois sa voix enrouée et, après avoir murmuré quelque chose au sujet de « cette toux agaçante », pria l'enfant de sécher ses larmes et d'être sage. Puis il lui reprit la main et poursuivit sa marche avec lui en silence.

L'entrepreneur de pompes funèbres, qui venait de mettre les volets à son magasin, passait quelques écritures dans son journal à la lumière d'une chandelle adéquatement lugubre, quand M. Bumble entra.

« Aha ! dit l'entrepreneur, en levant les yeux de son livre et en s'arrêtant au milieu d'un mot. C'est vous, Bumble ?

— Moi-même, monsieur Sowerberry, répondit le bedeau. Voilà ! Je vous ai amené l'enfant. »

Olivier fit une révérence.

« Ah, c'est le garçon ? dit l'entrepreneur, élevant la chandelle au-dessus de sa tête pour mieux apercevoir Olivier. Madame Sowerberry, voulez-vous avoir la bonté de venir un moment, ma chère ? »

Mme Sowerberry émergea d'une petite arrière-boutique et se présenta sous la forme d'une petite femme maigre et ratatinée, au visage de mégère.

« Mon amie, dit M. Sowerberry avec déférence, voici le garçon de l'hospice dont je vous ai parlé. »

Olivier salua de nouveau.

« Mon Dieu, dit la femme de l'entrepreneur, qu'il est petit !

— Oui, il est bien un peu petit, répondit M. Bumble en regardant Olivier comme si celui-ci était responsable de ne pas être plus grand. Il est petit, on ne peut le nier. Mais il poussera, madame Sowerberry... il poussera.

— Eh, je le pense bien, répliqua la dame avec humeur : en mangeant nos victuailles et en buvant nos boissons. Je ne vois aucune économie dans les enfants de la paroisse, moi ; ils coûtent toujours plus à entretenir qu'ils ne le valent. Mais les hommes s'imaginent toujours être meilleurs juges. Allons ! Descends en bas, petit paquet d'os. »

Sur quoi, la femme de l'entrepreneur ouvrit une petite porte et poussa Olivier par un escalier raide jusqu'à une cave de pierre humide et sombre qui formait antichambre à la cave à charbon et qu'on appelait « cuisine » ; là, se trouvait assise une souillon aux souliers éculés et aux bas de laine bleue fort en mal de ravaudage.

« Là ! Charlotte, dit Mme Sowerberry, qui avait suivi Olivier, donne à ce garçon quelques-uns des bouts de viande froide qu'on a mis de côté pour Tip. Il n'est pas revenu depuis ce matin ; il pourra donc bien s'en passer. Je pense que ce garçon n'est pas trop délicat pour les manger, hein, mon garçon ? »

Olivier, dont les yeux avaient brillé à la mention de viande et qui tremblait d'impatience de les dévorer, répondit par la négative et on mit devant lui une platée de grossiers rogatons.

Je souhaiterais qu'un de ces philosophes bien nourris, dans l'estomac de qui les aliments et les boissons tournent en fiel, dont le sang est de glace et le cœur de fer, eût pu voir Olivier Twist agripper les mets délicats que le chien avait négligés. Je souhaiterais qu'il eût pu être témoin de l'horrible avidité avec laquelle l'enfant déchira les morceaux dans toute la férocité de sa famine. Il n'y a qu'une chose qui me satisferait encore davantage : ce serait de voir ce philosophe en train de faire lui-même ce genre de repas, avec autant d'entrain.

« Eh bien ! dit la femme de l'entrepreneur, quand Olivier eut terminé un repas qu'elle avait contemplé avec une silencieuse horreur comme augurant un terrible appétit pour l'avenir, tu as fini ? »

Il n'y avait plus rien de mangeable à sa portée, aussi Olivier répondit-il par l'affirmative.

« Alors, viens avec moi, dit Mme Sowerberry en prenant une lampe terne et sale pour le reconduire en haut. Ton lit est sous le comptoir. Cela t'est égal de dormir au milieu des cercueils, je pense ? D'ailleurs ça n'importe guère que tu l'aimes ou pas, car il n'y a pas d'autre endroit pour toi. Allons, viens, ne me fais pas attendre toute la nuit ! »

Olivier ne s'attarda pas davantage et suivit docilement sa nouvelle maîtresse.

CHAPITRE V

OLIVIER SE MÊLE
À DE NOUVEAUX COMPAGNONS.
ASSISTANT POUR LA PREMIÈRE FOIS
À UN ENTERREMENT,
IL SE FORME UNE OPINION
DÉFAVORABLE DU MÉTIER
DE SON MAÎTRE

Laissé seul dans la boutique de l'entrepreneur, Olivier posa la lampe sur un établi et jeta autour de lui un regard timide, avec un sentiment de terreur et d'appréhension que nombre de gens plus âgés que lui comprendront fort bien. Un cercueil inachevé, juché sur des tréteaux noirs au milieu du magasin, avait un aspect si lugubre et si macabre qu'Olivier était pris d'un frisson glacé chaque fois que ses yeux s'égaraient dans la direction de ce sinistre objet, d'où il s'attendait presque à voir quelque forme effrayante sortir lentement la tête pour le rendre fou de terreur. Contre le mur était rangée en bon ordre une longue file de planches d'orme, sciées selon la même forme : elles ressemblaient dans la pénombre à des fantômes qui auraient eu la tête rentrée dans les épaules et les mains dans les poches. Des plaques de cercueils, des copeaux d'orme, des clous à la tête brillante et des fragments de drap noir jonchaient le sol, et le mur, derrière le comptoir, était orné d'une image très vivante représentant deux croque-morts aux cravates très empesées en service devant la vaste porte d'une maison particulière, tandis qu'un corbillard traîné par quatre destriers noirs s'avançait au loin. Il régnait dans le magasin une atmosphère chaude et renfermée, qui semblait infectée par l'odeur des cercueils. Le recoin sous le comptoir, où était jeté le matelas de bourre de laine, avait l'air d'un tombeau.

Et ce n'étaient pas là les uniques sensations lugubres qu'éprouvât Olivier. Il était seul dans un lieu étranger, et nous savons tous combien, dans cette situation, le plus courageux d'entre nous peut se sentir abandonné et glacé. L'enfant n'avait aucun ami de qui se soucier, aucun ami qui se souciât de lui. Le regret d'aucune séparation récente ne hantait son esprit, l'absence d'aucun visage aimé et vivement évoqué ne pesait lourdement sur son cœur. Mais ce cœur était bien gros, néanmoins ; et Olivier souhaita, tandis qu'il se glissait dans son lit étroit, que ce fût son cercueil et qu'il pût être couché pour un calme et durable repos dans le cimetière, où l'herbe haute ondulerait doucement au-dessus de sa tête, où le son grave de la vieille cloche le bercerait dans son sommeil.

Le lendemain matin, il fut réveillé par de grands coups de pied donnés du dehors dans la porte du magasin ; avant même qu'il eût pu se vêtir à la va-vite, ces coups se répétèrent, avec colère et impétuosité, environ vingt-cinq fois. Quand il commença de défaire la chaîne, les jambes cessèrent leur action et une voix s'éleva.

« Ouvre la porte, crénom ! s'écria la voix correspondant aux jambes qui avaient cogné contre la porte.

— Tout de suite, Monsieur, répondit Olivier en défaisant la chaîne et en tournant la clef.

— J' pense que t'es le nouveau gamin, hein ? dit la voix par le trou de la serrure.

— Oui, Monsieur, répondit Olivier.

— Quel âge tu as ? demanda la voix.

— Dix ans, Monsieur.

— Eh bien, quand je serai entré, j' vais te passer une raclée, fit la voix; tu vas voir ça, un point c'est tout, gibier d'hospice ! »

Et, sur cette aimable assurance, la voix se mit à siffler.

Olivier s'était vu trop souvent soumis au procédé auquel faisait allusion le mot fort expressif rapporté ci-dessus pour douter le moins du monde que le propriétaire de la voix, quel qu'il pût être, tînt très honorablement parole. Il tira les verrous d'une main tremblante et ouvrit la porte.

Pendant une seconde ou deux, il regarda dans la rue, à gauche et à droite, puis de l'autre côté de la chaussée; il avait dans l'idée que l'inconnu qui lui avait parlé par le trou de la serrure s'était éloigné de quelques pas pour se réchauffer, car il ne voyait personne d'autre qu'un grand enfant assisté assis sur une borne devant la maison et en train de manger une tartine de beurre, qu'il coupait avec un couteau de poche en morceaux de la dimension de sa bouche, où il les enfournait avec une grande dextérité.

« Je vous demande pardon, Monsieur, dit enfin Olivier en voyant qu'aucun autre visiteur n'apparaissait, est-ce vous qui avez frappé ?

— J'ai cogné du pied, répondit l'assisté.

— Vous voulez un cercueil, Monsieur ? » demanda innocemment Olivier.

A ces mots, l'assisté prit un air de prodigieuse férocité, et s'écria qu'Olivier ne tarderait pas à en avoir besoin d'un lui-même s'il jouait ainsi les facétieux à l'égard de ses supérieurs.

« Tu sais pas qui j' suis, faut croire, hospiceux ? poursuivit l'assisté, tout en descendant de sa borne avec une édifiante gravité.

— Non, Monsieur, répondit Olivier.

— Je suis M. Noé Claypole [1], déclara l'assisté, et t'es sous mes ordres. Enlève les volets, p'tit feignant ! »

Pour souligner cette injonction, M. Claypole administra un coup de pied à Olivier et pénétra dans la boutique avec un air digne qui lui faisait grand honneur. Il est assez difficile pour un garçon à la tête trop grosse, aux yeux trop petits, à la taille encombrante et au maintien pesant, d'avoir l'air digne en quelque circonstance que ce soit ; mais ce l'est encore plus particulièrement quand s'ajoutent à ces attraits personnels un nez rouge et une culotte jaune [1].

Olivier, qui avait enlevé les volets et cassé une vitre dans ses efforts pour emporter le premier volet en chancelant sous le poids vers une petite cour située sur le côté de la maison, où on les rangeait durant la journée, reçut la bienveillante assistance de Noé, qui, après l'avoir réconforté de l'assurance qu'il « allait en prendre un bon coup », condescendit à l'aider. M. Sowerberry arriva peu après, et bientôt Mᵐᵉ Sowerberry fit son apparition. Olivier, après en avoir « pris un bon coup » en exécution de la prédiction de Noé, suivit ce jeune homme en bas pour le petit déjeuner.

« Viens près du feu, Noé, dit Charlotte. J'ai mis de côté pour toi un petit morceau de lard du déjeuner du patron. Olivier, ferme cette porte qu'est dans le dos de M. Noé et prends ces petits morceaux que j'ai posés sur le couvercle de la boîte à pain. Voilà ton thé ; emporte-le sur ce coffre et bois-le là ; fais vite : il va falloir que tu surveilles le magasin. T'entends ?

— T'entends, hospiceux ? répéta Noé Claypole.

— Seigneur, Noé ! dit Charlotte, quel drôle de type tu fais ! Pourquoi tu ne laisses pas ce garçon tranquille ?

— Le laisser tranquille ! s'écria Noé. Tout le monde le laisse ben assez tranquille. Ni son père ni sa mère, ils s'en occupent jamais. Tous ses parents le laissent bien faire ce qu'il veut. Hein, Charlotte ? Ha, ha, ha !

— Ah, que tu es bizarre ! » s'exclama Charlotte, en éclatant d'un rire jovial, qu'accompagna celui de Noé ; après quoi, tous deux contemplèrent dédaigneusement Olivier Twist, qui, assis en frissonnant sur le coffre dans le coin le plus froid de la pièce, mangeait les bouts de pain rassis qu'on lui avait spécialement réservés.

Noé était un enfant assisté, mais non un orphelin de l'hospice. Il n'était pas un enfant de rencontre, lui, car il pouvait faire remonter sa généalogie aussi loin que ses parents, qui vivaient tout à côté, sa mère étant lavandière et son père un militaire ivrogne, renvoyé dans ses foyers avec une jambe de bois et une pension journalière de deux pence et demi plus une fraction imprononçable. Les garçons de boutique des environs avaient depuis longtemps pris l'habitude de stigmatiser publiquement Noé dans les rues en l'affublant des épithètes ignominieuses de « culotte de cuir », « charitard » et autres ; Noé les avait supportées sans répliquer. Mais, maintenant que le sort avait jeté sur son chemin un orphelin sans nom, vers qui même le plus misérable pouvait tendre un doigt méprisant, il se retournait contre lui en le payant à intérêts. Voilà qui fournit charmante matière à méditation, en nous montrant quel magnifique objet on peut faire de la nature humaine et avec quelle impartialité les mêmes aimables qualités se développent chez le plus noble des seigneurs comme chez le plus crasseux des enfants assistés.

Olivier séjournait chez l'entrepreneur de pompes funèbres depuis trois semaines ou un mois. Le magasin étant fermé, M. et Mme Sowerberry dînaient dans le petit salon de derrière, quand l'entrepreneur dit, après avoir adressé plusieurs coups d'œil déférents à sa femme :

« Ma chère... »

Il allait en dire plus long, mais Mme Sowerberry le regarda d'un air particulièrement défavorable, et il s'arrêta court.

« Eh bien ? dit-elle d'un ton acerbe.

— Rien, ma chère, rien, répliqua-t-il alors.

— Bah ! Quel animal tu fais ! dit Mme Sowerberry.

— Pas du tout, ma chère, dit M. Sowerberry avec humilité. Je croyais que vous ne vouliez pas écouter, mon amie. Je voulais seulement dire...

— Oh ! ne me racontez pas ce que vous alliez dire, coupa son épouse. Je ne compte pas ; ne me consultez pas, je vous en prie. Je ne veux pas m'ingérer dans vos secrets, moi. »

Tout en disant cela, elle fit entendre un rire nerveux qui laissait présupposer des conséquences violentes.

« Mais, mon amie, dit Sowerberry, je voudrais avoir votre avis.

— Non, non, ne me demandez pas le mien, répliqua Mme Sowerberry d'un ton touchant ; demandez celui de quelqu'un d'autre. »

Sur cette déclaration, elle eut un autre éclat de rire

nerveux, qui fit grand-peur à M. Sowerberry. C'est là un
procédé conjugal très répandu, très apprécié, et souvent fort
efficace. Il réduisit immédiatement l'entrepreneur à mendier, comme une faveur particulière, l'autorisation de dire ce
que sa femme était fort curieuse d'entendre. Après une
courte altercation de moins de trois quarts d'heure, la
permission fut très gracieusement accordée.

« C'est seulement au sujet du jeune Twist, ma chère, dit
M. Sowerberry. Il a fort bonne mine, ce garçon, ma chère.

— Il peut bien, avec ce qu'il mange ! observa la dame.

— Il a sur le visage une expression de mélancolie très
intéressante, ma chère, reprit M. Sowerberry. Il ferait un
charmant petit croque-mort, mon amour. »

Mme Sowerberry leva un regard empli d'un étonnement
considérable. M. Sowerberry le remarqua et poursuivit, sans
laisser à la bonne dame le temps de faire aucune observation :

« Je ne veux pas dire un vrai croque-mort pour cortèges
d'adultes ; il ne servirait que pour la clientèle enfantine. Ce
serait une chose toute nouvelle que d'avoir un croque-mort
de taille assortie, ma chère. Vous pouvez m'en croire, cela
ferait un effet magnifique. »

Mme Sowerberry, qui avait assez de goût en matière de
pompes funèbres, fut très frappée par la nouveauté de cette
idée ; mais, comme il aurait été compromettant pour sa
dignité de l'avouer dans les circonstances présentes, elle se
contenta de demander avec aigreur pour quelle raison une
suggestion aussi évidente ne s'était pas présentée plus tôt à
l'esprit de son mari. M. Sowerberry interpréta cela à juste
titre comme un acquiescement à sa proposition ; on décida
donc promptement qu'Olivier serait initié aussitôt aux
mystères du métier et, pour ce faire, qu'il accompagnerait
son maître à la toute première occasion où seraient requis les
services de celui-ci.

Elle ne fut pas longue à se présenter. Une demi-heure
après le petit déjeuner du lendemain, M. Bumble pénétra
dans le magasin et, appuyant sa canne sur le comptoir, tira
de sa poche son gros calepin de cuir, sur lequel il préleva un
petit bout de papier qu'il tendit à Sowerberry.

« Aha ! fit l'entrepreneur, en le parcourant du regard avec une expression toute guillerette ; une commande de cercueil, hein ?

— Un cercueil d'abord et un enterrement aux frais de la paroisse ensuite, répondit le bedeau en réassujettissant l'élastique du calepin de cuir qui, comme lui-même, était fort corpulent.

— Bayton, dit l'entrepreneur en levant les yeux de la feuille de papier sur M. Bumble. Je n'ai jamais entendu ce nom-là. »

Le bedeau hocha la tête en répondant :

« Des gens têtus, monsieur Sowerberry, très têtus. Et fiers avec ça, j'en ai peur.

— Fiers, hé ? s'écria l'entrepreneur avec un ricanement de mépris. Allons, ça, c'est trop fort.

— Oh, c'est écœurant, répondit le bedeau. Antimonique [1], monsieur Sowerberry !

— Oui, vraiment, acquiesça l'entrepreneur.

— Nous n'avons entendu parler de cette famille qu'a-vant-hier soir, dit Bumble ; et on n'aurait rien su d'elle, même alors, si une femme qu'habite la même maison n'avait pas fait une demande au Comité paroissial pour qu'il envoie le médecin de la paroisse voir une femme qu'était bien mal. Il dînait pas chez lui ; mais son apprenti (qu'est un gars très intelligent) leur a tout de suite envoyé un médicament dans un flacon à cirage.

— Ah, ça c'est de la promptitude ! dit l'entrepreneur.

— De la promptitude, oui bien ! répondit le bedeau. Mais qu'est-ce qui s'ensuit, Monsieur ? Comment qu'y s'condui-sent ces ingrats de rebelles ? Eh bien, le mari répond que le médicament va pas pour ce qu'elle a, sa femme, et qu'elle le prendra pas — il dit qu'elle le prendra pas, Monsieur ! Une bonne médecine, bien forte et bien saine comme ça, qu'on en a donné avec de si bons résultats à deux travailleurs irlandais et à un coltineur de charbon, y a pas seulement une semaine ! On la lui envoie pour rien avec une bouteille à cirage par-dessus le marché — et il répond qu'elle le prendra pas, Monsieur ! »

A mesure que cette atrocité se présentait dans toute sa force à l'esprit de M. Bumble, il se mit à frapper vivement le comptoir du bout de sa canne et à s'empourprer d'indignation.

« Ben ça, alors, s'exclama l'entrepreneur, j'ai ja-mais vu...

— Jamais, Monsieur ! proféra le bedeau. Non, ni personne d'autre ; mais maintenant, elle est morte, et il faut l'enterrer ; et ce sont les ordres que j'ai ; plus tôt ce sera fait, mieux ça vaudra. »

Ce disant, M. Bumble, dans un paroxysme d'excitation paroissiale, remit son chapeau à l'envers et s'élança hors de la boutique.

« Ah ça, Olivier, il était si furieux, qu'il en a oublié de demander de tes nouvelles ! dit M. Sowerberry en suivant des yeux le bedeau qui s'éloignait dans la rue.

— Oui, Monsieur », répondit l'enfant, qui s'était soigneusement tenu à l'écart durant l'entrevue et qui tremblait de la tête aux pieds au seul souvenir de la voix de M. Bumble.

Point n'eût été besoin, d'ailleurs, qu'il se souciât de rentrer dans sa coquille pour éviter le regard du bedeau, car ce fonctionnaire, sur lequel la prédiction du monsieur au gilet blanc avait fait une très forte impression, pensait que, dès lors que l'entrepreneur avait pris Olivier à l'essai, mieux valait éviter ce sujet de conversation jusqu'au moment où l'enfant serait solidement lié par un contrat de sept ans et où tout danger de le voir retomber sur la paroisse serait efficacement et légalement surmonté.

« Bon, dit M. Sowerberry en prenant son chapeau, plus tôt ce boulot sera fait, mieux ça vaudra. Noé, tu surveilleras le magasin. Olivier, mets ta casquette et viens avec moi. »

L'enfant obéit et suivit son maître dans sa mission professionnelle.

Ils marchèrent quelque temps dans la partie de la ville où la foule était la plus dense, et où les logements se pressaient les uns contre les autres ; puis, ayant tourné dans une ruelle plus sale et plus misérable que toutes celles qu'ils avaient suivies, ils s'arrêtèrent pour chercher la maison qui faisait l'objet de leur quête. Les bâtisses, de chaque côté, étaient grandes et hautes, mais très vieilles et occupées par des gens de la classe la plus pauvre, comme leur apparence négligée aurait suffi à le montrer sans le témoignage concordant fourni par les quelques hommes et femmes qui, les bras croisés et le corps presque courbé en deux, passaient furtivement de temps à autre. Beaucoup de maisons présentaient des devantures de magasin, mais solidement closes et qui tombaient en ruine ; seuls les logements supérieurs étaient habités. Certains immeubles, que l'âge et la décrépitude avaient rendus dangereux, se fussent écroulés dans la rue sans d'énormes madriers dressés contre les murs et fermement plantés dans la chaussée ; mais même ces taudis délabrés semblaient avoir été élus comme repaires nocturnes par de pauvres hères sans abri, car bon nombre de planches raboteuses qui tenaient lieu de portes et de fenêtres avaient été arrachées de leur position normale pour pouvoir livrer passage à un corps humain. Le ruisseau était stagnant et immonde. Les rats mêmes, dont les cadavres pourrissaient çà et là dans cette infection, étaient hideux de famine.

Il n'y avait ni heurtoir ni sonnette à la porte ouverte devant laquelle s'arrêtèrent Olivier et son maître ; aussi l'entrepreneur chercha-t-il précautionneusement son chemin à tâtons dans l'obscurité du corridor, en recommandant à l'enfant de se tenir tout près de lui et de ne pas s'effrayer ; il monta ainsi jusqu'au haut de la première volée de l'escalier. Sur le palier, il se heurta à une porte, à laquelle il frappa du doigt.

Ce fut une fillette de treize à quatorze ans qui ouvrit. L'entrepreneur eut au premier coup d'œil un aperçu suffisant du contenu de la pièce pour savoir que c'était l'appartement indiqué. Il entra, et Olivier le suivit.

Il n'y avait pas de feu dans la chambre, mais un homme était machinalement blotti contre le poêle vide. Une vieille femme avait également approché un tabouret bas de l'âtre glacé et s'était assise près de l'homme. Dans un autre coin, on voyait des enfants déguenillés et, dans un petit renfoncement, en face de la porte, était étendue sur le sol une forme recouverte d'une vieille couverture. Olivier frissonna en jetant les yeux dessus et se rapprocha involontairement de son maître, car, bien que la forme fût recouverte, l'enfant avait conscience que c'était un cadavre.

La figure de l'homme était émaciée et très pâle ; il avait les cheveux et la barbe grisonnants, et les yeux injectés de sang. Quant au visage de la femme, il était tout ridé ; les deux dents qui lui restaient faisaient saillie sur la lèvre inférieure ; elle avait les yeux brillants et le regard perçant. Olivier n'osait regarder ni la femme ni l'homme, tant ils ressemblaient aux rats qu'il avait vus dehors.

« Personne ne l'approchera, dit l'homme en se dressant farouchement quand l'entrepreneur s'avança vers le renfoncement.

— Arrière ! Arrière, Bon Dieu, si vous tenez à votre peau !

— Allons donc, mon ami, dit l'entrepreneur, qui avait une certaine habitude de la misère sous toutes ses formes. Quelle bêtise !

— Je vous le dis, s'écria l'homme en serrant les poings et en tapant furieusement du pied. Je vous dis que je ne veux pas qu'on la mette dans la terre. Elle n'y trouverait pas le repos. Les vers la tourmenteraient... ils ne la mangeraient pas : elle est trop usée. »

L'entrepreneur n'opposa aucune réponse à cette frénésie, mais, sortant un mètre de sa poche, s'agenouilla un moment à côté du corps.

« Ah ! fit l'homme, qui éclata en sanglots et tomba aux pieds de la morte. A genoux, à genoux autour d'elle, tous, et écoutez ce que je vous dis ! Elle est morte de faim. Je n'ai jamais su à quel point elle était malade jusqu'au moment où la fièvre l'a saisie ; et alors ses os lui passaient au travers de la peau. Il n'y avait ni feu, ni chandelle ; elle est morte dans le noir... dans le noir ! Elle n'a même pas pu voir le visage de ses enfants, et on l'entendait prononcer en haletant leurs noms. J'ai mendié pour elle dans les rues, et on m'a envoyé en prison. Quand je suis rentré, elle était mourante, et tout mon sang s'est desséché dans mes veines, car on l'a tuée à force de faim. Je le jure devant Dieu qui l'a vu ! On l'a tuée à force de faim ! »

Il tordait ses cheveux entre ses doigts et, dans un grand

cri, il roula à plat ventre sur le sol, les yeux fixes et l'écume
aux lèvres.

Les enfants terrifiés pleuraient cruellement ; mais la
vieille, qui était restée jusqu'alors aussi tranquille que si elle
eût été entièrement sourde à tout ce qui se passait, se mit à
les menacer pour les faire taire. Elle desserra la cravate de
l'homme, toujours étendu par terre, et s'avança en chancelant vers l'entrepreneur.

« C'était ma fille, dit la vieille femme en désignant le corps
d'un signe de tête (elle parlait avec une expression idiote,
plus horrible encore que la présence de la mort en pareil
lieu). Mon Dieu, mon Dieu ! Comme c'est bizarre que moi,
qui l'ai mise au monde et qui étais une femme déjà en ce
temps-là, je sois toujours vivante et pleine d'entrain, tandis
qu'elle gît là, si froide et si raide ! Mon Dieu, mon Dieu,
pensez voir. Ça vaut le théâtre…, ça vaut le théâtre ! »

Tandis que la malheureuse marmonnait ainsi et riait sous
cape dans son horrible gaieté, l'entrepreneur se retourna
pour partir.

« Attendez, attendez ! dit la vieille dans une sorte de
chuchotement soutenu. Est-ce qu'on l'enterrera demain, ou
dans deux jours, ou cette nuit ? C'est moi qui ai fait sa
toilette, et il faudra que je suive l'enterrement, vous savez.
Envoyez-moi une grande cape, une bonne, bien chaude ; il
fait un froid perçant… on devrait avoir du gâteau et du vin
aussi, avant de sortir ! Ça ne fait rien ; envoyez du pain…
rien qu'une miche de pain et un verre d'eau. On aura du
pain, mon bon ? dit-elle avec avidité, en s'accrochant au
manteau de l'entrepreneur qui se dirigeait de nouveau vers
la porte.

— Oui, oui, répondit-il, bien sûr. Tout ce que vous
voudrez ! »

Il se dégagea de l'étreinte de la vieille et, entraînant
Olivier derrière lui, se hâta de sortir.

Le lendemain (la famille avait eu entre-temps le soulagement d'un pain de deux livres et d'un morceau de fromage,
déposés par M. Bumble en personne), Olivier et son maître
retournèrent au misérable logis, où le bedeau était déjà
arrivé en compagnie de quatre hommes de l'hospice qui

devaient servir de porteurs. On avait jeté une vieille cape noire sur les guenilles de la vieille et de l'homme ; quand on eut vissé le cercueil, celui-ci fut hissé, nu, sur les épaules des porteurs et descendu ainsi dans la rue.

« Et maintenant, il va falloir presser le pas, ma bonne Dame ! murmura Sowerberry à l'oreille de la vieille ; nous sommes plutôt en retard, et ça ne se fait pas de faire attendre le pasteur. Allons-y, mes braves... le plus vite possible ! »

Ayant reçu cette exhortation, les porteurs partirent au trot sous leur fardeau léger et les deux parents de la défunte suivirent d'aussi près qu'ils le purent. M. Bumble et Sowerberry marchaient d'un bon pas en avant, et Olivier, dont les jambes n'égalaient pas celles de son maître, courait à côté.

Il n'était pas aussi nécessaire de se presser que le pensait M. Sowerberry, car, lorsqu'on atteignit l'obscur coin du cimetière où poussaient les orties et où étaient creusées les tombes des pauvres à la charge de la paroisse, le pasteur n'était pas encore arrivé ; le clerc, assis auprès du feu dans la sacristie, semblait penser qu'un délai supplémentaire d'une heure environ n'était nullement improbable avant son apparition. On posa donc la bière sur le bord de la fosse, et les deux parents de la défunte attendirent patiemment dans l'argile humide sous une bruine froide qui les pénétrait, tandis que les enfants guenilleux que le spectacle avait attirés dans le cimetière s'amusaient à un bruyant jeu de cache-cache au milieu des tombes ou, pour varier leurs distractions, sautaient et ressautaient par-dessus le cercueil. M. Sowerberry et Bumble, à titre d'amis personnels du clerc, s'étaient assis avec lui près du feu et lisaient le journal.

Enfin, après un laps de temps d'un peu plus d'une heure, on vit M. Bumble, Sowerberry et le clerc se précipiter vers la tombe. Immédiatement après, apparut le pasteur, qui enfilait son surplis tout en approchant. M. Bumble distribua aussitôt quelques taloches aux garçons pour la forme, et le révérend, après avoir lu tout ce qu'on pouvait condenser de l'office des morts dans un espace de quatre minutes, tendit son surplis au clerc et s'en fut.

« Vas-y, Bill, dit Sowerberry au fossoyeur. Remblaie ! »

Ce n'était pas une tâche bien ardue, car la fosse était déjà si pleine que le dernier cercueil se trouvait à quelques pieds de la surface. Le fossoyeur entassa la terre, la piétina vaguement, mit sa pelle sur l'épaule et s'en alla, suivi des enfants qui se plaignaient fort bruyamment que la distraction fût si vite terminée.

« Allons, mon brave ! dit Bumble, en tapotant le dos de l'homme. On veut fermer le cimetière. »

L'homme, qui n'avait pas fait le moindre mouvement depuis qu'il s'était posté au bord de la tombe, leva la tête, regarda d'un air hébété la personne qui lui avait parlé, fit quelques pas en avant et tomba, évanoui. La vieille folle était trop occupée à se lamenter sur la perte de sa cape (que l'entrepreneur avait emportée) pour prêter aucune attention à ce qui se passait ; on jeta donc sur lui un broc d'eau froide et, quand il revint à lui, on veilla à ce qu'il sortît bien du cimetière, dont on ferma la porte à clef, après quoi chacun s'en fut de son côté.

« Eh bien, Olivier, dit Sowerberry sur le chemin du retour, le métier te plaît-il ?

— Assez, Monsieur, merci, répondit Olivier avec une hésitation considérable. Pas beaucoup, Monsieur.

— Oh, tu t'y habitueras avec le temps, Olivier, dit Sowerberry. Ce n'est rien, une fois qu'on y est habitué, mon garçon. »

Olivier se demanda, en son for intérieur, si M. Sowerberry avait mis longtemps à s'y habituer. Mais il jugea plus prudent de ne pas poser la question, et il regagna le magasin en pensant à tout ce qu'il avait vu et entendu.

CHAPITRE VI

OLIVIER, AIGUILLONNÉ
PAR LES BROCARDS DE NOÉ,
PASSE À L'ACTION
ET ÉTONNE QUELQUE PEU
SON PERSÉCUTEUR

Son mois d'essai écoulé, Olivier devint officiellement apprenti. Il régnait juste à ce moment-là une bonne petite saison de maladies. En termes commerciaux, les cercueils étaient en hausse et, en quelques semaines, Olivier acquit une bonne dose d'expérience. Le succès de l'ingénieuse spéculation de M. Sowerberry dépassa ses prévisions les plus optimistes. Les habitants les plus âgés ne se rappelaient aucune époque où les rougeoles eussent été aussi répandues, ni aussi fatales à la vie des tout-petits ; et nombreux furent les cortèges funèbres en tête desquels marchait le jeune Olivier, portant à son chapeau un crêpe qui lui tombait jusqu'aux genoux, pour l'admiration et l'émotion indicibles de toutes les mères de la ville. Comme il accompagnait en outre son maître dans la plupart de ses expéditions auprès des morts adultes, afin d'acquérir cette égalité de comportement et cette pleine maîtrise des nerfs indispensables à un entrepreneur de pompes funèbres accompli, il eut de nombreuses occasions d'observer l'admirable résignation et le courage serein avec lesquels certaines personnes, douées de fermeté, supportent leurs épreuves et leurs pertes.

Par exemple, quand Sowerberry recevait la commande de l'enterrement d'une vieille dame ou d'un vieux monsieur fortunés, entourés d'un grand nombre de neveux et de nièces qui avaient été absolument inconsolables durant toute la maladie préalable et dont le chagrin s'était révélé totalement irrépressible jusque dans les circonstances les plus publiques, ces mêmes parents parvenaient à être, entre eux, aussi heureux qu'on pouvait le souhaiter, oui, tout joyeux et contents, et conversaient ensemble avec autant de liberté et de gaieté que si rien, absolument rien ne s'était passé qui pût les troubler. Certains maris aussi supportaient la mort de leur femme avec un calme des plus héroïques. Ou encore, des épouses portaient le deuil de leur mari comme si, loin de s'affliger dans ces vêtements de douleur, elles se fussent déterminées à les rendre aussi seyants et aimables que possible. On pouvait observer aussi que certaines dames et certains messieurs, qui étaient au comble de la douleur durant la cérémonie de l'enterrement, se remettaient presque aussitôt rentrés chez eux, et retrouvaient tout leur calme avant même que le thé fût terminé. Tout cela était fort agréable et édifiant à voir, et Olivier s'émerveillait à le constater.

L'exemple de ces bonnes gens incitait-il Olivier Twist à la résignation, je ne saurais me hasarder, bien que je sois son biographe, à le dire avec assurance ; mais je puis affirmer que, durant bien des mois, il continua de se soumettre docilement à la domination et aux mauvais traitements de Noé Claypole, qui en usait encore plus mal envers lui depuis que sa jalousie s'était éveillée en voyant le nouvel apprenti promu à la canne noire et au crêpe, alors que lui-même, l'ancien, restait dans une position stationnaire avec sa casquette en forme de muffin[1] et sa culotte de cuir. Charlotte le maltraitait, parce qu'ainsi faisait Noé ; et Mme Sowerberry était son ennemie décidée, du fait que M. Sowerberry était disposé à être son ami. Entre ces trois persécuteurs d'une part et force enterrements de l'autre, Olivier n'était pas tout à fait aussi heureux que ce porc au ventre creux qu'on avait enfermé par erreur dans la réserve des grains d'une brasserie.

Et maintenant, j'en viens à un passage très important de l'histoire d'Olivier, car il me faut rapporter un acte, peut-être en apparence mince et de peu d'importance, mais qui provoqua indirectement un changement substantiel dans tous ses faits et gestes ultérieurs.

Olivier et Noé étaient un jour descendus dans la cuisine à l'heure habituelle du déjeuner pour festoyer d'un mince quartier de mouton — une livre et demie du pire morceau du collet — quand, Charlotte ayant été appelée à s'éloigner, il s'ensuivit un bref intervalle ; Noé Claypole, qui était affamé et méchant, estima qu'il n'aurait su le consacrer à meilleure occupation que le tourment et l'exaspération du jeune Olivier Twist.

Bien décidé à cette innocente distraction, Noé posa ses pieds sur la nappe, tira les cheveux d'Olivier, lui tordit les oreilles, exprima l'opinion qu'il n'était qu'un « cafard », poursuivit en annonçant son intention d'aller le voir pendre quand aurait lieu ce désirable événement, et aborda divers autres thèmes piquants, en méchant enfant assisté plein de malice qu'il était. Mais, aucun de ces brocards ne produisant l'effet proposé, qui était de faire pleurer Olivier, Noé tenta de se rendre plus facétieux encore ; dans cette perspective, il fit ce que bien des petits esprits, beaucoup plus réputés que Noé, font parfois encore de nos jours quand ils se veulent drôles : il aborda les questions personnelles.

« Comment va ta mère, hospiceux ? dit-il.

— Elle est morte, répondit Olivier ; ne te mêle pas de me dire quoi que ce soit sur elle ! »

Le visage d'Olivier se colora, quand il prononça ces mots ; il respirait plus vite et il avait un curieux mouvement de la bouche et des narines, dont M. Claypole pensa qu'il était immédiatement précurseur d'une violente crise de larmes. Sous l'empire de cette impression, il revint à la charge.

« De quoi qu'elle est morte, hospiceux ? demanda Noé.

— D'un cœur brisé, à ce que m'ont dit certaines des vieilles infirmières, répondit Olivier, plutôt comme s'il se parlait à lui-même que s'il s'adressait à Noé. Je crois savoir ce que ce doit être de mourir de ça !

— La faridondon, la faridondaine, hospiceux, s'écria Noé, en voyant une larme rouler sur la joue d'Olivier. Et qu'est-ce qui te fait pleurnicher, à c't' heure ?

— Pas vous, répondit Olivier, qui essuya vivement ses pleurs. N'allez pas croire ça !

— Non, pas moi, hein ? fit Noé, en ricanant.

— Non, pas vous, répliqua sèchement Olivier. Et ça suffit. Pas un mot de plus à son sujet ; ça vaudra mieux pour vous !

— Ça vaudra mieux ! s'exclama Noé. Eh bien alors : ça

vaudra mieux ! Pas d'insolence, hospiceux. Tout ça pour ta mère à toi ! Elle devait être chouette, oui ! Seigneur Dieu ! »

Ici, Noé eut un hochement de tête expressif et il retroussa tout ce que l'action musculaire pouvait rassembler à cet effet de son petit bout de nez rouge.

Enhardi par le silence d'Olivier, Noé poursuivit sur un ton railleur de pitié affectée, exaspérant entre tous :

« T' sais, hospiceux ; t'y peux plus rien maintenant et, ben sûr, t'y pouvais rien à ce moment-là non plus, et je suis navré. On est bien certain qu'on l'est tous et qu'on a bien pitié de toi. Mais y faut bien que tu le saches, hospiceux, ta mère, c'était une pas grand-chose.

— Qu'est-ce que vous dites ? demanda Olivier, en levant vivement la tête.

— Une pas grand-chose, hospiceux, répéta froidement Noé. Et il vaut bien mieux qu'elle soye morte quand elle est morte, hospiceux, ou bien elle serait en train de fabriquer des chaussons de lisière à Bridewell [1], ou bien elle serait déportée ou encore elle aurait été pendue, c' qu' est encore le plus probable, tu crois pas ? »

Pourpre de rage, Olivier bondit en renversant la table et sa chaise, saisit Noé à la gorge, le secoua avec toute la violence de sa fureur au point qu'on entendit ses dents claquer, puis, rassemblant toutes ses forces, l'étendit à terre d'un seul coup de poing bien assené.

Une minute avant, l'enfant paraissait n'être que la créature douce, tranquille et morne qu'avaient façonnée les mauvais traitements. Mais il sortait enfin de sa passivité ; la cruelle insulte à sa mère morte avait enflammé son ardeur. Sa poitrine se soulevait ; il était dressé ; ses yeux brillaient d'un vif éclat ; toute sa personne était changée, tandis qu'il se tenait là debout, contemplant avec indignation le lâche tourmenteur maintenant écroulé à ses pieds et qu'il le défiait avec une énergie toute nouvelle.

« Il va me tuer ! cria Noé en pleurnichant bruyamment. Charlotte ! Maîtresse ! Y a le nouveau qui m'assassine ! Au secours ! Au secours ! Olivier est devenu fou ! Char-lotte ! »

Un cri aigu de Charlotte et un autre, plus perçant encore, de Mme Sowerberry répondirent aux clameurs de Noé ; la première se précipita dans la cuisine par une petite porte, tandis que la seconde s'arrêtait dans l'escalier pour attendre d'être certaine qu'il fût compatible avec la conservation de la vie humaine d'aller plus avant.

« Ah, le petit misérable ! hurla Charlotte en saisissant Olivier de toute sa vigueur, qui équivalait à peu près à celle d'un homme de force moyenne, particulièrement en forme. Ah, in-grat petit gre-din, affreux as-sas-sin ! »

Et Charlotte ponctuait chaque syllabe d'un coup de poing donné de toutes ses forces, tout en l'accompagnant d'un cri destiné à la cantonade.

Le poing de Charlotte n'avait rien de léger ; mais, pour le cas où il ne parviendrait pas à calmer la fureur d'Olivier, Mme Sowerberry plongea dans la cuisine et aida à tenir l'enfant d'une main, tout en lui griffant la figure de l'autre. La situation étant devenue favorable, Noé se releva et le bourra de coups par-derrière.

Tout cela représentait un exercice trop violent pour durer bien longtemps. Quand les uns et les autres furent trop fatigués pour pouvoir frapper ou déchirer davantage, ils traînèrent Olivier, qui se débattait et criait toujours sans être aucunement dompté, dans la cave, où ils l'enfermèrent. Cela fait, Mme Sowerberry se laissa tomber dans un fauteuil et fondit en larmes.

« Miséricorde, elle s'évanouit ! s'écria Charlotte. Un verre d'eau, Noé, mon bon. Vite !

— Ah ! Charlotte, dit Mme Sowerberry en s'exprimant tant bien que mal, prise comme elle l'était entre un souffle déficient et la bonne dose d'eau froide que Noé avait versée sur sa tête et ses épaules. Ah ! Charlotte, quelle bénédiction que nous n'ayons pas été assassinés au lit !

— Ah, c'est une bénédiction, en effet, Ma'me. J'espère simplement que cela apprendra à Monsieur à ne plus introduire ici d'affreuses gens de cette espèce, qui sont nés pour être des assassins et des voleurs dès le berceau. Ce pauvre Noé ! Un peu plus et on le tuait, si je n'étais pas entrée.

— Le pauvre garçon ! » dit Mme Sowerberry en jetant un regard compatissant sur l'enfant assisté.

Celui-ci, dont le premier bouton de gilet devait se trouver à peu près au niveau du sommet de la tête d'Olivier, se frotta les yeux avec le dedans de ses poings tandis qu'on lui témoignait cette commisération et fit étalage de quelques larmes et reniflements touchants.

« Que faire ? s'écria Mme Sowerberry. Ton maître n'est pas là ; il n'y a pas d'homme à la maison et, avant dix minutes, il aura démoli cette porte à coups de pied. »

Les vigoureux assauts d'Olivier contre le morceau de bois en question rendaient la chose hautement probable.

« Mon Dieu, mon Dieu ! Je ne sais pas moi, Ma'me, dit Charlotte,... à moins qu'on envoie chercher la police.

— Oui les mirlitaires, suggéra M. Claypole.

— Non, non, dit Mme Sowerberry en pensant au vieil ami d'Olivier. Cours chez M. Bumble, Noé, et dis-lui de venir tout de suite, sans perdre une minute ; ne t'occupe pas de ta casquette ! Tu pourras appliquer un couteau contre cet œil au beurre noir, tout en galopant : ça l'empêchera d'enfler. »

Noé, sans prendre même le temps de faire une remarque, se lança de toute la vitesse de ses jambes ; et les bonnes gens qui se promenaient dans la rue ne furent pas peu étonnés de voir un enfant assisté brûler le pavé, tout en désordre et sans casquette, mais avec un couteau de poche appliqué sur l'œil.

CHAPITRE VII

OLIVIER CONTINUE D'ÊTRE RÉFRACTAIRE

Noé Claypole courut par les rues de son pas le plus rapide, sans s'arrêter une seule fois pour reprendre haleine avant d'avoir atteint la grille de l'hospice. Après s'être reposé là une minute ou deux pour préparer une bonne crise de sanglots et une imposante démonstration de terreur et de larmes, il frappa bruyamment à la petite porte ; il présenta alors à l'indigent qui lui ouvrit un visage si lugubre que même cet homme, qui ne voyait jamais autour de lui que des visages lugubres, recula étonné :

« Mais qu'est-ce qui lui arrive à ce garçon ? fit le vieil indigent.

— Monsieur Bumble ! Monsieur Bumble ! cria Noé, avec un effroi bien joué et des accents si bruyants et si émus que non seulement ils arrivèrent aux oreilles du bedeau qui se trouvait justement tout à côté, mais aussi qu'ils l'inquiétèrent au point de le faire se précipiter dans la cour sans son bicorne — circonstance très curieuse et tout à fait remarquable en ce qu'elle révélait que même un bedeau, s'il est mû par une impulsion soudaine et puissante, peut être momentanément affecté de perte de sang-froid et d'oubli de sa dignité personnelle.

— Ah, monsieur Bumble, M'sieur ! dit Noé. Olivier, M'sieur... Olivier, il a...

— Quoi, quoi donc ! s'écria M. Bumble avec une lueur de plaisir dans ses yeux métalliques. Il n'est pas parti ? Il ne s'est pas enfui, Noé ?

— Non, M'sieur, non. Il ne s'est pas enfui, M'sieur, mais il est devenu mauvais, répondit Noé. Il a essayé de me tuer, M'sieur ; et il a essayé de tuer Charlotte ; et puis Madame. Ah ! Quelle affreuse douleur ! Je souffre mort et passion, excusez, M'sieur ! »

Sur ce, Noé se crispa et se tordit tout le corps ; il le fit passer par toute la variété de positions d'une anguille, donnant ainsi à entendre à M. Bumble qu'à la suite du violent et sanguinaire assaut d'Olivier Twist, il avait encouru de sévères lésions et dommages internes qui, à ce moment même, lui faisaient subir la torture la plus aiguë.

Quand Noé vit que la nouvelle qu'il apportait paralysait littéralement M. Bumble, il en accrut encore l'effet en se lamentant sur ses affreuses blessures dix fois plus fort qu'auparavant ; et quand il remarqua un monsieur à gilet blanc qui traversait la cour, il se fit plus tragique que jamais dans ses gémissements, imaginant à juste titre qu'il était hautement opportun d'attirer l'attention de ladite personne et de provoquer son indignation.

L'attention du monsieur fut bien vite attirée ; il n'avait pas fait trois pas qu'il se retourna avec colère pour demander pourquoi ce vilain garnement poussait pareils hurlements et pourquoi M. Bumble ne le gratifiait pas de quelque chose qui rendrait involontaire la suite d'exclamations qu'il venait de qualifier ainsi.

« C'est un pauvre enfant de l'école gratuite, Monsieur, qui a été presque massacré — il s'en est fallu de bien peu, Monsieur — par le jeune Twist, répondit M. Bumble.

— Nom d'un tonnerre ! s'écria le monsieur au gilet blanc qui s'arrêta brusquement. Je le savais bien ! J'ai eu dès le début le curieux pressentiment que cet audacieux petit sauvage finirait par être pendu !

— Il a également tenté d'assassiner la servante, Monsieur, dit le bedeau, dont le visage était livide.

— Et sa maîtresse, dit M. Claypole, intervenant.

— Et son maître aussi, as-tu dit, je crois, Noé ? ajouta M. Bumble.

— Non ! Il était sorti, sans quoi Olivier l'aurait assassiné, répondit Noé. Il a dit qu'il voulait le faire.

— Ah ! il a dit cela, hein, mon petit ? s'écria le monsieur au gilet blanc.

— Oui, Monsieur, répondit Noé. Et, s'il vous plaît, Monsieur, la maîtresse voudrait savoir si M. Bumble aurait une minute pour venir tout de suite le corriger... " parce que le maître n'est pas là ". »

— Certainement, mon garçon ; certainement, dit le monsieur au gilet blanc avec un sourire de bienveillance ; et il tapota la tête de Noé, qui dépassait bien la sienne de trois pouces. Tu es un bon garçon..., un très bon garçon. Voici un penny pour toi. Bumble, faites donc un saut jusque chez Sowerberry avec votre canne, et voyez ce qu'il y a lieu de faire. Ne le ménagez pas, Bumble.

— Non, je ne le ménagerai pas, Monsieur, répondit le bedeau en arrangeant le fil poissé enroulé autour de l'extrémité de sa canne pour des fins de flagellation paroissiale [1].

— Dites à Sowerberry de ne pas l'épargner non plus. On n'en obtiendra jamais rien sans lui infliger zébrures et contusions, ajouta le monsieur au gilet blanc.

— Je vais m'en occuper, Monsieur », répondit le bedeau.

Le bicorne et la canne étant alors ajustés à la satisfaction de leur propriétaire, M. Bumble et Noé Claypole partirent au plus vite pour la boutique de pompes funèbres.

Là, la situation ne s'était nullement améliorée. Sowerberry n'était pas encore rentré, et Olivier continuait à donner des coups de pied dans la porte de la cave avec une vigueur inentamée. Sa férocité, telle que la décrivirent Mme Sowerberry et Charlotte, était d'une nature si effrayante que M. Bumble jugea prudent de parlementer avant d'ouvrir la porte. Dans cette intention, il préluda par un coup donné à l'extérieur ; puis il appliqua sa bouche à la serrure et dit d'une voix grave et solennelle :

« Olivier !

— Laissez-moi sortir, voyons ! répliqua Olivier, de l'intérieur.

— Tu ne reconnais pas ma voix, Olivier ? demanda M. Bumble.

— Non ! » affirma avec audace Olivier.

Une réponse aussi différente de celle qu'il s'attendait à provoquer et qu'il avait l'habitude de recevoir, désarçonna quelque peu le bedeau. Il s'écarta de la serrure, se redressa de toute sa taille et regarda tour à tour les trois assistants avec une stupeur muette.

« Oh, vous savez, monsieur Bumble, il doit être fou, dit Mme Sowerberry. Il n'y a pas un garçon moitié sain d'esprit qui s'aventurerait à vous parler ainsi.

— Ce n'est pas de la folie, Madame, répondit M. Bumble après quelques instants d'une profonde méditation. C'est la nourriture.

— Quoi ? s'écria Mme Sowerberry.

— La nourriture, Madame ; la nourriture, répondit Bumble avec une force sévère. Vous l'avez suralimenté, Madame. Vous avez suscité en lui un esprit et une âme artificiels, qui ne conviennent pas à une personne de sa condition, Madame ; comme vous le dira le Conseil, madame Sowerberry, qui est composé de philosophes pratiques : qu'est-ce que les indigents ont à faire d'une âme et d'un esprit ? Ça suffit bien qu'on leur permette d'avoir un corps vivant. Si vous aviez continué à ne donner à ce garçon que du brouet, Madame, ceci ne serait jamais arrivé.

— Mon Dieu, mon Dieu ! s'écria Mme Sowerberry qui leva pieusement les yeux vers le plafond de la cuisine, voilà ce que c'est d'être trop généreuse ! »

La générosité de Mme Sowerberry avait consisté en l'octroi abondant de tous les rogatons que personne d'autre ne voulait manger ; aussi la bonne dame faisait-elle preuve de beaucoup d'humilité et d'esprit de sacrifice en restant volontairement sous le coup de la lourde accusation de M. Bumble. Il faut lui rendre cette justice qu'elle était entièrement innocente de ce chef, en pensée, en parole ou en acte.

« Ah ! reprit M. Bumble, quand la dame baissa de nouveau ses yeux vers la terre, tout ce qu'on peut faire maintenant, à ma connaissance, c'est de le laisser un jour ou deux dans la cave : la faim le calmera un peu ; on pourra alors le faire sortir et ne plus le nourrir que de brouet pour le restant de son apprentissage. Il sort d'une mauvaise famille. Des tempéraments très emportés, madame Sowerberry ! Aussi bien la garde que le docteur ont dit que cette créature qu'il avait pour mère était arrivée ici après avoir passé par des difficultés et des souffrances qui auraient tué, depuis des semaines, n'importe quelle femme de bonne composition, fût-elle en bonne santé. »

A ce point du discours de M. Bumble, Olivier, qui en entendait juste assez pour savoir qu'on faisait quelque nouvelle allusion à sa mère, se remit à ruer avec une violence qui submergeait tout autre son. Sowerberry revint sur ces entrefaites. On lui expliqua le crime d'Olivier avec toutes les exagérations que les dames estimèrent propres à susciter son courroux ; il déverrouilla en un instant la porte de la cave et en fit sortir son apprenti rebelle en le tirant par le collet.

Les vêtements d'Olivier avaient été déchirés au cours de la raclée qu'on lui avait infligée ; il avait le visage contus et écorché, et ses cheveux tombaient en désordre sur le front. La rougeur de la colère n'avait cependant pas disparu, et, quand on le tira de son cachot, il jeta, nullement ébranlé, de menaçants regards sur Noé.

« Eh bien, quel gentil garçon tu fais, hein ? dit Sowerberry qui, tout en le secouant, lui lança une calotte.

« — Il a insulté ma mère, répliqua Olivier.

— Eh bien, et puis après, misérable petit ingrat ? dit
Mme Sowerberry. Elle méritait bien ce qu'il en a dit, et pire
encore.

— Non, dit Olivier.

— Si, dit Mme Sowerberry.

— C'est un mensonge », dit Olivier.

Mme Sowerberry éclata en sanglots.

Ce flot de larmes ne laissait aucune alternative à son
époux. Eût-il hésité un instant à punir très sévèrement
Olivier que — tout lecteur averti s'en rendra clairement
compte — il serait apparu, suivant tous les précédents
établis dans les disputes conjugales, comme une brute, un
mari dénaturé, un être indigne, une vile contrefaçon
d'homme et autres aimables caractères, trop nombreux pour
qu'on puisse les énumérer dans les limites du présent
chapitre. On doit lui rendre cette justice qu'il était, dans la
mesure du possible — mesure assez restreinte —, bien
disposé à l'égard de l'enfant, soit parce que tel était son
intérêt, soit parce que sa femme avait en cela des sentiments
contraires. Le flot de larmes, néanmoins, ne lui laissait
aucune échappatoire ; il administra donc immédiatement à
Olivier une raclée qui satisfit jusqu'à Mme Sowerberry elle-
même et rendit assez superflu l'usage subséquent de la canne
paroissiale de M. Bumble. L'apprenti fut enfermé pour le
restant de la journée dans l'arrière-cuisine en compagnie de
la pompe et d'une tranche de pain ; le soir, Mme Sowerberry,
après avoir fait entendre derrière la porte diverses remarques
nullement flatteuses pour la mémoire de la mère de l'enfant,
regarda dans la pièce et, parmi les quolibets de Noé et de
Charlotte qui le montraient du doigt, lui ordonna de
remonter jusqu'à son triste lit.

Ce ne fut pas avant qu'on l'eût laissé seul dans le silence et
l'immobilité du sombre atelier de l'entrepreneur qu'Olivier
s'abandonna aux sentiments que le traitement qu'il avait
subi ce jour-là pouvait bien éveiller chez un simple enfant. Il
avait écouté les injures avec une expression dédaigneuse, il
avait supporté le fouet sans une plainte, ayant senti se
gonfler dans son cœur une fierté qui aurait étouffé tout cri

jusqu'au bout, l'eût-on rôti tout vif. Mais maintenant qu'il n'y avait plus personne pour le voir ou l'entendre, il tomba à genoux sur le sol et, cachant sa figure dans ses mains, pleura des larmes telles que — Dieu le veuille pour l'honneur de notre nature ! — peu d'enfants aussi jeunes auront jamais l'occasion d'en verser devant Lui !

Longtemps, Olivier demeura immobile dans cette attitude. La flamme de la chandelle vacillait dans la bobèche quand il se releva. Après avoir regardé précautionneusement alentour et écouté avec attention, il déverrouilla doucement la porte et jeta un coup d'œil au-dehors.

C'était une nuit froide et sombre. Les étoiles parurent, aux yeux de l'enfant, plus éloignées de la terre qu'il ne les avait jamais vues auparavant ; il n'y avait pas de vent, et les ombres ténébreuses portées par les arbres sur le sol prenaient du fait de leur immobilité une apparence sépulcrale et funèbre. Il referma doucement la porte. Après avoir profité des dernières lueurs de la chandelle pour rassembler dans un mouchoir les quelques effets qu'il possédait, il s'assit sur un banc et attendit le matin.

Dès que les premiers rais de lumière se frayèrent un chemin par les fentes des volets, Olivier se leva et retira de nouveau la barre de la porte. Un timide regard alentour... un instant d'hésitation... il l'avait refermée et il était dans la rue déserte.

Il regarda à droite, puis à gauche, se demandant de quel côté fuir. Il se rappela que les charrettes, lorsqu'il les voyait partir, grimpaient lentement le long de la colline. Il prit cette direction et arriva ainsi à un sentier à travers champs, qui — il le savait — rejoignait, à quelque distance, la route ; il s'y engagea et poursuivit son chemin d'un bon pas.

Le long de ce même sentier, Olivier se souvenait bien d'avoir trotté aux côtés de M. Bumble, quand celui-ci l'avait ramené de la garderie à l'hospice. Son chemin passait juste devant la petite maison. Son cœur se mit à battre à coups rapides quand il y pensa, et il résolut presque de faire demi-tour. Mais il avait déjà parcouru une assez grande distance et il aurait perdu ainsi beaucoup de temps. En outre, il était si tôt qu'il y avait bien peu de chance qu'on l'aperçût; il continua donc.

Il atteignit la maison. A cette heure matinale, ses habitants ne donnaient pas signe de vie. Olivier s'arrêta pour jeter un coup d'œil dans le jardin. Un enfant sarclait un des petits carrés de légumes; au moment où Olivier s'arrêta, le petit leva son pâle visage, révélant ainsi les traits d'un des petits camarades d'autrefois. Olivier fut heureux de le voir avant de partir, car, bien que cet enfant fût plus jeune que lui-même, il avait été son ami et son compagnon de jeux. Tous deux avaient été battus, affamés, enfermés ensemble, bien des fois.

« Chut, Dick! fit Olivier, tandis que l'enfant se précipitait à la barrière et passait son bras maigre entre les barreaux pour l'accueillir. Y a-t-il quelqu'un de levé?

— Seulement moi, répondit le petit.

— Il ne faudra pas dire que tu m'as vu, Dick, dit Olivier. Je me sauve. On me bat et on me maltraite, Dick, et je m'en vais chercher fortune très loin. Je ne sais pas où. Comme tu es pâle!

— J'ai entendu le docteur dire que je suis en train de mourir, répondit l'enfant avec un faible sourire. Je suis bien heureux de te voir, cher vieux; mais ne t'arrête pas, ne t'arrête pas!

— Si, si, je veux te dire au revoir, répondit Olivier. Je te reverrai, Dick. Je sais que je te reverrai! Tu iras bien et tu seras heureux!

— Je l'espère, répondit l'enfant. Quand je serai mort, mais pas avant. Je sais que le docteur doit avoir raison, Olivier, parce que je rêve sans cesse du Ciel, des Anges, de bons visages que je ne vois jamais quand je suis éveillé. Embrasse-moi, dit l'enfant, en grimpant sur le portillon pour jeter ses bras autour du cou d'Olivier. Adieu, mon cher Olivier! Dieu te bénisse! »

Cette bénédiction venait des lèvres d'un petit enfant, mais c'était la première qu'Olivier eût jamais entendu invoquer sur sa tête; au milieu des luttes, des souffrances, des difficultés et des changements ultérieurs de son existence, il ne devait jamais l'oublier.

CHAPITRE VIII

OLIVIER MARCHE JUSQU'À LONDRES.
IL RENCONTRE SUR LA ROUTE
UN JEUNE HOMME
BIEN ÉTRANGE

Olivier atteignit l'échalier par lequel se terminait le sentier et gagna de nouveau la grand-route. Il était alors huit heures. Bien que l'enfant fût à près de cinq milles de la ville, il courut et se cacha derrière les haies, alternativement, jusqu'au milieu du jour, dans sa crainte d'être poursuivi et rattrapé. Il s'assit alors pour se reposer contre une borne et commença à se demander pour la première fois où il ferait mieux d'aller pour essayer d'y vivre.

La pierre à côté de laquelle il était assis indiquait en gros caractères qu'il y avait exactement soixante-dix milles de ce point à Londres. Ce nom éveilla dans sa tête un nouveau courant d'idées. Londres ! — ce grand et vaste lieu ! — personne, pas même M. Bumble, ne pourrait jamais l'y découvrir ! En outre, il avait souvent entendu les vieux de l'hospice dire qu'un gars courageux ne risquait pas la misère à Londres et qu'il y avait dans cette vaste cité des façons de vivre, dont ceux qui avaient été élevés à la campagne n'avaient pas la moindre idée. C'était l'endroit idéal pour un garçon sans foyer, destiné à mourir dans les rues si personne ne lui venait en aide. Comme ces idées lui venaient à l'esprit, il sauta sur ses pieds et se remit en marche.

Il avait encore diminué de quatre milles pleins la distance qui le séparait de Londres, quand il repensa à tout ce qu'il devait endurer avant qu'il pût compter atteindre sa destination. A mesure que cette considération s'imposait à lui, il ralentit un peu le pas et réfléchit sur les moyens de parvenir à son but. Il avait dans son baluchon une croûte de pain, une chemise grossière et deux paires de bas. Il avait aussi dans sa poche un penny, don de Sowerberry, après quelque enterrement lors duquel il s'était particulièrement bien comporté. « Une chemise propre, pensa Olivier, est un article fort confortable, de même que deux paires de bas reprisés ; un penny aussi ; mais tout cela est de bien peu de secours pour une marche d'hiver de soixante-cinq milles. » Cependant, tout comme celles de la plupart des gens, les pensées d'Olivier, encore qu'extrêmement promptes et actives à signaler les difficultés, étaient absolument incapables de suggérer aucun moyen pratique de les surmonter ; aussi, après avoir passablement réfléchi sans aucun résultat, changea-t-il son petit baluchon d'épaule et poursuivit-il son pénible chemin.

Ce jour-là Olivier marcha vingt milles ; et durant tout ce temps, il ne prit rien d'autre que la croûte de pain rassis et quelques gorgées d'eau qu'il demanda aux portes le long de la route. Quand vint la nuit, il se retira dans un pré et, blotti tout contre une meule de foin, décida de rester étendu là jusqu'au matin. Il eut peur tout d'abord, car le vent gémissait de façon lugubre au-dessus des champs déserts ; il avait froid, il avait faim, et il se sentait plus seul que jamais. Très fatigué par sa marche, il ne tarda pas à s'endormir néanmoins, oubliant toutes ses difficultés.

Quand il se leva le lendemain matin, il avait froid et se sentait tout engourdi ; il eut tellement faim qu'il dut échanger son penny contre une petite miche de pain dans le premier village qu'il traversa. Il n'avait pas fait plus de douze milles, quand la nuit tomba de nouveau. Ses pieds étaient meurtris et ses jambes si faibles qu'elles tremblaient sous lui. Une autre nuit passée dans une atmosphère froide et humide ne fit qu'empirer son état ; quand il se remit en route le lendemain matin, il pouvait à peine se traîner.

Il attendit au bas d'une côte escarpée l'arrivée d'une diligence, pour mendier auprès des voyageurs de l'impériale ; mais il y en eut peu qui lui prêtèrent attention, et ceux-là mêmes lui dirent d'attendre qu'on fût arrivé au haut de la colline et de leur faire voir alors jusqu'où il pouvait courir pour gagner un demi-penny. Le pauvre Olivier essaya un moment de suivre le train de la diligence, mais il ne put continuer en raison de sa fatigue et de ses pieds endoloris. Ce que voyant, les gens rempochèrent leur demi-penny en déclarant qu'il n'était qu'un petit paresseux qui ne méritait rien ; et la diligence s'en alla, bringuebalante, ne laissant derrière elle qu'un nuage de poussière.

Dans certains villages, on avait apposé de grands placards peints signalant que toute personne prise à mendier sur l'étendue de la commune serait incarcérée. Cette menace effrayait beaucoup Olivier et le poussait à sortir au plus vite de ces villages-là. Dans d'autres, il s'attardait auprès des cours d'auberges en regardant tristement les passants, façon d'agir qui avait en général pour effet que l'hôtesse ordonnait à l'un des postillons qui traînaient par là de chasser ce garçon bizarre, car elle était sûre qu'il était venu voler quelque chose. S'il mendiait à la porte d'une ferme, neuf fois sur dix on menaçait de lâcher les chiens après lui ; quand il montrait le bout de son nez dans une boutique, on formulait quelque allusion au bedeau [1], ce qui lui faisait remonter le cœur à la bouche — et c'était bien souvent la seule chose qui s'y trouvât durant de longues heures d'affilée.

En fait, s'il n'avait reçu l'assistance d'un péager compatissant et d'une bonne vieille dame, Olivier aurait vu ses malheurs abrégés par un processus identique à celui qui avait mis fin à ceux de sa mère ; autrement dit, il serait assurément tombé mort sur la grand-route. Mais le péager lui fournit un repas de pain et de fromage ; et la vieille dame, dont un petit-fils naufragé errait nu-pieds en quelque partie éloignée du monde, prit pitié du pauvre orphelin et lui donna le peu qu'elle pouvait — et même davantage — en l'accompagnant de paroles si bonnes et si douces et de telles larmes de sympathie et de compassion qu'elles allèrent plus au fond de l'âme d'Olivier que toutes les souffrances qu'il avait jamais endurées.

De bonne heure le matin du septième jour après qu'il eut quitté le lieu de sa naissance, Olivier arriva en clopinant lentement dans la petite ville de Barnet [2]. Les volets des maisons étaient clos ; la rue, déserte ; pas une âme n'était encore éveillée à l'activité quotidienne. Le soleil se levait dans toute la splendeur de sa beauté, mais sa lumière ne servait qu'à montrer à l'enfant sa propre solitude et son abandon, tandis qu'il s'asseyait, les pieds saignants et couverts de poussière, sur le pas d'une porte.

Petit à petit, les volets s'ouvrirent, les stores se relevèrent, et des gens commencèrent à aller et venir. Quelques-uns s'arrêtaient pour contempler un instant Olivier, ou se retournaient pour l'examiner tout en se hâtant de poursuivre leur chemin; mais nul ne le secourut ou ne se soucia de lui demander comment il était arrivé en cet endroit. Il n'avait pas le cœur de mendier, et il restait assis là.

Il était resté blotti quelque temps sur sa marche, à s'étonner du grand nombre de débits de boissons (une maison sur deux à Barnet était une taverne, grande ou petite), ou à contempler avec apathie les voitures qui passaient; et il se disait combien il était étrange qu'elles pussent faire aisément en quelques heures le trajet qui avait nécessité de sa part une semaine entière d'un courage et d'une détermination au-dessus de son âge. Mais il fut éveillé de ces réflexions en remarquant qu'un garçon, qui avait passé nonchalamment devant lui quelques minutes plus tôt, était revenu sur ses pas et l'examinait maintenant avec une grande attention, de l'autre côté de la rue. Il s'en soucia peu tout d'abord; mais le garçon demeura si longtemps dans cette même attitude d'observation attentive qu'Olivier leva la tête et répondit à son regard par un regard aussi appuyé. Sur quoi, le garçon traversa et, s'approchant tout près d'Olivier, lui dit :

« Alors, l'aminche, qu'est-ce qui colle pas ? »

Celui qui adressait cette demande au jeune voyageur avait à peu près le même âge que lui, mais Olivier n'avait jamais vu personnage aussi étrange. C'était un garçon au nez camard, au front bas et à la figure commune, aussi sale certes qu'on pouvait s'y attendre de la part d'un adolescent de ce genre; et pourtant on voyait chez lui tous les airs et toutes les manières d'un homme fait. Assez petit pour son âge, il avait les jambes quelque peu arquées et de vilains petits yeux perçants. Son chapeau était posé si légèrement sur le sommet du crâne, qu'il menaçait à tout moment de s'envoler — ce qui se serait bien souvent passé si son propriétaire n'avait eu le talent d'imprimer à chaque instant à sa tête une brusque secousse qui le ramenait à sa position antérieure. Il portait un habit d'homme, qui lui tombait

presque jusqu'aux talons. Il en avait retroussé les manches à
mi-coude pour dégager ses mains, sans doute afin de pouvoir
les fourrer dans les poches de son pantalon de velours côtelé,
car il les y tenait en permanence. On n'aurait su trouver
jeune homme de quatre pieds six — et encore ! — plus
cascadeur ni plus fanfaron dans ses demi-bottes.

« Et alors, l'aminche ! Qu'est-ce qui ne colle pas ? dit cet
étrange jeune homme en s'adressant à Olivier.

— J'ai très faim et je suis très fatigué, répondit l'enfant,
dans les yeux duquel perlaient les larmes. J'ai beaucoup
marché. Je n'ai pas arrêté de marcher toute cette semaine.

— Sept jours que tu marches ! s'écria le jeune homme.
Ah ! je vois ! C'est par ordre du curieux[1], hein ? Mais,
ajouta-t-il en remarquant l'air surpris d'Olivier, je suppose
que tu n' sais pas c' que c'est qu'un curieux, jeune
fringant. »

Olivier répondit timidement qu'il ne le savait pas, en
effet.

« Mince alors, c' que t'es sinve[2] ! s'écria le jeune homme.
Un curieux, c't' un magistrat, voyons ! Et quand on marche
par ordre du curieux, c'est pas droit devant soi, mais
toujours pour monter sans jamais r'descendre. T'as jamais
été au moulin[3] ?

— Quel moulin ? demanda Olivier.

— Quel moulin ! Mais le moulin, quoi ! — çui qui prend
si peu d' place qu'y marche même en taule ; et y marche
toujours mieux quand les types ont pas le vent dans les
voiles, pas'que quand y z'y ont, on trouve plus personne
pour le faire marcher. Mais suffit ; t'as besoin de morfiller[4],
et j' t'en vas donner. J' suis fauché itou — j'ai plus qu'une
balle et un rond, mais tant qu'y en aura, j' m'y colle et j'
casque. File-toi sur tes flûtes. Là, ça y est ! On les met ! »

Après avoir aidé Olivier à se lever, le jeune homme
l'amena jusqu'à une épicerie proche, où il fit acquisition
d'une portion de jambon tout prêt et d'un pain de deux
livres, ou plus exactement, comme il le dit lui-même, d'une
« boule de son à quatre ronds ! » et il eut bien soin de tenir le
jambon propre et de le préserver de la poussière grâce à
l'ingénieux expédient qui consistait à le fourrer dans la

miche après avoir extrait un bout de la croûte. Le jeune homme mit le pain sous son bras et pénétra dans un petit débit de boissons, où il mena Olivier jusqu'à une petite salle formant le fond de l'établissement. Là, le mystérieux jouvenceau fit servir un pot de bière ; après quoi, Olivier, sur l'invitation de son nouvel ami, s'attaqua aux provisions et fit de grand appétit un bon repas, pendant toute la durée duquel l'étrange garçon l'examinait de temps à autre avec une grande attention.

« Tu vas à Londres ? dit celui-ci, quand Olivier eut enfin terminé.

— Oui.

— T'as un logement ?

— Non.

— De l'argent ?

— Non. »

Le garçon fit entendre un sifflement et enfonça ses bras dans ses poches aussi loin que le permettaient les grandes manches de son habit.

« Vous habitez à Londres ? demanda Olivier.

— Oui, quand j' suis à la maison, répondit le garçon. Je suppose que tu veux trouver un endroit pour dormir ce soir, hein ?

— Oui, certainement, répondit Olivier. Je n'ai pas dormi sous un toit depuis que j'ai quitté la campagne.

— Te fais pas d' bile pour ça, dit le jeune homme. Y faut que j' soye à Londres ce soir, et j' connais un vieux monsieur respectable qui vit là-bas ; y t' logera à l'œil et y t' demandera pas la onnaie... C't-à-dire si un monsieur qu'y connaît y t' présente. Et y m' connaît-il ? Oh non ! pas du tout ! certainement pas ! »

Le jeune homme sourit, comme pour indiquer que les dernières phrases de son discours n'étaient qu'une joyeuse ironie, et, ce faisant, acheva sa bière.

Cette offre inattendue d'un toit était trop tentante pour qu'Olivier y résistât, d'autant plus qu'elle fut immédiatement suivie de l'assurance que le vieux monsieur auquel on avait fait allusion lui fournirait sans doute très bientôt une situation confortable. Cela mena à un dialogue plus amical et

plus confidentiel, au cours duquel Olivier découvrit que son
ami s'appelait Jack[1] Dawkins et qu'il était le favori et
protégé du vieux monsieur susmentionné.

L'aspect de M. Dawkins ne disait pas grand-chose en
faveur de l'aisance que la sollicitude de son patron pouvait
valoir à ceux qu'il prenait sous sa protection ; mais comme il
avait une façon de converser assez légère et assez licencieuse
et qu'il avouait en outre être mieux connu de ses intimes
sous le sobriquet de « le Fin Renard », Olivier en conclut
qu'étant donné sa tournure d'esprit dissipée et insouciante,
les préceptes moraux de son bienfaiteur avaient été jusqu'a-
lors gaspillés. Se fondant sur cette impression, il résolut en
son for intérieur d'acquérir aussi vite que possible l'estime
du vieux monsieur et, au cas où le Renard s'avérerait
incorrigible — comme Olivier était bien près de le croire
déjà —, de décliner l'honneur de relations plus poussées.

Jean Dawkins s'étant refusé à pénétrer dans Londres
avant la tombée de la nuit, il était presque onze heures
quand ils atteignirent la barrière de péage d'Islington[2]. Ils
passèrent de l'auberge de l'Ange dans St John's Road,
prirent la ruelle qui aboutit au Théâtre de Sadler's Wells,
enfilèrent Exmouth Street et Coppice Row, puis la ruelle qui
longe l'hospice, traversèrent le terrain classique autrefois
appelé Hockley-in-the-Hole ; après quoi ils montèrent la
côte de Little Saffron et arrivèrent ainsi à Saffron Hill the
Great, où le Renard détala d'un pas rapide, en conseillant à
Olivier de se coller à ses talons.

Bien que celui-ci eût besoin de toute son attention pour ne
pas perdre son guide de vue, il ne put s'empêcher, chemin
faisant, de jeter quelques coups d'œil à droite et à gauche. Il
n'avait jamais vu endroit plus sale ni plus misérable. La rue
était très étroite et très boueuse, et l'atmosphère imprégnée
d'odeurs immondes. Il y avait pas mal de petites boutiques,
mais il semblait que les seules marchandises en magasin
fussent des masses d'enfants qui, même à cette heure
tardive, entraient et sortaient à quatre pattes ou poussaient
des cris perçants à l'intérieur. Les seuls endroits qui
parussent prospérer au milieu de la flétrissure générale
étaient les tavernes, dans lesquelles des Irlandais de la plus

basse classe se querellaient de toutes leurs forces. Des
venelles et des cours couvertes, qui s'amorçaient de-ci de-là
sur la rue principale, laissaient voir de petits enchevêtre-
ments de maisons, où des ivrognes et des ivrognesses se
vautraient littéralement dans les immondices, tandis que de
plusieurs porches émergeaient prudemment des personnages de méchante mine, qui partaient pour des expéditions
dont le but n'était, selon toute apparence, ni bien inten-
tionné ni inoffensif.

Une fois arrivés au bas de la côte, Olivier commençait
juste à se demander s'il ne ferait pas mieux de s'enfuir,
quand son guide, ouvrant d'une poussée la porte d'une
maison proche de Field Lane, lui saisit le bras, l'attira dans
le couloir et referma le battant derrière eux.

« Et alors ? cria une voix qui vint du sous-sol en réponse à
un sifflement du Renard.

— Ça biche ! »

Ceci paraissait être quelque mot d'ordre ou quelque signal
signifiant que tout allait bien, car la faible lueur d'une
chandelle se refléta sur le mur au fond du couloir, et le
visage d'un homme parut dans une brèche laissée par la
rampe brisée du vieil escalier de la cuisine.

« Vous êtes deux à c't' heure, fit l'homme avançant la
chandelle, tout en s'abritant les yeux de la main. Qui c'est y
qu' c'est, l'autre ?

— Un nouveau copain, répondit Jack Dawkins, qui
entraîna Olivier en avant.

— D'où qu'y vient ?

— Du pays des sinves. Fagin [1] est en haut ?

— Oui, y trie les blavins [2]. Monte en vitesse ! »

La chandelle se retira, et la figure disparut.

Olivier, qui cherchait à tâtons son chemin d'une main,
l'autre étant fermement tenue par son compagnon, monta
avec beaucoup de difficulté le ténébreux escalier aux marches bancales, alors que son guide le gravissait avec une
aisance et une célérité qui prouvaient qu'il le connaissait
bien. Il ouvrit brusquement la porte d'une chambre de
derrière, et entraîna Olivier dans celle-ci.

Les murs et le plafond en étaient parfaitement noirs, du

fait du temps et de la crasse. Il y avait devant le feu une table
en bois blanc, sur laquelle on voyait une chandelle piquée
dans une bouteille de bière, deux ou trois pots d'étain, une
miche de pain, du beurre et une assiette. Une poêle, dont la
queue était attachée pour plus de sécurité au manteau de la
cheminée, se trouvait sur le feu, et il y cuisait quelques
saucisses ; penché dessus, une fourchette à rôties à la main,
se tenait un très vieux Juif tout ratatiné, dont la vilaine et
repoussante figure disparaissait à demi sous des touffes de
cheveux roux. Il était vêtu d'une robe de chambre de flanelle
graisseuse, qui laissait paraître son cou nu, et il semblait
partager son attention entre la poêle à frire et un chevalet à
linge, duquel pendaient quantité de mouchoirs de soie.
Plusieurs lits grossiers, faits de vieux sacs, étaient entassés
les uns contre les autres sur le plancher. Assis autour de la
table, quatre ou cinq garçons, dont aucun n'était plus âgé
que le Renard, fumaient de longues pipes en terre en buvant
des spiritueux de l'air d'hommes faits. Ils s'assemblèrent
tous autour de leur camarade, tandis qu'il murmurait
quelques mots à l'oreille du Juif, puis se retournèrent pour
grimacer des sourires à l'intention d'Olivier. Le Juif lui-
même en fit autant, fourchette en main.

« Le v'là, Fagin, dit Jack Dawkins : mon copain Olivier
Twist. »

Le Juif accentua son sourire, fit un profond salut à Olivier
et lui saisit la main, en déclarant qu'il espérait avoir l'honneur
de faire avec lui intime connaissance. Sur quoi, les jeunes
gens aux pipes l'entourèrent et lui serrèrent fort vigoureusement les deux mains, particulièrement celle qui tenait son
baluchon. Un de ces messieurs se montra très désireux de
suspendre pour lui sa casquette ; un autre poussa l'obligeance jusqu'à fourrer ses mains dans les poches d'Olivier
pour éviter à celui-ci, qui était très fatigué, la peine de les
vider lui-même quand il se mettrait au lit. Ces civilités se
seraient probablement étendues beaucoup plus loin, si le
Juif n'avait fait une libérale distribution de coups de
fourchette sur les têtes et les épaules des affectueux jouven-
ceaux qui s'y livraient.

« Nous sommes très heureux de te voir, Olivier, très, dit

le Juif. Renard, tire donc les saucisses et approche un baquet
du feu pour Olivier. Ah ! tu regardes les mouchoirs, hein,
mon petit ? Il y en a beaucoup, hein ? On vient de les choisir
pour la lessive ; c'est tout, Olivier, c'est tout. Ha, ha, ha ! »

La dernière partie de ce petit discours fut accueillie par les
hurlements de joie des prometteurs élèves du jovial vieillard.
Et c'est ainsi qu'on se mit à table.

Olivier mangea sa part, et le Juif lui prépara un grog au
gin en lui recommandant de le boire aussitôt, car un autre de
ces messieurs avait besoin du gobelet. Olivier fit ce qu'on lui
demandait. Aussitôt après, il se sentit doucement déposer
sur un des sacs, où il sombra dans un profond sommeil.

CHAPITRE IX

QUI CONTIENT
DE PLUS AMPLES DÉTAILS
SUR L'AIMABLE VIEUX MONSIEUR
ET SES ÉLÈVES PROMETTEURS

Il était tard, le lendemain matin, quand Olivier s'éveilla
d'un long et profond sommeil. Il n'y avait personne d'autre
dans la pièce que le vieux Juif, qui, occupé à faire bouillir du
café dans une casserole pour le petit déjeuner, sifflait
doucement en remuant la décoction avec une cuiller de fer.
Il s'arrêtait de temps à autre pour écouter chaque fois qu'il
entendait quelque bruit en bas ; son inquiétude apaisée, il se
remettait à siffler et à remuer son liquide comme auparavant.

Bien qu'Olivier fût sorti de son sommeil, il n'était pas
encore tout à fait éveillé. Il y a, entre le sommeil et l'éveil, un
état de somnolence durant lequel on rêve plus en cinq
minutes, avec les yeux à moitié ouverts et une demi-
conscience de tout ce qui se passe alentour, qu'en cinq nuits
entières passées les yeux fermés et les sens plongés dans une
parfaite inconscience. A ces moments-là, un mortel sait juste
assez ce que fait son esprit pour se former une idée vacillante
de ses immenses possibilités et de la façon dont il s'élance

loin de la terre, au mépris du temps et de l'espace, lorsqu'il est libéré de la contrainte de son corporel associé.

Olivier se trouvait précisément dans cet état. Il voyait le Juif entre ses paupières mi-closes, il l'entendait siffler doucement, il reconnaissait le crissement de la cuiller contre les bords de la casserole ; et cependant, ces mêmes sens étaient, simultanément, engagés dans une incessante activité mentale concernant presque toutes les personnes qu'il avait connues jusqu'alors.

Quand le café fut prêt, le Juif tira la casserole sur la plaque de côté. Il se tint alors durant quelques minutes dans une attitude irrésolue, comme s'il ne savait trop à quoi s'employer, se retourna pour regarder Olivier et l'appela par son nom. L'enfant, ne répondant pas, était selon toute apparence endormi.

Rassuré sur ce point, le Juif s'avança doucement jusqu'à la porte, qu'il ferma à clef. Alors il sortit d'une trappe pratiquée dans le plancher (à ce qu'il sembla à Olivier) un petit coffret, qu'il posa avec soin sur la table. Ses yeux brillèrent lorsqu'il souleva le couvercle et regarda à l'intérieur. Il traîna un vieux fauteuil jusqu'à la table et s'assit ; puis il retira du coffret une magnifique montre en or, scintillante de pierres précieuses.

« Aha ! fit le Juif en haussant les épaules et en distordant tous les traits de sa figure en un hideux sourire. Ils sont habiles, les mâtins ! Habiles comme tout ! Et fidèles jusqu'au bout ! Ils n'ont jamais dit au vieux pasteur [1] où c'était. Ils n'ont jamais donné le vieux Fagin ! Et pourquoi l'auraient-ils fait ? Ça n'aurait pas desserré le nœud coulant ni retenu la chute une minute de plus. Non, non, non ! Ce sont des chics garçons, oui, des chics garçons ! »

Tout en prononçant à mi-voix ces réflexions et d'autres du même genre, le Juif remit la montre en son lieu de sûreté. Il en tira une à une du coffret une bonne demi-douzaine d'autres et les examina avec le même plaisir, sans compter des bagues, des broches, des bracelets et d'autres bijoux, de matières si magnifiques et d'un travail si coûteux qu'Olivier n'avait aucune idée de leur nom même.

Ayant remis en place tous ces bijoux, le Juif en prit un

autre si petit qu'il tenait dans la paume de sa main. Il devait
y avoir dessus une inscription très finement gravée, car le
vieux le mit à plat sur la table et, l'abritant de sa main,
s'absorba dans une longue et minutieuse contemplation.
Finalement, il le remit en place comme s'il désespérait
d'arriver à un résultat et, se carrant dans son fauteuil,
murmura :

« Quelle belle chose que la peine capitale ! Les morts ne se
repentent jamais ; les morts ne déterrent jamais les histoires
gênantes. Ah, c'est une bonne chose pour la profession ! En
voilà cinq pendus haut et court à la file, et il n'en est pas
resté un seul pour manger le morceau ou avoir les foies ! »

Tandis que le Juif prononçait ces mots, ses yeux sombres
et brillants, jusqu'alors perdus dans le vide, tombèrent sur le
visage d'Olivier ; les yeux de l'enfant se trouvèrent braqués
sur les siens avec une expression de muette curiosité ; et bien
que leurs regards ne se fussent rencontrés qu'un instant,
l'instant le plus bref qu'on puisse concevoir, c'en fut assez
pour révéler au vieux qu'il avait été observé. Il fit retomber
avec fracas le couvercle de la cassette et, saisissant un
couteau à pain qui se trouvait sur la table, se dressa avec
fureur. Il tremblait beaucoup cependant, car, tout terrifié
que fût Olivier, celui-ci voyait le couteau frémir en l'air.

« Qu'est-ce que c'est ? dit le Juif. Pourquoi m'espionnes-
tu ? Pourquoi es-tu réveillé ? Qu'est-ce que tu as vu ? Parle,
mon garçon ! Vite — vite, si tu tiens à vivre.

— Je ne pouvais plus dormir, Monsieur, répondit timidement Olivier. Je regrette beaucoup si je vous ai dérangé,
Monsieur.

— Tu n'étais pas réveillé il y a une heure ? dit le Juif, en
lançant à l'enfant des regards féroces.

— Non ! non, certainement pas ! répondit Olivier.

— Tu es bien sûr ? s'écria le Juif, dont le regard était plus
féroce et l'attitude plus menaçante encore.

— Je vous en donne ma parole, Monsieur, répondit
Olivier avec ardeur. Non, monsieur, je vous l'assure.

— Allons, bah, mon petit ! dit le Juif en reprenant tout
d'un coup sa manière habituelle et en jouant un peu avec le
couteau avant de le reposer, comme pour laisser supposer

qu'il l'avait saisi par simple jeu. Bien sûr que je le sais, mon petit. Je voulais simplement te faire peur. Tu es un brave garçon. Ha, ha, tu es un brave garçon, Olivier ! »

Le Juif se frotta les mains en poussant un petit gloussement ; mais regarda néanmoins la cassette d'un air inquiet.

« As-tu vu quelques-unes de ces jolies choses, mon petit ? demanda-t-il après un instant de silence, en posant la main sur le coffret.

— Oui, Monsieur, répondit Olivier.

— Ah ! fit le Juif, pâlissant légèrement. Elles... elles sont à moi, Olivier ; c'est mon petit bien. Tout ce que j'ai pour vivre dans mes vieux jours. On me dit avare, mon petit. Je suis un avare, voilà tout. »

Olivier pensa que ce vieux monsieur devait être en effet un fieffé avare pour vivre dans un endroit aussi sale, alors qu'il possédait tant de montres ; mais il réfléchit que le Renard et les autres garçons lui coûtaient peut-être beaucoup d'argent, et il se contenta de regarder le Juif d'un air déférent, en lui demandant s'il pouvait se lever.

« Certainement, mon enfant, certainement, répondit le vieux monsieur. Attends. Il y a une cruche d'eau dans le coin près de la porte. Apporte-la et je vais te donner une bassine pour te laver, mon petit. »

Olivier se leva, traversa la pièce et se baissa un instant pour soulever la cruche. Quand il tourna la tête, le coffret avait disparu.

Il venait de se laver et de remettre tout en ordre en vidant la bassine par la fenêtre suivant les directives du Juif, quand le Renard rentra en compagnie d'un jeune ami fort enjoué qu'Olivier avait vu parmi les fumeurs de la veille et qu'on lui présenta maintenant dans les règles, sous le nom de Charley Bates. Ils s'assirent tous quatre pour prendre leur petit déjeuner, composé du café préparé par le Juif, ainsi que de petits pains et de jambon que le Renard avait rapportés dans le fond de son chapeau.

« Eh bien, dit le Juif, qui s'adressait au Renard tout en jetant un coup d'œil malicieux à Olivier, j'espère que vous avez bien travaillé ce matin, mes enfants ?

— Dur, répondit le Renard.

— Comme des nègres, ajouta Charley Bates.

— Vous êtes de braves garçons, dit le Juif. Qu'as-tu, toi, Renard ?

— Deux portefeuilles, répondit ce jouvenceau.

— Garnis ? s'enquit le Juif avec avidité.

— Assez bien, répondit le Renard, qui exhiba deux portefeuilles, l'un vert et l'autre rouge.

— Ils ne sont pas aussi lourds qu'ils pourraient l'être, dit le vieux après avoir soigneusement examiné le contenu ; mais ils sont très élégants et de bonne façon. C'est un habile artisan, tu ne trouves pas, Olivier ?

— Très habile, Monsieur, certainement », dit Olivier.

Sur quoi, M. Charles Bates éclata d'un rire tumultueux, au grand étonnement d'Olivier, qui ne voyait rien de risible dans tout ce qui s'était passé.

« Et toi, que rapportes-tu, mon petit ? dit Fagin à Charley Bates.

— Des tire-jus, répondit ce jeune homme tandis qu'il présentait quatre mouchoirs.

— Bien, dit le Juif, en les examinant de près ; ils sont très bons, très. Mais tu ne les as pas bien marqués, Charley ; il faudra donc retirer les marques avec une aiguille, et on montrera à Olivier comment faire. N'est-ce pas, Olivier, eh ? Ha, ha, ha !

— Si vous voulez, Monsieur, dit Olivier.

— Tu aimerais bien pouvoir fabriquer des mouchoirs aussi bien que Charley Bates, hein, mon petit ? dit le Juif.

— Beaucoup, Monsieur, si vous voulez bien m'apprendre, Monsieur », répondit Olivier.

Le jeune Bates vit dans cette réponse quelque chose de si exquisément comique qu'il éclata de rire à nouveau, lequel rire, rencontrant le café qu'il buvait et l'entraînant dans quelque mauvaise voie, manqua s'achever en suffocation prématurée.

« Il est si joliment gourde ! » dit Charley, quand il se fut remis, en manière d'excuse à la compagnie pour son comportement incivil.

Le Renard ne dit rien, mais rabattit d'une caresse les cheveux d'Olivier sur ses yeux en disant que celui-ci acquerrait plus d'expérience avec le temps; sur quoi, le vieux monsieur, remarquant que le visage de l'enfant se colorait, changea de sujet en demandant s'il y avait eu beaucoup de monde à l'exécution du matin. Cette question déconcerta encore plus Olivier; il ressortait clairement, en effet, des réponses des deux garçons qu'ils y avaient tous deux assisté, et il se demanda naturellement comment ils avaient bien pu trouver le temps d'être aussi industrieux.

Quand on eut desservi, le jovial vieillard et les deux garçons jouèrent à un jeu inhabituel et fort curieux qui consistait en ceci : le gai vieillard plaçait une tabatière dans une de ses poches de pantalon, un porte-billets dans l'autre et une montre dans son gousset avec une chaîne de sûreté autour de son cou; il piquait dans sa chemise une épingle ornée d'un faux diamant; puis il boutonnait soigneusement son habit bien ajusté; enfin, après avoir fourré dans ses poches son étui à lunettes et son mouchoir, il trottinait de-ci de-là dans la pièce avec une canne, à la manière des vieux messieurs qu'on voit flâner à longueur de journée dans les rues. Parfois il s'arrêtait devant l'âtre et parfois à la porte, en faisant semblant de mettre toute son attention dans la contemplation de quelque vitrine. A ces moments-là, il regardait constamment autour de lui comme s'il craignait les voleurs, et il ne cessait de tâter tour à tour chacune de ses poches pour voir s'il n'avait rien perdu; tout cela était exécuté avec tant de drôlerie et de naturel qu'Olivier rit au point que les larmes en coulaient sur ses joues. Pendant tout ce temps, les garçons suivaient le Juif de près; mais, chaque fois qu'il se retournait, tous deux se dérobaient si lestement à ses regards qu'il était impossible de suivre leurs mouvements. Finalement, le Renard lui marchait sur les pieds ou heurtait accidentellement sa chaussure, tandis que Charley Bates le bousculait par-derrière, et dans ce seul instant, ils lui dérobaient avec la plus extraordinaire rapidité tabatière, porte-billets, chaîne de sûreté, montre, épingle de cravate, mouchoir de poche et même l'étui à lunettes. Si le vieux monsieur sentait une main dans l'une ou l'autre de ses poches, il disait aussitôt où elle se trouvait; et tout le jeu recommençait alors depuis le début.

Quand on se fut amusé à ce jeu un grand nombre de fois, deux demoiselles vinrent rendre visite aux jeunes messieurs ; l'une s'appelait Bet et l'autre Nancy. Elles portaient des masses de cheveux, relevés par-derrière de façon assez peu soignée, et l'on voyait un certain désordre dans leurs souliers et dans leurs bas. Elles n'étaient peut-être pas précisément jolies, mais leurs visages étaient assez hauts en couleurs et elles avaient l'air vigoureux et bien portant. Comme, de plus, elles avaient des manières remarquablement directes et aimables, Olivier les trouva tout à fait gentilles. Sans doute l'étaient-elles d'ailleurs.

Ces visiteuses restèrent longtemps. L'une d'elles s'étant plainte d'un froid intérieur, on sortit des alcools, et la conversation prit un tour fort gai et fort édifiant. Finalement, Charley Bates exprima l'opinion qu'il était temps de trimarder. Olivier pensa que c'était là un mot étranger signifiant « sortir », car, tout de suite après, le Renard, Charley et les deux demoiselles s'en allèrent ensemble, non sans que le Juif les eût aimablement pourvus d'argent pour leurs dépenses.

« Voilà, mon petit, dit Fagin. C'est la bonne vie, n'est-ce pas ? Ils sont sortis pour la journée.

— Est-ce qu'ils ont fini leur travail ? s'enquit Olivier.

— Oui, dit le Juif ; c'est-à-dire, à moins qu'ils n'en rencontrent de façon inattendue quand ils seront dehors ; auquel cas ils ne le laisseront pas passer, mon enfant, tu peux m'en croire. Prends modèle sur eux, petit. Prends modèle sur eux. (Tout en prononçant ces paroles, il frappait l'âtre de la pelle à feu pour leur donner plus de force.) Fais tout ce qu'ils te diront et demande-leur conseil en toutes choses — surtout au Renard, mon cher enfant. Il promet d'être un grand homme, et il en fera aussi un de toi si tu prends modèle sur lui. Est-ce que mon mouchoir sort de ma poche, mon petit ? demanda le Juif en s'arrêtant court.

— Oui, Monsieur, dit Olivier.

— Vois donc si tu peux le tirer sans que je le sente comme tu leur as vu faire, quand nous jouions ce matin. »

Olivier souleva le fond de la poche d'une main, comme il

avait vu faire au Renard, et tira doucement le mouchoir de l'autre.

« Il est sorti ? s'écria le Juif.

— Le voici, Monsieur, dit Olivier en le montrant dans sa main.

— Tu es un garçon très habile, mon petit, dit l'enjoué vieillard tout en tapotant la tête de l'enfant en signe d'approbation. Je n'ai jamais vu gars plus dégourdi que toi. Voici un shilling pour toi. Si tu continues dans cette voie, tu seras le plus grand homme de notre temps. Et maintenant, viens par ici ; je vais te montrer comment retirer les marques de ces mouchoirs. »

Olivier se demanda quel pouvait bien être le rapport entre le fait de tirer par jeu le mouchoir du vieux monsieur et ses chances de devenir un grand homme. Mais, comme il se disait que le Juif, étant tellement plus âgé que lui, devait être plus renseigné, il le suivit tranquillement jusqu'à la table, et fut bientôt profondément plongé dans sa nouvelle étude.

CHAPITRE X

OLIVIER FAIT PLUS AMPLE CONNAISSANCE
AVEC LA PERSONNALITÉ
DE SES NOUVEAUX CAMARADES ET ACQUIERT
DE L'EXPÉRIENCE,
NON SANS LA PAYER TRÈS CHER.
CHAPITRE BREF,
MAIS FORT IMPORTANT
POUR LA SUITE DE CETTE HISTOIRE

Pendant plusieurs jours, Olivier demeura dans la chambre du Juif à retirer les marques des mouchoirs (qu'on rapportait en grande quantité) ; quelquefois aussi il prenait part aux jeux que nous avons déjà décrits, jeux auxquels le Juif et les deux garçons s'amusaient régulièrement chaque matin. Il finit par languir après l'air pur et saisit toutes les occasions de supplier avec ardeur le vieux monsieur de lui permettre de sortir travailler avec ses deux compagnons.

Olivier était d'autant plus désireux d'être employé activement qu'il avait pu se rendre compte de la moralité sévère du vieillard. Chaque fois que le Renard ou Charley Bates rentraient le soir les mains vides, il discourait longuement et avec grande véhémence sur le caractère néfaste des habitudes d'oisiveté et de paresse ; il leur faisait valoir la nécessité d'une vie active, en les envoyant coucher sans dîner. Un jour, il alla même jusqu'à leur faire dégringoler toute une volée d'escalier ; mais ce fut là une mise en pratique exceptionnellement poussée de ses vertueux principes.

Enfin, Olivier obtint un matin la permission qu'il avait sollicitée avec tant d'insistance. Il n'y avait eu, depuis deux ou trois jours, aucun mouchoir sur lequel travailler, et les dîners avaient été assez maigres. Peut-être étaient-ce là des raisons pour que le vieux monsieur donnât son consentement ; toujours est-il qu'il annonça à Olivier qu'il pouvait y aller et qu'il le plaça sous la garde conjointe de Charley Bates et de son ami le Renard.

Les trois garçons se mirent en route ; le Renard avait les manches retroussées et le chapeau de guingois comme à son ordinaire ; le jeune Bates s'avançait d'un air nonchalant, les mains dans les poches ; Olivier marchait entre les deux, en se demandant où ils allaient et à quelle branche d'industrie il serait tout d'abord initié.

L'allure à laquelle ils allaient était si paresseuse, avait un air de promenade si suspect qu'Olivier se mit bientôt à penser que ses compagnons avaient l'intention de tromper le vieux monsieur en n'allant aucunement à leur travail. Le Renard avait en outre une vicieuse propension à arracher les casquettes de la tête des petits garçons pour les projeter dans les courettes des sous-sols, tandis que Charley Bates faisait montre de notions extrêmement relâchées sur le droit de propriété en chapardant quelques pommes et oignons aux étalages qui bordaient les caniveaux, et en les fourrant dans des poches d'une si étonnante capacité qu'elles semblaient creuser des mines en tous sens sous ses vêtements. Tout cela avait si mauvais air qu'Olivier fut sur le point d'annoncer son intention de retrouver seul le chemin de la maison du mieux qu'il pourrait, quand un très mystérieux changement dans le comportement du Renard vint changer le cours de ses pensées.

Ils venaient de déboucher d'une étroite ruelle proche du square sans clôture de Clerkenwell et qu'on appelle encore, par un étrange abus de langage, « La Pelouse », quand le Renard s'arrêta court et, un doigt sur les lèvres, tira ses compagnons en arrière avec une prudence et une circonspection marquées.

« Qu'est-ce qu'il y a ? demanda Olivier.

— Chut ! répondit le Renard. Tu vois le vieux gonze devant l'étalage du libraire ?

— Le vieux monsieur de l'autre côté de la rue ? dit Olivier. Oui, je le vois.

— Y f'ra l'affaire, dit le Renard.

— Comme coup, c'est un chopin ! » fit remarquer Charley Bates.

Olivier les regarda l'un après l'autre avec le plus grand étonnement, mais il n'eut pas le loisir de poser des questions, car les deux garçons traversèrent subrepticement la rue et se glissèrent juste derrière le vieux monsieur sur lequel ils avaient attiré l'attention d'Olivier. Celui-ci les suivit de quelques pas, puis, ne sachant s'il devait avancer ou se retirer, resta là à regarder avec une silencieuse stupéfaction.

Le vieux monsieur était un personnage à l'air fort respectable, qui portait cheveux poudrés et lunettes d'or. Il était vêtu d'un habit vert bouteille à col de velours noir et d'un pantalon blanc, et il portait sous le bras une élégante canne de bambou. Il avait pris un livre à l'étalage, et se tenait là plongé dans sa lecture avec autant d'attention que s'il se fût trouvé dans le fauteuil de son cabinet de travail. Il est vraisemblable qu'il s'imaginait y être d'ailleurs, car, à voir son air absorbé, il était évident qu'il n'avait conscience ni de la librairie, ni de la rue, ni des garçons, bref de quoi que ce fût d'autre que le livre même ; il le lisait page après page, en tournant une quand il arrivait au bas pour reprendre à la première ligne de la suivante, et poursuivait ainsi régulièrement sa lecture avec un intérêt et une avidité visibles.

Quelles ne furent pas l'horreur et l'alarme d'Olivier, debout à quelques pas, les yeux aussi écarquillés que possible, quand il vit le Renard plonger la main dans la poche du monsieur et en tirer un mouchoir ! quand il le vit tendre ce mouchoir à Charley Bates ! quand il les vit enfin détaler de toute la vitesse de leurs jambes pour tourner le coin de la rue !

En un instant, tout le mystère des mouchoirs, des bijoux et du Juif surgit dans l'esprit de l'enfant. Il resta piqué sur place un moment ; de terreur, le sang le picotait à tel point par toutes les veines qu'il se serait cru dans un brasier ; puis, aussi effrayé que bouleversé, il prit ses jambes à son cou et, sans savoir ce qu'il faisait, décampa de toute la vitesse que lui permettaient ses jambes.

Tout cela ne dura qu'une minute. A l'instant même où Olivier prit la fuite, le vieux monsieur mit la main à la poche et, n'y trouvant plus son mouchoir, se retourna brusquement. Voyant le garçon détaler à une telle allure, il en conclut naturellement que c'était lui le pillard ; aussi se jeta-t-il à sa poursuite, le livre à la main, en criant de toutes ses forces : « Au voleur ! »

Mais le vieux monsieur ne fut par le seul à organiser la battue. Le Renard et le jeune Bates, désireux de ne pas attirer l'attention du public en courant dans la rue, s'étaient simplement retirés sous le premier porche venu après avoir tourné le coin. Ils n'eurent pas plus tôt entendu le haro et vu courir Olivier que, devinant exactement ce qu'il en était, ils sortirent promptement et, criant aussi « Au voleur ! » se joignirent à la poursuite comme de bons citoyens.

Bien qu'élevé par des philosophes, Olivier ne connaissait pas théoriquement le bel axiome que l'instinct de conservation est la première loi de la nature. L'eût-il connu, peut-être aurait-il été préparé à une telle situation. Toujours est-il que, ne l'étant pas, cette situation ne l'en alarma que plus ; aussi filait-il comme le vent, suivi du vieux monsieur et des deux garçons qui criaient et rugissaient à ses trousses.

« Au voleur ! Au voleur ! » Ce cri a quelque chose de magique. Le boutiquier quitte son comptoir et le livreur son camion ; le boucher jette son plateau, le boulanger son panier, le laitier son seau, le garçon de courses ses paquets, l'écolier ses billes, le paveur sa pioche, l'enfant sa raquette. Les voilà tous courant pêle-mêle, en désordre, à la diable ; ils brûlent le pavé, crient, hurlent, renversent les passants au coin des rues, excitent les chiens et effarouchent les volailles, tandis que rues, places et passages résonnent de tout ce tumulte.

« Au voleur ! Au voleur ! » Cent voix reprennent le cri, et la foule grossit à chaque tournant. Ils passent à toute vitesse, faisant rejaillir la boue et retentir le pavé ; les fenêtres se lèvent [1], les gens sortent, la populace poursuit sa ruée, tout un public abandonne Polichinelle [2] en pleine action et, se joignant à la foule en mouvement, vient grossir la clameur et donner une vigueur nouvelle à ce cri : « Au voleur ! Au voleur ! »

« Au voleur ! Au voleur ! » La passion de la chasse, quel qu'en soit l'objet, est profondément enracinée au cœur des hommes. Un malheureux enfant hors d'haleine, pantelant de fatigue, la terreur sur tous les traits, l'angoisse dans les yeux, de grandes gouttes de sueur coulant sur le visage, met tous ses efforts à échapper à ses poursuivants et, tandis qu'ils le suivent à la trace et qu'ils gagnent à chaque instant sur lui, ils saluent le déclin de ses forces de cris toujours retentissants, ils ululent, ils hurlent de joie. « Au voleur ! » Oui, qu'on l'arrête, pour l'amour de Dieu, fût-ce seulement par miséricorde !

Enfin, le voilà arrêté ! Quel beau coup ! Il est tombé sur le pavé, et la foule se rassemble avidement autour de lui ; chaque nouvel arrivant se démène et joue des coudes pour l'apercevoir. « Écartez-vous ! — Donnez-lui un peu d'air ! — Bah ! pour ce qu'il mérite ! — Où est le monsieur ? — Le voici, qui vient au bout de la rue. — Faites place au monsieur. — C'est bien le garçon, Monsieur ? — Oui. »

Olivier gisait, couvert de boue et de poussière, les lèvres saignantes, et jetant des yeux hagards sur la foule de visages qui l'entouraient, quand le premier des poursuivants employa son zèle à traîner et pousser le vieux monsieur jusqu'au milieu du cercle.

« Oui, répéta le monsieur. Je crains bien que ce ne soit lui.

— Il craint ! murmura la foule. Elle est bien bonne !

— Le pauvre garçon, dit le monsieur ; il s'est blessé !

— C'est moi qui lui ai fait ça, Monsieur, dit un grand lourdaud en s'avançant. Même que je m' suis joliment coupé le poing contre ses dents. C'est moi qui l'ai arrêté, Monsieur. »

Le gars toucha son chapeau en grimaçant un sourire, dans l'attente d'une récompense ; mais le vieux monsieur l'observa d'un air d'aversion et regarda anxieusement autour de lui, comme s'il songeait lui-même à s'enfuir ; et il est bien possible qu'il eût tenté de le faire, fournissant ainsi l'occasion d'une nouvelle chasse, si un agent de police — c'est généralement la dernière personne à arriver en pareil cas — ne s'était à ce moment frayé un chemin pour venir saisir Olivier au collet.

« Allons, debout ! dit l'homme avec rudesse.

— Ce n'est pas moi, Monsieur. C'est la vérité, je vous l'assure ; c'étaient deux autres garçons, dit Olivier, qui joignait ardemment les mains et regardait tout autour de lui. Ils sont ici, quelque part.

— Oh, que non, ils n'y sont pas, dit l'agent. (Il prétendait faire de l'ironie, mais ce qu'il disait était vrai, car le Renard et Charley Bates avaient enfilé la première ruelle qui s'était présentée.) Allons, debout !

— Ne lui faites pas de mal, dit le vieux monsieur, compatissant.

— Oh, non, que j' lui ferai pas de mal, répondit l'agent tout en arrachant à moitié la veste d'Olivier, sans doute pour prouver la véracité de son affirmation. Viens, je te connais ; ça ne prend pas. Vas-tu te lever, sacripant ? »

Olivier, qui pouvait à peine se tenir debout, fit un effort pour se remettre sur ses pieds et fut immédiatement traîné par le collet le long des rues, d'un pas rapide. Le monsieur les accompagna, aux côtés de l'agent ; tous ceux des assistants qui étaient capables d'un tel exploit les dépassèrent, et ils se retournaient de temps à autre pour dévisager Olivier. Les gamins poussaient des cris de triomphe, et ainsi s'en fut-on.

CHAPITRE XI

QUI TRAITE DE M. FANG [1],
LE JUGE DU TRIBUNAL
DE SIMPLE POLICE,
ET OFFRE UN PETIT SPÉCIMEN
DE SA FAÇON
D'ADMINISTRER LA JUSTICE

Le délit avait été commis dans la circonscription et même dans le voisinage immédiat d'un bureau de police métropolitaine bien connu. La foule n'eut la satisfaction d'escorter Olivier que le long de deux ou trois rues, jusqu'à une place appelée Mutton Hill [2]; là, on le fit passer sous une voûte basse et traverser une cour malpropre pour finalement le faire pénétrer par la porte de derrière dans cette officine de justice sommaire. L'endroit où ils débouchèrent était une petite cour pavée dans laquelle ils rencontrèrent un homme corpulent, portant sur le visage deux touffes de favoris et à la main un trousseau de clefs.

« Qu'est-ce que c'est, maintenant ? dit l'homme, avec insouciance.

— Un jeune voleur à la tire, répondit l'homme qui avait pris Olivier en charge.

— Est-ce vous la partie au préjudice de qui a été commis le vol, Monsieur ? demanda l'homme aux clefs.

— Oui, c'est moi, répondit le vieux monsieur ; mais je ne suis pas sûr que ce garçon ait effectivement pris le mouchoir. Je... je préférerais ne pas poursuivre cette affaire.

— Maintenant il faut que cela passe devant le magistrat, Monsieur, répondit l'homme. Son Honneur va être libre dans une seconde. Allons, jeune pendard ! »

C'était sa façon d'inviter Olivier à franchir une porte qu'il ouvrait tout en parlant et qui menait dans une cellule de pierre. Là, on fouilla l'enfant et, n'ayant rien trouvé sur lui, on l'enferma.

La cellule ressemblait assez par sa forme à une cave de

courette de service[1], mais en moins clair. Elle était outra-
geusement sale, car c'était un lundi matin et elle avait été
occupée par six ivrognes, qui avaient été transférés ailleurs,
depuis le samedi soir. Mais ceci n'est rien. Dans nos postes
de police, des hommes et des femmes sont chaque soir
enfermés en vertu des charges les plus insignifiantes — le
mot « charge » vaut d'être noté — dans des cachots à côté
desquels font figure de palais ceux qu'occupent à Newgate[2]
les plus atroces criminels après avoir été jugés, reconnus
coupables et condamnés à mort. Que celui qui doute de ce
que j'avance fasse la comparaison !

Quand la clef grinça dans la serrure, le vieux monsieur
avait l'air presque aussi lugubre qu'Olivier. Il revint avec un
soupir au livre, cause innocente de toute cette perturbation.

« Il y a quelque chose dans le visage de cet enfant, se dit le
vieux monsieur, tandis qu'il s'éloignait lentement en se
tapotant de façon pensive le menton avec la couverture du
livre, quelque chose qui me touche et qui m'intéresse. Se
pourrait-il qu'il soit innocent ? Il en avait l'air. Mais au fait,
s'écria-t-il en s'arrêtant très brusquement pour contempler
le ciel, Dieu me pardonne ! où donc ai-je déjà vu un regard
tout pareil ? »

Après quelques minutes de réflexion, il se dirigea, sans se
départir de son expression pensive, vers une antichambre
donnant sur la cour ; là, il se retira dans un coin et évoqua en
esprit toute une galerie de visages, devant laquelle était tiré
depuis des années un rideau d'obscurité.

« Non, reprit le vieux monsieur en hochant la tête ; ce doit
être de l'imagination. »

Il promena encore sa pensée sur tous ces visages. Il les
avait rappelés et ce n'était pas chose aisée que de ramener
devant eux le voile qui les avait si longtemps cachés. Il y
avait là les traits d'amis et d'ennemis ; bien d'autres encore,
qui n'avaient été presque que des étrangers, le scrutaient
importunément du milieu de la foule ; il y avait des visages
de fraîches jeunes filles qui étaient maintenant de vieilles
femmes ; il y avait des visages que la tombe avait changés en
se fermant sur eux, mais que le pouvoir supérieur de l'esprit
revêtait toujours de leur ancien lustre et de leur beauté

d'antan, ravivant le brillant des yeux, l'éclat du sourire, le rayonnement de l'âme au travers de son masque d'argile et suggérant dans ses murmures une beauté d'au-delà de la tombe, qui n'aurait changé que pour s'approfondir, qui n'aurait quitté cette terre qu'afin d'être élevée comme une lumière pour répandre une douce lueur sur le chemin du Ciel.

Mais le vieux monsieur ne parvint à se rappeler aucune figure dont les traits d'Olivier portassent l'empreinte. Il soupira donc sur les souvenirs qu'il avait évoqués et, étant, heureusement pour lui, de nature distraite, les réenterra dans les pages du vieux livre moisi.

Il en fut arraché par un petit coup sur l'épaule et la prière que lui faisait l'homme aux clefs de le suivre dans le bureau. Fermant vivement son livre, il fut immédiatement introduit en l'importante présence du célèbre M. Fang.

Le bureau était un salon aux murs lambrissés, situé sur le devant. M. Fang siégeait derrière une barre au haut bout de la pièce ; et d'un côté de la porte se trouvait une sorte d'enclos de bois, dans lequel était déjà consigné le pauvre Olivier, qui tremblait fort devant la terrible solennité de la scène.

M. Fang était un homme de taille moyenne, maigre, au dos long, au cou roide ; le peu de cheveux qu'il possédait poussaient sur le dos et les côtés de sa tête. Il avait le visage sévère et fort congestionné. S'il n'avait pas eu l'habitude de boire un peu plus qu'il n'était bon pour sa santé, il eût été en droit de poursuivre sa mine en justice pour diffamation et d'obtenir de lourds dommages-intérêts.

Le vieux monsieur s'inclina avec déférence, s'avança jusqu'au bureau du magistrat et dit, en joignant le geste à la parole :

« Voici mon nom et mon adresse, Monsieur. »

Il se retira alors d'un pas ou deux et, après une nouvelle inclination de tête courtoise et distinguée, attendit qu'on l'interrogeât.

Or, il se trouvait que M. Fang était justement plongé dans l'article de tête d'un quotidien du matin, qui se rapportait à un jugement récemment rendu par lui et le recommandait

pour la trois cent cinquantième fois à l'attention toute
particulière du ministre de l'Intérieur. Il était de mauvaise
humeur et il leva un visage courroucé.

« Qui êtes-vous ? » s'écria M. Fang.

Le vieux monsieur, quelque peu surpris, désigna sa carte
du doigt.

« Brigadier ! dit M. Fang en rejetant avec dédain la carte
en même temps que son journal. Qui est cet individu ?

— Mon nom, dit le vieux monsieur en s'exprimant
effectivement comme un monsieur, mon nom est Brownlow.
Qu'il me soit permis de demander quel est celui du magistrat
qui, sous le couvert de sa position officielle, insulte de façon
toute gratuite et sans aucune provocation une personne
respectable ! »

Ce disant, M. Brownlow regardait tout autour de la pièce
comme pour y chercher quelque personne qui lui fournît le
renseignement demandé.

« Brigadier ! dit M. Fang, en balayant le journal, de quoi
cet individu est-il accusé ?

— Il n'est accusé de rien, Votre Honneur, répondit
l'agent. C'est le plaignant contre le garçon, Votre Honneur. »

Son Honneur le savait fort bien ; mais c'était une bonne
molestation, et il n'y risquait rien.

« Il comparaît comme plaignant, vraiment ? reprit Fang,
tout en toisant avec dédain M. Brownlow de la tête aux
pieds. Eh bien, faites-lui prêter serment !

— Avant de prêter serment, je dois me permettre de
demander à dire un mot, annonça M. Brownlow, et c'est que
jamais je n'aurais pu croire, si je ne l'avais entendu de mes
propres oreilles, que...

— Taisez-vous, Monsieur ! ordonna péremptoirement le
juge.

— Certainement pas, Monsieur ! répondit le vieux monsieur.

— Taisez-vous immédiatement, ou je vous fais expulser !
dit le juge. Vous n'êtes qu'un impertinent, un insolent !
Comment osez-vous malmener un magistrat !

— Quoi ! s'écria le vieux monsieur, en rougissant.

— Faites prêter serment à cette personne! dit Fang, s'adressant au greffier. Je n'entendrai pas un mot de plus. Faites-lui prêter serment. »

L'indignation de M. Brownlow était à son comble, mais, réfléchissant peut-être qu'il risquait de nuire à l'enfant en s'y laissant aller, il domina ses sentiments et se soumit à une prestation de serment immédiate.

« Eh bien, dit alors M. Fang, de quoi ce garçon est-il accusé? Qu'avez-vous à dire, Monsieur?

— Je me tenais devant l'étalage d'une librairie...

— Taisez-vous, Monsieur, dit M. Fang. Brigadier! Où est-il, ce brigadier? Bon, qu'on lui fasse prêter serment. Alors, brigadier, de quoi s'agit-il? »

L'agent raconta, avec toute la modestie qui convenait, comment il avait effectué l'arrestation, comment il avait fouillé Olivier sans rien trouver sur sa personne et comment c'était là tout ce qu'il savait de l'affaire.

« Y a-t-il des témoins? demanda M. Fang.

— Aucun, Votre Honneur », répondit l'agent.

M. Fang resta un moment silencieux; puis, se retournant vers le plaignant, il s'écria au paroxysme de la colère :

« Allez-vous vous décider à formuler votre plainte contre ce garçon, mon bonhomme, oui ou non? Vous avez prêté serment. Alors, si vous restez là à refuser de témoigner, je vais vous punir pour outrages à magistrat; oui, par... »

Par quoi, ou par qui, nul ne le sait, car le greffier et le geôlier toussèrent tous deux très fort juste au bon moment, et le premier laissa tomber un gros volume, évitant ainsi — par accident, bien sûr — que le mot fût entendu.

En dépit de bien des interruptions et des insultes répétées, M. Brownlow parvint à exposer son affaire; il fit remarquer que, dans la surprise du moment, il s'était jeté à la poursuite du gamin parce qu'il le voyait s'enfuir; et il exprima l'espoir que, si le magistrat tenait Olivier, sinon pour le voleur lui-même, au moins pour son complice, il voudrait bien le traiter avec autant de clémence que le permettrait la justice.

« Il a déjà été blessé, conclut le vieux monsieur. Et je crains, ajouta-t-il avec une grande énergie en regardant l'accusé, je crains vraiment qu'il ne soit malade.

— Mais oui, bien sûr ! dit M. Fang, ironique. Allons, n'essaie pas de tes tours ici, petit vagabond ; ça ne prend pas. Comment t'appelles-tu ? »

Olivier voulut répondre, mais la voix lui manqua. Il était mortellement pâle, et tout semblait tourner autour de lui.

« Comment t'appelles-tu, chenapan endurci ? demanda M. Fang. Surveillant, comment s'appelle-t-il ? »

Ces derniers mots s'adressaient à un vieux bourru en gilet rayé, qui se tenait près de la barre de l'accusé. Il se pencha vers Olivier et répéta la question ; mais, le voyant véritablement incapable d'en comprendre le sens et sachant que le fait de ne pas répondre ne ferait que rendre le magistrat encore plus furieux et ajouter à la sévérité de la sentence, il risqua une conjecture :

« Il dit qu'il s'appelle Tom White, Votre Honneur, dit ce bienveillant détenteur de filous.

— Ah, il ne veut pas parler à voix haute, hein ? dit Fang. Bon, bon. Où demeure-t-il ?

— Où il peut, Votre Honneur, répondit le fonctionnaire, faisant toujours semblant de transmettre la réponse d'Olivier.

— A-t-il ses parents ? s'enquit M. Fang.

— Il dit qu'ils sont morts quand il était en bas âge, Votre Honneur », répondit le gardien, hasardant la réponse habituelle.

A ce point de l'interrogatoire, Olivier leva la tête et, jetant alentour un regard implorant, supplia dans un faible murmure qu'on lui accordât une gorgée d'eau.

« Balivernes ! s'écria M. Fang ; n'essaie pas de te moquer de moi.

— Je crois qu'il est réellement malade, Votre Honneur, protesta le gardien.

— Je sais ce que je dis, affirma M. Fang.

— Attention, surveillant, s'écria le vieux monsieur, qui levait instinctivement les mains ; il va tomber !

— Écartez-vous, surveillant, cria Fang ; qu'il tombe si cela lui plaît. »

Olivier, profitant de cette aimable permission, glissa,

évanoui, sur le sol. Les hommes présents se regardèrent les uns les autres, mais aucun n'osa bouger.

« Je savais bien que c'était un simulateur ! s'écria Fang comme si on venait d'en administrer une preuve incontestable. Laissez-le là ; il en aura bientôt assez.

— Comment entendez-vous traiter cette affaire, Monsieur ? demanda le greffier à mi-voix.

— Sommairement, répondit M. Fang. Il est condamné à trois mois... de travaux forcés, évidemment. Dégagez le bureau. »

La porte s'ouvrit à cet effet et deux hommes se préparaient à emporter dans sa cellule l'enfant sans connaissance, quand un homme assez âgé, d'apparence décente bien que pauvre, vêtu d'un vieil habit noir, entra précipitamment dans le bureau et s'avança vers le magistrat.

« Arrêtez, arrêtez ! Ne l'emportez pas ! Pour l'amour de Dieu, attendez une minute ! » s'écriait le nouveau venu, tout essoufflé de sa course.

Bien que les génies présidant à un tel bureau exercent un pouvoir sommaire et despotique sur les libertés, le bon renom, la personne et presque la vie des sujets de Sa Majesté, particulièrement ceux de la classe pauvre, bien qu'il se joue entre ces murs assez de tours fantastiques pour aveugler de leurs larmes tous les anges du Ciel [1], ces endroits sont fermés au public, qui n'y a accès que par le truchement de la presse quotidienne *. M. Fang ne fut donc pas peu indigné de voir entrer de façon si désordonnée et si irrévérencieuse cet hôte qui n'avait été aucunement prié.

« Qu'est-ce que c'est ? Qu'est cela ? Faites sortir cet homme. Dehors ! s'écria M. Fang.

— Je tiens à parler, dit le nouveau venu ; je ne me laisserai pas expulser. J'ai tout vu. C'est moi le libraire. Je demande à prêter serment, et on ne me fera pas taire. Monsieur Fang, vous devez m'entendre. Vous ne pouvez refuser, Monsieur. »

L'homme avait raison. Il avait l'air déterminé, et l'affaire devenait trop sérieuse pour qu'on pût l'étouffer.

---

* Du moins l'étaient-ils virtuellement à cette époque.

« Faites-lui prêter serment, grogna M. Fang de fort mauvaise grâce. Alors, l'homme, qu'avez-vous à dire ?

— Ceci, fit le libraire : J'ai vu trois garçons : deux autres et le prisonnier que voilà ; ils flânaient de l'autre côté de la rue, pendant que Monsieur lisait. Le vol a été commis par un autre garçon. Je l'ai vu faire et j'ai vu que celui-ci en était parfaitement ébahi et restait stupéfait. »

Ayant à ce moment repris un peu son souffle, le brave libraire poursuivit d'une manière un peu plus cohérente son récit des circonstances exactes du vol.

« Pourquoi n'êtes-vous pas venu plus tôt ? dit Fang après un silence.

— Je n'avais personne sous la main pour garder la boutique, répondit l'homme. Tous ceux qui auraient pu m'être de quelque secours s'étaient joints à la poursuite. Il y a juste cinq minutes que j'ai trouvé quelqu'un et j'ai couru tout le long du chemin.

— Le plaignant lisait, n'est-ce pas ? demanda Fang après un nouveau silence.

— Oui, répondit le libraire. Le livre même qu'il a encore entre les mains.

— Ah, ce livre-là ! Et il a été payé ?

— Non, répondit l'homme en souriant.

— Mon Dieu, je l'avais complètement oublié ! s'écria innocemment le vieux monsieur distrait.

— Voilà bien quelqu'un d'autorisé pour venir accuser un pauvre enfant ! dit Fang avec un effort comique pour avoir l'air humain. Je considère, Monsieur, que vous êtes entré en possession de ce livre dans des circonstances extrêmement suspectes et peu honorables ; et vous pouvez vous estimer bien heureux que le propriétaire ne veuille pas porter plainte. Que ce vous soit une leçon, mon ami, ou vous ne tarderez pas à tomber sous le coup de la Loi. Il y a non-lieu pour le garçon. Évacuez le bureau !

— Bon Dieu ! s'écria le vieux monsieur, que sa rage maintenue si longtemps étouffait. Bon Dieu ! Je vais...

— Évacuez le bureau ! dit le magistrat. Vous entendez, brigadiers ! Faites évacuer le bureau. »

L'ordre fut exécuté, et M. Brownlow, rouge d'indignation

et parfaitement frénétique de rage et de défi, mis dehors, le livre dans une main et sa canne de bambou dans l'autre. Il arriva dans la cour et sa fureur s'évanouit en un instant. Le petit Olivier Twist était étendu sur le pavé ; on avait déboutonné sa chemise et mouillé ses tempes d'eau ; son visage était d'une pâleur mortelle, et un tremblement glacial lui parcourait tout le corps.

« Le pauvre enfant ! le pauvre enfant ! dit M. Brownlow en se penchant sur lui. Que quelqu'un aille chercher une voiture, je vous en prie. Tout de suite ! »

On en trouva une et, quand on eut étendu avec soin Olivier sur l'une des banquettes, le vieux monsieur monta et s'assit sur l'autre.

« Puis-je vous accompagner ? demanda le libraire en passant sa tête par la portière.

— Mon Dieu, oui, cher Monsieur, dit vivement M. Brownlow. Je vous avais oublié. Mon Dieu, mon Dieu ! J'ai toujours ce malheureux livre ! Montez vite. Le pauvre garçon ! Il n'y a pas de temps à perdre. »

Le libraire sauta dans la voiture, qui démarra rapidement.

CHAPITRE XII

DANS LEQUEL OLIVIER SE VOIT SOIGNER COMME IL NE L'A JAMAIS ÉTÉ AUPARAVANT ; DANS LEQUEL, AUSSI, LE RÉCIT REVIENT AU JOYEUX VIEILLARD ET À SES JEUNES AMIS

La voiture partit et roula avec fracas en parcourant à peu près le même itinéraire qu'Olivier quand il était entré dans Londres en compagnie du Renard ; puis, en arrivant à l'auberge de l'Ange, à Islington, elle tourna dans une rue différente, pour s'arrêter enfin devant une jolie maison, située dans une rue tranquille et ombragée, proche de Pentonville[1]. Là, on prépara sans perdre de temps un lit, dans lequel M. Brownlow veilla à ce qu'on déposât son jeune protégé avec toutes les précautions et le confort désirables ; et là, l'enfant fut soigné avec une bonté et une sollicitude sans bornes.

Mais, durant de longs jours, Olivier resta insensible à toutes les bontés de ses nouveaux amis. Le soleil se leva et se coucha, se releva et se recoucha bien des fois encore, le garçon restait toujours étendu dans son lit de souffrance, à dépérir sous les assauts dévastateurs d'une fièvre maligne. Le ver n'exerce pas plus sûrement son action dévorante sur le cadavre inerte, que ne le fait dans le corps vivant ce lent feu rampant.

Faible, amaigri et blême, Olivier s'éveilla enfin de ce qui lui avait paru un rêve interminable et agité. Sans forces, il se souleva légèrement dans le lit, la tête reposant sur son bras tremblant, et jeta autour de lui un regard inquiet.

« Quelle est cette chambre ? Où m'a-t-on amené ? dit-il. Ce n'est pas ici que je me suis endormi. »

Il prononça ces mots d'une voix faible, car il était très alangui ; mais ils furent aussitôt entendus. Le rideau fut vivement tiré au chevet du lit, et une vieille dame maternelle, aux vêtements bien nets et méticuleusement ajustés, se leva d'un fauteuil placé tout auprès, dans lequel elle s'occupait à quelque travail d'aiguille.

« Chut, mon chéri, dit-elle doucement. Il faut rester très tranquille, ou tu seras de nouveau malade ; et tu as été très mal, aussi mal qu'on peut l'être, bien près de mourir. Recouche-toi, sois gentil. »

En disant ces mots, la vieille dame replaça très doucement la tête d'Olivier sur l'oreiller et, tout en relevant d'une main caressante les cheveux de l'enfant, regarda son visage avec une expression si bonne et si aimante qu'il ne put s'empêcher de placer sa petite main amaigrie dans la sienne pour l'attirer autour de son cou.

« Bonté divine ! s'écria la vieille dame, dont les yeux se remplirent de larmes, quelle reconnaissance il a, ce petit chéri ! Qu'il est joli, le mignon ! Comme sa mère serait heureuse si elle était restée assise comme moi à son chevet et qu'elle pût le voir maintenant !

— Peut-être qu'elle me voit, murmura Olivier en joignant les mains ; peut-être qu'elle était assise à côté de moi. Je sens presque qu'elle y était.

— C'est la fièvre, mon chéri, dit la dame avec douceur.

— Je crois que oui, répondit Olivier, parce que le Ciel est bien loin et qu'on y est trop heureux pour descendre au chevet d'un pauvre petit garçon. Mais si elle savait que j'étais malade, elle a dû me plaindre, même là-haut, car elle a été très malade elle-même avant de mourir. Pourtant, elle ne doit rien savoir de moi, ajouta Olivier après un instant de silence : si elle avait vu qu'on me faisait du mal, cela l'aurait rendue triste, et son visage était toujours souriant et heureux quand j'ai rêvé d'elle. »

La bonne dame ne répondit rien ; mais après avoir essuyé d'abord ses yeux, et ensuite — comme si elles faisaient partie intégrante de cet organe — ses lunettes abandonnées sur l'édredon, elle apporta quelque chose de frais pour qu'Olivier pût boire ; puis, lui tapotant la joue, elle lui dit de rester très tranquille, afin de ne pas retomber malade.

Olivier resta donc étendu sans bouger parce qu'il tenait à obéir en toutes choses à la vieille dame et aussi, à vrai dire, parce qu'il était complètement épuisé par ce qu'il avait déjà dit. Il tomba bientôt dans une douce somnolence, d'où il fut tiré par la lumière d'une bougie ; comme on l'approchait du lit, elle lui révéla les traits d'un monsieur qui tenait à la main une très grosse montre au tic-tac retentissant ; lequel monsieur lui tâta le pouls et déclara qu'il allait beaucoup mieux.

« Tu te sens vraiment beaucoup mieux, n'est-ce pas, mon petit ? dit le monsieur.

— Oui, Monsieur, merci, répondit Olivier.

— Oui, je sais bien, dit le monsieur. Et tu as faim, n'est-ce pas ?

— Non, Monsieur, répondit Olivier.

— Hum ! fit le monsieur. Non, je sais bien. Il n'a pas faim, madame Bedwin », dit le monsieur d'un air très entendu.

La vieille dame inclina respectueusement la tête, ce qui semblait indiquer qu'elle tenait le médecin pour un homme fort intelligent. Le médecin paraissait être tout à fait du même avis.

« Tu as sommeil, n'est-ce pas, mon petit ? dit le docteur.

— Non, Monsieur, répondit Olivier.

— Non, dit le médecin avec une expression satisfaite de perspicacité. Tu n'as pas sommeil. Et tu n'as pas soif, n'est-ce pas ?

— Si, Monsieur, assez, répondit Olivier.

— C'est bien ce que je pensais, madame Bedwin, dit le praticien. C'est tout naturel qu'il ait soif. Vous pourrez lui donner un peu de thé, Madame, et un peu de pain grillé sans beurre. Ne le tenez pas trop au chaud, Madame ; mais ayez soin de ne pas lui laisser prendre froid ; vous voudrez bien ? »

La bonne dame fit une révérence. Le médecin, ayant goûté la boisson froide, exprima une approbation qualifiée ; puis il s'en fut en hâte, et ses bottines firent entendre dans l'escalier leur crissement évocateur d'opulence et de dignité.

Olivier retomba peu après dans le sommeil et, quand il se réveilla, il était près de minuit. Un peu plus tard, la bonne dame lui dit tendrement bonsoir et le laissa aux soins d'une grosse vieille qui venait d'arriver, apportant avec elle, dans un mince balluchon, un petit livre de prières et un vaste bonnet de nuit. La vieille mit celui-ci sur sa tête et celui-là sur la table ; puis, après avoir dit à Olivier qu'elle venait veiller auprès de lui, elle tira son fauteuil au coin du feu et partit dans une série de courts assoupissements, coupés à de fréquents intervalles par quelques petites chutes en avant ou par des plaintes et des engorgements divers. Ceux-ci n'avaient cependant aucune suite plus fâcheuse que de lui faire se frotter le nez très fort, avant qu'elle se rendormît.

Et la nuit continua d'avancer avec lenteur. Olivier resta éveillé quelque temps, à compter les petits cercles de lumière que projetait sur le plafond l'abat-jour de la chandelle en moelle de jonc [1] ou à suivre d'un œil languissant les méandres compliqués du papier du mur. L'obscurité et la profonde tranquillité de la pièce avaient quelque chose de très solennel et, comme elles amenaient à l'esprit de l'enfant la pensée que la mort avait plané là durant des jours et des nuits d'affilée et qu'elle pouvait encore la remplir de la tristesse et de l'effroi de son affreuse présence, il tourna son visage sur l'oreiller et adressa au Ciel une fervente prière.

Petit à petit, il tomba dans ce tranquille et profond sommeil que seule peut donner la délivrance d'une souffrance récente, ce repos calme et paisible duquel c'est une douleur de sortir : qui donc voudrait, si telle était la mort, se voir de nouveau éveillé à toutes les luttes et à toute l'agitation de la vie, à tous ses soucis pour le présent, à toutes ses angoisses pour l'avenir et, par-dessus tout, à ses obsédants souvenirs du passé !

Quand Olivier ouvrit les yeux, il faisait jour depuis des heures. Le soleil brillait et l'enfant se sentit heureux et content. Il avait passé sans dommage majeur le moment critique de sa maladie, et il appartenait de nouveau à ce monde.

Au bout de trois jours, il put s'asseoir dans un fauteuil, bien calé sur des coussins ; comme il était encore trop faible pour marcher, Mme Bedwin le fit porter en bas dans son petit salon personnel. Après l'avoir fait installer là, près du feu, la bonne vieille dame s'assit également et, éprouvant une joie immense à le voir ainsi tellement mieux, elle se mit incontinent à pleurer à chaudes larmes.

« Ne fais pas attention à moi, mon chéri, dit-elle. Je m'offre simplement une bonne petite crise de larmes. Là, c'est fini ; me voilà tout à fait soulagée.

— Vous êtes très bonne pour moi, Madame, dit Olivier.

— Ne t'occupe donc pas de cela, mon chéri, dit la vieille dame ; cela n'a rien à voir avec ton bouillon et il est grand temps que tu le prennes, car le docteur a dit que M. Brownlow pourrait bien venir te voir ce matin ; il va falloir qu'on soit à son mieux, parce que plus on aura l'air bien, plus il sera content. »

Ce disant, la vieille dame s'appliqua à réchauffer dans une petite casserole un bol empli de bouillon, assez fort, se dit Olivier, pour fournir, une fois amené au degré de dilution réglementaire, un ample dîner à trois cent cinquante indigents suivant l'évaluation la plus basse.

« Tu aimes les tableaux, mon chéri ? demanda la bonne

dame, voyant qu'Olivier regardait intensément, sans le quitter des yeux, un portrait suspendu au mur, juste en face de son fauteuil.

— Je ne sais pas trop, Madame, dit Olivier sans détourner son regard de la toile ; j'en ai vu si peu que je ne peux pas savoir. Quel beau et doux visage que celui de cette dame !

— Ah ! dit la vieille dame, les peintres rendent toujours les dames plus jolies qu'elles ne le sont, sans quoi ils n'auraient pas de clientèle, mon enfant. L'homme qui a inventé la machine à faire [1] des portraits aurait bien pu se dire que son invention ne réussirait jamais ; c'est beaucoup trop honnête. Beaucoup trop, reprit la vieille dame, en riant de bon cœur à sa propre perspicacité.

— Est-ce que... c'est le portrait de quelqu'un, Madame ? demanda Olivier.

— Oui, dit la vieille dame, en levant un moment les yeux de son bouillon. C'est un portrait.

— De qui, Madame ?

— Ça, vraiment, mon petit, je n'en sais rien, répondit avec bonhomie la vieille dame. Ce n'est le portait de personne que toi ou moi connaissions, je pense. Il paraît te plaire, mon chéri !

— Il est si joli ! répondit Olivier.

— Mais, tu n'en aurais pas peur, par hasard ? dit la vieille dame, qui remarquait avec surprise le regard de crainte avec lequel l'enfant examinait le tableau.

— Oh ! non, non, répondit vivement Olivier ; mais les yeux ont l'air si triste, et, d'où je suis assis, ils paraissent fixés sur moi. Cela me fait battre le cœur, ajouta-t-il à mi-voix ; on dirait qu'il est vivant et qu'il voudrait me parler, sans le pouvoir.

— Dieu nous garde ! s'écria la vieille dame en sursautant ; il ne faut pas parler ainsi, mon enfant. La maladie t'a affaibli et rendu nerveux. Je vais tourner ton fauteuil de l'autre côté ; comme ça, tu ne le verras plus. Là ! dit la vieille dame, en joignant le geste à la parole ; en tout cas, tu ne le vois plus. »

Mais Olivier le voyait toujours par l'œil de l'esprit aussi distinctement que s'il n'avait pas changé de position ; il

jugea cependant préférable de ne pas tracasser la vieille
dame, et il se contenta de sourire doucement quand elle le
regarda ; Mme Bedwin, assurée qu'il se sentait plus tranquille, sala le bouillon et y fit tomber quelques morceaux de
pain grillé avec tout l'affairement qu'appelait une si solennelle préparation. Olivier en vint à bout avec une étonnante
célérité. A peine avait-il avalé la dernière cuillerée qu'on
entendit un coup léger sur la porte. « Entrez ! » dit la vieille
dame ; et M. Brownlow pénétra dans la pièce.

Or donc, le vieux monsieur entra aussi guilleret que le
voulait la situation ; mais il n'eut pas plus tôt relevé ses
lunettes sur son front et joint les mains sous les pans de sa
robe de chambre pour bien regarder Olivier, que son
expression passa par toute une gamme de contorsions
bizarres. La maladie donnait à Olivier un teint très pâle et
l'air très las ; il fit, par respect pour son bienfaiteur, un vain
effort pour se lever qui n'aboutit qu'à le faire retomber dans
son fauteuil ; et le fait est que le cœur de M. Brownlow, qui
avait, à vrai dire, une capacité suffisante pour six vieux
messieurs d'un caractère compatissant normal, lui fit monter
aux yeux, par quelque procédé hydraulique que nous ne
sommes pas assez philosophe pour expliquer, une ample
provision de larmes.

« Le pauvre enfant ! le pauvre enfant ! s'écria M. Brownlow, en s'éclaircissant la voix. Je suis un peu enroué ce
matin, madame Bedwin. Je crains de m'être enrhumé.

— J'espère que non, Monsieur, dit Mme Bedwin. Tout ce
que je vous ai apporté a été bien séché, Monsieur.

— Je ne sais pas trop, Bedwin. Je ne sais pas trop, dit
M. Brownlow ; je croirais assez que la serviette que j'avais à
dîner hier soir était humide ; mais n'en parlons plus.
Comment te sens-tu, mon petit ?

— Très heureux, Monsieur, répondit Olivier. Et je vous
suis très reconnaissant, Monsieur, de la bonté que vous me
témoignez.

— Tu es un bon garçon, dit M. Brownlow avec force. Lui
avez-vous donné à manger, Bedwin ? A-t-il pris quelque
aliment liquide ?

— Il vient d'avaler un bon bouillon bien concentré,

Monsieur, répondit Mme Bedwin, qui se redressa légèrement et mit une certaine accentuation sur le dernier mot, laissant ainsi entendre qu'il n'y avait aucun rapport entre des aliments liquides et un bouillon bien préparé.

— Pouah ! fit M. Brownlow, avec un léger frisson ; un ou deux verres de porto lui auraient fait beaucoup plus de bien. N'est-ce pas, Tom White ? Qu'en penses-tu ?

— Je m'appelle Olivier, Monsieur, répondit le jeune malade d'un air fort étonné.

— Olivier, répéta M. Brownlow. Olivier quoi ? Olivier White, hein ?

— Non, Monsieur. Twist, Olivier Twist.

— C'est un curieux nom ! dit le vieux monsieur. Pourquoi as-tu dit au magistrat que tu t'appelais White ?

— Je ne lui ai jamais dit cela », répondit l'enfant, abasourdi.

Cela avait tellement l'air d'un mensonge que le vieux monsieur regarda Olivier avec une certaine sévérité. Il était cependant impossible de douter de lui ; la sincérité se lisait dans tout ce visage amaigri, aux traits accentués.

« Ce sera quelque erreur », dit M. Brownlow.

Mais, bien que le motif qu'il avait de dévisager Olivier eût disparu, la pensée qui lui était déjà venue d'une ressemblance entre ces traits et quelque figure familière lui revint avec une telle acuité qu'il ne put détourner son regard.

« J'espère que vous n'êtes pas fâché contre moi, Monsieur ? dit Olivier, qui levait vers lui des yeux anxieux.

— Non, non, répondit le vieux monsieur. Mais qu'est-ce donc ? Bedwin, venez voir ! »

En disant ces mots, il désigna vivement du doigt le portrait placé au-dessus de la tête d'Olivier, puis le visage de celui-ci. Le second était la copie vivante du premier. Les yeux, la tête, la bouche, tous les traits étaient semblables. L'expression était, à cet instant même, tellement identique que la moindre ligne semblait en avoir été copiée avec une saisissante précision !

Olivier ne connut pas la raison de cette exclamation soudaine, car, n'étant pas assez solide pour supporter le sursaut qu'elle lui causa, il s'évanouit tout de go. Faiblesse

qui offre au narrateur l'occasion de délivrer le lecteur de son
incertitude quant aux deux élèves du jovial vieillard, en
rapportant ce qui suit :

Quand le Renard et son compagnon si bien doué, le jeune
Bates, se joignirent, comme nous l'avons dit, à la meute
lancée aux trousses d'Olivier en conséquence du transfert
illégalement accompli de la propriété personnelle de
M. Brownlow, ils étaient mus par une bienséante et louable
considération pour leur propre personne ; or, étant donné
que l'indépendance du citoyen et la liberté de l'individu sont
ce dont s'enorgueillit en premier lieu tout Anglais au cœur
bien placé, il m'est à peine nécessaire de faire remarquer au
lecteur que cette action était de nature à les exalter dans
l'opinion de tous les hommes publics et de tous les patriotes ;
et cela d'autant plus que cette preuve marquée de leur
profond désir de conservation et de sécurité personnelles
vient corroborer et confirmer le petit code de lois que
certains philosophes [1] au jugement profond ont posé comme
cheville ouvrière de tous les faits et actes de la Nature,
lesdits philosophes réduisant très sagement les façons d'agir
de cette bonne dame à des sujets de maximes et de théories
et, en manière d'hommage élégant et bien tourné à sa sagesse
et son intelligence supérieures, écartant entièrement toute
considération de cœur comme d'impulsions et de sentiments
généreux. Car ce sont là des matières tout à fait indignes
d'une dame reconnue de l'aveu universel comme bien au-
dessus des nombreuses petites faiblesses propres à son sexe.

Si je cherchais une preuve supplémentaire de la nature
strictement philosophique de la façon dont se conduisirent
les deux jeunes gens dans leur fort délicate situation, je la
trouverais immédiatement dans le fait (également rapporté
dans une partie précédente de ce récit) qu'ils abandonnèrent
la poursuite dès que l'attention générale fut fixée sur Olivier,
et qu'ils regagnèrent immédiatement leur domicile par le
plus court chemin. Je ne veux pas affirmer par là que les
sages renommés pour leur érudition ont coutume d'arriver
par le plus court chemin à une belle conclusion (leur voie
consistant en général, au contraire, à allonger l'itinéraire en
y introduisant diverses circonvolutions et méandres discur-

sifs, tels que ceux dans lesquels versent volontiers les ivrognes sous la pression d'un flot d'idées trop puissant); mais j'entends bien dire par contre, et le dire expressément, que c'est la pratique de bien des puissants philosophes, quand ils appliquent leurs théories, de manifester leur grande sagesse et leur prévoyance dans les garanties qu'ils prennent contre toute contingence dont ils jugent qu'elle pourrait affecter si peu que ce soit leur propre personne. Ainsi, pour atteindre un grand bien, on peut bien faire un petit tort; et on peut user de tous moyens que la fin justifiera; la somme du bien et celle du mal ou même la distinction entre l'un et l'autre étant entièrement laissées au philosophe intéressé pour qu'il règle et tranche la question à la lumière des vues claires, larges et impartiales qu'il a sur son cas particulier.

Ce ne fut pas avant d'avoir parcouru à grande allure tout un lacis compliqué d'étroites ruelles et de passages que les deux galopins se risquèrent à s'arrêter sous une voûte basse et sombre. N'y étant demeurés silencieux que le temps nécessaire pour reprendre haleine, le jeune Bates poussa, de plaisir, une exclamation enthousiaste; après quoi, laissant libre cours à son fou rire, il se jeta sur la marche d'une porte et s'y roula dans un transport d'allégresse.

« Qu'est-ce qui se passe? demanda le Renard.

— Ha, ha, ha! rugit Charley Bates.

— Tais ta grande gueule, dit le Renard, en regardant prudemment alentour. Tu veux nous faire poisser, bougre d'imbécile?

— J' peux pas m'en empêcher, dit Charley. Y a rien à faire! C'est d' le voir défourailler à c't' allure, couper les tournants, s' cogner dans les réverbères, repartir comme si qu'il était lui aussi de fer, quand qu' c'est moi qu'avais le blavin dans ma poche, moi qui gueulais à ses trousses — ah, mince alors! »

La vive imagination du jeune Bates lui représentait toute la scène en couleurs trop brillantes. Quand il arriva à cette apostrophe, il se roula de nouveau sur la marche en riant encore plus fort qu'auparavant.

« Qu'est-ce que va dire Fagin? demanda le Renard, en

prenant avantage pour poser sa question du premier intervalle de silence provoqué par l'essoufflement de son ami.

— Que va-t-il dire ? répéta Charley Bates.

— Oui, quoi ? dit le Renard.

— Et alors, qu'est-ce qu'il aurait à dire ? demanda
Charley, son accès de joie coupé net par l'expression assez
inquiétante du Renard. Qu'est-ce qu'y pourrait bien dire ? »

M. Dawkins siffla pendant une ou deux minutes, puis il
ôta son chapeau, se gratta la tête et la hocha par trois fois.

« Qu'est-ce que tu veux dire ? demanda Charley.

— Tra dé ri dé ra, une poule sur un mur, qui picote du
pain dur [1] », dit le Renard, tandis qu'un léger ricanement se
montrait sur son intellectuel visage.

Ceci était peut-être explicatif, mais nullement suffisant.
C'est ce que pensa le jeune Bates, qui répéta :

« Qu'est-ce que tu veux dire ? »

Le Renard ne répondit rien ; il se contenta de replacer son
chapeau sur sa tête, de rassembler sur son bras les basques
de son habit à longue queue et d'enfoncer sa langue dans sa
joue ; puis il se tapota une demi-douzaine de fois l'arête du
nez d'une façon aussi familière qu'expressive et, tournant les
talons, repartit dans la ruelle à pas furtifs. Le jeune Bates
suivit, l'air pensif.

Quelques minutes après cette conversation, un bruit de
pas grinçant dans l'escalier fit se redresser le vieillard, qui
était alors penché sur le feu, un cervelas et un petit pain dans
la main gauche et un couteau de poche dans la droite, tandis
qu'un pot d'étain était posé sur le trépied. Un sourire
canaille monta à sa face blême, lorsqu'il se retourna et que,
l'œil allumé sous ses épais sourcils rouges, il appuya l'oreille
à la porte pour écouter.

« Mais comment se fait-il ? murmura le Juif, dont l'expression changea. Il n'y en a que deux ? Où est le troisième ?
Auraient-ils eu des ennuis ? Écoutons ! »

Les pas approchèrent, atteignirent le palier. La porte
s'ouvrit lentement ; le Renard et Charley Bates entrèrent et
la refermèrent derrière eux.

CHAPITRE XIII

OÙ L'ON PRÉSENTE
À L'INTELLIGENT LECTEUR
QUELQUES NOUVELLES CONNAISSANCES,
À PROPOS DESQUELLES
SONT RAPPORTÉES
QUELQUES CHARMANTES
AFFAIRES RELEVANT
DE LA PRÉSENTE HISTOIRE

« Où est Olivier ? demanda le Juif en se levant d'un air menaçant. Où est le gamin ? »

Les jeunes larrons observèrent leur précepteur comme alarmés de sa violence et se regardèrent l'un l'autre avec gêne. Mais ils ne répondirent rien.

« Qu'est-il arrivé à ce garçon ? dit le Juif en saisissant fermement le Renard au collet et en proférant des menaces mêlées d'imprécations horribles. Parle ou je t'étrangle ! »

M. Fagin avait l'air de parler si sérieusement que Charley Bates, qui jugeait prudent de se trouver dans tous les cas du bon côté et qui se voyait déjà étranglé en second, tomba à genoux et fit entendre un beuglement sonore, continu et prolongé, intermédiaire entre ceux d'un taureau furieux et d'un porte-voix.

« Vas-tu parler ? gronda le Juif, en secouant si bien le Renard que c'était miracle qu'il restât à l'intérieur de son trop vaste habit.

— Hé bien, les railles l'ont mouché [1], quoi ! fit le Renard d'un air buté. Mais lâche-moi donc ! »

Ce disant, le Renard, par une brusque saccade, se dégagea de l'habit, qu'il abandonna aux mains du Juif, saisit la fourchette à rôties et porta vers le gilet du jovial vieillard une botte qui, l'eût-elle atteint, aurait laissé échapper un peu trop de jovialité pour qu'on pût aisément la remplacer.

Devant ce danger, le Juif recula avec plus d'agilité qu'on

n'en aurait attendu d'un homme qui paraissait décrépit ; saisissant le pot, il s'apprêta à le lancer à la tête de son assaillant. Mais, Charley Bates ayant attiré au même instant son attention par un hurlement absolument effroyable, le Juif en changea soudain la destination et le jeta à la tête du jeune homme.

« Et alors, qu'est-ce qu'on manigance ici, cré Bon Dieu ? grogna une voix profonde. Qui c'est qui m'a balancé ça dans le portrait ? C't' une veine que ça soye la bière et pas l' pot qui m'a touché, pasque j'aurais réglé son compte à quéqu'un. J'aurais bien pu d'viner qu'y avait qu'un brigand qui crève de sous comme c't' infernal vieux Juif pour se permettre de fiche en l'air aut' chose que d' l'eau — et encore, à condition d'avoir refait la Compagnie du Canal sur la dernière note ! Qu'est-ce que ça veut dire, tout ça, Fagin ? Bon Dieu, voilà-t-il pas qu' mon foulard est tout taché de bière, à c't' heure ! Entre donc, espèce de vermine rampante ; qu'est-ce que tu restes là dehors, comme si que t'aurais honte de ton maître ! Allons, entre ! »

L'homme qui grommelait ainsi était un individu de trente-cinq ans environ, à forte carrure, vêtu d'un habit de velours de coton noir, d'une culotte grise très sale, de demi-bottes lacées et de bas de coton gris, lesquels enserraient une paire de jambes épaisses aux mollets volumineux et saillants — le genre de jambes qui, dans un semblable costume, ont toujours l'air inachevé et incomplet tant que l'on n'y adjoint pas une garniture de fers. Il avait sur la tête un chapeau brun et au cou un belcher [1] bleu à pois blancs, sale, avec les longs pans effrangés duquel il essuyait tout en parlant la bière qui coulait sur sa figure. Cette toilette terminée, il laissa voir une large face aux traits lourds, agrémentée d'une barbe de trois jours et de deux yeux torves, dont l'un révélait, par certains symptômes bigarrés, qu'il devait avoir été récemment endommagé d'un coup direct.

« Entre, t'entends ? » grogna de nouveau ce séduisant bandit.

Un chien blanc à poil long, à la tête écorchée et déchirée en vingt endroits, se faufila dans la pièce.

« Pourquoi t'es pas entré plus tôt ? dit l'homme. Tu

d'viens trop fier pour me r'connaître devant le monde, hein ?
Couché ! »

Cet ordre s'accompagna d'un coup de pied qui envoya
bouler l'animal à l'autre bout de la chambre. Mais il devait y
être assez habitué ; car il se pelotonna tout tranquillement
dans un coin, sans faire entendre la moindre protestation, et
là, clignant vingt fois à la minute ses très vilains yeux, parut
s'occuper à examiner le logement.

« Qu'est-ce que tu fabriques ? Tu maltraites les gosselins
maintenant, espèce de vieux fourgat cupide, avaricieux,
insa-ti-able ? dit l'homme en s'asseyant posément. J' m'étonne qui t' surinent pas ! J' le ferais si j'étais eux. Si j'aurais
été ton apprenti, y a longtemps que j' l'aurais fait, et…,
mais non, j'aurais pas pu te vendre après, pasque t'es bon
qu'à être conservé dans un bocal comme échantillon de
laideur, et j' pense qu'on fait pas d' bocal assez grand pour
ça.

— Chut, chut, monsieur Sikes ! fit le Juif, tout tremblant ; ne parlez pas si fort.

— T'as pas besoin de m' donner du " monsieur ",
répondit la brute ; t'as toujours des idées d' derrière la tête,
quand ça t'arrive. Tu sais comment que j' m'appelle : allez,
accouche ! J' ferai pas d' déshonneur à c' nom-là, quand
l' moment s'ra v'nu !

— Bien, bien, alors… Bill Sikes ! dit le Juif, avec une
humilité abjecte. Tu as l'air de mauvaise humeur, Bill.

— Ça se peut, répondit Sikes ; j' croirais assez qu' c'est
toi qu'étais pas dans ton assiette, à moins que, quand tu
jettes des pots de bière dans le paysage, tu veux pas plus d'
mal aux gens qu' quand tu causes et qu' tu…

— Tu es fou ? » s'écria le Juif, en saisissant l'homme par
la manche et en lui montrant les deux garçons.

M. Sikes se contenta de lier sous son oreille gauche un
nœud coulant imaginaire et de rejeter brusquement la tête
sur son épaule droite, pantomime que le Juif parut comprendre parfaitement. Il demanda alors en un argot dont toute sa
conversation était abondamment émaillée, mais qui serait
totalement inintelligible si nous le rapportions ici, un verre
d'eau-de-vie.

« Et attention à pas coller du poison d'dans ! » ajouta M. Sikes en posant son chapeau sur la table.

C'était dit en manière de plaisanterie, mais si celui qui la faisait avait vu le mauvais regard du Juif, qui mordait sa lèvre pâle en se dirigeant vers l'armoire, il aurait pu juger que son avertissement n'était pas entièrement dépourvu de fondement ou, tout au moins, que le désir de raffiner sur l'habileté du distillateur n'était pas très éloigné du cœur jovial de cet aimable vieillard.

Après avoir ingurgité deux ou trois verres d'alcool, M. Sikes condescendit à tenir compte de la présence des jeunes gens ; cet acte gracieux mena à une conversation, au cours de laquelle furent évoqués en détail le pourquoi et le comment de la capture d'Olivier, avec toutes les altérations ou embellissements de la vérité que le Renard estima opportuns dans les circonstances présentes.

« Je crains, dit le Juif, qu'il ne soit amené à dire certaines choses qui pourraient nous attirer des ennuis.

— C'est bien probable, repartit Sikes, avec un malicieux rictus. T'es fait, Fagin !

— Et j'ai peur, vois-tu, poursuivit le Juif, comme s'il n'avait pas remarqué l'interruption (et ce faisant, il regardait attentivement son interlocuteur) — j'ai bien peur que, si tout était fini pour nous, ce le soit également pour un certain nombre d'autres, et que tout cela tourne encore plus mal pour toi que pour moi, mon cher. »

L'homme tressaillit et se retourna vers le Juif. Mais le vieillard avait les épaules remontées jusqu'aux oreilles et les yeux fixés d'un air absent sur le mur d'en face.

Il y eut un long silence. Chacun des membres de cette respectable coterie semblait plongé dans ses réflexions personnelles, sans excepter le chien qui, d'après certaine façon mauvaise qu'il avait de se lécher les babines, paraissait méditer une attaque sur les jambes de la première personne, homme ou femme, qu'il rencontrerait en sortant dans la rue.

« Faudrait qu' quéqu'un voye ce qui s'est passé au bureau de police », dit M. Sikes d'un ton beaucoup moins fringant que celui qu'il avait affecté depuis son entrée.

Le Juif fit un signe d'assentiment.

« S'il a pas mangé le morceau et qu'y soye fourré en taule, y a pas d' danger avant qu'y sorte, dit M. Sikes ; mais alors, y faudra qu'on s'en occupe. Y faut mettre la main d'sus en tout cas. »

Le Juif acquiesça de nouveau.

La prudence du plan d'action préconisé était d'ailleurs évidente ; mais il y avait malheureusement un très fort obstacle à son adoption : c'était que le Renard et Charley Bates, comme Fagin et William Sikes, se trouvaient avoir, tous tant qu'ils étaient, une aversion violente et fortement enracinée à approcher de près ou de loin un policier, pour quelque raison et sous quelque prétexte que ce fût.

Il est difficile de deviner combien de temps ils seraient restés assis là, à se regarder les uns les autres dans un état d'incertitude assez déplaisant. Il n'est d'ailleurs pas nécessaire de hasarder des conjectures à ce sujet, car l'entrée soudaine des deux demoiselles qu'Olivier avait vues précédemment vint permettre à la conversation de reprendre à nouveau.

« Voilà exactement ce qu'il nous faut ! dit le Juif. Bet ira, n'est-ce pas, mon enfant ?

— Où ça ? demanda la donzelle.

— Oh, simplement jusqu'au poste de police, mon enfant », dit le Juif d'un ton enjôleur.

On doit rendre cette justice à la demoiselle qu'elle n'affirma pas positivement qu'elle n'irait pas ; elle se contenta d'exprimer un vif et énergique désir d'être pendue si jamais elle le faisait ; cette manière délicate et polie d'éluder la requête montre que la jeune femme était douée de ce savoir-vivre inné qui ne nous permet pas d'infliger à notre prochain la souffrance d'un refus direct et sans voiles.

L'expression du Juif se rembrunit. Il se détourna de cette demoiselle, dont la toilette brillante, pour ne pas dire somptueuse, consistait en une robe rouge, des bottines vertes et des papillotes jaunes, pour porter son attention sur l'autre jeune personne.

« Nancy, mon enfant, dit le Juif d'un ton plein de douceur, qu'en dirais-tu, toi ?

— Qu'y a rien à faire ; c'est pas la peine d'essayer d' m'avoir, Fagin, répondit Nancy.

— Qu'est-ce que ça veut dire ? demanda M. Sikes, levant des yeux hargneux.

— Ce que j' dis, Bill, répondit la jeune femme sans s'émouvoir.

— Mais t'es exactement la personne qu'y faut, reprit M. Sikes ; personne par ici n' te connaît le moins du monde.

— Et comme je n' tiens pas du tout à ce qu'on me connaisse, répondit Nancy, toujours du même ton tranquille, c'est plutôt non qu' oui en ce qui me concerne, Bill.

— Elle ira, Fagin, dit Sikes.

— Non, elle n'ira pas, Fagin, dit Nancy.

— Si, elle ira, Fagin », dit Sikes.

Et M. Sikes avait raison. A force de menaces, de promesses et de présents alternés, la dame en question se laissa finalement persuader d'accepter la mission. Elle n'était pas retenue à vrai dire par les mêmes considérations que son aimable amie, car, ayant récemment déménagé du faubourg éloigné mais comme il faut de Ratcliffe[1] pour s'installer dans le voisinage de Field Lane, elle ne risquait pas d'être reconnue par quelqu'une de ses nombreuses connaissances.

En conséquence, après avoir noué par-dessus sa robe un tablier propre et fourré ses papillotes sous une capote de paille — l'un et l'autre de ces deux articles étant prélevés sur l'inépuisable stock du Juif — Mlle Nancy se prépara à aller accomplir sa mission.

« Une minute, mon enfant, dit le Juif en produisant un petit panier à couvercle. Prends ça à la main. Cela fait plus respectable, ma chère enfant.

— Donne-lui aussi une clef à tenir dans l'autre main, Fagin, dit Sikes, ça fait vrai et nature.

— Mais oui, en effet, mon cher, dit le Juif, qui accrocha une grosse clef à l'index droit de la jeune personne. Là ! c'est bien, c'est tout à fait bien, mon enfant ! dit le Juif en se frottant les mains.

— Oh, mon frère ! Mon pauvre petit frère, ce doux, cet innocent chéri ! s'écria Nancy en fondant en larmes et en étreignant le petit panier et la grosse clef d'un air de profonde détresse. Que lui est-il arrivé ? Où l'a-t-on emmené ? Ah, par pitié, Messieurs, dites-moi ce qu'on a fait de mon frère chéri ; je vous en supplie, Messieurs, je vous en supplie ! »

Ayant proféré ces paroles sur un ton lamentable qui laissait supposer un cœur brisé — pour la plus grande délectation de ses auditeurs — Mlle Nancy s'arrêta, adressa un clin d'œil à la compagnie, fit à la ronde un signe de tête souriant, et disparut.

« Eh ! c'est une habile fille, mes enfants, dit le Juif en se tournant vers ses jeunes amis et en hochant gravement la tête, comme pour les inciter de façon muette à suivre le brillant exemple qu'on venait de leur donner.

— Elle fait honneur à son sexe, dit M. Sikes, qui remplit son verre et assena sur la table un coup de son énorme poing. Je bois à sa santé en souhaitant qu'elles soyent toutes comme elle ! »

Tandis qu'on décernait ces louanges et bien d'autres à la talentueuse Nancy, cette jeune personne se hâtait vers le bureau de police, où, non sans une certaine timidité, bien naturelle à une jeune fille qui venait de parcourir les rues seule et sans protection, elle arriva peu après, saine et sauve.

Étant entrée par-derrière, elle tapa doucement avec sa clef sur la porte d'une des cellules et écouta. Il n'y eut aucun bruit à l'intérieur ; aussi toussa-t-elle avant d'écouter à nouveau. Toujours pas de réponse ; elle parla donc.

« 'Livier, mon petit, murmura-t-elle d'une voix douce. Livier ? »

Il n'y avait derrière la porte qu'un misérable va-nu-pieds, arrêté pour avoir joué de la flûte, et qui, son crime contre la société ayant été clairement prouvé, avait été, comme il se doit, envoyé pour un mois à la Maison de Correction par M. Fang ; celui-ci ajoutant la remarque, aussi spirituelle qu'appropriée, que, puisqu'il disposait de tant de souffle, il pourrait l'employer de façon beaucoup plus salutaire dans le moulin de discipline que dans un instrument de musique. L'homme ne répondit pas, occupé qu'il était à déplorer mentalement la perte de sa flûte, confisquée au profit du

Comté ; Nancy passa donc à la cellule suivante et frappa à la porte.

« Qu'est-ce que c'est ? dit une voix faible et timide.

— Y a-t-il un petit garçon ? demanda Nancy, non sans avoir fait entendre un sanglot préliminaire.

— Non, répondit la voix. A Dieu ne plaise ! »

C'était un vagabond de soixante-cinq ans, condamné à la prison pour n'avoir pas joué de la flûte, lui ; autrement dit, il avait mendié dans les rues sans rien faire pour gagner son pain. Dans la cellule suivante, il y avait un autre homme, condamné à cette même prison pour avoir colporté des casseroles de fer-blanc sans patente ; il avait bien ainsi fait quelque chose pour gagner sa vie, mais à l'encontre du Timbre.

Toutefois, comme aucun de ces criminels ne répondait au nom d'Olivier ou ne savait quoi que ce fût à son sujet, Nancy se rendit directement auprès du fonctionnaire bourru au gilet rayé ; là, avec force plaintes et lamentations pitoyables, rendues plus pitoyables encore par un usage prompt et efficace de la clef et du petit panier, elle réclama instamment son petit frère chéri.

« Ce n'est pas moi qui l'ai, mon enfant, dit le vieil homme.

— Où est-il ? s'écria Nancy, d'une voix perçante et d'un air bouleversé.

— Oh ! c'est le monsieur qui l'a emmené, répondit le fonctionnaire.

— Quel monsieur ? Ah, mon Dieu ! quel monsieur ? » s'exclama Nancy.

En réponse à cette suite incohérente de questions, le vieux informa cette sœur si profondément affectée qu'Olivier s'était trouvé mal dans le bureau et qu'il avait bénéficié d'un non-lieu, un témoin ayant prouvé que le vol avait été commis par un autre garçon, qui n'était pas sous les verrous ; le plaignant l'avait emmené, sans connaissance, à son propre domicile, dont tout ce que l'informateur savait c'était qu'il se trouvait du côté de Pentonville, car il avait entendu ce mot lorsqu'on avait donné l'adresse au cocher.

Dans cet affreux état de doute et d'incertitude, la jeune

femme angoissée se dirigea en chancelant vers la grille ; après quoi, changeant sa marche hésitante en une course rapide, elle regagna par l'itinéraire le plus tortueux et le plus compliqué le domicile du Juif.

M. Bill Sikes n'eut pas plus tôt entendu le compte rendu de l'expédition qu'il siffla en toute hâte son chien blanc, mit son chapeau et s'en fut promptement, sans perdre un instant à faire des adieux dans les formes à la compagnie.

« Il faut que nous sachions où il se trouve, mes enfants ; il faut le découvrir, dit le Juif, fort agité. Charley, ne fais plus rien que rôdailler de droite et de gauche jusqu'à ce que tu aies pu nous rapporter de ses nouvelles ! Nancy, mon enfant, je veux qu'on le trouve. Je te fais confiance, mon petit — à toi et au Renard, pour tout ! Attendez, attendez, ajouta le Juif, en ouvrant un tiroir d'une main qui tremblait ; voilà de l'argent, mes enfants. Je ferme la boutique, ce soir. Vous savez où me trouver ! Ne restez pas ici une minute de plus. Pas un instant, mes agneaux ! »

Sur ces mots, il les poussa dehors. Après avoir fermé à double tour et bâclé la porte avec tout le soin désirable, il tira de sa cachette le coffret qu'il avait, bien involontairement, laissé voir à Olivier. Puis, il se mit rapidement en devoir de distribuer montres et bijoux en divers endroits de ses vêtements.

Un coup à la porte le fit tressaillir pendant qu'il était ainsi occupé.

« Qui est là ? glapit-il.

— Moi, répondit par le trou de la serrure la voix du Renard.

— Qu'est-ce que c'est encore ? cria le Juif avec impatience.

— Faut-y qu'on le planque dans l'autre turne, qu'elle demande, Nancy ? s'enquit le Renard.

— Oui, répondit le Juif, où qu'elle mette la main dessus. Trouvez-le, trouvez-le, c'est tout ce que je demande ! Je saurai bien quoi faire après ça, sois tranquille. »

Le gamin murmura une réponse qui montrait qu'il avait compris et se hâta de redescendre l'escalier pour retrouver ses compagnons.

« Il n'a pas mangé le morceau jusqu'à présent, dit le Juif, tout en poursuivant son occupation. S'il a l'intention de bavarder sur notre compte auprès de ses nouveaux amis, on peut encore le faire taire. »

CHAPITRE XIV

QUI CONTIENT
DE PLUS AMPLES DÉTAILS
SUR LE SÉJOUR
D'OLIVIER CHEZ M. BROWNLOW,
AVEC LA REMARQUABLE PRÉVISION
QU'UN CERTAIN
M. GRIMWIG [1] FIT À SON SUJET,
QUAND IL SORTIT FAIRE UNE COMMISSION

Olivier se remit bientôt de l'évanouissement causé par la brusque exclamation que lui avait lancée M. Brownlow; aussi bien le vieux monsieur que Mme Bedwin évitèrent soigneusement de reparler du tableau dans la conversation qui suivit, laquelle n'eut d'ailleurs aucunement trait à l'histoire ou à l'avenir de l'enfant, mais se borna à tels sujets qui pussent le distraire sans l'énerver. Il était encore trop faible pour aller prendre son petit déjeuner à table; mais, quand il descendit le lendemain matin dans le petit salon de la gouvernante, son premier geste fut de jeter un regard avide sur le mur dans l'espoir de contempler à nouveau le visage de la belle dame. Ses espérances furent déçues, cependant, car on avait ôté le portrait.

« Ah! fit la gouvernante, qui avait observé où se portait le regard d'Olivier. Il a disparu, tu vois.

— Oui, Madame. Pourquoi l'a-t-on retiré?

— On l'a enlevé, mon petit, parce que M. Brownlow a dit que ce portrait semblait t'inquiéter et pourrait t'empêcher de recouvrer la santé, tu comprends? répondit la vieille dame.

— Oh, mais non. Il ne m'inquiétait pas, Madame, dit l'enfant. J'avais plaisir à le voir; je l'aimais beaucoup.

— Bon, bon, dit la vieille dame, avec bonhomie ; tu n'as qu'à te rétablir le plus vite possible, mon cher petit, et on le raccrochera. Voilà ! Je te le promets ! Et maintenant, parlons d'autre chose. »

Ce furent là tous les renseignements qu'Olivier put recueillir pour le moment sur le portrait. Étant donné que la vieille dame s'était montrée si bonne pour lui durant sa maladie, il s'efforça de n'y plus penser jusqu'à nouvel ordre ; il écouta donc avec attention toutes les histoires qu'elle lui raconta sur sa fille, aimable et charmante personne mariée avec un aimable et charmant homme et qui vivait à la campagne, ou encore sur son fils, commis chez un négociant des Antilles, lui aussi un jeune homme accompli, qui lui écrivait quatre fois par an des lettres si respectueuses que le seul fait d'en parler lui tirait les larmes des yeux. Quand la vieille dame se fut longuement étendue sur les qualités de ses enfants, sans oublier non plus les mérites de son excellent mari, mort et enterré, le pauvre cher homme ! depuis vingt-six ans exactement, on était arrivé à l'heure du thé. Quand on eut pris celui-ci, elle s'appliqua à enseigner à Olivier le jeu de *cribbage*[1], qu'il comprit aussi vite qu'elle pouvait le lui enseigner. Ils jouèrent à ce jeu avec beaucoup d'intérêt et de gravité jusqu'au moment où il fut temps pour le malade de prendre du vin chaud coupé d'eau, accompagné d'une rôtie sans beurre, avant d'aller se glisser dans son lit douillet.

Ce furent des jours heureux que ceux de la convalescence d'Olivier. Tout était si calme, si propre, si bien tenu, et chacun si doux et si gentil, qu'après le bruit et l'agitation au milieu desquels il avait toujours vécu, ce lui parut le Ciel même. A peine eut-il retrouvé assez de forces pour s'habiller normalement que M. Brownlow lui fit apporter un complet neuf, une casquette neuve et une paire de souliers neufs. Comme on lui dit qu'il pouvait faire ce qui lui plairait de ses vieux habits, il les donna à une femme de chambre qui avait été très gentille pour lui, en la priant de les vendre à quelque Juif et de garder l'argent pour elle. Ce qu'elle fit très volontiers. Quand Olivier, qui regardait par la fenêtre, vit le Juif les fourrer dans son sac et s'en aller avec, il fut ravi à la pensée qu'ils étaient bel et bien partis et qu'il ne courait plus maintenant le moindre danger de devoir jamais les porter à nouveau. C'étaient de tristes haillons, il faut bien le dire, et jamais encore l'enfant n'avait eu un costume neuf.

Un soir, une semaine environ après l'histoire du portrait, il était assis à bavarder avec Mme Bedwin, quand M. Brownlow fit dire que, si Olivier se sentait assez bien, il aimerait le voir dans son cabinet et s'entretenir un moment avec lui.

« Mon Dieu, mon Dieu ! Va te laver les mains, et je te ferai ensuite une belle raie dans les cheveux, mon enfant, s'écria la digne dame. Bonté divine ! Si on avait su qu'il allait te demander, on t'aurait mis un col propre et on t'aurait fait net comme un sou neuf ! »

Olivier fit ce que lui disait la vieille dame et, bien qu'elle déplorât qu'il n'y eût pas même le temps de gaufrer le petit tuyauté dont était bordé le col de sa chemise, il avait l'air si délicat, si élégant en dépit de l'absence de cet important avantage personnel qu'elle alla jusqu'à dire, en l'examinant avec une grande satisfaction de la tête aux pieds, qu'elle ne pensait vraiment pas qu'il lui eût été possible, même si elle avait été prévenue longtemps à l'avance, d'améliorer sensiblement son apparence.

Ainsi encouragé, Olivier alla taper à la porte du cabinet. M. Brownlow lui ayant dit d'entrer, il se trouva dans une petite pièce de derrière, toute pleine de livres et éclairée par une fenêtre donnant sur de charmants petits jardins. Il y avait une table devant la fenêtre, et M. Brownlow y était assis en train de lire. Quand il vit Olivier, il repoussa son livre et dit à l'enfant de s'approcher de la table et de s'asseoir. Olivier obéit, tout en se demandant avec étonnement où l'on pouvait trouver des gens pour lire cette énorme quantité de livres qui semblaient avoir été écrits pour rendre le monde meilleur. C'est d'ailleurs une question qui fait l'étonnement quotidien de bien des gens plus avertis.

« Il y a beaucoup de livres, n'est-ce pas, mon petit ? dit M. Brownlow, en remarquant la curiosité avec laquelle Olivier examinait les rayons, qui allaient du plancher jusqu'au plafond.

— Beaucoup, oui, Monsieur. Je n'en ai jamais vu autant.

— Tu les liras, si tu te conduis bien, dit le vieux monsieur avec bienveillance ; et tu aimeras mieux cela que de regarder les reliures... enfin, dans certains cas ; il y a, en effet, des livres dont le dos et les plats sont de beaucoup ce qu'ils ont de meilleur.

— Je suppose que ce sont ces gros lourds, là ? fit Olivier, en montrant de grands in-quarto dont la reliure portait passablement de dorures.

— Pas toujours, répondit M. Brownlow, qui tapota en souriant la tête de l'enfant ; il y en a d'autres tout aussi lourds, bien que d'un format beaucoup plus petit. Est-ce que tu aimerais devenir un homme de grande intelligence et écrire des livres, dis ?

— Je crois que je préférerais les lire, Monsieur, répondit Olivier.

— Comment ! Tu n'aimerais pas être écrivain ? » dit le vieux monsieur.

Olivier réfléchit un moment et dit finalement qu'il serait bien préférable d'être libraire ; sur quoi, le vieux monsieur rit de bon cœur et déclara que c'était une très bonne réponse. Olivier fut heureux de l'avoir faite, encore que sans savoir en quoi elle était bonne.

« Enfin ! dit M. Brownlow, en reprenant son sérieux. N'aie pas peur ! Nous ne ferons pas de toi un auteur, alors qu'il y a d'honnêtes métiers à apprendre ou qu'on peut devenir briquetier.

— Merci, Monsieur », dit Olivier.

Devant la ferveur apportée à cette réponse, M. Brownlow se mit de nouveau à rire et murmura quelque chose sur la bizarrerie de l'instinct ; mais Olivier ne comprit pas et n'y prêta pas grande attention.

« Eh bien, dit M. Brownlow en parlant avec plus de bienveillance encore, s'il était possible, mais aussi avec beaucoup plus de gravité qu'Olivier ne lui en avait jamais vu montrer, je veux que tu prêtes grande attention à ce que je vais te dire, mon enfant. Je vais te parler sans aucunes réserves, car je suis certain que tu es aussi capable de me comprendre que bien des gens plus âgés.

— Oh, ne me dites pas que vous allez me renvoyer, Monsieur, je vous en supplie ! s'écria Olivier, effrayé de la gravité du ton par lequel débutait le discours de son bienfaiteur. Ne me mettez pas dehors, ne me condamnez pas à errer encore dans les rues ! Laissez-moi rester ici comme domestique. Ne me renvoyez pas à l'affreux endroit d'où je suis venu. Ayez pitié d'un pauvre garçon, Monsieur !

— Mon cher enfant, reprit le vieux monsieur, ému par la chaleur de cette soudaine prière ; tu n'as pas à craindre que je t'abandonne, à moins que tu ne m'en donnes le motif.

— Jamais, Monsieur, jamais vous n'en aurez de raison ! s'écria vivement Olivier.

— Je l'espère bien, reprit M. Brownlow. Je ne crois pas que tu m'en donnes jamais. J'ai déjà été déçu par ceux à qui j'avais essayé de faire du bien ; mais je me sens très porté à te faire confiance, néanmoins : je m'intéresse plus fortement à toi que je ne puis moi-même me l'expliquer. Les personnes à qui j'avais donné le meilleur de mon amour sont depuis longtemps dans la tombe ; mais, bien que le bonheur et la joie de ma vie y gisent avec eux, je n'ai pas fait de mon cœur un cercueil, à jamais scellé sur mes plus tendres émotions. Un profond chagrin n'a fait que les fortifier, tout en les affinant. »

Tandis que le vieux monsieur prononçait ces mots d'une voix assez basse, plutôt pour lui-même que pour son compagnon, puis restait un moment silencieux, Olivier demeura tout à fait immobile sur sa chaise.

« Allons, dit enfin le vieux monsieur d'un ton plus gai. Je te dis cela seulement parce que tu as un cœur jeune ; sachant que j'ai passé par de grandes peines et de profonds chagrins, peut-être feras-tu plus attention à ne pas m'infliger de nouvelles blessures. Tu m'as dit que tu étais orphelin, que tu n'avais pas un ami au monde ; tous les renseignements que j'ai pu rassembler confirment ta déclaration. Raconte-moi ton histoire ; dis-moi d'où tu viens, qui t'a élevé et comment tu en es arrivé à la compagnie dans laquelle je t'ai trouvé. Dis la vérité et, tant que je vivrai, tu ne seras plus sans ami. »

Les sanglots empêchèrent quelque temps Olivier de répondre ; au moment où il allait se mettre enfin à raconter comment il avait été élevé à la garderie, puis emmené à

l'hospice par M. Bumble, un petit coup redoublé, particulièrement impatient, se fit entendre à la porte de la rue ; sur
quoi, la domestique monta en courant pour annoncer
M. Grimwig.

« Il monte ? demanda M. Brownlow.

— Oui, Monsieur, répondit la servante. Il a demandé s'il
y avait des " muffins " dans la maison ; et quand je lui ai
répondu que oui, il a dit qu'il venait prendre le thé. »

M. Brownlow sourit et, se tournant vers Olivier, lui
expliqua que M. Grimwig était un vieil ami et qu'il ne fallait
pas se formaliser de ses manières un peu rudes, car c'était au
fond un fort brave homme, comme lui, Brownlow, avait de
bonnes raisons de le savoir.

« Dois-je retourner en bas, Monsieur ? demanda Olivier.

— Non, répondit M. Brownlow. Je préfère que tu
restes. »

A ce moment pénétra dans la pièce, appuyé sur une forte
canne, un vieux monsieur corpulent, traînant légèrement la
jambe ; il était vêtu d'un habit bleu, d'un gilet rayé, d'une
culotte et de guêtres de nankin et d'un chapeau blanc à
larges bords doublés de vert. Le tuyauté à très petits plis qui
bordait sa chemise se dressait hors de son gilet, et une très
longue chaîne de montre en acier, ayant pour seul ornement
la clef qui pendait au bout, se balançait librement en
dessous. Les extrémités de son foulard blanc étaient tordues
en une boule de la dimension d'une orange ; quant à la
diversité des formes selon lesquelles se tordaient ses traits,
elle défiait toute description. Il avait une manière de pencher
le cou de côté quand il parlait, tout en vous lorgnant du coin
de l'œil, qui faisait irrésistiblement penser à un perroquet. Il
s'était figé dans cette attitude dès son apparition, alors que,
tendant à bout de bras une pelure d'orange, il s'écriait d'une
voix grondeuse et mécontente :

« Dites donc ! Voyez ça ! N'est-ce pas extraordinaire que
je ne puisse rendre visite à quelqu'un sans trouver dans
l'escalier un morceau de cette amie des chirurgiens besog-
neux ? J'ai déjà été éclopé grâce à une pelure d'orange qui
m'achèvera un jour. Oui, Monsieur ; une pelure d'orange

sera ma mort, ou je veux bien me manger la tête, Monsieur ! »

Telle était l'offre élégante dont M. Grimwig soulignait et
confirmait à peu près toutes les assertions qu'il émettait ;
proposition d'autant plus singulière dans son cas, que,
même en admettant dans l'intérêt de la discussion la
possibilité que les progrès de la science dussent un jour
atteindre à un niveau qui permettrait à un monsieur de
manger sa propre tête s'il se sentait en humeur de le faire,
celle de M. Grimwig était d'une grosseur si particulière que
le plus optimiste des hommes n'aurait pu espérer en venir à
bout en un seul repas — sans même tenir compte de la très
épaisse couche de poudre qui la recouvrait.

« Je veux bien me manger la tête, Monsieur ! répéta
M. Grimwig en frappant le sol de sa canne. Tiens, qu'est-ce
que c'est que ça ? »

Il avait ajouté ces derniers mots en apercevant Olivier, et
il recula d'un ou deux pas.

« C'est le jeune Olivier Twist, dont je vous avais parlé »,
dit M. Brownlow.

Olivier salua.

« Vous n'allez pas me dire que c'est là le garçon qui avait
la fièvre, j'espère ? dit M. Grimwig, qui recula encore un
peu. Attendez une seconde ! Ne dites rien ! Arrêtez...,
poursuivit brusquement M. Grimwig, oublieux de toute
crainte d'attraper la fièvre dans le triomphe de sa découverte ; voilà le gamin qui avait l'orange ! Si ce n'est pas lui
qui avait l'orange et qui a jeté cette pelure dans l'escalier, je
veux bien me manger la tête, et la sienne avec, Monsieur !

— Non, non, il n'en a pas eu, dit M. Brownlow, en riant.
Allons ! Posez donc votre chapeau et dites quelque chose à
mon jeune ami.

— C'est un sujet qui me tient fort à cœur, Monsieur, dit
l'irritable vieillard, tandis qu'il ôtait ses gants. Il y a toujours
plus ou moins de peaux d'orange sur le pavé de notre rue, et
je sais pertinemment que c'est le garçon du chirurgien du
coin qui l'y met. Une jeune femme a glissé sur une de ces
pelures hier au soir, et elle est tombée contre la grille de mon
jardin ; aussitôt qu'elle s'est relevée, je l'ai vue regarder du

côté de son infernale lanterne rouge et de sa lumière de féerie. " N'allez pas chez lui, ai-je crié de ma fenêtre, c'est un assassin ! un piège à hommes ! " Et c'est bien vrai. S'il ne l'est pas... »

Là-dessus, l'irascible vieillard donna un grand coup de sa canne sur le plancher, ce qui, pour tous ses amis, correspondait à son offre habituelle chaque fois qu'elle n'était pas exprimée oralement. Après quoi, tenant toujours sa canne à la main, il s'assit, déplia un binocle qu'il portait attaché à un large ruban noir, et se mit à examiner Olivier ; celui-ci, se voyant l'objet de son inspection, rougit et salua de nouveau.

« Alors, c'est là le gamin ? dit enfin M. Grimwig.

— Oui, répondit son ami.

— Comment vas-tu, mon garçon ? demanda M. Grimwig.

— Beaucoup mieux, je vous remercie, Monsieur », répondit l'enfant.

M. Brownlow, qui semblait craindre que son singulier ami ne fût sur le point de dire quelque chose de désagréable, pria Olivier de descendre prévenir Mme Bedwin qu'elle pouvait servir le thé ; ce que, n'aimant guère les manières du visiteur, il fut fort heureux de faire.

« C'est un joli garçon, vous ne trouvez pas ? demanda M. Brownlow.

— Je ne sais pas, répondit avec humeur M. Grimwig.

— Comment cela ?

— Non, je n'en sais rien. Je n'ai jamais vu aucune différence entre un garçon et un autre. Je n'en connais que deux espèces : ceux qui ont le teint farineux et ceux qui ont une figure de bifteck.

— Et dans quelle catégorie classez-vous Olivier ?

— Les farineux. J'ai un ami dont le fils est de la catégorie bifteck ; on le dit bel enfant ; il a une tête ronde, des joues rouges et des yeux de braise ; c'est un garçon horrible, avec un corps et des membres qui semblent enflés à faire craquer les coutures de ses vêtements bleus ; il a une voix de pilote et un appétit de loup. Je le connais bien, allez, ce chenapan !

— Allons, dit M. Brownlow, ce ne sont pas là les caractéristiques du jeune Olivier Twist ; ce n'est donc pas la peine de vous monter la tête contre lui.

— Non certes, répondit M. Grimwig; les siennes sont peut-être pires. »

A cette réflexion, M. Brownlow fit entendre un toussotement d'impatience, ce qui parut procurer à son ami un plaisir intense.

« Je dis que les siennes sont peut-être pires, répéta M. Grimwig. D'où sort-il ? Qui est-il ? Qu'est-il ? Il a eu la fièvre. Et alors ? Les fièvres ne sont pas le propre des seuls honnêtes gens, n'est-ce pas ? Les malandrins en ont parfois, non ? J'ai connu un homme que l'on a pendu à la Jamaïque pour avoir assassiné son maître. Il avait eu les fièvres six fois; les jurés n'ont pas signé le recours en grâce pour ça. Peuh ! Quelle baliverne ! »

En fait, dans les recoins les plus cachés de son cœur, M. Grimwig était fort enclin à admettre qu'Olivier avait une physionomie et des manières singulièrement attirantes; mais il possédait aussi un vigoureux penchant à la contradiction, penchant que venait encore fortifier en l'occurrence la découverte de la pelure d'orange. Ayant donc décidé en son for intérieur que personne ne lui dicterait l'opinion qu'il devait avoir de la beauté ou de la laideur d'un enfant, il avait résolu dès le départ de contredire son ami. Quand M. Brownlow admit qu'il ne pouvait encore répondre de façon satisfaisante à aucune demande de renseignement et qu'il avait ajourné toute investigation concernant l'histoire passée d'Olivier jusqu'à ce que l'enfant fût assez solide pour la supporter, M. Grimwig eut un petit rire malicieux. Il demanda d'un air sarcastique si la gouvernante avait l'habitude de compter l'argenterie tous les soirs : si elle ne s'apercevait pas un beau matin qu'il lui manquait une ou deux cuillers, il voulait bien... etc.

Tout cela, M. Brownlow, encore qu'il se montrât parfois assez emporté, le supporta avec bonne humeur, car il connaissait l'originalité de son ami. Comme, durant le thé, M. Grimwig daigna exprimer son approbation entière quant aux muffins, tout alla pour le mieux; et Olivier, qui était également de la partie, commença à se sentir plus à son aise qu'il ne l'avait été jusque-là en présence du farouche vieux monsieur.

« Eh bien ! quand entendrez-vous le récit complet, véridique et circonstancié de la vie et des aventures d'Olivier
Twist ? demanda Grimwig à M. Brownlow, au terme du
repas ; et, en reprenant ce sujet, il jetait un regard de biais à
Olivier.

— Demain matin, répondit M. Brownlow. Je préférerais
qu'il fût seul avec moi à ce moment-là. Monte donc me voir
demain matin à dix heures, mon enfant.

— Oui, Monsieur », répondit Olivier.

Il le fit avec une certaine hésitation, troublé qu'il était par
l'insistance du regard que tenait sur lui M. Grimwig.

« Je vais vous dire, murmura ce dernier à l'oreille de
M. Brownlow : il ne montera pas demain matin. Je l'ai vu
hésiter. Il vous trompe, mon bon ami.

— Je jurerais bien que non, répliqua M. Brownlow avec
chaleur.

— S'il ne vous trompe pas, je veux bien... »

Et la canne de cogner le plancher.

« Je gagerais ma vie sur la sincérité de ce garçon ! dit
M. Brownlow en frappant du poing sur la table.

— Et moi ma tête sur sa fausseté ! rétorqua M. Grimwig
en tapant également du poing sur la table.

— Nous verrons, dit M. Brownlow, en refrénant la colère
qui montait en lui.

— Oui, nous verrons, répondit M. Grimwig avec un
sourire exaspérant ; nous verrons ! »

La fatalité voulut qu'à ce moment Mme Bedwin apportât
un petit paquet de livres que M. Brownlow avait achetés ce
matin-là au même libraire qui a déjà figuré dans cette
histoire ; les ayant posés sur la table, elle s'apprêtait à quitter
la pièce.

« Faites attendre le porteur, madame Bedwin ! dit
M. Brownlow ; il y a quelque chose à rapporter.

— Il est parti, Monsieur, répondit la gouvernante.

— Rappelez-le, c'est important. Ce libraire n'a pas
beaucoup d'argent, et les livres ne sont pas payés. Il y en a
aussi d'autres à lui rendre. »

On ouvrit la porte d'entrée. Olivier courut d'un côté, la
servante de l'autre, et Mme Bedwin resta sur le pas de la

porte à crier après le commis, mais il n'y avait pas le moindre commis en vue. Olivier et la servante revinrent tout essoufflés dire qu'ils n'avaient pas de nouvelles de lui.

« Mon Dieu, j'en suis fort ennuyé, s'écria M. Brownlow ; je désirais tout particulièrement que ces livres fussent retournés ce soir.

— Envoyez Olivier les rapporter, dit M. Grimwig avec un sourire ironique ; vous pouvez être sûr qu'il les livrera à bon port, vous savez.

— Oui, Monsieur, je vous en prie, permettez-moi de les rapporter, dit Olivier. Je courrai tout le long du chemin, Monsieur. »

Le vieillard était sur le point de dire qu'Olivier ne devait sortir sous aucun prétexte, quand un très malicieux toussotement de M. Grimwig le décida à accepter, à seule fin de lui prouver immédiatement, grâce au prompt accomplissement de la commission, l'injustice de ses soupçons, à ce sujet-là tout au moins.

« Hé bien, tu vas y aller, mon enfant, dit le vieux monsieur. Les livres se trouvent sur une chaise à côté de mon bureau. Va les chercher. »

Olivier, ravi de pouvoir rendre service, rapporta les livres sous son bras avec le plus grand empressement ; puis il attendit, sa casquette à la main, qu'on lui fît connaître quel message il devait transmettre.

« Tu diras, précisa M. Brownlow en regardant fermement Grimwig, tu diras que tu rapportes ces ouvrages et que tu viens payer les quatre livres dix que je dois. Voici un billet de cinq livres ; tu auras donc à me rapporter dix shillings de monnaie.

— J'en ai pour moins de dix minutes, Monsieur », répondit Olivier avec ardeur.

Après avoir rangé le billet dans sa poche, qu'il reboutonna, et placé soigneusement les livres sous son bras, il fit un salut respectueux et quitta la pièce. Mme Bedwin l'accompagna jusqu'à la porte de la rue, en lui donnant force renseignements sur l'itinéraire le plus court, le nom du libraire et celui de la rue, toutes choses qu'Olivier déclara comprendre parfaitement. Après avoir ajouté maintes recommandations de ne pas prendre froid, la gouvernante le laissa enfin partir.

« Dieu bénisse son doux visage ! dit-elle, en le suivant des yeux. Je ne sais pourquoi, je ne puis supporter l'idée de le perdre de vue. »

A ce moment, Olivier se retourna d'un air joyeux et lui adressa un signe de tête avant de tourner le coin de la rue. La vieille dame répondit en souriant à son salut ; puis, ayant refermé la porte, regagna sa chambre.

« Voyons ; il sera de retour dans une vingtaine de minutes au plus, dit M. Brownlow, qui tira sa montre et la plaça sur la table. Il fera nuit à ce moment-là.

— Ainsi, vous vous attendez vraiment à ce qu'il revienne ? demanda M. Grimwig.

— Pas vous ? » répondit en souriant M. Brownlow.

L'esprit de contradiction prévalait fortement, à ce moment-là, dans le sein de M. Grimwig ; le sourire confiant du vieux monsieur ne fit que le renforcer encore.

« Non ! s'écria-t-il en frappant la table du poing. Certainement pas. Ce galopin porte un complet neuf ; il a sous le bras quelques bouquins de valeur et dans la poche un billet de cinq livres. Il va rejoindre ses vieux amis les voleurs et se moquera de vous. Si jamais ce garnement remet les pieds dans cette maison, Monsieur, je veux bien me manger la tête ! »

Sur ces mots, il approcha son fauteuil de la table, devant laquelle les deux amis restèrent assis en silence, la montre entre eux.

Il vaut la peine de remarquer, pour illustrer l'importance que nous attachons à nos propres jugements et l'orgueil avec lequel nous avançons nos conclusions les plus téméraires et les plus hâtives, que M. Grimwig, qui n'était pourtant en aucune façon un mauvais homme et qui eût été sincèrement navré de voir duper et décevoir son respectable ami, espérait bien, à ce moment-là, et de toute la force de son âme, qu'Olivier Twist ne reviendrait pas.

Au bout d'un moment, il commença à faire tellement sombre que l'on pouvait à peine discerner les chiffres du cadran ; mais les deux hommes restaient assis là, en silence, la montre posée entre eux.

CHAPITRE XV

QUI MONTRE TOUTE L'AFFECTION QUE LE JOVIAL VIEUX JUIF ET Mlle NANCY PORTAIENT À OLIVIER TWIST

Dans la salle obscure d'une auberge de bas étage, située dans la partie la plus sordide de Little Saffron Hill, antre ténébreux et sinistre où, l'hiver, brûlait toute la journée la flamme vacillante d'un bec de gaz et où, l'été, nul rayon de soleil ne brillait, se trouvait assis, ruminant devant une petite mesure d'étain et un verre, un homme fortement imprégné de l'odeur de l'alcool, vêtu d'un habit de velours côtelé, de culottes grises, de demi-bottes et de bas, dans lequel, même à cette faible lumière, aucun agent de police expérimenté n'aurait hésité à reconnaître M. William Sikes. A ses pieds était étendu un chien aux poils blancs et aux yeux rouges, qui s'occupait alternativement à cligner des deux yeux à la fois vers son maître et à lécher sur un côté de sa gueule une grande coupure dont la fraîcheur attestait qu'elle était le résultat d'un conflit récent.

« Tranquille, sale vermine ! Tranquille ! » s'écria M. Sikes, rompant brusquement le silence.

Ses méditations étaient-elles assez intenses pour être dérangées par les clignements d'yeux du chien ou ses sentiments assez troublés par ses réflexions pour se prévaloir de tout le soulagement qu'on peut trouver à donner des coups de pied à un innocent animal, voilà qui offrirait ample matière à discussion après un examen attentif. Toujours est-il que, quelle que pût être la cause, l'effet fut un coup de pied et un juron simultanément décochés au chien.

Les chiens sont généralement peu portés à se venger des atteintes que leur inflige leur maître ; mais celui de M. Sikes, qui avait en commun avec celui-ci certains défauts de caractère et qui nourrissait peut-être à ce moment un puissant sentiment d'injustice, planta sans plus de façons ses crocs dans une des demi-bottes. Après l'avoir secouée de bon cœur, il se retira en grondant sous un banc, échappant de justesse à la mesure d'étain que M. Sikes lui lança à la tête.

« Ah, c'est comme ça, hein ! s'écria Sikes, saisissant d'une main le tisonnier et ouvrant posément de l'autre un énorme couteau à cran d'arrêt qu'il avait tiré de sa poche. Viens ici, sale cabot ! Ici, t'entends ? »

Le chien entendait, sans nul doute, car M. Sikes parlait du ton le plus strident de sa fort stridente voix ; mais il semblait répugner inexplicablement à se laisser trancher la gorge, et il resta où il était, à gronder plus férocement encore qu'auparavant, tout en saisissant entre ses crocs le bout du tisonnier et en le mordant comme une bête sauvage.

Cette résistance ne fit que rendre M. Sikes encore plus furieux et, se jetant à genoux, il s'acharna après l'animal. Le chien sautait de droite et de gauche, cherchait à mordre, grondait, aboyait ; l'homme portait des coups de pointe et jurait, frappait et blasphémait ; la lutte atteignait à un paroxysme des plus dangereux pour l'un ou l'autre, quand la porte s'ouvrit soudain, et le chien fonça dehors, laissant Bill Sikes avec le tisonnier et le couteau dans les mains.

Pour se battre, il faut être deux, dit un vieil adage. M. Sikes, frustré de la participation du chien, transféra immédiatement sur le nouveau venu le rôle que l'animal avait joué dans la querelle.

« Pourquoi, Bon Dieu, qu' tu viens t' fourrer entre mon chien et moi ? s'écria Sikes, qui accompagnait ces mots d'un geste furieux.

— Je ne savais pas, mon cher, je ne savais pas, répondit Fagin avec humilité (car c'était le Juif qui venait d'entrer).

— Tu n' savais pas, trouillard de grinche [1] ! gronda Sikes. T'entendais pas le raffut, alors ?

— Pas un son, ma parole, Bill, aussi vrai que je suis là, répondit le Juif.

— Ah, non ! T'entends jamais rien, non, répliqua Sikes avec un ricanement féroce. Tu t' glisses dedans et dehors, d' façon qu' personne y sache comment t'entres ou tu sors !

J'aurais bien voulu qu' tu soyes été le chien, Fagin, y a une minute !

— Pourquoi donc ? demanda le Juif en arborant un sourire de commande.

— Pasque l' gouvernement, qui s'occupe d' la vie d' gens comme toi, qu'ont pas moitié autant d'estomac qu'un cabot, y laisse un type bousiller un chien comme y veut, répondit Sikes, tandis qu'il refermait son couteau en regardant son interlocuteur de façon tout à fait expressive. V'là pourquoi. »

Le Juif se frotta les mains et, s'asseyant à la table, affecta de rire de la plaisanterie de son ami. Il était néanmoins visiblement fort mal à son aise.

« Rigole toujours, dit Sikes, qui, tout en remettant en place le tisonnier, regardait le Juif avec un farouche mépris. Rigole toujours ! Mais j' te jure bien qu' ça s'ra jamais de moi, sinon la corde au cou. J' te tiens, Fagin, et, Bon Dieu, j' te laisserai pas r'prendre le d'sus. Voilà ! Si j'y passe, t'y passes ; alors, méfie-toi.

— Bon, bon, mon cher, dit le Juif, je sais tout cela ; nous... nous... avons des intérêts communs, Bill... des intérêts communs.

— Hum ! fit Sikes, comme s'il pensait que les intérêts étaient plutôt du côté du Juif que du sien. Et alors, qu'est-ce que t'as à m' bonnir [1] ?

— Tout a bien été liquidé, répondit Fagin, et voici ta part. Elle est un peu plus élevée qu'elle ne devrait, mon cher ; mais comme je sais que tu me revaudras ça une autre fois et que...

— Ça va avec tes boniments ! coupa le voleur, avec impatience. Où est-elle ? Passe-la !

— Oui, oui, Bill ; donne-moi le temps, donne-moi le temps, répondit le Juif d'un ton apaisant. Voici l'argent ! Tout y est ! »

Tout en parlant, il tira de son sein un vieux mouchoir de coton, défit le gros nœud qui liait un des coins et sortit un petit paquet enveloppé de papier brun. Sikes le lui arracha, l'ouvrit vivement et se mit en devoir de compter les souverains qu'il renfermait.

« C'est bien tout ? s'enquit Sikes.

— C'est tout, répondit le Juif.

— T'aurais pas ouvert le paquet et avalé une ou deux pièces en ch'min, non ? insista Sikes d'un ton soupçonneux. Prends pas tes airs offensés pasque j' demande ça ; tu l'as fait plus d'une fois. S'coue la retentissante. »

En langage clair, ces mots signifiaient une injonction d'agiter la sonnette. Ce fut un autre Juif qui répondit, plus jeune que Fagin, mais d'apparence presque aussi abjecte et repoussante.

Bill Sikes se contenta de montrer du doigt la mesure vide. Le Juif comprit fort bien la suggestion et se retira pour remplir le pot, non sans avoir échangé au préalable un singulier regard avec Fagin ; celui-ci avait levé un instant les yeux comme s'il l'attendait, et il répondit d'un signe de tête si léger que le geste serait resté presque imperceptible pour un tiers aux aguets. Il passa inaperçu de Sikes, qui s'était justement baissé pour rattacher le lacet de son soulier arraché par le chien. Peut-être, s'il eût remarqué ce bref échange de signaux, aurait-il pensé que cela ne présageait rien de bon pour lui.

« Y a-t-il quelqu'un ici, Barney ? demanda Fagin, qui parlait, sous le regard maintenant attentif de Sikes, sans lever les yeux de terre.

— Bas ude âbe, répondit Barney, dont les paroles, qu'elles vinssent ou non du cœur, passaient par le nez.

— Personne ? demanda Fagin sur un ton de surprise, qui signifiait peut-être que Barney était libre de dire la vérité.

— Bersode d'autre que badeboiselle Dadsy.

— Nancy ! s'écria Sikes. Où est-elle ? J' veux bien être pendu si j' respecte pas c'te fille pour ses talents naturels !

— Al' a bris une assiette de bouilli au bar, répondit Barney.

— Envoie-la, dit Sikes, en versant un verre d'eau-de-vie. Envoie-la. »

Barney jeta à Fagin un regard timide, comme pour lui demander la permission ; le Juif restant silencieux sans lever les yeux du plancher, il se retira et revint bientôt introduire

Nancy. Celle-ci était parée de son attirail complet : bonnet, tablier, panier et clef.

« T'es sur la piste, dis, Nancy ? s'enquit Sikes, en avançant le verre.

— Oui, Bill, répondit la jeune femme, qui expédia le contenu du verre. Même que j'en ai ma claque. Le môme a été malade et on l'a gardé enfermé dans la bicoque ; et...

— Ah, Nancy, ma chère ! » dit Fagin, en levant les yeux.

Qu'une contraction particulière des sourcils roux du Juif, accompagnée de la demi-fermeture de ses yeux enfoncés, ait averti Mlle Nancy qu'elle était sur le point de se montrer trop communicative, n'importe guère. Le résultat seul nous intéresse, et ce résultat, c'est qu'elle se retint soudain ; tout en adressant de gracieux sourires à M. Sikes, elle détourna la conversation vers d'autres sujets. Au bout de dix minutes environ, M. Fagin fut pris d'un accès de toux ; sur quoi, Nancy serra son châle sur ses épaules et déclara qu'il était temps pour elle de partir. M. Sikes s'aperçut qu'il devait lui aussi aller dans la même direction, et il exprima l'intention de l'accompagner ; ils partirent donc ensemble, suivis à quelque distance par le chien, qui était sorti furtivement d'une arrière-cour aussitôt que son maître avait été hors de vue.

Le Juif passa vivement la tête par la porte de la pièce quand Sikes en fut sorti, le suivit des yeux tandis qu'il s'éloignait dans le couloir sombre, agita derrière lui son poing serré, murmura un juron bien senti, puis, un horrible rictus sur la face, se rassit à la table, où il s'absorba bientôt profondément dans les intéressantes feuilles de *La Gazette de la Police*[1].

Pendant ce temps, Olivier Twist, loin de songer qu'il se trouvait à si faible distance du jovial vieillard, se dirigeait vers la librairie. En arrivant à Clerkenwell, il tourna par mégarde dans une ruelle qui n'était pas exactement sur l'itinéraire qu'il aurait dû suivre ; mais, n'ayant découvert son erreur qu'à mi-chemin et sachant que la rue menait dans la bonne direction, il n'estima pas nécessaire de revenir sur ses pas ; il poursuivit donc sa route, les livres sous le bras, aussi rapidement que possible.

Il marchait ainsi, en pensant à toutes les raisons qu'il avait de se sentir heureux et content ; il se disait qu'il donnerait beaucoup pour apercevoir seulement le pauvre petit Dick, qui, affamé et battu, pleurait peut-être amèrement à ce moment même, quand il fut brusquement tiré de ses pensées par les cris stridents d'une jeune femme : « Ah, mon frère chéri ! » A peine avait-il levé les yeux pour voir de quoi il s'agissait, qu'il fut immobilisé par l'enlacement de deux bras fermement serrés autour de son cou.

« Non ! s'écria Olivier, en se débattant. Lâchez-moi. Qui est-ce ? Pourquoi m'arrêtez-vous ? »

Pour toute réponse, il entendit force bruyantes lamentations, émises par la jeune femme qui l'embrassait et qui avait à la main un petit panier et une grosse clef :

« Ah, bonté divine ! Je l'ai retrouvé ! Ah, Olivier, Olivier, méchant garçon : m'avoir ainsi infligé une telle angoisse ! Rentre à la maison, mon chéri, viens. Ah, je l'ai retrouvé. Dieu merci, je l'ai retrouvé ! »

En laissant échapper ces exclamations incohérentes, la jeune femme se laissa aller à un nouvel accès de larmes et parut si près d'une crise de nerfs que deux femmes, survenues à ce moment, demandèrent à un garçon boucher dont la tête luisait de graisse de bœuf, autre spectateur de la scène, s'il ne pensait pas devoir courir chercher un médecin. A quoi le garçon boucher, qui semblait d'une nature flâneuse pour ne pas dire indolente, répondit qu'il ne le pensait pas.

« Oh, non, non, ne faites pas attention, dit la jeune femme en s'emparant de la main d'Olivier ; ça va mieux maintenant. Rentre tout de suite à la maison avec moi, cruel garçon ! Viens !

— Qu'est-ce que c'est, Madame ? demanda une des femmes.

— Ah, Madame, répondit Nancy, voilà près d'un mois qu'il s'est enfui de chez ses parents, des personnes respectables et travailleuses ; il est allé s'acoquiner avec une bande de voleurs et de mauvaises gens, et il a presque brisé le cœur de sa pauvre mère.

— Le petit misérable ! s'écria une des deux commères.

— Rentre à la maison, petite brute ! dit l'autre.

— Non, je ne suis pas une brute, répondit Olivier, très effrayé. Je ne la connais pas. Je n'ai pas de sœur, ni d'ailleurs de père ou de mère. Je suis orphelin ; j'habite à Pentonville.

— Écoutez-moi ça, ce toupet qu'il a ! s'écria la jeune femme.

— Mais c'est Nancy ! s'exclama Olivier, qui voyait pour la première fois le visage de son assaillante et reculait brusquement, sans pouvoir réprimer son étonnement.

— Vous voyez bien qu'il me reconnaît ! fit Nancy en prenant les assistants à témoin. Il ne peut pas s'en empêcher. Obligez-le à rentrer, soyez gentils ; sinon, il fera mourir ses chers père et mère, et il me brisera le cœur !

— Que diantre est-ce là ? dit un homme qui jaillit d'une taverne, un chien blanc sur les talons ; le jeune Olivier ! Veux-tu rentrer chez ta mère, espèce de garnement ! Rentre tout de suite !

— Je n'ai rien à voir avec eux ; je ne les connais pas. Au secours ! au secours ! cria Olivier, en se débattant sous la poigne puissante de l'homme.

— Au secours ! répéta celui-ci. Oui, oui, j' vais t' secourir, petit vaurien ! Qu'est-ce que c'est que ces livres ? Tu les as volés, hein ? Passe-les-moi. »

Ce disant, l'homme lui arracha les volumes et lui donna un coup sur la tête.

« C'est bien fait ! s'écria un curieux, de sa mansarde. C'est la seule façon de le mettre à la raison !

— Pour sûr ! approuva un menuisier à l'air endormi, qui jeta un regard d'approbation vers la fenêtre de la mansarde.

— Ça lui fera du bien ! dirent les deux commères.

— Et il va en recevoir pour son grade ! répliqua l'homme, en administrant un nouveau horion à Olivier, qu'il saisit au collet. Viens-t'en, petit gredin ! Ici, Dans-l' mille, surveille-le mon gars ! Surveille-le ! »

Affaibli par sa récente maladie, hébété par les coups et la soudaineté de l'attaque, terrifié par les grondements féroces du chien et la brutalité de l'homme, accablé par la conviction des assistants qu'il était bien le petit scélérat qu'on disait, que pouvait un pauvre enfant tout seul ? Il faisait nuit ; le quartier était peu recommandable ; il n'y avait aucun secours à espérer ; toute résistance était inutile. L'instant d'après, il était entraîné dans un labyrinthe de sombres et étroites ruelles et forcé d'aller d'un train qui rendait inintelligibles les rares appels qu'il osa pousser. Il était de peu de conséquence d'ailleurs qu'ils fussent intelligibles ou non, car il n'y avait personne pour y prêter attention, quelque clairs qu'ils eussent été.

. . . .

Les becs de gaz étaient allumés ; Mme Bedwin attendait anxieusement à la porte ouverte ; la servante avait vingt fois couru dans la rue pour voir s'il n'y avait pas quelque signe d'Olivier ; et les deux vieux messieurs restaient avec persévérance assis dans le petit salon enténébré, la montre posée entre eux sur la table.

CHAPITRE XVI

QUI RELATE CE QUI ARRIVA À OLIVIER TWIST, UNE FOIS QU'IL EUT ÉTÉ REVENDIQUÉ PAR NANCY

Les ruelles et les passages étroits aboutirent finalement à un vaste espace découvert où se trouvaient, épars, des parcs et d'autres indices d'un marché aux bestiaux. Quand ils atteignirent cet endroit, Sikes ralentit le pas, la jeune femme étant absolument incapable de soutenir plus longtemps l'allure rapide à laquelle ils avaient marché jusque-là. Il se tourna alors vers Olivier et lui enjoignit rudement de prendre la main de Nancy.

« T'entends ? » grogna-t-il, en voyant l'enfant hésiter et regarder alentour.

Ils se trouvaient dans un coin sombre, tout à fait écarté du passage habituel. Olivier ne vit que trop clairement l'inutilité de toute résistance. Il tendit une main que Nancy saisit fermement dans la sienne.

« Donne-moi l'autre, dit Sikes en s'emparant de la main libre de l'enfant. Ici, Dans-l' mille ! »

Le chien leva la tête et grogna.

« Tu vois, mon gars ! dit Sikes en portant la main à la gorge d'Olivier ; s'il dit le moindre mot, saute dessus ! T'as compris ? »

Le chien gronda derechef et, se léchant les babines, observa Olivier comme s'il n'attendait que l'occasion d'enfoncer ses crocs dans ce gosier-là.

« Il est aussi prêt à le faire que le meilleur des chrétiens, j' veux bien être pendu si c'est pas vrai ! dit Sikes, en regardant l'animal avec une sorte d'approbation sinistre et féroce. Alors, mon petit Monsieur, tu sais à quoi tu peux t'attendre ; t'as qu'à essayer d' gueuler, l' cabot arrêtera vite ce p'tit jeu-là. Avance, jeune homme ! »

Dans-l' mille remua la queue en remerciement de cette harangue inhabituellement affectueuse et, tout en laissant échapper un nouveau grondement avertisseur au profit d'Olivier, prit la tête du groupe.

C'était Smithfield qu'ils traversaient, encore que, s'il se fût agi de Grosvenor Square [1], Olivier n'aurait pas été plus avancé. La nuit était sombre et brumeuse. Les lumières des magasins parvenaient à peine à lutter contre le brouillard compact qui s'épaississait d'instant en instant et enveloppait de ténèbres rues et maisons, rendant ces lieux étrangers plus étrangers encore aux yeux d'Olivier et son incertitude plus lugubre et plus déprimante.

Ils avaient fait ainsi quelques pas à vive allure, quand la note grave d'une cloche d'église sonna l'heure. Au premier coup, les deux guides s'arrêtèrent pour tourner la tête dans la direction d'où venait le son.

« Huit heures, Bill, dit Nancy quand la cloche se fut tue.

— A quoi ça sert de m' dire ça ; j' suis pas sourd, non ? rétorqua Sikes.

— Je me demande si les autres peuvent l'entendre, dit Nancy.

— Ben sûr, répondit Sikes. Quand j'ai été coffré, c'était la foire de la Saint Bart'lemy [2], eh bien, y avait pas une trompette à deux sous qu' j' entendais pas faire couac.

Quand qu' j'ai été serré [1] pour la nuit, tout l' barouf qu'y avait dehors faisait de c'te sacrée vieille taule quéqu'chose de tellement silencieux que je m' serais cogné la tête contre les plaques de fer d' la porte.

— Les pauvres types ! dit Nancy, dont le visage était toujours tourné dans la direction d'où était venu le son de cloche. Oh, Bill, c'étaient de si beaux petits gars !

— Oui, vous n' pensez qu'à ça, vous autres femmes, répondit Sikes. De beaux p'tits gars ! Ben, y sont clamecés ou c'est tout comme, alors ça fait plus grand-chose. »

M. Sikes parut réprimer par cette consolante constatation une tendance grandissante à la jalousie et, agrippant plus fermement le poignet d'Olivier, il enjoignit à celui-ci d'allonger de nouveau le pas.

« Attends une minute ! dit la fille ; je ne passerais pas si vite à côté si c'était à toi que ça arrivait de te faire pendre la prochaine fois que sonneraient huit heures, Bill. Je ferais sans arrêt le tour de l'endroit jusqu'à ce que j'en tombe, même si la terre était couverte de neige et si je n'avais pas de châle pour me couvrir.

— Et quel bien qu' ça ferait ? demanda le peu sentimental M. Sikes. A moins qu' tu puisses m' balancer une lime et vingt yards de bonne corde, tu pourrais aussi bien faire ta p'tite prom'nade à cinquante milles d'ici ou même n' pas t' promener du tout, pour c' que ça m' ferait chaud ! Allons, viens-t'en et n' reste pas là à prêcher. »

La fille éclata de rire, serra son châle sur ses épaules, et l'on se remit en marche. Mais Olivier sentait sa main trembler et, comme, en passant sous un bec de gaz, il levait les yeux sur son visage, il vit qu'elle était devenue mortellement pâle.

Ils poursuivirent leur chemin par de petites rues sales et peu fréquentées durant une bonne demi-heure ; ils croisaient très peu de gens et ceux-ci, à les voir, paraissaient tenir dans la société une position fort semblable à celle de M. Sikes lui-même. Enfin, ils tournèrent dans une ruelle étroite et sordide, presque entièrement occupée par des boutiques de fripiers ; le chien, qui courait devant comme conscient qu'il n'y avait plus de raison de se tenir sur ses gardes, s'arrêta devant la porte d'une boutique fermée et apparemment inoccupée ; la maison était toute délabrée et sur la porte on voyait cloué un écriteau indiquant que le local était à louer, écriteau qui semblait bien être là depuis des années.

« Tout va bien », dit Sikes, en regardant précautionneusement alentour.

Nancy se pencha sous les volets et Olivier entendit le bruit d'une sonnette. Tous trois passèrent de l'autre côté de la rue et attendirent un moment sous un réverbère. On entendit un bruit comme d'une fenêtre à guillotine que quelqu'un ferait doucement glisser, et peu après la porte s'ouvrit silencieusement. M. Sikes, sans aucune cérémonie, saisit par le collet l'enfant terrifié, et tous trois se trouvèrent rapidement à l'intérieur de la maison.

Le couloir était parfaitement noir. Ils attendirent que la personne qui les avait introduits eût mis la chaîne et la barre à la porte.

« Y a quelqu'un ? demanda Sikes.

— Non, répondit une voix qu'Olivier crut avoir déjà entendue.

— Le vieux est là ? demanda le filou.

— Oui, répondit la voix ; et il est drôlement débecqueté. Y sera-t-y content de te voir ? Oh, non ! »

Le style de cette réponse, aussi bien que la voix qui la formulait, parurent familiers aux oreilles d'Olivier ; mais les ténèbres empêchaient de distinguer même la silhouette de l'interlocuteur.

« Aboule une camoufle [1], dit Sikes, sans quoi on va s' casser la gueule ou écraser la patte au cabot. Et attention à tes guibolles dans ce cas-là !

— Reste là une minute, j' vais en chercher une », répliqua la voix.

On entendit s'éloigner les pas de l'interlocuteur et, un instant après, apparut la personne de M. Jean Dawkins, alias le Fin Renard. Sa main droite tenait une chandelle fichée au bout d'un bâton fendu.

Le jeune homme ne perdit pas de temps à adresser à Olivier d'autres signes de reconnaissance qu'un rictus ironique ; tournant les talons, il pria les visiteurs de le suivre dans un escalier qu'il descendit. Ils traversèrent une cuisine vide, puis, quand on eut ouvert la porte d'une pièce basse qui sentait la terre humide et semblait avoir été construite sur une petite arrière-cour, ils furent accueillis par une explosion de rires.

« Oh, ma rate, ma rate ! s'écria le jeune Charley Bates, des poumons duquel provenaient ces éclats, le v'là ! Oh, j'en pleure, le v'là ! Oh, Fagin, regarde-le ! Fagin, regarde-le bien ! J'en peux plus ; c't' une telle rigolade, j'en peux plus. Retenez-moi, quelqu'un, jusqu'à ce que j'aie ri tout mon saoul ! »

Tout en donnant libre cours à cet irrépressible bouillonnement d'allégresse, le jeune Bates se laissa aller tout de son long sur le plancher, où il donna durant cinq minutes des coups de pied convulsifs tant était grande l'extase de sa joie facétieuse. Enfin, sautant sur ses jambes, il arracha au Renard le bâton fendu et s'avança vers Olivier pour l'examiner sur toutes les coutures, tandis que le Juif, retirant son bonnet de nuit, faisait force profondes révérences à l'enfant ahuri. Pendant ce temps, le Fin Renard, qui était d'un naturel assez taciturne et se laissait rarement aller à la gaieté quand les affaires étaient en jeu, s'occupait à fouiller avec un soin attentif les poches d'Olivier.

« Regarde-moi ces fringues, Fagin ! s'écria Charley en approchant la lumière si près de la veste neuve qu'il faillit y mettre le feu. Regarde-moi ces fringues ! C'te drap superfin, et c'te coupe de daim huppé, si c'est chouette ! Ah mince alors, tu parles d'une farce ! Et ces bouquins, oh la la ! Il a tout du monsieur, Fagin !

— Je suis ravi de te voir si belle apparence, dit le Juif, en s'inclinant avec une feinte humilité. Le Fin Renard te donnera un autre costume, mon enfant, pour que tu n'abîmes pas ces vêtements du dimanche. Pourquoi ne pas nous avoir écrit, mon enfant, pour nous annoncer ta venue ? On t'aurait préparé quelque chose de chaud pour le dîner ! »

Sur quoi, le jeune Bates rugit de plus belle, à tel point que Fagin lui-même se détendit et que le Renard sourit ; mais, comme celui-ci tirait à ce moment le billet de cinq livres, on peut douter si cette manifestation de gaieté provenait des traits d'esprit ou de la découverte.

« Tiens, tiens ! qu'est-ce que c'est que ça ? demanda Sikes en s'approchant, tandis que le Juif s'emparait du billet. C't à moi, Fagin.

— Non, non, mon cher, dit le Juif. A moi, Bill, à moi. Toi, tu auras les livres.

— Et alors ! Si c'est pas à moi, s'écria Bill Sikes en enfonçant son chapeau d'un air déterminé, à moi et à Nancy c't-à-dire, j' remmène le garçon là d'où qu'y vient. »

Le Juif tressaillit. Olivier aussi, encore que pour une raison bien différente, car il espérait que la dispute pourrait réellement aboutir à ce qu'on le ramenât.

— Allons ! Aboule, tu veux ? dit Sikes.

— Ce n'est pas très juste, Bill ; pas très juste, n'est-ce pas, Nancy ? demanda le Juif.

— Juste ou pas, rétorqua Sikes, aboule, j' te dis ! Tu crois que Nancy et moi on a pas autre chose à faire de notre précieux temps que d' le gaspiller à épier et à enlever tous les gosses sur lesquels on met le grappin grâce à toi ? Passe-moi ça, vieux grigou de squelette ; passe-le-moi ! »

Tout en émettant cette douce remontrance, M. Sikes cueillit le billet que le Juif tenait entre le pouce et l'index ; puis, sans cesser de regarder froidement le vieillard, il plia le papier serré et le noua dans son foulard.

« Ça, c'est pour not' part du boulot, dit Sikes ; et d'ailleurs c'est pas moitié payé. Tu peux garder les livres, si t'aimes la lecture. Si tu l'aimes pas, t'auras qu'à les vendre.

— Ils sont très jolis, dit Charles Bates, qui, avec diverses grimaces, avait affecté de lire un des volumes en question ; c'est très bien écrit, n'est-ce pas, Olivier ? »

A la vue du regard consterné que celui-ci levait sur ses bourreaux, le jeune Bates, qui avait le bonheur de posséder un vif sens du comique, fut pris d'un nouveau transport, plus violent encore que le premier.

« Ils appartiennent au vieux monsieur, dit Olivier en se tordant les mains, au bon, au bienfaisant vieux monsieur qui m'a emmené dans sa maison et m'a fait soigner quand j'ai failli mourir de la fièvre. Oh, je vous en supplie, renvoyez-les ; renvoyez-lui les livres et l'argent. Gardez-moi ici toute ma vie, mais, je vous en supplie, renvoyez-les ! Il va croire que je les ai volés ; la vieille dame, tous, qui ont été si bons pour moi, ils vont croire que je les ai volés. Oh, ayez pitié de moi, et renvoyez-les-lui ! »

En prononçant ces mots avec toute l'énergie d'un chagrin véhément, Olivier tomba à genoux aux pieds du Juif et se frappa les mains l'une contre l'autre au comble du désespoir.

« Le gamin a raison, fit observer Fagin en regardant subrepticement autour de lui et en fronçant ses sourcils touffus au point qu'ils ne furent plus qu'un nœud serré. Tu as raison, Olivier, tu as raison ; ils penseront, en effet, que tu les as volés. Ha, ha ! — le Juif étouffa un petit rire et se frotta les mains — cela n'aurait pas pu mieux tomber, quand bien même nous aurions choisi notre moment !

— Bien sûr, répondit Sikes ; j'ai compris ça dès que j' l'ai eu vu venir dans Clerkenwell avec les livres sous l' bras. Tout ça colle très bien. C'est des pousseurs de cantiques au cœur tendre, ou y l'auraient pas pris du tout ; et y pos'ront pas d' questions sur lui pasqu'ils auront peur d'être obligés de porter plainte et d' le faire poisser. Y a pas d' danger pour lui. »

Pendant cet échange de réflexions, Olivier les regardait tour à tour comme si, tout désorienté, il pouvait à peine comprendre de quoi il retournait ; mais au moment où Bill Sikes achevait son discours, il se redressa soudain et bondit comme un fou hors de la pièce en poussant des appels au secours qui firent résonner jusqu'au toit la vieille maison vide.

« Retiens le chien, Bill ! s'écria Nancy, en s'élançant devant la porte qu'elle ferma, tandis que le Juif et ses deux élèves fonçaient à la poursuite d'Olivier. Retiens le chien ; il mettrait le gamin en pièces.

— Ça lui ferait les pieds ! cria Sikes, qui se débattait pour se libérer de l'étreinte de la fille. Écarte-toi, ou je te casse la gueule contre le mur.

— Ça m'est égal, Bill, ça m'est égal, hurla la jeune femme, en tenant violemment tête à l'homme ; le gosse ne sera pas mis en pièces par le chien ; il faudrait que tu me tues avant.

— Ah non ? dit Sikes, les dents serrées. Ça va pas tarder que j' te descende, si tu t'écartes pas ! »

Le cambrioleur rejeta la fille à l'autre bout de la pièce, au moment même où le Juif et les deux garçons revenaient, traînant entre eux Olivier.

« Qu'est-ce qui se passe ici ? dit Fagin, en jetant un regard circulaire.

— C'te fille doit être dev'nue folle, répondit Sikes d'un ton furieux.

— Non, elle n'est pas folle, dit Nancy, à qui la bagarre avait fait perdre son souffle et ses couleurs. Non, Fagin, elle n'est pas devenue folle, ne croyez pas ça.

— Alors, reste tranquille, veux-tu ? dit le Juif en soulignant ces mots d'un regard menaçant.

— Non, ça non plus, répondit Nancy, d'une voix forte. Hein ! Qu'est-ce que vous en dites ? »

M. Fagin était assez au courant des us et coutumes de la catégorie humaine à laquelle appartenait Nancy pour être passablement certain du danger de prolonger pour le moment toute conversation avec elle. Afin de distraire l'attention de la compagnie, il se tourna vers Olivier.

« Ainsi, tu voulais t'en aller, mon enfant, dis-moi ? » fit le Juif en saisissant un gourdin noueux et plein d'aspérités, qui se trouvait au coin de l'âtre.

Olivier ne répondit rien, mais observa les mouvements du Juif en respirant plus vite.

« Tu voulais trouver de l'aide, appeler la police, hein ? dit Fagin d'un ton sarcastique, tout en attrapant l'enfant par le bras. Nous allons te guérir de ces envies, mon petit ami. »

Le Juif assena un violent coup de gourdin sur les épaules d'Olivier et il levait sa trique pour une seconde application, quand la fille bondit en avant et la lui arracha des mains. Elle la lança dans le feu avec une telle force que des morceaux de charbon embrasés roulèrent dans la pièce.

« Je ne vais pas rester là à te voir faire ça, Fagin ! s'écria-t-elle. Tu as le gamin, qu'est-ce qu'il te faut de plus ? Laisse-le tranquille ! Laisse-le tranquille, ou je te garantis que je marquerai quelques-uns de vous d'une empreinte qui me mènera à la potence avant mon temps ! »

En formulant cette menace, la jeune femme tapa violemment du pied ; lèvres pincées et poings serrés, elle regardait alternativement le Juif et l'autre voleur ; son visage avait perdu toute couleur sous l'effet de la fureur à laquelle elle était peu à peu parvenue.

« Allons, Nancy ! dit le Juif d'un ton apaisant après un silence durant lequel lui et M. Sikes s'étaient observés d'un air déconcerté ; tu... tu es plus habile que jamais, ce soir. Ha, ha ! ma chère, tu joues merveilleusement ton rôle.

— Vraiment ! s'écria la fille. Prends garde que je ne le joue trop bien. Ça ne te vaudrait rien de bon, Fagin ; aussi, je te le dis, tiens-toi à carreau avec moi. »

Il y a chez une femme en colère un je-ne-sais-quoi que peu d'hommes aiment à braver — surtout quand, à toute la vigueur de ses autres sentiments, elle ajoute les furieuses impulsions de la témérité et du désespoir. Le Juif vit bien qu'il était vain d'affecter plus longtemps de se méprendre sur la réalité de la fureur de Mlle Nancy ; il recula malgré lui de quelques pas en jetant un regard mi-implorant et mi-craintif à Sikes, comme pour suggérer que celui-ci était le plus qualifié pour continuer le dialogue.

M. Sikes, à qui on faisait ainsi nettement appel et qui jugeait peut-être que sa fierté et son influence personnelles avaient intérêt à ce que Mlle Nancy fût immédiatement rappelée à la raison, émit trois douzaines d'imprécations et de menaces à un rythme qui faisait grand honneur à la fertilité de son imagination. Mais comme cette décharge ne produisit aucun effet visible sur la personne qui en était l'objet, il eut recours à des arguments plus tangibles.

« Qu'est-ce que tu veux dire par là ? dit Sikes, qui renforça cette question d'une imprécation fort répandue touchant le plus beau des traits humains [1], imprécation qui, si elle était entendue du Ciel une seule fois sur les cinquante mille qu'elle est prononcée ici-bas, ferait de la cécité une affection aussi commune que la rougeole. Qu'est-ce que tu veux dire par là ? Dieu m' damme ! Tu ne sais pas qui tu es ? ce que tu es ?

— Oh si, je le sais parfaitement, répondit la fille avec un rire nerveux, et elle hocha la tête de part et d'autre en simulant, bien pauvrement, l'indifférence.

— Bon, eh ben tiens-toi tranquille, reprit Sikes du ton grondeur qu'il avait l'habitude de prendre pour s'adresser à son chien ; sans ça, c'est moi qui t' f'rai t'nir tranquille, et pour longtemps ! »

La fille rit à nouveau, avec moins d'assurance encore que la première fois, puis après avoir lancé à Sikes un coup d'œil rapide, détourna la tête et se mordit la lèvre jusqu'au sang.

« Ah oui, ça t' va bien, poursuivit Sikes en la considérant d'un air méprisant, de prendre des airs compatissants et distingués ! Une belle amie qu'il aura là l'enfant, comme tu l'appelles.

— Dieu tout-puissant, je le suis, son amie ! s'écria la fille avec emportement ; et je préférerais être tombée morte dans la rue ou avoir changé de place avec ceux qu'on a passé auprès ce soir, plutôt que d'avoir aidé à l'amener ici. A partir de ce soir et dorénavant, ça va être un voleur, un menteur, un démon et tout ce qu'y a de pire. Ça suffit pas à ce vieux gredin, sans qu'on cogne dessus par-dessus le marché ?

— Allons, allons, Sikes, dit le Juif en s'adressant à lui sur un ton de reproche et en faisant un geste du côté des garçons qui suivaient avidement tout ce qui se passait ; nous devons parler civilement ; civilement, Bill.

— Civilement ! s'écria la fille, dont l'emportement était terrible à voir. Civilement, vieux bandit ! Ah oui, tu mérites bien que j' te parle civilement. J'ai volé pour toi depuis l'enfance, quand je n'avais pas la moitié de cet âge-là (elle montrait Olivier) ! Il y a douze ans que j' fais le même métier, au profit du même employeur. Comme si tu ne le savais pas ! Parle donc ; tu ne le sais pas ?

— Si, si, répondit le Juif, qui essayait d'apporter de l'apaisement ; mais enfin, c'est tout de même ton gagne-pain !

— Oui, ça l'est, rétorqua la fille, qui ne parlait plus, mais déversait les mots en un seul hurlement véhément et continu. C'est mon gagne-pain ; et les rues glaciales, humides et sales, c'est mon foyer ; et c'est toi le misérable qui m'y a menée, il y a longtemps, et qui m'y maintiendra, jour et nuit, nuit et jour, jusqu'à ce que je meure !

— Je te ferai pire que ça, interrompit le Juif touché au vif, oui, pire que ça, si tu continues. »

La fille ne dit plus rien, mais, s'arrachant les cheveux et déchirant sa robe dans un transport de fureur, elle se précipita sur le Juif avec une telle fougue qu'elle aurait sans doute laissé sur lui d'éclatantes marques de sa vengeance, si Sikes ne lui avait immobilisé les poignets au bon moment ; sur quoi, après quelques efforts inutiles pour se libérer, elle s'évanouit.

« Ça va bien maintenant, dit Sikes, en l'étendant dans un coin. Elle a une force extraordinaire dans les bras, quand elle est dans des états pareils. »

Le Juif s'essuya le front et sourit, comme soulagé de voir l'agitation apaisée ; mais ni lui, ni Sikes, ni le chien, ni les gamins n'eurent l'air de considérer l'incident autrement que comme un simple épisode professionnel.

« C'est là l'ennui avec les femmes, dit le Juif en remettant en place son gourdin ; mais elles sont habiles et, dans notre métier, on ne peut pas se passer d'elles. Charley, emmène Olivier se coucher.

— Il vaudra peut-être mieux, je suppose, qu'il ne porte pas ses meilleurs vêtements demain, Fagin, n'est-ce pas ? demanda Charley Bates.

— Certainement », répondit le Juif en retournant le rictus avec lequel Charley avait posé la question.

Le jeune Bates, manifestement ravi de son mandat, prit le bâton fendu et conduisit Olivier dans une cuisine adjacente, où se trouvaient deux ou trois des lits dans lesquels il avait déjà couché ; là, non sans force accès de fou rire, Charley ressortit ce même vieux costume dont Olivier s'était tellement félicité d'être débarrassé chez M. Brownlow et qui, présenté accidentellement à Fagin par son acquéreur juif, avait fourni le premier indice de l'endroit où se trouvait l'enfant.

« Enlève tes belles fringues, dit Charley ; j' les donnerai à Fagin pour qu'il en prenne soin. Ah, c' que c'est farce ! »

Le pauvre Olivier s'exécuta à contrecœur. Puis le jeune

Bates, après avoir roulé sous son bras les vêtements neufs, sortit de la pièce, en laissant Olivier dans l'obscurité et en fermant la porte à clef derrière lui.

Les éclats de rire de Charley et la voix de Mlle Betsy, qui arriva opportunément pour jeter de l'eau sur son amie et lui rendre d'autres services féminins destinés à la ranimer, auraient été suffisants pour tenir éveillés bien des gens placés dans des circonstances plus heureuses que celles où se trouvait Olivier. Mais il était malade et fatigué, et il sombra bientôt dans un profond sommeil.

CHAPITRE XVII

LA DESTINÉE D'OLIVIER, TOUJOURS DÉFAVORABLE, AMÈNE À LONDRES UN GRAND HOMME POUR NUIRE À SA RÉPUTATION

Il est d'usage au théâtre, dans tout bon mélodrame bien sanguinaire, de présenter les scènes tragiques et comiques en alternance régulière, comme les couches de rouge et de blanc dans une flèche de lard strié. Le héros se laisse tomber sur sa paillasse, accablé de chaînes et d'infortunes ; dans la scène suivante, son écuyer, fidèle mais ignorant de son sort, régale le public d'une chanson comique. Nous voyons le cœur battant l'héroïne au pouvoir d'un fier et impitoyable baron ; sa vie et sa vertu pareillement en danger, elle tire un poignard pour préserver l'une au prix de l'autre ; or, au moment même où l'attente est portée à son paroxysme, on entend un sifflet, et nous voilà transportés dans la grand-salle du château, où un sénéchal à la tête grise chante une chanson divertissante avec un groupe encore plus divertissant de vassaux, qui ont leurs entrées libres en tous lieux, cryptes d'églises ou palais, et passent leur temps à se promener de compagnie en chantant de gais refrains.

Pareilles variations semblent absurdes ; mais elles ne sont pas aussi anormales qu'elles pourraient le paraître à première vue. Les transitions qui, dans la vie réelle, nous font passer des tables plantureuses aux lits de mort ou des vêtements de deuil aux parures de fête sont tout aussi saisissantes ; mais là, nous sommes des acteurs participant à l'action et non des spectateurs passifs, ce qui fait une grande différence. Les acteurs de la vie factice du théâtre sont aveugles sur les transitions violentes et les brusques explosions de passion ou de sentiment qui, présentées aux yeux des simples spectateurs, sont aussitôt condamnées comme excessives et absurdes.

Étant donné que les soudains changements de décor et les rapides déplacements dans le temps et l'espace sont, dans les livres, non seulement consacrés par un long usage, mais encore considérés comme le grand art de la composition (certains critiques estimant surtout le talent de l'auteur en fonction des dilemmes en proie auxquels il laisse ses personnages à la fin de chaque chapitre), on jugera peut-être inutile ce bref préambule au changement de scène qui va suivre. En ce cas, qu'on le considère comme une façon délicate, de la part du narrateur, d'annoncer qu'il fait retour à la ville où était né Olivier Twist, le lecteur pouvant être persuadé qu'il y a de bonnes et substantielles raisons d'effectuer le voyage, sans quoi on ne l'inviterait pas à se lancer dans une telle expédition.

M. Bumble surgit un matin, de bonne heure, de la porte de l'hospice et, le port imposant, remonta la Grand-Rue, d'un pas majestueux. Il était tout épanoui de la fierté que lui inspirait son état de bedeau ; son bicorne et son habit resplendissaient au soleil matinal ; il étreignait sa canne avec toute la vigueur que donnent santé et puissance. M. Bumble portait toujours la tête haute ; mais ce matin-là, elle était plus droite que jamais. L'expression absente de son regard et quelque chose de sublime dans son air auraient suffi à avertir un étranger à l'esprit observateur que certaines pensées, trop importantes pour être exprimées, hantaient l'esprit du bedeau.

M. Bumble ne s'arrêta pas pour faire un brin de conversation avec les petits commerçants ou les autres personnes qui lui adressèrent la parole, avec déférence, lorsqu'il passait. Il se contenta de répondre à leurs salutations d'un geste de la main et ne se départit nullement de son allure pleine de dignité jusqu'au moment où il arriva à la garderie où Mme Mann dispensait aux enfants indigents ses soins paroissiaux.

« Au diable, ce bedeau ! s'écria Mme Mann, quand elle entendit secouer de façon bien connue la porte du jardin. Si c'est pas lui, encore, à c't' heure de la matinée ! Ah, monsieur Bumble, c'est vous ! Quand je pense ! Ah, mon Dieu, que ça me fait donc plaisir ! Entrez au salon, Monsieur, je vous en prie. »

La première phrase s'adressait à Suzanne, alors que les exclamations de plaisir étaient destinées à M. Bumble, pendant que la bonne dame déverrou..lait la porte du jardin et introduisait le bedeau dans la maison avec beaucoup d'attentions et de respect.

« Madame Mann, dit M. Bumble, qui ne s'assit ni ne se laissa tomber dans un fauteuil comme l'eût fait le premier vaurien venu, mais s'y déposa graduellement et avec componction, madame Mann, je vous souhaite le bonjour, Madame.

— Mais, bonjour à vous, Monsieur, répondit Mme Mann, tout sourires ; j'espère que vous allez bien, Monsieur !

— Oh, comme ci, comme ça, madame Mann, répondit le bedeau. Une vie porossiale n'est pas un lit de roses, vous savez.

— Ah non, certes, monsieur Bumble, répondit la dame. (Et tous les petits indigents auraient pu à juste titre faire écho à cette réponse, s'ils l'eussent entendue.)

— Une vie porossiale, Madame, poursuivit M. Bumble en frappant la table avec sa canne, c'est une vie de tracas, de contrariétés, et de difficultés ; mais tous les hommes publics — comme on peut dire — ont à supporter des prosécutions. »

Mme Mann, qui ne savait pas trop bien ce que voulait dire le bedeau, leva les mains d'un air de sympathie et soupira.

« Ah oui, vous pouvez bien soupirer, madame Mann ! » dit le bedeau.

Voyant qu'elle était tombée juste, Mme Mann soupira à nouveau, à la satisfaction manifeste du personnage public, qui réprima un sourire satisfait en regardant sévèrement son bicorne et dit :

« Madame Mann, j' m'en vas à Londres.

— Mon Dieu, monsieur Bumble ! s'écria Mme Mann, avec un haut-le-corps.

— A Londres, oui, Madame, reprit l'inébranlable bedeau, par la diligence. Moi et deux indigents, madame Mann ! Va y avoir un procès à propos d'un domicile de secours ; et le Conseil m'a désigné — moi, madame Mann — pour déposer à ce sujet devant les assises trimestrielles de Clerkinwell. Et je me demande très sérieusement, ajouta M. Bumble en se redressant, si les assises de Clerkinwell ne vont pas se trouver dans un mauvais cas avant que j'en aie terminé avec elles.

— Oh, il ne faudra pas vous montrer trop dur à leur égard, Monsieur, dit Mme Mann, enjôleuse.

— C'est les assises de Clerkinwell qui l'auront voulu, Madame, répondit le bedeau ; et si les assises de Clerkinwell en sortent un peu plus mal en point qu'elles ne le voudraient, elles n'auront à s'en prendre qu'à elles-mêmes. »

Il y avait une telle résolution, une telle détermination dans la façon menaçante dont M. Bumble prononça ces paroles, que Mme Mann en parut frappée de crainte.

Au bout d'un moment, elle dit :

« Vous y allez par la diligence, Monsieur ? Je croyais qu'on avait toujours l'habitude d'envoyer les indigents en charrette.

— Ça, c'est quand y sont malades, madame Mann, dit le bedeau. Nous mettons les indigents malades dans des charrettes couvertes, quand il pleut, pour qu'y n' prennent pas froid.

— Ah ! dit Mme Mann.

— La diligence de la ligne concurrente nous fait un forfait pour ces deux-là et les prend pour pas cher, dit M. Bumble. Ils sont tous les deux très bas, et nous voyons que leur déplacement reviendra à deux livres de moins que leur enterrement — c'est-à-dire si nous arrivons à les rejeter sur une autre paroisse, et nous y arriverons, je crois ; à moins qu'ils ne meurent en route pour nous embêter. Ha, ha, ha ! »

Quand M. Bumble eut ri un petit moment, ses yeux tombèrent à nouveau sur le bicorne, et il reprit son sérieux.

« Nous oublions les affaires, Madame, dit-il; voici vos appointements porossiaux pour le mois. »

M. Bumble tira de son portefeuille une somme en pièces d'argent roulées dans du papier et demanda un reçu que Mme Mann écrivit.

« Il y a bien des pâtés, Monsieur, dit la gardeuse[1] d'enfants; mais il est en règle, je crois. Merci, monsieur Bumble, je vous suis bien obligée, Monsieur, pour sûr. »

M. Bumble fit un signe de tête débonnaire en réponse à la révérence de Mme Mann et demanda comment allaient les enfants.

« Dieu bénisse ces chers petits cœurs ! dit avec attendrissement la gardeuse. Ils se portent aussi bien que ça peut, ces chéris ! A part les deux qui sont morts la semaine passée, bien sûr. Et le petit Dick.

— Ce garçon ne va donc pas mieux ? » demanda le bedeau.

Mme Mann hocha la tête.

« Voilà un enfant porossial qui a bien mauvais caractère et qu'est vicieux et mal luné, s'écria M. Bumble, mécontent. Où est-il ?

— Je vous l'amène dans une minute, Monsieur, répondit la gardeuse. Dick, viens ici ! »

Après des appels réitérés, on découvrit Dick. Mme Mann lui ayant mis la figure sous la pompe, la sécha dans sa robe; puis elle le mena en la redoutable présence de M. Bumble, le bedeau.

L'enfant était pâle et maigre; il avait les joues creuses et de grands yeux brillants. Les vêtements de la paroisse, cette livrée de sa misère, d'ordinaire étriqués, flottaient autour de son corps chétif, et ses jeunes membres s'étaient flétris comme ceux d'un vieillard.

Tel était le petit être qui se tenait tout tremblant sous le regard de M. Bumble, sans oser lever les yeux du plancher, craignant même d'entendre la voix du bedeau.

« Tu ne pourrais pas regarder le monsieur, petit têtu ? » dit Mme Mann.

Le gamin leva timidement ses yeux, qui rencontrèrent ceux de M. Bumble.

« Alors, qu'est-ce qui ne va pas, petit Dick porossial ? s'enquit M. Bumble, avec une jovialité tout à fait de circonstance.

— Rien, Monsieur, répondit faiblement l'enfant.

— J'espère, dit Mme Mann, qui, naturellement, avait bien ri de l'humour du bedeau. Tu ne manques de rien, je pense ?

— J'aimerais…, balbutia le petit.

— Ah bah ! s'écria Mme Mann, l'interrompant. Je suppose que tu vas dire que tu manques de quelque chose, maintenant ! Mais, petit misérable…

— Attendez, madame Mann, attendez ! dit le bedeau en levant la main d'un air d'autorité. Tu aimerais quoi, mon petit Monsieur, hé ?

— J'aimerais, balbutia l'enfant, que quelqu'un qui sait écrire inscrive quelques mots pour moi sur une feuille de papier, qu'on la plie et la cachette, et puis qu'on la garde de ma part quand je serai sous la terre.

— Mais qu'est-ce qu'il veut dire, cet enfant ? s'écria M. Bumble, que le ton sérieux et l'aspect pâlot du gamin avaient quelque peu impressionné, si accoutumé qu'il fût à ce genre de choses. Qu'entends-tu par là, mon petit Monsieur ?

— J'aimerais, dit l'enfant, laisser un message d'affection au pauvre Olivier Twist et lui faire savoir combien de fois je suis resté assis tout seul à pleurer en pensant à lui qui était en train d'errer dans la nuit sombre, sans personne pour l'aider. Et je voudrais lui dire, poursuivit l'enfant en serrant ses petites mains tandis qu'il parlait avec une intense ferveur, que j'ai été content de mourir étant encore très jeune, parce que peut-être que si j'avais vécu assez pour devenir homme et vieux, ma petite sœur qui est au Ciel aurait pu m'oublier ou ne plus me ressembler, et nous serions tellement plus heureux, si nous étions enfants tous deux là-haut, ensemble. »

M. Bumble examinait le petit orateur de la tête aux pieds

avec un étonnement indicible ; se tournant vers sa collègue, il dit :

« Ils sont tous du même tonneau, madame Mann. Cet effronté d'Olivier les a tous démoralisés !

— J'aurais jamais cru ça, Monsieur ! dit la gardeuse en levant les bras au ciel et en jetant un mauvais regard à Dick. J'ai jamais vu un petit misérable aussi endurci !

— Emmenez-le, Madame ! dit M. Bumble d'une voix impérieuse. Ceci sera rapporté au Conseil, madame Mann.

— J'espère que ces messieurs comprendront que ce n'est pas ma faute, Monsieur ? dit Mme Mann en geignant de façon pathétique.

— Ils comprendront, Madame ; ils connaîtront les faits exacts de la cause, dit M. Bumble. Là ! emmenez-le, je ne peux pas supporter sa vue. »

Dick fut immédiatement emmené et enfermé dans la cave à charbon. M. Bumble s'en alla peu après pour faire ses préparatifs de voyage.

A six heures le lendemain matin, le bedeau, qui avait troqué son bicorne contre un chapeau rond et revêtu sa personne d'un manteau bleu à collet, prit sa place à l'extérieur de la diligence en compagnie des deux criminels dont le domicile de secours était en litige, et bientôt ils arrivaient tous trois, comme prévu, à Londres. En route, le bedeau n'encourut d'autres ennuis que ceux qui résultèrent de la conduite perverse des deux indigents, ceux-ci s'obstinant à frissonner et à se plaindre du froid d'une façon qui, aux dires de M. Bumble, lui faisait claquer des dents dans la tête et le mettait tout à fait mal à son aise, en dépit du manteau qui l'enveloppait.

Quand il se fut débarrassé pour la nuit de ces personnages malintentionnés, M. Bumble s'installa dans la maison où s'était arrêtée la diligence et y dîna modérément de biftecks à la sauce aux huîtres et de bière brune. Après avoir posé sur la cheminée un grog au genièvre, il tira un fauteuil près de l'âtre ; puis tout en s'abandonnant à diverses réflexions morales sur l'inclination fréquente et pécheresse à se plaindre de son sort, il se disposa à lire le journal.

Le tout premier paragraphe qui lui tomba sous les yeux fut l'annonce suivante :

CINQ GUINÉES DE RÉCOMPENSE

Attendu qu'un jeune garçon, nommé Olivier Twist, s'est enfui ou a été enlevé, dans la soirée de jeudi dernier, de son domicile de Pentonville et qu'on n'a plus de ses nouvelles depuis lors, la récompense ci-dessus indiquée sera versée à toute personne qui fournira des renseignements pouvant mener à la découverte dudit Olivier Twist ou apporter quelque lumière sur ses antécédents, auxquels l'annonceur, pour de multiples raisons, s'intéresse tout particulièrement.

Suivait une description détaillée de l'habillement, de la personne, de l'aspect d'Olivier et des circonstances de sa disparition, avec le nom et l'adresse de M. Brownlow en toutes lettres.

M. Bumble écarquilla les yeux, relut l'annonce avec attention et lenteur au moins trois fois de suite, et quelque cinq minutes plus tard il était en route pour Pentonville, l'état d'excitation où il se trouvait lui ayant même fait oublier de goûter à son grog.

« M. Brownlow est-il là ? » demanda le bedeau à la servante qui lui ouvrait la porte.

Demande à laquelle la fille opposa la réponse assez habituelle, mais non moins évasive :

« Je ne sais pas. C'est de la part de qui ? »

M. Bumble n'eut pas plus tôt prononcé le nom d'Olivier pour expliquer sa démarche que Mme Bedwin, qui n'avait pas manqué d'écouter sur le seuil de son salon, se précipita toute haletante dans le corridor.

« Entrez, entrez, dit cette vieille dame. Je savais bien qu'on aurait de ses nouvelles. Le pauvre chéri ! Je le savais bien ! J'en étais sûre, Dieu le bénisse ! Je n'ai pas cessé de l'affirmer. »

Ayant dit, la bonne vieille dame rentra vivement dans son petit salon, où, après s'être laissée tomber sur le sofa, elle fondit en larmes. Pendant ce temps, la servante, qui n'était pas tout à fait aussi sensible, avait couru en haut ; elle revint bientôt prier M. Bumble de la suivre sans plus attendre ; ce qu'il fit.

Le bedeau fut introduit dans le petit bureau de derrière, où étaient assis M. Brownlow et son ami M. Grimwig, avec des carafons et des verres devant eux. Le second de ces messieurs laissa immédiatement échapper l'exclamation suivante :

« Un bedeau ! C'est un bedeau de paroisse, ou je me mange la tête !

— Pas d'interruption en ce moment, s'il vous plaît, dit M. Brownlow. Prenez un siège, je vous en prie. »

M. Bumble s'assit, tout déconcerté par l'excentricité des manières de M. Grimwig. M. Brownlow déplaça la lampe de façon à voir constamment la physionomie du bedeau et dit avec un peu d'impatience :

« Eh bien, Monsieur, vous venez à la suite de l'annonce ?

— Oui, Monsieur, dit M. Bumble.

— Et vous êtes bien bedeau, n'est-ce pas ? demanda M. Grimwig.

— Je suis bedeau de paroisse, Messieurs, répondit M. Bumble avec fierté.

— Bien sûr, fit observer M. Grimwig à l'oreille de son ami, je le savais bien. Il a tout du bedeau ! »

M. Brownlow hocha doucement la tête pour imposer silence à son interlocuteur et reprit :

« Savez-vous où se trouve actuellement ce malheureux garçon ?

— Pas plus que personne, répondit M. Bumble.

— Alors, que connaissez-vous de lui ? demanda le vieux monsieur. Parlez sans détours, mon ami, si vous avez quelque chose à nous apprendre. Que savez-vous de lui ?

— Vous n'auriez pas quelque chose de bon à nous dire à son sujet, par hasard ? » demanda ironiquement M. Grimwig après un examen attentif de la physionomie du bedeau.

M. Bumble, se prévalant avidement de cette question, secoua la tête avec une solennité de mauvais augure.

« Vous voyez ? » fit M. Grimwig en jetant à son ami un regard de triomphe.

M. Brownlow observa avec inquiétude l'expression pincée du bedeau et le pria de faire connaître aussi brièvement que possible ce qu'il savait concernant Olivier.

M. Bumble posa son chapeau, déboutonna son manteau, croisa les bras, inclina la tête pour rappeler ses souvenirs et, après quelques instants de réflexion, commença son histoire.

Il serait fastidieux de la rapporter dans les propres termes du bedeau, car son récit dura une bonne vingtaine de minutes ; mais en voici la substance : Olivier était un enfant trouvé, issu de parents dépravés et de basse condition. Il n'avait manifesté, dès sa naissance, que perfidie, ingratitude et malice. Il avait terminé sa brève carrière à son lieu de naissance en assaillant de façon lâche et sanguinaire un garçon inoffensif et s'était enfui nuitamment du domicile de son maître. Pour confirmer qu'il était bien le personnage qu'il se disait être, M. Bumble étala sur la table les papiers qu'il avait apportés avec lui. Ayant croisé les bras, il attendit les observations de M. Brownlow.

« Je crains bien que tout cela ne soit que trop vrai, dit tristement le vieux monsieur après avoir parcouru les papiers. Ceci n'est pas beaucoup pour vos renseignements, mais je vous aurais bien volontiers donné le triple s'ils avaient été favorables au gamin. »

Il n'est pas improbable que M. Bumble, s'il avait été plus tôt en possession de cette donnée, eût donné à sa petite histoire une teinte toute différente. Mais il était trop tard pour le faire à présent ; aussi se contenta-t-il de hocher gravement la tête en empochant les cinq guinées, et il se retira.

M. Brownlow arpenta la pièce durant quelques minutes ; il était visiblement si troublé par le récit du bedeau que M. Grimwig lui-même s'abstint de le tourmenter davantage.

Enfin il s'arrêta et tira violemment le cordon de la sonnette.

« Madame Bedwin, dit-il quand la gouvernante parut, ce garçon — Olivier — est un imposteur.

— Ce n'est pas possible, Monsieur. Ça ne peut pas être ! s'écria avec énergie la vieille dame.

— Je vous dis que si, répliqua le vieux monsieur.

Qu'entendez-vous par : ça ne peut pas être ? Nous venons
d'entendre un compte rendu complet de ses faits et gestes
depuis sa naissance : toute sa vie, ç'a été un fieffé petit
gredin.

— On ne me fera jamais croire cela, Monsieur ! répondit
la bonne dame avec fermeté. Jamais !

— Vous autres vieilles femmes, vous ne croyez jamais
qu'aux charlatans et aux contes à dormir debout ! grogna
M. Grimwig. Je l'ai su tout de suite. Pourquoi n'avoir pas
voulu écouter mon avis dès le début ? Vous l'auriez probablement fait, s'il n'avait pas eu la fièvre, hein ? Il était
intéressant ! Pouh ! »

Et M. Grimwig fit un moulinet avec le tisonnier avant de
le piquer dans le feu.

« C'était un aimable enfant, doux et reconnaissant, répliqua Mme Bedwin, indignée. Je connais bien les enfants,
Monsieur ; il y a quarante ans que je les connais ; et les gens
qui ne pourraient pas en dire autant feraient mieux de se
taire là-dessus. Voilà ce que je pense ! »

C'était là un pavé lancé dans le jardin de M. Grimwig, qui
était célibataire. Comme la remarque ne tira de ce monsieur
qu'un sourire, la vieille dame releva la tête d'un air
dédaigneux, et elle lissait son tablier en préliminaire à une
nouvelle diatribe, quand M. Brownlow l'arrêta.

« Silence ! s'écria-t-il en feignant une colère qu'il était loin
d'éprouver. Que je n'entende plus jamais prononcer le nom
de ce garçon. C'est pour vous dire cela que j'avais sonné.
Jamais. Jamais plus, sous aucun prétexte, vous m'avez
compris ! Vous pouvez vous retirer, madame Bedwin.
Rappelez-vous ! Je parle sérieusement ! »

Il y eut des cœurs bien tristes sous le toit de M. Brownlow
cette nuit-là.

Quant à celui d'Olivier, il défaillait quand l'enfant pensait
à ces amis si aimants et si bons ; ce fut une bonne chose qu'il
ignorât ce qu'ils avaient entendu, car ce cœur aurait pu se
briser incontinent.

CHAPITRE XVIII

COMMENT OLIVIER
PASSA SON TEMPS
EN L'ÉDIFIANTE COMPAGNIE
DE SES HONORABLES AMIS

Le lendemain vers midi, alors que Renard et le jeune Bates étaient sortis pour vaquer à leurs occupations coutumières, M. Fagin saisit l'occasion de faire une longue semonce à Olivier sur le révoltant péché d'ingratitude ; il démontra clairement à l'enfant que celui-ci s'en était rendu coupable dans une mesure insigne en quittant volontairement la société de ses amis inquiets et plus encore en essayant de leur échapper après qu'ils se furent donné tant de mal et qu'ils eurent engagé tant de frais pour le retrouver. M. Fagin insista beaucoup sur le fait qu'il l'avait recueilli et choyé alors que, sans cette aide opportune, l'enfant aurait pu mourir de faim ; et il raconta la triste et émouvante histoire d'un jeune garçon que sa philanthropie avait secouru dans des circonstances semblables, mais qui s'était révélé indigne de confiance en manifestant le désir de se mettre en rapport avec la police, après quoi, il avait malheureusement fini un matin pendu à l'Old Bailey [1]. M. Fagin ne chercha pas à cacher la part qu'il avait eue à la catastrophe, mais déplora, les larmes aux yeux, que la conduite perverse et déloyale du jeune homme en question eût rendu nécessaire qu'il devînt la victime de certaine dénonciation, sinon absolument véridique, du moins indispensable à la sécurité de Fagin et de certains de ses amis choisis. Il conclut en dressant un tableau assez déplaisant des incommodités de la pendaison ; et, avec beaucoup d'amitié et de civilité, il exprima le vif espoir de ne jamais être contraint de soumettre Olivier à cette déplaisante opération.

Tout le sang de l'enfant se glaça tandis qu'il écoutait les paroles du Juif, encore qu'il comprît assez imparfaitement les sombres menaces qu'elles contenaient. Qu'il fût possible à la Justice elle-même de confondre l'innocent et le coupable, accidentellement réunis, il le savait déjà ; et, se rappelant la teneur générale des altercations entre Fagin et M. Sikes, dont le thème semblait être quelque ancien complot de ce genre, il jugeait vraisemblable que le Juif eût à plusieurs reprises ourdi et mis à exécution certains plans ténébreux pour faire disparaître des personnes qui en savaient trop ou étaient trop bavardes. Quand il leva timidement les yeux et rencontra le regard scrutateur de Fagin, il sentit que la pâleur de son visage et le tremblement de ses membres n'étaient pas passés inaperçus de cet avisé vieillard et qu'ils ne semblaient pas lui déplaire.

Le Juif eut un hideux sourire et, tapotant la tête d'Olivier, lui dit que s'il se tenait tranquille et s'appliquait à son travail, il n'y avait pas de raisons qu'ils ne fussent encore très bons amis. Puis il prit son chapeau, s'enveloppa dans un vieux manteau rapiécé et sortit, en fermant la porte à clef derrière lui.

C'est ainsi qu'Olivier demeura toute cette journée et la plus grande partie de nombreux jours suivants sans voir personne de l'aube à minuit, abandonné durant ces longues heures à l'approfondissement de ses propres pensées. Celles-ci, qui ne cessaient de revenir à ses bienfaisants amis et à l'opinion que depuis longtemps ils avaient dû se faire de lui, étaient bien tristes en vérité.

Au bout d'une semaine environ, le Juif ne ferma plus la porte à clef, et Olivier eut la liberté de se promener dans la maison.

C'était un endroit fort sale. Les pièces du haut avaient de hautes et vastes cheminées de bois, des portes à double battant, des murs lambrissés et des corniches aux plafonds ; tout cela, bien que noirci par la poussière et l'abandon, s'ornait de décorations diverses. De tous ces signes, Olivier tira la conclusion que, bien longtemps auparavant, avant même la naissance du vieux Juif, la maison avait dû appartenir à des gens de meilleure sorte, qu'elle avait peut-être été fort gaie et élégante, si sombre et lugubre qu'elle fût à présent.

Les araignées avaient tissé leurs toiles aux angles des murs et des plafonds, et parfois, quand Olivier pénétrait sans bruit dans quelque pièce, les souris qui folâtraient sur le parquet se précipitaient affolées vers leur trou. A ces exceptions près, on ne voyait ou n'entendait âme qui vive ; bien souvent, lorsqu'il commençait à faire sombre et qu'Olivier en avait assez d'errer de pièce en pièce, il se blottissait dans un coin du corridor d'entrée, pour être aussi près que possible d'êtres vivants ; il restait là à écouter et compter les heures jusqu'à ce que rentrassent le Juif ou les garçons.

Dans toutes les pièces, les volets, qui tombaient en poussière, étaient soigneusement clos ; les barres qui les maintenaient étaient solidement vissées dans le bois ; la seule lumière qui passât filtrait par les trous ronds percés à leur sommet, ce qui rendait les pièces encore plus lugubres en les peuplant d'ombres étranges. Il y avait sur le derrière une fenêtre de mansarde qui, garnie de barreaux rouillés, était dépourvue de volets ; Olivier, le visage mélancolique, regardait par là pendant des heures ; mais on n'apercevait qu'une masse confuse de toits, de cheminées noircies et de pignons. Il arrivait bien parfois qu'une tête grisonnante apparût au-dessus du parapet de quelque maison lointaine, mais elle avait tôt fait de disparaître à nouveau, et, comme la fenêtre de l'observatoire d'Olivier était clouée et obscurcie par des années de pluie et de fumée, il ne pouvait que deviner les contours des différents objets du dehors, sans même tenter de se faire voir ou entendre — les chances qu'il en avait étant à peu près aussi fortes que s'il eût vécu dans le globe [1] de la cathédrale Saint-Paul.

Un jour que le Renard et Charley Bates devaient sortir pour la soirée, le premier de ces jeunes gens se mit en tête de montrer quelque souci de l'ornementation de sa personne (il faut lui rendre cette justice que ce n'était nullement chez lui une faiblesse habituelle) ; dans le dessein, donc, d'améliorer son extérieur, il ordonna avec condescendance à Olivier de l'assister aussitôt dans sa toilette.

L'enfant ne fut que trop heureux de se rendre utile, trop content d'avoir des visages, si vilains fussent-ils, à regarder, trop désireux de se concilier ceux qui se trouvaient autour de lui quand il le pouvait faire honnêtement, pour opposer la moindre objection à cette demande. Il répondit donc immédiatement qu'il le ferait volontiers ; aussi, s'agenouillant sur le plancher, tandis que le Renard s'asseyait sur la table, et prenant le pied dudit Renard dans son giron, s'appliqua-t-il à la tâche que M. Dawkins désignait sous le nom de « vernissure de ses écrins à arpions », ce qui, en langage courant, signifiait cirer ses souliers.

Aucun animal raisonnable, quand il est assis dans une posture dégagée sur une table, à fumer sa pipe et à balancer une de ses jambes, tandis qu'on lui cire ses souliers, sans même que la peine préalable de les enlever ni la misère ultérieure d'avoir à les remettre vienne troubler ses réflexions, aucun animal raisonnable ne peut manquer dans ces conditions d'éprouver une certaine impression de liberté et d'indépendance. Que cette sensation en fût cause, que la qualité du tabac adoucît les sentiments du Renard, ou que la suavité de la bière adoucît ses pensées, toujours est-il qu'il laissa paraître, pour l'heure, une pointe d'enthousiasme romanesque étranger à son caractère habituel. Il regarda Olivier pendant un bref instant avec une expression pensive ; puis, relevant la tête et poussant un petit soupir, il dit à moitié pour lui-même et à moitié pour le jeune Bates :

« Quel dommage qu'y soye pas grinche !

— Ah, dit Charley Bates, y sait pas c' qu'est bon pour lui. »

Le Renard soupira de nouveau et se consacra entièrement à sa pipe, de même que le jeune Bates. Ils fumèrent ainsi tous deux en silence pendant quelques secondes.

« Je suppose que tu sais même pas c' que c'est, un grinche ? dit le Renard, d'un ton mélancolique.

— Je crois que si, répliqua Olivier, en levant les yeux. C'est un vo... ; vous en êtes un, n'est-ce pas ? continua-t-il, en se reprenant.

— Oui, dit le Renard. J' m'en voudrais d'être aut' chose. »

Sur cette profession de foi, M. Dawkins imprima à son chapeau une inclinaison féroce et regarda le jeune Bates comme pour signifier qu'un avis contraire de sa part l'obligerait.

« Oui, je l' suis, répéta le Renard. Et Charley. Et Fagin. Et Sikes. Et Nancy. Et Bet. Nous le sommes tous, jusqu'au chien. Et lui, c'est le plus malin de tous !

— Et le moins capable de coquer la pègre[1], ajouta Charley Bates.

— Y n'aboyerait même pas à la barre des témoins par peur de s' compromettre ; non, même pas si qu'on l'y attacherait et qu'on l'y laisserait quinze jours sans boustife, dit le Renard.

— Pour sûr, fit observer Charley.

— C't'un drôle de cabot. Comment qu'y fait une gueule féroce aux types qu'y connaît pas et qui chantent ou qui rient en société ! poursuivit le Renard. Comment qu'y grogne quand il entend jouer du violon ! Et comment qu'y déteste les aut' clebs qui sont pas d' son espèce. Faut voir !

— C't'un vrai chrétien », dit Charley.

Par là il voulait simplement rendre hommage aux capacités de l'animal ; mais sa remarque était juste en un autre sens, sans que le jeune Bates s'en doutât, car il y a bien des dames et des messieurs qui se disent parfaits chrétiens et qui ont avec le chien de M. Sikes des ressemblances marquées et curieuses.

« Tout ça, c'est très joli, dit le Renard, revenant — avec ce soin qui présidait à tous ses faits et gestes — au sujet dont on s'était écarté ; mais ça n'a rien à voir avec le p'tit sinve que v'là.

— Non, bien sûr, dit Charley. Pourquoi qu' tu marches pas avec Fagin, Olivier ?

— Tu f'rais fortune en moins d' deux ! ajouta le Renard, la figure éclairée par un rictus.

— Et comme ça, tu pourrais vivre de tes rentes et faire le daim, huppé, comme j'ai l'intention de l' faire la toute première quatrième année qui s'ra pas bissextile et le quarante-deuxième mardi de la semaine de la Trinité, dit Charley Bates.

— Ça ne me convient pas, répondit timidement Olivier ; je voudrais qu'on me laisse partir. Je... je préférerais partir.

— Et Fagin, lui, y préférerait que non ! » rétorqua Charley.

Olivier ne le savait que trop bien ; mais, pensant qu'il pourrait être dangereux d'exprimer ses sentiments sans réticence, il se contenta de soupirer et continua à cirer les souliers.

« Partir ! s'écria le Renard. Alors quoi ? t'as donc pas d'atout [1] ? T'as donc pas d'amour-propre ? T'irais vivre aux crochets de tes amis ?

— Ah, Bon Dieu d' Bon Dieu ! s'écria le jeune Bates, qui tira de sa poche deux ou trois mouchoirs de soie et les jeta dans un placard ; ça, alors, c'est trop moche.

— Moi, j' pourrais pas, déclara le Renard d'un air de dégoût hautain.

— Pourtant vous pouvez bien abandonner vos amis, dit Olivier avec un demi-sourire, et les laisser condamner pour ce que vous avez fait.

— Ça, repartit le Renard en écartant l'objection d'un geste de sa pipe, ça, c'était rapport à Fagin, pasque la rousse [2], elle sait qu'on travaille ensemble, et ça y aurait fait des ennuis si on avait pas calté [3] ; v'là l'idée, hein, Charley ? »

Le jeune Bates acquiesça d'un signe de tête, et il allait parler, quand le souvenir de la fuite d'Olivier lui revint si soudainement que la fumée qu'il aspirait se mêla à son rire, lui monta à la tête et redescendit dans sa gorge, provoquant une quinte de toux et un trépignement, qui durèrent cinq bonnes minutes.

« Regarde-moi ça ! dit le Renard en tirant de sa poche une poignée de shillings et de pence. La voilà bien, la bonne vie ! Qu'est-ce que ça fait d'où ça vient ? Tiens, prends ; y en a plein d'autres là d'où qu' ça vient. Ah, t'en veux pas, hein ? Quel bougre d'andouille !

— C'est pas bien, hein, Olivier ? demanda Charley Bates. Il finira par se faire chanvrer, hein ?

— Je ne sais pas ce que cela veut dire, répondit Olivier.

— Quéqu' chose comme ça, mon vieux », dit Charley.

Ce disant, le jeune Bates saisit un bout de son foulard et, le tenant droit en l'air, laissa tomber sa tête sur son épaule en émettant un drôle de bruit entre ses dents ; il indiquait ainsi, par une pantomime fort expressive, que le chanvrage et la pendaison ne faisaient qu'une seule et même chose.

« V'là c' que ça veut dire, expliqua Charley. Regarde-moi ces mirettes qu'il ouvre, Jack ! Comme zig, on fait pas mieux, ça non ! »

Le jeune Charley Bates, après avoir de nouveau ri tout son saoul, se remit à fumer, les yeux pleins de larmes.

« On t'a mal éduqué, déclara le Renard en contemplant avec une satisfaction extrême les souliers dont Olivier venait d'achever le polissage. Mais Fagin f'ra quéqu' chose de toi, autrement tu s'rais bien le premier d' ceux qu'il a eus qui rendrait pas. Tu f'rais mieux d' commencer tout d' suite, pasque tu viendras au suif [1] avant qu' tu t'en rendes compte, et tu fais qu' perdre du temps, Olivier. »

Le jeune Bates appuya cet avis de diverses exhortations personnelles ; celles-ci épuisées, lui et son ami M. Dawkins se lancèrent dans une brillante description des nombreux plaisirs de la vie qu'ils menaient, description entremêlée de force insinuations tendant à persuader Olivier que ce qu'il avait de mieux à faire était de se concilier sans tarder la faveur de Fagin par les moyens qu'eux-mêmes avaient employés pour y parvenir.

« Et mets-toi toujours dans l' ciboulot, mon p'tit 'Livier, dit le Renard, tandis qu'on entendait le Juif ouvrir la porte à l'étage au-dessus, que si c'est pas toi qui barbotes les blavins et les toquantes...

— A quoi ça sert de lui causer comme ça ? dit le jeune Bates l'interrompant ; y sait pas c' que tu veux dire.

— Si tu n' prends pas les mouchoirs et les montres, reprit le Renard en ramenant sa façon de s'exprimer au niveau de la compréhension d'Olivier, c't'un aut' ponte [2] qui l' fera ; alors les types qui les perdront, y s'en porteront pas mieux, toi non plus, et personne y gagnera qu' les zigs qui les auront — et tu y as tout autant droit qu'eux.

— Pour sûr, pour sûr ! dit le Juif, qui était entré sans qu'Olivier s'en aperçût. Voilà toute l'affaire en deux mots, mon enfant, en deux mots, tu peux en croire le Renard. Ha, ha, ha ! il comprend fort bien le catéchisme de son métier. »

Tout en corroborant en ces termes le raisonnement du Renard, le vieil homme, jubilant, se frottait les mains et gloussait de plaisir à voir la compétence de son élève.

La conversation n'alla pas plus loin pour cette fois, car le Juif était rentré en compagnie de Mlle Betsy et d'un monsieur qu'Olivier n'avait encore jamais vu, mais que le Renard aborda sous le nom de Tom Chitling [1] et qui, s'étant un peu attardé dans l'escalier pour échanger quelques galanteries avec la donzelle, faisait maintenant son apparition.

M. Chitling l'emportait peut-être en âge sur le Renard — il devait compter dix-huit hivers — mais il montrait dans son comportement envers ce jeune monsieur une pointe de déférence qui semblait indiquer qu'il avait conscience d'une légère infériorité en fait de génie et de talents professionnels. Il avait de petits yeux pétillants et le visage marqué de petite vérole ; il portait un bonnet de fourrure, une veste sombre en velours côtelé, un pantalon de futaine graisseux et un tablier. Sa garde-robe était, à vrai dire, en assez mauvais état ; mais il s'en excusa auprès de la compagnie en disant qu'il n'avait fini son « temps » que depuis une heure et qu'ayant porté les effets réglementaires durant les six dernières semaines, il n'avait pas été en mesure de prêter attention à ses vêtements personnels. M. Chitling ajouta, en donnant tous les signes d'une forte irritation, que la nouvelle méthode qu'on avait là-bas de désinfecter les habits était fichtrement anticonstitutionnelle, car la fumigation y creusait des trous et on n'avait aucun recours contre le Comté. Il considérait que la même remarque s'appliquait à la coupe réglementaire des cheveux, qu'il tenait pour nettement illégale. M. Chitling conclut ses observations en déclarant qu'il n'avait pas touché à une goutte de quoi que ce fût durant quarante-deux mortelles journées de travail forcé et qu'il « voulait bien crever s'il avait pas l'avaloir sec comme du parchemin ».

« D'où crois-tu que vient ce monsieur, Olivier ? demanda le Juif, en ricanant, tandis que les autres garçons posaient une bouteille d'eau-de-vie sur la table.

— Je... je... ne sais pas, Monsieur, répondit Olivier.

— Qui c'est, ça ? demanda Tom Chitling en jetant sur Olivier un regard dédaigneux.

— Un jeune ami à moi, mon cher, répondit le Juif.

— Il a de la veine, alors, dit le nouveau venu en regardant Fagin de façon significative. T'occupe pas d'où je viens, jeune homme ; j' parie une couronne que tu trouveras moyen d'y aller assez vite ! »

A cette saillie, les garçons rirent de bon cœur. Puis, après quelques autres plaisanteries sur le même sujet, ils échangèrent quelques brefs chuchotements avec Fagin et se retirèrent.

Le Juif tint une courte conversation avec Tom Chitling ; après quoi, ils approchèrent tous deux leurs sièges du feu et Fagin, ayant dit à Olivier de venir s'asseoir à côté de lui, dirigea la conversation sur les sujets les plus aptes à intéresser ses auditeurs. Il s'agissait des grands avantages du métier, de la compétence du Renard, de la nature amicale de Charley Bates et de la libéralité du Juif lui-même. A force, ces sujets donnèrent des signes de complet épuisement, et M. Chitling en fit autant, car la maison de correction devient fatigante au bout d'une ou deux semaines. Mlle Betsy se retira donc, laissant la compagnie prendre du repos.

A partir de ce jour, Olivier fut rarement laissé seul, mais se trouva au contraire en relations presque constantes avec les deux garçons, qui jouaient chaque jour avec le Juif à leur ancien jeu ; que ce fût en vue de leur progrès personnel ou de celui d'Olivier, c'était là l'affaire de Fagin. A d'autres moments, le vieillard leur racontait les histoires de vols qu'il avait commis en son jeune temps, et son récit s'entremêlait de tant de faits cocasses et curieux qu'Olivier ne pouvait s'empêcher de rire de bon cœur et de montrer son amusement en dépit de ses bons sentiments.

Bref, l'astucieux vieillard avait pris Olivier dans ses lacets. Après avoir, par la solitude et la tristesse, préparé l'esprit de l'enfant à préférer, dans un lieu aussi lugubre, n'importe quelle compagnie à celle de ses propres pensées si mornes, il instillait à présent avec lenteur dans cette âme le poison qui, il l'espérait, allait la noircir et en changer la teinte à jamais.

CHAPITRE XIX

DANS LEQUEL ON DISCUTE
ET ON ARRÊTE UN PLAN REMARQUABLE

C'était une nuit froide, humide et venteuse que celle où le Juif émergea de son repaire, en boutonnant étroitement son pardessus sur son corps ratatiné et en relevant le col sur ses oreilles au point de cacher tout le bas de sa figure. Il s'arrêta sur le seuil pendant qu'on verrouillait et bâclait la porte derrière lui ; puis, après s'être assuré que les garçons prenaient bien toutes les mesures de sécurité et avoir écouté leurs pas s'éloigner dans le vestibule jusqu'au moment où ils ne furent plus perceptibles, il descendit furtivement la rue aussi vite qu'il le pouvait.

La maison où l'on avait amené Olivier se trouvait dans le voisinage de Whitechapel [1]. Le Juif s'arrêta un instant au coin de la rue et, après avoir observé les alentours d'un air soupçonneux, traversa la chaussée et partit dans la direction de Spitalfields [2].

Les pavés étaient couverts d'une épaisse couche de boue et un brouillard noir flottait sur les rues ; la pluie tombait paresseusement et tout était froid et gluant au toucher. C'était vraiment une nuit bien faite pour qu'une créature comme le Juif se trouvât dehors. Tandis qu'il se glissait à pas de loup le long des murs et des portes, le hideux vieillard ressemblait à quelque écœurant reptile issu de la boue et des ténèbres dans lesquelles il se mouvait, rampant nocturnement à la recherche de quelque grasse charogne pour son repas.

Il poursuivit sa route par force ruelles étroites et tortueuses jusqu'à ce qu'il arrivât à Bethnal Green ; là, tournant soudain à gauche, il se trouva bientôt engagé dans un dédale de ces misérables rues crasseuses qui abondent dans ce quartier compact et populeux.

Le Juif connaissait manifestement trop bien les lieux qu'il traversait pour être aucunement désorienté par l'épaisseur de la nuit ou la complexité du chemin. Il passa rapidement par plusieurs venelles et passages et finit par s'engager dans une ruelle, éclairée par un unique réverbère placé à l'autre bout. Arrivé à la porte d'une maison de cette rue, il frappa et, après avoir échangé quelques mots à voix basse avec la personne qui lui avait ouvert, monta à l'étage.

Un chien gronda au moment où il touchait la poignée d'une porte, et une voix d'homme demanda qui était là.

« Ce n'est que moi, Bill, ce n'est que moi, mon cher, dit le Juif en passant la tête par l'entrebâillement de la porte.

— Aboule ta fraise, alors, dit Sikes. Couché, bougre d'imbécile ! Alors, quoi, tu r'connais plus l' diable quand il't en paletot ? »

Le chien s'était évidemment laissé abuser par le vêtement de dessus de M. Fagin, car lorsque le Juif l'eut déboutonné et jeté sur le dossier d'une chaise, il se retira dans le coin d'où il venait de surgir, tout en remuant la queue pour indiquer qu'il était aussi satisfait que le lui permettait sa nature.

« Alors ? dit Sikes.

— Eh bien, mon cher, répondit le Juif... Tiens, Nancy ! »

Cette remarque était faite avec juste assez d'embarras pour impliquer un certain doute sur l'accueil qu'elle allait recevoir, car M. Fagin et sa jeune amie ne s'étaient pas retrouvés en présence l'un de l'autre depuis le moment où elle était intervenue en faveur d'Olivier. Le comportement de la demoiselle écarta bien vite tout doute à ce sujet, si le Juif en avait eu aucun. Elle retira ses pieds du garde-feu, repoussa son fauteuil et pria Fagin d'approcher le sien sans faire plus de façons, car c'était, il n'y avait pas à s'y tromper, une nuit glaciale.

« Oui, il fait vraiment froid, ma chère Nancy, déclara le Juif en étendant au-dessus du feu ses mains osseuses. On a l'impression que ça vous transperce le corps, ajouta le vieillard en se touchant le côté.

— Ça doit être perçant si ça trouve moyen de te toucher le cœur, dit M. Sikes. Donne-lui quéqu' chose à boire, Nancy. Par tous les diables, dépêche-toi ! Ça suffirait à rendre quéqu'un malade de voir sa vieille carcasse maigre trembler de c'te façon, comme un vilain squelette qui vient de surgir de la tombe. »

Nancy se hâta d'aller chercher une bouteille dans une armoire, où il y en avait un grand nombre qui, d'après leur aspect varié, devaient être remplies de toute sorte de liquides divers. Sikes versa un verre d'eau-de-vie et invita le Juif à l'avaler d'un trait.

« Ça me suffit tout à fait, merci, Bill, répondit le Juif, qui déposa le verre après y avoir tout juste trempé les lèvres.

— Quoi ! T'as peur qu'on t'empaume, hein ? demanda Sikes en observant le vieux. Peuh ! »

Avec un rauque grognement de mépris, M. Sikes saisit le verre et jeta dans les cendres le reste de son contenu, à titre de cérémonie préparatoire avant de le remplir de nouveau pour son propre bénéfice, comme il le fit aussitôt.

Pendant que son compagnon sifflait le second verre, le Juif jetait dans la pièce un regard circulaire, non par curiosité — il l'avait déjà vue bien souvent — mais à la façon inquiète et soupçonneuse qui lui était coutumière. C'était un logement pauvrement meublé, où seul le contenu du placard aurait pu indiquer que l'occupant n'était pas un ouvrier ; on ne voyait d'autre objet suspect que deux ou trois lourdes matraques dans un coin et un porte-respect [1] suspendu au-dessus de la cheminée.

« Là, déclara Sikes en faisant claquer ses lèvres. Me v'là prêt !

— Pour les affaires ? demanda le Juif.

— Oui, rétorqua Sikes. Alors, bonis c' que t'as à bonir.

— C'est à propos de la crèche de Chertsey [2], Bill, dit le Juif en approchant sa chaise et en parlant à voix très basse.

— Oui, et alors ? demanda Sikes.

— Eh, tu sais bien ce que je veux dire, mon cher. N'est-ce pas, Nancy, qu'il sait ce que je veux dire ?

— Non, y sait pas, répondit Sikes en ricanant. Ou y veut pas, et c'est du pareil au même. Vas-y carré et appelle les choses par leur nom ; reste pas là à cligner d' l'œil et à jaspiner par alluses, comme si qu' c'était pas toi qu'avais nourri l' poupard[1] tout l' premier. Qu'est-ce que tu veux dire ?

— Chut, Bill, chut ! dit le Juif, qui avait vainement tenté de mettre un frein à cette explosion d'indignation. Quelqu'un pourrait nous entendre, mon cher. Quelqu'un pourrait nous entendre.

— Eh ben, qu'il entende ! s'écria Sikes. J' m'en balance. »

Mais comme il ne s'en balançait pas, M. Sikes, tout en prononçant ces mots, baissa à la réflexion la voix et se fit plus calme.

« Là, là, dit le Juif d'un ton cajoleur. Ce n'était que par précaution, rien de plus. Alors, mon cher, pour ce qui est de cette crèche à Chertsey, quand cela doit-il se faire, Bill, hé ? Quand donc ? Quelle argenterie, mon cher, quelle argenterie ! dit le Juif, en se frottant les mains et en haussant les sourcils dans l'extase de son anticipation.

— Jamais, répondit froidement Sikes.

— Jamais ! répéta le Juif en se rejetant en arrière sur sa chaise.

— Non, jamais, reprit Sikes. En tout cas, ça s'ra pas du tout cuit comme on s'y attendait.

— Alors, c'est que la chose n'a pas été bien menée, dit le Juif, pâle de colère. Ne me raconte pas d'histoires !

— Mais si, que j' vais t'en raconter, rétorqua Sikes. Pour qui qu' tu t' prends, qu'on puisse pas t' dire les choses ! J' te dis qu' Toby Crackit[2] a pas cessé d' tourner autour de l'endroit depuis quinze jours et qu'il n'a pas pu s' mettre d'accord avec un des larbins.

— Tu ne vas pas me dire, Bill, dit le Juif, s'adoucissant à mesure que l'autre s'échauffait, qu'on n'a pu mettre dans le coup un des deux bonshommes ?

— Si, j' vais te l' dire, répondit Sikes. Y a vingt ans qu'y sont chez la vieille, et t'aurais beau leur donner cinq cents livres qu'y marcheraient pas.

— Mais tu ne vas pas me dire, argumenta le Juif, qu'on ne peut pas débaucher les femmes ?

— Y a rien à faire, répondit Sikes.

— Même pas le brillant Toby Crackit ? dit le Juif d'un ton d'incrédulité. Pense à ce que sont les femmes, Bill.

— Non, même pas le brillant Toby Crackit, répondit Sikes. Y dit qu'il a porté des faux favoris et un gilet jaune canari tout l' Bon Dieu d' temps qu'il a traîné par là-bas, et tout ça, ça n'a servi à rien.

— Il aurait dû essayer des moustaches et du pantalon militaire, mon cher, dit le Juif.

— Y l'a fait, répliqua Sikes, et ça a pas plus marché que d' l'aut' façon. »

Cette information parut déconcerter le Juif. Après avoir ruminé un moment, le menton sur la poitrine, il releva la tête et dit en poussant un profond soupir que, si le compte rendu du brillant Toby Crackit était exact, il craignait bien que l'affaire ne fût dans l'eau.

« Et pourtant, constata le vieillard en laissant tomber ses mains sur ses genoux, c'est bien triste, mon cher, de perdre tant, quand on avait pris la chose à cœur.

— Eh oui, dit M. Sikes. C'est la poisse ! »

Un long silence suivit, durant lequel le Juif resta plongé dans une profonde méditation, tandis qu'une expression de scélératesse absolument démoniaque plissait toute sa figure. Sikes l'observait de temps à autre. Nancy, qui paraissait craindre d'irriter le cambrioleur, restait assise les yeux fixés sur le feu, comme sourde à tout ce qui se passait.

« Fagin, dit Sikes, rompant brusquement le silence qui régnait ; est-ce que ça vaut cinquante jaunets de plus, si on réussit le truc du dehors ?

— Oui, dit le Juif, qui se redressa avec la même soudaineté.

— Tope ? demanda Sikes.

— Oui, mon cher, oui, répondit le Juif, les yeux brillants et tous les muscles de son visage en éveil à cause de l'intérêt que la question avait excité en lui.

— Alors, dit Sikes en écartant la main du Juif avec quelque dédain, on f'ra ça dès qu' tu voudras. Toby et moi, on a fait le mur du jardin avant-hier soir et on a vérifié les panneaux de la porte et les volets. La crèche est barricadée la nuit comme une prison; mais y a un endroit par où qu'on peut entrer à coup sûr et en douce.

— Où donc, Bill? demanda le Juif d'un air avide.

— Eh ben, murmura Sikes, quand on traverse la pelouse...

— Oui? dit le Juif, en penchant la tête en avant, les yeux presque sortis de leurs orbites.

— Hum! s'écria Sikes, en s'arrêtant court, comme la jeune femme, d'un imperceptible mouvement de tête, se retournait soudain pour désigner un instant le visage du Juif. Peu importe où c'est. Tu peux rien faire sans moi, je l' sais bien : mais, quand on a affaire à toi, y vaut mieux prendre ses précautions.

— Comme tu veux, mon cher, comme tu veux, répondit le Juif. Et il n'y a pas besoin d'autre concours que le tien et celui de Toby?

— Aucun, dit Sikes. Sauf une mèche à trois pointes et un gosse. La mèche, on en a tous les deux; il faut qu' tu dégottes le gamin.

— Un garçon! s'écria le Juif. Ah, il s'agit d'un panneau, hein?

— T'occupe pas de c' que c'est! répliqua Sikes. J'ai besoin d'un garçon, et y faut pas qu'y soye trop grand. Seigneur! ajouta-t-il sur le ton de la réflexion; si seulement j'avais sous la main le p'tit gars de Ned, le ramoneur. Il le gardait petit exprès, et il le louait à la tâche. Mais le père, on en a fait un fagot[1], et voilà la Société pour les Jeunes Délinquants[2] qui s'amène et qui r'tire le garçon d'un métier où il gagnait bien sa vie; elle lui apprend à lire et à écrire, et elle finit par en faire un apprenti. C'est comme ça qu'y s' conduisent, dit M. Sikes, dont la colère s'élevait au fur et à mesure qu'il se rappelait les torts subis; c'est comme ça qu'y s' conduisent; et s'ils avaient assez d'argent — c't' une providence qu'ils en aient pas! — on aurait même plus une demi-douzaine de gamins pour tout le marché d'ici un an ou deux.

— Eh non, acquiesça le Juif, qui, n'ayant cessé de réfléchir durant tout ce discours, n'avait saisi que la dernière phrase. Bill?

— Qu'est-ce que c'est encore ? »

Le Juif fit un signe de tête dans la direction de Nancy, qui contemplait toujours le feu, et notifia d'un geste qu'il aimerait qu'on la priât de quitter la pièce. Sikes haussa les épaules avec impatience comme s'il trouvait la précaution inutile, mais obtempéra néanmoins en demandant à Mlle Nancy d'aller lui chercher un pot de bière.

« T'as pas du tout envie de bière, déclara Nancy, qui, croisant les bras, resta bien tranquillement assise.

— J' te dis qu' j'en veux ! répliqua Sikes.

— Allons donc ! repartit froidement la jeune personne. Continue, Fagin. Je sais ce qu'il va dire, Bill ; il a pas besoin de faire attention à moi. »

Le Juif hésitait toujours. Sikes les regardait alternativement avec une certaine surprise.

« Enfin, c'te vieille copine te gêne pas, Fagin, hein ? demanda-t-il enfin. Y a assez longtemps qu' tu la connais pour lui faire confiance, ou c'est bien le diable. C'est pas une qui ira jaspiner. Hein, Nancy ?

— Tu parles ! répondit cette demoiselle, en approchant sa chaise de la table, sur laquelle elle s'accouda.

— Non, non, ma chère, je le sais bien, dit le Juif, mais… »

Et, de nouveau, le vieillard se tut.

« Mais quoi ? demanda Sikes.

— Je ne savais pas trop si elle n'allait pas encore se monter le bourrichon comme l'autre soir, tu comprends, mon cher », répondit le Juif.

A cet aveu, Mlle Nancy éclata d'un rire sonore ; puis, ayant avalé un verre d'eau-de-vie, elle hocha la tête d'un air de défi et se lança dans une série d'exclamations telles que « Faites durer la partie ! » « Faut jamais désespérer ! » etc., qui semblèrent avoir pour effet de rassurer les deux hommes, car le Juif hocha la tête d'un air satisfait et reprit sa place, tandis que M. Sikes en faisait autant.

« Allons, Fagin, dit Nancy en riant. Parle tout de suite d'Olivier à Bill !

— Ha ! tu es maligne, ma chère ; tu es la fille la plus délurée que j'aie jamais connue ! dit le Juif en lui tapotant le cou. C'était en effet d'Olivier que j'allais parler, il n'y a pas de doute. Ha, ha, ha !

— Qu'est-ce que t'as à nous dire sur lui ? demanda Sikes.

— C'est le garçon qu'il te faut, mon cher, répondit en un rauque murmure le Juif, qui appuya un doigt sur sa narine et laissa voir un affreux sourire.

— Lui ? s'écria Sikes.

— Prends-le, Bill ! dit Nancy. A ta place, moi je le prendrais. Il n'a peut-être pas autant d'allant que les autres ; mais ce n'est pas de ça que tu as besoin, s'il ne doit faire que t'ouvrir la porte. Il est sûr, tu peux compter sur lui, Bill.

— Je le sais qu'il l'est, répliqua Fagin. Il a été à bonne école ces dernières semaines, et il est temps qu'il commence à travailler pour gagner son pain. D'ailleurs, les autres sont tous trop grands.

— Ma foi, il est juste de la taille qu'y m' faut, dit M. Sikes en réfléchissant.

— Et il fera tout ce que tu voudras, mon cher Bill, ajouta le Juif ; il n'aura pas le choix. C'est-à-dire, si tu lui fais assez peur.

— Lui faire peur ! répéta Sikes. C' sera pas du toc, c'te peur-là, j' te l' dis. Quand l' vin est tiré, il faut l' boire : si jamais je r'père quéqu' chose de bizarre chez lui une fois qu'on est au boulot, tu l' reverras pas vivant, Fagin. Penses-y avant de l'envoyer. Écoute bien c' que j' te dis là ! déclara le bandit tout en soupesant une pince-monseigneur qu'il avait tirée de sous le lit.

— J'ai pensé à tout ça, dit le Juif avec énergie. Je... je l'ai observé de très près, mes chers amis, de très près. Pour peu qu'on lui fasse sentir qu'il est des nôtres, qu'on lui farcisse la tête de l'idée qu'il a été voleur, il est à nous ! A nous pour sa vie entière ! Aha ! Ça n'aurait pu mieux tomber ! »

Le vieillard se croisa les bras sur la poitrine et, rentrant la tête dans les épaules, se berça littéralement de joie.

« A nous ! fit Sikes. A toi, tu veux dire.

— Peut-être bien, mon cher, dit le Juif dans un glousse-ment aigu. A moi, si tu préfères, Bill.

— Et qu'est-ce que c'est, dit Sikes en jetant un mauvais regard à son aimable compagnon, qu'est-ce que c'est qui fait qu' tu t' donnes tant de mal pour ce gosse au teint d' craie, quand tu sais bien qu'y a cinquante gamins qui s' baladent tous les soirs à rien fiche du côté des Common Garden [1] ét qu' t'aurais qu'à choisir dans le tas ?

— C'est parce qu'ils ne me serviraient à rien, mon cher, répondit le Juif un peu décontenancé ; cela ne vaudrait pas la peine de les prendre. Leur mine les condamne dès qu'ils ont des ennuis, et je les perds tous. Avec ce garçon-là, si on le manœuvre bien, mes chers amis, je pourrai faire des choses auxquelles je n'arriverais jamais avec vingt des autres. D'ailleurs, poursuivit-il en retrouvant son assurance, il nous tiendrait maintenant s'il arrivait encore à en jouer un air, et c'est indispensable qu'il soit dans le même bateau que nous. Comment il y vient, peu importe ; pour que je l'aie sous ma coupe, il suffit qu'il ait figuré dans un vol ; c'est tout ce que je veux. Ça vaut bien mieux que d'être obligé de se débarrasser de ce pauvre enfant ! — ce serait dangereux, et nous y perdrions par-dessus le marché.

— Quand est-ce que ça doit se faire ? demanda Nancy, coupant court à la tumultueuse exclamation, par laquelle M. Sikes voulait exprimer le dégoût que lui inspirait cette affectation d'humanité chez Fagin.

— Ah, bien sûr, dit le Juif. Quand ça doit-il se faire, Bill ?

— J'ai combiné ça avec Toby pour après-demain soir, répondit Sikes d'un ton hargneux, si j' lui donnais pas d' contrordre.

— Très bien, dit le Juif ; c'est une nuit sans lune.

— Oui.

— Tout est arrangé pour emporter le butin, n'est-ce pas ? » demanda le Juif.

Sikes fit de la tête un signe affirmatif.

« Et pour ce qui est de...

— Oh, le poupard est bien nourri [2], coupa Sikes, t'occupe pas des détails. Tu f'ras bien d'amener le gosse ici demain soir. Je décarrerai [3] une heure après le lever du soleil. Après ça, t'as qu'à la fermer et qu'à tenir le creuset prêt ; c'est tout c' que t'auras à faire. »

Après une discussion à laquelle tous trois prirent une part active, il fut décidé que Nancy se rendrait chez le Juif le lendemain après la tombée de la nuit et qu'elle emmènerait Olivier ; Fagin ayant astucieusement fait observer que, si l'enfant montrait la moindre aversion pour sa tâche, il accompagnerait plus volontiers la jeune femme — qui était tout récemment intervenue en sa faveur — que n'importe quelle autre personne. On convint aussi, par un accord solennel, qu'en vue de l'expédition projetée, le pauvre Olivier serait confié sans aucune restriction aux soins et à la garde de M. William Sikes ; qui plus est, ledit Sikes disposerait de l'enfant comme il l'entendrait, le Juif ne le tiendrait pour responsable d'aucun accident ou d'aucun mal qui pourrait lui advenir, non plus que d'aucune punition qu'il pourrait être nécessaire de lui administrer ; étant bien entendu d'autre part que, pour rendre l'accord valable à cet égard, toutes déclarations faites au retour par M. Sikes devraient être confirmées et corroborées, quant aux points importants, par le témoignage du brillant Toby Crackit.

Ces points préliminaires fixés, M. Sikes se mit à boire de l'eau-de-vie à un rythme furieux et à décrire avec la pince-monseigneur d'inquiétants moulinets, tout en hurlant des bribes de chansons fort peu harmonieuses, entremêlées de jurons horribles. Finalement, dans un accès d'enthousiasme professionnel, il tint à exhiber sa trousse d'outils pour le cambriolage ; il l'apporta en titubant, mais à peine l'eut-il ouverte dans le dessein d'expliquer la nature et les qualités des différents instruments ainsi que les beautés particulières de leur structure, que, roulant par-dessus la boîte, il tomba sur le plancher, où il s'endormit incontinent.

« Bonsoir, Nancy, dit le Juif en s'emmitouflant comme devant.

— Bonsoir. »

Leurs yeux se rencontrèrent, et le Juif la dévisagea attentivement. Il ne vit aucun cillement chez la fille. Elle était aussi sincère et loyale en cette affaire que pouvait l'être Toby Crackit lui-même.

Le Juif lui souhaita de nouveau une bonne nuit et, non sans avoir sournoisement octroyé un coup de pied au corps étendu alors qu'elle avait le dos tourné, il descendit à tâtons l'escalier.

« C'est toujours la même chose ! murmura-t-il tout en se dirigeant vers son logis. Ce qu'il y a de pire avec ces femmes, c'est qu'un tout petit fait leur remet en mémoire un sentiment depuis longtemps oublié ; et ce qu'elles ont de mieux, c'est que ça ne dure jamais longtemps. Ha, ha ! L'homme contre l'enfant, pour un sac d'or ! »

Tout en faisant passer le temps avec ces plaisantes réflexions, M. Fagin s'achemina, à travers les fondrières boueuses, jusqu'à sa sinistre habitation, où le Renard veillait dans l'attente impatiente de son retour.

« Olivier est couché ? Je veux lui parler, fut sa première remarque, tandis qu'ils descendaient l'escalier.

— Y a beau temps, répondit le Renard, en ouvrant brutalement une porte. Le v'là ! »

Le gamin dormait à poings fermés, couché sur un grabat à même le plancher, tellement pâli par l'anxiété, le chagrin et son étroite réclusion qu'il avait l'aspect de la mort ; non pas la mort telle qu'elle apparaît dans le suaire et le cercueil, mais sous les dehors qu'elle revêt quand la vie vient de s'échapper, quand une âme tendre et douce s'est envolée, voici un instant à peine, vers le Ciel et que l'air grossier de ce monde n'a pas encore eu le temps de souffler sur la fragile poussière qu'elle sanctifiait.

« Pas maintenant, dit le Juif en s'en allant sans bruit. Demain. Demain. »

CHAPITRE XX

DANS LEQUEL OLIVIER
EST REMIS À M. WILLIAM SIKES

Quand Olivier s'éveilla le lendemain matin, il fut bien surpris de voir qu'une paire de souliers neufs à forte et épaisse semelle avait été placée auprès de son lit et qu'on avait ôté les vieux. Il fut d'abord heureux de cette découverte, espérant qu'elle annonçait peut-être sa libération ;

mais ces illusions se trouvèrent rapidement dissipées quand il fut assis pour le petit déjeuner à côté du Juif ; celui-ci lui dit, d'un ton et d'une manière propres à augmenter ses craintes, qu'on allait l'amener ce même soir chez Bill Sikes.

« Pour... pour y rester, Monsieur ? demanda Olivier, avec inquiétude.

— Non, non, mon enfant. Pas pour y rester, répondit le Juif. Nous ne voudrions pas te perdre. N'aie pas peur, Olivier, tu nous reviendras. Ha, ha, ha ! Nous ne serons pas assez cruels pour te renvoyer, mon enfant. Oh, non, non ! »

Le vieillard, qui, penché sur le feu, faisait griller une tranche de pain, se retourna en raillant ainsi Olivier ; et il gloussa comme pour montrer qu'il savait bien que l'enfant serait toujours trop heureux de s'échapper, s'il le pouvait.

« J'imagine, dit le Juif en fixant son regard sur Olivier, que tu voudrais bien savoir pourquoi tu vas chez Bill, hein, mon enfant ? »

L'enfant rougit malgré lui en voyant que le vieux bandit avait lu ses pensées ; mais il répondit hardiment que oui, qu'il voudrait bien le savoir.

« Pourquoi, crois-tu ? demanda Fagin, éludant la question.

— Vraiment, je n'en sais rien, Monsieur, répondit Olivier.

— Bah ! fit le Juif en abandonnant d'un air déçu son observation attentive du visage de l'enfant. Tu n'as qu'à attendre que Bill te le dise, alors. »

Le Juif paraissait fort contrarié qu'Olivier ne montrât pas à ce sujet une plus grande curiosité ; mais, en réalité, l'enfant, bien que très inquiet, était trop troublé par l'astuce délibérée qu'il voyait dans l'expression de Fagin et par ses propres spéculations pour demander sur le moment de plus amples informations. Ensuite, il n'en eut pas l'occasion, car le Juif resta fort maussade et taciturne jusqu'au soir, puis se prépara à sortir.

« Tu peux brûler une chandelle, dit le Juif en en posant une sur la table. Et voici un livre que tu pourras lire jusqu'à ce qu'on vienne te chercher. Bonsoir !

— Bonsoir ! » répondit doucement Olivier.

Le Juif se dirigea vers la porte, tout en regardant l'enfant par-dessus son épaule. Soudain, il s'arrêta et l'appela par son nom.

Olivier leva la tête ; le Juif, montrant la chandelle, lui signe de l'allumer, ce qu'il fit ; et, tandis qu'il plaçait le chandelier sur la table, il vit que Fagin, les sourcils froncés d'un air menaçant, le regardait fixement du fond sombre de la pièce.

« Prends garde, Olivier ! Prends garde ! dit le vieillard en agitant vers lui la main droite en signe d'avertissement. C'est un homme brutal ; le sang ne lui fait pas peur, quand le sien lui bout dans les veines. Quoi qu'il advienne, ne dis rien et fais ce qu'il t'ordonne. Rappelle-toi ! »

Après avoir fortement accentué ces derniers mots, il laissa ses traits prendre graduellement la forme d'un horrible rictus ; puis, sur un signe de tête, il quitta la pièce.

Quand le vieillard eut disparu, Olivier appuya son visage contre sa main et réfléchit, le cœur frémissant, aux paroles qu'il venait d'entendre. Plus il pensait à l'exhortation du Juif, plus il était en peine d'en deviner le but et le sens réels. Il ne voyait dans son envoi chez Sikes aucun but pervers qui ne pût aussi bien être atteint s'il demeurait chez Fagin ; et, après une longue méditation, il conclut qu'on l'avait choisi pour remplir simplement quelque fonction domestique auprès du cambrioleur jusqu'à ce qu'on pût engager un autre garçon, mieux fait pour cet office. Il était trop bien habitué à souffrir, il avait trop souffert là où il était, pour déplorer très vivement la perspective d'un changement. Il resta perdu dans ses pensées durant quelques minutes ; puis, avec un profond soupir, il moucha la chandelle, prit le livre que lui avait laissé le Juif, et commença à lire.

Il feuilleta les pages, distraitement tout d'abord ; mais, étant tombé sur un passage qui retint son attention, il se laissa bientôt absorber par le volume. C'était un recueil des vies et des procès des grands criminels, et les pages fatiguées étaient toutes maculées. Il y lut le récit de crimes affreux qui vous glaçaient le sang, de meurtres secrets commis au bord de routes solitaires, de cadavres dissimulés à la vue des hommes dans des fosses et des puits profonds, qui, si profonds qu'ils fussent, n'avaient pas voulu les conserver et avaient fini par les rendre après bien des années, affolant à tel point les assassins par ce spectacle que, dans leur horreur, ceux-ci avaient confessé leur crime et supplié à grands cris que le gibet vînt mettre un terme à leur angoisse. Il y lut aussi l'histoire d'hommes qui, couchés dans leur lit au cœur de la nuit, avaient été tentés (disaient-ils) et amenés par leurs mauvaises pensées à perpétrer de si effroyables carnages qu'on en avait la chair de poule et qu'on était saisi de tremblement, rien que d'y penser. Les terribles descriptions étaient si réalistes et si vivantes que les pages jaunies parurent à Olivier toutes rouges du sang versé, et les mots qui y étaient imprimés se répercutaient à son oreille comme un sourd murmure issu de l'esprit des morts.

Au paroxysme de la peur, l'enfant ferma brusquement le livre et le rejeta loin de lui. Puis, tombant à genoux, il pria avec ferveur le Ciel de lui épargner de tels forfaits et de lui accorder une mort immédiate plutôt que de le destiner à des crimes aussi affreux, aussi épouvantables. Petit à petit, il retrouva un peu de calme et, d'une voix faible et brisée, il implora Dieu de le délivrer de ses présents périls, de faire en sorte que, si quelque secours devait être accordé à un malheureux garçon réprouvé qui n'avait jamais connu l'affection de parents ou d'amis, il lui vînt à ce moment où, abandonné de tous et désespéré, il restait seul, au milieu de la perversité et du crime.

Il avait achevé sa prière, mais il demeurait la tête enfouie dans ses mains, quand un bruissement le tira de sa contemplation.

« Qu'est-ce que c'est ? cria-t-il en se redressant, tandis qu'il apercevait une silhouette debout contre la porte. Qui est là ?

— Moi. Ce n'est que moi », répondit une voix mal assurée.

Olivier éleva la chandelle au-dessus de sa tête et regarda vers la porte. C'était Nancy.

« Pose la lumière, dit la jeune femme en détournant la tête. Elle me fait mal aux yeux. »

Olivier vit qu'elle était très pâle et lui demanda doucement si elle était malade. La jeune femme se jeta dans un fauteuil, le dos tourné vers le garçon, et se tordit les mains ; mais elle ne répondit pas.

« Dieu me pardonne ! s'écria-t-elle après un moment. Je n'avais pas pensé à ça.

— Est-il arrivé quelque chose ? demanda Olivier. Puis-je vous aider ? Je le ferai si je le peux. Oui, je vous l'assure. »

Elle se balança un instant, porta les mains à sa gorge, laissa échapper une sorte de râle et parut haleter.

« Nancy ! s'écria Olivier. Qu'est-ce qu'il y a ? »

La jeune femme frappa ses genoux de ses poings et le sol de ses pieds ; puis, s'arrêtant soudain, elle serra son châle autour de ses épaules et frissonna de froid.

Olivier attisa le feu. Nancy approcha son siège et resta un moment assise tout auprès sans parler ; enfin, elle leva la tête et se retourna.

« Je ne sais pas ce qui me prend quelquefois, dit-elle en affectant d'être occupée à arranger sa robe : ce doit être cette pièce sale et humide. Eh bien, mon petit 'Livier, tu es prêt ?

— Est-ce que je dois partir avec vous ? demanda l'enfant.

— Oui, je viens de chez Bill, répondit la jeune femme. Tu dois venir avec moi.

— Pour quoi faire ? interrogea Olivier, avec un mouvement de recul.

— Pour quoi faire ? répéta Nancy, qui leva les yeux pour les détourner de nouveau dès qu'ils rencontrèrent le visage de l'enfant. Oh, rien de mal !

— Je n'en crois rien, dit Olivier, qui l'avait observée avec attention.

— Comme tu voudras, repartit alors la fille en affectant de rire. Rien de bon, alors. »

Olivier voyait bien qu'il avait une certaine prise sur ce qu'il y avait de meilleur en la jeune femme et il pensa un instant à appeler sa compassion sur l'état désespéré où il se trouvait. Mais, à ce moment, la pensée lui traversa l'esprit comme un éclair qu'il était à peine onze heures et qu'il y avait encore beaucoup de gens dans les rues ; il trouverait sûrement quelqu'un pour ajouter foi à son histoire. A cette réflexion, il s'avança et dit, avec un rien de précipitation, qu'il était prêt. Ni cette brève hésitation, ni son objet n'échappèrent à sa compagne. Elle l'observa attentivement pendant qu'il parlait et lui jeta un regard d'intelligence qui montrait assez qu'elle avait deviné le cours de ses pensées.

« Chut ! dit la jeune femme en se penchant sur lui et en montrant la porte, tandis qu'elle regardait avec circonspection autour d'elle. Tu n'y peux rien. J'ai tout essayé pour toi, mais sans aucun résultat. Tu es cerné de toutes parts. Si jamais tu dois t'échapper d'ici, ce ne sera certes pas maintenant. »

Frappé de ses façons énergiques, Olivier leva sur son visage des yeux pleins de surprise. Elle semblait dire la vérité ; elle était pâle et agitée, et elle tremblait d'émoi.

« Je t'ai préservé une fois d'être maltraité ; je le ferai encore, et je le fais en ce moment, poursuivit la fille à voix haute, car ceux qui seraient venus te chercher, si ce n'avait été moi, auraient été autrement plus brutaux. J'ai promis que tu te tiendrais tranquille et que tu te tairais ; si tu agis autrement, tu ne feras que t'attirer du mal et à moi aussi, et peut-être seras-tu cause de ma mort. Regarde ! j'ai déjà supporté tout ça pour toi, aussi vrai que Dieu me voit te le montrer. »

Elle exhiba rapidement quelques meurtrissures livides sur son cou et ses bras et continua avec un débit précipité :

« Rappelle-toi ça ! Et ne m'attire pas d'autres souffrances pour le moment. Si je pouvais t'aider, je le ferais ; mais je n'en ai pas le pouvoir. Ils n'ont pas l'intention de te faire du mal ; quoi qu'ils t'obligent à faire, ce n'est pas ta faute. Chut ! Chacune de tes paroles signifie un coup pour moi. Donne-moi la main. Dépêche-toi ! Ta main ! »

Elle saisit la main qu'Olivier mit instinctivement dans la sienne et, après avoir soufflé la chandelle, elle entraîna l'enfant dans l'escalier. La porte fut vivement ouverte par quelqu'un qui était dissimulé dans l'ombre et aussi vivement refermée dès qu'ils l'eurent passée. Un cabriolet de louage attendait ; avec la même véhémence qu'elle avait mise à exhorter Olivier, la fille l'entraîna avec elle dans la voiture et baissa les stores. Le cocher n'eut besoin d'aucune directive

et, d'un coup de fouet, enleva son cheval à toute allure sans
perdre un instant.

La jeune femme tenait toujours fermement Olivier par la
main et continuait à lui déverser dans l'oreille les avertisse-
ments et les assurances dont elle lui avait déjà fait part. Tout
se passa si vite et dans une telle presse qu'il eut à peine le
temps de se rappeler où il se trouvait ni comment il y était
arrivé, quand la voiture s'arrêta devant la maison vers
laquelle, le soir précédent, s'étaient dirigés les pas du Juif.

Un court instant, Olivier jeta un regard rapide le long de
la rue déserte, et un appel au secours monta presque à ses
lèvres. Mais il avait encore dans l'oreille la voix de la jeune
femme, et celle-ci l'avait adjuré sur un tel ton d'angoisse de
penser à elle qu'il n'eut pas le courage de crier. Pendant cet
instant d'hésitation, l'occasion s'évanouit : il était déjà dans
la maison, dont la porte se referma derrière lui.

« Par ici, dit Nancy, en relâchant pour la première fois
son étreinte. Bill !

— Ohé ! répondit Sikes, qui apparut au haut de l'escalier,
une bougie à la main. Ah ! Tu t'es bien débrouillée. Aboule-
toi ! »

Cette manière de s'exprimer impliquait chez un personnage du tempérament de M. Sikes une très forte approbation et un accueil extrêmement chaleureux. Nancy, qui en
parut très flattée, le salua cordialement.

« Dans-l' mille est rentré avec Tom, annonça Sikes en
éclairant pour eux le chemin. Il aurait été encombrant.

— Tu as raison, répondit Nancy.

— Ainsi, t'as amené le gosse, dit le cambrioleur, quand
ils eurent tous atteint la chambre ; et, ce disant, il ferma la
porte.

— Oui, il est là, répondit la jeune femme.

— Il est v'nu sans faire de pétard ? demanda Sikes.

— Comme un agneau.

— J' suis heureux d' savoir ça, dit le bandit en regardant
Olivier de façon menaçante, pour le bien d' sa jeune
carcasse : autrement, elle aurait pu en prendre un bon coup.
Viens-t'en par ici, le momacque [1], que j' te fasse la leçon ;
autant liquider ça tout de suite. »

Tout en apostrophant ainsi son élève, M. Sikes lui arracha sa casquette et la jeta dans un coin ; puis il le prit par l'épaule et, s'asseyant à côté de la table, le plaça debout devant lui.

« Et maint'nant, primo : sais-tu c' que c'est qu' ça ? » demanda le bandit en prenant un pistolet de poche qui était posé sur la table.

Olivier répondit affirmativement.

« Eh ben, écoute-moi bien, poursuivit Sikes. Ça, c'est d' la poudre, et pis ça c't' une balle ; et ça, c't' un bout de vieux chapeau pour bourrer. »

Olivier murmura qu'il comprenait l'usage des divers objets dont il était question, et M. Sikes se mit en devoir de charger l'arme avec lenteur et précision.

« Maintenant, le v'là chargé, dit-il, l'opération terminée.

— Oui, je le vois, Monsieur, répondit Olivier.

— Eh bien, dit le bandit en saisissant le poignet du garçon et en plaçant le canon près de sa tempe à la toucher (à ce moment l'enfant ne put retenir un tressaillement), si tu l'ouvres quand on s'ra dehors, sauf si j' te parle, c'te charge, elle s'ra pour ta tronche [2], sans plus d'avis. Alors, si tu veux absolument parler sans permission, commence par faire ta prière. »

Après avoir jeté un regard menaçant sur le bénéficiaire de cet avertissement pour accroître l'effet de ses paroles, M. Sikes poursuivit :

« Autant qu' je sache, y aurait pas beaucoup d' monde pour d'mander après toi, si qu'on t' faisait disparaître ; alors j'ai pas besoin de m' faire tant de bile pour t'espliquer tout ça : c'est qu' pour ton bien. T'as pigé ?

— En un mot comme en mille, énonça Nancy d'un ton très pressant, en fronçant légèrement les sourcils à l'adresse d'Olivier comme pour lui demander de prêter une sérieuse attention à ses paroles, ce que tu veux dire, c'est que si, dans ce boulot que t'as en train, le gosse te fait des crosses, tu l'empêcheras à tout jamais de raconter des histoires en lui tirant une balle dans la tête, et que t'hésiteras pas à courir le risque d'être pendu pour ça, comme tu le fais pour bien d'autres choses qui se présentent dans le métier, chaque mois de ta vie.

— C'est ça même ! déclara M. Sikes d'un air approbateur ; les femmes savent toujours dire les choses en peu d' mots... Sauf quand l' torchon brûle, pasqu'alors elles en finissent pas. Enfin... ; maintenant qu'il a bien pigé, si qu'on dînerait un peu ; on piquera un p'tit roupillon avant d' partir. »

Répondant à la demande ainsi faite, Nancy se hâta de mettre la table ; puis elle disparut quelques minutes et revint bientôt avec un pot de bière et un plat de coquilles Saint-Jacques, ce qui permit à M. Sikes divers aimables traits d'esprit, basés sur la curieuse coïncidence qui voulait que des jacques [1] fussent une appellation commune à ce plat et à certain outil ingénieux fort en usage dans sa profession. Ce digne personnage, stimulé peut-être par la perspective immédiate de l'action, était d'excellente humeur et fort en verve ; à preuve de quoi — nous pouvons le noter ici — il but par facétie toute la bière d'un seul trait, et il n'émit pas, selon un compte approximatif, plus de quatre-vingts jurons durant tout le repas.

Le souper fini — on concevra aisément qu'Olivier n'y apporta guère d'appétit — M. Sikes expédia deux verres d'alcool à l'eau et se jeta sur le lit en ordonnant à Nancy, non sans de multiples imprécations pour le cas où elle y manquerait, de le réveiller à cinq heures précises. Olivier, de par un ordre de la même autorité, s'étendit tout habillé sur un matelas posé à terre ; et la fille, après avoir arrangé le feu, s'assit devant, prête à les éveiller à l'heure prescrite.

Olivier resta longtemps sans dormir, pensant que Nancy pourrait bien saisir cette occasion de lui glisser quelque conseil supplémentaire ; mais la jeune femme restait à réfléchir au coin du feu, sans faire de mouvement, hormis de temps à autre pour moucher la chandelle. Fatigué par la veille et l'inquiétude, l'enfant finit par sombrer dans le sommeil.

Quand il s'éveilla, la table était mise pour le petit déjeuner, et Sikes fourrait divers objets dans les poches de son pardessus, suspendu au dossier d'une chaise. Nancy s'affairait aux préparatifs du repas. Ce n'était pas encore le jour, car la chandelle brûlait encore, et il faisait tout à fait noir au-dehors. Une forte pluie battait en outre les vitres, et le ciel avait un aspect sombre et nuageux.

« Allons, grogna Sikes, tandis qu'Olivier se levait brusquement ; cinq heures et demie ! Tu f'rais bien d' te grouiller, si tu veux déjeuner ; il est déjà tard comme ça. »

Olivier ne fut pas long à faire sa toilette ; et, après s'être un peu restauré, il répondit à une question bourrue de Sikes qu'il était tout à fait prêt.

Nancy, presque sans le regarder, lui jeta un foulard pour passer à son cou ; Sikes lui donna une grande pèlerine de grosse étoffe pour s'en couvrir les épaules. Ainsi vêtu, Olivier tendit la main au voleur, qui, non sans s'être arrêté pour montrer d'un geste menaçant qu'il avait toujours le même pistolet dans une poche de côté de son pardessus, la saisit fermement dans la sienne et, après avoir échangé un adieu avec Nancy, emmena l'enfant.

Olivier se retourna un instant en atteignant la porte, dans l'espoir de rencontrer le regard de la jeune femme. Mais celle-ci avait repris sa place devant le feu, et elle resta assise là, parfaitement immobile.

CHAPITRE XXI

L'EXPÉDITION

Quand ils débouchèrent dans la rue, le matin était maussade ; il ventait et pleuvait fort, et les nuages avaient un aspect pesant et orageux. La nuit avait été très pluvieuse, car de grosses flaques d'eau s'étaient formées sur la chaussée et les caniveaux débordaient. On apercevait dans le ciel une faible lueur annonciatrice du jour, mais elle aggravait plutôt qu'elle n'atténuait la tristesse de la scène, cette morne lumière ayant pour seul résultat de faire pâlir celle des réverbères sans répandre aucunes teintes plus chaudes ou plus vives sur les toits mouillés et les rues désolées. Personne ne semblait bouger dans ce quartier de la ville ; les fenêtres des maisons étaient toutes hermétiquement closes et les rues par lesquelles ils passaient désertes et silencieuses.

Quand ils eurent tourné dans Bethnal Green Road, le jour avait franchement commencé de se lever. Bon nombre de réverbères avaient déjà été éteints ; quelques charrettes venant de la campagne se dirigeaient lentement vers Londres ; de temps à autre, une diligence rapide et couverte de boue les dépassait avec fracas, tandis que le conducteur octroyait au passage un coup de fouet de remontrance au lourd roulier qui, tenant le mauvais côté de la route, l'avait exposé à arriver au bureau avec un quart de minute de retard. Les débits de boissons, dans lesquels brûlaient des lampes à gaz, étaient déjà ouverts. Graduellement, d'autres boutiques commencèrent à ouvrir, et l'on pouvait rencontrer çà et là quelques personnes. Puis vinrent des groupes épars d'ouvriers se rendant à leur travail ; puis des hommes et des femmes portant sur la tête des paniers de poisson, des voitures à ânes chargées de légumes, des charrettes remplies de bestiaux ou de carcasses entières d'animaux, des laitières avec leurs seaux, tout un flot continu de gens qui s'avançaient péniblement sous le faix de provisions diverses dans la direction des faubourgs situés à l'est de la ville. Comme nos deux personnages approchaient de la Cité, le bruit et le trafic augmentèrent petit à petit ; et, quand ils se faufilèrent dans les rues qui s'étendent entre Shoreditch et Smithfield, tout ce remue-ménage avait grossi au point d'atteindre à un véritable grondement. Le jour avait alors acquis toute la clarté qu'il montrerait sans doute jusqu'à ce que revînt la nuit, et la matinée laborieuse de la moitié de la population londonienne avait commencé.

Après avoir descendu Sun Street et Crown Street et traversé Finsbury Square, M. Sikes atteignit, par Chiswell Street, Barbican[1] ; de là, il passa dans Long Lane et arriva ainsi à Smithfield, lieu d'où s'élevait un tel tumulte de bruits discordants qu'il emplit Olivier Twist de stupeur.

C'était jour de marché. Le sol était couvert d'une couche de boue et d'immondices dans laquelle on enfonçait jusqu'aux chevilles ; une épaisse vapeur s'élevait perpétuellement des corps fumants des bestiaux, se mêlant au brouillard qui semblait reposer sur les cheminées, et cette opacité pesait lourdement sur la scène. Tous les parcs ménagés au centre du vaste terrain, ainsi que tous ceux qu'on avait pu tasser provisoirement dans l'espace vacant, étaient peuplés de moutons ; on voyait, bordant le ruisseau sur trois ou quatre rangs de profondeur, de longues files de bœufs attachés à des poteaux. Des paysans, des bouchers, des toucheurs de bœufs, des camelots, des gamins, des voleurs, des badauds et des vagabonds de la plus basse classe se mêlaient en une seule masse ; les sifflements des bouviers, les aboiements des chiens, les beuglements et les ruades des bœufs, les bêlements des moutons, les grognements et les cris aigus des cochons, les boniments des camelots, les appels, les jurons et les disputes qui retentissaient de tous côtés ; les tintements de sonnettes et les voix houleuses qui s'échappaient de tous les cabarets ; la presse, les poussées, les mouvements de voitures, les coups, les glapissements et les hurlements ; l'effroyable et discordant vacarme qui résonnait dans tous les coins du marché ; et les individus crasseux et sordides, aux figures mal lavées et mal rasées, qui couraient constamment de-ci de-là, émergeant de la cohue pour s'y replonger aussitôt ; tout cela formait un tableau ahurissant, qui confondait entièrement les sens.

M. Sikes, traînant Olivier à sa suite, se fraya à coups de coude un chemin au plus épais de la foule, sans accorder la moindre attention aux nombreux spectacles et bruits qui étonnaient tant le gamin. Il fit deux ou trois fois un signe de tête en croisant quelque ami ; mais, repoussant toute invitation à prendre une goutte matinale, il poursuivit fermement sa route jusqu'à ce que, sortis du tumulte, ils fussent arrivés, par Hosier Lane, dans Holborn.

« Alors, jeunot ! dit Sikes, en levant les yeux sur l'horloge de l'église Saint-André. Il est presque sept heures ! Faut t' grouiller. Allons, n' commence pas déjà à traîner la patte, clampin. »

Ces paroles de M. Sikes s'accompagnèrent d'une saccade donnée au poignet de son petit compagnon ; Olivier pressa le pas pour prendre une sorte de trot, intermédiaire entre la marche rapide et la course, et parvint ainsi à suivre tant bien que mal la vive allure du cambrioleur qui avançait à grandes enjambées.

Ils la maintinrent jusqu'au moment où ils eurent passé Hyde Park Corner et furent sur le chemin de Kensington ; Sikes ralentit alors le pas pour se laisser rejoindre par une carriole vide, qui se trouvait à quelque distance derrière eux. Voyant écrit dessus : « Hownslow », il demanda au conducteur, avec toute la politesse dont il pouvait faire montre, si on voulait bien les transporter jusqu'à Isleworth.

« Montez, dit l'homme. C'est votre garçon ?

— Oui, c'est mon fils, répondit Sikes en regardant fixement Olivier et en mettant la main d'un air détaché dans la poche où se trouvait le pistolet.

— Ton papa marche un peu trop vite pour toi, hein, mon gars ? fit le conducteur en voyant que l'enfant était hors d'haleine.

— Pas du tout, répliqua Sikes, l'interrompant. Il y est habitué. Tiens, prends ma main, Ned. Allez, grimpe ! »

Tout en apostrophant ainsi Olivier, il l'aida à monter dans la carriole, et le charretier, lui montrant un tas de sacs, lui dit de s'étendre dessus pour se reposer.

Tandis que défilaient les bornes milliaires, Olivier se demandait de plus en plus où son compagnon avait l'intention de l'emmener. On avait déjà dépassé Kensington, Hammersmith, Chiswick, le Pont de Kew, Brentford ; et on continuait toujours comme si le voyage venait de commencer. Enfin, on arriva à l'auberge de la Diligence et des Chevaux, au-delà de laquelle semblait s'embrancher à peu de distance une autre route. Et là, la carriole s'arrêta.

Sikes descendit avec une grande précipitation, sans lâcher un instant la main d'Olivier ; le soulevant aussitôt pour le déposer à terre, il lui jeta un regard féroce et tapota du poing sa poche de manière significative.

« Adieu, mon gars, dit l'homme.

— Il boude, répondit Sikes, en secouant l'enfant ; il boude. C't' un vilain ! Ne faites pas attention à lui !

— Pas de danger ! répondit l'autre en remontant dans la carriole. Voilà qu'il fait beau, en fin de compte. »

Et il démarra.

Sikes attendit qu'il se fût bien éloigné ; puis, après avoir dit à Olivier qu'il pouvait regarder autour de lui si cela lui plaisait, il l'entraîna de nouveau pour poursuivre le voyage.

Ils tournèrent sur la gauche, non loin de l'auberge, puis, ayant pris une route à main droite, continuèrent longtemps à marcher ; ils passèrent ainsi devant maints vastes jardins et belles résidences situés de part et d'autre de la route et s'arrêtèrent seulement pour boire un peu de bière avant d'atteindre, enfin, une ville. Là, Olivier vit, inscrit en assez grandes lettres sur le mur d'une maison : « Hampton [1]. » Ils s'attardèrent encore quelques heures dans les champs. Puis ils revinrent à la ville et pénétrèrent dans une vieille auberge à l'enseigne tout effacée, où ils commandèrent à dîner près du feu de la cuisine.

C'était une vieille salle au plafond bas, soutenu en son milieu par une grosse poutre ; près du feu, se trouvaient des bancs à haut dossier, sur lesquels étaient assis des rustauds en blouse, occupés à boire et à fumer. Ceux-ci ne prêtèrent aucune attention à Olivier et guère plus à Sikes ; et comme ce dernier ne leur en accordait aucune non plus, lui et son jeune compagnon s'isolèrent dans un coin sans que la société les incommodât beaucoup.

Ils dînèrent de viande froide et restèrent ensuite si longtemps assis là, tandis que M. Sikes s'accordait deux ou trois pipes, qu'Olivier commença à acquérir la certitude qu'ils ne devaient pas aller plus loin. Très fatigué d'avoir tant marché et de s'être levé de si bonne heure, il commença par s'assoupir un peu ; puis, vaincu par la lassitude et les fumées du tabac, il sombra dans un sommeil profond.

Il faisait tout à fait nuit quand une bourrade de Sikes l'éveilla. Reprenant suffisamment ses esprits pour se redresser et regarder autour de lui, il s'aperçut que son digne compagnon conversait de façon très amicale avec un paysan devant une pinte de bière.

« Ainsi, vous allez à Lower Halliford, que vous dites ? demanda Sikes.

— Oui, répondit l'homme, qui paraissait se ressentir, ou, si l'on veut, ne se sentir que mieux de la boisson qu'il avait absorbée. Et ça n' va pas traîner ! Mon cheval n'a pas tout un chargement à tirer comme en venant ce matin, et il mettra pas longtemps. A sa bonne chance ! Pardieu, c'est une brave bête !

— Pourriez-vous nous emmener jusque-là, moi et mon fils ? demanda Sikes, en poussant le pot de bière vers son nouvel ami.

— Si vous y allez tout de suite, oui, répondit l'homme en regardant par-dessus le bord du pot. Vous allez à Halliford ?

— On continue jusqu'à Shepperton, répondit Sikes.

— Je suis votre homme, jusque là où je vais, reprit l'autre. Tout est réglé, Becky ?

— Oui, l'autre monsieur a payé, répondit la serveuse.

— Dites donc ! fit l'homme, avec une gravité d'ivrogne ; ça n' va pas, ça, vous savez.

— Pourquoi donc ? repartit Sikes. Vous allez nous rendre service, alors qu'est-ce qui m'empêche de payer la tournée en échange ? »

L'inconnu réfléchit sur cet argument, en prenant une expression très profonde ; il saisit ensuite la main de Sikes et déclara que celui-ci était vraiment un brave type. A quoi M. Sikes répondit qu'il voulait rire — comme en effet, si l'homme n'avait pas été pris de boisson, on aurait eu tout lieu de le croire.

Après avoir échangé encore quelques compliments, ils dirent adieu à la compagnie et sortirent, tandis que la serveuse rassemblait pots et verres, puis allait nonchalamment à la porte, les mains pleines, pour voir partir le groupe.

Le cheval, à la santé duquel on avait bu en son absence, se tenait devant la porte, tout attelé à la carriole. Olivier et Sikes montèrent sans plus de cérémonie, et le propriétaire du cheval, après s'être attardé une ou deux minutes à le faire valoir et à mettre le valet d'écurie et le monde entier au défi de produire son semblable, monta également. Puis il ordonna au valet de lui lâcher la bride ; le cheval, se sentant la tête libre, en fit un usage des plus déplaisants : il la redressa brusquement avec un air de grand mépris et se jeta dans les fenêtres d'un salon de l'autre côté de la rue ; après avoir accompli ces exploits et s'être tenu un instant sur les pattes de derrière, il s'élança à vive allure et sortit de la ville avec un superbe fracas.

La nuit était très sombre. Une brume humide, qui s'élevait du fleuve et des terrains marécageux d'alentour, s'étendait sur les champs mornes. Il faisait de plus un froid perçant ; tout était sombre et lugubre. Pas un mot ne fut prononcé, car le conducteur commençait à avoir sommeil, et Sikes n'était pas d'humeur à le pousser à la conversation. Olivier restait pelotonné dans un coin de la carriole, perdu dans son inquiétude et ses appréhensions, et croyant voir des choses étranges dans les arbres dénudés dont les branches s'agitaient sinistrement, comme s'ils prenaient une joie fantastique à la désolation du paysage.

Au moment où ils passèrent devant l'église de Sunbury, l'horloge sonna sept heures. Une lampe était allumée en face à la fenêtre du passeur ; la lumière ruisselait en travers de la route et rendait plus noir encore un if sombre qui surplombait quelques tombes. On entendait le son mat d'une chute d'eau à peu de distance, et les feuilles du vieil arbre se balançaient doucement dans la brise nocturne. On eût dit d'une douce musique dédiée au repos des morts.

Sunbury franchi, ils se retrouvèrent sur la route déserte. Encore deux ou trois milles et la carriole s'arrêta. Sikes sauta à terre, prit Olivier par la main et, de nouveau, ils poursuivirent leur chemin à pied.

A Shepperton, ils ne pénétrèrent dans aucune maison, contrairement à l'attente de l'enfant recru de fatigue, mais continuèrent à marcher dans la boue et l'obscurité, par des chemins ténébreux et des friches glacées, jusqu'au moment où ils arrivèrent en vue des lumières d'une ville assez proche. En tendant ses regards devant lui, Olivier vit que l'eau se trouvait juste à leurs pieds et qu'ils arrivaient à l'entrée d'un pont.

Sikes continua droit devant lui jusqu'à ce qu'ils en fussent tout près, puis descendit soudain sur une levée de terre située sur la gauche.

« L'eau ! pensa Olivier, au comble de la peur. Il m'a amené jusqu'à cet endroit désert pour me tuer ! »

Il était sur le point de se jeter à terre et de mener un combat acharné pour défendre sa jeune vie, quand il s'aperçut qu'ils se trouvaient devant une maison isolée, tout en ruine. Il y avait une fenêtre de chaque côté de la porte délabrée, que surmontait un étage; mais on ne voyait aucune lumière. La maison était sombre, démantelée et, selon toute apparence, inhabitée.

Sikes, sans lâcher la main d'Olivier, s'approcha doucement du porche bas et souleva le loquet. La porte céda sous sa pression, et ils entrèrent tous deux.

CHAPITRE XXII

LE CAMBRIOLAGE

« Holà! cria une voix forte et rauque, dès qu'ils eurent mis le pied dans le couloir.

— Fais pas tant de barouf, dit Sikes en mettant le verrou. Aboule une camoufle, Toby.

— Ah, c'est mon poteau! s'écria la même voix. Une camoufle, Barney, une camoufle! Fais entrer Monsieur, Barney; et réveille-toi d'abord, si t'y vois pas d'inconvénient. »

Celui qui parlait dut jeter un tire-botte ou quelque article de ce genre à la personne qu'il interpellait pour la tirer de son sommeil, car on entendit le bruit d'un objet en bois tombant avec violence, puis un marmonnement indistinct comme d'un homme encore à moitié endormi.

« T'entends? cria encore la même voix. Y a Bill Sikes qu'est dans le couloir et personne est là pour lui faire des politesses; et toi, tu roupilles là comme si qu' t'aurais pris du laudanum à dîner et rien d' plus tonique. Tu t' sens t'y plus dispos maintenant, ou t' faut-y l' chandelier de fer pour t' réveiller à fond? »

Tandis que cette question était posée, on entendit une paire de savates se traîner précipitamment le long du plancher nu; puis on vit émerger d'une porte à droite d'abord la faible lueur d'une chandelle et ensuite la silhouette du .personnage qui a été décrit précédemment comme atteint d'une infirmité qui le faisait parler du nez et comme exerçant les fonctions de garçon à la taverne de Saffron Hill.

« Bonzieur Sikes ! s'écria Barney, avec une joie réelle ou feinte ; endrez, Bonzieur, endrez !

— Allons ! Avance le premier, dit Sikes en faisant passer Olivier devant lui. Plus vite que ça, ou j' vais t' marcher sur les talons ! »

Non sans grommeler un juron contre sa lenteur, Sikes poussa Olivier devant lui, et ils pénétrèrent dans une pièce sombre, au plafond bas, où brûlait un feu fumeux ; on y voyait deux ou trois chaises cassées, une table et un très vieux canapé, sur lequel était étendu tout de son long, les pieds beaucoup plus haut que la tête, un homme qui fumait une longue pipe en terre. Il portait un élégant habit de couleur tabac orné de gros boutons de cuivre, un foulard orange, un gilet vulgaire et criard portant un motif de palmettes, et des culottes grises. M. Crackit (car c'était lui) n'avait pas beaucoup de cheveux sur la tête ni de favoris sur les joues ; mais le peu qu'il en avait était de ton roussâtre et tordu en longs tire-bouchons, dans lesquels il glissait de temps à autre des doigts fort sales ornés de grosses bagues communes. Il était d'une taille légèrement supérieure à la moyenne et visiblement assez faible des jambes ; mais cette circonstance ne diminuait en rien son admiration pour ses bottes à revers, qu'il contemplait, dans leur situation élevée, avec une vive satisfaction.

« Bill, mon vieux ! dit ce personnage en tournant la tête vers la porte ; je suis content de te voir. Je commençais à avoir peur que t'aies renoncé ; auquel cas, j'aurais couru ma chance tout seul. Ho, ho ! »

Tout en poussant cette exclamation de surprise au moment où son regard tombait sur Olivier, M. Toby Crackit fit l'effort nécessaire pour adopter la position assise et demanda qui c'était.

« Le gamin. C'est qu' le gamin ! répondit Sikes, qui approcha une chaise du feu.

— Un des gars de bonzieur Fagin, s'écria Barney avec un rictus.

— De Fagin, hé ? s'exclama Toby, regardant Olivier.

Quel précieux gamin ce s'ra pour faire les poches aux vieilles dames dans les églises ! C't' une fortune, c'te théière-là [1].

— Ça va... Suffit comme ça », coupa Sikes avec impatience.

Et il se pencha sur son ami, de nouveau étendu, pour lui murmurer quelques mots à l'oreille ; sur quoi, M. Crackit partit d'un rire immense en honorant Olivier d'un long regard étonné.

« Et maintenant, dit M. Sikes en reprenant sa place, si tu veux abouler de quoi morfiller pendant qu'on attend, ça nous donnera du cœur au ventre, à moi tout au moins. Assieds-toi près du feu, bleuzaille, et r'pose-toi, pasqu'y va falloir que tu ressortes avec nous cette nuit ; on ira pas bien loin d'ailleurs. »

Olivier considéra Sikes avec une timidité étonnée et muette ; et, après avoir approché un tabouret du feu, il s'assit, les mains à son front douloureux, sans savoir trop bien où il était ni ce qui se passait autour de lui.

« Eh bien, dit Toby, comme le jeune Juif plaçait sur la table quelques restes de nourriture et une bouteille, j' bois au succès de not' coup ! »

Il se leva en l'honneur du toast, puis, après avoir soigneusement posé sa pipe vide dans un coin, s'avança vers la table, remplit un verre d'alcool et en avala le contenu d'un trait. M. Sikes fit de même.

« Un coup pour le gamin, dit Toby en remplissant à demi un verre à vin. Avale ça, mon bel innocent.

— Vraiment, dit Olivier en levant sur le visage de l'homme un regard pitoyable, vraiment, je...

— Avale ça, j' te dis ! répéta Toby. Est-ce que tu t'imagines que j' sais pas c' qu'est bon pour toi ? Dis-lui de l' boire, Bill.

— Y f'rait mieux ! dit Sikes en donnant un petit coup sur sa poche. J' veux bien être damné s'il donne pas plus d' fil à r'tordre que toute une famille de Renards. Bois ça, espèce de p'tit crâne de piaf ; bois-le ! »

Effrayé par les gestes menaçants des deux hommes, Olivier avala vivement le contenu du verre et fut aussitôt pris d'un violent accès de toux, ce qui enchanta Toby

Crackit et Barney et amena même un sourire sur le visage du hargneux M. Sikes.

Cela fait et M. Sikes ayant satisfait son appétit (Olivier, lui, n'avait pu manger qu'un petit croûton de pain qu'on l'avait contraint d'avaler), les deux hommes s'allongèrent sur des chaises pour faire un court somme. L'enfant resta sur son tabouret au coin du feu ; Barney, roulé dans une couverture, s'étendit à même le sol, tout contre le garde-feu.

Ils dormirent ou parurent dormir pendant quelque temps. Personne ne bougeait à part Barney, qui se leva une fois ou deux pour jeter des morceaux de charbon dans le feu. Olivier tomba dans un pesant assoupissement ; il se voyait suivant les chemins ténébreux, errant dans le sombre cimetière, ou parcourant l'une ou l'autre des scènes de la veille, quand il fut réveillé par Toby Crackit, qui se levait d'un bond en déclarant qu'il était une heure et demie.

En un instant, les deux autres furent sur pied, et tous commencèrent à se préparer activement. Sikes et son compagnon s'entourèrent le cou et le menton de grandes écharpes sombres et enfilèrent leurs pardessus, tandis que Barney ouvrait un placard et en sortait divers articles, dont il bourra rapidement leurs poches.

« A moi les pétards, Barney, dit Toby Crackit.

— Les voici, répondit Barney, en sortant une paire de pistolets. Du les as chargés doi-bêbe.

— Parfait ! répliqua Toby en les faisant disparaître. Les monseigneurs.

— J' les ai, répondit Sikes.

— Le crêpe, les clefs, les mèches, les lanternes sourdes... on a rien oublié ? demanda Toby, accrochant une petite pince-monseigneur à une agrafe placée dans le pan de son habit.

— Tout va bien, reprit son compagnon. Aboule les bouts d' bois, Barney. C'est parfait ! »

Sur ces mots, il prit un gros bâton des mains de Barney, qui, après en avoir donné un semblable à Toby, s'occupa d'attacher la pèlerine d'Olivier.

« Allons-y ! » dit Sikes en tendant la main.

Olivier, complètement engourdi par l'effort physique

inaccoutumé qu'il avait fourni, par le grand air et par la boisson qu'on l'avait contraint à avaler, mit machinalement sa main dans celle que le bandit lui offrait à cet effet.

« Prends son autre main, Toby, dit Sikes. Va voir dehors, Barney. »

L'homme alla à la porte et revint annoncer que tout était calme. Les deux voleurs sortirent avec l'enfant entre eux. Barney, après avoir tout bien refermé, s'enroula comme auparavant et fut bientôt rendormi.

Il faisait à présent nuit noire. Le brouillard était beaucoup plus épais qu'au début de la soirée et l'atmosphère si humide, bien qu'il ne tombât pas de pluie, que quelques minutes après qu'on eut quitté la maison, les cheveux et les sourcils d'Olivier furent tout raidis par la moiteur à demi gelée qui flottait alentour.

Ils traversèrent le pont et se dirigèrent vers les lumières que l'enfant avait aperçues auparavant. Elles n'étaient pas très éloignées et, comme ils marchaient d'un bon pas, ils arrivèrent bientôt à Chertsey.

« Tout droit par la ville, murmura Sikes ; y aura pas d' gêneur pour nous voir, par une nuit pareille. »

Toby acquiesça, et ils suivirent rapidement la grand-rue de la petite ville qui, à cette heure tardive, était complètement déserte. Une terne lueur brillait par intervalles à travers la fenêtre de quelque chambre à coucher, et l'aboiement rauque des chiens rompait parfois le silence de la nuit, mais il n'y avait personne dehors. Ils avaient quitté la ville quand l'horloge de l'église sonna deux heures.

Pressant le pas, ils tournèrent dans une route à main gauche. Après avoir marché un quart de mille environ, ils s'arrêtèrent devant une maison isolée et entourée d'un mur, sur le faîte duquel Toby Crackit, sans même prendre le temps de souffler, grimpa en un tournemain.

« Au môme, maintenant, dit Toby. Hisse-le ; j' l'attraperai. »

Avant qu'Olivier eût eu le temps de se retourner, Sikes l'avait saisi sous les bras et, trois ou quatre secondes plus tard, l'enfant et Toby étaient couchés sur l'herbe de l'autre côté. Sikes suivit immédiatement et ils s'avancèrent précautionneusement vers la maison.

Alors seulement Olivier, presque fou de chagrin et de terreur, comprit que le cambriolage et le vol, sinon l'assassinat, étaient le but de l'expédition. Il joignit les mains et, d'horreur, poussa involontairement une exclamation étouffée. Un brouillard passa devant ses yeux, une sueur froide monta à son visage livide ; ses jambes se dérobèrent sous lui, et il tomba à genoux.

« Debout ! murmura Sikes, tremblant de rage et tirant le pistolet de sa poche. Debout, ou je t'éparpille la cervelle sur l'herbe.

— Ah, pour l'amour de Dieu, laissez-moi partir ! s'écria Olivier ; laissez-moi filer et aller mourir dans les champs. Je n'approcherai plus jamais de Londres, jamais, jamais ! Ah, je vous en supplie, ayez pitié de moi et ne m'obligez pas à voler. Par tous les anges de lumière qui sont dans les Cieux, ayez pitié de moi ! »

L'homme à qui s'adressait cette supplication poussa un affreux juron, et il avait déjà armé le pistolet quand Toby, le lui arrachant du poing, mit la main sur la bouche de l'enfant et l'entraîna vers la maison.

« Chut ! s'écria l'homme ; ça servira à rien ici. Un mot de plus, et c'est moi qui t' ferai ton affaire en te sonnant la tronche. Ça, ça fait pas d' bruit, mais c'est tout aussi sûr, et c'est plus comme y faut. Vas-y, Bill, tu peux forcer l' volet. Le gosse est d'attaque maintenant, j' parie. J'ai vu des aides de son âge, et plus vieux dans l' métier, faire les mêmes magnes pendant une minute ou deux par une nuit aussi froide. »

Sikes, tout en appelant d'épouvantables malédictions sur la tête de Fagin pour avoir envoyé l'enfant en pareille mission, maniait vigoureusement quoique sans guère de bruit la pince à levier. Au bout d'un certain temps, et non sans l'aide de Toby, le volet auquel il avait fait allusion s'ouvrit en tournant sur ses gonds.

C'était une petite fenêtre à croisillons, située à quelque cinq pieds et demi du sol, sur les derrières de la maison ; elle donnait dans une arrière-cuisine ou une espèce de petit cellier, au bout du couloir. L'ouverture était si petite que les habitants n'avaient pas dû juger utile de la protéger avec plus de soin ; elle était cependant assez grande pour livrer passage à un garçon de la taille d'Olivier. Il suffit à M. Sikes d'exercer son art un bref instant pour venir à bout de la fixation du treillis, et celui-ci ne tarda pas à béer également.

« Et maintenant, écoute-moi bien, p'tit vaurien, murmura Sikes, qui tira de sa poche une lanterne sourde pour en braquer la lueur sur le visage d'Olivier. J' te vas passer par là. Prends c'te lampe ; tu monteras doucement les marches droit d'vant toi, tu traverseras le p'tit vestibule jusqu'à la porte de d'vant ; ouvre-la, et nous, on entrera.

— Y a un verrou en haut, qu' tu pourras pas y atteindre, fit observer Toby. T'auras qu'à monter sur une des chaises de l'entrée. Y en a trois, Bill, qu'ont une belle grande licorne bleue et une fourche d'or dessus : c'est les armoiries d' la vieille dame.

— Tais-toi, tu veux, non ? répliqua Sikes en lui lançant un regard menaçant. La porte de la pièce est ouverte, hein ?

— Toute grande, répondit Toby après avoir glissé un regard à l'intérieur pour s'en assurer. C' qu'y a d' bon, c'est qu'y la tiennent toujours ouverte avec un crochet pour que l' cabot, qu'a son coussin ici, y puisse s' balader dans l' couloir quand c'est qu'il a pas envie d' pioncer. Ha, ha ! Barney l'a entraîné ailleurs ce soir. D' la belle ouvrage ! »

Bien que M. Crackit chuchotât de façon à peine perceptible et qu'il rît sans bruit, Sikes lui ordonna impérieusement de se taire et de se mettre au travail. Toby obéit en sortant sa lanterne et en la plaçant par terre, puis il se planta solidement sous la fenêtre, la tête contre le mur et les mains sur les genoux, de façon que son dos pût servir de marchepied. Il ne fut pas plus tôt en position que Sikes, montant sur lui, fit doucement passer Olivier, les pieds devant, par la fenêtre et, sans lui lâcher le cou, le déposa sans dommage sur les dalles de l'intérieur.

« Prends c'te lanterne, dit Sikes, en regardant dans la pièce. Tu vois les marches d'vant toi ? »

Olivier, plus mort que vif, dit d'une voix tremblante : « Oui ! »

Sikes, désignant la porte d'entrée avec le canon de son pistolet, lui conseilla brièvement de noter qu'il restait tout le temps à portée et que, s'il hésitait, il tomberait mort à l'instant.

« T'en as pour une minute, dit Sikes, toujours à voix basse. Dès que j' te lâcherai, fais ton boulot. Attention !

— Qu'est-ce que c'est ? » murmura l'autre homme.

Ils écoutèrent attentivement.

« C'est rien, dit Sikes en lâchant Olivier. Vas-y. »

Durant le court moment qu'il avait eu pour rassembler ses esprits, le garçon avait pris la ferme résolution, dût-il mourir dans la tentative, d'essayer de bondir en haut de l'escalier qui débouchait dans le vestibule pour donner l'alarme à la famille. Plein de cette idée, il avança aussitôt, mais à pas de loup.

« Reviens ! cria soudain Sikes à voix haute. Reviens ! Reviens ! »

Effrayé par la rupture soudaine du silence de mort qui régnait jusqu'alors et par un grand cri qui suivit, Olivier laissa tomber la lanterne et ne sut plus s'il devait avancer ou fuir.

Le cri retentit de nouveau... une lumière apparut... la vision de deux hommes terrifiés, à demi vêtus, en haut de l'escalier, dansa devant ses yeux... un éclair... un grand bruit... une fumée... un fracas quelque part, mais où, il n'en savait rien... et il recula en chancelant.

Sikes avait disparu un instant, mais il parut de nouveau à la lucarne, et il avait saisi Olivier par le collet avant que la fumée se fût dissipée. Il déchargea son propre pistolet sur les deux hommes, qui battaient déjà en retraite, et hissa le garçon.

« Serre ton bras plus fort, dit Sikes, tandis qu'il le faisait passer par la fenêtre. Passe-moi une écharpe, toi. Ils l'ont touché. Vite ! Comme ce gosse saigne ! »

Puis Olivier entendit retentir la sonnerie d'une cloche, à laquelle se mêlaient des détonations d'armes à feu et des cris d'hommes, et il sentit qu'on l'emportait d'un pas rapide sur un sol accidenté. Puis, la rumeur devint confuse et lointaine ; une sensation de froid mortel envahit le cœur de l'enfant ; il n'entendit, ne vit plus rien.

CHAPITRE XXIII

QUI CONTIENT
LA SUBSTANCE D'UNE AIMABLE
CONVERSATION
ENTRE M. BUMBLE ET UNE DAME,
ET MONTRE QUE MÊME UN BEDEAU
PEUT ÊTRE SENSIBLE
SUR CERTAINS POINTS

Le froid de la nuit était mordant. Le gel avait transformé la neige qui recouvrait le sol en une croûte épaisse et dure, et seuls les amoncellements formés dans les ruelles et les recoins étaient soumis aux effets de l'âpre vent qui mugissait de tous côtés ; celui-ci, comme pour dépenser une fureur accrue sur la seule proie qu'il rencontrât, la saisissait sauvagement pour la soulever en nuages et, après l'avoir entraînée en mille tourbillons vaporeux, la dispersait dans l'air. Lugubre, sombre et glacial comme il faisait, c'était une de ces nuits où les bien-logés et les bien-nourris font cercle autour d'un feu clair pour remercier Dieu d'être chez eux, une de ces nuits où le malheureux sans-logis affamé s'étend pour mourir. Par des temps pareils, il ne manque pas dans nos rues désolées de parias épuisés de faim pour fermer des yeux qui — quels qu'aient pu être les crimes commis par ces misérables — ne risquent guère de s'ouvrir dans un monde plus implacable.

Tel était l'aspect des choses au-dehors, quand Mme Corney, l'intendante de l'hospice que nos lecteurs connaissent déjà comme le lieu de naissance d'Olivier Twist, s'installa devant un beau feu clair dans son petit salon personnel, et jeta un regard non dépourvu de satisfaction à une petite table ronde, sur laquelle se trouvait un plateau de même dimension, garni de tous les ingrédients nécessaires au repas dont une intendante jouit avec le plus d'agrément. En fait,

Mme Corney était sur le point de se réconforter d'une tasse de thé. Comme son regard se portait de la table à l'âtre où la plus petite des théières chantait sa petite voix sa petite chanson, la satisfaction intérieure de Mme Corney s'accrut visiblement — au point même qu'elle alla jusqu'à sourire.

« Allons ! dit-elle, s'accoudant sur la table pour contempler le feu d'un air songeur. Nous avons tous lieu d'être bien reconnaissants, pour sûr ! Bien reconnaissants, si seulement on voulait s'en rendre compte. Ah ! »

Mme Corney hocha mélancoliquement la tête, comme si elle déplorait la cécité mentale des indigents qui ne s'en rendaient pas compte ; et, plongeant une cuiller d'argent (sa propriété personnelle) dans les profondeurs d'une boîte à thé de deux onces en métal, elle se mit en devoir de préparer le breuvage.

Qu'il suffit de peu de chose pour troubler la sérénité de nos frêles esprits ! La théière noire, très petite et aisément pleine, déborda pendant que Mme Corney moralisait, et l'eau lui ébouillanta légèrement la main.

« La peste soit de cette théière ! s'écria la digne dame en la reposant vivement sur la plaque de la cheminée. Quel stupide objet, qui ne contient que deux tasses ! A quoi peut-il être bon, pour qui que ce soit ? Sinon, poursuivit-elle après un instant de réflexion, sinon pour une pauvre créature solitaire comme moi. Enfin !... »

Sur ces mots, l'intendante se laissa tomber dans son fauteuil et, posant à nouveau son coude sur la table, médita sur son destin solitaire. La petite théière et la tasse unique avaient éveillé dans son esprit le douloureux souvenir de M. Corney (mort depuis vingt-cinq ans à peine), et la veuve se sentit accablée.

« Jamais je n'en aurai d'autre ! dit Mme Corney d'un air maussade ; jamais je n'en retrouverai de semblable ! »

Que cette remarque s'appliquât à l'époux ou à la théière reste un mystère. Peut-être la seconde hypothèse était-elle la bonne, car Mme Corney regardait l'ustensile en parlant, et elle le saisit aussitôt après. Elle venait de goûter à sa première tasse, quand elle fut dérangée par un léger coup à la porte.

« Eh bien, montrez-vous ! s'écria-t-elle d'un ton acerbe. Ce doit encore être une des vieilles qui est en train de mourir. Elles choisissent toujours pour mourir le moment où je prends mes repas. Ne restez pas piquée là à laisser entrer l'air froid, voyons. Qu'est-ce qui ne va pas encore, hein ?

— Rien, Madame, rien, répondit une voix masculine.

— Mon Dieu ! s'écria l'intendante d'un ton beaucoup plus amène, est-ce donc vous, monsieur Bumble ?

— Pour vous servir, Madame, dit celui-ci, qui était resté dehors pour essuyer ses souliers et secouer la neige de son manteau et qui faisait maintenant son apparition, le bicorne dans une main et un paquet dans l'autre. Dois-je fermer la porte, Madame ? »

La dame marqua une hésitation pudique, de peur qu'il n'y eût quelque inconvenance à avoir un entretien avec M. Bumble portes closes. Celui-ci, profitant de cette hésitation et ayant lui-même très froid, ferma la porte sans permission.

« Il fait un temps rigoureux, monsieur Bumble, dit l'intendante.

— Très rigoureux vraiment, Madame, répondit le bedeau. Un temps antiparossial, Madame : nous avons sacrifié, oui, sacrifié, Madame, une vingtaine de pains de quatre livres et un fromage et demi cet après-midi même ; et encore, ces bougres d'indigents ne sont pas satisfaits !

— Naturellement. Quand le seraient-ils, monsieur Bumble ? dit l'intendante en dégustant son thé.

— Quand donc, en effet, Madame ! Pensez, voilà un homme qui, vu sa femme et sa nombreuse famille, reçoit un pain de quatre livres et une livre de fromage bon poids. Est-ce qu'il en a de la reconnaissance, Madame ? Est-ce qu'il en a de la reconnaissance ? Pas une once ! Qu'est-ce qu'il fait, Madame, sinon de venir demander quelques morceaux de charbon, fût-ce le contenu d'un mouchoir de poche, qu'y dit ! Du charbon ! Qu'est-ce qu'il en ferait ? Y s'en servirait pour griller son fromage, et puis il viendrait en demander d'autre. Voilà comment y sont, ces gens-là, Madame : remplissez leur tablier de charbon aujourd'hui, et y viendront en demander d'autre après-demain, avec le front d'airain d'une statue de marbre ! »

L'intendante donna son complet assentiment à cette comparaison si claire et le bedeau poursuivit :

« J'ai jamais vu les choses en v'nir à c' point. Au jour d'avant-hier, un homme — vous avez été mariée, Madame, je peux bien vous en parler — un homme, qu'avait à peine un haillon sur le dos (ici, Mme Corney baissa les yeux vers le plancher), s'amène à la porte de notre surveillant pendant qu'il a du monde à dîner, et y dit qu'y faut qu'on le secoure, madame Corney. Comme y voulait pas s'en aller et qu'y scandalisait la compagnie, notre surveillant lui a fait porter une livre de pommes de terre et une demi-pinte de farine d'avoine. " Par exemple ! que dit c't ingrat de vaurien. Qu'est-ce que vous voulez que je fasse de ça ? On pourrait aussi bien me donner une paire de lunettes d'acier ! — Très bien, dit notre surveillant, en remportant les aliments, vous n'obtiendrez rien d'autre ici. — Alors, je vais crever dans la rue ! dit le vagabond. — Oh, que non ! " dit notre surveillant.

— Ha, ha, elle est bien bonne ! On reconnaît bien là M. Granett, hein ? glissa l'intendante. Et alors, monsieur Bumble ?

— Eh bien, Madame, reprit le bedeau, il est parti ; et voilà-t-y pas qu'y va mourir dans la rue. Qu'est-ce que vous pensez de cette obstination pour un indigent ?

— Ça dépasse tout ce que j'aurais imaginé, déclara énergiquement l'intendante. Mais vous ne trouvez pas que les secours au-dehors [1] sont bien nuisibles, de toute façon, monsieur Bumble ? Vous êtes un homme d'expérience, vous devez avoir une opinion, allons.

— Madame Corney, dit le bedeau, en arborant le sourire d'un homme qui a conscience de détenir des renseignements de la meilleure qualité, les secours distribués au-dehors, si on les administre proprement — si on les administre proprement, Madame —, c'est la sauvegarde de la paroisse. Le grand principe de ce genre de secours, c'est de fournir aux indigents exactement ce dont ils n'ont pas besoin, et alors ils se lassent de venir.

— Mon Dieu ! s'exclama Mme Corney. Ma foi, elle est bien bonne aussi, celle-là !

— Oui. Entre nous, Madame, reprit M. Bumble, c'est là le grand principe ; et voilà pourquoi, si vous considérez les cas qui passent dans ces effrontés de journaux, vous remarquerez toujours qu'on a secouru les familles malades en leur distribuant des tranches de fromage. C'est de règle maintenant, madame Corney, dans toute l'étendue du pays. Mais pourtant, dit le bedeau en s'arrêtant pour défaire son paquet, ce sont là des secrets officiels, Madame ; on ne doit pas en parler, sauf, si je puis dire, entre fonctionnaires porossiaux comme nous. Voici, Madame, le vin de Porto que le Bureau a commandé pour l'infirmerie ; c'est du vrai vin de Porto d'origine, bien frais ; on l'a tiré du tonneau ce matin même ; clair comme de l'eau de roche et sans dépôt. »

Après avoir présenté la première bouteille à la lumière et l'avoir bien secouée pour en démontrer l'excellence, M. Bumble les déposa toutes deux sur une commode, replia le mouchoir dans lequel elles étaient enveloppées et le remit soigneusement dans sa poche ; puis il prit son chapeau, comme pour partir.

« Vous allez avoir bien froid pour rentrer, monsieur Bumble, dit l'intendante.

— Le vent souffle à vous scier les oreilles », répondit le bedeau en relevant le col de son manteau.

Le regard de l'intendante se porta de la petite théière au bedeau, qui se dirigeait vers la porte, et, comme celui-ci toussait en s'apprêtant à lui souhaiter une bonne nuit, elle demanda timidement si... s'il ne prendrait pas une tasse de thé.

M. Bumble rabaissa instantanément son collet, posa son chapeau et sa canne sur une chaise et en tira une autre près de la table. Tout en s'asseyant lentement, il regarda l'intendante. Elle tenait ses regards fixés sur la théière. M. Bumble toussota à nouveau et sourit légèrement.

Mme Corney se leva pour aller chercher dans le placard une autre tasse et une soucoupe. Comme elle se rasseyait, ses yeux rencontrèrent une fois de plus ceux du galant bedeau ;

elle rougit et s'appliqua à préparer le thé de son hôte.
M. Bumble toussa derechef — plus fort cette fois-ci.

« Vous l'aimez sucré, monsieur Bumble ? demanda l'intendante, en soulevant le sucrier.

— Très sucré, oui, Madame, répondit le bedeau. J'aime la douceur. »

Ce disant, il regarda fixement la veuve, et si jamais bedeau eut l'air tendre, ce fut bien M. Bumble à ce moment-là.

Le thé fut fait et servi en silence. M. Bumble, après avoir étalé un mouchoir sur ses genoux pour éviter que les miettes ne souillassent la splendeur de ses culottes, se mit à manger et à boire ; il apportait de temps à autre une variation à ces plaisirs en poussant un profond soupir, qui, cependant, ne nuisait nullement à son appétit, mais semblait au contraire faciliter les opérations quant au thé et aux rôties.

« Vous avez une chatte, à ce que je vois, Madame, dit M. Bumble, en regardant celle qui se chauffait devant le feu, entourée de sa famille ; et aussi des chatons, ma foi !

— Je les aime tant, monsieur Bumble ; vous ne pouvez pas savoir ! répondit la dame. Ils sont si heureux, si folâtres, si réjouissants, qu'ils sont pour moi de véritables compagnons.

— Ce sont de très jolies bêtes, Madame, répliqua M. Bumble d'un air approbateur ; et tellement familières !

— Oh oui ! reprit l'intendante avec enthousiasme ; et puis, elles aiment tant leur maison que c'en est un plaisir, je vous assure.

— Madame Corney, dit le bedeau avec lenteur en marquant la mesure avec sa cuiller, je tiens à déclarer une chose, c'est que tout chat ou chaton qui pourrait vivre chez vous, Madame, et ne pas aimer la maison, serait un âne, Madame...

— Oh, monsieur Bumble !

— Cela ne sert à rien de déguiser les faits, Madame, dit le bedeau, en faisant décrire à sa cuiller de lentes arabesques avec une sorte de dignité amoureuse qui le rendait encore plus solennel que d'ordinaire ; ce chat-là, je le noierais moi-même avec plaisir.

— Dans ce cas, vous n'êtes qu'un vilain cruel, s'écria la

dame d'un ton enjoué en tendant la main pour prendre la tasse du bedeau, et un homme au cœur de pierre par-dessus le marché.

— Au cœur de pierre, Madame? répliqua M. Bumble. De pierre? »

Le bedeau rendit sa tasse sans ajouter un mot, serra le petit doigt de Mme Corney pendant qu'elle la prenait; puis, frappant par deux fois de sa paume ouverte son gilet galonné, il laissa échapper un puissant soupir et, d'une saccade, éloigna un peu sa chaise du feu.

La table était ronde et comme Mme Corney et M. Bumble étaient assis face à face, pas très loin l'un de l'autre, devant le feu, on comprendra que le bedeau, en s'écartant de l'âtre tout en restant près de la table, augmenta la distance qui le séparait de la veuve. Certains lecteurs judicieux seront sans doute enclins à admirer cette façon d'agir et à considérer que c'était un acte de grand héroïsme de la part de M. Bumble, celui-ci devant être quelque peu tenté par le moment, le lieu et l'occasion d'exprimer quelques-unes de ces douces bagatelles qui, si elles conviennent aux lèvres des hommes légers et irréfléchis, paraissent infiniment au-dessous de la dignité des magistrats, des membres du Parlement, des ministres de l'État, des lords-maires et autres grands fonctionnaires publics et plus particulièrement encore indignes de la grave majesté d'un bedeau, qui (comme chacun sait) se doit d'être le plus sévère et le plus rigide de tous.

Quelles qu'eussent été les intentions de M. Bumble, cependant (et nul ne peut douter qu'elles fussent des meilleures), il se trouvait malheureusement, comme on l'a déjà par deux fois signalé, que la table était ronde; en conséquence, le bedeau, repoussant à petits coups sa chaise, en arriva bientôt à raccourcir la distance qui le séparait de la veuve; continuant à voyager le long du bord extérieur du cercle, il amena à la longue sa chaise tout contre le fauteuil où l'intendante était assise. En fait, les deux sièges se touchèrent; et à ce moment, M. Bumble s'arrêta.

Or, si l'intendante avait repoussé son fauteuil vers la droite, elle n'eût pas manqué d'être roussie par le feu; vers la gauche, elle fût tombée dans les bras du bedeau; étant une intendante avisée et prévoyant sans doute du premier coup d'œil ces deux conséquences, elle demeura où elle était, et tendit à M. Bumble une autre tasse de thé.

« Un cœur de pierre, madame Corney ? répéta M. Bumble, remuant son thé et levant son regard vers le visage de l'intendante ; et vous, madame Corney, avez-vous un cœur de pierre ?

— Mon Dieu ! s'écria la veuve ; quelle drôle de question de la part d'un célibataire. Pourquoi donc voulez-vous savoir cela, monsieur Bumble ? »

Le bedeau but son thé jusqu'à la dernière goutte, finit une rôtie, balaya les miettes de ses genoux, s'essuya les lèvres, et embrassa posément la veuve.

« Monsieur Bumble ! s'exclama cette sage personne dans un murmure, car sa frayeur était si grande qu'elle en avait perdu la voix ; monsieur Bumble, je vais crier ! »

M. Bumble ne répondit pas, mais, d'un mouvement lent et digne, passa son bras autour de la taille de l'intendante.

Comme la dame avait manifesté l'intention de crier, elle n'eût pas manqué de le faire devant ce surcroît d'audace si un coup frappé à la porte ne lui avait épargné cet effort ; à peine eut-il résonné que M. Bumble s'élança, avec la plus grande agilité, vers les bouteilles de vin et se mit à les épousseter avec la dernière violence, tandis que l'intendante demandait brusquement qui était là. C'est un fait digne de remarque, à titre de curieux exemple de l'efficacité d'une surprise soudaine pour contrebalancer les effets d'une frayeur extrême, que sa voix avait retrouvé toute son âpreté officielle.

« S'il vous plaît, Ma'ame, dit une vieille indigente desséchée, affreusement laide, qui passa sa tête par l'entrebâillement de la porte ; la vieille Sally s'en va rapidement.

— Et alors, en quoi cela me regarde-t-il ? demanda l'intendante avec colère. Je ne peux pas la maintenir en vie, n'est-ce pas ?

— Non, non, Ma'ame, personne ne saurait ; elle est au-delà de tout secours. J'en ai vu mourir des personnes : des petits bébés et de grands hommes vigoureux, et je sais bien quand c'est que la mort vient. Mais y a quelque chose qui la tourmente et, quand elle a pas ses crises — c'est pas souvent, pasqu'elle a pas la mort facile —, elle dit qu'elle a quéqu' chose à raconter qu'y faut qu' vous entendiez. Elle mourra pas tranquille avant qu' vous veniez, Ma'ame. »

En recevant cet avis, la digne Mme Corney grommela une série d'invectives à l'encontre de la vieille qui ne pouvait même pas mourir sans faire exprès d'ennuyer ses supérieurs ; et, s'étant emmitouflée dans un châle épais qu'elle avait vivement saisi, elle pria M. Bumble de rester là jusqu'à son retour pour parer à toute éventualité. Elle ordonna à la messagère d'aller vite, de ne pas rester toute la nuit à clopiner dans l'escalier ; et elle la suivit hors de la chambre de fort mauvaise grâce, la morigénant tout le long du chemin.

La conduite de M. Bumble, une fois seul, fut assez inexplicable. Il ouvrit le placard, compta les cuillers à thé, soupesa la pince à sucre, examina de près un pot à lait d'argent pour vérifier qu'il était bien authentiquement fait de ce métal ; puis, sa curiosité sur ces points une fois satisfaite, il mit son bicorne de biais et fit par quatre fois le tour de la table en dansant avec beaucoup de gravité. Après cette très extraordinaire démonstration, il retira son bicorne, s'étala devant le feu en lui présentant le dos et parut s'occuper à dresser mentalement un inventaire exact du mobilier.

CHAPITRE XXIV

QUI TRAITE D'UN BIEN PAUVRE SUJET,
MAIS EST COURT
ET NE LAISSERA PAS, PEUT-ÊTRE,
D'AVOIR SON IMPORTANCE
EN CETTE HISTOIRE

Elle était bien faite pour le rôle de messagère de mort, cette vieille qui était venue troubler la quiétude du petit salon de l'intendante. Son corps était courbé par les ans ; un

tremblement agitait ses membres ; son visage distordu par
un rictus convulsif ressemblait davantage au dessin grotesque de quelque crayon insensé qu'à l'ouvrage de la Nature.

Hélas ! Combien peu des visages donnés par la Nature
restent ce qu'ils sont, pour nous réjouir de leur beauté ! Les
soucis, les chagrins et les appétits du monde les modifient
comme ils modifient les cœurs ; et ce n'est que lorsque ces
passions s'endorment et ont à jamais perdu leur emprise que
les troubles nuages disparaissent, et découvrent la face des
cieux. Il arrive bien souvent aux visages des morts, même
dans leur état de rigidité définitive, de revenir à cette
expression de l'enfance endormie, oubliée de longue date, et
de revêtir l'aspect même qu'ils avaient au début de la vie ; ils
redeviennent si calmes, si paisibles, que ceux qui les avaient
connus dans l'enfance heureuse s'agenouillent emplis d'une
crainte respectueuse à côté du cercueil, pour contempler
l'Ange sur notre terre même.

La vieille, de son pas mal assuré, trottina le long des
couloirs et gravit l'escalier, tout en marmonnant des
réponses indistinctes aux gronderies de celle qui l'accompagnait ; contrainte au bout d'un moment de s'arrêter pour
reprendre haleine, elle lui mit la chandelle dans la main, et
resta en arrière pour suivre tant bien que mal, tandis que sa
supérieure plus alerte se dirigeait vers la pièce où était
couchée la malade.

C'était une mansarde nue, au fond de laquelle brillait
faiblement une lampe. Une autre vieille veillait auprès du
lit ; l'apprenti de l'apothicaire paroissial, debout près du feu,
se taillait un cure-dent dans une plume d'oie.

« La nuit est froide, madame Corney, dit ce jeune homme
à l'entrée de l'intendante.

— Très froide, en effet, Monsieur, répondit la digne
femme de son ton le plus civil, en accompagnant ces mots
d'une révérence.

— Vous devriez obtenir de vos adjudicataires du charbon
de meilleure qualité, dit le délégué de l'apothicaire, en
brisant avec le tisonnier rouillé un bloc juché sur le feu ;
celui-là ne convient vraiment pas à une nuit aussi glaciale.

— C'est le Bureau qui l'a choisi, Monsieur, répliqua

l'intendante. Le moins qu'ils puissent faire serait de nous tenir bien au chaud ; notre métier est déjà assez dur ! »

Un gémissement de la malade interrompit à ce moment la conversation.

« Ah ! fit le jeune homme en tournant la tête vers le lit comme si, jusque-là, il avait entièrement oublié la mourante ; ici, c'est cuit, madame Corney.

— Vraiment, Monsieur ? demanda l'intendante.

— Ça m'étonnerait qu'elle dure encore deux heures, dit l'apprenti de l'apothicaire, très attentif à la pointe de son cure-dent. Tout le système lâche en même temps. Est-ce qu'elle somnole, ma brave femme ? »

La garde se pencha sur le lit pour s'en rendre compte et fit un signe de tête affirmatif.

« Dans ce cas, peut-être s'en ira-t-elle ainsi, si on ne fait pas de tapage, dit le jeune homme. Posez la lampe par terre ; comme cela, elle ne la verra pas. »

La garde obéit, tout en hochant la tête pour laisser entendre que la femme ne mourrait pas aussi aisément que cela ; après quoi, elle reprit sa place à côté de l'autre garde qui était revenue entre-temps. L'intendante serra son châle autour de ses épaules avec une expression d'impatience et s'assit au pied du lit.

L'apprenti, qui avait achevé la confection de son cure-dent, se planta devant le feu et en fit ample usage pendant dix bonnes minutes, au bout desquelles, commençant visiblement à s'ennuyer, il souhaita à Mme Corney bien du bonheur dans sa tâche et s'en fut sur la pointe des pieds.

Après être restées assises quelque temps en silence, les deux vieilles femmes se levèrent du chevet du lit et s'accroupirent devant le feu pour tendre leurs mains desséchées à la chaleur. La flamme, qui donnait à leurs figures ratatinées une expression horrible, rendait leur laideur affreuse, tandis que, dans cette posture, elles se mettaient à converser à voix basse.

« Est-ce qu'elle a encore dit quelque chose, ma chère Annie, pendant que je n'étais pas là ? demanda la messagère.

— Pas un mot, répondit l'autre. Elle s'est tordu un moment les bras ; mais je lui ai tenu les mains, et elle n'a pas tardé à s'assoupir. Elle n'a plus beaucoup de forces, alors je n'ai pas eu de peine à la faire tenir tranquille. Je ne suis pas si faible que ça pour une vieille femme, bien que je vive des rations de la paroisse ; ah, mais non !

— Est-ce qu'elle a bu le vin chaud que le docteur a ordonné pour elle ? demanda la première.

— J'ai essayé de le faire descendre, répondit l'autre. Mais elle avait les dents contractées et elle serrait le gobelet si fort que j'ai eu déjà bien de la peine à le récupérer. Alors, c'est moi qui l'ai bu ; et ça m'a fait du bien ! »

Ayant regardé soigneusement alentour pour être sûres de n'être pas entendues, les deux vieilles sorcières se blottirent plus près du feu et gloussèrent de bon cœur.

« Je me rappelle le temps, dit la première, où elle aurait fait la même chose et s'en serait bien gaussée après.

— Oui-da, pour sûr, repartit l'autre ; elle avait le caractère jovial. Elle en a arrangé des corps ! et quelle toilette : ils étaient propres et nets comme des statues de cire ! Ces vieux yeux que voilà les ont vus — oui-da, et ces vieilles mains les ont touchés : je l'ai aidée bien des fois. »

Ce disant, la vieille allongea ses doigts tremblants et les agita d'un air de triomphe devant sa face ; puis elle farfouilla dans sa poche, et en tira une vieille tabatière d'étain toute ternie, qu'elle secoua pour en faire tomber quelques grains dans la paume tendue de sa compagne et quelques autres dans la sienne. Tandis qu'elles étaient ainsi occupées, l'intendante, qui avait impatiemment guetté l'instant où la mourante sortirait de sa léthargie, les rejoignit près de l'âtre et leur demanda brutalement combien de temps il lui faudrait encore attendre.

« Pas longtemps, Madame, répliqua la seconde femme, en levant les yeux pour la regarder. Aucune de nous n'a bien longtemps à attendre la venue de la Mort. Patience, patience ! Elle sera ici bien assez tôt pour chacune de nous.

— Taisez-vous, radoteuse stupide ! s'écria durement l'intendante. Vous, Martha, dites-moi : est-ce qu'elle a déjà été comme ça avant ?

— Souvent, répondit la première vieille.

— Mais elle ne le sera plus jamais, maintenant, ajouta la

seconde ; je veux dire qu'elle ne se réveillera plus qu'une fois
— et notez bien, Madame : ce sera pas pour longtemps !

— Que ce soit pour longtemps ou pas, dit l'intendante,
hargneuse, elle ne me trouvera pas là quand ça lui arrivera ;
et attention, vous deux, à ne plus me déranger comme ça
pour rien. Ça ne fait pas partie de mes attributions de venir
voir mourir toutes les vieilles de la maison, et, qui plus est,
je ne veux pas le faire. Prenez-en bonne note, vieilles chipies
effrontées. Si vous vous moquez encore de moi, je vous en
ferai vite passer le goût, je vous le garantis ! »

Elle allait sortir en coup de vent, quand un cri des deux
vieilles qui s'étaient retournées vers le lit lui fit regarder en
arrière. La malade s'était dressée sur son séant et tendait les
bras vers elles.

« Qui est là ? s'écria-t-elle d'une voix caverneuse.

— Chut, chut ! dit une des femmes, en se penchant sur
elle. Étendez-vous, étendez-vous !

— Jamais je ne m'étendrai vivante ! dit la mourante, en se
débattant. Je veux lui dire ! Approchez ! Plus près ! Que je
puisse vous parler à l'oreille. »

Elle agrippa le bras de l'intendante et la contraignit à
s'asseoir sur une chaise placée au chevet du lit ; elle
s'apprêtait à parler, quand, se retournant, elle aperçut les
deux vieilles penchées en avant, qui semblaient écouter avec
avidité.

« Mettez-les à la porte, dit la mourante d'une voix éteinte ;
vite ! vite ! »

Les deux vieilles commères, intervenant à l'unisson,
commencèrent à se répandre en lamentations pitoyables sur
le fait que l'état de la pauvre chère femme ne lui permettait
plus de reconnaître ses meilleures amies ; elles protestaient
de toutes les façons qu'elles ne l'abandonneraient jamais,
quand l'intendante les poussa hors de la pièce, ferma la porte
et retourna au chevet du lit. Se voyant exclues, elles
changèrent de ton et crièrent par la serrure que la vieille
Sally était saoule ; ce qui, à la vérité, n'avait rien d'invrai-
semblable, étant donné qu'en plus d'une dose modérée
d'opium prescrite par l'apothicaire, elle était sous l'effet
d'une ultime gorgée de gin à l'eau que les deux dignes

dames, dans la générosité de leur cœur, lui avaient elles-
mêmes administrée en cachette.

« Maintenant, écoutez-moi, dit l'agonisante à haute voix,
comme si elle faisait un grand effort pour raviver une
étincelle d'énergie qui couvait encore. Dans cette même
chambre, dans ce même lit, j'ai soigné autrefois une jeune et
jolie personne, qu'on avait amenée à l'asile les pieds coupés
et meurtris par une longue marche et tout maculés de
poussière et de boue. Elle a donné naissance à un garçon, et
puis elle est morte. Laissez-moi me rappeler... voyons, en
quelle année était-ce ?

— Ne vous occupez pas de l'année, dit son interlocutrice,
impatientée ; et elle, que vouliez-vous me dire sur elle ?

— Ah oui, murmura la malade en retombant dans son
état de torpeur, qu'est-ce que j'avais à vous dire sur elle ?
Qu'est-ce que... Je sais ! s'écria-t-elle, en se dressant avec
impétuosité, le visage enfiévré et les yeux lui sortant de la
tête... je l'ai volée, oui, je l'ai volée ! Elle n'était pas encore
froide... je vous dis qu'elle n'était pas encore froide quand
j'ai volé cela.

— Volé quoi, pour l'amour de Dieu ? s'écria l'intendante,
en faisant un geste comme pour appeler à l'aide.

— *Cela !* répondit la femme en lui mettant la main sur la
bouche. La seule chose qu'elle possédait. Elle manquait de
vêtements pour se tenir chaud, elle n'avait pas de quoi
manger, mais cela, elle le conservait précieusement et le
portait dans son sein. C'était de l'or, je vous dis ! Du bon or,
qui aurait pu lui sauver la vie.

— De l'or ! répéta l'intendante, qui se pencha avidement
sur la vieille comme celle-ci retombait en arrière. Continuez,
continuez... oui... alors ? Qui était la mère ? Quand cela se
passait-il ?

— Elle m'avait chargée de le conserver, répondit la
femme en poussant un gémissement ; elle m'avait fait
confiance, car j'étais la seule femme à me trouver auprès
d'elle. Je l'avais déjà volé en pensée dès qu'elle me l'avait
montré, pendu à son cou ; et peut-être que je suis responsable de la mort de l'enfant par-dessus le marché ! On l'aurait
mieux traité, si on avait su tout ça !

— Su quoi ? demanda l'autre. Parlez.

— Le garçon, en grandissant, s'est mis à ressembler tellement à sa mère, dit la femme en poursuivant son idée sans se soucier de la question, que je ne l'ai jamais oublié après l'avoir vu. La pauvre fille ! la pauvre fille ! Et elle était si jeune ! C'était un doux agneau ! Attendez ; il y a encore quelque chose à dire ; je ne vous ai pas tout raconté, n'est-ce pas ?

— Non, non, répondit l'intendante, en penchant la tête pour mieux saisir les mots qui sortaient de plus en plus faiblement de la bouche de l'agonisante. Hâtez-vous avant qu'il soit trop tard !

— La mère, dit la femme, en faisant un effort plus violent encore, la mère, quand elle sentit venir les douleurs de l'agonie, me murmura à l'oreille que, si son enfant était né vivant et s'il devenait grand, un jour viendrait peut-être où il ne serait pas trop honteux d'entendre le nom de sa pauvre jeune mère. Et elle ajouta, en joignant les mains : " Dieu du Ciel ! Que ce soit un garçon ou une fille, fais, dans ta bonté, que cet enfant rencontre des amis en ce monde tourmenté ; aie pitié d'un malheureux enfant solitaire, abandonné à sa merci. "

— Le nom du bébé ? demanda avec insistance l'intendante.

— On l'a appelé Olivier, répondit la femme d'une voix faible. L'or que j'ai volé, c'était...

— Oui, oui... Quoi donc ? » s'écria Mme Corney. Elle se penchait avidement sur la vieille pour entendre sa réponse ; mais elle recula instinctivement comme la moribonde se dressait une fois encore sur son séant avec une lente raideur et, agrippant des deux mains le couvre-pieds, tirait de sa gorge quelques sons inintelligibles avant de retomber sans vie sur sa couche.

. . . .

« Raide morte ! dit une des deux vieilles en se précipitant dans la pièce dès que la porte fut ouverte.

— Et elle n'avait rien à me dire, après tout », répondit l'intendante en s'éloignant d'un air insouciant.

Les deux commères, apparemment trop occupées par les

préparatifs de leur affreuse tâche pour répondre, demeurè-
rent seules, à s'agiter autour du cadavre.

CHAPITRE XXV

DANS LEQUEL CETTE HISTOIRE
REVIENT À MM. FAGIN ET Cie

Tandis que ces événements se déroulaient à l'hospice de
province, M. Fagin était assis dans son repaire (ce même
repaire où la jeune femme était venue chercher Olivier),
ruminant devant un feu maigre et fumeux. Il avait sur les
genoux un soufflet, avec lequel il venait sans doute de tenter
d'éveiller la flamme à une ardeur plus vive ; mais il était
tombé dans une méditation profonde : les bras repliés sur le
soufflet, le menton appuyé sur les pouces, il fixait sur la
grille rouilleuse des yeux absents.

Attablés derrière lui, le Fin Renard, le jeune Charley
Bates et M. Chitling étaient tous trois plongés dans une
partie de whist, dans laquelle le Renard jouait avec le mort
contre le jeune Bates et M. Chitling. L'expression du
premier nommé de ces messieurs, en tous temps fort
éveillée, était alors particulièrement intéressante du fait de
son observation assidue de la partie et de sa lecture attentive
du jeu de M. Chitling, auquel il jetait de temps à autre,
quand l'occasion s'en présentait, une série de coups d'œil
consciencieux, pour diriger son propre jeu selon les résultats
de cette étude. La nuit étant très froide, le Renard avait
gardé son chapeau, ce qui était d'ailleurs souvent dans son
habitude à l'intérieur de la maison. Il tenait en outre entre
ses dents une pipe en terre qu'il n'en retirait, pour un bref
instant, que lorsqu'il jugeait nécessaire de se rafraîchir à un
pot de deux pintes posé sur la table et rempli de gin à l'eau
pour la commodité de la compagnie.

Le jeune Bates était également attentif à la partie, mais
comme il avait le tempérament plus émotif que son talen-
tueux ami, on pouvait remarquer qu'il avait plus fréquemment recours au gin à l'eau et qu'il se livrait, de plus, à de

nombreuses plaisanteries ou remarques superficielles, toutes fort déplacées au cours d'un robre scientifique. De fait, le Renard, fort de leur grande amitié, saisit plus d'une fois l'occasion de reprendre sérieusement son compagnon sur ces incongruités, remontrances que M. Bates recevait en fort bonne part, priant simplement son ami d'aller au diable ou de fourrer sa tête dans le sac [1], ou lui rétorquant par quelque autre saillie tout aussi spirituelle, dont l'heureuse application laissait M. Chitling pantois d'admiration. Il était frappant de voir que ce dernier et son partenaire perdaient invariablement, circonstance qui, loin de courroucer le jeune Bates, semblait au contraire le divertir à l'extrême, car il riait à gorge déployée à la fin de chaque donne, en protestant qu'il n'avait de sa vie vu jeu plus rigolo.

« Ça fait deux doubles [2] et le robre, dit M. Chitling, la figure très longue, en tirant une demi-couronne de son gousset. J'ai jamais vu un gars comme toi, Jack ; tu gagnes tout le temps. Même quand on a de bonnes cartes, Charley et moi, on ne peut rien en tirer. »

Ou le contenu ou le ton de cette remarque, qui fut prononcée sur le mode mélancolique, ravit à tel point Charley Bates que ses éclats de rire tirèrent le Juif de sa songerie et l'amenèrent à demander de quoi il retournait.

« De quoi y retourne, Fagin ! s'écria Charley. J'aurais voulu qu' tu voyes le jeu. Tommy Chitling a pas fait un point, et j'ai joué avec lui contre le Renard et le mort.

— Hé, hé, dit le Juif, avec un rictus qui prouvait amplement qu'il n'avait pas grand-peine à en comprendre la raison. Essaie encore, Tom, essaie encore.

— J'en veux plus, merci, Fagin, répondit M. Chitling. Assez pour moi. Ce sacré Renard est tellement en veine qu'y y a pas moyen d'y faire la pige.

— Ha, ha, répondit le Juif ; il faudrait se lever de bon matin, mon petit, pour gagner contre le Renard.

— De bon matin ! répliqua Charley Bates ; y faudrait déjà s' chausser la veille, s'appliquer un télescope à chaque œil et une lorgnette entre les deux épaules, si on voulait l'avoir. »

M. Dawkins reçut ces beaux compliments avec beaucoup de philosophie et offrit à tous les membres de la compagnie de jouer avec lui à la coupe et de voir lequel tirerait le premier une figure à raison d'un shilling le coup. Personne n'ayant relevé le défi et sa pipe étant pour lors terminée, il se mit, en guise de distraction, à dessiner sur la table un plan de la prison de Newgate avec le morceau de craie qui lui avait servi à marquer les points, tout en sifflant avec une particulière stridence.

« C' que t'as l'air tocquard[1], Tommy ! dit le Renard à M. Chitling, en s'arrêtant court après un long silence général. A quoi tu crois qu'y pense, Fagin ?

— Que veux-tu que j'en sache, mon cher ? répondit le Juif, en se retournant sans cesser de manier vigoureusement le soufflet. Peut-être à ses pertes de jeu, ou à la petite retraite qu'il vient de faire à la campagne, hein ? Ha, ha ! Est-ce vrai, mon cher ?

— Pas du tout, répondit le Renard, coupant court à l'entretien au moment où M. Chitling allait répondre. Qu'est-ce que t'en dis, toi, Charley ?

— Moi, répliqua le jeune Bates en montrant un large sourire, j' dirais qu'il en pince drôlement pour Betsy. R'gardez-moi ça, comment qu'y rougit ! Oh, ma doué ! en v'là une gaudriole ! Tommy Chitling amoureux ! Ah, Fagin, Fagin ! Quelle rigolade ! »

N'en pouvant plus à l'idée que M. Chitling était devenu la victime d'un tendre amour, le jeune Bates se rejeta avec tant de violence en arrière sur sa chaise qu'il en perdit l'équilibre et bascula sur le plancher, où (l'accident ne diminuant en rien sa joie) il resta étendu tout de son long jusqu'à ce que son rire fût passé ; après quoi, il reprit sa position première, pour se laisser aller à une nouvelle crise de rire.

« Ne fais pas attention, mon cher, dit le Juif, qui adressa un clin d'œil à M. Dawkins en administrant au jeune Bates une petite tape réprobatrice du bout de son soufflet. Betsy est une belle fille. Ne la lâche pas, Tom. Ne la lâche pas.

— C' que j'ai à dire, moi, Fagin, rétorqua M. Chitling, la figure très rouge, c'est qu' ça r'garde personne ici.

— C'est très juste, répondit le Juif, mais Charley ne peut se tenir de bavarder. Ne fais pas attention, mon cher, ne fais pas attention à ce qu'il dit. Betsy est une fille intelligente. Fais ce qu'elle te dit, Tom, et ça te vaudra une fortune.

— C'est bien c' que j' fais, répliqua M. Chitling ; j'aurais pas été envoyé au moulin, si j'avais pas écouté ses conseils. Mais y s' trouve que ça fait ton affaire, hein, Fagin ? et qu'est-ce que c'est qu' six s'maines à tirer ? Faut bien qu' ça arrive un jour ou l'autre ; autant qu' ça soye l'hiver quand on a pas trop envie de s' balader, hein, Fagin ?

— Mais certainement, mon cher, répondit le Juif.

— Ça t' serait égal de r'commencer, pas, Tom ? demanda le Renard, en adressant un clin d'œil à Charley et au Juif, pourvu qu' Bet, elle écope pas.

— J' te l' garantis qu' ça m' serait égal, répondit Tom avec colère. Voilà ! Et j' voudrais bien savoir qui en dirait autant, hein, Fagin ?

— Personne, mon cher, dit le Juif, pas une âme, Tom. Je n'en connais pas un qui parlerait ainsi ; pas un autre que toi, mon cher.

— J'aurais pu m'en sortir sans dommage, si j' l'avais coqué [1], s' pas, Fagin ? poursuivit la pauvre dupe naïve d'un ton furieux. Y suffisait que j' dise un mot et ça y était, s' pas, Fagin ?

— Certainement, mon cher, répondit le Juif.

— Mais j'ai pas vendu la mèche, hein, Fagin ? demanda Tom, insistant. (Il déversait question sur question avec une grande volubilité.)

— Non, non, bien sûr ; tu avais le cœur trop bien accroché pour ça. Beaucoup trop bien accroché, mon cher !

— P'têt bien, reprit Tom en jetant un regard circulaire ; et si j' l'avais, y a pas d' quoi rire, hein, Fagin ? »

Le Juif, voyant que M. Chitling était extrêmement irrité, se hâta de l'assurer que personne ne riait ; et, afin de prouver le sérieux de toute la compagnie, il en appela au jeune Bates, le principal coupable. Malheureusement, Charley, en ouvrant la bouche pour affirmer qu'il n'avait jamais été plus sérieux de sa vie, fut incapable de contenir un éclat de rire si tonitruant que le pauvre M. Chitling se précipita à travers la pièce, sans aucune cérémonie préliminaire, pour allonger un coup de poing à l'offenseur ; celui-ci, fort habile à la dérobade, plongea pour l'éviter et choisit si bien son moment que le poing aboutit en pleine poitrine du jovial vieillard et l'envoya chanceler contre le mur, où il resta à haleter, tandis que M. Chitling contemplait la scène, atterré.

« Écoutez, s'écria le Renard à cet instant précis ; j'ai entendu la r'tentissante. »

Il saisit la chandelle et monta sans bruit dans l'escalier. La sonnette retentit de nouveau, révélant une certaine impatience, tandis que la compagnie restait dans l'obscurité. Un petit moment après, le Renard reparut et murmura d'un air mystérieux quelques mots à l'oreille de Fagin.

« Quoi ! s'écria le Juif ; tout seul ? »

Le Renard fit un signe de tête affirmatif et, abritant de la main la flamme de la chandelle, laissa entendre à Charley Bates par une pantomime appropriée qu'il ferait mieux de ne pas faire le pitre en ce moment. Après s'être acquitté de cet office amical, il fixa son regard sur le visage du Juif et attendit ses directives.

Le vieillard mordit ses doigts jaunâtres et réfléchit quelques secondes, cependant que sa figure était agitée de tics comme s'il redoutait quelque chose et craignait d'apprendre le pire. Il releva enfin la tête, pour demander :

« Où est-il ? »

Le Renard montra du doigt le plafond et fit mine de quitter la pièce.

« Oui, dit le Juif en réponse à cette interrogation muette, amène-le. Chut ! Reste tranquille, Charley ! Doucement, Tom ! Filez, filez ! »

Cette brève instruction à Charley Bates et à son récent adversaire fut obéie sans délai ni bruit. Pas un son n'indiquait l'endroit où ils se trouvaient quand le Renard redescendit, la chandelle à la main, suivi d'un homme en grosse blouse de paysan ; celui-ci, après avoir jeté un rapide regard autour de la pièce, enleva un grand cache-nez qui dissimulait jusqu'alors la partie inférieure de son visage et révéla ainsi, creusés, sales et mal rasés, les traits du brillant Toby Crackit.

« Comment va, Faginet ? dit ce digne personnage, en adressant un signe de tête au Juif. Fourre-moi c't' écharpe dans mon galure, Renard ; comme ça, j' saurai où l' trouver quand je m' trisserai. V'là qu'est parfait ! Tu s'ras bientôt passé-singe [1] devant les plus malins. »

Sur ces mots, il releva sa blouse pour l'enrouler autour de sa taille, tira une chaise devant le feu et posa les pieds sur la plaque de côté.

« R'garde-moi ça, Faginet, dit-il, en montrant tristement ses bottes à revers ; pas une goutte de Day & Martin [2] depuis tu sais quand ; pas une once de cirage, nom d'un tonnerre ! Mais ne m' reluque pas comme ça, mon bon. Chaque chose en son temps. J' peux pas parler affaires tant qu' j'ai pas morfillé ; alors aboule la boustife, que je m' tape mon premier gueuleton tranquille depuis trois jours ! »

Le Juif fit signe au Renard de mettre sur la table ce qu'il pouvait y avoir en fait de nourriture et, s'asseyant en face du cambrioleur, attendit son bon plaisir.

A en juger sur les apparences, Toby n'avait aucune hâte d'engager la conversation. Au début, le Juif se contenta d'observer patiemment son visage, comme pour découvrir dans son expression quelque indice des renseignements que l'autre apportait ; ce fut en vain. Le visiteur avait les traits tirés et semblait fatigué, mais on lisait sur son visage la même sérénité béate que d'habitude ; et, sous la crasse, la barbe et les favoris, brillait toujours, intact, le sourire satisfait du brillant Toby Crackit. Alors Fagin, se mourant d'impatience, surveilla chaque morceau que l'autre portait à sa bouche, tout en arpentant la pièce sous l'empire d'un énervement irrésistible. Rien n'y fit. Toby continua de manger avec la plus grande indifférence apparente, jusqu'à ce qu'il fût incapable de rien avaler ; il ordonna alors au Renard de sortir, ferma la porte, se prépara un verre d'alcool à l'eau et se disposa à parler.

« Avant toute chose, Faginet..., dit Toby.

— Eh bien. Eh bien ? » coupa le Juif, en approchant sa chaise.

M. Crackit prit le temps de boire une gorgée d'alcool et de déclarer que le gin était excellent ; puis, appuyant ses pieds contre le manteau de la cheminée basse de façon à élever ses souliers au niveau approximatif de ses yeux, il reprit tranquillement :

« Avant toute chose, Faginet, comment va Bill ?

— Quoi ? rugit le Juif, en se dressant de sa chaise.

— Ah ça, tu vas pas m' dire que..., commença de dire Toby, pâlissant.

— Ce que je vais dire ! répliqua le Juif furieux en tapant du pied. Où sont-ils ? Sikes et le gamin ! Où sont-ils ? Où ont-ils été ? Où se cachent-ils ? Pourquoi ne sont-ils pas revenus ici ?

— La casse a loupé[1], dit Toby d'une voix faible.

— Je le sais bien ! répliqua le Juif en arrachant un journal de sa poche et en le montrant du doigt. Et ensuite ?

— Ils ont tiré et touché le gosse. On a coupé par les champs derrière, avec lui entre nous deux... droit comme le vol du corbeau, à travers haies et fossés. Y nous ont donné la chasse. Bon Dieu ! tout l' pays était d'bout, et on nous a lâché les chiens d'sus.

— Et le gamin ?

— Bill l'avait pris sur son dos, et y traçait comme le vent. On s'est arrêtés pour le prendre entre nous deux ; il avait la tête pendante et il était glacé. Les autres étaient sur nos talons, alors sauve qui peut : y s'agissait de couper à la potence ! On s'est séparés et on a laissé le gosse couché dans un fossé. Mort ou vif, c'est tout ce que j' sais d' lui. »

Le Juif n'attendit pas d'en savoir plus long : il poussa un hurlement et, s'arrachant les cheveux, se précipita hors de la pièce, et de la maison.

CHAPITRE XXVI

DANS LEQUEL
UN MYSTÉRIEUX PERSONNAGE
FAIT SON APPARITION
ET BIEN DES ÉVÉNEMENTS,
QUI TIENNENT DE PRÈS
À CETTE HISTOIRE,
SE PRODUISENT

Le vieillard avait déjà atteint le coin de la rue, qu'il n'était pas encore remis du coup porté par l'information de Toby Crackit. Il n'avait relâché en rien son allure inhabituelle et, l'air toujours aussi bouleversé, continuait à se hâter de toute la vitesse de ses jambes, quand le passage en trombe d'une voiture et un cri retentissant des piétons qui voyaient le danger qu'il courait le ramenèrent sur le trottoir. Évitant autant que possible les grandes artères pour ne suivre furtivement que les ruelles et passages, il finit par arriver à Snow Hill. Là, il pressa encore le pas et ne s'attarda pas un instant avant d'avoir tourné encore une fois dans une ruelle, où, comme s'il était conscient d'être maintenant dans son élément, il reprit l'allure traînante qui lui était habituelle et parut respirer plus librement.

Près de l'endroit où se rejoignent Snow Hill et Holborn Hill, s'ouvre, à main droite en venant de la Cité, un passage étroit et sombre, qui mène à Saffron Hill. Ses boutiques infectes offrent aux clients d'énormes paquets de mouchoirs de soie d'occasion, aux dimensions et aux dessins fort divers, car c'est là que résident les receleurs qui les achètent aux voleurs à la tire. Ces mouchoirs se balancent par centaines, accrochés à des patères fixées à l'extérieur des vitrines ou flottant aux montants des portes ; et, à l'intérieur, les étagères en portent des piles entières. Si restreintes qu'en soient les limites, Field Lane a son barbier, son café, son débit de bière et son marchand de poisson frit. C'est une colonie commerciale particulière, l'entrepôt des menus larcins, fréquenté de bon matin et à la tombée de la nuit par des marchands silencieux, qui commercent au fond de ténébreuses arrière-salles et qui s'en vont aussi mystérieusement qu'ils sont venus. Là, le marchand d'habits, le rafistoleur de vieux souliers et le chiffonnier étalent leur marchandise comme pour faire signe aux petits voleurs ; là, des réserves de ferraille et de vieux os, des amas de bouts d'étoffes de laine et de toiles moisis rouillent et pourrissent au fond des caves noires.

C'est en ce lieu qu'arriva le Juif. Il était bien connu de ses habitants blafards, car ceux d'entre eux qui étaient à l'affût des acheteurs et des vendeurs lui adressaient des signes de tête familiers en le voyant passer. Il répondait de même à leurs salutations, mais à aucun il n'accorda de signe de reconnaissance plus marqué avant d'avoir atteint l'autre extrémité du passage ; il s'arrêta alors pour parler à un marchand de petite taille, qui avait comprimé dans un fauteuil d'enfant tout ce que ce siège voulait bien contenir de sa personne pour fumer sa pipe à la porte de sa boutique.

« Ma foi, monsieur Fagin, la vue de votre personne suffirait à guérir de la lophtalmie ! dit ce respectable commerçant pour remercier le Juif de lui avoir demandé de ses nouvelles.

— Le quartier commençait à sentir mauvais, Lively [1], dit Fagin, en levant les sourcils et en croisant les bras sur ses épaules.

— Ah bah ! j'ai déjà entendu des gens se plaindre de ça, répondit le commerçant ; mais ça passe assez vite, vous ne trouvez pas ? »

Fagin fit un signe de tête affirmatif et, montrant du doigt la direction de Saffron Hill, demanda s'il y avait quelqu'un là-bas ce soir.

« Aux Boiteux ? » demanda l'homme.

Le Juif inclina la tête.

« Voyons, poursuivit le marchand en réfléchissant. Oui, il y en a une demi-douzaine qui sont entrés, à ce que je sais ; mais je ne crois pas que votre ami y soit.

— Sikes non plus, je pense ? demanda le Juif d'un air désappointé.

— *Non istwentus* [1], comme disent les hommes de loi, répliqua le petit homme en hochant la tête avec une expression extrêmement cauteleuse. Vous n'avez pas d'article pour moi, ce soir ?

— Non, rien ce soir, dit le Juif, en s'éloignant.

— Vous allez aux Boiteux, Fagin ? cria l'autre derrière lui. Attendez ! J'aimerais bien prendre un verre avec vous là-bas ! »

Mais le Juif se retourna en agitant la main pour indiquer qu'il préférait être seul et comme, en outre, le petit homme ne pouvait se dégager très facilement du fauteuil, la taverne des Boiteux se trouva privée, pour l'heure, de l'avantage que lui aurait offert la présence de M. Lively. Le temps qu'il parvînt à se mettre sur ses jambes, le Juif avait disparu ; aussi le marchand, qui s'était vainement dressé sur la pointe des pieds dans l'espoir de l'apercevoir encore, força-t-il à nouveau son séant à s'enfoncer dans le petit fauteuil et, après avoir échangé avec une dame de la boutique d'en face des hochements de tête dans lesquels se mêlaient clairement le doute et la méfiance, se remit-il à fumer sa pipe avec un grand sérieux.

Les Trois Boiteux, ou plutôt les Boiteux — comme l'appelaient familièrement ses habitués — était la taverne dans laquelle on a déjà vu M. Sikes et son chien. En entrant, Fagin se contenta de faire un signe à l'homme du comptoir et monta directement l'escalier ; arrivé au premier, il ouvrit une porte et, se glissant doucement dans la pièce, regarda avec inquiétude autour de lui en s'abritant les yeux de la main, comme s'il cherchait une personne déterminée.

La salle était éclairée par deux lampes à gaz ; mais les volets bien bâclés et des rideaux d'un rouge passé soigneusement tirés empêchaient la lueur de filtrer au-dehors. Le plafond était peint en sombre pour éviter que la couleur n'en fût altérée par le flamboiement des lampes, et le lieu était si bien rempli d'une dense fumée de tabac qu'au premier abord il fut difficile au nouvel arrivant de rien voir d'autre. Peu à peu, cependant, une partie s'en étant échappée par la porte ouverte, il put discerner un moutonnement de têtes aussi confus que les bruits qui frappaient les oreilles ; enfin, ses yeux s'habituant à la scène, il se rendit graduellement compte de la présence d'une nombreuse assistance d'hommes et de femmes, serrés autour d'une longue table, au haut bout de laquelle siégeait un président ayant à la main un marteau, insigne de ses fonctions, tandis qu'un artiste au nez bleuâtre et à la figure bandée pour cause de mal aux dents tenait dans un coin éloigné un piano tintinnabulant.

Au moment où Fagin entrait sans bruit, le musicien, laissant courir ses doigts sur le clavier en manière de prélude, provoqua une clameur générale pour réclamer une chanson ; quand la clameur se fut calmée, une jeune personne entreprit de distraire la compagnie par une ballade en quatre couplets, entre chacun desquels l'accompagnateur jouait la mélodie de bout en bout avec toute la vigueur dont il était capable. Quand cela fut terminé, le président exprima un vœu, qui suscita l'offre de deux professionnels assis à sa droite et à sa gauche de chanter un duo ; ce qu'ils firent aux grands applaudissements de l'assistance.

Il était curieux d'observer certaines figures qui tranchaient particulièrement sur le groupe. Il y avait le président lui-même (le patron de la taverne), un rude et brutal gaillard à la forte carrure qui, durant les chansons, roulait les yeux de droite et de gauche, et tout en paraissant s'abandonner entièrement à la gaieté, avait l'œil à tout ce qui se passait et l'oreille à tout ce qui se disait — œil et oreille fort alertes au surplus. Près de lui se trouvaient les chanteurs, qui recevaient avec une indifférence toute professionnelle les compliments du public et s'appliquaient à vider l'un après l'autre une douzaine de verres d'alcool à l'eau tendus par leurs admirateurs les plus déchaînés, dont les visages, où se reflétaient presque tous les vices à presque tous les stades, attiraient irrésistiblement l'attention du simple fait de leur caractère repoussant. On y lisait la fourberie, la férocité et l'ivrognerie à tous les degrés et sous les traits les plus marqués. Quant aux femmes, certaines avaient encore une nuance attardée d'ancienne fraîcheur, qui s'évanouissait presque à vue d'œil ; d'autres, chez lesquelles toutes marques ou signes de leur sexe étaient rigoureusement effacés, n'offraient plus qu'un repoussant étalage de débauche et de crime ; certaines étaient à peine sorties de l'adolescence, d'autres étaient encore jeunes, et aucune n'avait dépassé la force de l'âge ; eh bien, ces femmes formaient la partie la plus sombre et la plus triste de ce désolant tableau.

Tandis que les choses se déroulaient ainsi, Fagin, qui ne se laissait pas émouvoir outre mesure, examinait attentivement chaque visage, mais sans rencontrer, semblait-il, celui qu'il recherchait. Parvenant enfin à accrocher le regard de l'homme qui présidait, il lui fit un petit signe et quitta la salle aussi doucement qu'il y était entré.

« Que puis-je faire pour vous, monsieur Fagin ? demanda l'homme en le suivant sur le palier. Ne voulez-vous pas vous joindre à nous ? Ils en seraient enchantés, tous tant qu'ils sont. »

Le Juif eut un mouvement impatient de la tête et murmura :

« Est-ce qu'il est là, lui ?

— Non, répondit l'homme.

— Et pas de nouvelles de Barney ?

— Aucune, répondit le patron des Boiteux (car c'était lui). Il ne bougera pas avant que tout danger soit écarté. Vous pouvez m'en croire, ils sont sur la piste, là-bas ; et s'il bougeait, il vendrait aussitôt la mèche. Tout va bien pour Barney, sans quoi j'aurais eu de ses nouvelles. Je parie qu'il manœuvre comme il faut. Faites-lui confiance pour ça.

— Et lui, viendra-t-il ce soir ? demanda le Juif, en insistant comme la première fois sur le pronom.

— Monks [1], vous voulez dire ? demanda le tavernier, hésitant.

— Chut ! fit le Juif. Oui.

— Sûrement, répondit l'homme, en tirant une montre d'or de son gousset. Je l'attendais plus tôt. Si vous voulez patienter une dizaine de minutes, il...

— Non, non, dit vivement le Juif, comme si, malgré tout son désir de voir la personne en question, il était soulagé de la savoir absente. Dites-lui que j'étais venu ici pour le voir et qu'il faut qu'il vienne chez moi ce soir. Non, dites-lui : demain. Puisqu'il n'est pas là, demain sera assez tôt.

— Bon ! dit l'homme. Rien d'autre ?

— Plus un mot, maintenant, dit le Juif, qui descendait l'escalier.

— Dites donc, murmura l'autre d'une voix rauque, en regardant par-dessus la rampe, quelle occasion pour une vente ! J'ai là Phil Barker ; il est tellement saoul qu'un gamin pourrait le prendre.

— Aha ! Mais le moment n'est pas encore venu pour Phil Barker, dit le Juif en relevant la tête. Phil a encore quelque chose à faire avant que nous puissions nous permettre de nous séparer de lui ; allons, rejoignez la compagnie, mon cher, et dites à ces gens de mener joyeuse bonne vie…, *tant qu'elle dure*. Ha, ha, ha ! »

Le tavernier répondit par un rire à celui du vieillard, et retourna vers ses hôtes. Le Juif ne fut pas plus tôt seul que son visage reprit l'expression d'inquiétude pensive qu'il avait auparavant. Après un bref moment de réflexion, il héla un cabriolet de louage et se fit mener en direction de Bethnal Green. Il renvoya la voiture à un quart de mille environ de la résidence de M. Sikes et parcourut à pied la courte distance qui restait.

« Ah ça ! murmura le Juif tandis qu'il frappait à la porte, si on joue un jeu ténébreux ici, je t'obligerai bien à le dire, ma fille, toute maligne que tu sois. »

La personne qui ouvrit annonça que la jeune femme était dans sa chambre. Fagin monta sans bruit l'escalier et entra sans plus de cérémonie. Elle était seule, la tête appuyée sur la table et les cheveux épars.

« Elle a bu, pensa le Juif sans s'émouvoir ; ou peut-être est-elle simplement malheureuse. »

En se faisant cette réflexion, le vieillard se retourna pour fermer la porte ; au bruit, la fille se redressa. Elle observa attentivement le visage cauteleux, tandis qu'elle demandait s'il y avait des nouvelles et qu'elle écoutait Fagin rapporter le récit de Toby Crackit. Quand celui-ci fut terminé, elle retomba dans son attitude précédente, sans dire un seul mot. Elle repoussa la chandelle d'un geste impatient et une ou deux fois, en changeant fébrilement de position, elle racla le sol de ses pieds ; mais ce fut tout.

Durant ce silence, le Juif regardait nerveusement tout

autour de la pièce, comme pour s'assurer qu'il n'y avait aucun signe que Sikes fût revenu en cachette. Apparemment satisfait de son inspection, il toussa deux ou trois fois, soulignant ainsi autant de tentatives de conversation ; mais la jeune femme ne fit pas plus attention à lui que s'il eût été de pierre. Il finit par faire un ultime effort et, se frottant les mains, dit de son ton le plus conciliant :

« Et où crois-tu que puisse être Bill en ce moment, ma chère ? »

La fille répondit dans un gémissement à peine intelligible qu'elle n'en savait rien, et on devinait au son étouffé qui lui échappa qu'elle était en train de pleurer.

« Et le gamin aussi, dit le Juif, en forçant sa vue pour avoir un aperçu de son visage. Ce pauvre petit ! Dire qu'on l'a abandonné dans un fossé, Nance, pense donc !

— L'enfant, s'écria la fille en redressant brusquement la tête, est bien mieux là où il est que parmi nous ; et s'il n'en résulte aucun mal pour Bill, je souhaite qu'il soit mort dans ce fossé et que ses jeunes os y pourrissent !

— Quoi ? s'écria le Juif, stupéfait.

— Oui, je le souhaite, reprit la fille en soutenant son regard. Je serai heureuse de ne plus l'avoir sous les yeux et de savoir que le pire est passé. Je ne peux pas endurer de l'avoir près de moi. Sa vue me retourne et je ne peux plus me souffrir moi-même, ni aucun de vous.

— Ah bah ! fit le Juif d'un air dédaigneux. Tu es ivre.

— Oui, s'écria la fille avec amertume. Ce n'est pas de ta faute, si je ne le suis pas ! Tu me tiendrais toujours dans cet état, si tu le pouvais, sauf en ce moment... Cette humeur-là ne te plaît pas, hein ?

— Non, répondit le Juif, furieux. Non, elle ne me plaît pas !

— Eh bien, change-la ! rétorqua la fille, en ricanant.

— La changer ! s'écria le Juif, parfaitement exaspéré par l'opiniâtreté inattendue de la jeune femme et les ennuis de la soirée. Oui, je te la changerai ! Écoute-moi, espèce de traînée. Écoute-moi, car d'un mot je peux faire étrangler Sikes aussi sûrement que si je tenais son cou de taureau entre mes doigts en ce moment même. Si jamais il revient en ayant abandonné le garçon, s'il en réchappe sans me le ramener, mort ou vif, tu n'auras plus qu'à l'assassiner toi-même si tu veux qu'il échappe à Jack Ketch[1] ! Et il faudra que tu le fasses dès qu'il aura posé le pied dans cette chambre, si tu ne veux pas qu'il soit trop tard, tu peux m'en croire !

— Qu'est-ce que tout ça veut dire ? ne put s'empêcher de crier la fille.

— Qu'est-ce que ça veut dire ? répéta Fagin fou de rage. Alors que ce garçon vaut pour moi des centaines de livres, va-t-il falloir que je perde ce que la chance a jeté en travers de mon chemin pour que je le prenne sans risque, à cause des lubies d'une bande d'ivrognes que je pourrais liquider en un clin d'œil ? Et dire que je suis lié à un fieffé démon, à qui il ne manque que la volonté — car il en a le pouvoir — pour... »

Le vieillard, haletant, balbutia, à la recherche d'un mot ; cet instant de répit arrêta net le torrent de sa colère et suffit à modifier entièrement son comportement. Un instant auparavant, il étreignait le vide de ses poings serrés, il avait les yeux dilatés et son visage était livide de rage ; mais à présent, il se laissa tomber dans un fauteuil, tassé sur lui-même, tremblant de peur d'avoir lui-même révélé quelque scélératesse cachée. Après un court silence, il se risqua à tourner son regard vers la jeune femme. Il parut quelque peu rassuré de la voir toujours dans cette même attitude d'apathie d'où il l'avait tirée au début.

« Nancy, ma chère ! croassa le Juif de sa voix habituelle. As-tu suivi ce que je t'ai dit, ma chère ?

— Ne me tourmente pas pour l'instant, Fagin ! répondit la fille en relevant languissamment la tête. Si Bill n'a pas réussi le coup cette fois-ci, il le réussira un autre jour. Il a déjà fait beaucoup de bon travail pour toi, et il en fera encore beaucoup quand il le pourra ; mais quand il ne peut pas, il ne peut pas ; ainsi, n'en parlons plus.

— Mais ce gamin, ma chère ? dit le Juif en frottant nerveusement ses paumes l'une contre l'autre.

— Il faut bien que le garçon coure les mêmes risques que les autres, dit Nancy, l'interrompant vivement ; et je le répète, j'espère qu'il est mort et qu'il est sorti de la voie du

mal, comme de ton chemin... c'est-à-dire, s'il n'arrive pas
malheur à Bill. Et si Toby s'en est tiré sain et sauf, il y a bien
des chances pour que Bill le soit aussi : Bill en vaut bien
deux comme Toby !

— Et de quoi te parlais-je, ma chère ? demanda le Juif en
l'observant attentivement de son œil étincelant.

— Il faudra tout me répéter, s'il s'agit de quelque chose
que tu veux que je fasse, répliqua Nancy ; et dans ce cas,
mieux vaudrait attendre à demain. Tu m'as ranimée pour un
instant ; mais je suis de nouveau abrutie. »

Fagin lui posa encore plusieurs questions, tendant toutes
à s'assurer si la fille avait saisi ses allusions irréfléchies ; mais
elle y répondit avec une telle promptitude et se montra en
même temps si peu émue de ses regards scrutateurs qu'il vit
se confirmer son impression première, à savoir qu'elle était
sérieusement sous l'influence de la boisson. De fait, Nancy
n'était pas exempte de cette faiblesse, fort répandue parmi
les élèves féminines du Juif, chez qui on l'encourageait
plutôt qu'on ne la combattait dès l'âge le plus tendre. Son
aspect désordonné et l'odeur de genièvre qui régnait dans la
pièce témoignaient que le Juif avait dû deviner juste ; et
quand, après s'être livrée à l'explosion passagère ci-dessus
décrite, elle retomba d'abord dans la torpeur et ensuite dans
un mélange de sentiments qui la poussaient à verser des
larmes pour, aussitôt après, émettre diverses exclamations
telles que : « Il ne faut pas jeter le manche après la cognée ! »
et se lancer dans des calculs pour prouver que bien des aléas
n'empêchaient pas forcément un homme ou une femme
d'être heureux, M. Fagin eut la grande satisfaction de
constater, lui qui avait acquis en son jeune temps une
expérience considérable en la matière, qu'elle était vraiment
dans un état d'ivresse très avancé.

Tranquillisé par cette découverte, et ayant atteint son
double objectif qui était, d'une part de faire connaître à
Nancy ce qu'il avait lui-même appris ce soir-là et, de l'autre,
de s'assurer de ses propres yeux que Sikes n'était pas rentré,
le vieillard reprit le chemin du logis, laissant sa jeune amie
endormie, la tête sur la table.

Il était près de minuit. La nuit étant très obscure et le

froid perçant, Fagin ne fut guère tenté de flâner. Le vent aigre qui balayait les rues semblait les avoir rendues nettes de passants, aussi bien que de boue et de poussière, car il y avait peu de gens dehors et encore se hâtaient-ils, selon toute apparence, de rentrer chez eux. Il soufflait du bon côté pour le Juif, cependant, et celui-ci allait droit devant lui, tremblant et frissonnant chaque fois qu'une nouvelle bourrasque le poussait rudement en avant.

Il avait atteint le coin de sa rue et cherchait déjà sa clef dans sa poche, quand une forme sombre émergea d'un porche plongé dans une profonde obscurité et, traversant la rue, s'avança vers lui, inaperçue.

« Fagin ! murmura une voix à son oreille.

— Ah ! fit le Juif, en se retournant vivement, est-ce...

— Oui, coupa l'étranger. Voilà deux heures que j'attends là. Où pouviez-vous bien être, crénom ?

— A vos affaires, mon cher, répondit le Juif, qui, ralentissant le pas, jeta un coup d'œil gêné à son interlocuteur. A vos affaires, toute la soirée.

— Ah, évidemment ! dit l'étranger, sarcastique. Et alors, qu'en est-il résulté ?

— Rien de bon.

— Rien de mauvais, j'espère ? » dit l'étranger, en s'arrêtant court pour braquer des yeux alarmés sur son compagnon.

Le Juif hocha la tête et il allait répondre, quand l'étranger, l'interrompant, désigna la maison devant laquelle ils étaient arrivés et lui fit remarquer qu'il serait mieux à l'abri pour dire ce qu'il avait à dire, car lui-même avait le sang glacé d'être resté si longtemps à se morfondre dehors et il sentait le vent le transpercer.

Fagin avait l'air assez enclin à s'excuser de ne pouvoir faire entrer chez lui un visiteur à une heure aussi indue ; de fait, il marmonna bien quelques mots qui laissaient entendre qu'il n'y avait pas de feu ; mais, son compagnon ayant renouvelé sa demande sur un ton péremptoire, il ouvrit la porte et le pria de la refermer doucement pendant que lui-même irait chercher de la lumière.

« Il fait noir comme dans un tombeau, dit l'homme, tandis qu'il avançait de quelques pas en tâtonnant. Dépêchez-vous !

— Fermez la porte », murmura Fagin, du bout du vestibule.

Au moment où il disait cela, elle se referma bruyamment.

« Ce n'est pas ma faute, dit le visiteur, toujours tâtonnant. C'est le vent qui l'a fait claquer, ou bien elle s'est refermée seule ; l'un ou l'autre. Occupez-vous vite de la lumière, ou je vais me rompre le crâne contre quelque chose dans ce sacré trou à rats. »

Fagin descendit à pas de loup l'escalier de la cuisine. Après une courte absence, il revint porteur d'une chandelle allumée et annonça que Toby Crackit dormait au sous-sol dans la chambre de derrière, tandis que les garçons étaient dans celle de devant. Il pria l'homme de le suivre et ils montèrent au premier étage.

« Nous pourrons dire le peu que nous avons à dire ici, mon cher, dit le Juif en ouvrant une porte ; mais il y a des trous dans les volets et, comme nous ne laissons jamais apercevoir de lumière à nos voisins, nous laisserons la chandelle sur l'escalier. Voilà ! »

Ce disant, le Juif se baissa et posa la chandelle sur les marches d'une seconde volée d'escalier, juste en face de la porte. Cela fait, ils entrèrent dans la pièce, qui était dépourvue de tout mobilier hormis un fauteuil cassé et, derrière la porte, un vieux canapé ou sofa non recouvert. L'étranger s'assit sur ce meuble d'un air très las et, le Juif ayant attiré le fauteuil devant, ils se trouvèrent assis face à face. Il ne faisait pas tout à fait noir : la porte était légèrement ouverte et la chandelle placée à l'extérieur jetait un faible reflet sur le mur d'en face.

Ils s'entretinrent un moment à voix basse. Bien que rien ne perçât de la conversation que quelques mots décousus de temps à autre, une oreille aux aguets aurait pu aisément percevoir que Fagin semblait se défendre contre certaines observations de l'étranger et que celui-ci était dans un état de grande irritation. Ils avaient dû parler ainsi pendant un quart d'heure ou plus, quand Monks — c'est de ce nom que le Juif avait plusieurs fois appelé l'homme au cours de la conversation — dit en élevant un peu la voix :

« Je vous répète que la chose a été très mal combinée. Pourquoi ne l'avoir pas gardé ici avec les autres, pour en faire tout de suite un sale petit voleur à la tire bien sournois ?

— Écoutez-moi ça ! s'écria le Juif en haussant les épaules.

— Quoi ! Vous n'allez pas me dire que vous n'auriez pas pu si vous l'aviez voulu ? demanda Monks d'un ton cassant. Ne l'avez-vous pas fait trente-six fois pour d'autres gamins ? Avec de la patience, mettons en un an au maximum, n'auriez-vous pas pu le faire condamner et déporter en toute sécurité, peut-être à vie ?

— Et à qui cela aurait-il profité, mon cher ? demanda le Juif avec humilité.

— A moi, répliqua Monks.

— Mais pas à moi, dit le Juif d'un air soumis. Il aurait pu me devenir utile. Quand il y a deux parties dans une affaire, il n'est que raisonnable de prendre en considération les intérêts de l'une et de l'autre, n'est-ce pas, mon bon ami ?

— Et alors ?

— J'ai vu qu'il n'était pas facile de le dresser au métier, reprit le Juif ; il ne ressemblait pas aux autres gamins qui se trouvent dans le même cas.

— Fichtre non, que le diable l'emporte ! murmura l'homme ; sans quoi, il y a déjà longtemps qu'il serait devenu voleur.

— Je n'avais aucune prise sur lui pour le dépraver, poursuivit le Juif, observant anxieusement l'expression de son interlocuteur. Il n'était pas encore dans le bain. Je n'avais aucun moyen de l'effrayer ; et il en faut toujours au début, sans quoi on travaille pour le roi de Prusse. Que pouvais-je faire ? L'envoyer en opérations avec le Renard et Charley ? Nous avons été servis dès le début, mon cher ; j'en ai tremblé pour nous tous.

— Ça, ce n'était pas mon œuvre, fit observer Monks.

— Non, non, mon cher ! reprit le Juif. D'ailleurs, je ne m'en plains plus maintenant, car si ce n'était pas arrivé, vous n'auriez pas eu l'attention attirée sur le gamin, et vous n'auriez jamais découvert que c'était lui que vous recherchiez. En tout cas, j'ai pu vous le rattraper grâce à la jeune femme ; mais voilà qu'elle s'est attachée à lui.

— Étranglez-la ! s'écria Monks avec impatience.

— Eh, mais nous ne pouvons nous le permettre en ce moment, mon cher, répondit le Juif en souriant ; et d'ailleurs ce n'est pas notre genre, quoiqu'un de ces jours je pourrais trouver utile de faire faire la chose. Je sais ce que sont ces filles, Monks ; je le sais très bien. Dès que le gamin commencera à s'endurcir, elle se fichera de lui comme de l'an quarante. Vous voulez qu'on en fasse un voleur. S'il est vivant, maintenant je le puis ; et si... si... (le Juif se rapprocha de son interlocuteur)... ce n'est pas probable, remarquez..., mais enfin, si le pire doit arriver et qu'il soit mort...

— Je n'en serais nullement responsable ! coupa l'autre, qui, le visage terrifié, serra le bras du vieillard d'une main tremblante. Prenez-y bien garde, Fagin ! Je n'ai rien à voir dans cette affaire. Tout sauf la mort, je vous l'ai dit dès le début. Je ne veux pas verser de sang : ça se découvre toujours, et puis on en est hanté. Si on l'a tué, ce n'est pas moi qui en suis la cause, vous m'entendez ? Le diable emporte cet infernal repaire ! Qu'est-ce que c'est que ça ?

— Quoi donc ? s'écria le Juif, en retenant à bras-le-corps le couard qui se dressait d'un bond. Où ça ?

— Là devant ! répliqua l'homme, les yeux rivés sur le mur qui se trouvait en face de lui. L'ombre ! J'ai vu l'ombre d'une femme en manteau et capote glisser comme un souffle le long des lambris ! »

Le vieillard relâcha son étreinte, et tous deux s'élancèrent précipitamment hors de la pièce. La chandelle, presque toute consumée par les courants d'air, se trouvait toujours là où on l'avait posée : elle ne leur montra que l'escalier vide et leurs propres visages, tout blêmes. Ils écoutèrent attentivement : un profond silence régnait dans toute la maison.

« C'est votre imagination qui travaille, dit le Juif en ramassant la chandelle et en se tournant vers son compagnon.

— Je jurerais que je l'ai vue ! répliqua Monks, tremblant.

Elle était penchée en avant quand je l'ai aperçue et, quand j'ai parlé, elle est partie comme un dard. »

Le Juif jeta un regard méprisant sur le visage livide de son associé et, tout en lui disant qu'il pouvait le suivre si cela lui plaisait, monta l'escalier. Ils regardèrent dans toutes les pièces : elles étaient froides, nues et vides. Ils redescendirent dans le vestibule et, de là, à la cave. Une moisissure verdâtre tapissait les murs bas ; les traces d'escargots et de limaces scintillaient à la lumière de la chandelle ; mais il n'y avait partout qu'un silence de mort.

« Alors, qu'en pensez-vous maintenant ? dit le Juif quand ils eurent regagné le vestibule. En dehors de nous, il n'y a pas une âme dans la maison, hormis évidemment Toby et les garçons ; et eux sont en sûreté. Voyez donc. »

A preuve de ce qu'il avançait, le Juif tira deux clefs de sa poche, expliquant que, lorsqu'il était descendu la première fois, il avait enfermé ses compagnons pour éviter toute intrusion de leur part dans l'entretien.

Cette accumulation de témoignages vint à bout des doutes de M. Monks. Ses déclarations avaient peu à peu perdu de leur véhémence au fur et à mesure que les deux hommes poursuivaient leur perquisition sans rien découvrir ; et il finit par laisser échapper plusieurs ricanements sardoniques, en avouant que la silhouette ne pouvait être que le produit de son imagination surexcitée. Il refusa, néanmoins, de reprendre la conversation ce soir-là, se rappelant soudain qu'il était une heure passée. L'aimable paire se sépara donc.

CHAPITRE XXVII

QUI RÉPARE L'IMPOLITESSE
D'UN CHAPITRE ANTÉRIEUR,
OÙ L'ON AVAIT ABANDONNÉ UNE DAME
AVEC BEAUCOUP DE SANS-GÊNE

Comme il serait fort malséant de la part d'un humble auteur de faire attendre le dos au feu et les basques de son habit relevées sous les bras, jusqu'à ce que ce soit son bon plaisir de le délivrer, un aussi puissant personnage qu'un bedeau, et comme il siérait encore moins à sa position aussi bi᠎ ᠎ qu'à sa galanterie d'inclure dans cette même négligence une dame que ce bedeau avait regardée d'un œil tendre et affectueux et à l'oreille de laquelle il avait murmuré des mots suaves qui, venus d'une telle bouche, auraient pu émouvoir le cœur de n'importe quelle demoiselle ou matrone, l'historien dont la plume trace ces mots — sachant se tenir à sa place et conscient d'éprouver toute la vénération qui est due à ceux qui ont été investis d'une haute et puissante autorité — se hâte de leur rendre les devoirs exigés par leur position et de les traiter avec toute la cérémonie que demandent impérativement leur rang élevé et, par conséquent, leurs grandes vertus. Dans ce dessein, en fait, il se proposait d'introduire ici une dissertation sur le droit divin des bedeaux, pour mettre en lumière le principe qu'un bedeau ne saurait mal faire, ce qui n'aurait pu manquer d'apporter en même temps plaisir et profit au lecteur bien-pensant, dissertation qu'il est malheureusement contraint par le manque de place et de temps de remettre à une occasion plus favorable et plus appropriée : alors, il sera tout prêt à montrer qu'un bedeau de justice proprement constitué, autrement dit un bedeau de paroisse, attaché à un hospice paroissial et suivant en sa qualité officielle les services d'une église paroissiale [1], est doué, de droit et en vertu de ses fonctions, de tous les mérites et de toutes les qualités de la nature humaine, et qu'à aucun de ces mérites ne peuvent justement prétendre de simples bedeaux de société, bedeaux de tribunaux ou même bedeaux de chapelles auxiliaires (sauf peut-être ces derniers, mais à un degré infiniment moindre).

M. Bumble avait recompté les cuillers à thé, re-soupesé la pince à sucre, inspecté de plus près le pot à lait et constaté avec la plus grande précision l'état du mobilier sans oublier même le siège en crin des chaises, il avait répété chacune de ces opérations une demi-douzaine de fois, avant de commencer à penser qu'il était temps que Mme Corney revînt. Une pensée en engendre une autre ; comme on n'entendait aucun son qui annonçât l'approche de la veuve, il vint à l'esprit de M. Bumble que ce serait une façon innocente et vertueuse de passer le temps que de satisfaire un peu plus avant sa curiosité en jetant un rapide coup d'œil à l'intérieur de la commode de Mme Corney.

Après avoir écouté à la serrure pour s'assurer que personne n'approchait de la chambre, il se mit en devoir de se renseigner sur le contenu des trois longs tiroirs, en commençant par celui du bas ; remplis comme ils l'étaient de divers vêtements de bonne façon et de bon tissu, soigneusement protégés par deux couches de vieux journaux et parsemés de lavande séchée, ils semblèrent lui procurer une satisfaction extrême. Arrivé enfin au tiroir du haut à droite (dont la serrure était munie d'une clef), M. Bumble y vit une petite boîte cadenassée qui, lorsqu'il la secoua, fit entendre l'agréable son de pièces entrechoquées ; il retourna alors d'un pas majestueux à la cheminée et, reprenant sa pose précédente, dit, l'air sérieux et déterminé : « C'est décidé ! » Il compléta cette remarquable déclaration en hochant la tête de manière badine durant dix bonnes minutes, comme s'il se gourmandait lui-même d'être un si plaisant luron ; puis il examina ses jambes de profil avec un plaisir et un intérêt évidents.

Il était encore placidement occupé à cette inspection quand Mme Corney entra en toute hâte et se jeta, hors d'haleine, sur une chaise au coin du feu ; se couvrant les yeux d'une main et portant l'autre à son cœur, elle continua de haleter un moment.

« Madame Corney, dit M. Bumble, en se penchant sur l'intendante, qu'est-ce donc, Madame ? Quelque chose est-il arrivé, Madame ? Je vous en prie, répondez-moi ; je suis sur des... sur des... (Le bedeau, dans son émoi, ne put immédiatement trouver les mots « charbons ardents » ; aussi acheva-t-il en disant : « tessons de bouteille ».)

— Ah, monsieur Bumble ! s'écria la dame ; on m'a mise hors de moi !

— Hors de vous, Madame ! s'exclama le bedeau ; qui donc a osé... ? Je sais ! poursuivit-il, se dominant avec la majesté qui lui était naturelle, c'est encore ces indigentes perverses !

— C'est affreux d'y penser ! dit la dame en frissonnant.

— Alors, n'y pensez pas, Madame, répliqua le bedeau.

— Je ne peux pas m'en empêcher, dit l'intendante en pleurnichant.

— Alors prenez un petit quelque chose, Madame, dit M. Bumble d'un ton apaisant. Un peu de vin ?

— Pour rien au monde ! répondit Mme Corney. Je ne pourrais pas... Ooh ! Sur l'étagère du haut, dans le coin à droite... Ooh ! »

Ce disant, la bonne dame, éperdue, montra du doigt le placard et fut saisie d'une convulsion due à des spasmes internes. M. Bumble se précipita vers le placard, saisit une bouteille verte d'une pinte sur l'étagère ainsi désignée avec incohérence, et remplit de son contenu une tasse à thé, qu'il porta aux lèvres de la dame.

« Ça va mieux maintenant », dit Mme Corney, qui retomba en arrière après avoir bu la moitié de la tasse.

M. Bumble leva pieusement au plafond des yeux pleins de reconnaissance ; puis, les ramenant vers le bord de la tasse, il porta celle-ci à son nez.

« C'est de la menthe poivrée, s'exclama Mme Corney d'une voix faible, en souriant doucement au bedeau. Goûtez-la donc ! Il y a un petit peu... un petit peu d'autre chose dedans. »

Le bedeau goûta le médicament d'un air incertain, fit claquer sa langue, prit une nouvelle gorgée et reposa la tasse vide.

« C'est très réconfortant, dit Mme Corney.

— Très, Madame, en effet », dit le bedeau.

Tout en parlant, il tira une chaise auprès de celle de l'intendante et demanda tendrement ce qui avait pu se passer pour la chagriner tant.

« Rien, répondit la veuve. Je suis une faible créature nerveuse et folle.

— Pas faible, Madame ! répliqua M. Bumble en approchant un peu plus sa chaise. Vous êtes vraiment une faible créature, madame Corney ?

— Nous le sommes tous, dit-elle, formulant un principe général.

— Voilà qui est vrai ! » dit le bedeau.

Pas un mot ne fut ajouté de part ni d'autre durant une ou deux minutes. A l'expiration de ce temps, M. Bumble avait illustré cette déclaration de principe en retirant son bras du dos de la chaise de Mme Corney, où il était jusqu'alors appuyé, pour le porter au cordon de tablier de ladite Mme Corney, auquel il s'entrelaça petit à petit.

« Nous sommes tous de faibles créatures », répéta le bedeau.

La veuve soupira.

« Ne soupirez pas, madame Corney.

— Je ne peux pas m'en empêcher », dit Mme Corney.

Et de soupirer à nouveau.

« C'est une pièce bien confortable que vous avez là, dit M. Bumble en jetant un regard circulaire. Une autre chambre avec cela, Madame, ferait un ensemble complet.

— Ce serait trop pour une personne seule, murmura la dame.

— Mais pas pour deux, Madame, repartit M. Bumble d'un air tendre. Hé, madame Corney ? »

En entendant ces mots, la veuve baissa la tête ; le bedeau baissa la sienne pour apercevoir le visage de l'intendante. Celle-ci, avec beaucoup de bienséance, se détourna et dégagea sa main pour prendre son mouchoir ; mais elle la remit insensiblement dans celle de M. Bumble.

« Le Conseil vous alloue du charbon, n'est-ce pas, madame Corney ? demanda le bedeau, tout en pressant tendrement la main qu'il avait dans la sienne.

— Et des chandelles, répondit-elle, en lui rendant légèrement sa pression de main.

— Le charbon, les chandelles et le loyer gratuits, dit M. Bumble. Ah, madame Corney, quel ange vous êtes ! »

La dame ne resta pas insensible à cette explosion de sentiment. Elle se laissa glisser dans les bras de M. Bumble, qui, dans son trouble, appliqua un baiser passionné sur le chaste nez de la veuve.

« Quelle perfection porossiale ! s'exclama-t-il avec enthousiasme. Vous savez que M. Slout va plus mal ce soir, ô ma fascinatrice ?

— Oui, répondit pudiquement Mme Corney.

— Il ne peut vivre plus d'une semaine, à ce que dit le docteur, poursuivit le bedeau. Il est maître surveillant de cet établissement ; sa mort va laisser une vacance, et cette vacance, il faudra qu'on la comble. Ah, madame Corney, quelles perspectives cela ouvre ! Quelle occasion d'unir deux cœurs et deux ménages ! »

Mme Corney poussa un sanglot.

« Un petit mot ? dit M. Bumble, penché sur la pudique belle. Un unique petit, tout petit mot, ma Corney chérie !

— Ou... ou... oui ! dit l'intendante, dans un soupir.

— Encore un mot, poursuivit le bedeau ; calmez votre adorable émotion pour me dire encore une chose. A quand la cérémonie ? »

Mme Corney tenta par deux fois de parler et par deux fois échoua. Enfin, rassemblant son courage, elle jeta ses bras autour du cou de M. Bumble et annonça que cela se ferait aussitôt qu'il le voudrait, en ajoutant qu'il était un « irrésistible chou ».

Les choses ayant été ainsi amicalement réglées à la satisfaction de chacun, le contrat fut solennellement ratifié au moyen d'une autre tasse de mixture à la menthe, médication que l'émoi et l'agitation de la dame rendaient d'autant plus nécessaire. Tout en la buvant, elle informa M. Bumble du décès de la vieille femme.

« Très bien, dit ce personnage en dégustant sa menthe à petites gorgées ; je passerai chez Sowerberry en rentrant, pour lui dire d'envoyer quelqu'un demain matin. Est-ce que c'est cela qui vous a effrayée, mon amour ?

— Ce n'était rien en particulier, mon cher ami, répondit évasivement la dame.

— Il a dû y avoir quelque chose, mon amour, dit M. Bumble, insistant. Ne voulez-vous donc pas le dire à votre cher petit B. ?

— Pas maintenant, répondit la dame ; un de ces jours. Quand nous serons mariés, mon ami.

— Quand nous serons mariés ! s'écria M. Bumble. Ce n'était pas quelque insolence d'un de ces indigents qui...

— Non, non, mon amour ! dit vivement la dame.

— Si je croyais ça, poursuivit M. Bumble, si je croyais

que l'un d'eux avait osé lever ses yeux vulgaires sur ces traits ravissants...

— Ils n'auraient pas osé, mon amour, répondit la dame.

— Ils ont raison ! dit M. Bumble, en serrant le poing. Qu'on me présente un seul homme, porossial ou extra-porossial, qui aurait l'audace de le faire, et je lui garantis qu'il ne recommencerait pas une seconde fois ! »

Si aucun geste violent n'avait agrémenté ces paroles, on aurait pu trouver qu'elles ne constituaient pas un grand compliment pour les charmes de la dame ; mais comme M. Bumble accompagna sa menace de nombreux gestes belliqueux, la veuve fut fort touchée de cette preuve de dévouement et protesta, en toute admiration, qu'il était certes un chéri.

Le chéri releva le col de son manteau et se coiffa de son bicorne ; puis, après avoir échangé une longue et affectueuse étreinte avec sa future moitié, il brava de nouveau le vent glacial de la nuit en s'arrêtant seulement quelques minutes à la salle des indigents mâles pour les houspiller un peu afin de se prouver à lui-même qu'il pouvait remplir les fonctions de maître surveillant avec toute l'acerbité nécessaire. Assuré de ses capacités, M. Bumble quitta l'établissement, le cœur léger et la tête pleine des brillantes visions de sa future promotion, qui lui occupèrent l'esprit jusqu'au moment où il arriva chez l'entrepreneur de pompes funèbres.

Or donc, comme M. et M\ :sup:`me` Sowerberry étaient allés prendre le thé et dîner en ville, et que Noé Claypole n'était jamais disposé à fournir plus d'efforts physiques qu'il n'est nécessaire pour exercer convenablement les fonctions du manger et du boire, les volets de la boutique n'avaient pas encore été mis, bien que l'heure habituelle de fermeture fût passée. M. Bumble tapa plusieurs fois de sa canne sur le comptoir ; mais n'ayant ainsi attiré l'attention de personne et voyant briller une lumière à la fenêtre de la petite arrière-boutique, il se permit de jeter un coup d'œil pour voir ce qui se passait ; or, quand il vit ce qui se passait effectivement, il ne fut pas peu surpris.

La nappe était mise pour le souper ; sur la table se trouvaient des tartines beurrées, des assiettes et des verres, un pot de bière et une bouteille de vin. Au haut bout de la table, M. Noé Claypole était nonchalamment renversé dans un fauteuil, les jambes pendant par-dessus l'un des bras, un couteau de poche ouvert dans une main et une énorme tartine dans l'autre. Juste derrière lui se tenait Charlotte ; elle ouvrait des huîtres qu'elle tirait d'un baril et que M. Claypole condescendait à avaler avec une remarquable avidité. Une rougeur un peu plus forte qu'à l'ordinaire dans la région nasale de ce jeune homme et une sorte de clignement constant de son œil droit dénotaient qu'il était quelque peu gris ; ces symptômes se trouvaient confirmés par l'intense plaisir avec lequel il avalait ses huîtres, plaisir que rien ne pouvait justifier suffisamment si ce n'est le vif sentiment de leurs propriétés rafraîchissantes dans les cas de fièvre interne.

« En voici une délicieuse, une bien grasse, mon cher Noé ! dit Charlotte. Goûte-la, si ; rien que celle-là.

— Quel délice que c'est, une huître ! fit observer M. Claypole, après l'avoir gobée. Quel dommage que ça vous incommode d'en manger un bon nombre, hein, Charlotte ?

— Oui, vrai, c'est bien cruel !

— Pour sûr, acquiesça M. Claypole, et toi, tu les aimes pas, les huîtres ?

— Pas trop, répondit Charlotte. J'aime te les voir manger, mon petit Noé, bien plus que de les manger moi-même.

— Seigneur Dieu ! fit Noé d'un air réfléchi ; comme c'est curieux !

— Prends-en une autre, dit Charlotte. En voici une qu'a une frange si belle, si délicate !

— J'en peux plus, dit Noé ; je regrette beaucoup. Viens ici, Charlotte, que je t'embrasse.

— Comment ? s'écria M. Bumble en faisant irruption dans la pièce. Répétez donc ça, jeune homme. »

Charlotte poussa un cri et se cacha la figure dans son tablier. M. Claypole, sans apporter d'autre modification à sa posture que de permettre à ses pieds de toucher terre, contempla le bedeau d'un air terrifié, que son ébriété rendait stupide.

« Répétez ça, vil effronté ! reprit M. Bumble. Comment osez-vous parler de pareille chose, Monsieur ? Et vous, comment osez-vous l'y encourager, insolente coquine ? L'embrasser ! s'écria encore le bedeau au comble de l'indignation. Pouah !

— Je n'avais pas l'intention de le faire ! balbutia Noé, en pleurnichant. Elle est tout le temps à m'embrasser, que ça me plaise ou pas.

— Oh, Noé ! s'écria Charlotte d'un ton de reproche.

— Oui, tu le sais bien ! rétorqua Noé. Elle est tout le temps à le faire, monsieur Bumble ; elle me relève le menton, siou plaît, M'sieur, et elle me fait des tas de mamours !

— Silence ! s'écria sévèrement le bedeau. Descendez à la cuisine, Mademoiselle. Et vous, Noé, fermez le magasin ; si vous dites encore un mot avant le retour de votre maître, ce sera à vos risques et périls ; et quand il rentrera, vous le préviendrez que M. Bumble lui fait dire d'envoyer un cercueil pour vieille femme demain matin, tout de suite après le petit déjeuner. Vous m'entendez, Monsieur ? S'embrasser ! s'écria encore M. Bumble en levant les bras. Le péché et l'iniquité des basses classes sont effrayants dans ce secteur paroissial ! Si le Parlement ne s'occupe pas de leur abominable conduite, le pays court à la ruine, et la réputation des campagnes est à jamais perdue ! »

Sur ces mots, le bedeau sortit à grands pas des locaux de l'entrepreneur, d'un air sombre et hautain.

Maintenant que nous l'avons accompagné si loin sur le chemin de son domicile et que nous avons fait tous les préparatifs nécessaires pour l'enterrement de la vieille femme, tâchons d'obtenir quelques renseignements au sujet du jeune Olivier Twist et de savoir s'il gît toujours dans le fossé où l'avait laissé Toby Crackit.

CHAPITRE XXVIII

QUI TRAITE D'OLIVIER
ET POURSUIT LE RÉCIT
DE SES AVENTURES

« Que les loups vous arrachent la gorge ! murmura Sikes en grinçant des dents. J' voudrais bien être au milieu de vous ; vous hurleriez si bien qu' vous en seriez encore plus enroués ! »

En grommelant cette imprécation avec la férocité la plus violente dont fût capable sa violente nature, il appuya le corps du garçon blessé en travers de son genou ployé et tourna un instant la tête pour regarder ses poursuivants.

On ne distinguait pas grand-chose dans le brouillard et l'obscurité, mais les clameurs des hommes retentissaient dans l'air et les aboiements des chiens du voisinage, réveillés par la cloche d'alarme, résonnaient de tous côtés.

« Arrête-toi, sacré trouillard ! cria le voleur à Toby Crackit qui, faisant le meilleur usage possible de ses longues jambes, avait déjà pris de l'avance. Arrête ! »

La répétition de ce mot arrêta net Toby. Car il n'était pas bien sûr d'être hors de portée de pistolet, et Sikes n'était pas d'humeur à accepter qu'on se moquât de lui.

« Viens me prêter main-forte pour le gosse, cria Sikes en faisant de furieux gestes de bras à son complice. Reviens ! »

Toby fit mine d'obéir, mais, tout en s'approchant lentement, il se hasarda à déclarer, d'une voix basse et entrecoupée par l'essoufflement, qu'il éprouvait une répugnance considérable à le faire.

« Plus vite que ça ! cria Sikes en étendant le garçon dans un fossé asséché qui se trouvait à ses pieds et en tirant un pistolet de sa poche. Tu vas pas te tirer et m' laisser tomber ! »

A ce moment, le vacarme s'accrut. Sikes se retourna de nouveau, et put discerner que les hommes lancés à leur

poursuite escaladaient déjà la barrière du champ où il se
trouvait et que deux chiens les précédaient.

« On est flambés, Bill ! s'écria Toby ; laisse choir le gosse
et décarre ! »

Sur ce conseil d'adieu, M. Crackit, préférant le risque
d'être tué par son ami à la certitude d'être pris par ses
ennemis, tourna franchement les talons et partit comme une
flèche. Sikes serra les dents, lança un regard circulaire, jeta
sur le corps étendu d'Olivier la pèlerine dans laquelle on
l'avait hâtivement emmitouflé, courut le long de la haie
comme pour détourner l'attention des poursuivants de
l'endroit où gisait l'enfant, s'arrêta une seconde devant une
autre haie perpendiculaire à la première, puis, brandissant
en l'air son pistolet, la franchit d'un bond et disparut.

« Holà, holà ! cria une voix mal assurée, à quelque
distance en arrière. Tenaille ! Neptune ! Ici, ici ! »

Les chiens avaient ceci de commun avec leurs maîtres
qu'ils semblaient n'avoir aucun goût particulier pour la
chasse où ils étaient engagés, et ils obéirent avec empressement. Trois hommes, qui s'étaient déjà passablement avan-
cés dans le champ, s'arrêtèrent pour tenir conseil.

« Mon avis, ou plutôt mes ordres, devrais-je dire, déclara
le plus gros, c'est qu'on rentre tout de suite.

— Tout ce qui est agréable à M. Giles m'agrée, dit un
personnage un peu plus petit, rien moins que mince et dont
le visage était très pâle et les manières très polies, comme il
arrive souvent aux gens qui ont peur.

— Je ne voudrais pas paraître mal élevé, Messieurs, dit le
troisième, qui avait rappelé les chiens. M. Giles est homme à
savoir ce qu'il faut faire.

— Certainement, répondit le courtaud, et, quoi que dise
M. Giles, ce n'est pas à nous de le contredire. Non, non, je
sais quelle est ma place ! Dieu merci, je sais quelle est ma
place ! »

A vrai dire, le petit homme paraissait la connaître en effet
et savoir parfaitement bien qu'elle n'avait rien d'enviable,
car il claquait des dents en parlant.

« Vous avez peur, Brittles [1], dit M. Giles.

— Que non !

— Que si !

— Vous n'êtes que fausseté, monsieur Giles !

— Vous n'êtes que mensonge, Brittles ! »

Ces quatre répliques avaient été suscitées par le sarcasme de M. Giles, et le sarcasme lui-même par l'indignation que M. Giles ressentait à se voir attribuer, sous couvert d'un compliment, la responsabilité de la retraite. Le troisième homme mit fin à la discussion avec beaucoup de philosophie :

« Je vais vous dire ce qu'il en est, Messieurs : nous avons tous peur.

— Parlez pour vous, Monsieur, dit M. Giles, qui était le plus pâle des trois.

— C'est bien ce que je fais, répondit l'homme. Il est naturel et normal d'avoir peur en pareilles circonstances. Moi, j'ai peur.

— Moi aussi, dit Brittles ; mais on n'a pas besoin d'en accuser quelqu'un avec tant de jactance ! »

Ces aveux sincères apaisèrent M. Giles, qui reconnut immédiatement que lui aussi avait peur ; sur quoi, tous trois firent demi-tour et se mirent à courir avec la plus complète unanimité jusqu'au moment où M. Giles (qui avait le souffle le plus court du groupe et qui était encombré d'une fourche) insista fort généreusement pour qu'on s'arrêtât afin qu'il pût s'excuser de la vivacité de ses propos.

« Mais, dit-il après s'être expliqué, il est étonnant de voir jusqu'où peut aller un homme quand il est monté. J'aurais commis un meurtre — je le sais parfaitement — si nous avions attrapé un de ces coquins. »

Comme les deux autres avaient le même sentiment et qu'ils étaient maintenant calmés tout comme lui, ils se mirent à raisonner sur la cause de ce changement soudain dans leur humeur.

« Je sais ce que c'est, dit M. Giles : c'est la barrière.

— Ça ne m'étonnerait pas, s'exclama Brittles, sautant sur cette idée.

— Vous pouvez en être sûrs, dit Giles : cette barrière a coupé l'élan de notre ardeur. J'ai senti la mienne fondre soudain tandis que je faisais l'escalade. »

Par une remarquable coïncidence, les deux autres avaient éprouvé la même sensation déplaisante à ce moment précis. Il était donc tout à fait manifeste que c'était la barrière ; d'autant plus qu'il n'y avait pas le moindre doute sur le moment où le changement avait pris place, tous trois se rappelant qu'on était arrivé en vue des voleurs à l'instant où il s'était produit.

Ce dialogue se tenait entre les deux hommes qui avaient surpris les voleurs et un rétameur ambulant qu'on avait trouvé dormant sous un hangar, et qu'on avait réveillé ainsi que ses deux roquets pour qu'ils se joignissent à la poursuite. M. Giles remplissait les doubles fonctions de maître d'hôtel et de régisseur chez la vieille dame, propriétaire de la maison ; Brittles était un homme à tout faire qui, entré en service tout enfant, était toujours traité en jeune garçon plein d'avenir, encore qu'il eût dépassé la trentaine.

Tout en s'encourageant mutuellement par des propos de ce genre, mais en restant néanmoins tout près les uns des autres et en regardant avec appréhension chaque fois qu'une nouvelle rafale bruissait dans les branches, les trois hommes revinrent rapidement à un arbre derrière lequel ils avaient laissé leur lanterne de peur que la lumière n'indiquât aux bandits dans quelle direction tirer. Ils saisirent l'objet et reprirent au grand trot le chemin de la maison ; bien après que leurs silhouettes noires eurent cessé d'être perceptibles, on aurait encore pu voir briller et danser la lumière dans le lointain, comme quelque exhalaison de l'atmosphère ténébreuse et humide à travers laquelle on la portait à vive allure.

A mesure que, lentement, le jour se levait, l'air se faisait plus froid et le brouillard roulait à la surface du sol comme un dense nuage de fumée. L'herbe était humide ; les chemins et les bas-fonds n'étaient que boue et flaques ; l'haleine humide d'un vent malsain passait mollement avec un gémissement sourd. Olivier était toujours étendu insensible et sans mouvement à l'endroit même où Sikes l'avait laissé.

Le matin approchait rapidement. L'air devenait plus vif et plus pénétrant, tandis que sa première lueur terne — mort de la nuit plutôt que naissance du jour — éclairait faiblement le ciel. Les objets qui, dans l'obscurité, avaient semblé vagues et terribles, se dessinèrent de plus en plus nettement, pour reprendre enfin leur forme familière. La pluie se mit à tomber, abondante et drue, et crépita bruyamment dans les buissons dénudés. Mais Olivier n'en sentait pas le fouet, car il gisait, sans connaissance et sans force, sur sa couche d'argile.

Enfin, un faible cri de douleur rompit le silence; et, en le poussant, l'enfant s'éveilla. Son bras gauche, grossièrement bandé à l'aide d'un châle, pendait, lourd et sans force, à son côté : le bandage était imprégné de sang. Olivier était si faible qu'il eut de la peine à se dresser sur son séant; quand il y fut parvenu, il chercha de ses yeux obscurcis quelques secours, et la douleur lui arracha un gémissement. Tremblant de tous ses membres sous l'effet du froid et de l'épuisement, il fit un effort pour se mettre debout; mais il frissonna de la tête aux pieds et retomba prostré sur le sol.

Après une brève rechute dans la stupeur où il était resté si longtemps plongé, Olivier, poussé par une nausée grandissante qui semblait l'avertir que, s'il restait couché là, il mourrait à coup sûr, se mit sur ses pieds et essaya de marcher. La tête lui tournait, et il titubait comme un homme ivre. Il parvint néanmoins à rester debout et, la tête languissamment penchée sur sa poitrine, il poursuivit son chemin en trébuchant, sans savoir où il allait.

Alors, une foule d'idées confuses et déroutantes vint assiéger son esprit. Il était toujours en train de marcher, lui semblait-il, entre Sikes et Crackit, qui discutaient avec emportement, car les mots mêmes qu'ils prononçaient lui résonnaient aux oreilles, et quand son attention était brusquement attirée sur lui-même, s'il faisait par exemple quelque effort violent pour s'empêcher de tomber, il s'apercevait qu'il était en train de leur parler. Puis, il était seul avec Sikes, cheminant comme la veille, et, quand des gens passaient comme des ombres confuses à côté d'eux, il sentait l'étreinte du voleur à son poignet. Soudain, il eut un mouvement de recul en entendant des détonations d'armes à feu; de grands cris et des clameurs s'élevèrent, des lumières brillèrent devant ses yeux; tout n'était que bruit et tumulte, tandis qu'une main inconnue l'emmenait en hâte. Sous-jacente à toutes ces visions rapides, une vague et pénible sensation de douleur le tenaillait constamment.

Olivier avança toujours de ce pas chancelant, en se glissant machinalement entre les traverses des barrières ou par les brèches qui se présentaient dans les haies, jusqu'au moment où il atteignit une route. A ce moment, la pluie se mit à tomber si dru qu'elle le ramena à lui.

Il regarda alentour et vit à courte distance une maison, qu'il pourrait peut-être atteindre. En voyant sa triste condition, sans doute aurait-on pitié de lui ; sinon, mieux vaudrait mourir non loin d'êtres humains — pensa-t-il — plutôt que dans la solitude des champs déserts. Il rassembla toutes ses forces pour cette ultime épreuve et dirigea ses pas vacillants vers la maison.

Comme il s'en approchait, l'impression lui vint de l'avoir déjà vue. Il ne se rappelait aucun de ses détails, mais la forme générale et l'aspect du bâtiment lui paraissaient familiers.

Ce mur de jardin ! Sur l'herbe, de l'autre côté, il était tombé à genoux la nuit dernière pour implorer la pitié des deux hommes. C'était la maison même qu'ils avaient tenté de cambrioler.

Olivier se sentit envahir d'une telle peur en reconnaissant cet endroit qu'il en oublia un instant la douleur atroce causée par sa blessure, pour ne plus penser qu'à la fuite. La fuite ! Il pouvait à peine tenir debout ; et quand bien même son jeune et frêle corps eût été en pleine possession de toutes ses facultés, où aurait-il pu fuir ? Il poussa la grille du jardin ; elle n'était pas fermée à clef et elle tourna sur ses gonds. Il traversa en chancelant la pelouse, gravit les marches du perron, frappa faiblement à la porte, et toutes ses forces l'abandonnant d'un coup, s'affaissa contre une des colonnes du petit portique.

Il se trouvait qu'à ce moment-là, M. Giles, Brittles et l'étameur réparaient leurs forces, après les fatigues et les terreurs de la nuit, au moyen de thé et de victuailles diverses, dans la cuisine. Non que M. Giles eût pour habitude de traiter sur un pied de trop grande familiarité les serviteurs

subalternes, envers lesquels il se comportait d'ordinaire avec
une affabilité protectrice qui, tout en leur étant agréable, ne
manquait pas de leur rappeler sa position supérieure dans la
société. Mais la mort, les incendies et les cambriolages
rendent tous les hommes égaux ; M. Giles était donc assis,
les jambes étendues devant le garde-feu de la cuisine, le bras
gauche appuyé sur la table, tandis que, du droit, il illustrait
un récit minutieusement détaillé du cambriolage, que ses
auditeurs (et plus particulièrement la cuisinière et la femme
de chambre, qui étaient de la partie) écoutaient en retenant
leur souffle.

« Il était environ deux heures et demie, dit M. Giles...
enfin, je ne jurerais pas qu'il n'était pas un peu plus près de
trois heures, quand je me suis réveillé, et, tandis que je me
retournais dans mon lit, à peu près comme ceci (ici, il se
retourna sur sa chaise et tira sur lui le coin de la nappe pour
imiter les couvertures), il m'a semblé entendre du bruit. »

A ce point du récit, la cuisinière pâlit et pria la femme de
chambre de fermer la porte ; la femme de chambre en pria
Brittles, qui en pria l'étameur, qui fit semblant de n'avoir
pas entendu.

« ... entendre du bruit, reprit M. Giles. Je me suis dit tout
d'abord : " C'est une illusion ", et je m'apprêtais à me
rendormir, quand j'ai de nouveau entendu le bruit, distinctement.

— Quel genre de bruit ? demanda la cuisinière.

— Une sorte de craquement, répondit M. Giles en jetant
un regard circulaire.

— C'était pas plutôt comme quelqu'un qui frotterait une
râpe à muscade sur une barre de fer ? suggéra Brittles.

— Oui, quand vous, vous l'avez entendu, Monsieur,
répliqua M. Giles ; mais à ce moment-là, c'était un craquement. J'ai rejeté mes couvertures, poursuivit Giles en
roulant la nappe, et je me suis assis dans mon lit pour
écouter. »

La cuisinière et la femme de chambre poussèrent une
exclamation simultanée : « Seigneur Dieu ! » et rapprochèrent leurs chaises.

« Je l'entendis alors, je l'entendis visiblement, reprit

M. Giles. " Quelqu'un, que je me dis, est en train de forcer une porte ou une fenêtre ; qu'est-ce qu'il faut faire ? Je vais réveiller ce pauvre garçon de Brittles et l'empêcher de se faire assassiner dans son lit ; sans ça, que je me dis, il pourrait avoir la gorge tranchée depuis l'oreille droite jusqu'à la gauche, sans même s'en apercevoir. " »

A ce moment, tous les yeux se tournèrent vers Brittles, qui, bouche bée et le visage empreint d'une horreur sans mélange, tenait son regard fixé sur le narrateur.

« J'ai rejeté les couvertures, dit Giles en rejetant la nappe et en regardant avec insistance la cuisinière et la femme de chambre, je suis sorti sans bruit de mon lit, j'ai enfilé une paire de...

— Il y a des dames [1], monsieur Giles, murmura l'étameur.

— ... de souliers, Monsieur, acheva Giles en se retournant vers lui et en appuyant sur ce mot ; j'ai saisi le pistolet chargé qui accompagne toujours le panier d'argenterie quand on le monte, et je suis allé à pas de loup jusqu'à sa chambre. " Brittles, que je dis quand je l'ai eu réveillé, n'aie pas peur ! "

— C'est vrai, fit remarquer Brittles à mi-voix.

— " On est des hommes morts, je crois, Brittles, que je dis, mais n'aie pas peur. "

— Et est-ce qu'il a eu peur ? demanda la cuisinière.

— Pas pour deux sous, répondit M. Giles. Il s'est montré aussi résolu... eh ! presque aussi résolu que moi !

— Je serais morte sur le coup, je crois, si j'avais été à sa place, déclara la femme de chambre.

— Vous êtes une femme, répliqua Brittles, retrouvant un peu son sang-froid.

— Brittles a raison, dit M. Giles en hochant la tête de façon approbative ; on ne saurait rien attendre d'autre de la part d'une femme. Nous autres, étant des hommes, nous avons pris une lanterne sourde qui se trouvait dans la cheminée de Brittles et descendu l'escalier à tâtons dans une obscurité complète..., à peu près comme ceci. »

Le maître d'hôtel s'était levé de son siège et il avait fait deux pas en avant, les yeux fermés, pour accompagner sa description d'un geste approprié, quand il sursauta violemment, ainsi que toutes les personnes présentes, et se hâta de regagner sa chaise. La cuisinière et la femme de chambre poussèrent un cri perçant.

« On a frappé, dit M. Giles, en affectant une sérénité parfaite. Allez ouvrir, quelqu'un. »

Personne ne bougea.

« C'est étrange qu'on frappe à une heure aussi matinale, dit M. Giles, en promenant ses regards sur les figures pâles qui l'entouraient (lui-même étant assez blême). Mais il faut bien ouvrir. Vous m'entendez, quelqu'un ? »

En parlant, M. Giles regardait Brittles ; mais ce jeune homme, étant de naturel modeste, se considérait sans doute comme n'étant pas quelqu'un ; aussi jugea-t-il que la question ne pouvait s'adresser à lui ; en tout cas, il ne fournit aucune réponse. M. Giles jeta un coup d'œil suggestif à l'étameur, mais celui-ci s'était soudain endormi. Quant aux femmes, il n'en était pas question.

« Si Brittles préfère ouvrir la porte en présence de témoins, dit M. Giles après un instant de silence, je suis prêt à lui en servir.

— Moi aussi », dit l'étameur, se réveillant aussi soudainement qu'il s'était endormi.

Brittles capitula à ces conditions ; et la compagnie, quelque peu rassurée par la découverte (car on ouvrit alors les volets) qu'il faisait grand jour, se mit en devoir de monter l'escalier, précédée des chiens. Les deux femmes, qui avaient peur de rester en bas, formaient l'arrière-garde. Sur les conseils de M. Giles, tous parlaient très haut, pour avertir les personnes malintentionnées qui pourraient se trouver à l'extérieur qu'ils étaient en nombre ; et, chef-d'œuvre de stratégie issu du cerveau du même ingénieux personnage, on pinça sérieusement la queue des chiens en arrivant dans le vestibule, pour les faire aboyer férocement.

Ces précautions prises, M. Giles saisit fermement le bras du rétameur (pour l'empêcher de s'enfuir, dit-il avec enjouement), puis donna le commandement d'ouvrir la porte. Brittles obéit ; et le groupe, dont chaque membre risquait un coup d'œil craintif par-dessus l'épaule de son voisin, ne vit en fait d'objet redoutable que le pauvre petit Olivier Twist, qui, épuisé et sans voix, levait ses yeux battus en implorant silencieusement leur compassion.

« Un gamin ! s'écria M. Giles en repoussant vaillamment le rétameur à l'arrière-plan. Qu'est-ce qu'il a, ce... hein, mais... Brittles, regardez donc... vous ne voyez pas ? »

Brittles, qui était passé derrière la porte pour l'ouvrir, n'eut pas plus tôt aperçu Olivier qu'il poussa un grand cri. M. Giles saisit l'enfant par une jambe et un bras (qui n'était heureusement pas le membre cassé) et le traîna dans le vestibule, où il le déposa de tout son long sur le sol.

« Le voilà, brailla Giles en proie à une grande surexcitation (il criait dans la direction du premier étage) ; nous tenons un des bandits, Madame ! Voici un bandit, Mademoiselle ! Il est blessé, Mademoiselle ! C'est moi qui ai tiré, Mademoiselle, et Brittles tenait la lumière !

— ... dans une lanterne, Mademoiselle ! » cria Brittles, en mettant une main en cornet au coin de sa bouche afin que sa voix portât mieux.

Les deux servantes montèrent en courant apporter la nouvelle que M. Giles avait capturé un voleur ; et l'étameur s'affaira à tenter de ranimer Olivier, de peur qu'il ne mourût avant qu'on eût pu le pendre. Au milieu de tout ce bruit et de toute cette confusion, on entendit une douce voix féminine, qui les calma instantanément.

« Giles ! murmura la voix du haut de l'escalier.

— Je suis là, Mademoiselle, répondit le maître d'hôtel. Que Mademoiselle n'ait pas peur ; je n'ai pas beaucoup de mal. Il n'a pas offert une résistance trop désespérée, Mademoiselle ! Il a vu bien vite à qui il avait affaire.

— Chut ! répondit la demoiselle ; vous effrayez ma tante autant que l'avaient fait les voleurs. Le pauvre est-il grièvement blessé ?

— Mortellement, Mademoiselle, répondit Giles avec une suffisance indescriptible.

— On dirait qu'il est en train de passer, Mademoiselle ! brailla Brittles de la même manière qu'auparavant. Vous ne voulez pas venir le voir, Mademoiselle, pour le cas où ça arriverait ?

— Pas tant de bruit, je vous prie, vous serez bien gentil !
reprit la jeune fille. Attendez là tranquillement un instant,
pendant que je vais parler à ma tante. »

La jeune fille s'éloigna d'un pas léger avec autant de
douceur et de grâce dans sa démarche qu'il y en avait dans sa
voix. Elle revint bientôt donner des instructions : le blessé
devait être transporté avec le plus grand soin dans la
chambre de M. Giles au premier étage ; par ailleurs,
M. Brittles devait seller le poney et se rendre aussitôt à
Chertsey, d'où il enverrait en toute hâte un agent de police et
un médecin.

« Mais Mademoiselle ne veut pas jeter un coup d'œil sur
lui avant ? demanda M. Giles, avec autant d'orgueil que si
Olivier eût été quelque oiseau de rare plumage qu'il aurait
abattu avec adresse. Un tout petit coup d'œil, Mademoiselle ?

— Pas maintenant, pour rien au monde, répondit la jeune
fille. Le pauvre homme ! Ah, traitez-le avec douceur, Giles,
par égard pour moi. »

Le vieux serviteur leva les yeux sur la demoiselle qui se
détournait pour s'en aller, et son regard n'était pas moins
rempli d'admirative fierté que si elle eût été sa propre fille.
Puis il se pencha sur Olivier et aida à le porter en haut, avec
un soin et une sollicitude tout féminins.

CHAPITRE XXIX

QUI PRÉSENTE LES HABITANTS
DE LA MAISON
OÙ OLIVIER AVAIT CHERCHÉ SECOURS

Dans une pièce de belle apparence, encore que son
mobilier reflétât plutôt le confort d'autrefois que l'élégance
moderne, deux dames étaient installées devant une table de
petit déjeuner bien garnie. M. Giles, méticuleusement vêtu
d'un habit noir, les servait. Il s'était posté à peu près à mi-
distance entre le buffet et la table, et, le corps redressé de
toute sa hauteur, la tête rejetée en arrière et inclinée d'un

rien sur le côté, la jambe gauche en avant et la main droite glissée dans son gilet tandis que la gauche pendait à son côté, prolongée par un plateau, il avait l'air d'un homme imbu du très agréable sentiment de son importance et de ses mérites personnels.

Des deux dames, l'une était fort avancée en âge, mais le haut dossier de sa chaise de chêne n'était certes pas plus droit que sa propre personne. Sa mise irréprochable se composait d'un curieux amalgame de vêtements surannés et de légères concessions à la mode actuelle (qui donnaient un agréable piquant au style ancien, plutôt qu'elles n'en diminuaient l'effet), et son maintien était plein de dignité. Ses mains jointes posées devant elle sur la table, elle fixait avec attention sur sa jeune compagne un regard dont les ans avaient à peine terni l'éclat.

La jeune fille, elle, était dans toute la fleur de la féminité en son ravissant printemps ; si jamais les justes desseins de Dieu font revêtir aux anges une apparence mortelle, l'on pourrait sans nulle impiété leur prêter pareil âge et pareille forme.

Elle n'avait pas plus de dix-sept ans. Son corps était si svelte et si gracieux, elle était si douce et si délicate, si pure et si belle, que la terre ne paraissait pas être son élément, ni les êtres grossiers qui la hantent des compagnons dignes d'elle. L'intelligence même qui brillait dans ses profonds yeux bleus et marquait son noble front semblait à peine de son âge ou de ce monde ; et pourtant l'expression mobile de douceur et de gaieté, les mille lumières qui se jouaient sur son visage sans y laisser aucune ombre et, par-dessus tout, le sourire, ce sourire clair et heureux, étaient faits pour la maison, pour la paix et le bonheur du foyer.

Elle vaquait attentivement aux petits offices de la table. Ayant par hasard levé les yeux pendant que la vieille dame la regardait, elle redressa gaiement ses cheveux simplement nattés sur son front et mit dans son radieux regard une telle expression d'affection et de candide beauté que des esprits bienheureux auraient pu sourire à la contempler.

« Brittles est parti depuis plus d'une heure, n'est-ce pas ? demanda la vieille dame après un moment de silence.

— Une heure douze minutes, Madame, répondit M. Giles en consultant une montre d'argent qu'il avait tirée par son ruban noir.

— Il est toujours lent, fit observer la vieille dame.

— Brittles a toujours été un garçon lent, Madame, répondit le serviteur (soit dit en passant, étant donné que Brittles avait été un garçon lent pendant plus de trente ans, il y avait peu de chances qu'il devînt jamais un garçon rapide).

— Il semble qu'il devienne pire au lieu de s'amender, constata la vieille dame.

— C'est vraiment inexcusable de sa part s'il s'arrête pour jouer avec d'autres garçons », dit en souriant la jeune fille.

M. Giles paraissait se demander s'il serait bienséant de se permettre lui-même un sourire respectueux, quand un cabriolet s'arrêta devant la grille du jardin ; il en jaillit un gros monsieur, qui courut droit à la porte ; rapidement introduit dans la maison par quelque procédé mystérieux, il entra en coup de vent dans la pièce et faillit renverser d'un seul coup et M. Giles et la table du déjeuner.

« Je n'ai jamais ouï pareille chose ! s'exclama le gros monsieur. Ma chère madame Maylie... Dieu me bénisse !... et en pleine nuit... Jamais, non jamais je n'ai ouï chose pareille ! »

Tout en émettant ces paroles de condoléances, il serra la main des deux dames et, approchant une chaise, leur demanda comment elles se sentaient.

« Vous devez être mortes, absolument mortes de peur, continua-t-il. Pourquoi n'avez-vous pas envoyé chercher du secours ? Mon Dieu, mon domestique serait accouru immédiatement ; moi aussi ; et mon assistant en aurait été ravi ; n'importe qui d'ailleurs, dans des circonstances pareilles. Mon Dieu, mon Dieu ! Tout cela était si inattendu ! Et en pleine nuit, encore ! »

Le médecin semblait particulièrement ému du fait que le vol avait été inattendu et été tenté de nuit, comme si c'eût été la coutume établie parmi ces messieurs de la cambriole de traiter leurs affaires de jour et de fixer un rendez-vous par lettre un ou deux jours à l'avance.

« Et vous, mademoiselle Rose, dit le médecin en se tournant vers la jeune fille, je...

— Oh oui ! certainement, dit Rose, l'interrompant ; mais il y a en haut un malheureux, que ma tante désirerait que vous examiniez.

— Ah, c'est vrai, répondit le médecin, en effet. Si j'ai bien compris, Giles, c'est votre œuvre. »

M. Giles, qui s'était affairé à mettre de l'ordre dans les tasses à thé, rougit fortement et déclara qu'il avait eu cet honneur.

« Cet honneur, hé ? dit le médecin ; enfin je ne sais pas trop ; peut-être est-il aussi honorable d'atteindre un voleur dans une arrière-cuisine que de toucher son homme à douze pas. Vous n'avez qu'à vous figurer qu'il a tiré en l'air et que vous vous êtes battu en duel, Giles. »

Le maître d'hôtel, considérant cette façon assez légère de traiter la question comme une tentative injuste pour diminuer sa gloire, répondit respectueusement qu'il n'appartenait pas aux gens de sa sorte d'en juger, mais qu'il était d'avis que ce n'avait pas été une plaisanterie pour son adversaire.

« Parbleu, voilà qui est vrai ! dit le médecin. Où est-il ? Conduisez-moi. Je repasserai vous voir en descendant, madame Maylie. C'est là la petite fenêtre par laquelle il est entré, n'est-ce pas ? Eh bien, jamais je ne l'aurais cru ! »

Sans cesser de parler tout le long du chemin, il suivit M. Giles jusqu'au premier étage ; tandis qu'il monte, nous apprendrons au lecteur que M. Losberne, médecin du voisinage, connu à dix lieues à la ronde comme « le docteur », devait son embonpoint à sa bonne humeur plutôt qu'à la bonne chère ; c'était un vieux célibataire si bon, si cordial, et avec cela si excentrique, qu'aucun explorateur n'aurait pu découvrir son semblable dans un espace cinq fois plus étendu.

Le médecin resta absent beaucoup plus longtemps que ne s'y attendaient ces dames ou lui-même. On alla chercher dans le cabriolet une grande boîte plate ; on agita très souvent la sonnette d'une chambre à coucher ; les domestiques montèrent et descendirent sans cesse ; signes dont on

pouvait justement conclure qu'il se passait là-haut quelque
chose d'important. Enfin, il redescendit ; et, pour répondre
à une interrogation anxieuse sur l'état du blessé, il prit un air
fort mystérieux et ferma soigneusement la porte.

« Tout ceci est vraiment bien extraordinaire, madame
Maylie, déclara le médecin, le dos contre la porte comme
pour la tenir bien fermée.

— Ses jours ne sont pas en danger, j'espère ? dit la vieille
dame.

— Eh mais, cela, ce ne serait pas très extraordinaire,
étant donné les circonstances, répliqua le médecin, encore
que je ne pense pas que ce soit le cas. L'avez-vous vu, ce
voleur ?

— Non, répondit la dame.

— Et vous n'avez rien entendu dire à son sujet ?

— Non.

— Je demande pardon à Madame, dit M. Giles, intervenant, mais j'allais en parler à Madame quand le Dr Losberne est entré. »

Le fait est que M. Giles n'avait pu, tout d'abord, se
résoudre à avouer qu'il n'avait tiré que sur un enfant. On lui
avait décerné de telles louanges pour sa bravoure que, pour
rien au monde, il n'eût pu s'empêcher d'ajourner l'explication de quelques délicieuses minutes durant lesquelles il
avait joui au maximum d'une brève réputation d'indompta-
ble courage.

« Rose désirait voir cet homme, dit Mme Maylie, mais je
n'ai pas voulu en entendre parler.

— Hum ! reprit le médecin. Son aspect n'a rien d'alar-
mant. Auriez-vous une objection à le voir en ma présence ?

— Certainement pas, répondit la vieille dame, si c'est
nécessaire.

— Eh bien, je crois que ce l'est, dit le médecin ; en tout
cas, je suis bien sûr que vous regretteriez profondément de
ne l'avoir pas fait, si vous remettiez cette visite. Il est
parfaitement calme et il ne souffre plus maintenant. S'il vous
plaît... Mademoiselle Rose, voulez-vous me permettre ? Il
n'y a pas la moindre crainte à avoir, je vous en donne ma
parole d'honneur ! »

CHAPITRE XXX

QUI RACONTE CE QUE
LES NOUVEAUX VISITEURS D'OLIVIER
PENSÈRENT DE LUI

Tout en assurant avec beaucoup de loquacité à ces dames qu'elles seraient agréablement surprises par l'aspect du criminel, le médecin attira le bras de la jeune fille sous le sien, et, après avoir tendu sa main libre à Mme Maylie, les mena, avec beaucoup de cérémonie et de majesté, au haut de l'escalier.

« Et maintenant, chuchota le médecin, en tournant doucement la poignée d'une chambre à coucher, nous allons voir ce que vous pensez de lui. Il ne s'est pas rasé bien récemment, mais néanmoins il n'a pas l'air féroce du tout. Attendez, pourtant ! Laissez-moi d'abord vérifier qu'il est bien en état de recevoir des visites. »

Il passa devant les deux femmes pour regarder dans la chambre et, après leur avoir fait signe d'avancer, ferma la porte derrière elles ; puis il écarta doucement les rideaux du lit. Dans celui-ci, au lieu de la farouche brute à sombre figure qu'elles s'attendaient à voir, était étendu un simple enfant, épuisé de douleur et de fatigue, et plongé dans un profond sommeil. Son bras blessé, bandé et éclissé, était posé en travers de sa poitrine ; sa tête reposait sur l'autre, à demi cachée par ses longs cheveux, qui ruisselaient sur l'oreiller.

L'honnête Dr Losberne retint le rideau dans sa main et continua à regarder en silence pendant une minute ou deux. Tandis qu'il observait ainsi le blessé, la plus jeune des deux dames se glissa doucement devant lui et, s'asseyant sur une chaise au chevet du lit, écarta les cheveux qui cachaient le visage d'Olivier. Comme elle se penchait sur lui, ses larmes tombèrent sur le front de l'enfant.

Celui-ci fit un mouvement et sourit dans son sommeil, comme si ces marques de pitié et de compassion avaient éveillé en lui quelque plaisant rêve d'un amour et d'une affection qu'il n'avait jamais connus. C'est ainsi que les doux accords d'un air de musique, le clapotis de l'eau en un lieu silencieux, le parfum d'une fleur ou la mention d'un mot familier feront parfois surgir soudain des souvenirs imprécis de scènes qui n'ont jamais existé en notre vie présente ; souvenirs qui s'évanouissent comme un souffle, qui sembleraient éveillés par quelque brève réminiscence d'une existence plus heureuse, depuis longtemps écoulée, et qu'aucun effort volontaire de l'esprit ne saurait jamais rappeler.

« Qu'est-ce à dire ? s'exclama la vieille dame. Jamais ce pauvre enfant n'a pu être l'élève de voleurs !

— Le vice, répliqua le médecin, tandis qu'il remettait le rideau en place, le vice fait sa demeure dans bien des temples ; qui pourrait affirmer qu'une enveloppe séduisante ne l'abritera pas ?

— Mais à un âge aussi tendre ! allégua Rose.

— Ma chère Demoiselle, reprit le médecin en hochant tristement la tête, le crime, comme la mort, n'est pas réservé à la vieillesse et à la décrépitude. Les plus jeunes et les plus beaux sont trop souvent ses victimes préférées.

— Mais pouvez-vous... oh ! pouvez-vous vraiment croire que ce garçon si délicat ait été volontairement complice des pires déchets de la société ? » dit Rose.

Le médecin eut un hochement de tête qui semblait indiquer que la chose lui paraissait malheureusement très possible ; après quoi, il fit observer que leur présence pourrait troubler le repos du malade, et il conduisit les deux dames dans une pièce voisine.

« Mais même s'il s'est montré pervers, poursuivit Rose, pensez à sa jeunesse ; pensez qu'il a pu ne jamais connaître l'amour d'une mère ni le confort d'un foyer, que les mauvais traitements et les coups ou le manque de pain ont pu le mener à s'associer à des hommes qui l'ont forcé à des actes coupables. Tante, ma chère tante, pour l'amour de Dieu, pensez-y avant de permettre que l'on traîne cet enfant malade en prison, ce qui serait en tout cas pour lui le tombeau de tout espoir d'amendement. Ah, vous qui m'aimez, vous qui savez que je n'ai jamais souffert de l'absence de parents grâce à votre bonté et votre affection, mais que je l'aurais pu, que j'aurais pu être aussi dépourvue de secours et de protection que ce pauvre enfant, ayez pitié de lui avant qu'il soit trop tard !

— Ma chère petite, dit la vieille dame en serrant contre son sein la jeune fille qui pleurait, crois-tu donc que je veuille du mal fût-ce à un cheveu de sa tête ?

— Oh non ! répondit passionnément Rose.

— Non, bien sûr ; mes jours touchent à leur fin et je souhaite trouver la miséricorde que je témoigne à autrui ! Que puis-je faire pour le sauver, Monsieur ?

— Laissez-moi réfléchir, Madame, dit le médecin ; laissez-moi réfléchir. »

M. Losberne plongea les mains dans ses poches et arpenta plusieurs fois la pièce, s'arrêtant souvent pour se balancer sur la pointe des pieds en fronçant affreusement les sourcils.

Après avoir émis diverses exclamations telles que : « J'y suis » et « Non, je n'y suis pas » et avoir chaque fois repris sa marche et ses froncements de sourcils, il finit par s'arrêter brusquement et parler ainsi :

« Je crois que, si vous m'accordez l'autorisation pleine et entière de rudoyer Giles et ce petit Brittles, je pourrai arranger la chose. Giles est un garçon fidèle et un vieux serviteur, je le sais ; mais vous pourrez rattraper cela de mille façons et le récompenser d'être si bon tireur, par-dessus le marché. Vous n'y voyez pas d'inconvénient ?

— Non, à moins qu'il n'y ait une autre façon de préserver l'enfant, répondit Mme Maylie.

— Il n'y en a pas d'autre, déclara le médecin ; aucune autre, vous pouvez m'en croire.

— Dans ce cas, ma tante vous donne pleins pouvoirs, dit Rose en souriant à travers ses larmes ; mais, je vous en prie, ne soyez pas plus dur avec ces pauvres gens qu'il n'est indispensable.

— Vous paraissez croire, répliqua le médecin, que tout le monde est enclin à avoir le cœur dur aujourd'hui, hormis vous-même, mademoiselle Rose. Tout ce que je souhaite pour le bien de la génération masculine montante en général, c'est que le premier jeune soupirant convenable qui se présentera vous trouve dans des dispositions aussi vulnérables et aussi sensibles ; et j'aimerais bien être moi-même assez jeune pour me prévaloir immédiatement d'une occasion aussi favorable que la présente.

— Vous êtes un aussi grand enfant que Brittles lui-même, repartit Rose, toute rougissante.

— Bah ! dit le médecin en riant de bon cœur, voilà qui n'est pas difficile. Mais revenons à ce garçon. Le point le plus important de notre convention reste encore à préciser. Il va se réveiller d'ici une heure environ, je pense ; et j'ai beau avoir dit à ce lourdaud de gendarme qui est en bas qu'il ne faut ni bouger le blessé, ni lui parler, sous peine de mettre sa vie en péril, je pense que nous pouvons sans danger avoir avec lui une petite conversation. Eh bien, voici ce que je stipule : je l'interrogerai en votre présence et si, d'après ses réponses, nous jugeons, si je puis démontrer d'une manière qui satisfasse votre froide raison, qu'il est véritablement mauvais (ce qui est fort possible), nous l'abandonnerons à son sort, sans aucune autre intervention de ma part en tout cas.

— Oh non, ma tante ! s'écria Rose, d'un ton suppliant.

— Oh si, ma tante ! répliqua le médecin. C'est convenu ?

— Il ne peut être endurci dans le vice, dit encore Rose ; ce n'est pas possible.

— Très bien, rétorqua le médecin, alors raison de plus pour accepter ma proposition. »

Le traité fut finalement conclu, et les parties contractantes s'assirent pour attendre, non sans impatience, le réveil d'Olivier.

La patience de ces dames fut mise à plus rude épreuve que le Dr Losberne ne l'avait laissé supposer ; car les heures se succédèrent, et l'enfant sommeillait toujours lourdement. Ce ne fut que le soir, en fait, que le bon docteur vint les avertir que le blessé était enfin en état de soutenir une conversation. Il les prévint que le garçon était très malade, très affaibli par sa perte de sang, mais qu'il avait l'esprit tellement tourmenté par le désir de révéler quelque chose que le médecin trouvait plus sage de lui en fournir l'occasion

que d'insister pour qu'il demeurât calme jusqu'au lendemain matin, ce qu'autrement il eût fait.

L'entretien fut long. Olivier leur raconta toute sa simple
histoire et il fut souvent contraint de s'arrêter par la
souffrance ou le manque de force. Il y avait quelque chose de
solennel à entendre, dans cette chambre enténébrée, la voix
faible du petit malade récapituler la liste obsédante des maux
et des calamités que des hommes cruels lui avaient fait subir.
Ah! si, lorsque nous opprimons et pressurons nos semblables, nous accordions une seule pensée aux sombres témoignages des erreurs humaines qui, tels d'épais et lourds
nuages, s'élèvent jusqu'aux Cieux — lentement, il est vrai,
mais non moins sûrement — pour déverser sur nos têtes leur
vengeance à retardement; si nous entendions, fût-ce un
instant, en imagination, la déposition profonde de la voix
des morts, que nul pouvoir ne saurait étouffer, nul orgueil
intercepter, qu'adviendrait-il des torts et de l'injustice, de la
souffrance, de la misère, de la cruauté et du mal qu'apporte
avec elle la vie de chaque jour?

L'oreiller d'Olivier fut arrangé par de douces mains ce
soir-là et la beauté et la vertu le veillèrent pendant son
sommeil. Il se sentait calme et heureux et serait mort sans un
murmure.

A peine l'entrevue décisive était-elle terminée et Olivier
prêt à se reposer à nouveau que le médecin, après s'être
essuyé les yeux non sans pester contre leur faiblesse
soudaine, descendit l'escalier pour entreprendre M. Giles.
Ne trouvant personne dans les salons, l'idée lui vint qu'il
pourrait peut-être entamer les opérations avec plus d'efficacité dans la cuisine; il s'y rendit donc.

Dans cette chambre basse du parlement domestique se
trouvaient assemblés les servantes, M. Brittles, M. Giles, le
rétameur (qu'on avait exceptionnellement invité à se régaler
pour le restant de la journée en considération de ses services)
et le gendarme. Ce dernier avait un gros bâton, une grosse
tête, de gros traits et de grosses demi-bottes; il avait aussi
l'air d'avoir ingurgité une quantité de bière en proportion,
ce qui était d'ailleurs le cas.

On discutait toujours des événements de la nuit, car

M. Giles était en train de s'étendre sur sa présence d'esprit, quand le Dr Losberne entra; M. Brittles, un pot de bière à la main, corroborait toute chose avant même que son supérieur l'eût articulée.

« Restez assis! dit le médecin en faisant un signe de la main.

— Merci, Monsieur, dit le maître d'hôtel. Madame a désiré qu'on distribue de la bière à tout le monde, Monsieur; et comme je n'étais pas du tout disposé à rester seul dans ma petite chambre, Monsieur, et que j'étais assez en humeur de voir de la compagnie, je prends la mienne ici parmi eux. »

Brittles donna le branle à un murmure général, par lequel ces messieurs et dames étaient censés exprimer le plaisir qu'ils retiraient de la condescendance de M. Giles. Celui-ci promena autour de lui un regard protecteur, comme pour dire que, tant qu'ils se tiendraient convenablement, il ne les abandonnerait pas.

« Comment va le blessé, ce soir, Monsieur? demanda Giles.

— Couci-couça, répondit le médecin. Je crains que vous ne vous soyez mis dans de mauvais draps, monsieur Giles.

— J'espère, Monsieur, dit M. Giles en tremblant, que vous n'entendez pas par là qu'il va mourir. Si je croyais cela, jamais plus je ne pourrais être heureux. Je ne voudrais pas causer la mort d'un enfant, non, même pas celle de Brittles ici présent, pour toute l'argenterie du comté, Monsieur.

— Ce n'est pas la question, dit le médecin d'un air mystérieux. Êtes-vous protestant, monsieur Giles?

— Oui, Monsieur, je le pense, balbutia le maître d'hôtel, qui était devenu très pâle.

— Et vous, mon garçon, qu'êtes-vous? dit le médecin, en se tournant brusquement vers Brittles.

— Dieu me bénisse, Monsieur! répliqua celui-ci en sursautant violemment. Je suis... comme M. Giles, Monsieur.

— Alors, répondez-moi, dit le médecin, tous les deux, tous les deux! Pouvez-vous prendre la responsabilité de jurer que ce garçon qui est en haut est bien celui qu'on a fait passer par la fenêtre la nuit dernière ? Allons, parlez ! On vous attend au tournant. »

Le Dr Losberne, qui était unanimement considéré comme un des êtres les plus placides qui fussent, posa cette question sur un ton de colère si terrible que Giles et Brittles, considérablement troublés par la bière et l'émoi, se considérèrent l'un l'autre dans un état de complète stupeur.

« Prêtez bien attention à leur réponse, gendarme, voulez-vous ? dit le médecin, en agitant le doigt avec une grande solennité et en se tapotant l'arête du nez pour inviter ce digne homme à exercer sa perspicacité au maximum. Il pourra en sortir quelque chose avant peu. »

Le gendarme prit l'air le plus sagace qu'il lui était possible et saisit le bâton, insigne de ses fonctions, qui était resté paresseusement posé au coin de la cheminée.

« Vous remarquerez que c'est une simple question d'identité, dit le praticien.

— C'est cela même, Monsieur, répondit le gendarme en toussant avec une grande violence, car il avait précipitamment terminé sa bière et une partie était passée de travers.

— Voici donc une maison, dans laquelle on s'introduit par effraction, dit le médecin ; deux hommes entrevoient un instant un garçon à travers la fumée de la poudre, et ce dans toute la confusion provoquée par l'alerte et l'obscurité. Et voici un garçon qui se présente le lendemain matin dans cette même maison ; or, simplement parce qu'il se trouve avoir le bras bandé, ces hommes portent violemment la main sur lui — mettant par là sa vie en grand danger — et jurent que c'est le voleur. Eh bien, la question est de savoir si la conduite de ces hommes est justifiée par les faits ; sinon, dans quelle situation se placent-ils ? »

Le gendarme approuva d'un signe de tête profond, en disant que si ce n'était pas là la loi, il voudrait bien savoir ce qui l'était.

« Je vous demande à nouveau, s'écria le médecin d'un ton fulminant, si vous êtes en mesure d'identifier ce garçon, sous la foi d'un serment solennel ? »

Brittles regardait M. Giles d'un air indécis ; M. Giles lui retournait un regard tout aussi indécis ; le gendarme avait mis la main derrière son oreille pour mieux saisir la réponse ; les deux femmes et l'étameur se penchaient en avant pour écouter ; le médecin jetait autour de lui des regards pénétrants, quand on entendit un coup de sonnette à la grille, en même temps qu'un bruit de roues.

« C'est les sergents ! s'écria Brittles, selon toute apparence fort soulagé.

— Les quoi ? s'exclama le médecin, pantois à son tour.

— Les sergents de police de Bow Street, Monsieur, répondit Brittles, tout en saisissant une bougie. Moi et M. Giles, on les a envoyé chercher ce matin.

— Comment ! s'écria le docteur.

— Oui, j'ai envoyé un message par le conducteur de la diligence et je suis étonné qu'y soyent pas arrivés plus tôt, Monsieur.

— Ah, oui, vraiment ! Eh bien, la peste soit de votre... de vos diligences qui sont si lentes par ici ; c'est tout », dit le médecin en s'éloignant.

CHAPITRE XXXI

QUI COMPORTE UNE SITUATION CRITIQUE

« Qui est là ? demanda Brittles, qui entrouvrit la porte sans ôter la chaîne et risqua un coup d'œil au-dehors en abritant la bougie derrière sa main.

— Ouvrez ! répondit une voix ; c'est les officiers de police de Bow Street qu'on a envoyé chercher ce matin. »

Fort soulagé par cette assurance, Brittles ouvrit toute grande la porte et se trouva en face d'un homme corpulent, revêtu d'un manteau, qui entra sans rien ajouter et essuya ses souliers sur le paillasson avec la même tranquillité que s'il habitait la maison.

« Envoyez donc quelqu'un pour relever mon collègue, voulez-vous, jeune homme, dit le policier ; il est dans le cabriolet, à surveiller le canasson. Vous avez-t-y une remise ici où qu'on pourrait le mettre pour cinq ou dix minutes ? »

Brittles ayant répondu par l'affirmative en désignant le bâtiment, l'homme corpulent retourna à la grille du jardin et aida son compagnon à remiser la voiture, tandis que le domestique les éclairait en les regardant avec la plus grande admiration. Cela fait, ils revinrent à la maison, où, introduits dans un salon, ils retirèrent leurs manteaux et leurs chapeaux, se montrant ainsi au naturel.

Celui qui avait frappé à la porte était un gros personnage de taille moyenne, âgé d'une cinquantaine d'années ; il avait des cheveux noirs luisants, coupés assez court, des pattes de lapin, une face ronde et des yeux vifs. L'autre, qui portait des bottes à revers, était un rouquin osseux et ne payait guère de mine avec son nez retroussé à l'aspect menaçant.

« Dites à votre patron que Blathers et Duff[1] y sont là, voulez-vous ? dit le gros, qui, après s'être lissé les cheveux, posa sur la table une paire de menottes. Ah, bonsoir, mon bourgeois. Est-ce que je pourrais vous dire quelques mots en particulier, s'y vous plaît ? »

Ceci s'adressait à M. Losberne, qui venait d'apparaître ; il fit signe à Brittles de se retirer, introduisit les deux dames et ferma la porte.

« Voici la maîtresse de maison », dit-il en désignant Mme Maylie.

M. Blathers s'inclina. Invité à s'asseoir, il posa son chapeau à terre et, prenant une chaise, fit signe à Duff d'en faire autant. Ce dernier, qui ne paraissait pas avoir tout à fait le même usage du monde ou la même aisance en pareille compagnie — l'un ou l'autre —, s'assit d'un air gêné, après avoir subi diverses affections musculaires dans les membres et fourré le pommeau de sa canne dans sa bouche.

« Alors, pour ce qui est de ce vol, patron, dit Blathers, quels sont les faits ? »

M. Losberne, qui paraissait désireux de gagner du temps, les rapporta en grand détail, avec beaucoup de circonlocutions, tandis que MM. Blathers et Duff l'écoutaient d'un air fort entendu, en échangeant de temps à autre un signe de tête.

« Je ne peux rien affirmer tant qu' j'ai pas vu le travail, bien sûr, dit Blathers ; mais ma première opinion — ça m'est égal de me mouiller jusque-là — c'est qu' ça a pas été fait par un bouseux, hein, Duff ?

— Certainement pas, répondit Duff, approbateur.

— Si je traduis le mot " bouseux " pour le bénéfice de ces dames, je dois sans doute comprendre que cette tentative n'est pas le fait d'un campagnard ? dit en souriant M. Losberne.

— C'est bien ça, patron, répondit Blathers. C'est tout ce que vous avez à nous dire du vol, alors ?

— C'est tout.

— Eh bien, qu'est-ce que c'est que cette histoire d'un garçon de quoi qu'y causent, les domestiques ? s'enquit Blathers.

— Rien du tout, répondit le médecin. Un des domestiques, dans sa frayeur, s'est mis dans la tête que le gamin avait quelque chose à voir avec la tentative de cambriolage ; mais c'est une idée biscornue, une pure absurdité.

— Vous liquidez facilement la question, fit observer Duff.

— Ce qu'il dit est bien vrai, s'écria Blathers en hochant la tête pour confirmer les paroles de son collègue et en jouant négligemment avec ses menottes comme il eût fait d'une paire de castagnettes. Qui est ce garçon ? Quels renseignements est-ce qu'il donne sur lui-même ? D'où qu'y vient ? Il n'est pas tombé des nues, s'pas, patron ?

— Bien sûr que non, répondit le médecin en jetant aux deux dames un coup d'œil inquiet. Je connais toute son histoire ; mais nous pourrons parler de cela plus tard. Je pense que vous voudrez d'abord voir l'endroit où les voleurs ont effectué leur tentative !

— Certainement, reprit M. Blathers. On ferait mieux de commencer par inspecter les lieux et on examinera les domestiques après. C'est la façon habituelle de mener une affaire. »

On apporta alors de quoi s'éclairer et MM. Blathers et Duff, assistés de l'agent local, de Brittles, de Giles, bref de toute la maisonnée, se rendirent dans la petite pièce située au bout du vestibule et regardèrent au-dehors par la fenêtre ; après quoi, ils firent le tour par la pelouse et regardèrent au-dedans par la fenêtre ; ensuite, ils se firent donner une bougie pour inspecter le volet, puis une lanterne pour suivre les traces de pas, et enfin une fourche pour fouiller les buissons. Cela fait au milieu de l'intérêt palpitant de chacun, ils rentrèrent ; M. Giles et Brittles durent alors donner une représentation mélodramatique de la part qu'ils avaient prise aux aventures de la nuit précédente, représentation qu'ils répétèrent six fois de suite en ne se contredisant l'un l'autre que sur un point important la première fois et sur une douzaine la dernière. Quand on eut atteint ce résultat, Blathers et Duff firent sortir tout le monde et tinrent un long conciliabule, en comparaison du secret et de la solennité duquel une consultation entre grands praticiens sur la plus épineuse des questions ne paraîtrait que jeu d'enfants.

Pendant ce temps, le Dr Losberne, quelque peu inquiet, arpentait la pièce voisine, tandis que Mme Maylie et Rose le regardaient avec une expression anxieuse.

« Vraiment, dit-il en s'arrêtant après avoir accompli un grand nombre de virevoltes, je ne sais trop que faire.

— Mais, dit Rose, l'histoire de ce pauvre enfant, si on la rapporte fidèlement à ces hommes, suffira sûrement à le disculper.

— J'en doute, ma chère Demoiselle, répondit le médecin en hochant la tête. Je ne crois pas que cela le disculperait à leurs yeux, non plus qu'à ceux de représentants de la loi d'un ordre plus élevé. Qu'est-il donc après tout ? diraient-ils : un simple fugitif. Si on le juge sur des considérations et des probabilités matérielles, son histoire est pour le moins très suspecte.

— Mais vous y croyez, n'est-ce pas ? dit Rose, l'interrompant.

— Moi, j'y crois, oui, aussi étrange qu'elle soit ; et, en cela, peut-être suis-je une vieille bête, répondit le médecin ; mais je ne crois pas, cependant, que cette histoire soit exactement ce qui convient à un officier de police exercé.

— Pourquoi pas ? demanda Rose.

— Parce que, ma belle inquisitrice, elle contient, de leur point de vue, maintes choses assez louches ; l'enfant ne peut fournir la preuve que de ce qui est contre lui et non de ce qui est en sa faveur. Ces satanés gens-là veulent absolument connaître les causes et les raisons des choses et ils n'admettent rien sans preuves. De son propre aveu, voyez-vous, il vit depuis quelque temps déjà dans la compagnie de voleurs ; il a été amené au poste de police sous l'inculpation de vol à la tire aux dépens d'un monsieur ; il a été enlevé de force de chez ce monsieur pour être transporté en un lieu qu'il ne peut ni décrire ni désigner et dont il ignore totalement l'emplacement. Il est entraîné de gré ou de force jusqu'à Chertsey par des hommes qui semblent s'être violemment entichés de lui ; on le fait passer par une fenêtre pour cambrioler une maison ; et puis, juste au moment où il va donner l'alarme et faire ainsi la seule chose qui aurait tout arrangé pour lui, voilà que se précipite à la traverse un sacré maladroit de maître d'hôtel qui lui tire dessus ! comme pour l'empêcher exprès de faire ce qui aurait pu lui rendre service ! Vous ne voyez donc pas tout cela ?

— Bien sûr que je le vois, répliqua Rose en souriant d'une telle impétuosité ; mais je n'y vois toujours pas de quoi incriminer ce pauvre enfant.

— Non, évidemment ! Dieu bénisse les beaux yeux de vos semblables ! Ils ne voient jamais, dans le bien comme dans le mal, qu'un seul côté de la question ; et c'est toujours celui qui se présente en premier. »

Après avoir ainsi formulé ce qui ressortait de son expérience, le médecin enfonça ses mains dans ses poches et recommença d'arpenter la pièce, avec plus de précipitation encore que devant.

« Plus j'y pense, dit-il, et plus je vois que, si nous mettons ces hommes au courant de l'histoire réelle de l'enfant, cela entraînera des ennuis et des difficultés sans fin. Je suis certain qu'on n'y croira pas ; et, même si on ne peut rien lui faire en fin de compte, le seul fait de livrer cette histoire au grand jour en même temps que tous les doutes qu'elle suscite, contrecarrera gravement le plan charitable que nous formons pour le sauver de la misère.

— Ah, que faire ? s'écria Rose. Mon Dieu, mon Dieu ! pourquoi ont-ils été chercher ces gens-là ?

— Pourquoi, en effet ! s'exclama Mme Maylie. Je ne les aurais pas voulus ici pour un empire.

— Tout ce que je sais, dit enfin M. Losberne en s'asseyant avec une sorte de calme désespoir, c'est qu'il nous faut essayer de payer d'audace. Le but est louable : ce sera là notre excuse. L'enfant présente de forts symptômes de fièvre ; il n'est plus en état de supporter un interrogatoire ; c'est toujours ça de gagné. Il faut en tirer le maximum ; si c'est peu, ce n'est pas notre faute. Entrez !

— Eh bien, patron, dit Blathers, en pénétrant dans la pièce suivi de son collègue, et en fermant soigneusement la porte avant de poursuivre, c'était pas un coup monté.

— Et que diable appelez-vous un coup monté ? s'enquit le docteur avec impatience.

— Ce qu'on appelle un coup monté, Mesdames, dit Blathers en se tournant de leur côté comme s'il avait pitié de leur ignorance et méprisait celle du docteur, c'est quand les domestiques y sont dedans.

— Dans le cas présent, personne ne les en a jamais soupçonnés, dit Mme Maylie.

— C'est bien probable, Madame, répliqua Blathers ; mais ils auraient pu être dans le coup malgré ça.

— Et même d'autant plus à cause de ça, dit Duff.

— Nous, on a l'impression que le poupard a été nourri à Londres, dit Blathers, poursuivant son compte rendu, pasque c'est du boulot de première.

— Très joli, oui, fit observer Duff, à mi-voix.

— Y z'étaient deux, continua Blathers, et y z'avaient un gosse avec eux : ça c'est clair, quand on voit la dimension de la fenêtre. C'est tout ce qu'on peut dire pour le moment. On va voir tout de suite ce gamin qu'est là-haut, s'y vous plaît.

— Peut-être d'abord ces messieurs prendraient-ils quelque chose, madame Maylie ? dit le médecin, dont le visage s'éclaira comme si quelque idée nouvelle lui était venue.

— Ah, mais certainement, s'exclama Rose avec empressement. Tout de suite, si vous voulez bien.

— Oh merci, Mademoiselle ! dit Blathers en passant sa manche sur sa bouche ; c't' un genre de travail qui donne soif. Ce que vous aurez sous la main, Mademoiselle ; vous dérangez pas pour nous.

— Que voulez-vous boire ? demanda le Dr Losberne en suivant la jeune fille jusqu'au buffet.

— Une goutte d'eau-de-vie, patron, si ça vous est égal, répondit Blathers. Y fait froid sur la route, Madame, et j'ai toujours trouvé que l'alcool, ça réchauffe le cœur. »

Cet intéressant renseignement s'adressait à Mme Maylie, qui le reçut le plus gracieusement du monde. Tandis qu'on le lui communiquait, le Dr Losberne s'esquiva.

« Ah ! fit Blathers, qui, au lieu de tenir son verre par la tige, en saisit le pied entre le pouce et l'index de la main gauche et le plaça devant sa poitrine ; j'en ai vu des affaires de ce genre dans ma vie, Mesdames !

— Ce cambriolage de la ruelle de derrière à Edmonton, hein, Blathers, ajouta M. Duff pour seconder la mémoire de son collègue.

— Oui, c'était bien un truc du même genre, s'pas ? répondit M. Blathers ; c'était du Chickweed [1]-le-Piffard, ça !

— Tu le lui as toujours attribué, répliqua Duff. Mais c'était le Chouchou-de-la-Pègre, j' te dis. Le Piffard avait pas plus à y voir que moi.

— Eh va donc ! rétorqua M. Blathers ; j' m'y connais. Tu te rappelles cette fois, quand le Piffard s'est fait grinchir son argent, pourtant ? Quel barouf ça a fait ! Ça valait tous les romans.

— De quoi parlez-vous donc ? s'enquit Rose, désireuse d'encourager tout symptôme de bonne humeur chez les indésirables visiteurs.

— C'était un vol, Mademoiselle, que presque personne il aurait pu tirer au clair, dit Blathers. Ce Chickweed-le-Piffard...

— Piffard, c'est comme qui dirait qu'il a un grand nez, Madame, expliqua Duff.

— Madame le sait bien, pour sûr ? reprit M. Blathers. T'es tout le temps à interrompre, collègue ! Donc, ce Chickweed-le-Piffard, Mademoiselle, y tenait une taverne du côté de Battlebridge et il avait une cave où pas mal de jeunes messieurs allaient voir des combats de coqs, des

parties de blaireaux [1] et des machins comme ça; et c'était
tout c' qu'y a d'intellectuel comme organisation, j' peux
vous le dire, moi qui l'ai vu souvent. Il était pas d' la pègre, à
c't'époque-là; et une nuit, on l'a refait de trois cent vingt-
sept guinées qu'étaient dans un sac de toile, qu'ont été
volées dans sa chambre en plein milieu de la nuit par un
grand type qu'avait un bandeau noir sur l'œil, qui s'était
caché sous le lit, et après qu'il a eu commis le vol, il a sauté
par la fenêtre, qu'était qu'au premier. Il avait pas perdu de
temps. Mais le Piffard, il en a pas perdu non plus, pasqu'il
avait été réveillé par le bruit, et il s'est précipité à bas de son
lit et il lui a déchargé une pétoire dessus et il a réveillé tout le
quartier. On a tout de suite organisé la poursuite et quand y
z'ont regardé un peu autour d'eux, y z'ont vu que le Piffard
avait touché le voleur, vu qu'y avait des traces de sang tout
du long jusqu'à une palissade assez loin de là; et puis là, on
les a plus trouvées. En tout cas, y s'était tiré avec la pépette;
la conséquence, c'est que le nom de M. Chickweed, taulier
patenté, a paru dans *La Gazette* au milieu des autres
faillites; et on a organisé toutes sortes de matches et de
souscriptions à son bénéfice, et j' sais-t'y quoi encore pour
tirer d'affaire le pauvre homme, qu'était très abattu par sa
perte et qu'avait erré dans les rues pendant trois ou quat'
jours en s'arrachant les cheveux avec tant de désespoir que
bien des gens y z'avaient peur qu'il aille se détruire. Un jour,
y s'est précipité au poste de police, où il a eu un entretien
privé avec le magistrat, qui, après pas mal de parlote, sonne
et fait venir Jem Spyers [2] (Jem, c'était un officier qu'avait
d'l'allant) et il y dit d'aller aider M. Chickweed à arrêter
l'homme qu'avait cambriolé sa maison. " J' l'ai vu, Spyers,
que dit Chickweed, qu'a passé devant chez moi hier matin.
— Pourquoi qu' vous l'avez pas empoigné? que dit Spyers.
— J'étais tellement estomaqué qu'on aurait pu me casser la
tête avec un cure-dent, qu'y dit l' pauvre homme; mais on
est sûrs de l'avoir, pasqu'il a repassé entre dix et onze heures
du soir. " Aussitôt que Spyers il entend ça, il met du linge
propre et son peigne dans sa poche pour si y d'vrait rester un
jour ou deux; et le v'là parti s'installer à une des fenêtres de
la taverne, derrière le petit rideau rouge, avec son chapeau

sur la tête, tout prêt à bondir dehors à la première alerte. Il
était en train de fumer sa pipe là, tard le soir, quand tout à
coup Chickweed s' met à gueuler : " Le v'là ! Au voleur ! A
l'assassin ! " Jem Spyers saute dehors et là, y voit Chickweed
qui dévale la rue en criant à pleins poumons. Spyers file,
Chickweed continue, tout le monde hurle : " Aux voleurs ! " et Chickweed soi-même continue à gueuler tout
le temps comme un fou. Spyers le perd de vue un instant
quand il tourne le coin de la rue ; il tourne aussi le coin à
toute barde, il voit un attroupement, il plonge dedans. " Où
qu'est le type ? — Bon Dieu ! que dit Chickweed. Y m'a-
t'encore échappé ! " C'est curieux, mais on a pas pu le
trouver nulle part ; alors y sont rentrés au cabaret. Le
lendemain matin, Spyers reprit sa place derrière le rideau
pour repérer un grand type avec un bandeau noir sur l'œil
jusqu'à ce que ses yeux à lui lui en fassent mal. A la fin, il a
pas pu s'empêcher de les fermer une minute pour les
reposer ; juste à ce moment, il entend Chickweed qui
braille : " Le voilà ! " Y refile de nouveau, avec Chickweed
qu'est déjà à la moitié de la rue d'vant lui ; et après une
course double de celle de la veille, le type s'est encore
esbigné ! Et ça a r'commencé encore une ou deux fois
comme ça, au point que la moitié des voisins y s'sont mis à
dire que M. Chickweed il avait été volé par le diable, qui lui
jouait après ça des tours, et l'autre moitié que ce pauvre
M. Chickweed était devenu fou de chagrin.

— Et qu'en disait Jem Spyers ? demanda le Dr Losberne,
qui était revenu dans la pièce peu après le début du récit.

— Jem Spyers, reprit le policier, il dit rien du tout
pendant assez longtemps ; il écoutait tout sans en avoir l'air,
c' qui prouve qu'y connaissait son boulot. Mais un matin, il
est entré dans la salle du cabaret et, sortant sa tabatière, y
dit : " Chickweed, j'ai trouvé qui a commis le vol. —
Vraiment ? que dit Chickweed. Ah, mon cher Spyers, tout
ce que je veux, c'est ma vengeance et je pourrai mourir
content ! Ah, mon cher Spyers, où est-elle, cette canaille ? —
Allons, que dit Spyers, en lui offrant une prise, assez de
bobards ! T'as fait l' coup toi-même. " Et c'était vrai ; et il en
avait retiré un bon petit magot ; et personne l'aurait

découvert s'il avait pas tant voulu sauver les apparences ! dit
M. Blathers en posant son verre et en faisant cliqueter les
menottes.

— Très curieux, vraiment, fit observer le médecin. Et
maintenant, si vous le voulez bien, vous pouvez monter.

— Si *vous* le voulez bien, Monsieur », répliqua Blathers.

Et, sur les talons du Dr Losberne, les deux policiers se
rendirent à la chambre d'Olivier ; tandis que M. Giles
précédait le groupe, avec une bougie allumée.

Olivier venait de somnoler, mais il paraissait cependant
plus mal et il était plus fiévreux qu'on ne l'avait vu
jusqu'alors. Avec l'aide du docteur, il parvint à s'asseoir
dans son lit pour quelques minutes et regarda les deux
inconnus sans rien comprendre à ce qui se passait — en fait,
il ne semblait pas même se souvenir de l'endroit où il se
trouvait, ni de ce qui était arrivé.

« Voici, dit le Dr Losberne en parlant assez bas quoique
avec beaucoup de véhémence, voici le gamin qui, après avoir
été blessé accidentellement par un piège à fusil alors qu'il
s'était introduit pour s'amuser dans le parc de M. Machin-
chose, là derrière, est venu ici ce matin demander du secours
et a été immédiatement empoigné et maltraité par cet
intelligent personnage que vous voyez avec sa bougie à la
main, lequel a mis ainsi la vie de l'enfant en très grand
danger, comme je peux, en tant que médecin, le certifier. »

MM. Blathers et Duff regardèrent M. Giles ainsi recommandé à leur attention. Le maître d'hôtel abasourdi reporta
son regard des deux policiers sur Olivier et de celui-ci sur
M. Losberne, avec une expression mêlée de crainte et de
perplexité des plus comiques.

« Vous n'allez pas nier cela, je suppose ? dit le médecin en
recouchant doucement Olivier.

— Tout ça, je l'ai... je l'ai fait pour le mieux, Monsieur !
Je vous assure que je croyais que c'était bien le garçon, sans
quoi je ne l'aurais pas touché. Je ne suis pas d'un naturel
inhumain, Monsieur.

— Vous avez cru que c'était quel garçon ? s'enquit le
premier des policiers.

— Le gamin des cambrioleurs, Monsieur! répondit Giles. Ils... ils avaient sûrement un gamin avec eux.

— Eh bien, et maintenant le croyez-vous toujours? demanda Blathers.

— Si je crois quoi, maintenant? répondit Giles en regardant le questionneur d'un œil atone.

— Croyez-vous que c'est le même garçon, bougre d'âne! s'écria Blathers avec impatience.

— Je ne sais pas; je ne sais vraiment pas, dit Giles avec une expression lugubre. Je ne pourrais pas le jurer.

— Qu'en pensez-vous? demanda M. Blathers.

— Je ne sais pas que penser, répondit le pauvre Giles. Je ne crois pas que c'est le garçon; je suis presque sûr que non, même. Vous savez bien que ça ne peut pas être lui.

— Est-ce que cet homme a bu? s'enquit Blathers en se tournant vers le médecin.

— Quel bougre d'embrouillaminé! » déclara Duff avec un suprême dédain.

Pendant ce court dialogue, le Dr Losberne avait pris le pouls du malade; il se leva alors de la chaise qui se trouvait au chevet du lit et fit observer que, si ces messieurs avaient des doutes sur la question, ils seraient peut-être heureux de passer dans la chambre voisine pour faire comparaître Brittles.

Suivant cette suggestion, ils se rendirent dans une autre pièce, où M. Brittles, convoqué, s'empêtra ainsi que son respecté supérieur dans un si magnifique dédale de nouvelles contradictions et impossibilités qu'il n'aboutit à faire la lumière que sur la profonde désorientation de son propre récit; à part cela, ses déclarations tendaient à ceci qu'il ne saurait reconnaître le véritable garçon si on le lui présentait à ce moment même, qu'il avait pris Olivier pour celui-ci uniquement parce que M. Giles avait dit que c'était lui, et que M. Giles avait reconnu, cinq minutes avant, dans la cuisine, qu'il commençait à avoir bien peur de s'être montré un peu inconsidéré.

Entre autres conjectures ingénieuses, on souleva la question de savoir si M. Giles avait réellement atteint quelqu'un;

or l'examen du pistolet qui faisait la paire avec celui dont il avait usé, révéla qu'il n'avait d'autre charge destructive que de la poudre et du papier gris, découverte qui fit une impression considérable sur tout le monde, hormis sur le Dr Losberne, qui avait retiré la balle quelque dix minutes auparavant. Mais c'est encore sur M. Giles lui-même que cette impression fut la plus forte ; après avoir vécu plusieurs heures dans la crainte d'avoir blessé mortellement un de ses semblables, il se saisit avidement de cette nouvelle idée et la soutint de toutes ses forces. Finalement, les policiers, sans se préoccuper outre mesure d'Olivier, laissèrent dans la maison le gendarme de Chertsey et s'en allèrent coucher en ville après avoir promis de revenir le lendemain matin.

Ce lendemain matin se répandit le bruit que, dans la prison de Kingston, se trouvaient deux hommes et un garçon, arrêtés pendant la nuit dans des circonstances suspectes ; à Kingston donc se rendirent MM. Blathers et Duff. Les circonstances suspectes se ramenant toutefois, après enquête, au seul fait que les délinquants avaient été découverts en train de dormir sous une meule de foin (ce qui, encore que constituant un très grand crime, n'est punissable que d'emprisonnement et n'est pas tenu, aux yeux miséricordieux de la loi anglaise et de son compréhensif amour de tous les sujets du roi, pour une preuve suffisante, en l'absence de tout autre fait, que le dormeur ou les dormeurs soient coupables de cambriolage accompagné de violences et par conséquent passibles de la peine de mort), MM. Blathers et Duff s'en revinrent, Gros-Jean comme devant.

Bref, après un complément d'enquête et force entretiens supplémentaires, un magistrat du voisinage se laissa volontiers persuader d'accepter que Mme Maylie et M. Losberne fussent garants d'Olivier au cas où sa comparution serait jugée nécessaire ; Blathers et Duff, après avoir été gratifiés d'une couple de guinées, rentrèrent à Londres avec des opinions divisées sur leur expédition : le second de ces messieurs inclinant à croire, après avoir mûrement considéré toutes les circonstances, que la tentative de cambriolage avait pris naissance chez le Chouchou-de-la-Pègre ; tandis que le premier était enclin à en accorder tout le mérite au grand M. Chickweed-le-Piffard.

Entre-temps, Olivier reprenait des forces et se rétablissait peu à peu grâce aux soins réunis de Mme Maylie, de Rose et du bon Dr Losberne. Si les prières ferventes jaillies de cœurs débordants de gratitude sont entendues dans les Cieux — et, sinon, lesquelles le seraient ? — les bénédictions que le jeune orphelin appela sur eux ne manquèrent pas de pénétrer au fond de leur âme pour y répandre la paix et la joie.

CHAPITRE XXXII

DE L'HEUREUSE EXISTENCE QU'OLIVIER COMMENÇA DE MENER CHEZ SES BIENFAISANTS AMIS

Les maux d'Olivier n'étaient ni légers ni peu nombreux. Outre la souffrance causée par un membre cassé et la lenteur de sa guérison, son exposition au froid et à l'humidité avait entraîné des accès de fièvre intermittents, qui le harcelèrent durant bien des semaines et l'affaiblirent considérablement. Mais à la longue, il commença à se rétablir lentement et à pouvoir dire parfois, d'une voix entrecoupée de larmes, combien profondément le touchait la bonté des deux dames si douces et combien ardemment il souhaitait pouvoir faire quelque chose pour montrer sa gratitude quand il aurait retrouvé force et santé ; quelque chose qui leur permît de voir l'amour et la reconnaissance dont regorgeait son cœur ; quelque chose, si peu que ce fût, qui leur prouvât que leur tendre bonté n'avait pas été prodiguée en vain, mais que le pauvre enfant que leur charité avait sauvé de la misère et de la mort était ardemment désireux de les servir de tout son cœur et de toute son âme.

« Pauvre garçon, dit Rose un jour qu'Olivier avait tenté de prononcer d'une voix faible les paroles de gratitude qui montaient à ses lèvres pâles. Tu auras bien des occasions de nous servir, si tu le veux. Nous allons nous installer à la campagne, et ma tante a l'intention de t'emmener avec nous. Le calme, l'air pur et tous les plaisirs et les charmes du printemps te remettront en quelques jours. Nous aurons mille manières de t'employer, dès que tu pourras en supporter la fatigue.

— La fatigue! s'écria Olivier. Oh, ma chère Mademoiselle! Si seulement je pouvais travailler pour vous; si seulement je pouvais vous faire plaisir en arrosant vos fleurs, en m'occupant de vos oiseaux ou en courant à droite et à gauche tout le long de la journée pour vous rendre heureuse, que ne donnerais-je pour le faire?

— Tu ne donneras rien du tout, dit Mlle Maylie en souriant, car, comme je te l'ai déjà dit, nous t'emploierons de mille manières; et si tu te donnes seulement la moitié de la peine que tu me promets maintenant, tu me rendras certes très heureuse.

— Heureuse, Mademoiselle! Comme vous êtes bonne de me dire cela!

— Tu me rendras plus heureuse que je ne saurais dire, reprit la jeune fille. La pensée que ma bonne chère tante ait pu sauver quelqu'un d'une misère aussi affreuse que celle que tu nous as décrite m'offrirait déjà une joie inexprimable; mais savoir que l'objet de sa bonté et de sa compassion lui en est si sincèrement reconnaissant et dévoué me ravirait plus que tu ne le pourrais l'imaginer. Me comprends-tu bien? demanda-t-elle, en observant le visage pensif d'Olivier.

— Oh, oui, Mademoiselle, oui! répondit celui-ci avec ardeur; mais j'étais en train de penser que je suis ingrat en ce moment.

— Envers qui?

— Envers le bon monsieur et la chère vieille gouvernante qui ont pris si grand soin de moi auparavant, reprit l'enfant. S'ils savaient combien je suis heureux, ils se réjouiraient, j'en suis bien sûr.

— Je n'en doute pas, répondit la bienfaitrice d'Olivier; et M. Losberne a déjà été assez gentil pour promettre de t'amener les voir, quand tu seras assez bien pour supporter le voyage.

— Vraiment, Mademoiselle? s'écria Olivier, dont le

visage s'éclaira. Je ne sais trop ce que la joie me poussera à faire en revoyant leurs bons visages ! »

Peu de temps après, Olivier fut suffisamment rétabli pour supporter la fatigue de cette excursion. Un matin, donc, M. Losberne et lui se mirent en route dans une petite voiture qui appartenait à Mme Maylie. Quand ils arrivèrent au pont de Chertsey, Olivier pâlit brusquement et poussa un grand cri.

« Qu'a donc ce garçon ? s'exclama le médecin, comme d'ordinaire tout agité. Vois-tu, entends-tu, sens-tu quelque chose — dis-moi ?

— Là, Monsieur, s'écria Olivier en montrant quelque chose par la portière. Cette maison !

— Oui, eh bien, quoi ? Arrêtez, cocher ; arrêtez ici, cria le médecin. Et alors qu'est-ce qu'elle a, cette maison, mon garçon, hein ?

— Les voleurs... c'est la maison où ils m'ont amené ! murmura Olivier.

— Bon sang ! s'écria le médecin. Holà ! laissez-moi descendre ! »

Mais avant que le cocher ait eu le temps de sauter de son siège, le Dr Losberne avait dégringolé de la voiture de façon ou d'autre, s'était précipité vers le logis abandonné, et donnait de grands coups de pied dans la porte, comme un fou.

« Et alors ? dit un vilain petit bossu qui ouvrit la porte si brusquement que le docteur, entraîné par la force de son dernier coup de pied, faillit tomber en avant dans le vestibule. Qu'est-ce qu'il y a ?

— Ce qu'il y a ? s'écria l'autre, en le saisissant au collet sans réfléchir un instant. Beaucoup de choses, à commencer par un vol !

— Il y aura aussi un meurtre si vous ne me lâchez pas, répondit froidement le bossu. Vous m'entendez ?

— Je vous entends, dit le médecin en secouant vigoureusement son captif. Où est... comment s'appelle-t-il, ce gredin, que le diable l'emporte !... Sikes, c'est ça. Où est Sikes, espèce de bandit ? »

Le bossu écarquilla les yeux, comme sous l'excès d'un

ahurissement indigné ; puis, se dégageant de l'étreinte du
médecin par une adroite torsion du corps, il déversa un flot
d'horribles jurons et se retira dans la maison. Avant qu'il eût
pu refermer la porte, cependant, le Dr Losberne était passé
dans une pièce, sans autres pourparlers. Il jeta autour de lui
un regard anxieux ; pas un meuble, pas un vestige de quoi
que ce fût d'animé ou d'inanimé, pas même la place des
placards ne répondait à la description qu'avait donnée
Olivier !

« Eh bien ! dit le bossu, qui l'avait observé avec attention.
Qu'est-ce que cela signifie d'entrer chez- moi avec cette
violence ? Avez-vous l'intention de me voler ou de m'assassiner ? Lequel des deux ?

— A-t-on jamais vu quelqu'un venir faire l'un ou l'autre
en voiture à deux chevaux, vieux vampire ridicule ? dit
l'irascible médecin.

— Que voulez-vous, alors ? demanda le bossu. Fichez-
moi le camp d'ici, avant que je fasse un malheur ! Allez au
diable !

— Je partirai quand je le jugerai opportun, dit M. Losberne en regardant dans la pièce voisine qui, de même que la
première, ne ressemblait aucunement à ce qu'en avait
rapporté Olivier. Je vous démasquerai bien un de ces jours,
mon ami.

— Vraiment ? dit en ricanant le vilain infirme. Si jamais
vous me voulez, je suis ici. Je n'y ai pas vécu tout seul
comme un maboul pendant vingt-cinq ans pour avoir peur
de vous. Vous me le paierez, oui, vous me paierez ça ! »

Et, ce disant, le petit démon tordu lança un hurlement
aigu et se mit à trépigner, comme fou de rage.

« Tout cela est assez stupide, murmura le docteur à part
lui ; le petit a dû faire erreur. Allons ! Mettez ça dans votre
poche et enfermez-vous de nouveau. »

Ce disant, il jeta une pièce au bossu ; puis il revint à la
voiture.

L'homme le suivit jusqu'à la portière, en proférant tout
du long les pires imprécations et les jurons les plus féroces ;
mais, comme M. Losberne se détournait pour parler au
cocher, il regarda dans la voiture et observa un instant

Olivier d'un œil si aigu et si farouche et en même temps si furieux et si vindicatif que, éveillé ou endormi, l'enfant ne put l'oublier durant des mois. Il continua de faire entendre les plus affreuses imprécations jusqu'à ce que le conducteur eût repris sa place et, quand ils furent enfin repartis, ils purent encore le voir à quelque distance en arrière, en train de taper du pied et de s'arracher les cheveux dans un transport de rage réelle ou simulée.

« Je suis un âne ! dit le Dr Losberne, après un long silence. Le savais-tu, Olivier ?

— Non, Monsieur.

— Eh bien, ne l'oublie pas une autre fois.

« Un âne, répéta le médecin, après un nouveau silence de quelques minutes. Même si ç'avait été vraiment le bon endroit et si ceux que nous voulions s'étaient vraiment trouvés là, qu'aurais-je pu faire, à moi tout seul ? Et si j'avais eu de l'aide, je n'aurais pas pu obtenir d'autre résultat que de m'exposer moi-même et de révéler inévitablement la façon dont j'avais étouffé cette affaire. Je ne l'aurais pas volé d'ailleurs. Je passe mon temps à me fourrer dans de mauvais cas, en agissant trop impulsivement. Ça m'aurait peut-être fait le plus grand bien. »

Le fait est que l'excellent docteur, de sa vie entière, n'avait jamais agi autrement que par impulsion, et ce n'était pas un mince compliment à la nature des impulsions qui le gouvernaient que, bien loin de se trouver entraîné dans des ennuis et des mésaventures particulières, il jouît du respect et de l'estime les plus chaleureux de tous ceux qui le connaissaient. A vrai dire, pendant une minute ou deux, il fut un peu irrité d'avoir été déçu dans son espoir de se procurer une preuve qui corroborât l'histoire d'Olivier dès la première occasion qui lui en avait été offerte. Il s'apaisa vite cependant ; et, voyant que les réponses de l'enfant à ses questions étaient toujours aussi franches et cohérentes, toujours émises avec la même apparence de sincérité et de vérité, il se décida à leur accorder dorénavant toute créance.

Comme Olivier connaissait le nom de la rue où habitait M. Brownlow, ils purent s'y rendre directement. Quand la voiture déboucha dans cette rue, le cœur de l'enfant se mit à battre avec tant de violence qu'il avait peine à respirer.

« Eh bien, mon petit, quelle maison est-ce ? demanda M. Losberne.

— Celle-là ! Celle-là ! s'écria Olivier, en passant la main par la portière. La maison blanche. Ah, vite, vite, je vous en supplie ! Il me semble que je vais mourir, tellement je tremble !

— Allons, allons ! dit le bon médecin en lui tapotant l'épaule. Tu vas les voir tout de suite, et ils seront pleins de joie de te voir sain et sauf.

— Ah, comme je l'espère ! s'écria Olivier. Ils ont été si bons pour moi, si bons, si bons ! »

La voiture roula encore un peu, et s'arrêta. Non ; ce n'était pas la bonne maison... la porte suivante. La voiture fit quelques tours de roue et s'arrêta de nouveau. Olivier regarda les fenêtres et des larmes de joyeuse expectative coulaient le long de ses joues.

Hélas ! la maison blanche était vide, et il y avait un écriteau à la fenêtre : « A louer. »

« Frappez à la porte d'à côté, ordonna M. Losberne en passant le bras d'Olivier sous le sien. Pouvez-vous me dire ce qu'est devenu M. Brownlow, qui habitait la maison voisine ? »

La servante ne le savait pas ; mais elle allait le demander. Elle revint bientôt et dit que M. Brownlow avait réalisé ses biens et était parti pour les Antilles, six semaines auparavant. Olivier se tordit les mains et recula en chancelant.

« Sa gouvernante est-elle partie également ? demanda le médecin, après un instant de silence.

— Oui, Monsieur, répondit la servante. Le vieux monsieur, la gouvernante et un autre monsieur qui était un ami de M. Brownlow sont tous partis ensemble.

— Dans ce cas, rentrez à la maison, dit M. Losberne au cocher ; et ne vous arrêtez pas pour faire manger les chevaux avant d'être sorti de cette maudite ville de Londres !

— Et le libraire, Monsieur ? dit Olivier. Je connais le chemin. Voyez-le, Monsieur ! Je vous en supplie, voyez-le !

— Mon pauvre enfant, c'est assez de déceptions pour

aujourd'hui, dit le médecin. C'en est bien assez pour tous les deux. Si nous allons chez le libraire, nous découvrirons certainement qu'il est mort, qu'il a mis le feu à sa maison, ou qu'il s'est enfui. Non : à la maison, tout droit ! »

Et, suivant la première impulsion du médecin, ils rentrèrent à la maison.

Cette amère désillusion causa à Olivier beaucoup de peine, même au milieu de son bonheur, car, bien souvent au cours de sa maladie, il s'était complu dans la pensée de tout ce que lui diraient M. Brownlow et Mme Bedwin, de la joie qu'il aurait à leur dire combien de longs jours et de longues nuits il avait passés à méditer sur ce qu'ils avaient fait pour lui et à déplorer d'avoir été cruellement séparé d'eux. De plus, l'espoir de se disculper un jour auprès d'eux et de leur expliquer comment il avait été emmené de force l'avait sauvé et soutenu dans ses récentes épreuves ; et maintenant, l'idée qu'ils étaient partis si loin en emportant avec eux l'opinion qu'il n'était qu'un imposteur et un filou — croyance qui risquait de n'être jamais démentie jusqu'à son dernier jour — lui semblait être plus qu'il n'en pouvait supporter.

Ces circonstances n'entraînèrent cependant aucun changement dans le comportement de ses bienfaitrices. Au bout d'une autre quinzaine, quand le beau temps chaud se fut nettement établi, quand chaque arbre déploya ses jeunes feuilles, et chaque fleur ses riches pétales, elles firent leurs préparatifs pour quitter durant quelques mois leur résidence de Chertsey. Après avoir envoyé chez un banquier l'argenterie qui avait tant excité la cupidité de Fagin et confié la garde de la demeure à Giles et à un autre domestique, elles partirent pour une maison située à quelque distance de là, à la campagne, emmenant Olivier avec elles.

Qui pourrait décrire le plaisir, la joie, la paix d'esprit et la douce tranquillité que ressentit le jeune convalescent quand il respira l'air embaumé d'un village de l'intérieur des terres, au milieu de vertes collines et de bois touffus ? Qui pourrait dire combien pareilles scènes de paix et de tranquillité imprègnent les esprits douloureux de ceux qui habitent des endroits renfermés et bruyants, et font pénétrer leur fraîcheur au plus profond des cœurs fatigués ? Des hommes qui

avaient vécu toute une vie de labeur dans des ruës populeuses et resserrées sans avoir jamais désiré de changement ;
des hommes pour qui l'habitude avait vraiment été une
seconde nature et qui en étaient presque venus à aimer
chaque brique, chaque pierre des étroites limites de leur
promenade quotidienne ; même ces hommes-là, quand la
main de la mort s'appesantissait sur eux, on les a vus
soupirer enfin après avoir eu une échappée, si courte fût-
elle, sur le visage de la Nature, et, une fois transportés loin
des scènes de leurs souffrances et de leurs plaisirs passés,
adopter soudain une nouvelle façon d'être. Se traînant, jour
après jour, vers quelque coin vert et ensoleillé, ils ont senti
que la vue du ciel, des collines et de la plaine, et de l'eau
miroitante éveillait en eux de tels souvenirs qu'un avant-
goût du ciel est venu apaiser leur rapide déclin et qu'ils sont
descendus dans la tombe aussi paisiblement que le soleil,
dont quelques heures auparavant ils observaient le coucher
de leur chambre solitaire, avait disparu à leurs yeux faibles
et obscurcis ! Les souvenirs qu'évoquent les paisibles scènes
champêtres ne sont pas de ce monde, ne se rattachent ni à
ses pensées ni à ses espoirs. Leur douce influence peut nous
enseigner à tresser de fraîches guirlandes pour les tombes de
ceux qui nous étaient chers, peut purifier nos pensées et
venir à bout des anciennes haines ou inimitiés ; mais au fond
de tout cela demeure, dans l'esprit le moins réfléchi, la
conscience vague, à demi formée, d'avoir déjà ressenti des
impressions semblables longtemps auparavant, à une époque fort lointaine, conscience qui évoque la pensée solennelle de temps lointains à venir et fait ployer sous elle
l'orgueil et l'attachement aux choses de ce monde.

C'était un ravissant endroit que celui où se rendirent nos
voyageurs. Olivier, qui avait passé ses jours au milieu des
foules sordides, dans le vacarme et les vociférations, eut
l'impression d'entamer une nouvelle existence. Les roses et
le chèvrefeuille tapissaient les murs de la maison ; le lierre
s'enroulait autour du tronc des arbres, et les fleurs du jardin
embaumaient l'air de parfums délicieux. Tout à côté se
trouvait un petit cimetière, non pas peuplé de hautes et
vilaines pierres tombales, mais plein d'humbles tertres,

recouverts de mousse et de frais gazon, sous lesquels reposaient les vieilles gens du village. Olivier s'y promenait souvent ; en songeant à la misérable tombe où reposait sa mère, il s'asseyait parfois pour pleurer inaperçu ; mais, quand il levait les yeux vers le ciel profond, il cessait de penser à elle comme étant couchée sous la terre, et il la pleurait tristement, mais sans amertume.

Ce fut un temps heureux. Les jours coulaient paisibles et sereins ; les nuits n'amenaient ni crainte ni souci ; Olivier n'avait plus à languir dans une misérable prison, ni à frayer avec de misérables gens ; nulle autre pensée que des pensées riantes et heureuses. Tous les matins, il se rendait chez un vieux monsieur à cheveux blancs, qui habitait près de la petite église ; celui-ci lui apprenait à mieux lire et à écrire, et il lui parlait avec tant de douceur, il se donnait tant de mal qu'Olivier pensait ne jamais trop bien faire pour le contenter. Et puis, il se promenait avec Mme Maylie et Rose et les écoutait parler livres ; ou encore, il s'asseyait à côté d'elles dans quelque endroit ombragé pour écouter lire la jeune fille, ce qu'il aurait volontiers fait jusqu'à ce que l'obscurité empêchât de distinguer les lettres. Et puis, il avait sa propre leçon à préparer pour le lendemain ; il y travaillait avec ardeur, dans une petite pièce donnant sur le jardin, jusqu'à ce que le soir tombât lentement et que ces dames allassent de nouveau se promener, l'emmenant avec elles ; il écoutait alors avec tant de plaisir tout ce qu'elles disaient, il était si heureux quand elles désiraient une fleur qu'il pouvait atteindre en grimpant ou quand elles avaient oublié quelque chose qu'il pouvait aller chercher en courant, qu'il ne se trouvait jamais assez rapide dans ses mouvements. Quand il faisait tout à fait sombre, on rentrait à la maison, et la jeune fille s'asseyait au piano ; elle jouait quelque air agréable ou chantait d'une voix grave et douce quelque vieille mélodie que sa tante se plaisait à écouter. On n'allumait pas de bougies à ces moments-là, et Olivier s'installait près d'une des fenêtres pour écouter, dans le ravissement, la suave musique.

Quand venait le dimanche, quelle différence avec toutes les façons qu'il avait connues jusqu'alors de passer ce jour !

Et quel bonheur encore, comme tous les autres jours de ce temps si heureux ! Le matin, il y avait la petite église, avec les feuilles vertes qui frissonnaient derrière les fenêtres, les oiseaux qui chantaient dehors et l'air embaumé qui se glissait par le porche bas et remplissait de son parfum tout le modeste édifice. Les pauvres campagnards étaient si propres et si soignés, ils s'agenouillaient avec tant de vénération pour la prière, que leur réunion en ce lieu semblait être pour eux un plaisir et non une obligation fastidieuse ; leur chant, encore qu'un peu fruste, était sincère et semblait (aux oreilles d'Olivier tout au moins) plus musical que tout ce que l'enfant avait entendu jusqu'alors à l'église. Puis venaient les promenades comme d'habitude et de nombreuses visites aux maisons proprettes des journaliers ; et le soir, Olivier lisait un ou deux chapitres de la Bible qu'il avait étudiés toute la semaine, devoir qu'il accomplissait avec plus de fierté et de plaisir que s'il eût été le pasteur en personne.

Le matin, l'enfant était sur pied dès six heures ; il courait les champs et dépouillait les haies, pour revenir chargé de fleurs sauvages ; il déployait ensuite tous ses soins et toute sa réflexion à les arranger pour le plus grand ornement de la table du petit déjeuner. Il rapportait aussi du séneçon frais pour les oiseaux de Mlle Maylie et, connaissant la question grâce à l'enseignement compétent du secrétaire de mairie, il en décorait les cages avec le goût le plus autorisé. Une fois les oiseaux soignés et pimpants pour la journée, il y avait généralement quelque petite course charitable à accomplir au village ; à défaut de cela, il y avait parfois de superbes parties de cricket sur la pelouse communale ; à défaut de cela encore, Olivier trouvait toujours quelques travaux à faire dans le jardin ou des soins à donner aux plantes et, comme il avait également étudié cette science avec le même maître, jardinier de son état, il s'y appliquait de tout son cœur jusqu'à l'apparition de Mlle Rose qui lui décernait mille compliments pour tout ce qu'il avait fait.

Trois mois s'écoulèrent ainsi ; trois mois qui, dans la vie des humains les plus heureux et les plus favorisés, auraient pu sembler trois mois de bonheur sans mélange et qui, pour Olivier, furent de la félicité pure. Avec d'un côté la générosité la plus désintéressée et la plus aimable et de l'autre la gratitude la plus sincère, la plus chaude, la plus profonde, il n'y a pas à s'étonner qu'à la fin de ce court laps de temps, Olivier Twist fût complètement acclimaté à la vieille dame et à sa nièce et que l'affection fervente de son cœur jeune et sensible trouvât sa contrepartie dans la fierté et l'attachement qu'elles lui portaient elles-mêmes.

CHAPITRE XXXIII

DANS LEQUEL LE BONHEUR D'OLIVIER ET DE SES AMIS SUBIT UNE BRUSQUE ATTEINTE

Le printemps passa vite et l'été vint. Si le village avait été beau dès l'abord, il était à présent dans tout l'éclat de sa luxuriance. Les grands arbres, qui les premiers mois offraient un aspect rabougri et dénudé, regorgeaient maintenant de santé et de vie robuste ; étendant leurs branches verdoyantes au-dessus de la terre assoiffée, ils convertissaient les endroits découverts et nus en coins de choix, offrant leurs aimables et profonds ombrages où s'abriter pour contempler le vaste paysage baigné de soleil qui s'étendait au-delà. La terre, revêtue de son manteau d'un vert éclatant, répandait ses parfums les plus embaumés. L'année avait atteint la perfection de sa jeunesse vigoureuse ; tout respirait la joie et la prospérité.

La même vie tranquille continuait dans la petite maison, et la même riante sérénité régnait parmi ses hôtes. Olivier avait depuis longtemps retrouvé force et santé ; mais qu'il fût malade ou bien portant ne modifiait en rien ses chaleureux sentiments envers ceux qui l'entouraient, contrairement à ce qui se passe chez bien des gens. Il restait le même être doux, affectueux et dévoué qu'il s'était montré alors que la peine et la souffrance avaient consumé ses forces et qu'il dépendait de ceux qui le soignaient pour obtenir la moindre attention et le moindre soulagement.

Par une belle soirée, ils avaient fait une promenade plus

longue que de coutume, car la journée avait été d'une chaleur exceptionnelle, la lune était brillante, et une brise légère s'était levée, étonnamment rafraîchissante. Rose s'était montrée pleine d'entrain, et l'on avait continué à marcher en conversant gaiement, bien au-delà des limites habituelles. Mme Maylie étant fatiguée, on regagna lentement la maison. La jeune fille se contenta de jeter dans un coin son simple bonnet et se mit comme d'ordinaire au piano. Après avoir laissé courir pendant quelques minutes ses doigts distraits sur le clavier, elle entama un air lent et solennel et, tandis qu'elle jouait, ses auditeurs crurent l'entendre pleurer.

« Rose, ma chérie ! » dit la vieille dame.

Rose ne répondit rien, mais elle joua un peu plus vite, comme si ces mots l'avaient tirée de quelque pensée douloureuse.

« Rose, ma petite ! s'écria Mme Maylie, en se levant précipitamment pour se pencher sur elle. Qu'est-ce qu'il y a ? Des larmes ! Qu'est-ce donc qui te chagrine, ma chère enfant ?

— Rien, ma tante, rien, répondit la jeune fille. Je ne sais pas ce que j'ai ; je ne puis pas le décrire, mais je sens…

— Tu ne te sens pas malade, ma chérie ? s'écria vivement Mme Maylie.

— Non, non ! Oh, pas malade ! répliqua Rose, en frissonnant comme parcourue de quelque froideur mortelle. Je vais me sentir mieux tout de suite. Olivier, ferme la fenêtre, veux-tu ? »

L'enfant se hâta d'accéder à son désir. La jeune fille fit un effort pour retrouver sa gaieté et essaya de jouer un air plus vif ; mais ses doigts retombèrent, impuissants, sur le clavier. Se couvrant le visage de ses mains, elle se laissa glisser sur un sofa et donna libre cours aux larmes qu'elle ne pouvait plus retenir.

« Mon enfant ! dit la vieille dame, en la serrant dans ses bras. Je ne t'ai jamais vue dans un état pareil.

— Je ne vous aurais pas inquiétée si j'avais pu l'éviter, répondit Rose ; mais j'ai essayé de toutes mes forces et je n'ai pu me retenir. Je crains d'être vraiment malade, ma tante. »

Elle l'était, en effet ; car, lorsqu'on apporta des bougies, on put voir que, durant le très court intervalle qui s'était écoulé depuis leur retour à la maison, l'incarnat de ses traits s'était transformé en une blancheur de marbre. Ses traits n'avaient rien perdu de leur beauté, mais ils étaient changés ; on voyait sur son doux visage une expression anxieuse, hagarde, qu'il n'avait jamais eue auparavant. Une minute encore, et il s'empourpra, tandis qu'un voile d'égarement obscurcissait les doux yeux bleus. Puis de nouveau cela disparut, comme l'ombre projetée par un nuage passager, et elle redevint d'une pâleur mortelle.

Olivier, qui observait anxieusement la vieille dame, vit qu'elle était alarmée par ces symptômes ; lui aussi l'était, certes ; mais voyant qu'elle affectait de les traiter à la légère, il s'efforça d'en faire autant, et tous deux y parvinrent si bien que, lorsque Rose se laissa persuader par sa tante d'aller se coucher, elle était bien moins abattue et paraissait aller beaucoup mieux ; elle leur affirma même sa certitude que, le lendemain matin, en se levant, elle irait tout à fait bien.

« J'espère, dit Olivier au retour de Mme Maylie, que ce n'est rien de grave ? Elle n'a pas l'air bien ce soir, mais... »

La vieille dame lui fit signe de se taire et alla s'asseoir dans un coin sombre de la pièce, où elle resta un moment silencieuse. Elle finit par dire d'une voix tremblante :

« J'espère que non, Olivier. J'ai vécu trop heureuse avec elle depuis quelques années ; trop heureuse, peut-être. Qui sait si le temps n'est pas venu pour moi d'affronter le malheur ; mais j'espère que ce ne sera pas celui-là.

— Lequel ? demanda Olivier.

— Le coup terrible, expliqua la vieille dame, que serait la perte de cette chère enfant qui fait depuis si longtemps mon bonheur et mon réconfort.

— Ah ! Dieu nous en préserve ! s'écria vivement Olivier.

— Ainsi soit-il, mon petit ! dit la vieille dame en se tordant les mains.

— Mais enfin, pour sûr, un aussi affreux danger ne nous menace pas ? dit Olivier. Il y a deux heures, elle allait tout à fait bien.

— Elle est très malade maintenant, répliqua Mme Maylie ;

et son état va encore empirer, j'en suis certaine. Rose, ma
Rose chérie ! Ah, que deviendrais-je sans elle ? »

Elle se laissa aller à un tel chagrin qu'Olivier, réprimant sa
propre émotion, se hasarda à la raisonner et à la supplier
avec ardeur de se calmer, pour l'amour même de la jeune
fille.

« Songez, Madame, dit Olivier, dont les yeux se remplis-
saient de larmes en dépit de tous ses efforts contraires, ah !
songez combien elle est jeune et bonne, songez à toute la
joie, à tout le réconfort qu'elle répand autour d'elle. Je suis
sûr, j'en ai la certitude, la certitude absolue, que pour vous,
qui êtes si bonne vous-même, pour elle et pour tous ceux
qu'elle rend si heureux, elle ne mourra pas. La Providence
ne permettra jamais qu'elle meure si jeune.

— Chut ! dit Mme Maylie en posant la main sur la tête
d'Olivier. Tu raisonnes comme un enfant, mon pauvre petit.
Mais tu me dictes mon devoir, cependant. Je l'avais oublié
un moment, Olivier ; mais je pense qu'on peut me le
pardonner, car je suis vieille et j'ai assez souvent vu la
maladie et la mort pour connaître la douleur qu'on éprouve à
être séparé de ceux qu'on aime. J'en ai vu assez pour savoir
que ce ne sont pas toujours les plus jeunes ni les meilleurs
qui sont conservés à ceux qui les aiment ; mais cette pensée
devrait nous réconforter dans notre chagrin, car Dieu est
juste et pareilles choses nous enseignent solennellement qu'il
existe un monde meilleur que le nôtre et que le passage de
l'un à l'autre est rapide. Que la volonté de Dieu soit faite !
J'aime cette enfant, et Il sait combien ! »

Olivier fut surpris de constater qu'en prononçant ces
paroles, Mme Maylie cessa, comme d'un seul effort, ses
plaintes ; se redressant à mesure qu'elle parlait, elle retrouva
tout son calme et toute sa fermeté. Il fut encore plus étonné
de voir que cette fermeté durait et qu'au milieu de tous les
soins et les veilles qui suivirent, la vieille dame était toujours
prête et maîtresse d'elle-même, s'acquittant avec sûreté et,
selon toute apparence, avec bonne humeur de toutes les
obligations qui lui incombaient. Mais il était jeune et ne
savait pas encore ce dont les esprits énergiques sont capables
à l'heure de l'épreuve. Comment l'eût-il su, alors que ceux

qui les possèdent en sont eux-mêmes si rarement conscients ?

Suivit une nuit d'angoisse. Quand vint le matin, les pressentiments de Mme Maylie ne se vérifièrent que trop bien. Rose était au premier stade d'une forte et dangereuse fièvre.

« Nous devons agir, Olivier, et non plus nous laisser aller à un vain chagrin, déclara Mme Maylie en posant un doigt sur ses lèvres et en le regardant bien en face. La lettre que voici doit parvenir le plus rapidement possible au Dr Losberne. Il faudra la porter à la ville, qui n'est pas à plus de quatre milles, en passant par le sentier à travers champs ; de là, elle sera expédiée tout aussitôt à Chertsey, par un exprès à cheval. Les gens de l'auberge s'en chargeront ; et je sais que je peux compter sur toi pour veiller à ce que ce soit fait. »

Olivier ne put rien répondre, mais son air montrait son désir de partir aussitôt.

« Voici une autre lettre, dit Mme Maylie, qui s'arrêta un instant pour réfléchir ; mais je ne sais trop s'il faut l'envoyer tout de suite, ou attendre de voir comment ira Rose. Je ne la ferais pas partir, si je ne craignais le pire.

— Est-ce aussi pour Chertsey, Madame ? demanda Olivier, impatient d'exécuter sa commission, et tendant la main pour prendre la lettre.

— Non », répondit la vieille dame, tout en la lui donnant machinalement.

Olivier y jeta un coup d'œil et vit qu'elle était adressée à Harry Maylie, Esq., au château d'un certain lord, mais il ne put discerner exactement où.

« Faut-il la faire partir, Madame ? demanda Olivier en levant des yeux impatients.

— Je ne crois pas, répondit Mme Maylie, qui la reprit. Je vais attendre jusqu'à demain. »

Ce disant, elle donna sa bourse à Olivier, et celui-ci s'en fut sans plus attendre, de toute la vitesse de ses jambes.

Lestement, il courut à travers champs ou le long des petits sentiers qui les coupaient parfois, tantôt disparaissant dans les grands blés qui les bordaient de chaque côté, tantôt émergeant dans quelque champ découvert où s'activaient faucheurs ou faneurs ; et il ne s'arrêta pas, sinon tout au plus le temps de reprendre haleine, jusqu'au moment où il arriva, tout en sueur et couvert de poussière, sur le petit marché du bourg.

Là, il fit halte, cherchant des yeux l'auberge. On voyait une banque toute blanche, une brasserie toute rouge et une mairie toute jaune ; à l'un des coins, une grande maison, dont toutes les portes de bois étaient peintes en vert et devant laquelle était plantée l'enseigne : Au Roi Georges. Aussitôt qu'il l'eut aperçue, il se précipita dans cette direction.

Il s'adressa à un postillon qui somnolait sous la voûte et qui, après avoir entendu ce qu'il désirait, le renvoya au valet d'écurie ; qui, après avoir lui aussi écouté tout ce qu'il avait à dire, le renvoya à l'aubergiste ; qui à son tour se trouva être un homme de haute stature portant un foulard bleu, un chapeau blanc, une culotte grise et des bottes à revers du même ton, et qui, adossé à une pompe près de la porte d'écurie, était en train de se nettoyer les dents avec un cure-dent d'argent.

Ce personnage se rendit avec une sage lenteur jusque dans la salle d'auberge pour y établir la note, ce qui prit fort longtemps ; quand elle fut prête, et réglée, il fallut seller un cheval et aussi que le messager s'apprêtât, ce qui demanda encore dix bonnes minutes. Pendant tout ce temps, Olivier était dans un tel état d'impatience et d'anxiété qu'il eut presque envie de sauter lui-même sur le cheval et de galoper à bride abattue jusqu'à l'étape suivante. Enfin, tout fut prêt et, quand il eut reçu le petit paquet avec maintes recommandations et supplications de le remettre promptement, l'homme donna de l'éperon, fit résonner sous les sabots de son cheval les pavés inégaux de la place du marché et, deux minutes plus tard, il était sorti du bourg et galopait sur la grand-route.

C'était quelque chose d'avoir la certitude qu'on était parti chercher du secours et qu'il n'y avait pas eu de temps perdu ; et Olivier, retraversant avec la même hâte la cour de l'auberge, en avait le cœur plus léger. Il débouchait de la porte cochère, quand il buta accidentellement contre un homme de haute taille, enveloppé d'une pèlerine, qui sortait à ce moment de l'auberge.

« Ah çà ! s'écria l'homme, qui, les yeux fixés sur l'enfant, recula brusquement. Par l'enfer, qu'est-ce que cela ?

— Je vous demande pardon, Monsieur, dit Olivier. J'étais très pressé de rentrer et je ne vous avais pas vu venir.

— Damnation ! grommela l'homme à mi-voix en continuant à dévisager l'enfant de ses grands yeux sombres. Qui aurait cru cela ? Qu'il soit réduit en poussière ! Il se lèverait d'un cercueil de pierre pour se dresser en travers de mon chemin !

— Je regrette, balbutia l'enfant, déconcerté par le regard féroce de l'inconnu. J'espère que je ne vous ai pas fait mal !

— Va au diable ! gronda entre ses dents l'homme, saisi d'une rage horrible ; si seulement j'avais eu le courage de dire un mot, j'aurais pu être débarrassé de toi en une seule nuit. Malédictions sur ta tête ! Que la peste noire t'étouffe, démon ! Que fais-tu ici ? »

L'homme brandissait le poing en prononçant ces mots de façon incohérente. Il s'avança sur Olivier comme pour l'assommer ; mais il tomba lourdement à terre, l'écume aux lèvres, en proie à une attaque.

L'enfant contempla un moment les convulsions du fou (car il le considérait comme tel) ; puis il s'élança dans l'auberge pour appeler au secours. Après s'être assuré qu'on emportait le malade dans l'hôtel, il reprit le chemin de la maison, courant aussi vite que possible pour rattraper le temps perdu, en se remémorant avec beaucoup d'étonnement et quelque crainte l'extraordinaire comportement de l'individu qu'il venait de quitter.

Cependant cet incident ne resta pas longtemps présent à sa mémoire, car, lorsqu'il arriva à la maison, il y trouva ample matière à occuper son esprit et à chasser entièrement de son souvenir tout ce qui le concernait personnellement.

L'état de Rose Maylie avait rapidement empiré : avant minuit, elle délirait. Un médecin local ne quittait pas son chevet ; aussitôt après avoir examiné la malade, il avait emmené Mme Maylie à l'écart et lui avait annoncé que le mal était des plus alarmants. « En fait, dit-il, il serait presque miraculeux qu'elle en réchappât. »

Que de fois Olivier se leva cette nuit-là pour aller d'un pas silencieux guetter sur le palier le moindre son qui provenait de la chambre de la malade ! Que de fois son corps fut secoué de frissons et des gouttes de sueur froide perlèrent à son front, quand un bruit de pas précipités lui donnait à croire que quelque chose de trop affreux pour y penser venait d'arriver ! Et qu'était la ferveur de toutes les prières qu'il avait prononcées jusque-là en comparaison de celles qu'il répandit alors dans l'angoisse et la passion de ses supplications en faveur de la vie et de la santé de la douce créature qui chancelait au bord du tombeau béant !

Oh ! l'incertitude, l'incertitude aiguë, affreuse, de rester là à attendre sans rien pouvoir faire, alors que la vie d'un être cher oscille dans la balance ! Ah, les pensées torturantes qui assaillent l'esprit, faisant battre violemment le cœur et oppressant la respiration par la seule force des images qu'elles évoquent ; le désir désespéré de faire quelque chose pour soulager la souffrance ou diminuer la menace que nous n'avons aucun pouvoir d'alléger ; l'abattement de l'âme et du cœur que produit le triste sentiment de notre impuissance ; quels tourments peuvent les égaler ? Quelles réflexions, quels efforts peuvent, dans la marée fébrile de ces instants, les apaiser ?

Le matin arriva ; dans la petite maison solitaire, tout était silence. Les gens parlaient à voix basse ; des visages anxieux se montraient de temps à autre à la barrière du jardin ; des femmes et des enfants s'en retournaient en larmes. Tout le long de la journée et pendant des heures encore après la tombée de la nuit, Olivier arpenta silencieusement le jardin, levant à chaque instant les yeux sur la fenêtre de la malade et frissonnant à la vue des rideaux tirés comme si la mort eût été derrière. Le Dr Losberne arriva tard dans la nuit. « C'est bien cruel, dit le bon docteur en se détournant. Si jeune, si tendrement aimée… mais il y a bien peu d'espoir. »

Encore un matin. Le soleil brillait de tout son éclat, du même éclat que s'il n'avait eu à contempler nulle misère, nul souci. Mais, alors que chaque feuille, chaque fleur s'épanouissaient autour d'elle, que la vie et la santé, les sons et les images de la joie l'environnaient de tous côtés, la belle jeune fille dépérissait rapidement. Olivier se glissa dans le vieux cimetière et là, assis sur un des tertres verdoyants, il pleura et pria pour elle, silencieusement.

Il y avait en ce lieu tant de paix et de beauté, dans le paysage ensoleillé tant de gaieté et d'éclat, dans le chant des oiseaux d'été tant de joyeuse harmonie, dans le vol rapide de la corneille tant de folâtre liberté, en toutes choses tant de vie et d'allégresse que, lorsque l'enfant leva ses yeux douloureux pour regarder alentour, il pensa instinctivement que ce n'était pas là un temps pour mourir, que Rose ne pourrait sûrement pas disparaître au moment où les choses et les êtres les plus humbles étaient tous si heureux et si gais ; que les tombeaux étaient réservés à l'hiver morne et froid et non au grand soleil et aux parfums de l'été. Il alla presque jusqu'à se dire que les linceuls n'étaient que pour les vieillards flétris, qu'ils n'enveloppaient jamais de leurs plis affreux des formes jeunes et gracieuses.

Le glas sonnant à l'église interrompit rudement ces réflexions juvéniles. Encore, et encore ! Il sonnait le service funèbre. Un cortège d'humbles personnes en deuil franchit la grille ; elles portaient des rubans blancs, car le corps était celui d'un enfant. Elles se tinrent tête nue au bord d'une tombe, et il y avait dans ce groupe en pleurs une mère — une femme qui avait été mère. Pourtant le soleil brillait de tout son éclat, et les oiseaux chantaient toujours.

Olivier retourna vers la maison, en pensant à toutes les marques de bonté qu'il avait reçues de la jeune fille et en souhaitant que le temps revînt où il pourrait ne jamais cesser de lui montrer sa reconnaissance et son attachement. Il n'avait aucune négligence, aucune insouciance à se reprocher à son égard, car il avait toujours été dévoué à son service ; et pourtant cent petites occasions se présentaient à son esprit, dans lesquelles il s'imaginait qu'il aurait pu montrer plus de zèle, plus d'ardeur, et il regrettait de ne l'avoir point fait. Il nous faut être attentifs à notre comportement envers ceux qui nous entourent, puisque toute mort apporte à un petit groupe de survivants la pensée de tant de gestes omis, de si peu de gestes accomplis, de tant de choses qu'on a négligées et d'un nombre plus grand encore de torts qu'on aurait pu réparer ! Nul remords n'est si profond que celui qui reste impuissant ; si nous voulons nous épargner cette torture, souvenons-nous-en pendant qu'il en est temps.

Quand Olivier arriva à la maison, Mme Maylie était assise dans le petit salon. A sa vue, le cœur lui manqua ; jamais en effet elle n'avait quitté le chevet de sa nièce, et il tremblait à la pensée du changement qui avait pu l'en éloigner. Il apprit que la malade avait sombré dans un profond sommeil, d'où elle ne s'éveillerait plus que pour retrouver la vie et la santé ou leur dire adieu et mourir.

Ils restèrent assis, attentifs, sans oser parler, des heures durant. Le repas fut desservi sans qu'ils y eussent touché. D'un regard qui révélait que leurs pensés étaient ailleurs, ils virent le soleil descendre à l'horizon et projeter enfin dans le ciel et sur la terre ces teintes éclatantes qui proclament son départ. Leur oreille éveillée perçut le son d'un pas qui se rapprochait. Tous deux s'élancèrent instinctivement vers la porte, tandis qu'entrait le Dr Losberne.

« Rose ? s'écria la vieille dame. Dites-moi tout de suite ! Je suis en état de le supporter : tout plutôt que cette attente ! Ah, parlez, au nom du Ciel !

— Il faut prendre sur vous, dit le médecin en la soutenant. Calmez-vous, chère madame, je vous en supplie.

— Laissez-moi y aller, pour l'amour de Dieu ! Mon enfant chérie ! Elle est morte ! Elle se meurt.

— Non, s'écria ardemment le médecin. Dieu est bon et miséricordieux : elle vivra pour votre bonheur pendant de nombreuses années à venir. »

Mme Maylie tomba à genoux et s'efforça de joindre les mains ; mais l'énergie qui l'avait soutenue si longtemps s'enfuit vers le Ciel en même temps que sa première action de grâce ; et elle s'affaissa dans les bras amis tendus pour la recevoir.

CHAPITRE XXXIV

CONTENANT QUELQUES DÉTAILS
PRÉLIMINAIRES
SUR UN JEUNE HOMME
QUI APPARAÎT MAINTENANT
SUR LA SCÈNE,
AINSI QU'UNE NOUVELLE AVENTURE
QUI ARRIVE À OLIVIER

C'était presque trop de bonheur ! Olivier se sentit étourdi, stupéfié par cette nouvelle inattendue ; il ne pouvait ni pleurer, ni parler, ni rester en repos. A peine comprit-il ce qui s'était passé jusqu'au moment où, après une longue course dans l'air calme du soir, une forte crise de larmes vint le soulager ; il lui sembla alors s'éveiller brusquement à la pleine conscience de l'heureux changement qui s'était produit et du poids d'angoisse presque intolérable dont sa poitrine venait d'être déchargée.

La nuit tombait rapidement quand il reprit le chemin de la maison, chargé de fleurs qu'il avait cueillies avec un soin particulier pour orner la chambre de la malade. Tandis qu'il marchait allégrement sur la route, il entendit derrière lui le bruit d'une voiture qui approchait à furieuse allure. Il se retourna et vit que c'était une chaise de poste lancée à fond de train ; comme les chevaux galopaient et que la route était étroite, il s'effaça contre une barrière pour laisser passer l'équipage.

Au moment où celui-ci le frôla, Olivier entrevit un homme coiffé d'un bonnet de nuit blanc et dont les traits lui parurent familiers, encore que la vision fût si brève qu'il ne put identifier le personnage. Deux secondes plus tard, le bonnet de nuit se penchait hors de la portière, et une voix de stentor hurlait au cocher de s'arrêter, ce qu'il fit aussitôt qu'il put retenir ses chevaux. Le bonnet de nuit reparut alors et la même voix appela le garçon par son nom :

« Hé là ! Olivier, quelles nouvelles ? Mademoiselle Rose ? Monsieur O-li-vier !

— C'est vous, Giles ? » s'écria Olivier en accourant vers la chaise.

Giles passait une fois de plus son bonnet par la portière pour répondre quelque chose, quand il fut brusquement tiré en arrière par un jeune homme assis dans l'autre coin de la chaise, qui demanda avidement quelles étaient les nouvelles.

« Un mot seulement ! Meilleures ou pires ?

— Meilleures... bien meilleures ! dit vivement Olivier.

— Le Ciel soit loué ! s'écria le jeune homme. Vous en êtes bien sûr ?

— Tout à fait, Monsieur, répondit l'enfant. Le changement s'est produit il y a seulement quelques heures ; et M. Losberne dit que tout danger est écarté. »

Le jeune homme ne dit pas un mot de plus, mais ouvrit la portière, sauta à terre et, saisissant vivement Olivier par le bras, l'entraîna à l'écart.

« Vous êtes bien certain ? Il est impossible que vous vous trompiez, mon petit, n'est-ce pas ? demanda-t-il d'une voix tremblante. Ne me leurrez pas en éveillant en moi des espoirs qui ne se réaliseraient pas.

— Pour rien au monde je ne ferais cela, Monsieur, répondit Olivier. Je vous assure que vous pouvez me croire. Les propres paroles de M. Losberne étaient qu'elle vivrait pour notre bonheur pendant de nombreuses années à venir. Je l'ai entendu de mes oreilles. »

Les yeux de l'enfant se remplirent de larmes au souvenir de la scène qui était à l'origine de tant de bonheur ; le jeune homme détourna son visage et demeura quelques instants silencieux. Olivier crut l'entendre sangloter à plusieurs reprises ; mais il craignit de l'interrompre par quelque nouvelle remarque, car il devinait bien quels étaient les sentiments de l'inconnu, et il resta à l'écart, feignant de s'occuper de son bouquet.

Durant tout ce temps, M. Giles était resté assis, toujours en bonnet de nuit, sur le marchepied de la voiture, les coudes appuyés sur les genoux, à s'essuyer les yeux dans un mouchoir de coton bleu à pois blancs. Que l'émotion de ce brave homme ne fût pas feinte était amplement démontré par la vive rougeur des yeux qu'il posa sur le jeune homme quand celui-ci se retourna pour s'adresser à lui :

« Je crois que vous feriez mieux de continuer jusque chez ma mère avec la chaise, Giles. Je préférerais aller plus lentement, à pied, pour me donner un peu de temps avant de la voir. Vous pourrez annoncer mon arrivée.

— Je vous demande pardon, monsieur Harry, dit Giles en lustrant une ultime fois de son mouchoir ses traits chiffonnés ; mais si vous vouliez bien charger le postillon de la commission, je vous en serais très obligé. Il ne serait pas convenable que les femmes de chambre me voient dans cet état, Monsieur ; je n'aurais plus jamais aucune autorité sur elles.

— Bien, bien, répondit Harry Maylie en souriant ; faites comme vous voulez. Qu'il continue avec les bagages, si vous le désirez, et vous viendrez avec nous. Mais auparavant, changez donc ce bonnet de nuit pour quelque coiffure plus appropriée, sans quoi on nous prendra pour des fous. »

M. Giles, ainsi rappelé à une tenue plus convenable, arracha le bonnet de nuit, qu'il fourra dans sa poche et auquel il substitua un chapeau de forme plus sérieuse et plus sobre qu'il tira de la chaise. Cela fait, le postillon enleva ses chevaux, tandis que Giles, M. Maylie et Olivier suivaient sans se presser.

Tout en marchant, Olivier examinait de temps à autre le nouveau venu avec beaucoup d'intérêt et de curiosité. Celui-ci pouvait avoir dans les vingt-cinq ans et il était de taille moyenne ; il avait fort bon air, une physionomie ouverte, un maintien aisé et avenant. En dépit de la différence d'âge, il ressemblait tant à la vieille dame qu'Olivier n'aurait eu aucune peine à deviner leur parenté, même si le jeune homme n'avait pas parlé d'elle comme étant sa mère.

Mme Maylie attendait son fils avec impatience quand il arriva à la maison, et l'entrevue ne se passa pas sans une vive émotion de part et d'autre.

« Mère ! murmura le jeune homme, pourquoi ne m'avoir pas écrit plus tôt ?

— Je l'avais fait, répondit Mme Maylie ; mais, à la

réflexion, j'ai décidé de ne pas laisser partir ma lettre avant de connaître l'avis du Dr Losberne.

— Mais pourquoi, dit le jeune homme, ah, pourquoi courir le risque de voir arriver ce qui a bien failli se produire ? Si Rose était... je ne peux pas prononcer ce mot maintenant.., si cette maladie s'était terminée d'une autre façon, vous le seriez-vous jamais pardonné ? Aurais-je jamais pu connaître de nouveau le bonheur ?

— S'il en avait été ainsi, Harry, dit Mme Maylie, ton bonheur, je le crains, aurait été vraiment flétri ; et le fait que ton arrivée ici ait eu lieu un jour plus tôt ou un jour plus tard aurait eu bien peu d'importance.

— Et s'il en est ainsi, qui pourrait s'en étonner, mère ? répliqua le jeune homme. D'ailleurs, pourquoi dire " si " ? Cela est, cela est véritablement... vous le savez, mère... vous ne pouvez l'ignorer !

— Je sais qu'elle mérite l'amour le meilleur et le plus pur que puisse offrir le cœur d'un homme, dit Mme Maylie ; je sais que l'affection et le dévouement qui sont dans sa nature exigent en retour des sentiments exceptionnels : il lui faut un amour aussi profond que durable. Si je ne le sentais pas, si je ne savais pas en outre qu'un changement d'attitude chez celui qu'elle aimerait lui briserait le cœur, je n'éprouverais pas tant de difficulté à accomplir ma tâche et je n'aurais pas à affronter tant de luttes avec mon propre cœur, quand je suis une ligne de conduite qui me paraît être mon strict devoir.

— Voilà qui est dur, mère, dit Harry. Croyez-vous donc que je sois toujours un enfant, qui ignore ce qu'il veut et se méprend sur les impulsions de son propre cœur ?

— Je crois, mon cher fils, répondit Mme Maylie en posant la main sur l'épaule du jeune homme, je crois que la jeunesse est exposée à bien des impulsions généreuses, mais non durables ; certaines, entre autres, une fois satisfaites, n'en deviennent que plus fugaces. Je crois surtout, ajouta la dame en regardant son fils bien en face, que si un homme enthousiaste, ardent et ambitieux épouse une femme dont le nom porte une tache, dont elle n'est pas responsable certes, mais que de viles gens pourront froidement lui faire expier ainsi qu'aux enfants de cet homme, une tache que celui-ci se verra jeter à la face et qui fera l'objet de sarcasmes méprisants à ses dépens, et cela dans la mesure même de ses succès dans le monde, eh bien, je crois que, quelle que soit la généreuse bonté de sa nature, cet homme pourra un jour regretter les liens noués dans sa jeunesse ; et la femme elle-même avoir la douleur de savoir qu'il les regrette.

— Mère, dit le jeune homme avec quelque impatience, celui qui agirait ainsi ne serait qu'une brute égoïste, indigne aussi bien du nom d'homme que de la femme que vous décrivez.

— Tu le penses aujourd'hui, Harry, répliqua sa mère.

— Je le penserai toujours ! s'écria le jeune homme. L'angoisse morale que j'ai subie durant ces deux derniers jours m'arrache l'aveu que je vous fais d'une passion qui, vous le savez, ne date pas d'hier et n'a pas été contractée à la légère. Mon cœur est une fois pour toutes consacré, aussi irrémédiablement que jamais homme consacra son cœur à une femme, à Rose, à ma douce et exquise Rose ! Je n'ai d'autre pensée, d'autre but, d'autre espoir dans la vie qu'elle ; si vous me contrecarrez dans ce grand dessein, vous saisissez dans vos mains mon bonheur et ma tranquillité pour les jeter au vent. Mère, réfléchissez à tout cela, pensez à moi et ne méconnaissez pas un bonheur dont vous semblez faire si peu de cas.

— Harry, répondit Mme Maylie, c'est bien parce que je fais grand cas des cœurs chaleureux et sensibles que je voudrais leur épargner des blessures. Mais nous en avons dit assez, plus qu'assez, pour aujourd'hui sur ce sujet.

— Que Rose décide, alors ! Vous n'allez pas pousser vos craintes exagérées jusqu'à dresser des obstacles devant moi ?

— Non, répondit Mme Maylie, je n'irai pas jusque-là ; mais j'aimerais que tu réfléchisses... »

La réplique vint, impatiente :

« C'est tout réfléchi ! Mère, j'ai réfléchi durant des années. J'ai réfléchi depuis que je suis capable de réflexion sérieuse. Mes sentiments demeurent inchangés, comme ils le demeureront toujours ; pourquoi, avant d'en faire l'aveu, m'infliger la souffrance d'un délai qui ne saurait apporter le moindre bien ? Non ! Avant que je quitte ces lieux, Rose m'aura entendu.

— Comme tu voudras.

— Quelque chose dans votre façon me laisserait presque supposer qu'elle m'écoutera avec froideur, mère, dit le jeune homme.

— Pas avec froideur, non ; loin de là.

— Comment alors ? demanda Harry avec insistance. Elle ne s'est pas éprise de quelqu'un d'autre ?

— Non, certes, répondit sa mère. Ou je me trompe fort, ou tu as déjà trop d'emprise sur son affection. Voici ce que je voudrais te dire, poursuivit la vieille dame en arrêtant son fils qui allait parler. Avant de jouer ton va-tout sur cette chance, avant de te laisser entraîner aux plus grands espoirs, réfléchis quelques instants à l'histoire de Rose, mon cher enfant, et songe à l'effet que pourra avoir sur sa décision la conscience de sa naissance douteuse, dévouée comme elle l'est envers nous et compte tenu de l'ardeur de sa noble âme et de la parfaite abnégation qui l'a toujours caractérisée en toutes circonstances, grandes et petites.

— Que voulez-vous dire ?

— Je te laisse le découvrir, répondit Mme Maylie. Il faut que je retourne auprès d'elle. Dieu te bénisse !

— Je vous reverrai ce soir ? demanda vivement le jeune homme.

— Tout à l'heure, quand je quitterai Rose.

— Vous lui direz que je suis là ?

— Naturellement.

— Vous lui ferez savoir aussi combien j'ai été inquiet, combien j'ai souffert et combien je désire la voir. Vous ne me refuserez pas de lui dire cela, mère ?

— Non, dit la vieille dame ; je lui dirai tout cela. »

Puis, après avoir affectueusement serré les doigts de son fils, elle sortit en hâte de la pièce.

Le Dr Losberne et Olivier étaient restés à l'autre bout de la pièce pendant que se tenait cette conversation précipitée. Le médecin tendit alors la main à Harry Maylie, et les deux hommes échangèrent de cordiales salutations. Puis le docteur, en réponse à une avalanche de questions de la part de son jeune ami, donna de l'état de sa malade un compte rendu précis, tout aussi réconfortant et prometteur que les déclarations d'Olivier avaient permis de l'espérer, tandis que M. Giles, qui faisait mine de s'occuper des bagages, écoutait chaque mot d'une oreille avide.

« Avez-vous fait le coup de feu ces derniers temps, Giles ? demanda le docteur, quand il eut terminé.

— Pas particulièrement, Monsieur, répondit le maître d'hôtel en rougissant jusqu'aux oreilles.

— Vous n'avez pas non plus attrapé de voleurs, ni identifié quelque cambrioleur ? poursuivit le médecin.

— Aucun, Monsieur, répondit M. Giles avec le plus grand sérieux.

— Eh bien, dit le médecin, je le regrette, car vous vous y entendez à merveille. Et comment va Brittles, je vous prie ?

— Le garçon va très bien, Monsieur, dit M. Giles, qui avait retrouvé son ton protecteur habituel ; il vous présente ses respects, Monsieur.

— Bon, dit le médecin. Vous voir ici, monsieur Giles, me fait penser que la veille du jour où j'ai été appelé en si grande hâte, je m'étais acquitté, à la demande de votre bonne maîtresse, d'une petite commission en votre faveur. Venez une seconde par ici, voulez-vous ? »

M. Giles se rendit dans le coin d'un air important, mais quelque peu étonné ; et il eut l'honneur d'avoir avec le Dr Losberne un bref entretien à mi-voix, à l'issue duquel il fit bon nombre de courbettes avant de se retirer d'un pas encore plus majestueux que d'ordinaire. Le sujet de cette conversation ne fut pas divulgué au salon, mais la cuisine en fut proprement instruite ; M. Giles y descendit, en effet, tout aussitôt, et, après avoir demandé un pot de bière, annonça d'un air solennel et fort impressionnant que sa maîtresse avait eu la gracieuseté, en considération de sa courageuse conduite lors de la tentative de cambriolage, de déposer à la Caisse d'épargne la somme de vingt-cinq livres au nom de M. Giles et pour tel usage qui lui plairait. En entendant cela, les servantes levèrent les bras et les yeux au ciel et se dirent persuadées que M. Giles allait dorénavant faire le fier ; à quoi, ledit M. Giles, faisant ressortir le ruché de sa chemise, répondit : « Non, non », et précisa que, si on remarquait chez lui la moindre arrogance envers ses subordonnés, il serait heureux qu'on le lui fît savoir. Il ajouta ensuite bon nombre de remarques non moins indicatrices de son humilité, qui furent accueillies avec la même faveur et la même approbation ; elles présentaient d'ailleurs autant d'originalité et d'à-propos qu'en offrent à l'ordinaire les remarques des grands hommes.

Chez les maîtres, le reste de la soirée s'écoula joyeusement, car le Dr Losberne était plein d'entrain ; tout fatigué et préoccupé qu'il se fût d'abord montré, Harry Maylie ne resta pas insensible à la bonne humeur de l'excellent homme, qui se livra à mille saillies et rapporta d'amusants souvenirs professionnels ; Olivier pensait n'avoir de sa vie rien entendu d'aussi drôle, et son rire fusait en proportion, à l'évidente satisfaction du médecin qui riait sans mesure de ses propres plaisanteries et qui entraîna Harry à rire de presque aussi bon cœur par la seule vertu de la contagion. Ainsi donc, ils passèrent une soirée aussi gaie que le permettaient les circonstances et ils ne se séparèrent, le cœur léger et reconnaissant, qu'à une heure assez avancée, pour prendre le repos dont ils avaient certes grand besoin après l'incertitude et l'attente qu'ils venaient de connaître.

Le lendemain, Olivier se leva le cœur joyeux et vaqua à ses occupations matinales coutumières avec un espoir et un plaisir qu'il ne connaissait plus depuis plusieurs jours. De nouveau il suspendit les oiseaux au-dehors, à leur place habituelle, pour qu'ils chantent et, de nouveau, il rassembla les plus jolies fleurs des champs qu'il pût trouver pour réjouir Rose de leur beauté. La mélancolie qui, aux yeux attristés de l'enfant inquiet, avait paru revêtir depuis des jours chaque objet, si beau fût-il, se trouvait dissipée comme par enchantement. Il lui semblait que sur les vertes feuilles la rosée brillait avec plus d'éclat, que la mélodie de l'air bruissant parmi les branches était plus douce et le ciel lui-même plus bleu, plus lumineux. Telle est l'influence qu'exerce l'état de nos pensées sur l'aspect même des objets extérieurs. Ceux qui, à la vue de la nature et de leurs semblables, s'écrient que tout est sombre et triste, peuvent être dans le vrai ; mais les couleurs ténébreuses ne sont que la projection de leur propre cœur, de leurs propres yeux bilieux. Les teintes réelles sont délicates et demandent une vue plus nette.

Il est à remarquer, et Olivier ne manqua pas de le faire, que ses expéditions matinales n'étaient plus solitaires. Harry Maylie, dès le premier matin qu'il rencontra Olivier comme celui-ci rentrait chargé de ses gerbes, se prit d'une telle passion pour les fleurs et les arrangea avec tant de goût qu'il laissait loin derrière lui son jeune compagnon. Mais si, à cet égard, l'enfant ne tenait que le second rang, il savait où trouver les plus belles fleurs ; et, chaque matin, tous deux battaient ensemble la campagne, d'où ils rapportaient la plus ravissante moisson. On ouvrait à présent la fenêtre de la jeune fille, car elle aimait sentir l'afflux de l'air tout chargé des senteurs de l'été, dont les flots rafraîchissants la faisaient renaître ; or, il y avait toujours sur le rebord, baignant dans l'eau, un petit bouquet particulier, qui était confectionné chaque matin avec le plus grand soin. Olivier ne put s'empêcher de remarquer qu'on ne jetait jamais les fleurs fanées, bien que le petit vase fût régulièrement regarni ; l'enfant observa aussi que, chaque fois que le Dr Losberne sortait dans le jardin, il levait invariablement les yeux vers ce coin-là et hochait la tête de manière fort expressive, en partant pour sa promenade matinale. Au milieu de ces observations, les jours passaient et Rose se remettait à grands pas.

Olivier ne trouvait pas le temps long, bien que la jeune fille n'eût pas encore quitté la chambre et qu'il n'y eût pas de promenades vespérales, sauf quelques courtes sorties de temps à autre avec Mme Maylie. Il suivait avec une application redoublée les enseignements du vieillard à cheveux blancs et travaillait si fort qu'il était lui-même surpris de la rapidité de ses progrès. C'est alors qu'il était ainsi occupé qu'un incident imprévu vint le bouleverser d'effroi.

La petite pièce dans laquelle il avait accoutumé de se tenir pour étudier se trouvait au rez-de-chaussée, sur le derrière de la maison. C'était une chambre toute rustique, avec une fenêtre treillissée, autour de laquelle grimpaient des touffes de jasmin et de chèvrefeuille, qui emplissaient l'air de leur délicieux parfum. Elle donnait sur un jardin, qui communiquait par un portillon avec un petit enclos, au-delà duquel s'étendaient de beaux pâturages et des bois. Il n'y avait pas d'habitation à proximité de ce côté-là, et la vue s'étendait fort loin.

Par une belle soirée, alors que les premières ombres du crépuscule commençaient à s'étendre sur la terre, Olivier était assis près de cette fenêtre, absorbé dans ses livres. Il était resté longtemps penché sur eux ; la journée avait été d'une chaleur écrasante et, comme le studieux enfant avait fourni un effort soutenu, ce ne sera faire nul tort aux auteurs de ces livres, quels qu'ils soient, de dire que, peu à peu, il finit par s'endormir.

Il est une sorte de sommeil qui nous gagne parfois à la dérobée et qui, tout en tenant le corps prisonnier, ne libère pas l'esprit du sentiment des choses extérieures pour lui permettre de vagabonder à sa guise. Dans la mesure où l'on peut appeler sommeil une lourdeur accablante, une prostration des forces et une complète incapacité de contrôler nos pensées ou nos mouvements, c'en est en effet ; mais nous conservons cependant la conscience de tout ce qui se passe autour de nous et, si nous rêvons à ces moments-là, les paroles qui sont réellement prononcées ou les sons qui se produisent réellement à cet instant s'accommodent avec une surprenante promptitude à nos visions, au point que réalité et imagination se mêlent si étrangement qu'il est ensuite presque impossible de faire le départ entre l'une et l'autre. Et ce n'est pas là le phénomène le plus frappant que comporte pareil état. Il est indubitable que, bien que nos sens tactile et visuel soient pour l'instant éteints, nos pensées engourdies et les scènes imaginaires qui passent devant nous subissent l'influence, et même l'influence sensible de *la simple présence silencieuse* de tel objet extérieur, qui pouvait ne s'être trouvé là au moment où nous avons fermé les yeux et de la proximité duquel nous n'avions eu aucune conscience avant de nous endormir.

Olivier savait parfaitement qu'il se trouvait dans sa petite

chambre, que ses livres étaient posés sur la table devant lui,
qu'une douce brise agitait les plantes grimpantes de la
fenêtre. Et pourtant, il dormait. Soudain, la scène changea ;
l'atmosphère devint étouffante ; et, saisi d'une bouffée de
terreur, il s'imagina être de nouveau dans la maison du Juif.
Il voyait le hideux vieillard assis dans son coin habituel, le
montrant du doigt et parlant à voix basse à un autre
individu, qui, le visage détourné, se trouvait à côté de lui.

« Chut, mon cher ! crut-il entendre le Juif chuchoter.
C'est bien lui, pour sûr. Allons-nous-en.

— Lui ! parut répondre l'autre. Croyez-vous donc que je
pourrais m'y méprendre ? Quand une foule de spectres
revêtiraient sa forme exacte et qu'il serait perdu au milieu
d'eux, il y aurait toujours quelque chose qui me permettrait
de le désigner. Quand on l'enterrerait à cinquante pieds de
profondeur et qu'on me ferait passer sur sa tombe, j'imagine
que, n'y eût-il aucun signe extérieur, je saurais qu'il est
enfoui là ! »

L'homme semblait prononcer ces paroles avec une haine
si effrayante que la peur éveilla Olivier en sursaut.

Dieu du Ciel ! Qu'était-ce donc qui faisait refluer tout son
sang et le privait brusquement de sa voix comme de toute
faculté de mouvement ? Là... là... à la fenêtre... juste devant
lui... si près qu'il aurait presque pu le toucher avant de se
rejeter en arrière, là, les yeux scrutant la pièce et croisant les
siens, là, se tenait le Juif ! Et à côté de lui, pâle de rage ou de
peur, ou des deux à la fois, il y avait la figure menaçante de
l'homme même qui l'avait accosté dans la cour de l'auberge.

Cela ne dura qu'un instant, le temps d'un coup d'œil,
d'un éclair, et ils disparurent. Mais ils l'avaient reconnu, et
lui de même ; leurs traits étaient aussi profondément imprimés dans sa mémoire que s'ils avaient été gravés dans la
pierre et placés devant lui depuis sa naissance. Il resta un
moment pétrifié ; enfin, il sauta par la fenêtre dans le jardin
et appela au secours de toute la force de ses poumons.

CHAPITRE XXXV

QUI CONTIENT
LE RÉSULTAT PEU SATISFAISANT
DE L'AVENTURE D'OLIVIER
ET UNE CONVERSATION ASSEZ IMPORTANTE
ENTRE HARRY MAYLIE ET ROSE

Quand les gens de la maison, attirés par les cris d'Olivier, accoururent, ils le trouvèrent pâle et frémissant, désignant du doigt les pâturages qui s'étendaient derrière la maison et pouvant à peine prononcer les mots : « Le Juif ! Le Juif ! »

M. Giles ne savait que penser de la signification de pareil cri, mais Harry Maylie, dont l'esprit était plus vif et qui avait entendu de la bouche de sa mère l'histoire d'Olivier, la comprit aussitôt.

« Dans quelle direction est-il parti ? demanda-t-il en s'emparant d'un lourd bâton qui traînait dans un coin.

— Par là, répondit Olivier en montrant de la main le chemin qu'ils avaient pris ; je les ai perdus de vue en un instant.

— Alors, ils sont dans le fossé ! dit Harry. Suivez-moi ! Et restez aussi près de moi que vous le pourrez. »

Ce disant, il bondit par-dessus la haie et s'élança d'un train tel qu'il rendait extrêmement difficile aux deux autres de rester auprès de lui.

Giles suivit tant bien que mal, Olivier aussi, et, une ou deux minutes plus tard, M. Losberne, qui rentrait juste à ce moment de promenade, dégringola par-dessus la haie à leur poursuite ; il se releva avec plus d'agilité qu'on ne lui en eût prêté, et prit sa course dans la même direction à une vitesse remarquable, non sans crier tout du long à tue-tête pour demander ce qui se passait.

Les voilà donc courant, sans s'arrêter une seconde pour reprendre haleine, jusqu'au moment où le chef de file, ayant foncé dans un coin du champ indiqué par Olivier, se mit à fouiller minutieusement le fossé et la haie voisine ; ce qui donna au reste de la troupe le temps de le rejoindre et à Olivier celui de mettre M. Losberne au courant des circonstances qui avaient donné lieu à une poursuite aussi acharnée.

Les recherches restèrent vaines. On ne trouva même pas de traces de pas récents. Le groupe se trouvait alors au sommet d'un petit coteau, qui commandait les champs à trois ou quatre milles à la ronde. On voyait le village dans un creux sur la gauche ; mais pour gagner celui-ci après avoir suivi le chemin indiqué par Olivier, les hommes auraient dû faire en terrain découvert tout un circuit qu'il leur aurait été impossible de décrire en un temps aussi court. D'un autre côté, un bois touffu bordait la prairie ; mais les fugitifs n'auraient pu gagner ce couvert pour la même raison.

« Tu as dû rêver, Olivier, dit Harry Maylie.

— Oh, non, Monsieur ; certainement pas ! répliqua l'enfant qui frissonna au seul souvenir des traits du vieux scélérat. Je l'ai vu trop nettement pour cela. Je les ai vus tous les deux aussi nettement que je vous vois.

— Qui était l'autre ? demandèrent ensemble Harry et M. Losberne.

— Celui-là même dont je vous ai raconté qu'il a surgi devant moi si soudainement à l'auberge. Nous nous sommes regardés fixement et je pourrais jurer que c'était lui.

— Et ils ont pris ce chemin-ci ? demanda Harry. Tu en es bien sûr ?

— Autant que je suis sûr que ces hommes étaient à la fenêtre, répondit Olivier, tout en montrant du doigt la haie qui séparait le jardin des pâturages. Le grand a sauté juste là ; et le Juif, après avoir couru quelques pas sur la droite, s'est glissé par cette trouée-ci. »

Les deux messieurs observèrent l'expression de sincérité qu'avait l'enfant tandis qu'il parlait, puis, s'étant consultés du regard, parurent croire à l'exactitude de ses dires. Toujours est-il que, d'aucun côté, il n'y avait trace du passage d'hommes fuyant en toute hâte. L'herbe était longue et, nulle part, elle n'avait été foulée, hormis là où ils étaient eux-mêmes passés. Les abords et les parois des fossés étaient d'argile humide : à aucun endroit on ne pouvait discerner l'empreinte de souliers, non plus que la plus légère marque indiquant qu'un pied eût pesé sur le sol depuis des heures.

« Voilà qui est étrange ! dit Harry.

— Étrange ? dit en écho le Dr Losberne. Blathers et Duff eux-mêmes n'y comprendraient goutte. »

En dépit de l'inutilité évidente de leurs recherches, ils n'y renoncèrent pas avant que la tombée de la nuit n'ôtât tout objet à leur poursuite ; et même alors, ils ne le firent qu'à regret. Giles fut dépêché dans les divers cabarets du village, nanti du meilleur signalement qu'Olivier put donner de la physionomie et de la mise des deux étrangers. Le Juif, à tout le moins, était assez frappant pour qu'on se souvînt de lui au cas où on l'aurait vu boire ou flâner là ; mais le maître d'hôtel revint sans apporter aucun renseignement susceptible de dissiper ou même d'atténuer le mystère.

Le lendemain, on reprit les recherches, on se remit en quête de renseignements, toujours sans aucun succès. Le jour suivant, Olivier et M. Maylie se rendirent au bourg dans l'espoir d'y voir ou d'entendre quelque chose qui concernât les deux hommes ; cette tentative ne donna également aucun résultat. Au bout de quelques jours, on commença à oublier cette affaire, comme il en va généralement quand l'étonnement, n'ayant aucun aliment nouveau, s'éteint de lui-même.

Cependant, Rose se rétablissait rapidement. Elle ne gardait plus la chambre et elle était autorisée à sortir ; de nouveau mêlée à la famille, elle apportait la joie au cœur de tous.

Mais, bien que cet heureux changement eût un effet visible sur le petit cercle et que les voix joyeuses et les rires clairs résonnassent de nouveau dans la maison, il pesait par moments sur certains, et sur Rose elle-même, une contrainte insolite qu'Olivier ne pouvait s'empêcher de remarquer. Mme Maylie et son fils restaient souvent enfermés de longs moments en tête à tête et, plus d'une fois, on put s'apercevoir que Rose avait pleuré. Quand le Dr Losberne eut fixé une date à son départ pour Chertsey, ces symptômes s'accrurent, et il devint évident qu'il se passait quelque ch~se qui troublait la paix de la jeune fille, et aussi celle de quelqu'un d'autre.

Finalement, un matin que Rose était seule dans la petite salle à manger, Harry Maylie entra et lui demanda, avec quelque hésitation, de lui accorder un moment d'entretien.

« Un moment, un très court moment suffira, Rose, dit le jeune homme en approchant une chaise. Ce que j'ai à vous dire s'est déjà présenté à votre esprit ; les plus chers espoirs de mon cœur ne vous sont pas inconnus, encore que vous ne les ayez pas entendu énoncer de mes propres lèvres. »

Rose était très pâle depuis que le jeune homme était entré dans la pièce, mais cela pouvait être dû à la maladie. Elle se contenta d'incliner la tête et, penchée sur des plantes qui se trouvaient à côté d'elle, elle attendit en silence qu'il poursuivît.

« Je... j'aurais dû partir plus tôt, dit Harry.

— En effet, répondit Rose. Pardonnez-moi de vous le dire, mais j'aurais préféré qu'il en fût ainsi.

— J'ai été amené ici par la plus horrible, la plus torturante des appréhensions, dit le jeune homme : la crainte de perdre le seul être sur lequel sont fixés tous mes vœux et tous mes espoirs. Vous étiez mourante, oscillant entre la terre et le ciel. Nous savons que lorsque la maladie s'attaque à des êtres beaux et bons, leur âme pure se tourne insensiblement vers la radieuse demeure de leur repos éternel ; et nous savons, Dieu nous soit en aide ! que les meilleurs et les plus beaux d'entre nous se fanent trop souvent en pleine fleur. »

A ces mots les larmes montèrent aux yeux de la jeune fille ; l'une d'elles, tombée sur la fleur vers laquelle elle se penchait, scintilla au centre de la corolle, la rendant plus belle encore, et il semblait que l'effusion de ce cœur jeune et pur proclamât spontanément son affinité avec ce qu'il y avait de plus beau dans la création.

« Un être, poursuivit le jeune homme d'un ton passionné, un être aussi pur et aussi dénué d'artifice qu'un ange même de Dieu hésitait entre la vie et la mort. Ah ! qui pouvait espérer, alors que le monde lointain auquel il est apparenté s'ouvrait déjà à moitié à sa vue, qu'il reviendrait aux

tristesses et aux maux du nôtre ? Rose, Rose, savoir que vous
alliez disparaître comme une douce ombre projetée sur la
terre par quelque lumière d'En-Haut ; n'avoir aucun espoir
que vous seriez conservée à ceux qui s'attardent ici-bas ; ne
guère pouvoir invoquer de raison pour que vous le fussiez ;
sentir que vous apparteniez à cette sphère radieuse vers
laquelle tant et tant des meilleurs et des plus beaux ont pris
un vol prématuré ; et cependant prier, au milieu de toutes
ces pensées consolantes, pour que vous puissiez être rendue
à ceux qui vous aiment... c'était là un supplice par trop
intolérable ! Ce fut le mien, jour et nuit ; et avec lui, vint un
torrent si impétueux de craintes, d'appréhensions et de
regrets égoïstes à l'idée que vous pourriez mourir sans jamais
savoir de quelle flamme je vous aimais, qu'il faillit entraîner
dans son impétuosité mon intelligence et ma raison. Vous
vous êtes rétablie. Jour après jour, presque heure par heure,
revenait une goutte de santé qui, se mêlant au faible courant
de vie presque tari qui circulait encore languissamment en
vous, le gonfla à nouveau au point de reformer un flot
impétueux. Je vous ai observée, tandis que vous passiez
presque de la mort à la vie, avec des yeux qu'aveuglaient
presque l'impatience et la passion. Ne me dites pas que vous
souhaitez que cela m'eût été retiré, car je lui dois d'avoir un
cœur plus tendre envers l'humanité entière.

— Ce n'est pas là ce que je voulais dire, murmura Rose en
pleurant ; je voudrais seulement que vous fussiez parti, pour
que vous puissiez de nouveau vous tourner vers de nobles et
hautes occupations, des occupations qui soient dignes de
vous.

— Il n'est pas d'occupation plus digne de moi, plus digne
de la nature la plus excellente, que de lutter pour gagner un
cœur tel que le vôtre ! s'écria le jeune homme en lui
saisissant la main. Rose, ma Rose chérie ! Il y a des années,
oui des années, que je vous aime ; que j'espère conquérir la
renommée afin de rentrer fièrement à la maison et de vous
dire que je ne l'ai recherchée que pour vous la faire partager ;
que je pense dans mes rêveries à la façon dont je vous
rappellerais en cet heureux moment les nombreux témoignages silencieux que je vous avais donnés, enfant, de mon

attachement et dont je réclamerais votre main pour exécuter le contrat tacite scellé entre nous ! Ce moment n'est pas venu ; mais maintenant, sans que j'aie conquis aucune réputation, sans que j'aie réalisé aucun de mes rêves de jeunesse, je vous offre ce cœur qui vous appartient depuis si longtemps et je joue mon va-tout sur les paroles avec lesquelles vous allez accueillir cette offre.

— Votre conduite a toujours été empreinte de bonté et de noblesse, dit Rose, qui maîtrisait avec peine les émotions dont elle était agitée. Puisque aussi bien vous pensez que je ne suis ni insensible ni ingrate, entendez donc ma réponse.

— C'est que je puis m'efforcer de vous mériter, n'est-ce pas, Rose chérie ?

— C'est, répondit Rose, que vous devez vous efforcer de m'oublier, non en tant que vieille et chère camarade, ce qui me blesserait profondément, mais en tant qu'objet de votre amour. Observez le monde ; pensez combien il compte de cœurs que vous seriez fier de conquérir. Prenez-moi pour confidente de quelque autre passion, si vous le voulez ; je serai toujours pour vous la plus vraie, la plus ardente, la plus fidèle des amies. »

Il y eut un moment de silence, pendant lequel Rose, qui s'était couvert le visage d'une main, donna libre cours à ses larmes. Harry tenait toujours l'autre.

« Et quelles sont les raisons, Rose, demanda-t-il enfin d'une voix étouffée, quelles sont les raisons d'une telle décision ?

— Vous êtes en droit de les connaître, répondit la jeune fille. Vous ne pourrez rien dire qui modifie ma résolution. C'est un devoir qu'il me faut accomplir ; je le dois aussi bien aux autres qu'à moi-même.

— A vous-même ?

— Oui, Harry. C'est un devoir envers moi-même, pauvre fille sans soutien et sans dot, qui porte un nom entaché, de ne pas donner aux vôtres les raisons de croire que j'aurais cédé pour des raisons sordides à votre première passion et que je me serais agrippée à vous, comme une entrave à tous vos espoirs et à tous vos projets. Je dois à vous et aux vôtres de vous empêcher de dresser, dans toute la chaleur de votre nature généreuse, ce grand obstacle à votre réussite dans le monde.

— Si vos inclinations s'accordent avec votre sens du devoir..., commença de dire Harry.

— Ce n'est pas le cas, répondit Rose en rougissant fortement.

— Alors, vous répondez à mon amour ? s'écria Harry. Ne me dites que cette seule chose, ma chère Rose ; ne me dites que cela et vous adoucirez l'amertume de cette cruelle déception !

— Si je l'avais pu sans léser gravement celui que j'aimais, repartit Rose, j'aurais...

— Vous auriez pu recevoir ma déclaration de façon bien différente ? dit Harry. Ne me dissimulez pas au moins cela, Rose.

— Oui, dit Rose. Attendez ! ajouta-t-elle en dégageant sa main. Pourquoi prolonger ce pénible entretien ? Si pénible pour moi, qui pourtant m'apportera un bonheur durable, car ce sera pour moi un bonheur de penser que j'aurai un moment tenu dans votre estime la place éminente que j'occupe maintenant ; chaque succès que vous obtiendrez dans la vie m'animera d'un nouveau courage et d'une nouvelle fermeté. Adieu, Harry. A la façon dont nous nous sommes rencontrés aujourd'hui, jamais plus nous ne nous retrouverons ; mais par d'autres liens que ceux auxquels cet entretien voulait tendre, nous pouvons encore vivre long-temps et heureusement unis. Puissent vous soutenir et vous favoriser toutes les bénédictions que les prières d'un cœur sincère et fidèle sont capables de demander à la source de toute vérité et de toute sincérité !

— Encore un mot, Rose, dit Harry. Vos raisons, formu-lées en vos propres termes. Je veux les entendre de vos propres lèvres !

— Vos perspectives d'avenir, répondit Rose avec fer-meté, sont brillantes. Tous les honneurs auxquels peuvent prêter de grands talents et une famille influente vous sont réservés. Mais ces parents sont fiers, et je ne voudrais pas me mêler à des personnes qui mépriseraient la mère qui m'a donné la vie, ni être cause de honte ou d'insuccès pour le fils de celle qui a si bien rempli la place de cette mère. En un mot, conclut la jeune fille en se détournant, car sa fermeté momentanée l'abandonnait, il y a sur mon nom une de ces taches que le monde fait expier à des têtes innocentes. Je ne veux pas la transmettre au sang d'un autre ; et le blâme restera sur moi seule.

— Un mot encore, Rose. Rose chérie ! Un seul ! s'écria Harry en se jetant à ses pieds. Si j'avais été moins... moins fortuné, dirait le monde..., si une vie obscure et paisible avait été ma destinée..., si j'avais été pauvre, malade, faible..., vous seriez-vous alors détournée de moi ? Ou est-ce mon accession probable à la richesse et aux honneurs qui a donné naissance à ces scrupules ?

— Ne me pressez pas de répondre. La question ne se pose pas et ne se posera jamais. Il est injuste, il est presque cruel de la poser.

— Si votre réponse est telle que j'ose presque l'espérer, répliqua Harry, elle répandra une lueur de félicité sur ma route solitaire et éclairera le chemin devant mes pas. Ce n'est pas chose inutile que de faire tant de bien, en prononçant simplement quelques mots, à quelqu'un qui vous aime plus que tout au monde. Ah, Rose ! au nom de mon ardent et durable attachement, au nom de tout ce que j'ai souffert pour vous et de tout ce que vous me condamnez à endurer encore, répondez à cette seule question !

— Eh bien, votre destinée eût-elle été différente, répondit Rose ; eussiez-vous été un peu, mais pas autant que vous l'êtes, au-dessus de moi ; eussé-je pu être pour vous une aide et un réconfort dans quelque humble et paisible retraite et non pas un obstacle au milieu d'une société élégante et ambitieuse, alors cette épreuve m'eût été épargnée. J'ai toutes raisons d'être heureuse, très heureuse, maintenant ; mais alors, Harry, j'avoue que j'aurais été plus heureuse encore. »

Tandis que Rose faisait cet aveu, le souvenir tenace d'anciens espoirs nourris longtemps auparavant, alors qu'elle n'était qu'une fillette, assaillirent en foule son esprit ; mais comme le font les anciens espoirs quand ils reviennent flétris, ils apportèrent avec eux les larmes, et elle en fut soulagée.

« Je ne puis rien contre cette faiblesse et elle rend ma résolution plus forte encore, dit Rose en tendant la main. Je dois vous quitter maintenant, il le faut.

— Je vous demande une promesse, dit Harry. Que je puisse une fois encore, et une seule — disons dans un an, mais ce sera peut-être beaucoup plus tôt —, vous reparler de ce sujet.

— Pas pour me presser de modifier ma décision, qui est justifiée, répondit Rose avec un sourire mélancolique. Ce serait inutile.

— Non, dit Harry ; ce sera pour vous l'entendre répéter, si vous le désirez — la répéter une fois pour toutes ! Je mettrai à vos pieds ce que je pourrai posséder à ce moment en fait de situation ou de fortune ; et si vous persistez toujours dans votre présente résolution, je ne chercherai plus, en paroles ni en actes, à la modifier.

— Eh bien, qu'il en soit ainsi, répondit Rose. Ce ne sera qu'une douleur de plus et, d'ici là, j'aurai peut-être acquis la force de la mieux supporter. »

Elle tendit de nouveau la main. Mais le jeune homme l'attira contre sa poitrine et, après avoir posé un baiser sur son beau front, sortit vivement de la pièce.

CHAPITRE XXXVI

QUI EST TRÈS COURT
ET POURRAIT SEMBLER
DE PEU D'IMPORTANCE
LÀ OÙ IL SE TROUVE,
MAIS QU'IL FAUT NÉANMOINS LIRE
EN TANT QUE SUITE
AU CHAPITRE PRÉCÉDENT
ET CLEF D'UN AUTRE,
QUI SUIVRA EN TEMPS UTILE

« Ainsi, vous avez décidé d'être mon compagnon de voyage, ce matin, hé ? dit le Dr Losberne, quand Harry Maylie descendit dans la petite salle à manger où le médecin se trouvait avec Olivier. Vous n'avez donc aucune suite dans les idées ou les intentions !

— Vous n'en direz pas autant un de ces jours, répliqua Harry en rougissant sans aucune raison apparente.

— J'espère que vous m'en offrirez de bonnes raisons, répondit le médecin, encore que j'avoue ne m'y attendre guère. Hier matin encore, vous aviez décidé précipitamment de rester ici et d'accompagner votre mère, en fils conscient de ses devoirs, au bord de la mer. Avant midi, vous annoncez que vous me ferez l'honneur de m'accompagner jusqu'au point où j'abandonne la route de Londres. Enfin, le soir, vous venez m'exhorter en grand mystère à partir avant que ces dames soient levées ; le résultat en est que le jeune Olivier ici présent se trouve cloué à son petit déjeuner, alors qu'il devrait être en train de courir les prairies à la recherche de merveilles botaniques de toutes sortes. Voilà qui est bien ennuyeux, hein, Olivier ?

— J'aurais beaucoup regretté de ne pas avoir été à la maison, lors de votre départ et de celui de M. Maylie, Monsieur, répondit l'enfant.

— Tu es un gentil garçon, dit le médecin ; il faudra venir me voir quand tu rentreras. Mais parlons plus sérieusement, Harry ; quelque message de nos grands arbitres de l'élégance serait-il à l'origine de votre soudain désir de départ ?

— Les grands arbitres de l'élégance, appellation dans laquelle vous englobez, je suppose, mon très digne oncle, ne m'ont fait parvenir aucun message depuis que je suis ici ; d'ailleurs, à cette époque de l'année, il n'est guère probable que rien vienne nécessiter ma présence immédiate auprès d'eux.

— Enfin, dit le médecin, vous êtes un drôle de pistolet. Mais, évidemment, on va vous faire entrer au Parlement aux élections d'avant Noël, et ces brusques changements et revirements ne sont pas une mauvaise introduction à la vie politique. Il y a toujours quelque chose à en retirer : un bon entraînement est toujours chose désirable, que l'objet de la course soit une place, une coupe ou un quelconque enjeu. »

L'expression d'Harry Maylie semblait indiquer qu'il aurait volontiers ajouté au dialogue une ou deux remarques de nature à confondre son interlocuteur; il se contenta cependant de dire : « On verra », et ne poussa pas plus avant l'entretien.

La chaise de poste se rangea peu après devant la porte et, Giles étant venu chercher les bagages, le bon docteur sortit d'un air affairé pour surveiller l'arrimage.

« Olivier, dit Harry Maylie à mi-voix, je voudrais te dire un mot. »

Olivier se rendit dans l'embrasure de la fenêtre où Harry lui faisait signe de venir, tout surpris du mélange de tristesse et d'agitation que dénotait le comportement du jeune homme.

« Tu sais bien écrire maintenant ? dit Harry en lui posant la main sur le bras.

— Je l'espère, Monsieur.

— Il se peut que je ne revienne pas à la maison de quelque temps; j'aimerais que tu m'écrives, mettons une fois tous les quinze jours, le lundi par exemple, au bureau de poste central de Londres. Tu veux bien ?

— Oh ! certainement, Monsieur; j'en serai fier, s'exclama Olivier, ravi de cette mission.

— J'aimerais savoir comment... comment se portent ma mère et Mlle Maylie, dit le jeune homme, et tu pourras remplir une page en me décrivant vos promenades et vos conversations, en me racontant si elle a l'air... je veux dire : si elles ont l'air d'être heureuses et en bonne santé. Tu me comprends bien ?

— Oh, tout à fait, Monsieur, tout à fait, dit Olivier.

— Je préférerais que tu ne leur en parles pas, murmura rapidement Harry : cela pourrait pousser ma mère à m'écrire plus souvent, c'est pour elle une fatigue et un souci. Que ce soit un secret entre nous deux, et rappelle-toi : il faut tout me raconter ! Je compte sur toi. »

Olivier, transporté de l'honneur qui lui était fait et pénétré du sentiment de son importance, promit fidèlement de garder le secret de ses lettres et de s'y montrer très explicite. M. Maylie lui fit ses adieux, en l'assurant maintes fois de son estime et de sa protection.

Le Dr Losberne était déjà monté dans la chaise; Giles — il

avait été décidé qu'il resterait — tenait la portière ouverte, et
les servantes regardaient du jardin. Harry jeta juste un
regard vers la fenêtre treillissée et sauta dans la voiture.

« Allez ! s'écria-t-il. Vite, au triple galop, brûlez le pavé !
Des ailes seules répondraient à mon ardeur, aujourd'hui !

— Hé là ! s'écria le Dr Losberne, abaissant en toute hâte
la vitre pour crier au postillon : pour moi, il me suffira de
bien moins que des ailes. Vous m'entendez ? »

La chaise s'éloigna dans un grand bruit de sonnailles et de
sabots ; on put suivre sa course rapide tout le long de la route
en lacet jusqu'à ce que la distance, rendant le son imperceptible, ne permît plus qu'à l'œil de l'apercevoir entourée d'un
nuage de poussière, et disparaissant parfois entièrement
pour redevenir visible selon les obstacles interposés ou les
tournants de la route. Ce ne fut que lorsque le nuage de
poussière se fut lui-même évanoui que se dispersèrent les
observateurs.

Il en fut un cependant qui garda les yeux fixés sur
l'endroit où avait disparu la voiture bien après qu'elle fut à
des milles de distance : derrière le blanc rideau qui l'avait
dissimulée à la vue de Harry quand il avait levé les yeux vers
sa fenêtre, était assise Rose elle-même.

« Il semblait heureux et plein d'entrain, se dit-elle enfin.
J'avais craint un moment qu'il n'en fût autrement. Je me
trompais ; j'en suis très, très heureuse. »

Les larmes sont signe de joie comme de chagrin ; mais
celles qui coulèrent le long des joues de la jeune fille, tandis
qu'elle était assise, pensive, à sa fenêtre, regardant toujours
dans la même direction, semblaient dire tristesse plutôt que
bonheur.

CHAPITRE XXXVII

DANS LEQUEL LE LECTEUR
POURRA PERCEVOIR
UN CONTRASTE QUI N'EST PAS RARE
DANS LES AFFAIRES CONJUGALES

M. Bumble était assis dans le petit salon de l'hospice, les yeux maussadement fixés sur la triste grille d'où, comme c'était l'été, ne s'élevait d'autre clarté que le reflet de quelques pâles rayons de soleil réverbérés par sa surface luisante et froide. Une cage à mouches en papier pendillait au plafond, et vers elle s'élevait parfois son regard chargé de mornes pensées ; alors à la vue des insectes qui tournoyaient autour de la résille aux couleurs criardes, M. Bumble poussa un profond soupir, tandis qu'une ombre plus lugubre encore s'étendait sur son visage. M. Bumble méditait ; peut-être ces insectes évoquaient-ils pour lui quelque passage douloureux de sa propre vie passée ?

L'abattement du bedeau n'était d'ailleurs pas la seule chose qui fût propre à éveiller une douce mélancolie au cœur d'un spectateur. Il ne manquait pas d'autres indices, et ceux-là directement associés à sa propre personne, pour annoncer qu'un grand changement s'était produit dans l'état de ses affaires. L'habit galonné et le bicorne, où étaient-ils donc ? Il portait toujours une culotte, c'est vrai, et, sur ses membres inférieurs, des bas de coton sombres ; mais ce n'était pas *la* culotte. L'habit avait de grandes basques et en cela ressemblait à *l'*habit, mais ah ! quelle différence ! Un modeste chapeau rond remplaçait l'imposant bicorne. M. Bumble n'était plus bedeau.

Il est dans la vie certaines promotions qui, indépendamment des récompenses plus substantielles qu'elles comportent, tirent une valeur et une dignité particulières des habits et des gilets qui en sont le signe. Un maréchal a son uniforme, un évêque son tablier de soie [1], un conseiller sa robe de soie, un bedeau son bicorne. Retirez à l'évêque son

tablier ou au bedeau son chapeau et ses galons, que sont-ils ?
des hommes. De simples hommes. La dignité et même
parfois la sainteté sont davantage une question d'habit et de
gilet que certains ne l'imaginent.

M. Bumble avait épousé Mme Corney et il était devenu
maître surveillant de l'hospice. Un autre bedeau avait pris le
pouvoir. A lui le bicorne, l'habit galonné d'or et la canne
avaient tous trois été conférés.

« Et il y aura deux mois demain que ça s'est fait ! dit
M. Bumble, en poussant un soupir. On dirait que ça fait un
siècle. »

Il pouvait vouloir dire par là qu'il avait concentré toute
une existence de bonheur dans le bref espace de huit
semaines ; mais le soupir... il en disait long, ce soupir.

« Je me suis vendu, s'écria-t-il, suivant toujours la même
pensée, pour six cuillers à thé, une pince à sucre et un pot à
lait, assortis de quelques meubles de seconde main et de
vingt livres sterling. J'ai été modeste. On m'a eu à bon
marché, à fichtrement bon marché !

— Bon marché ! cria dans son oreille une voix aiguë ;
ç'aurait été trop cher à n'importe quel prix ; et c'est bien
trop cher que je vous ai payé. Dieu le sait ! »

M. Bumble se retourna pour se trouver face à face avec
son intéressante épouse, qui, ayant parfaitement compris les
quelques mots de doléance qu'elle avait entendus, avait à
tout hasard risqué le commentaire précédent.

« Madame Bumble ! dit le maître surveillant, sévère et
pénétré.

— Eh bien quoi ? cria la dame.

— Ayez la bonté de me regarder, reprit-il, en fixant ses
yeux sur elle. (" Si elle tient le coup devant un regard
comme celui-là, se disait-il, elle tiendrait devant n'importe
quoi. C'est un regard dont je n'ai jamais vu rater l'effet sur
les indigents. S'il le rate avec elle, c'est que j'ai perdu tout
pouvoir. ") »

Qu'il suffise d'une très minime dilatation du regard pour
dompter les indigents, qui, peu nourris, sont en état de
moindre résistance, ou que l'ex-Mme Corney fût particulièrement à l'épreuve des regards d'aigle, c'est là une affaire

d'opinion. Toujours est-il que l'intendante ne fut nullement subjuguée par le froncement des sourcils de M. Bumble ; elle le traita au contraire avec grand dédain et alla même jusqu'à faire entendre un rire qui avait bien l'air sincère.

A l'ouïe de ce son si inattendu, M. Bumble parut d'abord incrédule, puis stupéfait. Il retomba ensuite dans son état antérieur, d'où il sortit seulement lorsque la voix de sa conjointe appela de nouveau son attention.

« Allez-vous rester à ronfler là toute la journée ? demandait Mme Bumble.

— Je vais rester ici aussi longtemps que je le jugerai bon, Madame, répondit le mari ; et, bien que je ne fusse pas, quoi que vous en disiez, en train de ronfler, je ronflerai, bâillerai, éternuerai, rirai ou pleurerai, comme ça me chantera, car telle est ma prérogative.

— *Votre* prérogative ! ironisa Mme Bumble, avec un ineffable mépris.

— C'est le mot que j'ai dit, Madame, répliqua M. Bumble. La prérogative de l'homme, c'est de commander.

— Et quelle est la prérogative de la femme, bonté divine ? s'écria la veuve de feu M. Corney.

— C'est d'obéir, Madame, dit M. Bumble d'une voix de tonnerre. Votre malheureux mari — que Dieu ait son âme ! — aurait dû vous l'apprendre ; peut-être, en ce cas, serait-il encore vivant. Je souhaiterais qu'il le fût, le pauvre ! »

Mme Bumble, voyant d'un coup d'œil que le moment décisif était venu et qu'un coup porté afin d'assurer la domination à l'un ou l'autre camp serait nécessairement final et concluant, n'eut pas plus tôt entendu cette allusion au défunt qu'elle s'affala dans un fauteuil et, après avoir poussé une grande clameur dans laquelle on distinguait que M. Bumble n'était qu'une brute sans cœur, tomba dans une violente crise de larmes.

Mais les pleurs n'étaient pas de nature à toucher M. Bumble : son cœur était imperméable. Comme les chapeaux de castor lavables qui s'améliorent à la pluie, ses nerfs reprenaient force et vigueur sous les averses de larmes qui, étant un témoignage de faiblesse et par conséquent la reconnaissance tacite de sa propre force, lui étaient agréables et ne faisaient que l'exalter. Il contempla sa digne épouse d'un air de profonde satisfaction et la pria, de manière encourageante, de pleurer tout son saoul, cet exercice étant considéré par la Faculté comme extrêmement favorable à la santé.

« Ça dégage les poumons, ça lave le visage, ça exerce les yeux et ça adoucit le caractère, dit M. Bumble. Pleurez donc tant que vous pourrez. »

Tout en décochant cette plaisanterie, il prit son chapeau à une patère, le posa de biais sur sa tête comme il sied à un homme conscient d'avoir convenablement assis sa supériorité, enfonça ses mains dans ses poches et se dirigea nonchalamment vers la porte, toute sa personne reflétant l'aisance et la jovialité.

Or, l'ex-Mme Corney avait essayé des larmes simplement parce que c'était là chose plus simple que d'attaquer de ses mains ; mais elle était toute prête à mettre en pratique cette seconde méthode, comme M. Bumble ne tarda pas à s'en apercevoir.

La première preuve qu'il en reçut lui fut apportée par un bruit sourd, immédiatement suivi de l'envol soudain de son chapeau jusqu'à l'autre bout de la pièce. Cette opération préliminaire laissant nue la tête de son mari, l'experte dame le saisit étroitement à la gorge d'une main, tandis que de l'autre elle lui infligeait une avalanche de coups (assenés avec une singulière et vigoureuse dextérité). Cela fait, elle apporta un peu de variété dans les plaisirs en lui écorchant la figure et en lui arrachant les cheveux ; jugeant alors la punition subie suffisante pour l'offense, elle le fit basculer par-dessus une chaise, qui se trouvait là fort à propos, et le mit au défi de parler encore de sa prérogative.

« Levez-vous ! dit-elle d'une voix autoritaire. Et videz les lieux si vous ne voulez pas que j'emploie les grands moyens. »

M. Bumble se releva d'un air fort marri, en se demandant ce que pouvaient bien être les grands moyens. Il ramassa son chapeau et regarda du côté de la porte.

« Eh bien, vous partez ? demanda sa moitié.

— Certainement, ma chère, certainement, répondit M. Bumble, en se dirigeant rapidement vers la porte. Je n'avais pas l'intention de... je m'en vais, ma chère amie ! Vous êtes si violente, vraiment, que je... »

A ce moment, Mme Bumble s'avança vivement pour remettre en place le tapis, qui avait été retourné au cours de la bagarre. M. Bumble se précipita aussitôt hors de la pièce, sans plus penser à sa phrase restée inachevée, laissant l'ex-Mme Corney pleinement maîtresse du champ de bataille.

M. Bumble avait été bel et bien pris par surprise, et bel et bien battu. Il avait une propension marquée à houspiller autrui et il ne tirait pas un mince plaisir de l'exercice de petites cruautés journalières ; c'était donc (est-il nécessaire de le dire ?) un couard. Ceci n'est nullement fait pour porter atteinte à sa réputation, car bien des personnages officiels qui sont l'objet du plus grand respect et de la plus grande admiration sont sujets à pareille infirmité. Cette remarque est plutôt destinée, en fait, à plaider en sa faveur et à bien faire comprendre au lecteur à quel point il était qualifié pour le poste qu'il occupait.

Mais la mesure de sa déchéance n'était pas encore comble. Après avoir fait la tournée de l'hospice, en pensant pour la première fois que les lois sur les indigents étaient vraiment trop dures et que les hommes qui abandonnaient leur femme en la laissant à la charge de la paroisse ne devraient, en toute justice, relever d'aucune punition, mais bien au contraire être récompensés en tant qu'individus méritants ayant beaucoup souffert, M. Bumble arriva dans une salle où quelques indigentes étaient d'ordinaire employées au lavage du linge paroissial, et d'où provenait à ce moment un bruit de conversation.

« Hum ! fit le maître surveillant en faisant appel à toute sa dignité naturelle. Ces femmes-là, au moins, continueront à respecter la prérogative. Holà, holà, là-dedans ! Qu'est-ce que signifie tout ce bruit, coquines ? »

Sur ces mots, il ouvrit la porte et entra, en arborant l'air le plus irrité et le plus féroce possible ; mais celui-ci se changea immédiatement en une attitude fort mortifiée, et M. Bumble rentra les épaules quand son regard tomba sur la personne de son épouse, qu'il ne s'attendait pas à trouver là.

« Ma chère amie, je ne savais pas que vous étiez là, dit-il.

— Ah, vous ne saviez pas que j'étais là ! répéta Mme Bumble. Et vous, qu'y faites-vous donc ?

— Je pensais que ces femmes bavardaient vraiment trop pour faire proprement leur travail, ma chère amie, répondit M. Bumble en jetant un regard éperdu à deux vieilles qui, derrière le cuvier, échangeaient des idées admiratives sur l'humilité du maître surveillant de l'hospice.

— Ainsi *vous* pensiez qu'elles bavardaient trop ? dit Mme Bumble. En quoi cela vous regarde-t-il ?

— Mais, ma chère amie..., essaya de dire M. Bumble, d'un ton soumis.

— En quoi cela vous regarde-t-il ? répéta sa femme.

— Il est bien vrai que vous êtes l'intendante, ma chère amie, admit en toute humilité M. Bumble ; mais je pensais que vous pouviez ne pas être par ici en ce moment.

— Je vais vous dire une chose, monsieur Bumble, répliqua son épouse. Nous ne voulons pas de vos ingérences. Vous aimez beaucoup trop fourrer votre nez dans des questions qui ne vous concernent pas ; tout le monde en rit dans la maison dès que vous avez le dos tourné, et vous faites l'imbécile toute la sainte journée. Allons, sortez ! »

M. Bumble, torturé par la joie des deux vieilles indigentes qui ricanaient ensemble avec ravissement, hésita un instant. Mme Bumble, dont la patience ne souffrait aucun délai, saisit un bol de lessive et, montrant la porte à son mari, lui ordonna de la franchir instantanément sous peine de voir sa noble personne aspergée de tout le contenu du récipient.

Que pouvait le maître surveillant ? Il jeta autour de lui un regard découragé et s'éclipsa ; et il n'atteignit pas la porte sans entendre les ricanements des indigentes se muer aussitôt en un gloussement aigu d'irrépressible joie. Il ne manquait plus que cela ! Il était ravalé à leurs yeux ; il était déchu de son rang devant les indigentes mêmes ; il était tombé de toute la majestueuse hauteur de son état de bedeau jusqu'au plus vil niveau de mari indignement rabroué et gouverné par sa femme.

« Et tout cela en deux mois ! se dit M. Bumble, plein de rancœur. Deux mois ! Il n'y a pas plus de deux mois j'étais non seulement mon propre maître, mais celui de tous les autres, pour ce qui est de l'asile paroissial en tout cas ; et maintenant !... »

C'en était trop. L'ex-bedeau donna une taloche au gamin qui lui ouvrait le portail (car, tout en ruminant, il avait atteint la grille), et sortit dans la rue d'un air égaré.

Il monta une rue, en descendit une autre, jusqu'à ce que l'exercice eût un peu calmé le premier emportement de son chagrin ; alors, la réaction lui donna soif. Il passa devant de nombreuses tavernes ; mais finalement, il s'arrêta devant un débit situé dans une ruelle écartée et dont la salle (comme il put s'en assurer en jetant un rapide coup d'œil par-dessus les rideaux) n'était occupée que par un consommateur solitaire. Une lourde pluie se mit alors à tomber, et c'est ce qui le décida. Il entra, commanda quelque chose à boire en passant devant le comptoir et pénétra dans la salle qu'il avait observée du dehors.

L'homme qui s'y trouvait assis était brun, de haute taille, et enveloppé d'un vaste manteau. Il avait l'air d'un étranger et semblait, à voir son air défait et la poussière qui souillait ses vêtements, avoir fourni un assez long voyage. Il jeta un regard oblique à M. Bumble lors de son entrée, mais c'est à peine s'il daigna répondre d'un signe de tête à son salut.

M. Bumble avait bien assez de dignité pour deux, même en supposant que l'étranger se fût montré plus familier ; il but donc son grog au gin en silence et se mit à lire le journal d'un air pompeux et plein de cérémonie.

Il arriva cependant (comme il arrive bien souvent quand deux hommes se trouvent ainsi mis en présence) que M. Bumble éprouva à plusieurs reprises l'irrésistible tentation de jeter un regard furtif sur l'étranger ; or, chaque fois qu'il y cédait, il détournait les yeux avec quelque confusion en s'apercevant que celui-ci était justement en train d'en faire autant de son côté. Sa gêne se trouva accrue par la très singulière expression du regard de l'inconnu, qui était vif et aigu, mais assombri par un froncement des sourcils dénotant la méfiance et la suspicion ; ce regard ne ressemblait à rien de ce qu'avait pu observer jusqu'alors le bedeau, et il était fort repoussant à voir.

Quand leurs yeux se furent ainsi croisés plusieurs fois, l'étranger rompit le silence d'une voix rauque et profonde :

« Est-ce moi que vous cherchiez quand vous avez regardé par la vitre ?

— Pas que je sache, à moins que vous ne soyez monsieur... »

Ici, M. Bumble s'arrêta court, car il était curieux de connaître le nom de l'inconnu et il pensait que, dans son impatience, l'autre pourrait combler la lacune.

« Je vois que ce n'était pas le cas, dit l'étranger (et une expression légèrement sarcastique se jouait autour de sa bouche), sans quoi vous connaîtriez mon nom. Or vous ne le connaissez pas. Je vous conseillerais de ne pas me le demander.

— Je ne pensais pas à mal, jeune homme, fit remarquer M. Bumble d'un ton majestueux.

— Et vous n'en avez pas fait », répondit l'étranger.

Un nouveau silence suivit ce bref dialogue ; ce fut l'inconnu qui le rompit pour la seconde fois :

« Je crois vous avoir déjà vu. Vous étiez vêtu différemment à l'époque et je n'ai fait que vous croiser dans la rue, mais je vous reconnais bien. Vous avez été bedeau ici, n'est-ce pas ?

— Oui, dit M. Bumble, quelque peu surpris, bedeau de la paroisse.

— C'est bien cela, reprit l'autre en approuvant de la tête. C'est dans ces fonctions que je vous ai vu. Et que faites-vous maintenant ?

— Je suis maître surveillant de l'hospice, répondit M. Bumble avec une lenteur et une solennité faites pour arrêter toute familiarité indue de la part de l'étranger. Maître surveillant de l'hospice, jeune homme !

— Vous vous occupez toujours autant de vos intérêts, je n'en doute pas ? reprit l'étranger en plongeant ses yeux perçants dans ceux que levait M. Bumble, étonné de cette question. N'ayez aucun scrupule à répondre franchement, mon ami. Je vous connais assez bien, comme vous voyez.

— Eh bien, répondit l'ex-bedeau en s'abritant les yeux de la main pour examiner l'étranger de la tête aux pieds d'un air manifestement perplexe, je pense qu'un homme marié ne répugne pas plus qu'un célibataire à gagner honnêtement quelque argent quand il le peut. Les fonctionnaires paroissiaux ne sont pas si bien payés qu'ils puissent se permettre de refuser une petite gratification supplémentaire quand elle se présente de façon civile et convenable. »

L'étranger sourit et hocha de nouveau la tête, comme pour dire qu'il ne s'était pas trompé sur son homme ; puis il sonna.

« Remplissez de nouveau ce verre, dit-il en tendant au tavernier le verre vide de M. Bumble. Bien fort et bien chaud. C'est comme cela que vous l'aimez, je pense ?

— Pas trop fort, répondit M. Bumble avec une petite toux discrète.

— Vous comprenez ce que cela veut dire, patron ? » dit l'étranger d'un ton sec.

Le cabaretier sourit, disparut et revint peu après, portant une bolée fumante, dont la première gorgée fit monter les larmes aux yeux de M. Bumble.

« Et maintenant, écoutez-moi, dit l'inconnu après avoir fermé porte et fenêtre. Je suis venu ici aujourd'hui pour vous trouver ; or, par une de ces chances que le diable envoie parfois à ses amis, vous êtes entré dans la pièce même où j'étais assis, au moment précis où vous occupiez le plus vivement mon esprit. Je voudrais obtenir de vous certains renseignements. Je ne vous demande pas de me les fournir pour rien, si minces qu'ils soient. Prenez toujours ça, pour commencer. »

Tout en parlant, il poussa une couple de souverains vers son interlocuteur, et cela avec beaucoup de soin, comme s'il ne désirait pas qu'on entendît du dehors un tintement de monnaie. Quand M. Bumble eut minutieusement examiné les pièces pour vérifier qu'elles étaient de bon aloi et les eut fait disparaître d'un air fort satisfait dans son gousset, l'étranger poursuivit :

« Reportez-vous en arrière... voyons..., il y a eu douze ans, l'hiver dernier.

— Ça fait longtemps, dit Bumble. Bon. J'y suis.

— La scène se passait à l'hospice.

— Bon.

— C'était la nuit.

— Oui.

— Quant à l'endroit, c'était ce trou délabré — où qu'il se trouvât — dans lequel de misérables traînées venaient donner la vie et la santé qui leur étaient si souvent refusées à elles-mêmes,... enfin, mettre au monde des enfants piaulants que la paroisse aurait à élever ; après quoi, elles allaient cacher leur honte — qu'elles y pourrissent ! — dans la tombe !

— Vous voulez dire la maternité, je suppose ? dit M. Bumble, qui avait quelque peine à suivre la description fiévreuse de l'étranger.

— Oui. Un garçon est né là.

— Y en a eu beaucoup, fit remarquer M. Bumble en hochant la tête d'un air de découragement.

— La peste soit de tous ces démons en herbe ! s'écria l'étranger. Je parle d'un certain enfant : un garçon au visage doux et pâle, qui a été mis en apprentissage par ici, chez un fabricant de cercueils — j'aurais bien voulu que cet homme en eût fabriqué un pour visser dedans son petit cadavre ! — ... après cela, le gamin s'est enfui, à Londres, suppose-t-on.

— Ah, vous voulez dire Olivier ! Le jeune Twist ! dit Bumble ; bien sûr que je me rappelle. Y avait pas plus ostiné fripon...

— Ce n'est pas sur lui que je désire des renseignements ; j'ai assez entendu parler de lui, dit l'étranger en arrêtant son interlocuteur au début d'une tirade sur les vices d'Olivier. C'est sur une femme : la vieille sorcière qui a soigné la mère. Où est-elle ?

— Où elle est ? dit M. Bumble, que le grog rendait facétieux. Ce serait difficile à dire. Où qu' ça soye, y a pas de fonctions de sage-femme à exercer ousqu'elle est ; je pense qu'elle est en chômage, en tout cas.

— Qu'entendez-vous par là ? demanda l'inconnu d'un ton sévère.

— Qu'elle est morte l'hiver dernier. »

Quand le bedeau eut donné ce renseignement, l'homme le regarda fixement ; bien qu'il ne détournât pas les yeux durant un bon moment, son regard se fit bientôt atone et distrait, et il parut absorbé dans ses pensées. Pendant quelques instants, il sembla se demander s'il devait être soulagé ou déçu de la nouvelle ; mais enfin il respira plus librement et, détournant les yeux, déclara que cela n'avait pas grande importance. Sur quoi il se leva, comme pour partir.

Mais M. Bumble fut assez malin pour voir immédiatement qu'une occasion s'offrait de tirer un parti lucratif d'un secret détenu par sa chère moitié. Il se rappelait fort bien la nuit de la mort de la vieille Sally : les événements de ce jour-là lui en avaient donné de bonnes raisons, puisque c'était à cette occasion qu'il s'était déclaré à Mme Corney ; et, bien que cette dernière ne lui eût jamais fait confidence des révélations dont elle avait été l'unique témoin, il en avait assez entendu pour savoir qu'elles avaient trait à un événement qui s'était produit pendant que la vieille soignait, comme garde-malade de l'hospice, la jeune mère d'Olivier Twist. Évoquant promptement ce souvenir, il informa l'inconnu, d'un air mystérieux, qu'une certaine femme était restée enfermée en tête à tête avec la vieille sorcière quelques instants avant sa mort, et qu'elle pourrait — il avait tout lieu de le croire — jeter quelque lumière sur l'objet de ses recherches.

« Comment puis-je la trouver ? dit l'étranger, qui, pris au dépourvu, laissa clairement voir que toutes ses craintes (quelles qu'elles fussent) s'étaient réveillées à cette annonce.

— Seulement par mon entremise, répondit M. Bumble.

— Quand ? s'écria vivement l'inconnu.

— Demain.

— A neuf heures du soir, reprit l'étranger, qui sortit un bout de papier et y inscrivit, d'une écriture qui dénotait son agitation, une obscure adresse du bord de l'eau : à neuf heures demain soir, amenez-la-moi à cet endroit. Je n'ai pas besoin de vous recommander le secret. Il y va de votre intérêt. »

Sur ces mots, il se dirigea vers la porte après s'être arrêté pour payer les consommations. S'étant contenté d'annoncer brièvement qu'ils n'allaient pas dans la même direction, il s'en fut sans autre cérémonie que la répétition insistante de l'heure du rendez-vous pour le lendemain soir.

Quand il regarda l'adresse, le fonctionnaire paroissial remarqua qu'elle ne contenait aucune indication de nom. L'inconnu n'était pas encore très éloigné ; il courut après lui pour le lui demander.

« Que voulez-vous ? s'écria l'homme, en se retournant vivement au contact de la main de Bumble sur son bras. Vous me suivez donc ?

— Seulement pour vous poser une question, dit celui-ci, en montrant son papier. Quel nom faudra-t-il que je demande ?

— Monks ! » répliqua l'homme.

Et il s'éloigna à grands pas.

CHAPITRE XXXVIII

QUI CONTIENT UN EXPOSÉ
DE CE QUI SE PASSA
ENTRE LE MÉNAGE BUMBLE
ET M. MONKS
LORS DE LEUR ENTREVUE NOCTURNE

C'était une sombre soirée d'été, lourde et étouffante. Les nuages, qui avaient menacé toute la journée, déployés en une masse de vapeur dense et pesante, laissaient déjà tomber de grosses gouttes de pluie et semblaient présager un violent orage, quand M. et Mme Bumble, débouchant de la rue principale de la ville, dirigèrent leurs pas vers une petite colonie de maisons éparses et délabrées, distante d'un mille et demi environ et construite dans un bas-fond marécageux, en bordure du fleuve.

Tous deux s'étaient enveloppés de vieux manteaux minables, destinés à protéger leur personne aussi bien des regards, peut-être, que de la pluie. Le mari portait une lanterne, dont ne rayonnait encore, d'ailleurs, aucune lumière, et il cheminait à quelques pas en avant, comme

pour offrir à sa femme — le chemin étant très boueux —
l'avantage de poser les pieds dans les profondes empreintes
laissées par ses souliers. Ils allaient en grand silence ; de
temps à autre, M. Bumble ralentissait le pas, tournait la tête
comme pour vérifier que son associée suivait bien, puis,
voyant qu'elle était sur ses talons, accélérait son allure et
avançait à une vitesse considérablement accrue vers le lieu
de destination.

La réputation de cet endroit était loin d'être douteuse, il y
avait longtemps, en effet, qu'il était connu pour n'abriter
que les pires chenapans qui, sous couvert de divers gagne-
pain, tiraient surtout leurs ressources du brigandage et du
crime. C'était un ramassis de simples masures — certaines
faites de briques disjointes hâtivement entassées, d'autres de
vieux bois de navire tout vermoulu — assemblées pêle-mêle,
sans aucun souci d'ordre ou d'aménagement, et plantées
pour la plupart à quelques pieds de la rive. Quelques
bateaux percés halés sur la berge fangeuse et amarrés au mur
bas qui la bordait, ainsi que çà et là une rame ou un rouleau
de cordage, semblaient indiquer à première vue que les
habitants de ces misérables bicoques exerçaient quelque
occupation sur l'eau ; mais un regard sur l'état délabré et
inutilisable des objets exposés de la sorte aurait aisément
conduit le passant à conclure qu'on les avait disposés là
plutôt pour sauvegarder les apparences que dans l'intention
de s'en servir réellement.

Au cœur de cet amas de cabanes et bordant le fleuve que
surplombaient ses étages supérieurs, se dressait un grand
bâtiment ; il avait abrité autrefois quelque manufacture, qui
devait, à cette époque, fournir du travail aux occupants des
logements environnants. Mais il était depuis longtemps en
ruine. Les rats, les vers et l'humidité avaient rongé et pourri
les pilotis sur lesquels il s'appuyait ; une grande partie s'en
était déjà enfoncée dans l'eau, tandis que le reste chancelait,
penché sur le courant sombre, semblant n'attendre qu'une
occasion favorable pour suivre sa vieille compagne et
s'abandonner au même sort.

Ce fut devant ce bâtiment délabré que le digne couple
s'arrêta au moment où le premier coup de tonnerre lointain

se répercutait dans l'air et où la pluie commençait à tomber avec violence.

« Ce doit être quelque part par ici, dit Bumble en consultant un bout de papier qu'il tenait à la main.

— Holà ! » cria une voix au-dessus de lui.

Levant la tête dans la direction d'où venait le son, il distingua au second étage un homme qui passait la tête par une porte à hauteur de poitrine.

« Attendez une minute, cria la voix, je vous rejoins tout de suite. »

Sur ce, la tête disparut et la porte se referma.

« C'est lui ? » demanda la douce épouse de M. Bumble. Celui-ci fit un signe de tête affirmatif.

« Alors, rappelez-vous ce que je vous ai recommandé, conseilla l'intendante ; et faites attention à en dire aussi peu que possible, sans quoi vous nous trahirez immédiatement. »

M. Bumble, qui avait examiné la bâtisse d'un air fort chagrin, semblait être sur le point d'exprimer quelques doutes sur l'opportunité de poursuivre pour l'instant l'entreprise, quand il en fut empêché par l'apparition de Monks, qui ouvrait une petite porte près de laquelle ils se trouvaient, et qui les pria d'entrer.

« Entrez donc ! s'écria-t-il avec impatience, en tapant du pied. Ne me faites pas attendre comme ça ! »

La femme, qui avait commencé par hésiter, entra hardiment sans plus attendre. M. Bumble, ayant honte ou peur de rester en arrière, suivit ; manifestement très mal à son aise, il ne lui restait pas grand-chose de cette remarquable dignité, qui était d'ordinaire sa caractéristique principale.

« Pourquoi, diantre, restez-vous là dehors à vous attarder sous la pluie ? dit Monks, tout en se retournant vers Bumble et en bouclant la porte derrière eux.

— Nous... nous voulions nous rafraîchir, balbutia le malheureux, en regardant craintivement alentour.

— Vous rafraîchir ! rétorqua Monks. Toute la pluie qui est tombée jusqu'à ce jour et qui tombera jamais ne saurait éteindre cette part de feu d'enfer qu'un homme peut porter en lui! Vous ne vous rafraîchirez pas facilement; ne vous l'imaginez pas! »

Sur cet agréable propos, Monks se retourna brusquement vers l'intendante et fixa sur elle son regard, jusqu'au moment où elle fut contrainte, elle qui, pourtant, ne se laissait pas facilement intimider, de détourner les yeux pour les diriger vers le sol.

« C'est donc la femme en question? demanda Monks.

— Hem! oui, c'est elle, répondit M. Bumble, se gardant de négliger l'avertissement de sa femme.

— Vous pensez que les femmes ne peuvent jamais garder un secret, je suppose? dit l'intendante, qui, en intervenant, rendait à Monks son regard scrutateur.

— Je sais qu'il y en a un qu'elles garderont toujours, jusqu'à ce qu'on le découvre, dit Monks.

— Et lequel, donc? demanda l'intendante.

— La perte de leur réputation. Aussi, selon la même règle, si une femme partage un secret susceptible de la faire pendre ou déporter, je ne crains pas qu'elle aille le raconter à quiconque; certes non! Vous me comprenez, ma bonne Dame?

— Non, répondit l'intendante, rougissant légèrement.

— Naturellement pas! dit Monks. Comment le pourriez-vous? »

L'homme gratifia ses deux compagnons d'une expression qui tenait à la fois du sourire et du froncement de sourcils, puis il leur fit signe à nouveau de le suivre et traversa rapidement la pièce, qui était extrêmement longue, mais basse de plafond. Il se préparait à gravir un escalier fort raide, ou plutôt une échelle, conduisant à un autre étage d'entrepôt, quand l'aveuglante clarté d'un éclair ruissela par l'ouverture, suivie d'un coup de tonnerre qui secoua la bâtisse branlante jusqu'en son milieu.

« Écoutez! s'écria-t-il en cédant à un mouvement de recul. Écoutez! Il roule et retentit comme s'il se répercutait à travers mille cavernes où les démons se cacheraient pour lui échapper. Ce bruit me fait horreur! »

Il resta un moment silencieux, puis, retirant soudain ses

mains de sa figure, laissa voir, à l'indicible trouble de
M. Bumble, que ce visage était décomposé et livide.

« Ces accès me prennent de temps en temps, dit Monks,
qui avait remarqué son émoi ; le tonnerre les provoque
parfois. Ne faites pas attention ; c'est fini pour cette fois. »

Tout en parlant ainsi, il monta le premier à l'échelle ;
puis, après avoir vivement fermé le volet de la pièce dans
laquelle elle débouchait, il abaissa une lanterne qui pendait
au bout d'une corde passée dans une poulie, elle-même fixée
à l'une des grosses poutres du plafond, et qui répandait une
pâle lueur sur une vieille table et trois chaises placées au-
dessous.

« Maintenant, dit Monks, quand ils furent tous trois assis,
plus tôt nous en viendrons à notre affaire, mieux cela vaudra
pour tout le monde. Cette femme sait de quoi il s'agit, n'est-
ce pas ? »

La question s'adressait à Bumble, mais sa femme devança
la réponse, en signifiant qu'elle était parfaitement au
courant.

« Il avait raison quand il m'a dit que vous étiez avec cette
vieille sorcière, la nuit où elle est morte, et qu'elle vous a dit
quelque chose…

— Sur la mère du garçon que vous avez nommé, répondit
l'intendante en l'interrompant. Oui.

— La première question est : Quelle était la nature de sa
communication ? dit Monks.

— Ça, c'est la seconde, fit très posément remarquer la
femme. La première, c'est : Que peut valoir cette communication ?

— Mais qui diable pourrait le dire sans savoir de quel
genre elle est ? demanda Monks.

— Personne mieux que vous, j'en suis sûre, répondit
Mme Bumble, qui ne manquait pas de caractère, comme en
pouvait abondamment témoigner son compagnon de joug.

— Hum ! fit Monks d'un ton significatif et avec un air
d'avide interrogation ; il peut y avoir pas mal d'argent à
gagner, hein ?

— Peut-être bien, lui fut-il calmement répondu.

— Quelque chose qui lui a été volé, dit Monks. Quelque chose qu'elle portait sur elle. Quelque chose que...

— Il vaudrait mieux faire votre offre, dit Mme Bumble en l'interrompant. J'en ai déjà entendu assez pour être sûre que vous êtes bien l'homme à qui je devrais parler. »

M. Bumble, à qui sa tendre moitié n'en avait pas encore appris plus long sur le secret qu'il n'en savait au début, écoutait ce dialogue, le cou tendu et les yeux dilatés, observant tour à tour sa femme et Monks avec un étonnement non déguisé, qui s'accrut encore, si possible, quand Monks demanda brutalement quelle somme on exigeait pour révéler le secret.

« Qu'est-ce qu'il vaut pour vous ? demanda la femme, toujours aussi posément.

— Peut-être rien, peut-être vingt livres, répondit Monks. Parlez franchement, que je sache lequel des deux.

— Ajoutez cinq livres à la somme que vous avez dite ; donnez-moi vingt-cinq livres en or, dit la femme, et je vous raconterai tout ce que je sais. Pas avant.

— Vingt-cinq livres ! s'écria Monks, avec un mouvement de recul.

— J'ai parlé aussi clairement que possible, répondit Mme Bumble. Ce n'est d'ailleurs pas une grosse somme.

— Pas une grosse somme pour un misérable secret qui peut se réduire à rien une fois révélé ! s'exclama Monks avec impatience. Et qui est resté enterré depuis douze ans au moins !

— Ce genre de choses se conservent bien : comme le bon vin, elles doublent parfois de valeur avec le temps, répondit l'intendante, qui conservait toujours cette même indifférence résolue qu'elle avait assumée dès le début. Quant à rester enterré, il y a tous ceux qui le resteront encore douze mille ans, ou douze millions d'années, pour autant qu'on sache, et qui se lèveront bien un jour pour raconter d'étranges histoires !

— Et si je paie pour rien ? demanda Monks, hésitant.

— Vous pourrez facilement reprendre votre argent, répondit l'intendante. Je ne suis qu'une femme, seule ici, et sans protection.

— Pas seule, ma chérie, ni sans protection, lui représenta M. Bumble, d'une voix qui tremblait de peur. Je suis là, ma chérie. D'ailleurs, ajouta-t-il en claquant des dents, M. Monks est trop bien élevé pour se livrer à des violences sur des personnalités porossiales. M. Monks sait bien que je ne suis plus jeune, ma chérie, que je suis comme qui dirait un peu monté en graine, mais il a entendu dire, j'en suis bien sûr, ma chérie, M. Monks l'a entendu dire, je suis un fonctionnaire très énergique et doué d'une force tout à fait exceptionnelle quand on me met en colère. Il suffit qu'on me mette un peu en colère, voilà tout. »

Tandis qu'il parlait, M. Bumble fit mélancoliquement semblant d'empoigner sa lanterne avec une résolution farouche, tout en laissant clairement voir, à l'expression craintive de chacun de ses traits, qu'il avait en effet besoin qu'on le mît en colère, et même assez fort, avant de se livrer à la moindre démonstration un tant soit peu belliqueuse, à moins que ce ne fût évidemment contre des indigents ou toute autre personne formée ou plutôt déformée à cet effet [1].

« Vous êtes stupide, dit Mme Bumble, en réponse ; vous feriez mieux de tenir votre langue.

— Il aurait mieux fait de la couper avant de venir, s'il est incapable de parler plus bas, dit sévèrement Monks. Ainsi c'est votre mari, hé ?

— Lui, mon mari ! fit l'intendante, étouffant un rire pour éluder la question.

— Je l'avais bien pensé quand vous étiez entrés, reprit Monks, qui n'avait pas perdu le coup d'œil mécontent que la dame avait lancé à son époux en parlant. C'est d'autant mieux ; j'ai moins d'hésitation à traiter avec deux personnes quand je m'aperçois qu'elles n'ont qu'une seule volonté. Je parle sérieusement. Voyez donc ! »

Il plongea la main dans une poche de côté, en sortit un petit sac de toile et compta sur la table vingt-cinq souverains, qu'il poussa vers la femme.

« Maintenant, dit-il, ramassez-les et, quand ce sacré coup de tonnerre que je sens prêt à éclater au-dessus de la maison sera passé, vous me raconterez votre histoire. »

La foudre, beaucoup plus proche en fait, éclata avec

fracas, presque au-dessus d'eux, sembla-t-il ; après quoi, Monks releva la tête, qu'il avait laissée tomber sur la table, et se tourna vers la femme pour entendre ce qu'elle avait à dire. Les visages des trois interlocuteurs se touchaient presque tandis que les deux hommes se penchaient sur la table, avides d'entendre, et que la femme en faisait autant pour rendre son murmure intelligible. La lueur souffreteuse, tombant directement sur eux de la lanterne suspendue au-dessus de leurs têtes, exagérait encore la pâleur et l'inquiétude de leurs traits, qui, environnés des plus profondes ténèbres, étaient vraiment effrayants à voir.

« Quand cette femme, qu'on appelait la vieille Sally, est morte, commença l'intendante, elle et moi étions seules.

— Il n'y avait personne à côté ? demanda Monks du même murmure sourd ; pas de vieille malade, pas de pauvre idiote dans un autre lit ? Personne qui pût entendre et, éventuellement, comprendre ?

— Pas une âme, répondit la femme ; nous étions toutes seules. Il n'y avait vraiment que moi seule près du corps, quand la mort l'a saisi.

— Bon, dit Monks en la dévisageant attentivement. Poursuivez.

— Elle m'a parlé d'une jeune femme qui avait donné naissance à un enfant quelques années auparavant, non seulement dans la même pièce, mais dans le lit même où elle était alors couchée pour mourir.

— Vraiment ? dit Monks, la lèvre frémissante, en regardant par-dessus son épaule. Sangdieu ! comme il s'en passe des choses !

— L'enfant était celui que vous lui avez nommé hier soir, continua l'intendante en désignant négligemment son mari d'un signe de tête ; la mère, cette garde l'avait volée.

— De son vivant ? demanda Monks.

— Morte, répondit la femme avec une sorte de frisson. Elle vola sur le cadavre, à peine l'était-il devenu, l'objet même que la mère défunte l'avait suppliée, dans son dernier soupir, de garder pour l'amour de son enfant.

— Elle l'a vendu ? s'écria Monks avec un intérêt désespéré ; l'a-t-elle vendu ? Où ? Quand ? A qui ? Il y a combien de temps ?

— Après m'avoir dit, avec beaucoup de difficulté, ce qu'elle avait fait, elle est retombée en arrière et elle est morte.

— Sans rien dire de plus ? s'écria Monks, d'une voix dont la retenue même semblait augmenter la fureur. C'est un mensonge ! Je n'admettrai pas qu'on se moque de moi. Elle a dit autre chose. Je vous étranglerai tous les deux, s'il le faut, mais je saurai ce qu'elle a dit.

— Elle n'ajouta pas le moindre mot, dit la femme, que la violence de l'étrange personnage ne semblait aucunement émouvoir (il n'en était certes pas de même de M. Bumble) ; mais une de ses mains, à moitié fermée, s'agrippait de toutes ses forces à ma robe ; quand j'ai vu qu'elle était morte, j'ai bien dû me libérer de son étreinte, et j'ai vu que sa main serrait un vieux chiffon de papier.

— Qui contenait... ? s'écria Monks, tendu en avant.

— Rien, répondit la femme : c'était une reconnaissance de prêteur sur gages.

— Pour quel objet ?

— Je vous le dirai en temps voulu, poursuivit la femme. J'estime qu'elle avait conservé quelque temps le colifichet dans l'espoir d'en tirer un meilleur parti ; puis elle l'avait engagé et, chaque année, avait épargné ou assemblé sou à sou de quoi payer les intérêts dus au prêteur pour éviter de perdre ses droits ; comme ça, s'il en sortait quelque chose, on pourrait toujours le racheter. Rien n'en était sorti, et, comme je vous l'ai dit, elle est morte en tenant le bout de papier, tout sale et déchiré. L'échéance expirait deux jours après ; j'ai cru également qu'il pourrait en sortir quelque chose un jour ou l'autre, et j'ai dégagé l'objet.

— Où est-il maintenant ? demanda vivement Monks.

— Le voilà ! » répliqua la femme.

Et, comme heureuse d'en être débarrassée, elle se hâta de lancer sur la table un petit sac de chevreau à peine assez grand pour contenir une montre à la française [1] ; Monks se jeta dessus, et l'ouvrit de ses mains tremblantes. Il contenait un petit médaillon d'or, dans lequel se trouvaient deux boucles de cheveux et un simple anneau de mariage.

« Il y a le mot " Agnès " gravé à l'intérieur, dit la femme. Un espace a été réservé pour le nom de famille ; puis suit la date, qui se situe à peu près un an avant la naissance de l'enfant. J'ai découvert ça.

— Est-ce tout ? dit Monks, après un examen avide et minutieux du petit paquet.

— C'est tout. »

M. Bumble respira profondément, comme heureux que le récit fût terminé et qu'on ne parlât aucunement de reprendre les vingt-cinq livres ; il rassembla assez de courage pour essuyer la transpiration qui avait librement dégouliné le long de son nez pendant toute la durée du dialogue précédent.

« Je ne connais rien de cette histoire à part ce que je peux en deviner, dit sa femme, s'adressant à Monks après un instant de silence ; et je ne veux rien en connaître ; c'est plus sûr. Mais je peux bien vous poser deux questions, n'est-ce pas ?

— Vous pouvez toujours les poser, dit Monks, non sans surprise ; que j'y réponde ou non, c'est une autre question.

— Ce qui fera trois, fit remarquer M. Bumble, hasardant un trait facétieux.

— Est-ce là ce que vous espériez obtenir de moi ? demanda l'intendante.

— Oui, répondit Monks. Quelle est la seconde question ?

— Ce que vous entendez en faire ? Est-ce qu'on pourra s'en servir contre moi ?

— Jamais, reprit Monks ; pas plus que contre moi. Voyez donc ! Mais ne faites pas un pas en avant, sinon votre vie ne vaut pas un clou. »

Ce disant, il roula brusquement la table de côté, puis, tirant sur un anneau de fer scellé dans le plancher, souleva une grande trappe, qui s'ouvrit juste devant les pieds de M. Bumble, ce qui fit reculer précipitamment ce personnage de plusieurs pas en arrière.

« Regardez là en bas, dit Monks, en abaissant la lanterne au-dessus du gouffre. N'ayez pas peur de moi. Si cela avait fait mon affaire, j'aurais pu vous laisser choir dedans sans histoires quand vous étiez assis dessus. »

Ainsi encouragée, l'intendante s'approcha du bord, et même M. Bumble, poussé par la curiosité, se hasarda à en faire autant. Le fleuve, gonflé par la forte pluie, précipitait le rapide courant de ses eaux troubles juste au-dessous de l'ouverture, et tous les autres bruits se perdaient dans la rumeur du clapotis et des remous causés par leur heurt contre les pilotis verdâtres et gluants. Il y avait eu là, jadis, un moulin ; le courant écumeux, après s'être frotté avec irritation contre les quelques pieux pourris et les fragments de machines qui restaient encore, semblait, une fois libéré des obstacles qui avaient vainement tenté d'endiguer sa course impétueuse, s'élancer en avant avec une impulsion nouvelle.

« Si on jetait là-dedans le corps d'un homme, où serait-il demain matin ? dit Monks en balançant la lanterne dans le puits sombre.

— A douze milles en aval, et tout déchiqueté par-dessus le marché », répondit Bumble, que cette idée fit reculer.

Monks tira de sa poitrine le petit paquet qu'il y avait hâtivement fourré, l'attacha à un poids de plomb, morceau de quelque vieille poulie qui traînait sur le sol, et le laissa choir dans le courant. Le paquet tomba tout droit, fendit l'eau avec un floc à peine perceptible, et disparut.

Tous trois se dévisagèrent : ils semblaient respirer plus librement.

« Et voilà ! dit Monks en refermant la trappe qui retomba lourdement en place. Si la mer rend ses morts, comme on nous le dit dans les livres, elle garde pour elle son or et son argent et gardera entre autres cette camelote-là. Nous n'avons maintenant plus rien à nous dire, et nous pouvons rompre cette agréable réunion.

— Certainement, déclara Bumble avec grand empressement.

— Vous tiendrez votre langue, n'est-ce pas ? dit Monks, qui accompagna ces mots d'un regard menaçant. Pour ce qui est de votre femme, je suis tranquille.

— Vous pouvez vous fier à moi, jeune homme, répondit

M. Bumble, en faisant avec une politesse excessive de multiples courbettes qui l'amenaient graduellement vers l'échelle. Dans l'intérêt de tout le monde, jeune homme ; dans le mien en particulier, vous le savez bien, monsieur Monks.

— Je suis heureux, pour votre bien, de vous l'entendre dire, fit observer Monks. Allumez votre lanterne ! Et filez aussi vite que vous le pourrez. »

Ce fut une bonne chose que la conversation s'arrêtât là, car autrement M. Bumble, qui, à force de courbettes, se trouvait à six pouces de l'échelle, serait infailliblement tombé la tête la première dans la salle du dessous. Il alluma sa lanterne à celle que Monks avait détachée de la corde et qu'il tenait maintenant à la main ; sans faire plus d'efforts pour prolonger l'entretien, il descendit en silence, suivi de sa femme. Monks fermait la marche, après être resté un instant sur les degrés pour s'assurer qu'on n'entendait d'autre bruit que celui de la pluie battante et de l'eau tumultueuse.

Ils traversèrent la pièce du bas, lentement, avec précaution, car Monks sursautait à chaque ombre, et M. Bumble, qui tenait sa lanterne à un pied du sol, ne se contentait pas d'avancer avec une attention remarquable, mais marchait aussi d'un pas merveilleusement léger pour un personnage de sa corpulence, en regardant craintivement autour de lui pour voir s'il n'y avait pas de trappes cachées. Monks déverrouilla et ouvrit doucement la porte par laquelle ils étaient entrés ; et après avoir échangé un simple salut de la tête avec son mystérieux interlocuteur, le ménage Bumble sortit dans la pluie et les ténèbres extérieures.

Ils ne furent pas plus tôt partis que Monks, paraissant éprouver une particulière répugnance à demeurer seul, appela un garçon, qui était resté caché quelque part en bas. Il lui dit de prendre la lanterne et de passer devant ; après quoi, ils montèrent tous deux dans la pièce que Monks venait de quitter.

CHAPITRE XXXIX

QUI PRÉSENTE
QUELQUES RESPECTABLES PERSONNAGES
DÉJÀ CONNUS DU LECTEUR
ET MONTRE COMMENT
MONKS ET LE JUIF
TINRENT DIGNEMENT CONSEIL

Le soir qui suivit celui où les trois éminents personnages mentionnés au chapitre précédent réglèrent leur petite affaire de la façon que nous avons racontée, M. William Sikes, s'éveillant d'un petit somme, fit entendre un grognement somnolent qui tendait à demander quelle heure de la nuit il pouvait bien être.

La pièce dans laquelle il se trouvait n'était pas une de celles qu'il occupait avant l'expédition de Chertsey, encore que située dans le même quartier et non loin de son précédent logement. L'apparence en était beaucoup moins huppée que celle de son ancienne habitation : c'était une chambre misérable et mal meublée, de très petites dimensions, éclairée par une seule petite fenêtre à tabatière donnant sur une ruelle étroite et sale. Il ne manquait d'ailleurs pas d'autres indices pour montrer que la situation de ce bon monsieur avait décliné récemment : un mobilier fort avare et une totale absence de confort, aussi bien que la disparition de tous menus biens tels que vêtements ou linge de rechange, annonçaient une pauvreté extrême, cependant que l'état de maigreur de M. Sikes lui-même aurait suffi à confirmer pleinement ces symptômes, s'il en eût été besoin.

Le cambrioleur était étendu sur le lit, enveloppé en guise de robe de chambre de son grand manteau blanc ; il offrait au regard des traits que n'améliorait nullement le teint cadavérique dû à la maladie, non plus qu'un bonnet de nuit crasseux et une barbe raide et noire de huit jours pour le moins. Le chien était accroupi au pied du lit ; tantôt il regardait son maître d'un air triste, tantôt il dressait les oreilles en poussant un grondement sourd quand il percevait quelque bruit dans la rue ou dans la partie inférieure de la maison. Assise sous la lucarne, fort occupée à rapiécer un vieux gilet qui faisait partie de la mise habituelle du voleur, se trouvait une femme si pâle, si amaigrie par les veilles et les privations qu'on aurait eu grand-peine à reconnaître cette même Nancy, qui a déjà figuré dans cette histoire, n'eût été la voix dont elle répondit à la question de M. Sikes :

« Sept heures et quelques. Comment que tu te sens ce soir, Bill ?

— Mou comme une chiffe, répondit M. Sikes en vouant ses membres à tous les diables. Dis : aide-moi toujours à descendre de ce sacré lit. »

La maladie n'avait nullement amélioré l'humeur de M. Sikes, car, tandis que la jeune femme l'aidait à se lever et à gagner un fauteuil, il marmonna diverses malédictions à l'encontre de sa maladresse, sans préjudice de quelques coups.

« Ah, t'as envie de pleurnicher ? dit Sikes. Allons ! Reste pas là à r'nifler. Si tu peux rien faire de mieux, t'as qu'à ficher le camp, t'entends ?

— Je t'entends, répondit la fille, qui détourna le visage, en se forçant à rire. Quelle mouche te pique, voyons ?

— Ah, t'as compris, hein ? grogna Sikes, en remarquant la larme qui brillait dans l'œil de la jeune femme. C'est tant mieux pour toi !

— Écoute, tu n' vas tout de même pas être dur avec moi ce soir, Bill ? dit Nancy, en lui posant la main sur l'épaule.

— Ah non ? Et pourquoi ça ?

— Durant tant de nuits, dit la fille — et une nuance de tendresse féminine arrivait à donner de la douceur même à cette voix —, tant de nuits que j'ai été patiente avec toi, que je t'ai soigné comme si que t'étais mon enfant ! Et ce soir, que c'est la première fois que je te vois redevenir toi-même, tu m'aurais pas traitée comme tu viens de le faire, si t'avais pensé à tout ça, dis ? Allons, dis-moi que non ; dis-le donc.

— Oh, bon ! répondit M. Sikes. J' l'aurais pas fait. Bon Dieu, v'là qu'elle se remet à chiâler !

— Ce n'est rien, dit la jeune femme en se jetant sur une chaise. Ne fais pas attention. Ça va passer.

— Qu'est-ce qui va passer ? demanda brutalement M. Sikes. Quelle bêtise est-ce que tu mijotes encore ? Debout, et occupe-toi ; cesse de me rebattre les oreilles de tes sornettes de femme ! »

A tout autre moment, cette remontrance et le ton sur lequel elle était faite auraient produit l'effet désiré ; mais la fille, réellement faible et épuisée, laissa retomber sa tête sur le dossier de la chaise et s'évanouit avant que M. Sikes pût rassembler les jurons appropriés dont il avait l'habitude, en pareille occasion, d'adorner ses menaces. Ne sachant trop que faire en cette circonstance imprévue (les crises de nerfs de Mlle Nancy étant d'ordinaire de ce genre violent qui veut, pour que le patient s'en tire, qu'il se débatte lui-même sans qu'on puisse guère l'aider), M. Sikes essaya d'une petite dose de blasphèmes. Voyant ce traitement absolument inefficace, il se décida à appeler à l'aide.

« Que se passe-t-il, mon cher ? dit Fagin en passant la tête par la porte.

— Donne-moi un coup de main pour soigner c'te fille, quoi ! répliqua Sikes avec impatience, au lieu de rester là à jaspiner en me ricanant au nez ! »

Fagin poussa une exclamation de surprise et se précipita au secours de la jeune femme, tandis que M. John Dawkins (alias le Fin Renard), qui était entré à la suite de son vénérable ami, posait vivement sur le sol le baluchon dont il était chargé ; puis, ayant arraché une bouteille de la main du jeune Charley Bates, qui était juste sur ses talons, il la déboucha en une seconde d'un coup de dents et versa une partie du contenu dans la gorge de la malade, non sans y avoir lui-même goûté, pour éviter toute erreur.

« Donne-z-y une bouffée d'air frais avec le soufflet, Charley, dit M. Dawkins, et toi Fagin, tape-lui dans les mains, pendant que Bill va y desserrer sa jupe. »

L'ensemble de ces réconfortants, administrés avec grande énergie, et particulièrement le rôle dévolu au jeune Bates, qui semblait considérer sa part de responsabilité en ceci comme une plaisanterie sans égale, ne fut pas long à produire l'effet désiré. La fille recouvra peu à peu ses sens, puis, ayant gagné en vacillant une chaise placée près du lit, enfouit sa tête dans l'oreiller, laissant M. Sikes face à face avec les nouveaux venus, dont l'apparition inattendue ne laissait pas de l'étonner.

« Ah çà ! Quel mauvais vent t'amène ? demanda-t-il à Fagin.

— Aucun mauvais vent, mon cher : les mauvais vents n'amènent jamais rien de bon ; or, j'apporte quelque chose de bon, que tu seras content de voir. Renard, mon cher, ouvre donc le baluchon et donne à Bill les petites bagatelles pour l'achat desquelles nous avons dépensé tout notre argent ce matin. »

Satisfaisant à la demande de M. Fagin, le Renard défit son ballot, qui était de grande taille et formé d'une vieille nappe ; il tendit un à un les articles qui se trouvaient dedans à Charley Bates, lequel les plaçait sur la table non sans en louer au fur et à mesure la rareté et l'excellence.

« Quel pâté de lapin, Bill ! s'écria ce jeune monsieur en exhibant une énorme croustade ; des créatures si délicates, qu'ont les membres si tendres, Bill, que les os eux-mêmes y vous fondent dans la bouche et qu'y a pas besoin de les ronger ; une demi-livre de thé vert à sept shillings et six pence, si fameusement fort que quand qu'on l' mélange avec de l'eau bouillante, y fait presque sauter le couvercle de la théière ; une livre et demie de cassonade, sur quoi que les nègres ils ont rien travaillé dessus pour la faire arriver à c'te qualité, oh non ! Deux pains de deux livres ; une livre de beurre frais de première ; un morceau de Glo'ster double crème ; et pour finir le tout, une bouteille de c' que t'as jamais lampé d' plus corsé ! »

En prononçant ce dernier panégyrique, le jeune Bates tira d'une de ses vastes poches une bouteille de vin de grande taille, soigneusement bouchée ; cependant que M. Dawkins, au même moment, emplissait un verre à vin d'alcool bien raide, que le malade avala d'un trait sans une nuance d'hésitation.

« Ah ! dit Fagin en se frottant les mains d'un air de

profonde satisfaction. Ça va aller, Bill ; ça va aller, maintenant.

— Aller ! s'exclama M. Sikes ; j'aurais eu vingt fois le
temps d'aller au diable, oui, avant que tu fasses rien pour
m'aider. Qu'est-ce que ça veut dire de laisser un homme
dans cet état trois semaines et plus, sale canaille !

— Écoutez-moi ça, mes enfants ! dit Fagin en haussant
les épaules. Et nous qui venons lui apporter toutes ces belles
choses !

— Elles sont pas trop mal, commenta M. Sikes un peu
radouci par le regard qu'il jeta sur la table ; mais qu'est-ce
que t'as à donner comme excuse, de m'avoir laissé quand j'
suis complètement à plat, sans un, et tout le reste, et que t'as
pas plus pensé à moi tout l' long de ce sacré temps que si
j'aurais été ce cabot-là ! — Fais-le descendre de là, Charley !

— J'ai jamais vu un chien aussi rigolo, s'écria le jeune
Bates, faisant ce qu'on lui demandait. Y sent la boustiffe
comme une vieille dame au marché ! Y f'rait fortune sur la
scène, et y r'nouvellerait l' théâtre par-dessus le marché.

— Fais pas tant de raffut, cria Sikes, tandis que le chien
se retirait sous le lit en grondant toujours avec colère. Alors,
qu'est-ce que t'as à dire pour ta défense, vieux fourgat
desséché ?

— J'ai été absent de Londres pendant plus d'une
semaine, mon cher, pour préparer un coup, répondit le Juif.

— Et l'aut' quinzaine, alors ? demanda Sikes. Qu'est-ce
que t'as à dire de l'aut' quinzaine, pendant quoi tu m'as
laissé couché ici comme un rat malade dans son trou ?

— Je n'ai pas pu faire autrement, Bill. Je ne peux pas
m'étendre en explications devant la compagnie ; mais je n'ai
pas pu faire autrement, sur mon honneur.

— Sur quoi ? grogna Sikes d'un ton extrêmement
dégoûté. Dites donc ! Coupez-moi donc une tranche de ce
pâté, un de vous autres, que je me sorte ce goût-là d' la
bouche, sans quoi ça va m'étouffer.

— Ne te mets pas en colère, mon cher, dit le Juif d'un ton
soumis. Je ne t'ai jamais oublié, Bill ; à aucun moment.

— Eh non ! J' parierais bien que tu ne m'as pas oublié,
répondit Sikes avec un ricanement amer. T'as tiré des plans

et préparé tes p'tits complots chaque heure que j'ai passée à frissonner et à brûler ici ; Bill devait faire ci, Bill devait faire ça ; Bill devait tout faire, pour des clopinettes, dès qu'y s'rait remis : il était assez pauvre pour se taper le boulot. Si y avait pas eu c'te fille, j'aurais bien pu crever.

— Allons, allons, Bill, dit le Juif, sautant sur cette allusion. S'il n'y avait pas eu cette fille ! Et grâce à qui, sinon au pauvre vieux Fagin, as-tu près de toi une fille aussi débrouillarde ?

— Là, il a raison ! dit Nancy, en s'avançant vivement. Laisse-le donc ; laisse. »

La réapparition de Nancy donna un nouveau tour à la conversation, car les garçons, sur un clin d'œil sournois de l'avisé vieillard, se mirent à lui servir de l'alcool, auquel elle ne goûta d'ailleurs que très modérément, tandis que Fagin, affichant un entrain inhabituel, amenait graduellement M. Sikes à une humeur meilleure en affectant de considérer ses menaces comme un aimable badinage, mieux encore, en riant de bon cœur à une ou deux plaisanteries assez grossières que le cambrioleur condescendit à faire après des recours répétés à la bouteille d'eau-de-vie.

« Tout ça c'est très joli, dit M. Sikes, mais y m' faut de la galette ce soir.

— Je n'ai pas un sou sur moi, répondit le Juif.

— En tout cas, t'en as des tas chez toi, rétorqua Sikes, et y m'en faut.

— Des tas ! s'écria Fagin en levant les bras. Je n'en ai même pas assez pour...

— Je n' sais pas combien qu' t'en as, et j' dois dire qu' tu l' sais probablement à peine toi-même, vu l' temps qu'y faudrait pour le compter, dit Sikes ; mais y m'en faut ce soir, un point c'est tout.

— Bon, bon, dit Fagin en soupirant. J'enverrai le Renard tout à l'heure.

— Des nèfles ! répliqua M. Sikes. Le Fin Renard est beaucoup trop fin ; il oublierait de revenir, y s' perdrait en chemin, y s' ferait pister par la rousse, ce qui l'empêcherait d' reparaître, ou il trouverait n'importe quelle autre excuse si tu l'y poussais. Nancy ira chercher l'argent à la piaule, ça s'ra plus sûr ; et moi j' vais m' coucher et piquer un roupillon pendant qu'elle s'ra partie. »

Après force marchandages et chamailleries, Fagin rabattit le montant de l'avance réclamée de cinq livres à trois livres, quatre shillings et six pence, tout en affirmant avec force protestations solennelles que cela ne lui laisserait que dix-huit pence pour faire marcher la maison ; M. Sikes ayant constaté d'un ton maussade que, s'il ne pouvait obtenir plus, il faudrait bien qu'il se contentât de cela, Nancy s'apprêta à accompagner le Juif jusque chez lui, tandis que le Renard et le jeune Bates rangeaient les victuailles dans le placard. Fagin prit alors congé de son cher ami et prit le chemin de son domicile, escorté de Nancy et des garçons ; cependant que M. Sikes se jetait sur son lit et se disposait à faire un somme en attendant le retour de la donzelle.

Ils arrivèrent donc au logement de Fagin, où ils trouvèrent Toby Crackit et M. Chitling fort absorbés dans leur quinzième partie de « cribbage » (il est à peine nécessaire de préciser que le second la perdit et avec elle sa quinzième et dernière pièce de six pence, au grand amusement de ses jeunes amis). M. Crackit, sans doute un peu honteux d'avoir été trouvé en train de se détendre en compagnie d'une personne qui lui était aussi inférieure par la position et les dons intellectuels, bâilla, demanda des nouvelles de Sikes et prit son chapeau pour sortir.

« Personne n'est venu, Toby ? demanda Fagin.

— Pas un chat, répondit M. Crackit en relevant son col ; c'était embêtant comme la pluie. Tu devrais te fendre de quéqu'chose de bien, Fagin, pour me remercier d'avoir gardé la maison si longtemps. Bon Dieu ! Je m' sens aussi à plat qu'un juré ; j'aurais pioncé à poings fermés tout comme à la taule de Newgate, si j'avais pas eu la bonté d'amuser ce môme-là. Oh la la, c' que je m' sens tocquard ! »

Tout en lançant ces exclamations et d'autres du même genre, M. Toby Crackit ramassa ses gains et les fourra avec hauteur dans la poche de son gilet, comme si d'aussi petites pièces d'argent ne méritaient pas la moindre considération de la part d'un personnage tel que lui. Après quoi il sortit d'un air conquérant avec tant d'élégance et de distinction que M. Chitling, qui avait jeté force coups d'œil admiratifs sur ses jambes et ses bottes jusqu'à ce qu'elles eussent disparu, assura la compagnie qu'à quinze pièces de six pence l'entrevue, des relations comme celles-là, c'était donné, et qu'il se fichait de ses pertes comme d'une guigne.

« Quel drôle de type tu fais, Tom ! dit le jeune Bates, fort amusé de cette déclaration.

— Pas le moins du monde, répondit M. Chitling. N'est-ce pas, Fagin ?

— Tu es un garçon très intelligent, mon cher, répondit le Juif, lui tapotant l'épaule et adressant un clin d'œil à ses autres élèves.

— Et M. Crackit est vraiment d'un chic épatant, hein, Fagin ?

— Sans aucun doute, mon cher.

— Et ça fait vraiment honneur de bénéficier de sa fréquentation, hein, Fagin ? poursuivit Tom.

— C'est tout à fait certain, mon cher. Les autres sont simplement jaloux, parce qu'il ne la leur accorde pas à eux, Tom.

— Ah ! s'écria Tom avec un accent de triomphe, c'est bien ça ! Il m'a nettoyé. Mais j'ai qu'à sortir en gagner d'autre quand je voudrai, s' pas, Fagin ?

— Bien sûr, et même le plus tôt tu iras, le mieux ça vaudra, Tom ; ainsi, va réparer ça tout de suite, sans perdre plus de temps. Renard ! Charley ! Il est temps d'aller au boulot. Allons ! Il est près de dix heures, et il n'y a encore rien de fait. »

Obéissant à cette suggestion, les garçons adressèrent un signe de tête à Nancy, prirent leur chapeau et quittèrent la pièce ; ce faisant, le Renard et son verveux camarade se livraient à maintes saillies aux dépens de M. Chitling, dont le comportement n'avait — il faut bien le dire — rien de bien étonnant ni de bien particulier ; il ne manque pas, en ville, d'ardents jeunes dandies qui paient beaucoup plus cher que M. Chitling le plaisir d'être vus en bonne société, et bon nombre de beaux messieurs (dont se compose ladite bonne société) établissent leur réputation à peu près sur le même pied que le brillant Toby Crackit.

« Bon, dit Fagin, quand ils furent sortis ; je vais aller te
chercher cet argent, Nancy. Ceci n'est que la clef d'une
petite armoire où je range diverses bricoles que rapportent
les garçons, ma chère. Je n'enferme jamais mon argent, car
je n'en ai pas à enfermer, ma chère — ha, ha, ha ! —, je n'en
ai pas à enfermer : c'est un piètre métier, Nancy ; il n'y a pas
de quoi remercier le bon Dieu ; mais j'aime bien avoir des
jeunes autour de moi, et c'est moi qui en supporte tous les
frais, oui, tous les frais. Chut ! ajouta-t-il en dissimulant
vivement la clef dans sa poitrine. Qui est-ce donc ?
Écoute ! »

La fille, qui était assise, les bras croisés sur la table, ne
parut nullement s'émouvoir de cette nouvelle arrivée, ni
s'inquiéter de savoir si la personne, quelle qu'elle fût, venait
ou s'en allait, jusqu'au moment où une voix d'homme
parvint à ses oreilles. Mais alors, elle arracha en un
tournemain sa capote et son châle et les fit disparaître sous la
table. Le Juif s'étant retourné aussitôt après, elle se plaignit
de la chaleur d'un ton languissant qui contrastait singulièrement avec la hâte et la virulence extrême de ses gestes —
inaperçus, d'ailleurs, de Fagin, qui ne la regardait pas à ce
moment-là.

« Bah ! murmura celui-ci, comme mécontent de cette
interruption ; c'est l'homme que j'attendais plus tôt. Il
descend l'escalier. Pas un mot au sujet de l'argent tant qu'il
sera là, Nance. Il ne restera pas longtemps. Dix minutes tout
au plus, ma chère. »

Le Juif porta son index décharné à sa lèvre et se dirigea, la
chandelle à la main, vers la porte derrière laquelle se faisait
entendre le pas d'un homme descendant l'escalier. Il
l'atteignit en même temps que le visiteur ; celui-ci, ayant
pénétré vivement dans la pièce, se trouva tout près de la
jeune femme avant même d'avoir remarqué sa présence.

C'était Monks.

« Ce n'est qu'une de mes pensionnaires, dit Fagin, en
s'apercevant que le visiteur avait un mouvement de recul à la
vue d'une étrangère. Ne bouge pas, Nancy. »

La fille se rapprocha de la table, regarda Monks d'un air
de nonchalante insouciance et détourna les yeux ; mais,

tandis qu'il se retournait vers Fagin, elle lui lança un second coup d'œil, si aigu, si scrutateur et si déterminé que, pour peu qu'un témoin eût observé ce changement, il eût eu peine à croire que les deux regards vinssent de la même personne.

« Vous avez des nouvelles ? s'enquit Fagin.

— Formidables.

— Et... et... bonnes ? demanda le Juif, dont l'hésitation reflétait la crainte de contrarier son interlocuteur en se montrant trop confiant.

— Pas mauvaises, en tout cas, répondit Monks en souriant. J'ai agi assez promptement cette fois-ci. Je voudrais vous parler. »

La jeune femme se rapprocha encore de la table et ne fit nullement mine de quitter la pièce, bien qu'elle vît que Monks la désignait de la main. Le Juif, peut-être dans la crainte qu'elle ne fît allusion tout haut à l'argent s'il essayait de se débarrasser d'elle, montra le plafond et emmena Monks hors de la pièce. Nancy entendit le visiteur dire en montant l'escalier : « Pas dans cet infernal trou où nous étions la dernière fois ! » Fagin rit en répondant quelque chose qu'elle ne put distinguer ; puis les craquements du plancher semblèrent indiquer qu'il menait son compagnon au second étage.

Avant même que l'écho de leurs pas eût cessé de résonner dans la maison, la fille avait retiré ses souliers ; puis, après avoir ramené sa robe par-dessus sa tête et y avoir enfoui ses bras, elle se tint à la porte pour écouter avec un intérêt haletant. Dès que le bruit se fut arrêté, elle se glissa hors de la pièce, grimpa l'escalier en silence, avec une légèreté incroyable, et se perdit dans les ténèbres de l'étage supérieur.

La pièce resta déserte pendant un quart d'heure environ ; puis la jeune femme rentra du même pas aérien et, aussitôt après, on put entendre les deux hommes qui descendaient. Monks se rendit directement dans la rue, et le Juif remonta lentement pour chercher l'argent. Quand il revint, Nancy était en train d'ajuster son châle et sa capote, comme si elle se préparait à partir.

« Mais, Nance, s'écria le Juif avec un mouvement de recul, tandis qu'il reposait la chandelle, comme tu es pâle !

— Pâle ? répéta la fille, en s'abritant les yeux comme pour soutenir son regard.

— Affreusement. Qu'est-ce que tu as donc fabriqué ?

— Rien, que je sache, sinon de rester assise, je ne sais combien de temps, dans cet endroit renfermé, répliqua la jeune femme d'un ton insouciant. Allons ! Il faut que je rentre ; sois gentil : donne-moi l'argent. »

Fagin lui compta la somme dans la main en accompagnant chaque pièce d'un soupir. Ils se séparèrent sans plus de conversation, se contentant d'échanger un simple « bonsoir ».

Quand Nancy fut dans la rue, elle s'assit sur le pas d'une porte et parut un moment complètement hébétée et incapable de poursuivre son chemin. Soudain, elle se leva et partit vivement dans une direction tout opposée à celle de l'endroit où Sikes attendait son retour ; pressant de plus en plus le pas, elle finit par courir à une allure folle, qui, l'ayant complètement harassée, la contraignit au bout d'un moment à s'arrêter pour reprendre son souffle ; alors, comme si elle reprenait soudain ses esprits et déplorait son impuissance à accomplir quelque chose qui lui tenait à cœur, elle se tordit les mains et fondit en larmes.

Peut-être ces pleurs la soulagèrent-ils ; peut-être sentit-elle l'impuissance totale où elle se trouvait ; toujours est-il qu'elle rebroussa chemin et, marchant presque aussi précipitamment que dans la direction opposée, en partie pour rattraper le temps perdu et en partie pour s'accorder au rythme impétueux de ses pensées, elle atteignit bientôt le logement où elle avait laissé le cambrioleur.

Si elle trahissait quelque agitation en se présentant devant M. Sikes, il ne la remarqua point ; il se contenta de demander si elle avait rapporté l'argent, et, sur sa réponse affirmative, il poussa un grognement de satisfaction, reposa la tête sur l'oreiller et se replongea dans le sommeil que l'arrivée de Nancy avait rompu.

Fort heureusement pour elle, la possession de cet argent fournit le lendemain tant d'occupation au bandit en fait de manger et de boire, elle eut de plus une influence si salutaire en adoucissant l'âpreté de son caractère, qu'il n'eut ni le temps ni le goût de beaucoup critiquer la conduite ou l'attitude de la jeune femme. Qu'elle eût tout à fait le comportement distrait et nerveux de quelqu'un qui est à la veille de se lancer dans une aventure audacieuse et risquée, résolue après une lutte intérieure peu commune, n'aurait pas échappé à l'œil de lynx de Fagin, qui s'en serait sans doute immédiatement alarmé. Mais M. Sikes n'avait pas un esprit d'observation très sagace ; il n'était pas troublé de soupçons plus subtils que ceux qui se traduisent par une attitude de dureté opiniâtre envers tout le monde ; et comme il se trouvait en outre dans les dispositions anormalement aimables que l'on a déjà fait remarquer, il ne vit rien d'inhabituel dans les façons de la jeune femme ; en fait, il s'occupa si peu d'elle que, même si son agitation avait été beaucoup plus perceptible, il est fort improbable qu'elle eût éveillé la méfiance du bandit.

A mesure que le jour tirait à sa fin, l'émoi de la jeune femme augmentait ; et quand la nuit tomba, tandis qu'elle était assise au chevet du cambrioleur, attendant que la boisson finît par l'endormir, il y avait sur ses joues une pâleur inhabituelle et dans ses yeux une flamme que Sikes lui-même remarqua avec étonnement.

M. Sikes, affaibli par la fièvre, était couché dans son lit, en train de prendre de l'eau chaude avec son gin pour le rendre moins inflammatoire, et il avait poussé son verre dans la direction de Nancy pour le faire remplir une troisième ou quatrième fois, quand ces symptômes attirèrent son attention.

« Mais j' veux bien être pendu ! s'écria-t-il en se redressant sur ses mains pour dévisager la jeune femme. T'as l'air d'un cadavre qui serait ressuscité. Qu'est-ce que t'as ?

— Qu'est-ce que j'ai ? répliqua la fille. Rien. Pourquoi que tu me regardes comme ça ?

— Qu'est-ce que c'est encore que cette bêtise ? demanda Sikes, la saisissant par le bras pour la secouer rudement. Qu'est-ce que c'est ? Qu'est-ce que tu veux ? A quoi tu penses ?

— A bien des choses, Bill, répondit la fille, frissonnant et se passant la main sur les yeux. Mais, Seigneur ! qu'est-ce que ça peut bien faire ? »

Le ton de gaieté forcée dont étaient prononcés ces derniers mots sembla faire plus grande impression sur le cambrioleur que le regard fixe et égaré qui les avait précédés.

« J' vais t' dire c' que c'est ! Si t'as pas attrapé la fièvre et qu'elle est pas en train d' te travailler en ce moment, y a quéqu' chose de pas ordinaire dans l'air, et qu'est dangereux. Tu vas pas... Non, Bon Dieu ! tu f'rais pas ça ?

— Quoi, ça ?

— Y a pas, dit Sikes en fixant ses yeux sur elle, tout en se parlant à lui-même, non, y a pas de fille qui soye plus dévouée, sans quoi j'y aurais déjà coupé la gorge y a trois mois. C'est la fièvre qui la prend, v'là tout ! »

S'étant ainsi rassuré, Sikes vida son verre jusqu'à la dernière goutte, puis, non sans grommeler force jurons, réclama son médicament. Nancy bondit avec le plus grand empressement et, le dos tourné, versa vivement la potion ; après quoi, elle tint le récipient aux lèvres de son compagnon, pendant qu'il en avalait le contenu.

« Et maintenant, dit-il, viens t'asseoir près de moi et reprends ta tête de tous les jours, où j' te garantis que j' te vais l'arranger de telle façon que tu la reconnaîtras pas quand tu voudras la r'prendre. »

La fille obéit. Sikes, lui emprisonnant la main dans la sienne, retomba sur l'oreiller, les yeux fixés sur elle. Ils se fermèrent, se rouvrirent, se refermèrent et se rouvrirent encore. L'homme changeait sans cesse de position ; il s'assoupissait deux ou trois minutes et, chaque fois, se redressait brusquement avec une expression de terreur sur le visage pour promener autour de lui un regard égaré ; enfin, au moment même où il semblait vouloir se lever, il fut soudain terrassé par un lourd et profond sommeil. L'étreinte de sa main se relâcha, son bras levé retomba languissamment à son côté, et il resta étendu comme en profonde catalepsie.

« Le laudanum [1] a fini par faire son effet, murmura Nancy

en se levant du chevet du lit. Mais peut-être est-il déjà trop tard. »

Elle mit rapidement sa capote et son châle, tout en regardant de temps en temps autour d'elle avec inquiétude, comme si, en dépit du soporifique, elle s'attendait à chaque instant à sentir la main de Sikes s'appesantir sur son épaule ; puis, se penchant doucement sur le lit, elle baisa les lèvres du voleur ; enfin, ayant ouvert et refermé sans bruit la porte de la chambre, elle s'éloigna rapidement de la maison.

Un veilleur de nuit [1] criait neuf heures et demie au bout d'un passage sombre par lequel elle devait passer pour gagner la grand-rue.

« La demie a-t-elle sonné depuis longtemps ? demanda-t-elle.

— Depuis un quart d'heure, répondit l'homme, en élevant sa lanterne vers le visage de la jeune femme.

— Et il me faut encore au moins une heure pour arriver », murmura Nancy, en passant vivement à côté de lui pour s'élancer dans la rue.

Nombre de boutiques fermaient déjà dans les ruelles et les avenues qu'elle emprunta pour aller de Spitalfields vers les quartiers de l'Ouest. Une horloge sonna dix heures, ce qui accrut son impatience. Elle brûla le pavé des trottoirs étroits, coudoyant les passants de droite et de gauche ; elle se précipitait presque sous les naseaux des chevaux pour traverser les rues encombrées, où les gens massés en foule attendaient impatiemment l'occasion de faire de même.

« C'est une folle ! » disait-on, en se retournant pour la regarder courir.

Quand elle atteignit les beaux quartiers de la ville, les rues étaient relativement désertes ; et là, sa course tête baissée excita encore plus la curiosité des quelques retardataires qu'elle dépassait. Certains pressaient le pas derrière elle, comme pour voir où elle se dirigeait à une allure si insolite ; quelques-uns, l'ayant croisée, se retournaient, surpris qu'elle ne ralentît pas le pas ; mais ils se raréfièrent de plus en plus et, quand elle approcha du lieu de sa destination, elle était seule.

C'était un hôtel de famille, situé dans une rue tranquille

mais élégante des environs de Hyde Park. Tandis que la
lueur brillante du gaz qui brûlait devant la porte la guidait
vers la maison, onze heures sonnèrent. Elle avait ralenti le
pas, comme si, irrésolue, elle devait faire effort pour
avancer ; mais le son de l'horloge la décida et elle pénétra
dans le vestibule. Le siège du portier était vide. Elle regarda
alentour d'un air d'incertitude et s'avança vers l'escalier.

« Hé là, jeune femme ! dit derrière elle une élégante
personne, qui passa la tête par l'entrebâillement d'une
porte ; qui cherchez-vous ici ?

— Une demoiselle qui habite dans cette maison.

— Une demoiselle ! répondit-on, d'un air plein de
mépris. Quelle demoiselle ?

— Mlle Maylie. »

La personne, qui avait eu le temps d'examiner l'apparence
de Nancy, ne répondit que par une expression de vertueux
dédain, et elle appela un valet pour lui parler. La fille répéta
à cet homme sa demande.

« Qui dois-je annoncer ?

— Mon nom serait inutile.

— C'est à quel sujet ?

— Ça ne servirait à rien non plus de le dire. Il faut que je
voie cette demoiselle.

— Allons ! dit l'homme, en la repoussant vers la porte.
Pas de ça ici. Décampez !

— Il faudrait qu'on me porte dehors ! s'écria impétueuse-
ment la fille ; et je saurais en faire une rude affaire pour deux
hommes comme vous. N'y a-t-il personne ici, ajouta-t-elle
en jetant un regard circulaire, qui veuille transmettre un
simple message de la part d'une pauvre malheureuse comme
moi ? »

Cet appel produisit son effet sur un cuisinier au visage bon
enfant, qui, avec quelques autres domestiques, observait la
scène et qui s'avança pour intervenir :

« Fais-lui donc sa commission, Joe, tu ne veux pas ?

— A quoi bon ? répondit le valet. Tu ne t'imagines pas
que la demoiselle va recevoir quelqu'un comme ça, non ? »

Cette allusion à la moralité douteuse de Nancy souleva
une vague de chaste courroux dans le sein de quatre femmes

de chambre, qui firent observer avec une grande chaleur que cette créature était la honte de leur sexe et conseillèrent fortement de la rejeter sans pitié au ruisseau.

« Faites de moi ce que vous voudrez, dit la fille, en s'adressant de nouveau aux hommes ; mais faites d'abord ce que je vous demande, et ce que je vous demande, au nom du Dieu tout-puissant, c'est de transmettre mon message ! »

Le chef compatissant intercéda pour elle et, en conséquence, le valet qui avait paru le premier accepta de se charger de la commission.

« Et qu'est-ce que je devrai dire ? demanda l'homme, un pied sur la première marche de l'escalier.

— Qu'une jeune femme demande instamment à parler en particulier à Mlle Maylie, et que si cette demoiselle veut bien écouter seulement le premier mot de ce que la personne a à lui dire, elle saura si elle doit entendre la suite ou la faire jeter dehors pour imposture.

— Dites donc, vous y allez un peu fort ! fit l'homme.

— Transmettez toujours la commission, dit Nancy avec fermeté, et rapportez-moi la réponse. »

Le valet grimpa rapidement l'escalier. Nancy resta, pâle et presque sans souffle, à écouter, la lèvre tremblante, les commentaires aussi méprisants que distincts dont les chastes femmes de chambre se montraient fort prodigues ; et qui furent loin de diminuer, quand l'homme revint dire que la jeune femme pouvait monter.

« A quoi ça sert-il d'être honnête en ce monde ? dit la première cameriste.

— Le vulgaire cuivre fait quelquefois plus d'effet que l'or qu'a résisté au feu », déclara la seconde.

La troisième se contenta de se demander « comment c'était fait, les femmes du monde » ; quant à la quatrième, elle donna le branle au quatuor des « C'est honteux ! » par lequel ces Dianés conclurent leurs appréciations.

Sans se soucier de tout cela, car elle avait sur le cœur de bien autres soucis, Nancy, les jambes tremblantes, suivit le valet jusqu'à une petite antichambre, éclairée par une lampe suspendue au plafond. Il la laissa là et se retira.

CHAPITRE XL

UNE ÉTRANGE ENTREVUE,
QUI FAIT SUITE
AU CHAPITRE PRÉCÉDENT

La fille avait dilapidé sa jeunesse dans les rues et parmi les bouges et les lieux de débauche les plus sordides de Londres, mais il restait encore en elle quelque chose de la nature première de la femme; lorsqu'elle entendit un pas léger s'avancer vers la porte opposée à celle par laquelle elle était entrée et qu'elle pensa au contraste frappant qu'allait offrir avant peu la petite pièce, elle ressentit tout le poids de sa profonde honte et se tassa sur elle-même comme si elle pouvait à peine affronter la présence de celle qu'elle avait demandé à voir.

Mais aux prises avec ces bons sentiments, il y avait l'orgueil, ce vice qui n'affecte pas moins les êtres les plus vils et les plus abjects que les plus nobles et les plus sûrs d'eux-mêmes. La misérable compagne des voleurs et des ruffians, la fille déchue coureuse de mauvais lieux, l'associée de la lie des geôles et des pontons, qui vivait dans l'ombre même de la potence, cette créature avilie elle-même avait encore trop de fierté pour laisser percer une pâle lueur de la sensibilité féminine qu'elle tenait pour une faiblesse, et qui était pourtant la seule chose qui la reliât encore à cette humanité, dont sa vie dégradante avait effacé tant et tant de traces dès son plus jeune âge.

Elle leva les yeux le temps de voir que la personne qui entrait était une svelte et belle jeune fille et, les ramenant vers le parquet, redressa la tête d'un air de nonchalance affectée, pour dire :

« Ce n'est pas commode d'arriver jusqu'à vous, Mademoiselle. Si je m'étais formalisée, si j'étais partie comme bien d'autres l'auraient fait à ma place, vous l'auriez regretté un jour et non sans raison, je vous l'assure.

— Si quelqu'un vous a traitée avec rudesse, j'en ai beaucoup de regret, répondit Rose. N'y pensez plus et dites-moi pourquoi vous avez désiré me voir. Je suis la personne que vous avez demandée. »

Le ton bienveillant de cette réponse, la voix douce, les manières affables, l'absence de tout accent de hauteur ou de mécontentement produisirent sur Nancy un effet de complète surprise, et elle fondit en larmes.

« Ah, Mademoiselle, Mademoiselle ! dit-elle en joignant passionnément les mains devant son visage ; s'il y avait plus de personnes comme vous, il y en aurait moins comme moi... il y en aurait moins... oui, il y en aurait moins !

— Asseyez-vous, dit Rose avec intérêt. Si vous êtes en proie à la pauvreté ou au malheur, je serai sincèrement heureuse de vous aider dans la mesure où je le pourrai... je le ferai certainement. Asseyez-vous.

— Laissez-moi rester debout, Mademoiselle, dit la fille, toujours pleurant, et ne me parlez pas avec tant de bienveillance tant que vous ne saurez pas mieux à qui vous avez affaire. Il se fait tard. Est-ce que... est-ce que cette porte est fermée ?

— Oui, dit Rose, qui recula de quelques pas, comme pour se rapprocher d'un secours au cas où elle serait obligée d'appeler. Pourquoi ?

— Parce que je vais remettre entre vos mains ma vie et celle de plusieurs autres. C'est moi qui ai ramené de force le petit Olivier chez le vieux Fagin, la nuit où il est sorti de la maison de Pentonville.

— Vous ! s'écria Rose Maylie.

— Moi-même, Mademoiselle ! C'est moi la créature infâme dont on vous a parlé, qui vit parmi les voleurs. Jamais à mon souvenir, depuis le premier instant où mes yeux et mes sens se sont ouverts aux rues de Londres, je n'ai connu de vie meilleure ou de paroles plus douces que celles dont ils m'ont gratifiée. Que Dieu me juge si ce n'est pas la vérité ! Ne vous gênez pas pour reculer de dégoût, Mademoiselle. Je suis plus jeune que vous ne le croiriez à me voir, mais j'y suis habituée. Les femmes les plus misérables s'écartent, quand je passe dans les rues encombrées.

— Quelles terribles choses ! dit Rose, en s'éloignant instinctivement de son étrange interlocutrice.

— Remerciez Dieu à genoux, chère Demoiselle, s'écria la fille, d'avoir eu des parents pour vous chérir et vous garder quand vous étiez enfant, de ne vous être jamais trouvée exposée au froid et à la faim, à la débauche et à l'ivresse, et… et… à bien pire…, comme je l'ai été dès le berceau. Je peux bien le dire, car mon berceau ç'a été les ruelles et les ruisseaux, comme ils seront mon lit de mort.

— Je vous plains ! dit Rose d'une voix brisée. Mon cœur se serre à vous entendre.

— Le Ciel vous bénisse pour votre bonté ! reprit la fille. Si vous saviez ce que je suis parfois, oui, vous me plaindriez. Mais j'ai faussé compagnie à des gens qui me tueraient sûrement s'ils apprenaient que je suis venue ici pour vous dire ce que j'ai surpris. Connaissez-vous un homme appelé Monks ?

— Non.

— Lui vous connaît ; et il sait que vous êtes ici, car c'est pour l'avoir entendu donner cette adresse que j'ai pu vous trouver.

— Je n'ai jamais entendu ce nom-là.

— Alors, c'est qu'il en a changé pour venir parmi nous, ce que je soupçonnais assez. Il y a quelque temps, peu après qu'on eut introduit Olivier dans votre maison le soir du cambriolage — comme je soupçonnais cet homme —, j'ai écouté une conversation qu'il tenait avec Fagin dans l'obscurité. J'ai découvert d'après ce que j'ai entendu que Monks — celui dont je vous ai parlé, vous savez…

— Oui, dit Rose, je comprends.

— … que Monks, poursuivit Nancy, avait vu par hasard Olivier en compagnie de deux de nos gamins, le jour où nous l'avions perdu pour la première fois, et qu'il l'avait immédiatement reconnu pour l'enfant qu'il cherchait — je n'ai pas pu saisir pourquoi, d'ailleurs. Un marché fut passé avec Fagin ; s'il rattrapait Olivier, il toucherait une certaine somme ; et il en recevrait une encore plus forte pour faire de lui un voleur, ce que Monks désirait pour une raison à lui.

— Pour quelle raison ?

— Il a aperçu mon ombre sur le mur pendant que

j'écoutais dans l'espoir de la découvrir ; et y en a pas
beaucoup d'autres que moi qui auraient pu s'échapper sans
être découverts. Mais moi, j'y suis parvenue ; et je ne l'ai
plus revu avant hier soir.

— Et que s'est-il passé alors ?

— Je vais vous le dire, Mademoiselle. Hier soir, il est
revenu. Ils sont encore montés, et moi, après m'être
enveloppée de façon à ne pas être trahie par mon ombre, j'ai
de nouveau écouté à la porte. Les premiers mots que j'ai
entendu prononcer par Monks ont été les suivants : " Ainsi
donc, les seules preuves de l'identité de l'enfant sont au fond
du fleuve, et la vieille à laquelle la mère les avait confiées
pourrit dans son cercueil. " Ils se sont mis à rire et ils ont
parlé de leur réussite en cette affaire ; Monks, continuant à
parler du garçon, est devenu très violent et a dit que, bien
qu'il fût maintenant en possession assurée de l'argent du
jeune démon, il aurait préféré l'obtenir de l'autre façon :
quelle bonne blague ç'aurait été, en effet, de rabattre
l'orgueil dont était plein le testament du père, en faisant
passer le fils par toutes les prisons de Londres, pour finir par
le compromettre dans quelque crime capital que Fagin
aurait pu aisément combiner, non sans avoir auparavant tiré
de lui un bon profit.

— Qu'est-ce que tout cela ! dit Rose.

— C'est la vérité, Mademoiselle, bien que ce soit de ma
bouche qu'elle sorte, répondit la fille. Après, il a dit, en
émettant des jurons assez familiers à mes oreilles mais
étrangers aux vôtres, que s'il pouvait satisfaire sa haine en
ôtant la vie à l'enfant sans y risquer son propre cou, il le
ferait volontiers ; mais comme ce n'était pas le cas, il
veillerait à se trouver sur son chemin à chaque tournant de
son existence, et, si jamais l'enfant tentait de se prévaloir de
sa naissance et de l'histoire de sa vie, il pouvait encore lui
faire passablement de mal. " Bref, Fagin, qu'il a dit, tout
Juif que vous êtes, vous n'avez jamais tendu autant de pièges
que je vais en combiner pour mon petit frère Olivier. "

— Son frère ! s'écria Rose.

— Ce furent là ses propres paroles, dit Nancy en jetant
autour d'elle un regard inquiet comme elle n'avait guère

cessé de le faire depuis qu'elle avait commencé à parler, tant elle était perpétuellement hantée par l'image de Sikes. Autre chose encore : quand il a parlé de vous et de l'autre dame, en disant que le Ciel ou le diable avait l'air de se mettre de la partie pour qu'Olivier fût tombé entre vos mains, il s'est mis à rire et il a ajouté qu'il y avait à cela une consolation, c'est que vous donneriez bien des milliers, des centaines de milliers de livres, si vous les aviez, pour connaître l'identité de votre épagneul à deux pattes.

— Vous ne voulez pas dire qu'il parlait sérieusement ! s'écria Rose, devenant toute pâle.

— Si jamais homme a parlé avec autant de sérieux que de dureté et de colère, c'est bien lui, répliqua Nancy en hochant la tête. Je vous garantis qu'il est sérieux quand sa haine est aiguisée. J'en connais beaucoup qui font pire, mais j'aimerais mieux les écouter tous une douzaine de fois que ce Monks une seule. Il se fait tard et je dois être rentrée avant qu'on soupçonne que j'aie pu faire une course comme celle-ci. Il faut que je m'en aille au plus vite.

— Mais que puis-je faire ? dit Rose. Comment, sans vous, puis-je utiliser ces renseignements ? Rentrer ! Pourquoi voulez-vous retourner auprès de compagnons que vous peignez sous des couleurs aussi terribles ? Si vous répétez ces renseignements à un monsieur que je puis faire venir immédiatement, car il est dans la pièce voisine, on vous enverra avant une demi-heure dans un endroit où vous serez en toute sécurité.

— Je désire rentrer, dit Nancy. Il faut que je rentre, parce que — comment puis-je dire pareilles choses à une demoiselle aussi pure que vous ? — parce que, parmi les hommes dont je vous ai parlé, il y en a un, le plus effréné de tous, que je ne peux pas abandonner, non, pas même pour être arrachée à la vie que je mène à présent.

— Le fait que vous soyez déjà intervenue en faveur de ce cher enfant ; votre venue ici, à si grand risque, pour me raconter ce que vous avez entendu ; vos façons, qui me convainquent de la véracité de vos dires ; votre visible contrition et votre sentiment de honte, tout cela me porte à croire qu'il est encore possible de vous racheter. Ah ! s'écria la jeune fille avec ardeur, en joignant les mains tandis que les larmes coulaient sur ses joues, ne soyez pas sourde aux supplications d'une personne de votre sexe... la première, je le pense, qui vous ait jamais conjurée avec la voix de la compassion. Je vous supplie de m'entendre et de me permettre de vous sauver pour vous faire connaître des choses meilleures.

— Mademoiselle, s'exclama la fille en tombant à genoux, cher ange de douceur, oui, vous êtes la première à m'avoir accordé la grâce de telles paroles ; si je les avais entendues il y a des années, elles auraient pu me détourner d'une vie de péché et de douleur ; mais à présent, il est trop tard, trop tard !

— Il n'est jamais trop tard pour se repentir et se racheter.

— Si, s'écria Nancy, torturée d'angoisse ; je ne peux pas l'abandonner maintenant ! Je ne pourrais pas supporter d'être cause de sa mort.

— En quoi donc le seriez-vous ?

— Rien ne pourrait le sauver. Si je racontais à d'autres ce que je vous ai dit et que je les fasse prendre, sa mort serait certaine. C'est le plus audacieux de tous et il a été si cruel !

— Est-il possible que pour un homme semblable, vous puissiez renoncer à toute espérance d'avenir et à la certitude d'une délivrance immédiate ? C'est de la folie.

— Je ne sais pas ce que c'est, répondit Nancy ; c'est comme ça cependant, et pas seulement pour moi, mais pour des centaines d'autres filles aussi mauvaises et aussi misérables que moi-même. Il faut que je m'en retourne. Que ce soit dû à la colère de Dieu pour le mal que j'ai fait, je l'ignore ; mais je suis attirée vers cet homme par la souffrance et les mauvais traitements mêmes ; et je le serais encore, je pense, même si je savais que je devais finir par mourir de sa propre main.

— Que puis-je faire ? dit Rose. Je ne devrais pas vous laisser me quitter ainsi.

— Si, Mademoiselle, et je sais bien que vous le ferez, répondit Nancy en se relevant. Vous ne m'empêcherez pas de partir, parce que j'ai eu foi en votre bonté et que je ne vous ai obligée à aucune promesse, alors que je l'aurais pu.

— A quoi peut servir, alors, le renseignement que vous m'avez communiqué ? Il faudra bien qu'on enquête sur ce mystère ; sans cela, comment la révélation que vous m'en avez faite pourrait-elle profiter à Olivier, que vous désirez tant aider ?

— Vous devez bien avoir dans votre entourage un homme bienveillant à qui la confier sous le sceau du secret et qui pourra vous conseiller sur ce qu'il y a lieu de faire, répondit la jeune femme.

— Mais où pourrai-je vous retrouver quand ce sera nécessaire ? Je ne cherche pas à savoir où demeurent ces terribles gens, mais où vous vous promènerez, ou encore où vous passerez à tel moment déterminé, à partir de maintenant.

— Pouvez-vous me promettre que mon secret sera strictement gardé, que vous viendrez seule ou avec l'unique personne que vous aurez mise au courant, et que je ne serai ni surveillée ni suivie ?

— Je vous le promets solennellement.

— Tous les dimanches soir, de onze heures jusqu'au dernier coup de minuit, dit la fille sans hésitation, je me promènerai sur le Pont de Londres, tant que je serai vivante.

— Attendez encore un instant ! dit Rose, pour arrêter Nancy qui se dirigeait vivement vers la porte. Réfléchissez encore une fois à votre propre situation et à l'occasion qui vous est offerte de vous en libérer. Vous avez une créance sur moi, non seulement parce que vous m'avez volontairement apporté ce renseignement, mais parce que vous êtes une femme perdue presque sans rémission. Allez-vous retourner vers cette bande de voleurs, auprès de cet homme, alors qu'un mot peut vous sauver ? Quel est donc le charme qui est capable de vous ramener, de faire en sorte que vous vous cramponniez ainsi au mal et à la misère ? Ah ! n'y a-t-il aucune fibre de votre cœur que je puisse toucher ? Ne reste-t-il donc rien à quoi je puisse faire appel pour venir à bout de cette terrible fascination ?

— Quand des demoiselles aussi jeunes, aussi belles et aussi bonnes que vous donnent leur cœur, dit la fille d'une voix ferme, nul ne sait jusqu'où l'amour peut les mener..., oui, même des êtres tels que vous, qui avez maison, amis, cent admirateurs, tout enfin pour les combler. Quand des filles comme moi, qui n'ont d'autre toit assuré que le couvercle de leur cercueil, d'autres amis pour les soutenir dans la maladie ou la mort que l'infirmière de l'hôpital, quand ces filles-là ont attaché leur cœur corrompu à un homme et laissent cet homme prendre la place qui n'a été qu'un triste vide tout au long d'une vie misérable, qui pourrait espérer les guérir ? Plaignez-nous, Mademoiselle…, plaignez-nous de n'avoir plus qu'un seul sentiment féminin, et qu'au lieu qu'il soit pour nous un réconfort et une fierté, il se transforme par un dur châtiment en une nouvelle source de violences et de tourments. »

Après un instant de silence, Rose reprit :

« Vous accepterez bien de moi quelque argent pour vous permettre de vivre sans malhonnêteté — en tout cas jusqu'à notre prochaine rencontre ?

— Pas un sou, répondit Nancy en soulignant son refus d'un geste de la main.

— Ne fermez pas votre cœur à tous mes efforts pour vous secourir, dit Rose en s'avançant avec douceur. Je voudrais sincèrement faire quelque chose pour vous.

— Vous feriez plus pour moi, Mademoiselle, répondit Nancy, qui se tordait les mains, si vous m'ôtiez la vie à l'instant ; car j'ai plus souffert, ce soir, à l'idée de ce que je suis, que jamais auparavant, et ce serait quelque chose que de ne pas mourir dans l'enfer où j'ai vécu. Dieu vous bénisse, ma douce Demoiselle, et qu'il répande sur votre tête autant de bonheur que j'ai amassé de honte sur la mienne ! »

Tout en prononçant ces paroles, entrecoupées de gros sanglots, la malheureuse s'éloigna, tandis que Rose Maylie, accablée par cette extraordinaire entrevue, plus semblable à un rêve fugitif qu'à un événement réel, se laissait tomber dans un fauteuil et essayait de rassembler ses idées en déroute.

CHAPITRE XLI

QUI CONTIENT
DE NOUVELLES DÉCOUVERTES
ET MONTRE QUE LES SURPRISES,
COMME LES MALHEURS,
N'ARRIVENT JAMAIS SEULES

La situation où se trouvait Rose était certes une épreuve d'une difficulté peu commune. D'une part, elle éprouvait le désir le plus ardent de pénétrer le mystère dont s'enveloppait l'histoire d'Olivier ; de l'autre, elle ne pouvait laisser de considérer comme sacrée la confiance qu'avait mise en sa loyauté de pure jeune fille la misérable créature avec laquelle elle venait de s'entretenir. Les paroles et l'attitude de la malheureuse avaient touché le cœur de Rose Maylie ; et à l'affection qu'elle portait à son jeune protégé se mêlait, à peine moins intense en sincérité et en ardeur, un fervent désir de ramener la réprouvée au repentir et à l'espérance.

L'intention des Maylie était de ne rester que trois jours à Londres, avant d'aller passer quelques semaines assez loin sur la côte. Il était alors minuit, et une journée était passée. Quelle ligne de conduite décider, qui pût être adoptée dans les quarante-huit heures ? Autrement, comment remettre le voyage sans éveiller les soupçons ?

M. Losberne était là et devait l'être encore les deux jours suivants ; mais Rose connaissait trop l'impétuosité de cet excellent homme, elle prévoyait trop clairement la colère avec laquelle, dans la première explosion de son indignation, il considérerait celle qui avait permis aux bandits de se ressaisir d'Olivier, pour oser lui confier le secret, en l'absence de toute autre personne d'expérience qui pût appuyer son plaidoyer en faveur de la fille. Ces mêmes raisons lui dictaient également de prendre les plus grandes précautions et de faire montre de la plus grande circonspection en mettant au courant Mme Maylie, dont la première

réaction serait infailliblement de tenir une conférence à ce
sujet avec le digne médecin. Quant à avoir recours à un
quelconque conseiller juridique, en admettant qu'elle eût su
comment faire, il fallait à peine y songer, toujours pour les
mêmes motifs. Un moment, la pensée lui vint de demander
assistance à Harry ; mais cela lui remit en mémoire leur
dernière séparation, et il lui parut indigne d'elle de le
rappeler, alors que peut-être — et les larmes lui montèrent
aux yeux à cette idée — il avait déjà appris à l'oublier et à
être plus heureux loin d'elle.

Agitée par ces diverses réflexions, penchant tantôt pour
une solution, tantôt pour une autre, et les repoussant toutes
à mesure que chaque objection se présentait à son esprit,
Rose passa une nuit tourmentée, d'où le sommeil fut absent.
Le lendemain, après avoir encore profondément réfléchi,
elle décida, en désespoir de cause, de consulter Harry.

« S'il lui est pénible de revenir ici, pensa-t-elle, combien
sa venue me sera pénible à moi ! Mais peut-être ne viendra-
t-il pas ; il se peut qu'il écrive ou encore qu'il vienne en
personne, mais en s'appliquant à ne pas me rencontrer —
c'est ainsi qu'il a agi lors de son départ. Je n'aurais pas cru
qu'il le ferait, mais cela valait mieux pour l'un et l'autre. »

A ce point, Rose laissa tomber sa plume et détourna la
tête, comme si le papier même qui allait être son messager ne
devait pas la voir pleurer.

Elle avait pris et déposé cinquante fois cette plume, elle
avait réfléchi à la première phrase de sa lettre, l'avait
retournée en tous sens sans arriver à en écrire le premier
mot, quand Olivier, qui avait été se promener avec M. Giles
comme garde du corps, se précipita dans la pièce ; son état
haletant et sa violente agitation semblaient indiquer quelque
nouveau motif d'inquiétude.

« Qu'est-ce donc qui te cause un tel émoi ? demanda Rose
en s'avançant à sa rencontre.

— Je ne sais comment, mais j'ai l'impression que je vais
étouffer, répondit l'enfant. Oh, mon Dieu ! Dire que je l'ai
vu enfin : vous allez être à même de savoir que je ne vous ai
raconté que la vérité !

— Je n'ai jamais pensé que tu nous avais dit autre chose !

répondit Rose en essayant de le calmer. Mais qu'y a-t-il ? De qui parles-tu ?

— J'ai vu le monsieur, s'écria Olivier, presque incapable d'articuler ses mots, le monsieur qui a été si bon pour moi..., M. Brownlow, de qui nous avons si souvent parlé.

— Où donc ?

— Il descendait d'une voiture, répondit Olivier en versant des larmes de joie ; il est entré dans une maison. Je ne lui ai pas parlé... je n'ai pas pu : il ne m'a pas vu, et je tremblais tant que je n'ai pas pu aller à lui. Mais Giles a demandé pour moi s'il habitait là, et on a dit que oui. Regardez, ajouta-t-il en dépliant un bout de papier, voilà l'adresse ; c'est là qu'il habite... j'y vais tout de suite ! Oh, mon Dieu, mon Dieu ! Qu'est-ce que je vais faire quand je vais me trouver devant lui, quand je vais l'entendre me parler à nouveau ? »

Bien que l'attention de Rose fût détournée par ces exclamations de joie désordonnées et bien d'autres encore, Rose lut l'adresse, qui était : Craven Street dans le Strand ; et elle décida aussitôt de tirer parti de cette découverte.

« Vite ! s'écria-t-elle. Dis qu'on aille chercher une voiture de place et tiens-toi prêt à venir avec moi. Je vais t'y amener immédiatement, sans perdre une minute. Je vais seulement dire à ma tante que nous sortons pour une heure, et je serai prête aussi vite que toi. »

Il n'était pas besoin d'aiguillon pour presser Olivier : cinq minutes après, tous deux étaient partis pour Craven Street. Quand ils y arrivèrent, Rose laissa Olivier dans la voiture, sous prétexte de préparer le vieux monsieur à le recevoir ; elle remit sa carte au domestique en demandant à voir M. Brownlow au sujet d'une affaire très urgente. Le valet revint bientôt la prier de monter et, l'ayant suivi jusqu'à un salon au premier étage, Mlle Maylie fut introduite auprès d'un monsieur assez âgé, à la physionomie bienveillante, et vêtu d'un habit vert bouteille. Non loin de lui se trouvait assis un autre vieux monsieur, en guêtres et culotte de nankin, qui, lui, ne semblait guère aimable ; il avait les mains serrées sur le pommeau de sa grosse canne et le menton posé sur le tout.

« Eh, mon Dieu ! s'écria le monsieur à l'habit vert bouteille en se hâtant de se lever avec la plus grande politesse ; excusez-moi, Mademoiselle... je m'imaginais que c'était quelque importune, qui... je vous supplie de m'excuser. Asseyez-vous, je vous en prie.

— Monsieur Brownlow, je pense ? fit Rose en détournant son regard de l'autre personnage pour le ramener sur celui qui venait de parler.

— C'est bien mon nom, dit le vieux monsieur. Mon ami, M. Grimwig. Voudriez-vous avoir l'obligeance de nous laisser quelques minutes, Grimwig ? »

Mlle Maylie l'arrêta :

« Je crois qu'à ce point de notre entrevue, il n'est pas nécessaire de déranger Monsieur. Si je suis bien informée, il est déjà au courant de l'affaire dont je voudrais vous entretenir. »

M. Brownlow s'inclina. M. Grimwig, qui s'était déjà levé et avait fait un salut extrêmement raide, en fit un autre non moins raide et se laissa retomber sur son siège.

« Je ne doute pas de vous surprendre énormément, dit Rose avec un embarras non affecté ; vous avez témoigné autrefois une grande bienveillance et une grande bonté envers un jeune ami à moi, qui m'est particulièrement cher, et je suis sûre que vous serez heureux d'avoir de ses nouvelles.

— Vraiment ?

— Vous l'avez connu sous le nom d'Olivier Twist. »

A peine ces mots furent-ils tombés des lèvres de la jeune fille que M. Grimwig, qui avait affecté jusqu'alors d'être plongé dans un gros livre posé sur la table, le laissa tomber avec fracas ; il se renversa dans son fauteuil, son visage ne laissa plus voir qu'une expression d'ébahissement sans bornes et son regard atone se fixa de façon prolongée dans le vide ; puis, comme honteux d'avoir trahi une si grande émotion, il reprit, d'un coup sec — pourrait-on dire —, son attitude précédente ; regardant droit devant lui, il émit un long et profond sifflement, qui parut, à la fin, non plus s'échapper à l'air, mais mourir dans les recoins les plus secrets de son estomac.

M. Brownlow n'était pas moins surpris, encore que son étonnement ne s'exprimât pas d'une façon aussi excentrique. Il rapprocha sa chaise de celle de Mlle Maylie et dit :

« Faites-moi la grâce, ma chère Demoiselle, de laisser entièrement de côté cette bonté et cette bienveillance dont vous parlez et qui ne sont connues de personne d'autre ; et, s'il est en votre pouvoir de produire un fait quelconque qui soit de nature à modifier l'opinion défavorable que j'ai été amené à me former sur ce pauvre enfant, au nom du Ciel, fournissez-le-moi !

— Un scélérat ! Je veux bien me manger la tête si ce n'est pas un scélérat ! grogna M. Grimwig, qui parlait à la manière des ventriloques sans remuer un seul muscle de sa figure.

— C'est un enfant d'une nature noble et d'une âme généreuse, dit Rose en rougissant légèrement ; et le Pouvoir qui a jugé bon de le faire passer par des épreuves au-dessus de son âge a aussi mis dans son cœur des affections et des sentiments dont pourraient s'honorer bien des personnes qui comptent six fois le nombre de ses années !

— Je n'ai que soixante et un ans ! dit M. Grimwig, le visage toujours aussi rigide. Comme c'est bien le diable si cet Olivier n'a pas au moins douze ans, je ne vois pas à qui s'applique une telle remarque.

— Ne prenez pas garde à mon ami, mademoiselle Maylie, dit M. Brownlow ; il ne pense pas ce qu'il dit.

— Si, il le pense, grommela M. Grimwig.

— Mais non, il ne le pense pas, rétorqua M. Brownlow, dont la colère montait visiblement.

— Il mangerait bien sa tête, s'il ne le pense pas, grogna M. Grimwig.

— S'il le pense vraiment, il mériterait qu'on la lui dévissât.

— Il voudrait bien voir quelqu'un essayer de le faire », répondit M. Grimwig en frappant le sol de sa canne.

Ayant poussé leur pique aussi loin, les deux vieux messieurs humèrent chacun une prise de tabac ; après quoi, ils se serrèrent la main, suivant leur coutume invariable.

« Eh bien, mademoiselle Maylie, dit M. Brownlow, revenons au sujet auquel vous vous intéressez tant dans votre humanité. Voudriez-vous me faire connaître ce que vous savez de ce pauvre enfant ? Mais permettez-moi de vous dire auparavant que j'ai épuisé pour le découvrir tous les moyens qui étaient en mon pouvoir et que, durant mon absence de ce pays, ma première opinion qui était qu'il m'avait trompé et qu'il s'était laissé persuader par ses amis d'autrefois de me voler, a été considérablement ébranlée. »

Rose, qui avait eu le temps de rassembler ses idées, raconta immédiatement, en quelques mots simples, tout ce qui était arrivé à Olivier depuis le moment où il avait quitté la maison de M. Brownlow ; se réservant de lui faire connaître seule à seul les renseignements donnés par Nancy, elle conclut en assurant le vieillard que le seul chagrin d'Olivier, au cours des mois passés, avait été de ne pouvoir rencontrer son bienfaiteur et ami d'antan.

« Dieu soit loué ! dit le vieux monsieur. C'est pour moi une grande joie, oui, une grande joie. Mais vous ne m'avez pas dit où il se trouve maintenant, mademoiselle Maylie. Il faut me pardonner un reproche : pourquoi ne l'avez-vous pas amené avec vous ?

— Il attend dans la voiture, devant la porte.

— A cette porte même ! » s'écria le vieux monsieur.

Et, sans un mot de plus, il s'élança hors de la pièce, dans l'escalier, sur le marchepied, dans la voiture.

Quand la porte de la pièce se fut refermée, M. Grimwig leva la tête et, faisant pivoter sa chaise sur un des pieds de derrière, décrivit, toujours assis, trois cercles distincts avec l'aide de sa canne et de la table. Après avoir accompli cette évolution, il se leva et arpenta une douzaine de fois la pièce, en boitant, aussi vite qu'il le pouvait ; puis, s'arrêtant soudain devant Rose, il l'embrassa tout de go sans le moindre avertissement.

« Chut ! dit-il, comme la jeune fille se levait, quelque peu alarmée de ce procédé inhabituel N'ayez pas peur. Je suis assez âgé pour être votre grand-père. Vous êtes une jeune fille charmante, et je vous aime bien. Les voici ! »

En effet, comme il se rejetait d'un adroit plongeon dans son fauteuil, M. Brownlow reparut en compagnie d'Olivier, que M. Grimwig accueillit avec amabilité ; quand bien même la joie procurée par cet instant aurait été sa seule récompense, Rose Maylie eût été bien payée de tous ses soins et de toutes ses inquiétudes au sujet d'Olivier.

« A propos, il y a quelqu'un qu'il ne faudrait pas oublier, dit M. Brownlow, en sonnant. Voulez-vous m'envoyer Mme Bedwin, je vous prie. »

La vieille gouvernante répondit sans tarder à cet appel et, après une révérence sur le pas de la porte, attendit les ordres.

« Ah çà ! vous devenez chaque jour un peu plus aveugle, Bedwin, dit avec humeur M. Brownlow.

— Ma foi, oui, Monsieur, répondit la vieille dame, la vue ne s'améliore pas avec les années, Monsieur.

— J'aurais pu vous en dire autant, rétorqua M. Brownlow ; mais mettez donc vos lunettes et tâchez de deviner pourquoi on vous a demandée, voulez-vous ? »

La vieille dame se mit à fourrager dans ses poches à la recherche de ses lunettes ; mais la patience d'Olivier ne put résister à cette nouvelle épreuve et, cédant à son premier mouvement, il s'élança dans ses bras.

« Dieu me bénisse ! s'exclama la vieille dame, en l'embrassant ; c'est mon petit chéri.

— Ma chère vieille garde-malade ! s'écria Olivier.

— Il devait revenir... je savais bien qu'il reviendrait, dit la vieille dame en le serrant toujours dans ses bras. Comme il a bonne mine ! et il est de nouveau vêtu comme un petit monsieur ! Où as-tu été pendant tout ce temps ? Ah, il a toujours son doux visage, mais moins pâle ; le même regard de velours, mais moins triste. Je ne les ai jamais oubliés, non plus que son calme sourire ; je les ai vus jour après jour, aux côtés de ceux de mes chers enfants, qui sont morts du temps que j'étais jeune et alerte. »

Tout en bavardant de la sorte et tantôt tenant Olivier à bout de bras pour voir combien il avait grandi, tantôt le serrant contre elle et passant avec amour les doigts dans ses cheveux, cette bonne créature tour à tour riait et pleurait dans le cou de l'enfant.

M. Brownlow, laissant la gouvernante et Olivier échanger

leurs impressions, mena Rose dans une pièce voisine, où elle lui fit le récit détaillé de son entrevue avec Nancy, ce qui lui causa une vive surprise et non moins de perplexité. La jeune fille expliqua aussi les raisons qu'elle avait de ne pas se confier en premier lieu à son ami, M. Losberne. Le vieux monsieur estima qu'elle avait agi prudemment et se déclara tout prêt à tenir solennellement conseil avec le digne médecin. Afin de lui fournir l'occasion prochaine de mettre ce projet à exécution, on décida qu'il viendrait à l'hôtel le soir même, à huit heures, et qu'entre-temps on informerait Mme Maylie avec précaution de tout ce qui s'était passé. Ces mesures préliminaires mises au point, Rose et Olivier rentrèrent à la maison.

Rose n'avait nullement surestimé la colère du bon docteur. A peine eut-il entendu l'histoire de Nancy qu'il déversa une pluie de menaces et de malédictions entremêlées, menaça de faire d'elle la première victime de l'habileté conjuguée de MM. Blathers et Duff, et alla même jusqu'à mettre son chapeau pour requérir l'aide de ces deux estimables personnages. Il n'est pas douteux que, dans la première explosion de son courroux, il aurait mis ce projet à exécution sans penser une seconde aux conséquences, s'il n'avait été retenu, à la fois par une violence égale de la part de M. Brownlow, qui était lui-même d'un tempérament assez irascible, et par tels arguments et représentations qu'on jugea le mieux calculés pour le dissuader de son dessein irréfléchi.

« Mais, saperlipopette, que faut-il faire alors ? s'écria l'impétueux médecin, quand ils furent revenus auprès des deux dames. Allons-nous voter des remerciements à tous ces vagabonds, mâles et femelles, et les prier d'accepter une centaine de livres chacun comme une faible marque de notre estime et une modeste expression de gratitude pour leur bonté envers Olivier ?

— Pas exactement, repartit M. Brownlow en riant ; mais il nous faut agir en douceur et faire très attention.

— Douceur et attention ! s'écria le médecin. Moi, je les enverrai en gros et en détail au [1]...

— Ne précisons pas où, coupa M. Brownlow. Mais

croyez-vous que de les envoyer où que ce soit nous permette d'atteindre le but que nous nous proposons ?

— Quel but ?

— Simplement de découvrir quelle est l'origine d'Olivier et de le faire rentrer dans l'héritage dont — si cette histoire est vraie — il a été frauduleusement privé.

— Ah, dit M. Losberne, en s'épongeant le front avec son mouchoir. J'avais presque oublié cela.

— Vous voyez, poursuivit M. Brownlow ; si on met hors de question cette pauvre fille et à supposer qu'on puisse traduire ces chenapans en justice sans compromettre sa sécurité, quel bien en résulterait-il ?

— Selon toute probabilité, celui d'en faire pendre quelques-uns, en tout cas, et déporter les autres.

— Bon, répondit M. Brownlow, en souriant ; mais il n'est pas douteux qu'ils s'attireront cela eux-mêmes tôt ou tard ; si nous intervenons pour prendre les devants, nous allons jouer les Don Quichotte et agir dans un sens exactement opposé à nos intérêts, ou tout au moins à ceux d'Olivier, ce qui revient au même.

— Comment cela ?

— Voici. Il est tout à fait clair qu'il nous sera extrêmement difficile d'éclaircir complètement ce mystère, tant que nous n'aurons pas mis cet individu, ce Monks, à genoux. Cela, nous ne pourrons l'obtenir que par ruse, en le prenant à un moment où il ne sera pas entouré de ces gens. En effet, à supposer qu'il soit arrêté, nous n'avons aucune preuve contre lui. Pour autant que nous le sachions ou que les faits le révèlent, il n'a pas eu la moindre part à un seul des vols commis par la bande. S'il n'était pas acquitté, il est probable qu'il ne serait condamné qu'à une peine légère de prison, pour menu délit ou vagabondage ; et naturellement, il garderait à tout jamais la bouche si obstinément close qu'il vaudrait autant pour notre dessein qu'il fût sourd, muet, aveugle, et idiot par-dessus le marché.

— Alors, s'écria impatiemment le médecin, je vous demande un peu s'il est raisonnable de nous considérer comme liés par la promesse faite à cette fille, promesse donnée évidemment dans les meilleures intentions du monde, mais enfin...

— Ne discutez pas cette question, chère Mademoiselle, je vous en prie, dit M. Brownlow, coupant court à une intervention imminente de Rose. La promesse sera tenue. Je ne crois pas que cela puisse contrecarrer en rien notre action. Mais avant de pouvoir décider d'une ligne de conduite précise, il serait nécessaire de voir cette fille, afin de nous assurer qu'elle veut bien nous désigner ce Monks, étant entendu que ce sera nous qui nous occuperons de lui et non la Justice ; si elle ne veut pas ou ne peut pas, il faudrait qu'elle nous fournisse une liste des endroits qu'il fréquente, en même temps qu'un signalement de sa personne qui nous permette de l'identifier. Nous ne pouvons pas la revoir avant dimanche soir et c'est aujourd'hui mardi. Je propose que d'ici là nous restions parfaitement tranquilles et que nous gardions le secret de tout cela, même vis-à-vis d'Olivier. »

Bien que M. Losberne accueillît avec force grimaces une proposition qui impliquait un délai de cinq longs jours, il dut bien admettre qu'il ne voyait aucun autre parti à prendre pour le moment ; et comme Rose et Mme Maylie se rangèrent toutes deux énergiquement du côté de M. Brownlow, le projet de celui-ci fut adopté à l'unanimité.

« J'aimerais, dit-il, faire appel à l'assistance de mon ami Grimwig. Il a un caractère assez bizarre, mais il est extrêmement entendu et il pourrait se révéler très utile ; je précise qu'il a fait ses études de droit et qu'il a quitté le barreau, dégoûté de n'avoir été chargé en vingt ans que d'un dossier et d'une requête en instance ; que ce soit une recommandation ou non, je vous en laisse juges.

— Je ne vois pas d'objection à ce que vous ayez recours à votre ami, si je puis faire intervenir le mien, dit le Dr Losberne.

— Il faut mettre cela aux voix, répondit M. Brownlow. De qui s'agit-il ?

— Du fils de Madame et... d'un très ancien ami de Mademoiselle », dit le médecin, qui désigna Mme Maylie puis lança un regard significatif à sa nièce.

Rose rougit fortement, mais n'objecta rien à la proposition

(peut-être se sentait-elle trop en minorité à cet égard) ; Harry Maylie et M. Grimwig se trouvèrent donc ajoutés au comité.

« Nous resterons en ville évidemment, déclara Mme Maylie, tant qu'il restera la moindre chance de réussir dans cette enquête. Je n'épargnerai ni ma peine ni mon argent pour l'objet qui nous intéresse si profondément, et je serai heureuse de demeurer ici, fût-ce une année entière, tant que vous m'assurerez qu'il y a de l'espoir.

— Parfait ! reprit M. Brownlow. Et maintenant, comme je lis sur les visages qui m'entourent le désir de savoir comment il se fait que je n'aie pas été là pour confirmer les dires d'Olivier et que j'aie quitté si rapidement l'Angleterre, permettez-moi de stipuler qu'on ne me pose pas de questions jusqu'au moment où je jugerai opportun de les prévenir en racontant moi-même mon histoire. Croyez-moi, j'ai de bonnes raisons de vous le demander, car, autrement, je pourrais susciter des espoirs destinés à ne jamais se réaliser et cela ne ferait qu'accroître des difficultés et des déceptions déjà bien assez nombreuses. Allons ! Le dîner a été annoncé et le jeune Olivier, qui est tout seul dans la pièce voisine, doit commencer à croire que nous en avons assez de sa compagnie et que nous ourdissons quelque noir complot pour le rejeter dans le vaste monde. »

Sur ces mots, le vieux monsieur offrit le bras à Mme Maylie pour la mener à la salle à manger. M. Losberne suivit en compagnie de Rose ; et le conseil se trouva, pour le moment, dissous.

CHAPITRE XLII

UNE VIEILLE CONNAISSANCE D'OLIVIER, QUI MONTRE DES SIGNES INCONTESTABLES DE GÉNIE, DEVIENT UN PERSONNAGE PUBLIC DE LA MÉTROPOLE

Le soir où Nancy, après avoir endormi M. Sikes, se rendait en hâte chez Rose Maylie pour accomplir la tâche qu'elle s'était imposée, avançaient vers Londres par la grand-route du Nord deux personnes, auxquelles il sera bon que cette histoire accorde une certaine attention.

C'étaient un homme et une femme, ou peut-être serait-il plus exact de dire un mâle et une femelle. En effet, le premier était un de ces individus osseux, aux membres interminables, aux genoux cagneux et à l'allure traînante, auxquels il est difficile d'assigner un âge, car, garçons, ils ont l'air d'adultes qui se sont arrêtés de pousser et, déjà presque des hommes, de garçons qui ont trop vite poussé. La femme était jeune, mais de carrure large et robuste, comme c'était d'ailleurs nécessaire pour supporter le poids du lourd ballot sanglé sur son dos. Son compagnon, lui, n'était guère encombré de bagages : un simple petit baluchon, enveloppé dans un mauvais mouchoir et apparemment assez léger, brimbalait au bout d'un bâton qu'il portait sur l'épaule. La légèreté de ce fardeau, qui s'ajoutait à la longueur démesurée de ses jambes, lui permettait de conserver facilement une avance d'une demi-douzaine de pas sur sa compagne, vers laquelle il se retournait de temps à autre pour lui adresser de la tête un brusque mouvement d'impatience, comme pour lui reprocher sa nonchalance et l'inciter à plus d'efforts.

Ils avancèrent ainsi péniblement le long de la route, sans prêter attention à rien de ce qui les entourait, hormis quand ils devaient s'écarter pour laisser passer les malles-poste qui s'éloignaient à toute allure de la ville, jusqu'au moment où ils franchirent la voûte de Highgate ; alors, le premier des deux voyageurs s'arrêta pour appeler impatiemment sa compagne.

« Alors, ça vient, oui ? Quelle flemmarde tu fais, Charlotte !

— C'est quéqu' chose comme poids qu' j'ai sur le dos, j' te l' dis, s'écria la femme, en arrivant près de lui, le souffle presque coupé par la fatigue.

— Comme poids ! Qu'est-ce que ça veut dire ? Pourquoi qu' tu crois qu' t'es faite ? répliqua le voyageur mâle en faisant passer son propre petit baluchon d'une épaule sur l'autre. Là, voilà qu' tu feignantes encore ! Eh ben, si y a quéqu'un de fait pour lasser la patience de n'importe qui, c'est bien toi !

— C'est encore beaucoup plus loin ? demanda la femme en s'appuyant contre un talus et en levant un visage sur lequel ruisselait la sueur.

— Beaucoup plus loin ? C'est comme si qu'on y était, dit le marcheur aux longues jambes en étendant le bras devant lui. Regarde : c'est les lumières de Londres.

— Y a bien au moins deux bons milles, dit la femme d'un air découragé.

— T'occupe pas si y a deux milles ou vingt, dit Noé Claypole (car c'était lui) ; lève-toi et viens-t'en, sans quoi j' te vas s'couer les puces ; ainsi, t'es prévenue. »

Comme, ce disant, il traversait la route, tout prêt à mettre sa menace à exécution, le nez un peu plus rouge encore du fait de la colère, la femme se leva sans autre commentaire et se remit à peiner à son côté.

« Où tu comptes rester pour la nuit, Noé ? demanda-t-elle, quand ils eurent parcouru quelques centaines de mètres.

— Qu'est-ce tu veux qu' j'en sache ? répondit Noé, dont l'humeur avait été considérablement altérée par la marche.

— Près d'ici, j'espère.

— Non, justement pas. Pas près d'ici, là ! Alors va pas te faire des idées !

— Pourquoi pas ?

— Quand j' te dis qu' j'ai pas l'intention de faire quéqu' chose, ça doit te suffire. Y a pas de pourquoi ni d' comment, répondit M. Claypole, d'un air digne.

— Bon, y a pas d' quoi t' fâcher, fit sa compagne.

— Ça f'rait joli, hein, d'aller s'arrêter à la première auberge aux portes de la ville, pour que Sowerberry, s'il est après nous, y puisse y fourrer son vieux nez et nous faire ramener en charrette, menottes aux poignets, dit M. Claypole d'un ton railleur. Non ! Je vais aller me perdre dans les rues les plus étroites que je pourrai trouver, et on s'arrêtera pas avant qu'on soye arrivés à la maison la plus hors du chemin que j' pourrai dénicher. Bon Dieu ! tu peux r'mercier le sort que j'aye une tête ; pasque si on avait pas pris d'abord la mauvaise route exprès et qu'on soye pas revenus à travers champs, y a bien une semaine qu' tu serais sous les verrous, ma belle. Et t'aurais que c' que tu mérites, pauvres idiote !

— J' sais bien que j' suis pas aussi maligne que toi, répondit Charlotte, mais faut pas tout m' mettre sur le dos et dire que moi, j'aurais été coffrée. Tu l'aurais été aussi, en tout cas.

— C'est toi qu'as fauché l'argent dans la caisse, tu l' sais bien.

— J' l'ai pris pour toi, mon Noé.

— Et j' l'ai-t-y-gardé ?

— Non ; tu m'as fait confiance et tu m'as laissée l' porter, comme un amour que t'es », dit la donzelle en lui relevant le menton et en passant son bras sous le sien.

Tel était en effet le cas ; mais comme il n'était pas dans les habitudes de M. Claypole de mettre une confiance aveugle et stupide en quiconque, on doit faire remarquer, afin de lui rendre justice, que s'il s'était fié à ce point à Charlotte, c'était uniquement pour que, s'ils étaient poursuivis, l'argent fût trouvé sur elle, ce qui lui permettrait de protester de son innocence et augmenterait grandement ses chances de se tirer d'affaire. Il se garda bien, en l'occurrence, d'expliquer ses motifs, et ils continuèrent fort tendrement leur route.

Conformément à son plan circonspect, M. Claypole poursuivit sa marche, sans s'arrêter jusqu'à ce qu'ils arrivas-

sent à l'auberge de l'Ange d'Islington, où il jugea sagement,
à la foule des passants et au nombre des véhicules, qu'on
était bien dans Londres. Il s'arrêta juste le temps d'observer
quelles étaient les rues qui paraissaient les plus populeuses et
en conséquence les plus à éviter ; puis il passa dans St John's
Road et se trouva bientôt profondément engagé dans le
sombre dédale de ruelles crasseuses qui s'étend entre Gray's
Inn Lane et Smithfields [1], faisant de cette partie de la ville
une des plus infâmes et des plus sordides que le progrès ait
laissées au centre de Londres.

Par ces rues, Noé Claypole s'avança toujours, traînant
Charlotte derrière lui ; parfois, il descendait dans le caniveau
pour embrasser d'un coup d'œil la physionomie de quelque
petite taverne ; puis il reprenait son petit bonhomme de
chemin comme s'il avait vu quelque chose qui l'incitait à la
trouver trop fréquentée pour son goût. Il finit par s'arrêter
devant un établissement plus modeste et plus sale d'apparence que tous ceux qu'il avait vus jusque-là ; il traversa la
rue et l'examina du trottoir opposé, puis il annonça avec
bonne grâce son intention de descendre là pour la nuit.

« Allons, passe-moi le ballot, ajouta Noé, en débarrassant
les épaules de la femme pour le mettre sur son propre dos ; et
ne dis pas un mot, tant qu'on te parlera pas. Comment qu'
ça s'appelle c'te taule ? Les T.t.trois... les Trois quoi ?

— Boiteux, dit Charlotte.

— Les Trois Boiteux, répéta Noé. C't'une très bonne
enseigne. Allez ! Tiens-toi sur mes talons et viens-t'en. »

Ayant dit, il poussa d'un coup d'épaule la porte branlante
et pénétra dans la maison, suivi de sa compagne.

Il n'y avait personne au comptoir qu'un jeune Juif, qui,
les deux coudes sur le zinc, lisait un journal crasseux. Il
dévisagea fortement Noé, et celui-ci lui rendit la pareille.

Si Noé avait été vêtu de sa tenue de l'Assistance, il y aurait
eu quelque raison pour que le Juif ouvrît de tels yeux ; mais
comme il s'était débarrassé de la veste et de l'insigne et qu'il
portait au-dessus de sa culotte de cuir une courte blouse, il
ne semblait pas y avoir de raison particulière pour que son
apparition dans une taverne éveillât tant l'attention.

« Est-ce que c'est bien ici les Trois Boiteux ? demanda Noé.

— C'est ben le dom de la baison, répondit le Juif.

— Un monsieur que nous avons rencontré sur la route, en venant de la campagne, nous a recommandé cet endroit, dit Noé, en donnant un coup de coude à Charlotte, peut-être pour attirer son attention sur ce moyen fort ingénieux de gagner le respect du garçon et peut-être aussi pour l'avertir de ne marquer aucune surprise. On voudrait coucher ici ce soir.

— Je suis bas cerdain que ça soit bossible, dit Barney, qui était le lutin domestique de ces lieux. Bais je vais boir.

— Conduisez-nous dans la salle et donnez-nous un peu de viande froide et de la bière, en attendant, hein ? »

Barney acquiesça en les faisant passer dans une petite arrière-salle et en posant devant eux les victuailles demandées ; après quoi, ayant informé les voyageurs qu'on pourrait les loger pour la nuit, il laissa le sympathique couple se restaurer.

Or, cette arrière-salle se trouvait située juste derrière le comptoir et quelques marches plus bas ; ainsi, en tirant un petit rideau qui dissimulait un simple panneau de verre serti dans le mur à cinq pieds environ du sol, tout familier de la maison pouvait non seulement observer d'en haut les hôtes de l'arrière-salle sans grand risque d'être aperçu (la vitre se trouvait dans un angle obscur du mur, et l'observateur devait se glisser entre ce mur et une grosse poutre verticale), mais il pouvait même, en appliquant l'oreille contre la cloison, suivre assez distinctement leur conversation.

Le patron de l'auberge n'avait pas quitté ce lieu d'observation depuis cinq minutes et Barney venait de revenir après avoir transmis son renseignement, quand Fagin, au cours de ses occupations vespérales, pénétra dans la buvette pour s'enquérir de certains de ses jeunes élèves.

« Chud ! dit Barney. Y a des édrangers dans la bièce à gôdé.

— Des étrangers ! répéta le vieillard à voix basse.

— Oui, et c'est des drôles de dubéros. Y sont de la

cambagne, mais je crois qu'y sont dans votre ligne, si je be drombe pas. »

Fagin parut fort intéressé par cette information. Grimpant sur un tabouret, il appliqua avec précaution son œil à la vitre et, de ce poste caché, put voir M. Claypole en train de prendre de la viande froide du plat et de la bière du pot et d'administrer des doses homéopathiques de l'une et de l'autre à Charlotte, qui, assise patiemment à côté de lui, mangeait et buvait suivant le bon plaisir de son compagnon.

« Ha, ha ! murmura-t-il, en se retournant vers Barney. La mine de ce garçon me plaît. Il pourrait nous être utile ; il a déjà su dresser cette fille. Ne fais pas plus de bruit qu'une souris, mon cher, pour que je les entende parler... laisse-moi les écouter un peu. »

Il appliqua de nouveau son œil à la vitre, puis, tendant l'oreille vers la cloison, écouta avec attention, tandis que son visage revêtait une expression de ruse et d'avidité qui aurait pu être celle d'un vieux lutin.

« Donc, je compte bien dev'nir un monsieur, dit M. Claypole, les jambes étalées, en continuant une conversation dont Fagin avait manqué le début. Plus de ces sacrés vieux cercueils, Charlotte ! Pour moi, ça s'ra une vie de monsieur ; et si tu veux, tu seras une dame.

— J'aimerais assez ça, mon chéri, répondit Charlotte ; mais on a pas tous les jours une caisse à vider, pour disparaître après.

— Au diable les caisses ! Y a d'autres choses à vider sur terre.

— Qu'est-ce que tu veux dire ?

— Y a les poches, les réticules des femmes, les maisons, les malles-poste, les banques, dit M. Claypole, que la bière commençait à animer.

— Mais tu ne peux pas faire tout ça, mon chéri.

— J' me mettrai en rapport avec ceux-là qui peuvent. Y trouveront bien de quoi nous employer. Tiens, toi-même, tu vaux cinquante femmes, j'ai jamais vu une créature si tant rusée et trompeuse que toi, quand j' te l' permets.

— Seigneur, que c'est bon de t'entendre dire ça ! s'exclama Charlotte, en plaquant un baiser sur sa vilaine figure.

— Bon, ça va ; sois pas trop amoureuse, des fois que j' me fâcherais contre toi, dit Noé en se dégageant avec beaucoup de gravité. J' voudrais être chef de bande ; j' te rosserais ces zigs-là et j' les aurais à l'œil sans qu'y s'en doutent. V'là ce qui m'irait, si ça rapportait bien ; et si seulement on pouvait s' mettre bien avec des types comme ça, j' te l' dis, ça s'rait pas cher payé que d'y sacrifier ce billet de vingt livres que t'as là,... surtout qu'on sait pas trop bien comment l' passer nous-mêmes. »

Après avoir exprimé cette opinion, M. Claypole regarda l'intérieur de son pot de bière d'un air de profonde sagesse ; puis, après en avoir bien secoué le contenu, il fit un signe de tête condescendant à Charlotte et avala une bonne lampée, qui parut grandement le rafraîchir. Il méditait d'en ingurgiter une seconde, quand l'ouverture soudaine de la porte et l'apparition d'un inconnu l'empêchèrent de mettre ce projet à exécution.

L'inconnu était M. Fagin. C'est avec la plus grande amabilité et en saluant très bas qu'il s'avança ; s'étant assis à la table la plus proche, il commanda à boire à Barney, qui arborait son plus large sourire.

« C'est une agréable soirée, Monsieur, bien qu'un peu fraîche pour la saison, dit Fagin en se frottant les mains. Vous venez de la campagne à ce que je vois, Monsieur ?

— Comment qu' vous voyez ça ? demanda Noé Claypole.

— Nous n'avons pas tant de poussière que ça à Londres, répondit Fagin en montrant tour à tour les souliers de Noé, ceux de sa compagne et les deux baluchons.

— V's êtes un malin, dit Noé. Ha, ha, écoute-moi ça seulement, Charlotte !

— Ah çà, il faut être malin dans cette ville, mon cher, rétorqua le Juif en baissant la voix jusqu'à ce qu'elle ne fût plus qu'un murmure confidentiel ; c'est la pure vérité. »

Fagin conclut cette remarque en se tapotant la narine avec l'index droit, geste que Noé essaya d'imiter, avec un succès tout relatif, son nez n'étant pas tout à fait assez grand pour cela. M. Fagin n'en parut pas moins interpréter cette tentative comme l'expression d'une parfaite identité de vues, et il fit circuler le plus amicalement du monde l'eau-de-vie que Barney venait d'apporter.

« C'est du nanan, déclara M. Claypole en faisant claquer sa langue.

— C'est cher ! dit Fagin. Pour en boire régulièrement, il faut être tout le temps à vider une caisse, une poche, un réticule de femme, une maison, une malle-poste ou une banque. »

A peine M. Claypole eut-il entendu cet extrait de ses propres remarques qu'il se renversa sur sa chaise et regarda tour à tour le Juif et Charlotte avec un visage livide et une expression de terreur extrême.

« Ne craignez rien de moi, mon cher, dit Fagin en approchant sa chaise. Ha, ha ! Quelle chance que ce soit moi qui vous aie entendu par hasard. Quelle chance que ce n'ait été que moi.

— Ce n'est pas moi qui l'ai volé, balbutia Noé, qui n'étalait plus ses jambes comme un rentier, mais les repliait le plus possible sous sa chaise. C'est elle qui a tout fait : tu l'as encore sur toi, Charlotte ; tu le sais bien que tu l'as.

— Peu importe qui l'a ou qui a fait le coup, mon cher, répondit Fagin, en jetant néanmoins sur la fille et les deux baluchons un regard de vautour. Je suis dans le métier moi-même ; et c'est pourquoi vous me plaisez.

— Dans quel métier ? demanda M. Claypole en se remettant un peu.

— Ce genre d'affaires-là, répondit Fagin ; et les gens de cette maison aussi. Vous êtes tombés pile, et vous êtes aussi en sûreté que vous pouvez l'être. Il n'y a pas dans la ville entière d'endroit plus sûr que les Boiteux ; enfin… quand je veux qu'il en soit ainsi. Or vous me plaisez, vous et cette jeune femme ; aussi j'ai donné mes instructions, et vous pouvez être tout à fait tranquilles. »

Peut-être l'esprit de Noé Claypole pouvait-il être tranquille après cette assurance, mais son corps ne l'était certes pas : il frottait sans arrêt ses pieds sur le sol et se tortillait en prenant diverses positions fort bizarres, sans cesser d'observer son nouvel ami avec une expression mêlée de crainte et de défiance.

« Je vais vous dire mieux, ajouta Fagin après avoir rassuré la femme à force de petits signes amicaux de la tête et de murmures d'encouragement. J'ai un ami qui pourra, je crois, exaucer votre vœu mignon en vous mettant dans la bonne voie ; une fois là, vous pourrez choisir la branche qui vous plaira le mieux pour commencer, et on vous enseignera toutes les autres.

— On dirait que vous parlez sérieusement, répondit Noé.

— Quel avantage aurais-je à plaisanter ? demanda le Juif en haussant les épaules. Tenez ! Allons dans la pièce à côté : je voudrais vous dire deux mots en particulier.

— Pas la peine de se déranger, dit Noé, en étendant graduellement ses jambes à nouveau. Elle va monter les bagages pendant ce temps. Charlotte, occupe-toi des paquets ! »

Cette mission majestueusement conférée fut exécutée sans la moindre hésitation ; Charlotte s'empressa d'emporter les ballots, tandis que Noé tenait la porte ouverte et la regardait sortir.

« Elle est assez bien dressée, hein ? demanda-t-il, en reprenant sa place, sur le ton d'un gardien qui aurait dompté quelque bête sauvage.

— Parfaitement bien, répondit Fagin, en lui tapant sur l'épaule. Vous êtes un génie, mon cher.

— Oh, si j' l'étais pas, j' pense que j' serais pas ici, répondit Noé. Mais dites, elle va rev'nir, faut pas perdre vot' temps.

— Eh bien, qu'en pensez-vous ? Si mon ami vous plaisait, pourriez-vous faire mieux que de vous associer avec lui ?

— Est-ce que son affaire marche bien, voilà ce qui compte ! répondit Noé en clignant de l'œil.

— Il est tout en haut de l'échelle ; il occupe une masse de personnel, et c'est le gratin de la profession.

— Des types qui sont vraiment de la ville ?

— Il n'y a pas un campagnard parmi eux ; je ne crois d'ailleurs pas qu'il vous engagerait, même sur ma recommandation, s'il n'était pas un peu à court d'employés en ce moment, répondit Fagin.

— Est-ce qu'il va falloir débourser ? dit Noé, en tapant sur les poches de sa culotte.

— Il n'y aurait pas moyen autrement, répondit Fagin, d'un ton catégorique.

— Mais vingt livres..., c'est une grosse somme !

— Pas quand il s'agit d'un billet qu'on ne peut pas écouler, rétorqua Fagin. Le numéro et la date ont été relevés, je suppose ? Il y a eu opposition à la Banque ? Ah ! ça ne vaudra pas grand-chose pour lui. Le billet doit être écoulé à l'étranger, et il ne pourrait pas le vendre bien cher sur le marché.

— Quand est-ce que je pourrais le voir ? demanda Noé, d'un ton indécis.

— Demain matin.

— Où ?

— Ici.

— Hem. Quelles sont les conditions ?

— Une vie de monsieur... logement, nourriture, tabac et eau-de-vie gratuits... et la moitié de vos gains et de ceux de la jeune femme », répondit M. Fagin.

Il est fort douteux que, s'il avait été parfaitement maître de sa décision, M. Noé Claypole, dont la rapacité était considérable, eût adhéré à ces clauses, toutes brillantes qu'elles fussent ; mais comme il se rappelait qu'en cas de refus son nouvel ami était en mesure de le livrer immédiatement à la Justice (on avait déjà vu se faire des choses plus invraisemblables), il se laissa peu à peu fléchir et finit par dire qu'il pensait que cela lui conviendrait.

« Mais vous comprenez, ajouta-t-il, comme elle pourra fournir pas mal de travail, j'aimerais bien, moi, avoir un boulot pas trop fatigant.

— Un petit ouvrage d'agrément ? suggéra Fagin.

— Euh, quéqu' chose dans ce goût-là, répondit Noé. Qu'est-ce que vous croyez qu'y m'irait, dites ? Quéqu' chose qui soye pas trop épuisant, et pas trop dangereux non plus. V'là c' qu'y m' faut !

— Je vous ai entendu parler d'espionner les autres. Mon ami a grand besoin de quelqu'un qui ferait cela avec habileté.

— Oui, j'en ai parlé, c'est vrai, et j' m'y mettrais bien de temps en temps, répondit M. Claypole avec une certaine lenteur ; mais c't' un travail qui rapporterait pas assez à soi tout seul, vous savez.

— C'est vrai, approuva le Juif, en réfléchissant ou en faisant semblant de réfléchir. Peut-être bien que non.

— Alors, qu'est-ce que vous pensez ? demanda Noé, en l'observant avec anxiété. Y m' faudrait quéqu' chose à faire en douce, un boulot sûr sans guère plus d' risques qu'en restant à la maison.

— Que pensez-vous des vieilles dames ? Il y a pas mal d'argent à se faire en leur arrachant leurs sacs et leurs paquets, puis en tournant le premier coin de rue.

— Oui, mais ça gueule et ça griffe quelquefois, non ? demanda Noé en secouant la tête. J' crois pas qu' ça m'irait. Y a pas d'autres combines ?

— Attendez ! s'écria Fagin en posant la main sur le genou de Noé. Il y a le truc des mioches.

— Qu'est-ce que c'est qu' ça ?

— Eh bien voilà, mon cher. Il y a des mères qui envoient leurs mioches faire des commissions en leur confiant des pièces de six pence ou des shillings ; le truc, c'est simplement de leur chiper leur argent — ils le portent toujours tout prêt dans la main — après ça, on n'a plus qu'à les renverser dans le ruisseau et à s'en aller tout tranquillement, comme s'il ne s'agissait de rien d'autre qu'un enfant qui s'est fait mal en tombant tout seul. Ha, ha, ha !

— Ha, ha ! rugit M. Claypole, et, de joie, il donnait de grands coups de pied dans le vide. Pardieu, v'là exactement ce qu'y m' faut.

— Bien sûr, répondit Fagin ; et vous pourrez vous réserver certains secteurs de Camden Town et de Battle Bridge ou de quartiers de ce genre, où on envoie tout le temps les mioches faire des commissions, et en flanquer par terre autant que vous voudrez, à toute heure du jour. Ha, ha ! »

Là-dessus, Fagin planta à plusieurs reprises son index dans les côtes de M. Claypole, et tous deux éclatèrent d'un rire bruyant et prolongé.

« Eh ben, c'est convenu ! dit Noé, lorsqu'il se fut calmé et que Charlotte fut revenue. A quelle heure, demain ?

— Dix heures, ça ira ? demanda Fagin, qui ajouta, quand M. Claypole eut fait un signe d'assentiment : Quel nom dirai-je à mon bon ami ?

— M. Bolter [1], répondit Noé, qui avait préparé une réponse à cette question critique. M. Morris Bolter. Voici Mme Bolter.

— Je suis l'humble serviteur de madame Bolter, dit Fagin, en s'inclinant avec une politesse outrée. J'espère faire plus ample connaissance avec elle d'ici peu.

— T'entends Monsieur, Charlotte ? s'écria M. Claypole d'une voix tonnante.

— Oui, mon Noé ! répondit Charlotte en tendant la main.

— Noé, c'est un petit nom d'amitié qu'elle me donne, dit M. Morris Bolter, alias Claypole, en se tournant vers Fagin. Vous comprenez ?

— Oh, certainement — je comprends... parfaitement, répondit le Juif, qui disait pour une fois la vérité. Bonsoir ! Bonsoir ! »

Après maints adieux et compliments, M. Fagin s'en fut. Noé Claypole, ayant réclamé l'attention de sa fidèle compagne, se mit en devoir de lui fournir des éclaircissements sur les dispositions qu'il avait prises, avec toute la morgue et l'air de supériorité qui convenaient non seulement à un membre du sexe fort, mais aussi à un personnage conscient de la dignité que lui conférait sa nomination expresse au département du coup des mioches en la ville de Londres et ses faubourgs.

CHAPITRE XLIII

DANS LEQUEL ON VOIT LE FIN RENARD
EN BUTTE À QUELQUES ENNUIS

« Alors, c'était vous qu'étiez votre ami ? demanda M. Claypole, alias Bolter, quand, en vertu de la convention intervenue entre eux, il se fut transporté le lendemain au domicile de Fagin. Pardieu, je m'en étais bien douté hier soir !

— Chacun est son propre ami, mon cher, répondit le Juif, en arborant son sourire le plus insinuant. Et on n'en saurait trouver de meilleur.

— Pas toujours, répliqua Morris Bolter, en se donnant l'air d'un homme qui connaît bien la vie. Certains types sont pas ennemis des autres, mais d'eux-mêmes, vous savez.

— N'en croyez rien, dit Fagin. Quand un homme est son propre ennemi, cela vient seulement de ce qu'il a trop d'amitié pour lui-même, et non de ce qu'il se soucie de tout le monde en dehors de lui. Peuh ! Il n'existe rien de tel dans la nature.

— En tout cas, si ça existe, ça devrait pas exister, répliqua Bolter.

— De toute évidence. Certains magiciens disent que le nombre magique c'est le chiffre trois, d'autres que c'est le sept. Ce n'est ni l'un ni l'autre, mon ami. C'est le un [1].

— Ha, ha ! s'écria M. Bolter. Vive le numéro un.

— Dans une petite communauté comme la nôtre, mon cher, dit Fagin, qui jugeait nécessaire d'atténuer cette affirmation, notre chiffre un est global ; c'est-à-dire que vous ne pouvez vous considérer comme le numéro un, sans considérer que je le suis aussi, de même que tous les autres jeunes gens.

— Ah, bon sang ! s'exclama M. Bolter.

— Vous comprenez, poursuivit Fagin en affectant de négliger cette interruption, nous sommes si liés, nos intérêts se confondent si bien, qu'il faut qu'il en soit ainsi. Par exemple, votre objectif, c'est de vous occuper du numéro un, c'est-à-dire de vous-même.

— Pour sûr. En ça, vous vous trompez pas.

— Eh bien ! Vous ne pouvez vous occuper de vous, numéro un, sans vous occuper de moi, également numéro un.

— Numéro deux, vous voulez dire, précisa M. Bolter, qui était amplement doué d'égoïsme.

— Nullement ! rétorqua Fagin. J'ai pour vous la même importance que vous-même.

— Dites donc, s'écria Bolter en lui coupant la parole, vous êtes bien gentil et vous me plaisez beaucoup ; mais tout de même, on est pas si liés que ça.

— Réfléchissez, dit Fagin en haussant les épaules et en étendant les mains, réfléchissez seulement. Vous avez fait un très joli petit coup, qui vous vaut mon amitié ; mais qui, en même temps, pourrait vous valoir autour du cou cette cravate qui se noue si aisément et se desserre si difficilement — en termes plus clairs : la corde. »

M. Bolter porta la main à son foulard, comme s'il le sentait inconfortablement serré, et murmura une parole d'assentiment, réservée quant au timbre mais entière quant au fond.

« La potence, mon cher, poursuivit Fagin, la potence est un vilain poteau indicateur, signalant un tournant très court et très brusque qui a interrompu la carrière de plus d'un jeune audacieux sur la grand-route. Rester dans les chemins faciles, à distance de cet instrument, voilà pour vous l'objectif numéro un.

— Bien sûr. Pourquoi que vous parlez de choses pareilles ?

— Uniquement pour vous montrer clairement ce que je veux dire, répondit le Juif en haussant les sourcils. Pour pouvoir suivre votre petit bonhomme de chemin, vous dépendez de moi. Pour que mes petites affaires se poursuivent tranquillement, je dépends de vous. Le premier point est votre numéro un, le second est le mien. Plus vous ferez cas de votre numéro un, plus vous devrez être attentif au mien ; ainsi nous en arrivons à ce que je vous disais en commençant : c'est qu'un souci du numéro un nous lie tous et doit le faire si nous ne voulons pas crouler tous de compagnie.

— Oui, c'est vrai, dit pensivement M. Bolter. Ah ! Quel vieux madré vous êtes ! »

M. Fagin vit avec plaisir que cet hommage à ses facultés n'était pas un simple compliment, mais qu'il avait vraiment pénétré sa nouvelle recrue du sentiment de sa ruse géniale, sentiment qu'il était fort important d'entretenir au début de leurs relations. Pour renforcer une impression aussi souhaitable, aussi précieuse, il ajouta à ce premier choc la révélation détaillée de l'ampleur et de l'étendue de ses opérations, mêlant vérité et fiction selon les besoins de la cause et les présentant avec tant d'art que le respect de M. Bolter s'accrut visiblement, tout en se tempérant d'une certaine crainte salutaire, dont l'éveil était des plus désirables.

« C'est cette confiance mutuelle que nous avons les uns envers les autres qui me console quand il m'arrive de faire une lourde perte ; mon meilleur employé m'a été enlevé hier matin.

— Vous ne voulez pas dire qu'il est mort ? s'écria M. Bolter.

— Non, non, ce n'est pas si grave que ça. Pas tout à fait aussi grave.

— Je suppose qu'il a été...

— Arrêté, dit Fagin, l'interrompant. Oui, il a été arrêté.

— Et c'est très sérieux ?

— Non, pas trop. Il a été inculpé de tentative de vol à la tire, et on a trouvé sur lui une tabatière d'argent..., la sienne, mon cher, la sienne : il prisait lui-même et il aimait beaucoup cela. On a renvoyé l'affaire à l'audience d'aujourd'hui, car on croyait connaître le propriétaire. Ah ! il valait bien cinquante tabatières, et je paierais bien ce prix-là pour le ravoir. Que n'avez-vous connu le Renard, mon cher ; que ne l'avez-vous connu !

— Eh bien, j'espère que je le connaîtrai ; vous ne pensez pas ?

— J'en doute, répondit Fagin avec un soupir. Si on ne trouve rien de nouveau, ce ne sera qu'une condamnation légère, et nous le reverrons dans quelque six semaines ; mais si on a d'autres preuves, il ira au pré. Ils savent quel garçon habile c'est : ce sera un contrat à vie. Pour le Renard, ça ne pourra être qu'un contrat à vie.

— Qu'est-ce que vous voulez dire par : " Il ira au pré " et " Un contrat à vie " ? demanda M. Bolter. A quoi ça sert de m' causer comme ça ; pourquoi qu' vous causez pas comment que j' peux comprendre ? »

Fagin allait traduire ces expressions mystérieuses en langage vulgaire — et, une fois interprétées, M. Bolter aurait su qu'elles représentaient la combinaison de mots : « Travaux forcés à perpétuité » — quand le dialogue fut brusquement interrompu par l'entrée du jeune Bates, qui avait les mains dans les poches de son pantalon et sur son visage contracté une expression de chagrin presque comique.

« C'est fichu, Fagin ! dit Charley, quand les deux nouveaux camarades eurent été présentés l'un à l'autre.

— Que veux-tu dire ?

— On a trouvé le propriétaire de la tabatière ; et y va en venir encore deux ou trois autres pour le dentifier ; le Renard, il a son billet de transport, répondit le jeune Bates. Y m' faudra un complet de deuil, Fagin, et un crêpe pour mon chapeau, avant qu'y parte pour ses voyages. Dire que Jack Dawkins — Jack l'as des as — le Renard — le Fin Renard — y va être déporté pour une méchante tabatière de quat' sous ! J'aurais jamais cru qu' ça y arriverait pour moins d'une montre en or avec la chaîne et les breloques. Ah, pourquoi qu'il a pas grinchi toute sa galette à un vieux richard, pour partir comme un monsieur et pas comme un vulgaire chapardeur, sans honneur et sans gloire ! »

Sur cette expression de sympathie à l'égard de son infortuné camarade, le jeune Bates se laissa tomber sur la chaise la plus proche, d'un air triste et découragé.

« Pourquoi viens-tu raconter qu'il n'a ni honneur ni gloire ? s'écria Fagin, en jetant à son élève un regard de colère. Est-ce qu'il n'a pas toujours été votre chef à tous ? Y avait-il un seul d'entre vous qui aurait pu rivaliser avec lui même de loin, dans n'importe quelle voie ? Dis-moi, hein ?

— Pas un, répondit le jeune Bates, d'une voix qu'enrouait le regret. Pas un.

— Alors, qu'est-ce que tu racontes ? reprit Fagin, toujours avec colère. Pourquoi pleurnicher comme ça ?

— Pasque ça, c'est pas dans le procès-verbal, expliqua Charley, que l'irritation causée par ses regrets poussait jusqu'à défier son vénérable ami ; pasque ça s' voyait pas dans l'accusation ; pasque personne y saura jamais la moitié de c' qu'il était. Qu'est-ce qu'il aura comme place dans le Calendrier de Newgate [1] ? Il y s'ra p't'être même pas. Ah, misère de moi, quel sale coup pour la fanfare !

— Ha, ha ! s'écria Fagin, qui, secoué par un accès de rire comme par un tremblement paralytique, étendit la main droite en se tournant vers M. Bolter. Voyez quelle fierté ils mettent dans leur profession, mon cher. N'est-ce pas magnifique ? »

M. Bolter eut un hochement de tête approbateur et Fagin, après avoir contemplé quelques instants le chagrin de Charley avec une satisfaction évidente, s'avança vers ce jouvenceau et lui tapota l'épaule.

« Ne t'en fais pas, Charley, dit-il d'un ton apaisant. Ça se saura, ça ne peut pas manquer de se savoir. Tout le monde apprendra quel habile garçon c'était ; il le montrera lui-même, et il ne fera pas honte à ses anciens copains ni à ses anciens maîtres. Pense à son âge aussi ; il est si jeune ! Quelle distinction, Charley, que d'être condamné à perpétuité à cet âge !

— Oui, pour un honneur, c't' un honneur ! dit Charley, un peu consolé.

— Il aura tout ce qu'il veut, poursuivit le Juif. Il sera dans sa prison comme un monsieur, Charley. Oui, comme un monsieur ! Avec sa bière tous les jours, et de l'argent plein les poches pour jouer à pile ou face s'il ne peut pas le dépenser !

— Non, vrai ?

— Certainement. Et on lui obtiendra l'assistance d'un gros bonnet, un de ceux qui ont la langue la mieux pendue, pour se charger de sa défense ; et il fera un discours lui-même s'il veut, et on le lira dans tous les journaux : ... " Le Fin Renard — Tempêtes de rires — à ce moment le Tribunal est pris d'un rire convulsif — etc. " Hein, Charley, qu'en penses-tu ?

— Ha, ha ! s'écria le jeune Bates en riant de cette perspective. Quelle rigolade ça s'rait, hein, Fagin ? Dites, il les houspillerait drôlement, le Renard !

— ... rait ? Ra... il les houspillera, tu peux en être sûr !

— Oui, pour sûr, répéta Charley, en se frottant les mains.

— Je crois le voir d'ici ! s'écria le Juif en fixant le regard sur son élève.

— Moi aussi, reprit Charley Bates. Ha, ha, ha ! moi aussi. J' vois tout ça d'vant moi, ma parole, Fagin ! Quelle rigolade ! Quelle vraie rigolade ! Toutes les huiles qui essaient de garder leur air solennel, et Jack Dawkins qui leur jaspine familièrement, aussi à son aise que si qu'y s'rait le fils du juge en train de faire un p'tit discours après le dîner... Ha, ha, ha ! »

En vérité, M. Fagin avait si bien su flatter l'humeur excentrique de son jeune ami, que lui, qui avait été enclin tout d'abord à considérer le Renard incarcéré plutôt comme une victime, le voyait maintenant comme l'acteur principal d'une scène empreinte de l'humour le plus rare et le plus délicat, et il était tout impatient de voir arriver l'époque où son vieux camarade aurait une occasion aussi favorable de faire montre de ses talents.

« Il faudrait se débrouiller pour savoir comment il va aujourd'hui, dit Fagin. Attendez que je réfléchisse.

— Faut-il que j'y aille ? demanda Charley.

— Pour rien au monde. Tu es fou, mon cher, fou à lier, pour vouloir aller te fourrer dans l'endroit même où... Non, Charley, non. C'est assez d'en perdre un à la fois.

— T'as pas l'intention d'y aller toi-même, je suppose ? dit Charley en lui décochant un coup d'œil facétieux.

— Ce ne serait pas tout à fait indiqué, répliqua Fagin en hochant la tête.

— Alors pourquoi qu' t'enverrais pas ce nouveau gonze ? demanda le jeune Bates en posant la main sur le bras de Noé. Personne le connaît.

— Au fait, s'il n'y voyait pas d'inconvénient...

— D'inconvénient ! rétorqua Charley. Quel inconvénient pourrait-il y voir ?

— Vraiment aucun, mon cher, dit Fagin, qui se tourna vers M. Bolter ; vraiment aucun.

— Ah, mais c'est que j'ai à y redire, vous savez ! fit observer Noé, en reculant vers la porte et en secouant la tête avec une réelle inquiétude. Non, non... pas de ça. C'est pas mon rayon, ça.

— Qu'est-ce que c'est, son rayon, Fagin ? demanda le jeune Bates, qui observait la silhouette efflanquée de Noé avec une expression de dégoût prononcé. Se débiner quand y a quéqu' chose qui colle pas et s' taper toute la boustiffe quand tout va bien : c'est ça, son rayon ?

— T'occupe pas, répliqua M. Bolter ; et va pas prendre des libertés avec tes supérieurs, gamin, ou tu vas tomber sur un bec. »

Cette superbe menace lança le jeune Bates dans un violent accès de rire, et un moment s'écoula avant que Fagin pût intervenir pour représenter à M. Bolter qu'il ne courrait pas le moindre danger en se rendant au poste de police : aucun compte rendu de la petite affaire dans laquelle il était impliqué ni aucune description de sa personne n'ayant été envoyés à la capitale, sans doute ne soupçonnait-on même pas qu'il s'y fût réfugié ; s'il se déguisait convenablement, ce serait pour lui un endroit aussi sûr que tout autre lieu de Londres, d'autant plus que c'était le dernier où l'on pourrait supposer qu'il allât de son propre gré chercher asile.

Convaincu en partie par ces arguments, mais dominé surtout par la crainte qu'il avait de Fagin, M. Bolter finit par consentir, de fort mauvaise grâce, à entreprendre l'expédition. Sur les instructions du Juif, il substitua aussitôt à ses propres vêtements une blouse de roulier, une culotte de velours de chasse et des guêtres de cuir, tous articles que le vieillard avait sous la main. On lui fournit de même un chapeau de feutre largement garni de bulletins de péage et un fouet de charretier. Ainsi équipé, il devait pénétrer nonchalamment dans le bureau de police, comme pourrait le faire par curiosité n'importe quel campagnard venu au marché de Covent Garden ; et comme c'était un garçon aussi gauche, aussi maigre et aussi dégingandé qu'on pouvait le souhaiter, M. Fagin n'avait aucune crainte qu'il n'eût à la perfection l'allure voulue par son rôle.

Ces préparatifs terminés, on lui communiqua tous les signes et tous les indices qui lui permettraient de reconnaître le Fin Renard, et le jeune Bates le conduisit par des ruelles sombres et tortueuses jusqu'à proximité de Bow Street[1]. Après lui avoir décrit la position exacte du poste de police,

Charley lui donna de copieuses directives ; après avoir suivi tout droit le passage, il arriverait dans une cour ; là, il prendrait la porte située en haut de l'escalier de droite ; enfin, il ne devrait pas oublier d'enlever son chapeau en entrant dans la salle. Après quoi, le jeune Bates l'invita à filer seul et lui promit d'attendre son retour à l'endroit même où ils se séparaient.

Noé Claypole, ou Morris Bolter — comme on voudra —, suivit ponctuellement les indications reçues ; celles-ci, étant donné la connaissance approfondie que le jeune Bates avait des locaux, étaient si exactes que notre ami put gagner la salle d'audience sans poser aucune question ni rencontrer en chemin le moindre obstacle. Il se trouva bousculé par une foule de gens, principalement des femmes, entassés dans une pièce mal tenue, qui sentait le renfermé et au fond de laquelle se dressait une plate-forme surélevée, isolée par une balustrade. Sur cette estrade on voyait contre le mur à gauche une stalle pour les accusés, au milieu une autre pour les témoins, et à droite le bureau des magistrats ; ce redoutable emplacement était masqué par une cloison, qui dissimulait le siège des juges aux regards du commun et laissait la populace imaginer (si elle en était capable) la pleine majesté de la Justice.

Il n'y avait au banc des prévenus que deux femmes, qui adressaient de petits signes de tête à leurs amis admiratifs, pendant que le greffier lisait quelques dépositions à deux agents de police et à un homme en civil penché au-dessus de la table. Un gardien, accoudé à la barre des accusés, se tapotait le nez d'un air absent avec une grosse clef, sauf quand il interrompait cette opération pour réprimer, en criant : « Silence ! » la tendance indue des badauds à converser à haute voix, ou pour lever un regard sévère et prier quelque femme d'« emporter cet enfant », quand la gravité de la Justice se trouvait menacée par les faibles cris, à demi étouffés dans les plis du châle maternel, de quelque marmot chétif. La salle sentait le renfermé et l'air vicié ; la couleur des murs disparaissait sous la crasse et le plafond était tout noir. On voyait sur la cheminée un vieux buste enfumé et, au-dessus du banc des prévenus, une pendule poussiéreuse, seule chose en ces lieux qui parût fonctionner normalement, car la dépravation et la pauvreté, ou le contact habituel de l'une et l'autre, avaient déposé sur toute la matière animée une souillure à peine moins répugnante que l'épaisse couche graisseuse dont étaient revêtus tous les objets inanimés qui contemplaient sévèrement ces vivants.

Noé promena autour de lui un regard avide, en quête du Renard ; mais, s'il y avait là nombre de femmes qui auraient fort bien pu remplir le rôle de mère ou de sœur de ce distingué personnage, ainsi que plusieurs hommes à qui on pouvait prêter une forte ressemblance avec son père, il ne vit personne qui répondît au signalement de M. Dawkins. Il attendit, plein d'indécision, jusqu'au moment où les deux femmes, renvoyées aux assises, sortirent en se pavanant ; il fut alors rapidement délivré de son incertitude par l'apparition d'un autre détenu, dont il sentit immédiatement qu'il n'était autre que l'objet de sa visite.

C'était bien M. Dawkins, en effet ; il pénétra dans la salle en traînant les pieds, les manches de son manteau relevées comme d'habitude, la main gauche dans la poche et son chapeau dans la droite ; suivi du gardien, il s'avança d'une démarche dandinante parfaitement indescriptible et, après avoir pris place au banc des prévenus, déclara d'une voix fort distincte qu'il voudrait bien savoir pourquoi on le mettait dans une sitillation aussi-z-honteuse.

« Taisez-vous ! dit le gardien.

— J' suis citoyen anglais, non ? rétorqua le Renard. Ousque sont mes privilèges, alors ?

— Vous les aurez bien assez vite, répliqua le gardien, et poivrés !

— On verra c' que le Minisse de l'Intérieur y leur z'y dira aux curieux, si on m' les donne pas, reprit M. Dawkins. Et alors ! Qu'est-ce que c'est qu' ça veut dire ? J' serais bien obligé aux magistrats de régler c'te p'tite affaire et d' pas m' tenir là pendant qu'y lisent leur journal pasque j'ai un rendez-vous avec un monsieur d' la Cité ; comme j' suis un homme de parole et très exact en affaires, y s'en ira si j' suis pas à l'heure, et alors y aura-t-y pas une plainte en dommages-intérêts contre les ceusses qui m'auront empêché d'y être ? Mais non, voyons, vous n'y pensez pas ! »

Là-dessus, le Renard, feignant d'être fort pointilleux en vue du procès qu'il intenterait ultérieurement, pria le gardien de lui communiquer « les noms de ces deux grinches qu'étaient là-bas au banc des magistrats »; ce qui égaya tellement les spectateurs qu'ils rirent presque aussi bruyamment que l'aurait fait le jeune Bates, s'il avait entendu la requête.

« Silence ! cria le gardien.

— Qu'est-ce que c'est ? demanda l'un des magistrats.

— Une affaire de vol à la tire, Votre Honneur.

— Le garçon a-t-il déjà comparu devant nous ?

— Il aurait dû, bien des fois, répondit le gardien. Il a comparu à peu près partout ailleurs. Je le connais bien, moi, Votre Honneur.

— Ah, vous me connaissez, hein ? s'écria le Renard en prenant note de cette déclaration. Bon, bon. Voilà un cas de diffamation, toujours. »

Un nouveau rire s'éleva et un nouvel appel au silence.

« Et où sont les témoins ? demanda le greffier.

— Eh, c'est bien ça, ajouta le Renard ; ousqu'y sont ? J'aimerais bien les voir. »

Son vœu fut immédiatement exaucé, car un agent de police s'avança, qui avait vu au milieu de la foule le prisonnier mettre la main dans la poche d'un monsieur et en tirer bel et bien un mouchoir; mais, s'apercevant qu'il était vieux, il l'avait délibérément remis en place après l'avoir porté à son propre nez. Ce pourquoi l'agent avait arrêté le Renard, dès qu'il avait pu s'approcher de lui; or, ledit Renard, quand on l'avait fouillé, se trouvait en possession d'une tabatière d'argent, portant gravé sur le couvercle le nom du propriétaire, et l'on avait pu découvrir celui-ci en se reportant au Guide de la Cour [1]. Or le monsieur en question, qui se trouvait présent, jura que la tabatière lui appartenait bien et qu'il s'était aperçu de sa disparition la veille aussitôt après s'être dégagé de la foule. Il avait également remarqué dans cette foule un jeune homme, particulièrement empressé de jouer des coudes, et qui était le prisonnier qui se trouvait devant lui.

« Avez-vous quelque chose à demander au témoin, jeune homme ? demanda le juge.

— Vous voudriez pas que j' m'abaisse à descendre jusqu'à converser avec ! déclara le Renard.

— Avez-vous quelque chose à dire ?

— Vous entendez : Son Honneur vous demande si vous avez quelque chose à dire, ajouta le gardien, en donnant un coup de coude au Renard, qui restait silencieux.

— J' vous d'mande pardon, dit celui-ci, qui leva les yeux d'un air absent. Vous m'avez-t-y redressé la parole, mon ami ?

— J'ai jamais vu jeune vagabond plus endurci, fit remarquer le policier en grimaçant un sourire. T'as quéqu'chose à dire, blanc-bec ?

— Non, répondit le Renard, pas ici, c'est pas une boîte ousqu'y a d' la justice ; d'ailleurs, mon avoué déjeune ce matin avec le vice-président d' la Chambre des Communes [1]. Mais j'aurai quéqu' chose à dire ailleurs, et lui aussi, et pis des tas d'amis respectables que j'ai, qui f'ront qu' les curieux y souhaiteront qu'y soyent jamais nés ou qu' leurs larbins y les ayent accrochés à leurs portemanteaux au lieu d' les avoir laissés v'nir c' matin pour essayer d' m'avoir. J' vais…

— Assez ! L'accusé est renvoyé aux assises, dit le greffier, coupant court à ces commentaires. Emmenez-le.

— Allons, venez, dit le gardien.

— Oh, ça va ! J' viens, répondit le Renard en lissant son chapeau de la paume. Ah ! (aux magistrats :) c'est pas la peine de prendre c't' air effrayé ; j'aurai pas pitié d' vous, non, pas une miette. Oui, c'est vous qui m' paierez ça, mes bonhommes ! J' voudrais pas être à vot' place pour rien au monde ! J' voudrais pas sortir libre, quand même que vous tomberiez à g'noux pour me l' demander. Allez, emmenez-moi en prison ! emmenez-moi donc ! »

Ayant dit, le Renard se laissa emmener par le collet, tout en menaçant, jusqu'à ce qu'il fût dans la cour, de porter son affaire devant le Parlement ; puis il ricana au nez du gardien d'un air plein d'une jubilante suffisance.

Quand il l'eut vu enfermer seul dans une petite cellule, Noé retourna vivement à l'endroit où il avait laissé le jeune Bates. Après un moment d'attente, il fut rejoint par ce jouvenceau, qui s'était prudemment abstenu de se montrer avant d'avoir regardé avec soin de tous les côtés, d'un petit coin bien discret, pour s'assurer que son nouveau camarade n'avait pas été suivi par quelque impertinent.

Tous deux se hâtèrent de rentrer pour apporter à M. Fagin la nouvelle stimulante que le Renard faisait grand honneur à son éducation et s'acquérait une réputation glorieuse.

CHAPITRE XLIV

LE MOMENT VIENT POUR NANCY
DE TENIR LA PROMESSE FAITE
À ROSE MAYLIE.
ELLE EN EST EMPÊCHÉE

Tout habile qu'elle fût dans l'exercice de la ruse et de la dissimulation, Nancy ne put entièrement cacher l'effet que produisait sur son esprit la pensée de la démarche qu'elle avait faite. Aussi bien le cauteleux Juif que le brutal Sikes, elle se le rappelait, lui avaient confié des projets qu'ils avaient tenus cachés aux autres, dans la certitude qu'elle était digne de confiance et au-dessus de tout soupçon. Si abjects que fussent ces projets, si féroces leurs instigateurs, si amers les sentiments de la malheureuse envers Fagin, qui l'avait graduellement plongée dans un abîme de crime et de misère d'où elle ne pouvait plus s'échapper, il y avait encore des moments où, même en ce qui concernait le Juif, elle se laissait toucher par la crainte que la révélation qu'elle avait faite ne le livrât à cette étreinte de fer qu'il avait su si longtemps éviter, et qu'il ne tombât finalement — quelque amplement qu'il le méritât — de la propre main de la jeune femme.

Ce n'étaient là, pourtant, que les divagations d'un esprit

incapable de se détacher entièrement d'anciens compagnons et d'anciennes associations, bien qu'il fût à même de se fixer fermement sur un objet et résolu à ne s'en laisser détourner par aucune considération. Les craintes que la jeune femme éprouvait pour Sikes l'auraient poussée plus fortement à reculer alors qu'il en était temps encore ; mais elle avait stipulé que son secret devait être rigoureusement gardé, elle n'avait laissé percer aucun indice qui pût mener à la découverte du voleur, elle avait refusé, précisément par amour pour lui, un refuge contre le crime et la misère qui l'entouraient. Que pouvait-elle de plus ? Sa résolution était prise.

Bien que tous débats aboutissent à cette conclusion, ils s'imposaient sans cesse à son esprit et ne manquaient pas de laisser des traces. En l'espace de quelques jours, elle devint pâle et maigre. A certains moments elle semblait étrangère à ce qui se passait autour d'elle et ne prenait aucune part à des conversations où naguère elle eût été la plus bruyante. A d'autres, elle riait sans joie ou s'agitait sans rime ni raison. A d'autres encore — souvent à peine quelques minutes plus tard — elle restait assise, silencieuse et abattue, à ruminer, la tête dans ses mains, et l'effort même qu'elle faisait pour se secouer montrait encore plus clairement que tous ces signes combien elle était troublée et combien ses pensées se trouvaient loin des sujets discutés par ses compagnons.

C'était le dimanche soir, et l'horloge de l'église voisine sonna l'heure. Sikes et le Juif conversaient, mais ils s'interrompirent pour écouter. La fille, accroupie sur un siège bas, leva les yeux et tendit l'oreille. Onze coups.

« Encore une heure, et y s'ra minuit, dit Sikes, qui alla lever le store pour regarder à l'extérieur et revint s'asseoir. Il fait noir et le ciel est couvert. Chouette de temps pour le boulot !

— Ah ! fit le Juif. Quel dommage, Bill, mon cher, qu'il n'y en ait justement pas de tout à fait au point pour le moment.

— T'as raison pour une fois, bougonna Sikes. C'est malheureux, pasque j' suis en forme, aussi. »

Fagin soupira et eut un hochement de tête découragé.

« Y faudra qu'on rattrape le temps perdu quand les choses s'ront bien r'mises en train.

— Voilà qui est parler, mon cher, répondit Fagin, se hasardant à lui tapoter l'épaule. Ça me fait du bien de t'entendre.

— Ah, ça t' fait du bien ! s'écria Sikes. Eh ben, tant mieux !

— Ha, ha, ha ! Fagin riait comme si même cette piètre concession le soulageait. Tu es de nouveau toi-même ce soir, Bill ! Je te retrouve tout à fait.

— J' suis pas du tout moi-même quand tu m' poses c'te vieille patte desséchée sur l'épaule ; alors, r'tire-la, dit Sikes en la repoussant.

— Ça te rend nerveux, Bill : ça te donne l'impression de t'être fait pincer ? dit Fagin, décidé à ne pas se formaliser.

— Ça m' donne surtout l'impression d'être poissé par le Boulanger [1], rétorqua Sikes. Y a jamais eu un aut' type avec une gueule comme la tienne, à moins que ça soye ton père ; et j' pense que lui, y a beau temps qu'y fait roussir encore un peu plus sa barbe, à moins qu' tu soyes descendu tout droit du Boulanger sans qu'y aye eu d' paternel entre, c' qui m'étonnerait pas. »

Fagin ne répondit rien à ce compliment ; mais, tirant Sikes par la manche, il lui montra du doigt Nancy, qui avait profité de la conversation pour mettre sa capote et qui sortait de la pièce.

« Hé là ! s'écria Sikes. Nance ! Où qu' tu vas ?

— Pas loin.

— Qu'est-ce que c'est qu' cette réponse ? Où tu vas ?

— Je te l'ai dit : pas loin.

— Et moi, j' dis : où ? T'entends ?

— Je ne sais pas où.

— Eh bien, moi, je l' sais, dit Sikes, plutôt par esprit d'obstination, car il ne voyait pas réellement d'objection à ce que la jeune femme allât où elle voulait. Tu n' vas nulle part. Asseye-toi.

— Je ne me sens pas bien. Je te l'ai déjà dit. J'ai besoin de prendre l'air.

— Mets ta tête à la fenêtre.

— Ça ne suffirait pas. J'ai besoin de l'air de la rue.

— Eh bien, tu l'auras pas. »

Et sur cette assurance, Sikes se leva, ferma la porte à clef et retira la clef de la serrure ; puis, ayant arraché le chapeau de Nancy, il le jeta au haut d'une vieille armoire.

« Voilà, dit le cambrioleur. Maintenant, tiens-toi tranquille ousque t'es, compris ?

— Ce n'est pas une question de chapeau qui suffirait à me retenir, dit la jeune femme, qui était devenue très pâle. Qu'est-ce que tu veux, Bill ? Est-ce que tu te rends compte de ce que tu fais ?

— Est-ce que j' me... Ah ! çà, mais elle est folle ! s'écria Sikes, se tournant vers Fagin ; sans ça, elle oserait pas me parler comme ça !

— Je finirai par faire des bêtises, si tu me pousses à bout, murmura Nancy, en portant les deux mains à sa poitrine comme pour contenir quelque explosion de violence. Laisse-moi sortir... tout de suite... à l'instant même !

— Non.

— Dis-lui de me laisser partir, Fagin. Il ferait mieux ; ça vaudrait mieux pour lui. Tu m'entends ? cria-t-elle en tapant du pied.

— Si j' t'entends ! répéta Sikes, se retournant sur sa chaise pour lui faire face. Oui ! et si j' t'entends encore une demi-minute, le chien t' sautera si bien à la gorge qu' ça t'arrachera un peu d' cette gueularde de voix. Qu'est-ce qui te prend, sale garce ? Qu'est-ce que ça veut dire ?

— Laisse-moi partir, dit la fille avec la plus grande instance ; puis, s'asseyant par terre devant la porte, elle poursuivit : Bill, laisse-moi partir : tu ne sais pas ce que tu fais. Non, vraiment. Pour une heure seulement... Laisse-moi sortir... laisse-moi... !

— Alors ça ! s'écria Sikes, la saisissant rudement par le bras ; qu'on m'arrache les membres un à un, si c'te fille est pas folle à lier. Debout !

— Pas tant que tu ne me laisseras pas sortir... pas tant que tu ne me laisseras pas sortir... Jamais... jamais... ! » hurla la fille.

Sikes l'observa un instant, guettant le moment propice ;

soudain, il lui emprisonna les mains et la traîna, sans qu'elle cessât de se débattre et de lancer des coups de pied, dans une petite pièce voisine ; là, il s'assit sur un banc et la maintint de force sur une chaise où il l'avait jetée. Elle continua tour à tour de se débattre et de supplier, jusqu'à ce que sonnât minuit ; alors, épuisée, elle cessa entièrement de discuter. Non sans l'avoir engagée, avec force jurons, à ne plus tenter de sortir ce soir-là, Sikes la laissa se remettre à loisir et revint auprès de Fagin.

« Eh ben ! s'écria-t-il, en essuyant la sueur qui coulait de son front. Quelle fille bizarre !

— On peut le dire, Bill, répondit Fagin, pensif. On peut le dire !

— Pourquoi tu crois qu'elle s'est collé dans le ciboulot de sortir ce soir ? demanda le cambrioleur. Dis : tu dois le savoir mieux que moi. Qu'est-ce que ça veut dire ?

— C'est de l'entêtement, je suppose : un entêtement de femme, mon cher.

— Enfin, p't'êt bien, grommela Sikes ; j' croyais que j' l'avais dressée, mais elle est toujours aussi mauvaise.

— Pire, dit Fagin, d'un air songeur. Je ne l'ai jamais vue dans un état pareil pour aussi peu de chose...

— Moi non plus. Elle doit encore avoir dans le sang un peu de cette fièvre qui veut pas sortir... hein ?

— C'est vraisemblable.

— J' lui frais une p'tite saignée, et sans déranger le docteur, si elle remettait ça », dit Sikes.

Fagin montra d'un hochement de tête expressif qu'il approuvait entièrement ce mode de traitement.

« Pendant tout l' temps que j' suis resté sur le flanc, elle a pas arrêté d' traîner près de moi toute la journée, et la nuit aussi d'ailleurs ; pendant que toi, sale vieux loup sans cœur, tu t'es bien tenu à distance, dit Sikes. On était sacrément pauvres tout ce temps-là, et j' crois qu' ça a dû lui taper un peu su' l' système ; et de rester si longtemps enfermée ici, ça a dû lui donner un peu la bougeotte, hein ?

— C'est cela même, mon cher, murmura le Juif. Mais chut ! »

Tandis qu'il prononçait ces mots, la jeune femme elle-même parut et vint reprendre le siège qu'elle occupait précédemment. Ses yeux étaient rouges et bouffis ; elle se mit à se balancer, en redressant la tête, et, au bout d'un moment, éclata de rire.

« Ah, la v'là qui change de manière ! » s'écria Sikes, adressant à son compagnon un regard de complète surprise.

Fagin lui fit signe de ne pas y prêter plus ample attention pour le moment et, quelques minutes plus tard, la jeune femme avait repris son attitude habituelle. Fagin, après avoir murmuré à l'oreille de Sikes qu'il n'y avait pas de danger de la voir retomber dans ses excès, prit son chapeau et leur dit bonsoir. Il s'arrêta en arrivant à la porte et, se retournant, demanda si quelqu'un voudrait bien l'accompagner pour éclairer l'escalier.

« Vas-y, dit Sikes, qui bourrait sa pipe. C' serait bien dommage qu'y s' casse le cou lui-même ; ça décevrait les badauds. Éclaire-le. »

Nancy suivit le vieillard dans l'escalier en portant une chandelle. Quand ils furent arrivés dans l'entrée, il posa un doigt sur ses lèvres et, s'approchant de la jeune femme, lui dit à voix basse :

« Qu'est-ce qu'il y a donc, Nancy, ma chère ?

— Que voulez-vous dire ? répondit la jeune femme, également à voix basse.

— Quelle est la raison de tout ceci ? Si l'autre (il désigna de son index décharné le haut de l'escalier) se montre si dur envers toi — c'est une brute, Nancy, une bête brute — pourquoi est-ce que tu ne...

— Eh bien ? dit Nancy, Fagin s'étant interrompu, la bouche toute proche de l'oreille de la jeune femme et les yeux rivés sur les siens.

— Peu importe pour l'instant. Nous en reparlerons. Tu as en moi un ami, Nance, un ami sûr. Il y a un moyen à notre portée, un moyen secret et infaillible. Si tu veux te venger de ceux qui te traitent comme une chienne — comme une chienne ! pire que son chien à lui, car il le flatte encore quelquefois — viens me trouver. Je te le dis : viens me trouver. Lui, c'est un simple coquin de rencontre, mais moi, tu me connais depuis longtemps, Nance.

— Oui, je vous connais bien, répondit la fille, sans manifester la moindre émotion. Bonsoir ! »

Elle recula, contractée, quand Fagin voulut poser la main sur la sienne, mais lui dit de nouveau bonsoir d'une voix ferme et, ayant répondu à son dernier regard par un petit signe d'intelligence, ferma la porte derrière lui.

Fagin regagna son domicile, absorbé par les pensées qui s'agitaient dans son cerveau. Il s'était forgé l'idée — non d'après ce qui venait de se passer, encore que cela l'eût fortifié dans son opinion, mais lentement et par degrés successifs — que Nancy, lassée par la brutalité du cambrioleur, s'était amourachée de quelque nouvel ami. Ses changements de manières, ses absences répétées et solitaires, sa relative indifférence aux intérêts de la bande pour laquelle elle montrait naguère tant de zèle, et, surtout, son impatience désespérée de sortir ce soir-là à une certaine heure, tout cela confirmait son hypothèse et en faisait, à ses yeux tout au moins, une quasi-certitude. L'objet de ce nouvel attachement n'était pas du nombre de ses myrmidons. Ce serait une acquisition précieuse avec une auxiliaire telle que Nancy, et il fallait (c'était là le raisonnement de Fagin) se l'assurer sans retard.

Il y avait aussi un autre but, plus ténébreux, à atteindre. Sikes en savait trop long et, bien que la blessure en restât cachée, ses sarcasmes brutaux n'en avaient pas moins sérieusement égratigné Fagin. La jeune femme devait fort bien savoir que, si elle abandonnait son amant, elle ne serait jamais à l'abri de sa fureur ; celle-ci ne manquerait pas de s'exercer, en estropiant ou même en tuant le nouvel objet de sa fantaisie. « Avec un peu de persuasion, pensait Fagin, n'y a-t-il pas des chances qu'elle consente à l'empoisonner ? On a déjà vu des femmes faire des choses de ce genre et même de pires, pour atteindre un but semblable. Ainsi disparaîtrait cette dangereuse canaille, cet homme que je hais ; un autre me serait procuré en remplacement, et mon influence sur cette fille, accrue par la connaissance que j'aurais de son crime, serait alors sans limites. »

Ces pensées avaient traversé l'esprit de Fagin durant le court instant qu'il était resté seul dans la chambre du cambrioleur ; et c'est parce qu'elles se trouvaient au premier rang de ses pensées qu'il avait saisi l'occasion, offerte peu après, de sonder les intentions de la jeune femme au moyen des quelques allusions entrecoupées qu'il lui avait lancées au moment de la quitter. Elle n'avait exprimé aucune surprise, n'avait pas affecté de ne pouvoir comprendre ce qu'il voulait dire. Elle l'avait fort bien saisi ; son dernier coup d'œil le montrait clairement.

Mais peut-être reculerait-elle devant un plan qui ôterait la vie à Sikes, et c'était le principal but à atteindre. « Comment, se demanda Fagin tout en regagnant furtivement son domicile, comment pourrais-je accroître mon influence sur elle ? Comment acquérir un nouveau pouvoir ? »

De pareils cerveaux sont fertiles en expédients. Si, sans tirer d'elle une confession, il organisait une surveillance, découvrait le bénéficiaire de ce changement de sentiments et menaçait de tout révéler à Sikes (dont elle avait une peur peu commune) à moins qu'elle n'entrât dans ses vues, n'arriverait-il pas à s'assurer sa soumission ?

« Oui, je le pourrai, dit-il presque à haute voix. Elle n'oserait pas refuser alors. Pour rien au monde, pour rien au monde ! J'ai tout cela devant les yeux. Les moyens sont là, et je vais les mettre en œuvre. Ah, je t'aurai ! »

Il jeta derrière lui un regard affreux en tendant un poing menaçant vers l'endroit où il avait laissé le téméraire bandit ; puis il poursuivit son chemin, exerçant ses mains osseuses sur les plis de ses vêtements loqueteux qu'il tordait dans son étreinte, comme si, à chacun des mouvements de ses doigts, il eût écrasé un ennemi abhorré.

CHAPITRE XLV

NOÉ CLAYPOLE SE VOIT CONFIER PAR FAGIN UNE MISSION SECRÈTE

Le lendemain matin, le vieillard fut debout de bonne heure, et il attendit avec impatience l'arrivée de son nouvel associé. Après un délai qui parut interminable, celui-ci finit par se présenter et se livra immédiatement à un assaut vorace contre le petit déjeuner.

« Bolter, dit Fagin, attirant une chaise pour s'asseoir en face de lui.

— Eh ben, j' suis là, répondit Noé. Qu'est-ce qu'y y a ? Ne m' demandez pas d' faire quéqu' chose avant qu' j'aie fini de manger. C'est l' gros défaut ici : on a jamais assez d' temps pour les repas.

— Tu peux parler tout en mangeant, non ? dit Fagin, qui pestait du fond du cœur contre la gloutonnerie de son jeune ami.

— Oh oui, j' peux parler. Ça va même mieux quand j' cause, dit Noé tout en se taillant une tranche de pain monstrueuse. Ousqu'est Charlotte ?

— Sortie. Je l'ai envoyée en course avec l'autre jeune personne : je voulais que nous soyons seuls.

— Ah ! dit Noé. J'aurais bien voulu qu' vous y disiez d'abord de faire des rôties beurrées. Enfin… Allez-y toujours — ça m'empêchera pas d' manger. »

Il ne semblait pas, en effet, qu'il y eût grand-chose à craindre à cet égard : il s'était manifestement installé dans l'intention d'abattre beaucoup de travail.

« Tu t'es bien débrouillé, hier, mon cher, dit Fagin. Magnifique ! Six shillings neuf pence et demi dès le premier jour ! Le truc des mioches va te rapporter une fortune !

— Sans oublier les trois pots à bière et la boîte à lait, précisa M. Bolter.

— Non, non, mon cher. Les pots à bière, c'était un trait de génie, mais la boîte à lait… quel pur chef-d'œuvre !

— Pas mal, à mon avis, pour un débutant, fit remarquer M. Bolter d'un air assez satisfait. Les pots, j' les ai pris sur une balustrade en plein vent ; quant à la boîte à lait, elle s'embêtait toute seule à la porte d'un cabaret. J'ai pensé qu'elle pourrait s' rouiller à la pluie, ou chiper un rhume, vous voyez ça, hein ? Ha, ha, ha ! »

Fagin feignit de rire de bon cœur, et M. Bolter, après s'être esclaffé tout son saoul, avala toute une série de grosses bouchées, qui vinrent à bout de sa première portion de pain beurré ; sur quoi, il s'en tailla une seconde.

« Je voudrais, mon cher Bolter, dit Fagin, se penchant sur la table, que tu te charges pour moi d'un petit travail qui nécessite beaucoup de soin et de prudence.

— Dites donc, répliqua Bolter, v's allez pas m' fourrer dans des machins dangereux, ou m'envoyer encore dans vos bureaux de police. Ça m' va pas, ces trucs-là : j' vous l' dis tout cru.

— Il n'y a pas le moindre danger, pas le moindre ; il s'agit simplement de filer une femme.

— Une vieille ?

— Une jeune.

— Ça, j' peux l' faire pas mal, je l' sais, déclara Bolter. Quand j'étais à l'école, j'étais l' plus fin des mouchards. Pourquoi qu'y faut que j' la surveille ? Pas pour…

— Tu n'auras rien à faire ; il suffira de me dire où elle va, qui elle voit et, si possible, ce qu'elle dit ; il faudra te rappeler la rue, si c'est une rue, ou la maison, si c'est une maison, et me rapporter tous les renseignements que tu pourras.

— Qu'est-ce que vous me donnerez ? demanda Noé, qui posa sa tasse pour dévisager avidement son employeur.

— Si tu fais bien le travail, une livre, mon cher. Une livre, dit Fagin, désireux de l'intéresser le plus possible à cette surveillance. C'est une somme que je n'ai encore jamais donnée pour un travail où il n'y ait pas gros à gagner.

— Qui est-ce ?

— L'une d'entre nous.

— Ah, crénom ! s'écria Noé, en faisant la grimace. V's avez des doutes sur elle, hein ?

— Elle s'est déniché de nouveaux amis, mon cher, et je dois savoir qui c'est, répondit Fagin.

— Je vois. C'est juste pour avoir le plaisir d' les rencontrer si que c' sont des gens respectables, hein ? Ha, ha, ha ! J' suis votre homme.

— J'en étais sûr, s'écria Fagin, ravi du succès de sa proposition.

— Bien entendu, répondit Noé. Où qu'elle est ? Où faut-il que je l'attende ? Où faut-il qu' j'aille ?

— Tout cela, mon cher, je te le dirai. Je te la désignerai en temps utile. Tiens-toi prêt, et laisse-moi faire. »

Cette nuit-là, et la suivante, et la suivante encore, l'espion les passa assis tout chaussé et vêtu de son accoutrement de roulier, prêt à sortir sur un mot de Fagin. Six nuits passèrent, six longues nuits fastidieuses, et chaque fois le Juif rentra, l'air déçu, en déclarant brièvement que ce n'était pas encore le moment. La septième, il revint plus tôt, sans pouvoir dissimuler sa joie. C'était un dimanche.

« Elle doit sortir ce soir, annonça Fagin, et je suis sûr que c'est pour faire la course qui m'intéresse : elle est restée seule toute la journée, et l'homme dont elle a peur ne sera de retour que peu avant l'aube. Viens avec moi. Vite ! »

Noé se dressa sans mot dire, car l'agitation du Juif était si intense qu'elle déteignait sur lui. Ils quittèrent furtivement la maison et, après avoir parcouru d'un pas rapide un dédale de rues, arrivèrent finalement devant un cabaret, que Noé reconnut pour celui où il avait couché le soir de son arrivée à Londres.

Il était onze heures passées, et la porte était close. Elle tourna doucement sur ses gonds quand Fagin fit entendre un léger sifflement. Les deux hommes entrèrent sans bruit, et elle se referma sur eux.

Osant à peine parler, même à voix basse, et suppléant aux mots par une pantomime, Fagin et le jeune Juif qui lui avait ouvert montrèrent la vitre à Noé et lui firent signe de grimper jusque-là pour observer la personne qui se trouvait dans la pièce voisine.

« C'est la femme en question ? » demanda-t-il dans un souffle.

Fagin fit un signe de tête affirmatif.

« Je ne peux pas bien voir sa figure, murmura Noé ; elle a la tête baissée, et la chandelle est derrière elle.

— Reste là », dit Fagin à voix basse ; et il fit signe à Barney, qui disparut.

Un instant après, le garçon entrait dans la pièce voisine et, sous prétexte de moucher la chandelle, il la plaça dans la position voulue ; puis il amena la femme à lever la tête en lui adressant la parole.

« Maintenant, je la vois.

— Bien ?

— Je la reconnaîtrais entre mille. »

Il redescendit vivement au moment où la porte de la pièce s'ouvrait pour livrer passage à la femme. Fagin l'attira derrière une légère cloison ménageant un réduit que masquait un rideau, et ils retinrent leur respiration tandis qu'elle passait à quelques pieds de leur cachette pour franchir la porte par laquelle ils étaient entrés.

« Pst ! fit Barney, qui tenait la porte ouverte. Z'est l' bobent ! »

Noé échangea un coup d'œil avec Fagin, et s'élança au-dehors.

« A gauche, murmura le garçon ; brenez à gauche et resdez sur l'audre droddoir. »

Noé fit comme on lui disait, et, à la lumière des réverbères, vit la silhouette de la jeune femme qui s'éloignait, à quelque distance devant lui. Il s'approcha autant qu'il le jugea prudent, tout en restant du côté opposé de la rue pour mieux observer ses mouvements. Elle se retourna à deux ou trois reprises d'un air inquiet, et, une fois, s'arrêta même pour se laisser dépasser par deux hommes qui marchaient juste derrière elle. Mais elle parut prendre du courage au fur et à mesure qu'elle avançait et marcha d'un pas plus régulier et plus ferme. L'espion, maintenant toujours entre eux la même distance, la suivit sans la quitter des yeux.

CHAPITRE XLVI

OÙ L'ON EST FIDÈLE AU RENDEZ-VOUS

Les horloges des églises sonnaient onze heures trois quarts quand deux silhouettes débouchèrent sur le Pont de Londres [1]. L'une s'avançait d'un pas vif et rapide : c'était celle d'une femme qui regardait avidement autour d'elle, comme en quête de quelque objet qu'elle s'attendît à y découvrir ;

l'autre celle d'un homme qui se glissait à la dérobée, en profitant de l'ombre la plus épaisse qu'il pût trouver, et qui, à quelque distance, réglait son pas sur celui de la femme, s'arrêtant quand elle s'arrêtait, reprenant son glissement furtif aussitôt qu'elle repartait, mais sans jamais se laisser entraîner à gagner sur elle dans l'ardeur de la poursuite. Ils traversèrent ainsi le pont de la rive du Middlesex à celle du Surrey ; alors, la femme, sans doute déçue de l'examen anxieux auquel elle avait soumis les piétons, fit demi-tour. Ce mouvement fut brusque, mais il ne prit pas au dépourvu celui qui la suivait : se blottissant dans une des niches qui surmontent les piles du pont, il se pencha sur le parapet pour mieux dissimuler son visage et la laissa passer sur le trottoir opposé. Quand elle fut à peu près à la même distance qu'auparavant, il se coula en bas silencieusement et se remit à la suivre. Vers le milieu du pont, elle s'arrêta ; l'homme en fit autant.

C'était une nuit très sombre. La journée avait été peu engageante ; à cette heure et en ce lieu, il n'y avait guère de passants, et les quelques-uns que l'on pouvait compter se hâtaient de regagner leur domicile ; peut-être ne voyaient-ils pas la femme non plus que l'homme qui l'épiait ; à coup sûr, ils ne lui prêtaient pas la moindre attention. Ni l'un ni l'autre n'avait une apparence susceptible d'attirer les regards importuns des miséreux qui se trouvaient passer ce soir-là sur le pont à la recherche de quelque porche glacial ou de quelque cabane sans porte où reposer leur tête ; ils se tenaient là en silence, sans parler à personne et sans que personne leur parlât.

La brume flottait sur le fleuve, accentuant l'éclat rougeâtre des feux allumés sur les petits navires mouillés en face des divers appontements et rendant plus sombres et plus indistincts les bâtiments qui se dessinaient vaguement sur les rives. De part et d'autre, les vieux entrepôts enfumés s'élevaient, ternes et pesants, de l'amas dense des toits et des pignons, et semblaient contempler sévèrement l'eau trop noire pour refléter même leurs formes massives. On pouvait discerner dans l'obscurité le clocher de l'antique église Saint-Sauveur et la flèche de Saint-Magnus, depuis si longtemps gardiens gigantesques du vieux pont ; mais la forêt des mâts en aval et le grand nombre des flèches éparpillées en amont étaient entièrement cachés au regard.

La fille avait déjà arpenté fiévreusement le pont à plusieurs reprises, toujours sous l'œil attentif de son observateur caché, quand la grosse cloche de Saint-Paul sonna le glas d'un nouveau jour. Minuit était tombé sur la populeuse cité. Sur le palais comme sur le bouge, sur la geôle comme sur l'asile de fous, sur les chambres des nouveau-nés et des morts, des bien-portants et des malades, sur la face rigide du cadavre et sur le calme sommeil de l'enfant, sur les uns et sur les autres, minuit venait de s'étendre.

L'heure n'avait pas sonné depuis deux minutes qu'une jeune demoiselle, accompagnée d'un monsieur à cheveux gris, descendait d'une voiture de place à peu de distance du pont ; après avoir renvoyé la voiture, ils se dirigèrent tout droit vers lui. Dès qu'ils eurent posé le pied sur le trottoir, la fille tressaillit et alla aussitôt à leur rencontre.

Ils s'avançaient, regardant autour d'eux de l'air de gens venus avec un faible espoir qu'ils ne s'attendent guère à voir se réaliser, quand ils furent soudain rejoints par cette nouvelle compagne. Ils s'arrêtèrent en poussant une exclamation de surprise, qu'ils réprimèrent aussitôt, car à cet instant même un homme vêtu en paysan passait tout près — jusqu'à les frôler.

« Pas ici, dit précipitamment Nancy ; j'ai peur de vous parler ici. Allons-nous-en... Éloignons-nous de la voie publique... Descendons l'escalier là-bas. »

Tandis qu'elle disait ces mots en étendant la main dans la direction qu'elle désirait leur voir prendre, le paysan se retourna pour leur demander rudement de quel droit ils occupaient toute la largeur du trottoir et poursuivit son chemin.

L'escalier qu'indiquait la fille était celui qui, sur la rive de Surrey et du même côté que l'église Saint-Sauveur, forme débarcadère sur le fleuve. C'est là que l'homme à l'aspect de paysan s'empressa d'aller sans être observé ; après avoir un instant examiné les lieux, il commença à descendre les marches.

L'escalier fait partie du pont et se compose de trois volées. Juste après la seconde en descendant, le mur de pierre se termine sur la gauche par un pilastre ornemental, qui fait face à la Tamise. A partir de là, les marches inférieures s'élargissent ; de sorte que quelqu'un qui contourne cet angle du mur demeure nécessairement invisible à toute autre personne placée plus haut sur l'escalier, fût-ce seulement à une marche de distance. En arrivant là, le campagnard regarda vivement autour de lui ; il lui sembla qu'il ne pouvait y avoir de meilleure cachette ; la marée était basse, il y avait largement la place ; il se glissa donc de côté, le dos au pilastre et attendit, à peu près certain que les autres ne descendraient pas plus bas et que, même s'il n'entendait pas leurs paroles, il pourrait toujours se remettre à les suivre en toute sécurité.

Le temps s'écoulait si lentement dans cet endroit solitaire, l'espion était si anxieux de pénétrer les motifs d'une entrevue si différente de ce qu'il avait été amené à prévoir, que plus d'une fois il considéra l'affaire comme manquée, convaincu soit qu'ils s'étaient arrêtés sensiblement plus haut, soit qu'ils s'étaient réfugiés dans un tout autre endroit pour tenir leur mystérieuse conversation. Il était sur le point de sortir de sa cachette et de regagner le haut du pont, quand il perçut un bruit de pas et, aussitôt après, de voix toutes proches de son oreille.

Il se redressa pour faire corps avec le mur et, retenant son souffle, écouta attentivement.

« C'est assez loin comme cela, dit une voix qui était évidemment celle du vieux monsieur. Je ne permettrai pas que cette demoiselle aille plus loin. Il y a bien des gens qui ne vous auraient pas fait confiance au point de venir jusque-là, mais vous voyez que je suis disposé à vous passer vos fantaisies.

— Mes fantaisies ! s'écria la voix de la personne qu'il avait suivie. Vous êtes bien aimable en vérité, Monsieur. Mes fantaisies ! Enfin, ça ne fait rien.

— Mais voyons, dit le monsieur, d'un ton radouci, pourquoi nous avoir amenés en cet étrange endroit ? Pourquoi ne m'avoir pas laissé vous parler là-haut, où il y a de la lumière et du mouvement, au lieu de nous faire descendre dans ce trou sombre et lugubre.

— Je vous ai déjà dit, répliqua Nancy, que j'avais peur de vous parler là-haut. Je ne sais pourquoi, dit-elle en frissonnant, mais ce soir, je suis travaillée par une telle peur, que je peux à peine tenir sur mes jambes.

— Peur de quoi ? demanda le monsieur, qui semblait avoir pitié d'elle.

— Je ne sais pas exactement ; je voudrais bien le savoir. J'ai eu toute la journée d'horribles pensées de mort, des visions de linceuls tachés de sang, et une terreur qui me brûlait comme si j'étais en flammes. Je lisais ce soir pour faire passer le temps, et je voyais les mêmes choses dans le livre.

— C'est de l'imagination, dit le monsieur pour la tranquilliser.

— Non, ce n'est pas de l'imagination, répondit la fille d'une voix rauque. Je jurerais que j'ai lu le mot " cercueil " écrit noir sur blanc à toutes les pages... oui, et ce soir, dans la rue, on en a porté un tout près de moi !

— Il n'y a rien d'extraordinaire à cela. Il en est passé souvent à côté de moi.

— Des *vrais*, oui. Mais celui-là ne l'était pas. »

Il y avait dans le ton de Nancy quelque chose de si singulier qu'en entendant ces mots, l'espion en eut la chair de poule et sentit son sang se figer dans ses veines. Jamais il ne s'était senti plus soulagé que lorsqu'il entendit la douce voix de la jeune demoiselle la supplier de se calmer et de ne pas s'abandonner à des idées aussi affreuses.

« Parlez-lui avec douceur, dit la jeune fille à son compagnon. La pauvre créature ! Elle semble en avoir besoin !

— Vos hautains et pieux amis redresseraient la tête s'ils me voyaient dans l'état où je suis ce soir : ils pourraient faire un beau sermon sur les flammes et la vengeance, cria la fille. Ah, chère Demoiselle, pourquoi celles qui se flattent d'être les élues de Dieu ne se montrent-elles pas bonnes et douces envers nous, pauvres malheureuses, comme vous qui avez pour vous la jeunesse, la beauté et tout ce qu'elles ont perdu, et qui pourriez bien être un peu fière au lieu de vous montrer tellement plus humble qu'elles.

— Ah ! dit le monsieur. Le Turc, pour faire sa prière, tourne vers l'Orient son visage, après l'avoir soigneusement lavé ; ces bonnes gens, après avoir si bien frotté le leur contre le Monde qu'ils en ont effacé jusqu'au dernier sourire, se tournent non moins régulièrement vers le côté le plus ténébreux du Ciel. Entre le Musulman et le Pharisien, je préfère le premier ! »

Ces mots, qui semblaient être adressés à la jeune demoiselle, étaient peut-être destinés à donner à Nancy le loisir de se remettre. C'est à celle-ci que, peu après, le monsieur parla de nouveau.

« Vous n'étiez pas là dimanche dernier.

— Je n'ai pas pu venir ; j'ai été retenue de force.

— Par qui ?

— Par celui dont j'ai parlé à la demoiselle.

— On ne vous a pas soupçonnée d'être en communication avec quiconque à propos de ce qui nous a amenés ce soir, j'espère ?

— Non, répondit la fille en secouant la tête. Mais ça ne m'est pas très commode de le quitter sans lui dire pourquoi ; je n'aurais pas pu aller voir la demoiselle quand je l'ai fait, si je n'avais pas administré à cet homme une bonne dose de laudanum avant de sortir.

— S'est-il réveillé avant votre retour ?

— Non, et il ne m'a pas soupçonnée plus que les autres.

— Bon. Maintenant, écoutez-moi.

— Je suis prête, répondit Nancy, tandis qu'il se taisait un instant.

— Cette demoiselle, commença-t-il, m'a raconté, ainsi qu'à d'autres amis de toute confiance, ce que vous lui avez dit il y a près de quinze jours. Je vous avoue que j'ai commencé par douter qu'il y eût lieu de vous croire ainsi sans preuves ; mais aujourd'hui, j'en ai la ferme conviction.

— Vous le pouvez, dit la fille avec ardeur.

— Je vous répète que j'en ai la ferme conviction. Pour vous prouver que je suis disposé à vous faire confiance, je vous dis sans détours que nous nous proposons d'arracher à ce Monks le secret, quel qu'il puisse être, par la peur. Mais si..., si... nous ne pouvons mettre la main sur lui ou si, l'ayant en notre pouvoir, nous n'arrivons pas à nos fins, il faudra que vous nous livriez le Juif.

— Fagin ! s'écria la fille, en reculant.

— Il faudra que vous nous livriez cet homme-là, répéta le vieux monsieur.

— Je ne le ferai pas ! Ça, jamais ! Tout satanique qu'il soit et bien qu'il ait été pour moi pire que le diable même, c'est une chose que je ne ferai jamais !

— Non ? dit le monsieur, qui paraissait s'attendre pleinement à pareille réponse.

— Jamais !

— Expliquez-moi pourquoi.

— Pour une raison, reprit la fille d'un ton ferme, pour une raison que la demoiselle connaît — et elle me soutiendra, je le sais, car j'ai sa promesse — mais il y en a une autre aussi, c'est que, s'il a mené une mauvaise vie, la mienne ne l'a pas été moins ; nous sommes nombreux à avoir suivi la même route tous ensemble, et je ne vais pas me retourner contre ceux qui auraient pu se retourner contre moi — le moindre d'entre eux l'aurait pu — aucun ne l'a fait, si mauvais qu'ils soient.

— En ce cas, dit vivement le monsieur, comme si c'était là qu'il voulait en venir, mettez ce Monks entre mes mains et laissez-moi me débrouiller avec lui.

— Et s'il livre les autres ?

— Je vous promets que dans ce cas, si nous arrivons à tirer de lui la vérité, les choses en resteront là ; il doit y avoir dans la petite histoire d'Olivier certaines choses qu'il serait pénible de rendre publiques. Une fois la vérité découverte, vos amis s'en tireront sans y laisser la moindre plume.

— Et si on ne la découvre pas ? demanda la fille.

— Alors, poursuivit son interlocuteur, ce Fagin ne sera pas traduit en justice sans votre consentement. En pareil cas, je crois que je pourrai vous exposer certaines raisons de nature à vous persuader de nous le donner.

— Est-ce que j'ai la parole de la demoiselle là-dessus ?

— Je vous la donne, répondit Rose. Je m'y engage solennellement.

— Monks ne pourra jamais savoir comment vous avez appris ce que vous savez ? dit encore la jeune femme, après un instant de silence.

— Jamais, répondit le monsieur. Nous nous arrangerons pour faire peser sur lui tout le poids de cette révélation, de telle sorte qu'il ne puisse jamais en deviner l'origine.

— Depuis ma plus tendre enfance, j'ai été habituée à mentir et j'ai vécu parmi les menteurs, dit la fille, après un second silence ; mais je me fie à votre parole. »

Après avoir encore une fois reçu de l'un et l'autre l'assurance qu'elle le pouvait en toute sécurité, elle se mit à décrire, d'une voix si basse qu'il fut souvent difficile à l'espion de découvrir même le sens de ses paroles, le cabaret à partir duquel celui-ci l'avait suivie, et elle en précisa le nom et l'emplacement. A en juger par la façon dont elle s'interrompait par moments, le monsieur devait prendre quelques notes hâtives sur les renseignements ainsi fournis. Quand elle eut expliqué en détail la situation de la taverne, indiqué le meilleur endroit d'où l'on pouvait la surveiller sans attirer l'attention, et fait connaître la nuit et l'heure auxquelles Monks avait coutume de s'y rendre le plus souvent, elle parut réfléchir un moment pour se représenter avec le plus de précision possible les traits et l'aspect de cet homme.

« Il est grand et fort, mais pas gros ; il a une allure inquiète ; quand il marche, il regarde constamment par-dessus son épaule d'abord d'un côté, puis de l'autre. N'oubliez pas cela, car personne n'a les yeux enfoncés aussi profond : ce seul signe suffirait presque à le faire reconnaî-tre. Il a le teint sombre, de même que les cheveux et les yeux ; et bien qu'il ne doive pas avoir plus de vingt-six à vingt-huit ans, il est flétri et défait. Ses lèvres sont souvent décolorées ou marquées de l'empreinte de ses dents, car il a des crises affreuses, pendant lesquelles il se mord même les mains et les couvre de plaies... Pourquoi avez-vous tres-sailli ? » dit la fille, en s'arrêtant brusquement.

Le vieux monsieur répondit précipitamment qu'il n'en avait pas eu conscience et la pria de continuer.

« J'ai tiré une partie de ces renseignements des gens de la maison que je vous ai indiquée, car je ne l'ai vu qu'à deux reprises, et il était chaque fois enveloppé dans un grand manteau. Je crois que c'est tout ce que je peux vous dire pour vous permettre de le reconnaître. Attendez, pourtant : à la gorge, assez haut pour qu'on puisse en voir une partie sous son foulard quand il tourne la tête, il a...

— Une grande marque rouge, comme une brûlure ? s'écria le vieux monsieur.

— Comment ? Vous le connaissez ! »

La jeune demoiselle poussa un cri de surprise et, pendant un moment, tous trois gardèrent un silence tel que l'espion pouvait nettement entendre leur respiration.

« Je le crois, dit le vieux monsieur, rompant le silence. D'après votre description c'est ce qu'il semble. Nous verrons. Il existe d'étranges ressemblances. Il se peut que ce ne soit pas le même homme. »

Tout en s'exprimant avec une feinte indifférence, il fit un ou deux pas dans la direction de l'espion caché, comme ce dernier en jugea d'après la netteté avec laquelle il l'entendit murmurer : « Ce doit être lui ! »

« Eh bien ! dit le vieux monsieur en revenant — le son de sa voix le laissait deviner — à l'endroit où il se tenait précédemment ; vous nous avez apporté une aide extrêmement précieuse, et je souhaiterais qu'il en résultât pour vous quelque bien. Que puis-je faire pour vous être utile ?

— Rien.

— Vous n'allez pas persister dans cette attitude, voyons, reprit le vieux monsieur d'une voix dont la bonté insistante aurait touché un cœur infiniment plus endurci et plus inflexible. Réfléchissez, et dites-moi comment je pourrais vous aider.

— En aucune façon, répondit la fille en pleurant. Vous ne pouvez rien pour moi. Il n'y a vraiment pas pour moi d'espérance.

— C'est vous-même qui vous en excluez, dit le vieux

monsieur. Le passé n'a été pour vous qu'un triste gaspillage de jeunes forces mal employées et de trésors inestimables prodigués à tort et à travers ; c'est un don que le Créateur ne nous accorde qu'une seule fois ; mais vous pouvez cependant espérer en l'avenir. Je ne dis pas qu'il soit en notre pouvoir de vous offrir la paix du cœur et de l'esprit, car elle vous sera donnée selon que vous la chercherez ; mais un refuge tranquille, soit en Angleterre, soit — si vous craignez d'y rester — dans quelque pays étranger [1], cela nous pouvons vous l'offrir, et c'est notre désir le plus ardent que de vous le procurer. Avant l'aube même, avant que ce fleuve ne s'éveille au premier rayon du jour, vous vous trouverez absolument hors d'atteinte de vos anciennes fréquentations, sans laisser derrière vous plus de traces que si vous aviez disparu de la surface de la terre à l'instant même. Allons ! Je ne voudrais pour rien au monde que vous retourniez échanger une parole avec aucun de vos anciens compagnons, ni jeter un regard sur aucun de vos anciens repaires, ni même respirer cet air qui n'est pour vous que pestilence et mort. Quittez tout cela pendant qu'il en est temps et que vous en avez l'occasion !

— Elle va se laisser convaincre maintenant, s'écria la demoiselle. Elle hésite, j'en suis sûre.

— Je crains bien que non, ma chère, répondit le vieux monsieur.

— Non, Monsieur, en effet, répondit la fille, après une courte lutte intérieure. Je suis enchaînée à mon ancienne vie. Elle me dégoûte et je la hais maintenant, mais je ne peux pas l'abandonner. J'ai dû aller trop loin pour retourner en arrière..., et pourtant je ne sais, car si vous m'aviez parlé ainsi il y a quelque temps, je n'aurais fait qu'en rire. Mais, poursuivit-elle en se retournant vivement, voilà cette peur qui me reprend. Il faut que je rentre à la maison.

— A la maison ! répéta la jeune demoiselle en appuyant avec force sur le dernier mot.

— Oui, Mademoiselle, à la maison, reprit la fille. A la maison que je me suis faite par le travail de toute ma vie. Séparons-nous. On va m'observer ou me voir. Partez ! Partez ! Si j'ai pu vous rendre service, tout ce que je vous demande, c'est de me quitter et de me laisser aller seule de mon côté.

— Il est inutile d'insister, dit le vieux monsieur en accompagnant ces mots d'un soupir. Nous risquons de compromettre sa sécurité en restant ici. Peut-être l'avons-nous déjà retenue plus longtemps qu'elle ne l'escomptait.

— Oui, oui, fit la fille d'un air pressant. C'est la vérité.

— Mais, s'écria la jeune demoiselle, comment peut se terminer l'existence de cette pauvre créature ?

— Comment ? répéta la fille. Regardez devant vous, Mademoiselle. Regardez cette eau noire. Combien de fois lit-on dans les journaux qu'une de mes semblables s'est jetée dans le fleuve sans laisser derrière elle âme qui vive pour s'en soucier ou la pleurer ! Peut-être sera-ce dans des années, peut-être sera-ce l'affaire de quelques mois, mais c'est à cela que j'en arriverai.

— Je vous en supplie, ne parlez pas ainsi, répliqua la jeune demoiselle en sanglotant.

— Cela n'arrivera pas à vos oreilles, ma chère Demoiselle, et Dieu veuille que pareilles horreurs ne les atteignent jamais ! Bonne nuit, bonne nuit ! »

Le vieux monsieur se retourna pour s'en aller.

« Cette bourse ! s'écria la jeune demoiselle. Prenez-la pour l'amour de moi, afin que vous ayez quelques ressources en cas de besoin ou de difficulté.

— Non, répondit la fille, je n'ai pas agi pour de l'argent. Qu'au moins je puisse garder cette pensée. Mais... donnez-moi un objet que vous ayez porté : j'aimerais avoir quelque chose... Non, non, pas une bague... vos gants, ou votre mouchoir... n'importe quoi, que je puisse conserver comme vous ayant appartenu, ma douce Demoiselle. Voilà ! Dieu vous bénisse ! Bonne nuit, bonne nuit ! »

La violente agitation de la fille, ainsi que l'appréhension d'une découverte qui l'exposerait à des violences et à des mauvais traitements, parurent déterminer le vieux monsieur à la laisser selon ses désirs. L'espion entendit s'éloigner des pas et les voix se turent.

Les silhouettes de la jeune demoiselle et de son compagnon apparurent peu après sur le pont. Elles s'arrêtèrent au sommet de l'escalier.

« Écoutez ! s'écria la jeune fille, attentive. N'a-t-elle pas appelé ? J'ai cru entendre sa voix.

— Non, ma chère enfant, répondit M. Brownlow, en regardant tristement derrière lui. Elle n'a pas bougé, et elle ne bougera pas jusqu'à ce que nous soyons partis. »

Rose Maylie s'attardait, mais le vieux monsieur passa le bras de la jeune fille sous le sien et l'entraîna avec une autorité pleine de douceur. Tandis qu'ils disparaissaient, la fille se laissa tomber, presque de tout son long, sur une des marches de pierre et épancha en larmes amères l'angoisse qu'elle avait au cœur.

Au bout d'un moment, elle se leva et, d'un pas faible et chancelant, gravit les degrés pour regagner la rue. L'espion stupéfait resta là quelques minutes encore sans bouger de son poste ; puis, après s'être assuré, en lançant autour de lui force coups d'œil prudents, qu'il était seul de nouveau, il se glissa lentement hors de sa cachette et remonta, à pas feutrés et dans l'ombre du mur, comme il était descendu.

En arrivant en haut, il jeta encore plus d'un regard furtif pour s'assurer que personne ne le remarquait ; après quoi il s'élança à toute allure pour regagner la maison du Juif aussi vite que ses jambes pouvaient le porter.

CHAPITRE XLVII

FATALES CONSÉQUENCES

C'était presque deux heures avant l'aube, à ce moment qu'en automne on peut bien appeler le cœur de la nuit, car les rues sont désertes et silencieuses, les sons mêmes paraissent assoupis, l'ivrogne et le débauché ont regagné d'un pas incertain leur domicile pour se plonger dans le rêve. A cette heure de calme et de silence, Fagin se tenait aux aguets dans son vieux repaire ; il avait la figure si pâle et si convulsée, les yeux si rouges et si injectés de sang qu'il ressemblait moins à un homme qu'à quelque hideux fantôme, encore imprégné de l'humidité de la tombe et tourmenté par un esprit malfaisant.

Il était accroupi contre l'âtre froid, enveloppé dans un vieux couvre-lit déchiré, le visage tourné vers une chandelle presque entièrement consumée, posée sur une table à côté de lui. Il avait porté la main droite à ses lèvres et, tandis qu'absorbé dans ses pensées il rongeait ses longs ongles noirs, il laissait voir au milieu de ses gencives édentées quelques rares crocs semblables à ceux d'un chien ou d'un rat.

Étendu sur un matelas par terre, Noé Claypole dormait à poings fermés. Le Juif laissait de temps à autre tomber ses regards sur lui pour les ramener bientôt vers la chandelle, dont la longue mèche brûlée presque pliée en deux et les coulées de suif brûlant qui venaient se figer sur la table indiquaient clairement que les pensées du vieillard étaient ailleurs.

Certes oui, elles étaient ailleurs! La mortification causée par la ruine de sa remarquable combinaison; la haine à l'égard de la fille qui avait osé se mettre en rapport avec des étrangers; un manque absolu de confiance en la sincérité de son refus de le livrer; l'amère déception de perdre l'occasion de se venger de Sikes; la peur d'être découvert, ruiné, pendu; enfin, la rage féroce et meurtrière allumée par tout cela, voilà les véhémentes réflexions qui, en un rapide et incessant tourbillon, traversaient l'esprit de Fagin, tandis que les plus sinistres pensées et les desseins les plus noirs travaillaient son cœur.

Il resta assis là sans changer aucunement d'attitude, sans paraître prêter la moindre attention à la fuite du temps, jusqu'au moment où son oreille exercée fut attirée par un pas dans la rue.

« Enfin! murmura-t-il, en essuyant sa bouche asséchée par la fièvre. Enfin! »

La sonnette tinta doucement tandis qu'il parlait. Il monta l'escalier pour aller ouvrir et revint bientôt, accompagné d'un homme emmitouflé jusqu'au menton, qui portait un ballot sous le bras. Le nouveau venu s'assit et, rejetant son manteau en arrière, révéla la carrure athlétique de Sikes.

« Voilà ! dit-il en posant le paquet sur la table. Prends-en bien soin et tires-en le plus possible. Ç'a été assez de tintouin pour l'avoir ; j' pensais que j' serais ici y a déjà trois heures. »

Fagin s'empara du ballot, l'enferma dans le placard et se rassit sans mot dire ; mais durant tout ce temps-là, il ne détourna pas un seul instant les yeux du voleur. Et quand ils furent assis face à face, tout près l'un de l'autre, il le regarda fixement, les lèvres tremblant si fort et le visage tellement altéré par les émotions qui l'avaient envahi que le cambrioleur recula instinctivement sa chaise et le considéra avec une expression de réelle frayeur.

« Et alors ? s'écria Sikes. Pourquoi c'est-y qu' tu m' reluques comme ça ? »

Fagin leva la main droite et agita en l'air un index tremblant ; mais sa fureur était telle qu'il avait momentanément perdu toute faculté de parole.

« Bon Dieu ! dit Sikes en fouillant d'un air inquiet dans sa poche de poitrine. Il est dev'nu fou ! Y faut que je m' tienne à carreau.

— Non, non, répondit Fagin, qui avait retrouvé sa voix. Ce n'est pas... ce n'est pas à toi que j'en veux, Bill. Je n'ai... je n'ai rien à te reprocher, à toi.

— Ah non, vraiment ? dit Sikes, en le regardant avec sévérité, tout en faisant ostensiblement passer un pistolet dans une poche plus commode. C't' heureux... pour un d' nous deux. Lequel, ça n'a pas d'importance.

— Ce que j'ai à te dire, Bill, déclara Fagin en rapprochant sa chaise, va te mettre dans un état pire que le mien.

— Ouais ? répliqua le voleur d'un air incrédule. Vas-y toujours ! Et dépêche, pasque Nancy va croire que j' suis perdu.

— Perdu ! Elle a déjà assez bien réglé ça dans sa tête. »

Sikes examina le visage de Fagin d'un air fort perplexe ; mais, n'y lisant aucune explication satisfaisante de l'énigme, il saisit le Juif au collet de son énorme main et se mit à le secouer d'importance.

« Mais jacte donc ! Ou bientôt tu pourras plus, pasqu'y t' restera plus d' souffle ! Ouvre la bouche et dis clairement c' que t'as à dire. Sors-le, sale vieux roquet, sors-le !

— Suppose que le gars qui est couché là... », commença de dire Fagin.

Sikes se retourna vers l'endroit où dormait Noé, comme s'il n'avait pas encore remarqué cette présence.

« Et après ? dit-il, en reprenant sa position précédente.

— Suppose que ce garçon mange le morceau, qu'il nous vende tous, en cherchant d'abord les gens à qui il vaut mieux s'adresser, puis en leur donnant rendez-vous dans la rue pour leur indiquer notre signalement, décrire tous les signes auxquels ils pourraient nous repérer, et désigner la planque où on pourra le mieux nous cueillir. Suppose qu'il fasse tout ça et qu'il dénonce par-dessus le marché un coup auquel nous ayons tous plus ou moins participé... qu'il le dénonce de son propre chef : non pas parce qu'il aurait été pincé, possédé, jugé, travaillé par l'aumônier [1] et mis au pain et à l'eau..., mais de son propre gré, pour sa satisfaction personnelle..., qu'il s'échappe la nuit pour découvrir ceux dont les intérêts s'opposent le plus aux nôtres et qu'il aille moucharder auprès d'eux. Tu m'entends ? cria le Juif, des éclairs de rage dans les yeux. Suppose qu'il fasse tout ça..., qu'est-ce que tu en penserais ?

— C' que j'en penserais ! répliqua Sikes, non sans ajouter un horrible juron. Si on le laissait vivre jusqu'à mon arrivée, j' lui écraserais le crâne sous le talon ferré de ma botte et j' le réduirais en autant de parcelles qu'il a d' cheveux sur la tête.

— Et si c'était moi qui avais fait tout ça ? s'écria Fagin, presque hurlant. Moi, qui en sais tant et qui pourrais faire pendre tant de gens en même temps que moi !

— Je n' sais pas, répondit Sikes en grinçant des dents et en devenant livide à cette seule pensée. En taule, je f'rais quéqu' chose qui m' ferait mettre aux fers ; et alors, si j'étais jugé en même temps que toi, j' te tomberais dessus avec mes chaînes en plein tribunal et j' te fracasserais la cervelle devant tout le monde. J'aurais assez de force, murmura le voleur en tendant ses bras musculeux, pour t'écrabouiller la tête aussi bien que si une charrette chargée avait roulé dessus.

— C'est ça que tu ferais ?

— Si c'est ça ? Essaie donc voir !

— Si c'était Charley, ou le Renard, ou Bet, ou...

— J' m'en fiche, rétorqua Sikes d'un ton d'impatience. Qui qu' ça soye, j'y ferais son affaire tout pareil. »

Fagin regarda le voleur avec insistance ; puis, lui faisant signe de se taire, il se pencha sur la couche installée à terre et secoua le dormeur pour l'éveiller. Sikes, resté assis, se pencha en avant et regarda, les mains sur les genoux, comme s'il se demandait à quoi pouvaient bien tendre toutes ces questions et tous ces préparatifs.

« Bolter, Bolter ! Le pauvre garçon ! dit Fagin, qui, relevant des yeux emplis d'une diabolique attente, s'exprimait avec une lenteur et une insistance prononcée. Il est fatigué…, fatigué d'avoir surveillé si longtemps cette fille…, cette fille, Bill.

— Qu'est-ce que tu veux bonir ? » demanda Sikes, avec un mouvement de recul.

Le Juif ne répondit rien, mais se pencha à nouveau sur le dormeur et le mit de force sur son séant. Quand on lui eut répété plusieurs fois son nom d'emprunt, Noé finit par se frotter les yeux en poussant un profond bâillement et par promener autour de lui un regard ensommeillé.

« Répète-moi tout ça… juste une fois, pour qu'il l'entende, dit le vieillard, tout en désignant Sikes.

— Vous répéter quoi ? demanda Noé, qui, encore tout endormi, se secouait de mauvaise grâce.

— Tout ce que tu m'as raconté… sur Nancy, répondit Fagin en saisissant le poignet du voleur, comme pour empêcher celui-ci de s'enfuir avant d'en avoir entendu assez. Tu l'as suivie ?

— Oui.

— Jusqu'au Pont de Londres ?

— Oui.

— Où elle a rejoint deux personnes ?

— C'est bien ça.

— Un monsieur et une demoiselle qu'elle était déjà allée voir de son propre mouvement ; ils lui ont demandé de donner tous les copains, à commencer par Monks, ce qu'elle a fait… de le décrire, ce qu'elle a fait… de lui indiquer la maison où nous nous réunissons, ce qu'elle a fait… l'endroit d'où l'on peut le mieux la surveiller, ce qu'elle a fait… à

quelle heure on y allait, ce qu'elle a fait. Oui, tout ça, elle l'a
fait. Elle a tout dit d'un bout à l'autre, sans récriminer et
sans y être contrainte par aucune menace... c'est bien ça,
n'est-ce pas ? cria Fagin, à moitié fou de rage.

— Oui, c'est ça, répondit Noé, en se grattant la tête. Ça
s'est passé tout comme ça.

— Qu'est-ce qu'ils ont dit à propos de dimanche dernier ?

— Dimanche dernier ? répéta Noé, en réfléchissant. Eh
ben, j' vous l'ai déjà dit.

— Répète. Encore une fois ! s'écria Fagin, qui resserrait
son étreinte autour du poignet de Sikes, tout en brandissant
sa main libre, tandis que l'écume lui montait aux lèvres.

— Ils lui ont demandé, dit Noé qui, à mesure qu'il
s'éveillait, semblait commencer à percevoir qui était Sikes,
ils lui ont demandé pourquoi elle n'était pas venue dimanche
dernier comme elle avait promis. Elle a répondu qu'elle avait
pas pu...

— Pourquoi... pourquoi ? Dis-lui ça aussi.

— Pasqu'elle avait été retenue de force à la maison par
Bill, l'homme dont elle avait déjà causé.

— Et quoi encore ? Quoi d'autre sur l'homme dont elle
leur avait déjà parlé ? Dis-lui ça, dis-lui ça.

— Eh bien, qu'elle ne pouvait pas facilement sortir sans
lui dire où elle allait ; et alors, la première fois qu'elle était
allée voir la demoiselle, elle... ha, ha, ha ! ça m'a fait rigoler
quand elle l'a dit, pour ça oui !... elle lui a fait boire une dose
de laudanum.

— Enfer et damnation ! s'écria Sikes, en s'arrachant avec
impétuosité à la poigne du Juif. Lâche-moi ! »

Repoussant brutalement le vieillard, il se précipita hors de
la pièce et grimpa l'escalier quatre à quatre, comme un fou.

« Bill, Bill ! cria Fagin en courant après lui. Un mot. Un
mot seulement. »

Ce mot n'aurait pu être prononcé si le cambrioleur n'eût
été dans l'impossibilité d'ouvrir la porte, contre laquelle il
déversait en vain efforts et jurons véhéments quand le Juif le
rejoignit tout essoufflé.

« Laisse-moi sortir, cria Sikes. Ne me dis rien : ce s'rait
dangereux. Ouvre-moi, j' te dis !

— Laisse-moi te dire un mot, répliqua Fagin en posant la main sur la serrure. Tu ne vas pas...

— Quoi ?

— Tu ne vas pas être... trop... violent, Bill ? »

Le jour se levait, et il faisait assez clair pour que les deux hommes pussent distinguer mutuellement leurs traits. Ils échangèrent un bref regard : dans les yeux de l'un et l'autre se voyait une flamme sur laquelle il n'y avait pas à se méprendre.

« Je veux dire, ajouta Fagin montrant qu'il sentait l'inutilité de déguiser plus longtemps ses sentiments, pas trop violent pour ta sécurité personnelle. Du doigté, Bill : pas trop de témérité ! »

Sikes ne répondit pas, mais ouvrit d'un coup la porte dont Fagin avait tourné la clef et s'élança dans la rue silencieuse.

Sans s'arrêter, sans réfléchir une seconde, sans tourner la tête à droite ni à gauche ni lever les yeux vers le ciel ou les baisser vers le sol, mais les tenant fixés devant lui d'un air de résolution farouche, les dents si fortement serrées que sa mâchoire crispée semblait crever la peau, le voleur poursuivit sa course à corps perdu et ne prononça pas un mot, ne relâcha pas un seul de ses muscles jusqu'à ce qu'il fût arrivé à sa propre porte. Il l'ouvrit doucement avec sa clef, gravit l'escalier d'un pas léger et, ayant pénétré dans sa chambre, referma la porte à double tour ; puis il dressa contre cette porte une lourde table et alla tirer le rideau du lit.

La jeune femme était couchée, à demi habillée. Il l'avait tirée de son sommeil, car elle se redressa en sursaut.

« Lève-toi ! dit l'homme.

— Ah, c'est toi, Bill, dit la fille, dont le visage accueillit son retour avec une expression de plaisir.

— Oui, c'est moi. Lève-toi ! »

Il y avait une chandelle allumée, mais l'homme l'arracha au chandelier et la jeta sous la grille de la cheminée. Voyant poindre à la fenêtre la faible lueur de l'aube, la jeune femme se leva pour tirer le rideau.

« Ça va ! dit Sikes, en lui barrant le passage de la main. Y a assez de lumière pour ce que j' veux faire.

— Bill, dit d'une voix étouffée la jeune femme envahie par la peur, pourquoi me regardes-tu comme ça ? »

Le voleur resta à l'observer quelques secondes, narines dilatées et poitrine palpitante ; puis, la saisissant aux cheveux et à la gorge, il la traîna jusqu'au milieu de la pièce et, après avoir regardé à un moment vers la porte, lui plaça sa lourde main sur la bouche.

« Bill, Bill ! balbutia-t-elle, suffoquant et se débattant avec la force que donne une peur mortelle. Je... je ne crierai pas... je n'appellerai pas... pas une seule fois... écoute-moi... parle-moi... dis-moi ce que j'ai fait !

— Tu l' sais bien, garce du diable ! répliqua le cambrioleur, en contenant sa voix. On t'a filée ce soir ; on a entendu chaque mot qu' t'as dit.

— Alors, pour l'amour du Ciel, épargne ma vie, comme j'ai épargné la tienne, reprit la fille en s'agrippant à lui. Bill, Bill, mon chéri, tu n'auras pas le cœur de me tuer. Ah ! pense à tout ce que j'ai abandonné, ce soir même, pour toi. Il *faut* que tu te donnes le temps de penser et que tu t'épargnes ce crime ; je ne lâcherai pas prise, tu ne pourras pas me rejeter. Bill, Bill, pour l'amour de Dieu, pour l'amour de toi, de moi, arrête avant de verser mon sang ! J'ai été loyale envers toi, je te le jure sur mon âme de pécheresse ! »

L'homme lutta avec violence pour dégager ses bras ; mais ceux de la fille les enserraient étroitement, et il eut beau la secouer de toutes ses forces, il n'arriva pas à les arracher à son étreinte.

« Bill, cria la fille en essayant de poser sa tête sur la poitrine de Sikes, le monsieur et cette bonne demoiselle m'ont parlé ce soir d'une maison dans un pays étranger, où je pourrais finir mes jours dans la paix et la solitude. Laisse-moi les revoir et les prier à genoux de montrer envers toi la même miséricorde et la même bonté ; quittons tous deux cet horrible endroit, allons mener une vie meilleure séparés l'un de l'autre ; oublions, sauf dans nos prières, la façon dont nous avons vécu, sans plus nous revoir. Il n'est jamais trop tard pour se repentir. Ils me l'ont dit... je le sens maintenant... mais il faut le temps... un peu de temps, tout de même ! »

Le cambrioleur parvint à libérer un de ses bras et saisit son pistolet. La certitude d'être immédiatement découvert s'il tirait lui traversa brusquement l'esprit, en dépit de l'état de fureur où il se trouvait, et il se servit de son arme pour l'abattre à deux reprises, de toute la force qu'il put trouver, sur le visage levé vers le sien presque à le toucher.

Elle chancela et tomba, presque aveuglée par le sang qui ruisselait d'une profonde blessure à son front ; mais, se redressant avec peine sur ses genoux, elle tira de son sein un mouchoir blanc — celui de Rose Maylie —, l'éleva dans ses mains jointes aussi haut vers le Ciel que le lui permettaient ses forces déclinantes et exhala une prière pour implorer la miséricorde de son Créateur.

C'était une scène horrible à voir. Le meurtrier recula en titubant jusqu'au mur ; il se boucha la vue en mettant la main devant ses yeux, empoigna un lourd gourdin et abattit d'un coup la femme.

CHAPITRE XLVIII

LA FUITE DE SIKES

De tous les forfaits commis sous le couvert des ténèbres dans la vaste enceinte de Londres depuis que la nuit s'était étendue sur elle, c'était bien là le pire. De toutes les horreurs dont les relents s'élevaient dans l'air matinal, c'était bien là la plus infâme et la plus cruelle.

Le soleil — ce brillant soleil qui ramène pour l'homme non seulement lumière, mais vie, espérance et force nouvelles — surgit dans toute sa gloire radieuse et éclatante au-dessus de la populeuse cité. Par les riches vitraux comme par les fenêtres où le papier remplace les vitres, par le dôme de la cathédrale comme par la plus lamentable lézarde, il répandait des rayons égaux. Il éclairait la chambre où gisait la femme assassinée. Oui, il l'éclairait. Le bandit avait bien essayé de le bannir mais il s'entêtait à pénétrer à flots. Si le spectacle était horrible à la lueur terne du petit matin, que n'était-il donc maintenant dans toute cette brillante clarté !

L'homme n'avait pas bougé; il avait eu peur de remuer. Il y avait eu un gémissement, un mouvement de la main, et, la terreur s'ajoutant à sa rage, il avait frappé, frappé encore... A un moment, il avait jeté sur la chose une couverture; mais c'était encore pire de se représenter les yeux, de les imaginer dirigés sur lui, que de les voir fixés en l'air comme pour observer les reflets tremblotants de la mare de sang qui dansaient au plafond dans la lumière du soleil. Il avait arraché la couverture... et le cadavre gisait là... de la chair et du sang, rien de plus... mais quelle chair, et que de sang !

Sikes battit le briquet, alluma du feu et y jeta le gourdin. Il y avait au bout des cheveux collés; ils flambèrent et se réduisirent en une cendre légère, qui, saisie par le courant d'air, s'envola en tourbillonnant dans la cheminée. Cette simple petite chose le terrifia, si vigoureux qu'il fût; mais il tint l'arme jusqu'à ce qu'elle se rompît, puis entassa les morceaux sur le charbon pour qu'ils se consumassent entièrement. Il se lava et frotta ses vêtements; certaines taches ne voulant pas disparaître, il coupa les morceaux et les brûla. Comme tout ce sang était disséminé dans la pièce ! Même les pattes du chien en étaient pleines.

Pendant tout ce temps, pas une fois il n'avait tourné le dos au cadavre, non, pas un instant. Ces préparatifs terminés, il se dirigea à reculons vers la porte, en traînant avec lui le chien de peur que celui-ci ne se souillât de nouveau les pattes et n'emportât dans la rue de nouveaux indices du crime. Il ferma doucement la porte, tourna la clef dans la serrure, la mit dans sa poche et quitta la maison.

Il passa de l'autre côté de la rue et leva les yeux vers la fenêtre pour s'assurer qu'on ne voyait rien de l'extérieur. Le rideau était toujours tiré, ce rideau même qu'elle avait voulu ouvrir pour laisser pénétrer la lumière que jamais plus elle ne verrait. Le cadavre était étendu tout auprès. Lui le savait. Dieu, comme le soleil ruisselait à cet endroit même !

Ce regard ne dura que le temps d'un éclair. C'était un soulagement pour Sikes de s'être évadé de cette chambre; il siffla son chien et s'éloigna rapidement.

Il traversa Islington, monta à grandes enjambées la colline de Highgate, où se trouve la stèle érigée en l'honneur de

Whittington[1], redescendit vers Highgate Hill, indécis et ne
sachant trop où aller ; il prit de nouveau à droite presque
aussitôt après avoir commencé à descendre et, empruntant le
sentier à travers champs, longea le Bois de Caen[2] et
déboucha ainsi sur la lande de Hampstead[3]. Il traversa
ensuite le bas-fond par le Val de la Santé, remonta la pente
opposée ; puis, après avoir traversé la route qui relie les
villages de Hampstead et de Highgate, il parcourut le reste
de la lande jusqu'aux champs de North End, et, dans l'un de
ceux-ci, se coucha sous une haie pour dormir.

Il fut bientôt de nouveau sur pied et en chemin, non pour
s'enfoncer encore dans la campagne, mais pour revenir vers
Londres par la grand-route ; puis, il revint à nouveau sur ses
pas, puis il refit une autre partie du chemin déjà parcouru ;
puis il erra de-ci de-là dans les champs, s'étendant pour se
reposer au bord d'un fossé et se relevant brusquement pour
gagner un autre endroit où il faisait la même chose, avant de
se remettre à errer.

Où trouver un lieu assez proche et pas trop fréquenté pour
se procurer à boire et à manger ? A Hendon[4]. Voilà l'endroit
propice : pas très loin et assez à l'écart. Ce fut donc de ce
côté qu'il se dirigea, parfois courant, parfois, par une
étrange contradiction, traînant d'un pas de tortue ou
s'arrêtant tout à fait pour briser vainement les haies à coups
de gourdin. Mais, arrivé à destination, il lui sembla que tous
les gens qu'il rencontrait — et jusqu'aux enfants sur le pas
des portes — l'examinaient avec méfiance. Il fit demi-tour
sans avoir eu le courage d'acheter une bouchée de pain, bien
qu'il n'eût rien mangé depuis des heures ; une fois de plus, il
se mit à errer sur la lande, sans savoir où aller.

Il vagabonda ainsi, parcourant des milles et des milles
pour revenir toujours au même endroit. Le matin et l'après-
midi étaient passés, déjà le jour était sur son déclin qu'il
marchait toujours de-ci de-là, montait, descendait, tournait
en rond, toujours rôdant dans les mêmes parages. Finalement, il s'en arracha pour prendre la direction de Hatfield[5].

Il était neuf heures du soir quand l'homme, harassé, et
son chien clopinant et traînant la patte après un effort aussi
inaccoutumé, descendirent la colline pour aboutir près de

l'église du village silencieux ; après avoir encore péniblement parcouru quelques pas dans la petite rue, Sikes se glissa dans un cabaret, dont l'avare lumière avait attiré son attention. Dans l'estaminet, brûlait un feu devant lequel buvaient quelques journaliers. Ils s'écartèrent afin de ménager une place à l'étranger, mais il alla s'asseoir dans le coin le plus reculé, pour y manger et boire seul, ou plutôt en compagnie de son chien, auquel il jetait un morceau de temps à autre.

La conversation des hommes assemblés là roulait sur les terres et les fermiers des environs et, une fois ce thème épuisé, sur l'âge d'un certain vieillard qu'on avait enterré le dimanche précédent ; les jeunes gens le considéraient comme très vieux, et les vieux déclarèrent qu'il était encore jeune — « Pas plus vieux que moi », opina un aïeul à cheveux blancs ; « il aurait pu vivre encore dix ou quinze ans au moins, s'il avait pris soin de lui... s'il avait pris soin de lui... »

Il n'y avait rien là qui pût attirer l'attention ou provoquer l'inquiétude du meurtrier. Après avoir réglé sa dépense, il resta assis, silencieux, dans son coin, sans que personne se préoccupât de lui ; il s'était presque assoupi, quand il fut tiré de son engourdissement par l'entrée bruyante d'un nouvel arrivant.

C'était un facétieux gaillard, mi-colporteur et mi-baladin, qui parcourait à pied le pays pour vendre pierres à aiguiser, affiloirs, rasoirs, savon pour la lessive, graisse à harnais, remèdes pour chiens et chevaux, parfums à bon marché, cosmétiques, et autres articles du même genre, qu'il portait dans une caisse en bandoulière. Son entrée donna le signal de force plaisanteries familières qu'il échangea avec les paysans et qui ne s'éteignirent qu'au moment où, ayant fini de dîner, il ouvrit sa boîte aux merveilles et s'arrangea pour combiner habilement le divertissement et les affaires.

« Et qu'est-ce que c'est que c' truc-là ? C'est bon à manger, dis, Harry ? » demanda un paysan hilare en désignant dans un coin des pains d'une composition quelconque.

— Ça, dit le colporteur en en présentant un, c'est un produit infaillible et incomparable pour retirer toutes espèces de taches : rouille, boue, moisissure, mouchetures, souillures, éclaboussures sur soie, satin, toile, batiste, drap, crêpe, tissu, mérinos, mousseline, bombasin ou laine. Taches de vin, taches de fruits, taches de bière, taches d'eau, taches de peinture, taches de poix, toutes les taches, oui : toutes s'en vont au premier frottement de cet infaillible et inestimable produit. Si une dame entache son honneur, elle n'a qu'à avaler un de ces pains et la voilà guérie tout aussitôt,... car c'est du poison. Si un monsieur veut faire la preuve du sien, il n'a qu'à ingurgiter un de ces petits cubes : personne n'en doutera plus,... car c'est tout aussi probant qu'une balle de pistolet et beaucoup plus mauvais au goût, et par conséquent beaucoup plus méritoire à prendre. Un penny le cube. Avec toutes ces propriétés, un penny seulement le cube ! »

Il y eut immédiatement deux acheteurs, et plusieurs autres assistants hésitaient manifestement. Ce que voyant, le vendeur redoubla de loquacité :

« Ça se vend aussi vite que ça se fabrique. Il y a quatorze moulins à eau, six machines à vapeur et une batterie galvanique qui y travaillent sans arrêt, et on n'arrive pas à le fabriquer assez vite, bien que les ouvriers travaillent si fort qu'ils en crèvent et que leurs veuves reçoivent aussitôt une pension, à laquelle s'ajoutent vingt livres par an pour chacun des enfants et une prime de cinquante pour les jumeaux. Un penny le cube ! Deux sous feront aussi bien l'affaire et on acceptera quatre liards avec joie. Un penny le cube ! Taches de vin, taches de fruits, taches de bière, taches d'eau, taches de peinture, taches de poix, taches de boue, taches de sang ! Voilà une tache sur le chapeau d'un monsieur de la société, que je vais faire disparaître avant même qu'il ait eu le temps de me commander une pinte de bière ! »

— Hein ? s'écria Sikes en se levant d'un bond. Rendez-moi ça !

— Je vais vous le nettoyer complètement, Monsieur, répliqua l'homme en adressant un clin d'œil aux assistants ; ce sera fait en moins de temps qu'il ne vous en faudra pour venir le chercher. Voyez tous, Messieurs, cette tache sombre sur le chapeau de ce monsieur ; elle n'est pas plus grande qu'une pièce d'un shilling, mais elle est plus épaisse qu'une demi-couronne. Que ce soit une tache de vin, une tache de fruit, une tache de bière, une tache d'eau, une tache de peinture, une tache de poix, une tache de boue ou une tache de sang... »

L'homme ne put aller plus loin, car Sikes lança une horrible imprécation, renversa la table et, lui ayant arraché le chapeau des mains, se précipita hors de la maison.

Toujours en proie aux mêmes impulsions contradictoires et à la même irrésolution qu'il n'avait pu secouer de toute la journée, le meurtrier, s'apercevant qu'on ne l'avait pas suivi, le prenant sans doute pour un ivrogne d'humeur bourrue, retourna vers le centre de la ville ; il venait d'éviter la lueur des lanternes d'une diligence arrêtée dans la rue et allait poursuivre son chemin, quand il reconnut la malle de Londres et vit qu'elle stationnait devant le petit bureau de poste. Il était presque sûr de ce qui allait arriver ; il traversa cependant pour écouter.

Le postillon se tenait devant la porte, attendant le sac de courrier. Comme un homme en tenue de garde-chasse s'avançait, il lui tendit un papier qui était tout prêt sur le pavé.

« Voilà pour chez toi, dit-il. Alors, on se dépêche là-dedans ? La peste soit de ce fichu sac ! Il n'était déjà pas prêt avant-hier soir ; ça ne peut pas continuer comme ça, vous savez.

— Rien de neuf en ville, Ben ? demanda le garde-chasse, qui recula jusqu'aux volets pour mieux admirer les chevaux.

— Non, pas que je sache, répondit l'homme en enfilant ses gants. Le blé a un peu monté. J'ai entendu parler aussi d'un assassinat du côté de Spitalfields ; mais j'y crois pas trop.

— Oh, c'est parfaitement vrai, dit un voyageur qui regardait par la portière. Ç'a même été un meurtre horrible.

— Qu'est-ce que c'est ? reprit le postillon en touchant son chapeau ; un homme ou une femme, s'il vous plaît, Monsieur ?

— Une femme. On suppose...

— Allons, Ben ! s'écria le conducteur, avec impatience.

— Au diable ce sacré sac ! dit le postillon ; vous dormez là-dedans ?

— Ça vient ! cria le buraliste, qui sortait en courant.

— Ça vient ! grommela le postillon. Oui : c'est comme l'héritière qui doit en pincer pour moi, mais j' sais pas quand. Allez, passe-moi ça... On y est ! »

Le cor fit entendre quelques notes joyeuses, et la diligence s'ébranla.

Sikes resta planté dans la rue, indifférent, en apparence, à ce qu'il venait d'entendre et sans autre préoccupation que celle de savoir où aller. Il revint finalement sur ses pas et prit la route de Hatfield à St Albans.

Il avançait d'un pas résolu ; mais à mesure qu'il s'éloignait de la ville pour se plonger dans la solitude et les ténèbres de la route, il se sentait envahi par un sentiment de terreur qui l'ébranlait jusqu'au fond de l'être. Chaque objet, substance ou ombre, mouvant ou immobile, qu'il voyait devant lui, prenait une apparence redoutable ; mais ces effrois n'étaient rien en comparaison de l'impression hallucinante que l'horrible cadavre du matin le suivait partout sur ses talons. Il en retrouvait l'ombre dans l'obscurité, discernait le moindre détail de sa silhouette et remarquait la raideur et la solennité avec lesquelles il avançait. Il entendait le frou-frou de ses vêtements dans le bruissement des feuilles, et chaque bouffée de vent était chargée de ce dernier cri étouffé. S'il s'arrêtait, la forme faisait de même. S'il courait, elle le suivait — non pas en courant aussi (c'eût été un soulagement), mais comme un corps doué du seul mécanisme de la vie et porté par un vent mélancolique et lent au souffle toujours égal.

Par moments, il se retournait, mû par une résolution désespérée et déterminé à chasser ce fantôme, quand bien même celui-ci le tuerait du regard ; mais alors, ses cheveux se dressaient sur sa tête et son sang se glaçait dans ses veines, car le fantôme s'était retourné en même temps que lui et se trouvait toujours derrière lui. Le matin, l'assassin avait fait en sorte de garder le cadavre devant lui, mais à présent celui-ci était derrière — à jamais.

Sikes s'adossa à un talus et il sentit que la forme se tenait au-dessus de lui, détachée sur le ciel froid de la nuit. Il se jeta sur la route, le dos au sol. A sa tête, le cadavre était debout, muet, droit et immobile, vivante pierre tombale, portant son épitaphe en lettres de sang.

Que personne n'aille parler de meurtriers qui échappent à la Justice, en laissant entendre que la Providence est en sommeil : il y avait mille morts violentes dans une seule de ces interminables minutes de terreur.

En passant devant un champ, il aperçut une baraque, qui lui offrait un abri pour la nuit. Devant la porte se dressaient trois hauts peupliers, qui rendaient l'intérieur extrêmement sombre ; et le vent poussait dans les branches un gémissement lugubre. Sikes ne *pouvait* plus poursuivre son chemin avant le retour du jour ; il s'étendit donc là, tout contre le mur — pour subir de nouvelles tortures.

Car, à présent, une nouvelle vision s'offrait à lui, aussi constante et plus terrible encore que celle à laquelle il avait échappé. Ces yeux largement écarquillés, au regard fixe et sans éclat, ces yeux si vitreux qu'il avait mieux supporté de les voir que de penser à eux, ces yeux lui apparaissaient au milieu des ténèbres, lumineux, mais ne répandant aucune lumière. Ils n'étaient que deux mais ils étaient partout. S'il se bouchait la vue, alors la chambre surgissait avec tous les objets familiers — tous, même ceux qu'il aurait sûrement oubliés s'il avait essayé de les passer en revue de mémoire — chacun à sa place habituelle. Le corps lui aussi était à sa place, avec les yeux tels qu'il les avait vus en sortant à reculons de la pièce. Il se leva et se précipita au-dehors, dans le champ. Le fantôme était derrière lui. Il rentra dans la baraque et se tassa de nouveau sur le sol. Les yeux étaient là avant même qu'il se fût étendu.

Il restait là, en proie à une terreur que nul autre que lui ne saurait imaginer, tremblant de tous ses membres, une sueur froide lui sortant de tous les pores, quand soudain s'éleva, porté dans le vent nocturne, le son de cris lointains mêlés de clameurs d'alarme et de surprise. Tout bruit causé par des hommes en ce lieu solitaire était pour lui un soulagement, même s'il lui apportait une réelle cause d'inquiétude. La perspective d'un danger personnel lui rendit force et énergie ; dressé d'un bond, il s'élança à l'air libre.

Tout le ciel paraissait en flammes. Des nappes de feu s'élevaient dans l'air et roulaient les unes sur les autres en répandant une pluie d'étincelles ; elles illuminaient l'atmosphère à plusieurs milles à la ronde et chassaient des nuages de fumée vers l'endroit où se trouvait Sikes. Le vacarme s'amplifiait à mesure que de nouvelles voix venaient grossir la rumeur, dans laquelle il pouvait discerner des cris de : « Au feu ! » mêlés au son du tocsin, à celui de la chute de masses pesantes et aux crépitements des flammes qui s'enroulaient autour de quelque nouvel obstacle avant de bondir vers le ciel, comme ranimées par cette nourriture. Le bruit grossit encore pendant qu'il regardait. Il y avait là-bas des gens... des hommes et des femmes... de la lumière, du mouvement. Ce fut pour lui comme une nouvelle vie. Il s'élança droit devant lui, tête baissée, à travers ronces et broussailles, bondissant par-dessus barrières et clôtures aussi follement que son chien, qui courait devant lui en aboyant de toutes ses forces.

Il arriva sur les lieux. Des gens à demi vêtus couraient de tous côtés : certains s'efforçaient de tirer les chevaux effrayés hors de l'écurie ; d'autres chassaient le bétail de la cour et des étables, d'autres sortaient avec des charges du bâtiment embrasé, bravant la pluie d'étincelles et la chute de poutres brûlantes. Les ouvertures — là où une heure auparavant s'étaient trouvées portes et fenêtres — laissaient voir une masse de flammes furieuses ; des murs oscillaient avant de s'écrouler dans la fournaise ; le plomb et le fer fondus descendaient jusqu'au sol en grandes coulées blanches. Les femmes et les enfants poussaient des cris perçants, tandis que les hommes s'encourageaient mutuellement par de bruyants appels. Le cliquetis des pompes et le rejaillissement sifflant de l'eau sur le bois embrasé s'ajoutaient à la formidable clameur. Sikes hurla lui aussi jusqu'à l'enrouement ; et, fuyant ses souvenirs comme sa propre personne, il se jeta au plus épais de la cohue.

Toute la nuit, il plongea de-ci de-là : tantôt il travaillait aux pompes et tantôt il se précipitait au milieu de la fumée et

des flammes ; mais c'était toujours là où il y avait le plus de
bruit et le plus de monde qu'il s'affairait. On le vit monter et
descendre les échelles, on le vit sur les toits des bâtiments,
sur des planchers que son poids faisait trembler et vaciller,
sous une avalanche de briques et de pierres ; il était partout
au milieu de ce grand incendie ; mais sa vie devait être
protégée par un charme car il ne reçut pas la moindre
égratignure, pas la moindre contusion, il ne ressentit aucune
fatigue, il n'eut aucune pensée, jusqu'à ce que l'aube se levât
et qu'il ne restât plus que de la fumée et des ruines noircies.

Cette folle agitation tombée, la redoutable pensée de son
crime lui revint avec une force décuplée. Il jeta autour de lui
un regard soupçonneux, car les hommes discutaient par
groupes et il craignait d'être le sujet de leur conversation. Le
chien obéit à un geste significatif, et ils s'éloignèrent tous
deux subrepticement. Il passa près d'une pompe ; et quelques hommes assis là le hélèrent pour qu'il partageât leur
casse-croûte. Il accepta du pain et de la viande, et, tandis
qu'il buvait un peu de bière, il entendit les pompiers, qui
venaient de Londres, parler du meurtre. « Paraît qu'il est
parti pour Birmingham, dit l'un, mais on l'attrapera bien,
car les limiers sont lancés et d'ici demain soir tout le pays
sera ameuté [1]. »

Sikes se hâta de partir et marcha jusqu'au moment où il
fut près de tomber de fatigue ; il s'étendit alors dans un
chemin creux et dormit longtemps, mais d'un sommeil
inquiet et entrecoupé. Il repartit à l'aventure, toujours
indécis et irrésolu, et saisi de terreur à l'idée de passer une
autre nuit dans la solitude.

Brusquement, il prit la résolution désespérée de retourner
à Londres.

« Là, en tout cas, j'aurai des gens à qui parler, pensa-t-il.
Et puis c'est un bon endroit pour me cacher. On ne
s'attendra jamais à me pincer là, après avoir suivi ma piste à
la campagne. Pourquoi est-ce que je ne pourrais pas me
planquer une semaine ou deux et, en extirpant de la pépette
à Fagin, passer en France ? Bon Dieu, j' vais risquer le
coup. »

Il suivit son impulsion sans tarder et, choisissant les

routes les moins fréquentées, commença son voyage de
retour, décidé à rester caché à peu de distance de la capitale
pour y pénétrer à la nuit tombante par un chemin détourné
et se diriger ensuite directement vers le lieu qu'il s'était fixé
pour destination.

Mais, le chien ? Si l'on avait publié son signalement, on
n'avait certainement pas oublié que le chien avait disparu et
qu'il était vraisemblablement parti avec lui. Cela pourrait le
faire arrêter dans la rue. Il résolut de noyer l'animal et
poursuivit sa route en cherchant un étang ; chemin faisant, il
ramassa une lourde pierre, qu'il noua dans son mouchoir.

Le chien dévisagea son maître tandis que celui-ci se livrait
à ces préparatifs ; soit que son instinct lui révélât leur objet,
soit que le regard de biais du voleur fût plus dur que
d'ordinaire, il se mit à traîner un peu plus loin en arrière
qu'il n'en avait l'habitude et se fit tout petit en avançant plus
lentement. Quand son maître fit halte au bord d'une mare et
se retourna pour l'appeler, il s'arrêta net.

« T'entends pas que j' t'appelle ? Ici ! »

L'animal s'approcha, mû par la simple force de l'habitude ; mais au moment où Sikes se penchait pour lui nouer le
mouchoir autour du cou, il poussa un grondement sourd et
recula brusquement.

« Reviens ! »

Le chien remua la queue, mais ne bougea pas. Sikes fit un
nœud coulant et appela de nouveau.

L'animal avança, recula, attendit un instant, se détourna
et fila à toute vitesse.

L'homme siffla à plusieurs reprises et s'assit dans l'espoir
qu'il reviendrait. Mais le chien ne reparut pas, et le bandit
finit par se remettre en route.

CHAPITRE XLIX

MONKS ET M. BROWNLOW
SE RENCONTRENT ENFIN.
LEUR CONVERSATION ET LA NOUVELLE
QUI L'INTERROMPT

Le crépuscule commençait à tomber quand M. Brownlow descendit d'une voiture de place devant sa porte, à laquelle il frappa doucement. Dès qu'on eut ouvert, un homme robuste sortit de la voiture et se plaça d'un côté du marchepied, tandis qu'un autre homme, qui était assis sur le siège, sautait également à terre pour se poster de l'autre côté. Sur un signe de M. Brownlow, ils firent descendre un troisième personnage et, l'ayant pris chacun par un bras, l'entraînèrent rapidement dans la maison. Cet homme était Monks.

Ils montèrent de la même façon l'escalier, sans dire un mot, et M. Brownlow, qui les précédait, les conduisit à une pièce de derrière. Devant la porte de celle-ci, Monks, qui était visiblement monté à contrecœur, s'arrêta. Les deux hommes consultèrent du regard le vieux monsieur.

« Il connaît l'alternative, dit M. Brownlow. S'il hésite ou bouge le petit doigt sans votre ordre, traînez-le dans la rue, appelez la police à l'aide et accusez-le de crime en mon nom.

— Comment osez-vous dire cela de moi ?

— Comment osez-vous m'y pousser, jeune homme ? répondit M. Brownlow en le tenant sous un regard d'acier. Seriez-vous assez fou pour quitter cette maison ? Lâchez-le. Voilà, Monsieur. Vous êtes libre de partir, et nous de vous suivre. Mais je vous avertis, par tout ce que j'ai de plus sacré, qu'à l'instant où vous poserez le pied dans la rue, je vous ferai arrêter pour manœuvres frauduleuses et vol qualifié. J'y suis résolu et je ne me laisserai pas ébranler. Si vous êtes aussi décidé, que votre sang retombe sur votre tête !

— Au nom de quelle autorité me faites-vous saisir dans la

rue et amener ici par ces coquins-là ? demanda Monks en
regardant l'un après l'autre les deux hommes qui se tenaient
à ses côtés.

— Au nom de la mienne propre. Je suis garant de ces
deux personnes. Si vous vous plaignez d'avoir été privé de
votre liberté — vous aviez d'ailleurs tout loisir de la
reprendre pendant le trajet, mais vous avez jugé préférable
de rester tranquille — je vous le répète, placez-vous sous la
protection de la Loi. Moi aussi, j'en appellerai à la Justice ;
mais quand vous serez allé trop loin pour reculer, ne
comptez pas sur ma clémence, une fois que le pouvoir sera
passé en d'autres mains ; et ne venez pas dire à ce moment-là
que c'est moi qui vous ai jeté dans le gouffre où vous vous
serez vous-même précipité ! »

Monks était manifestement déconcerté, et inquiet de
surcroît. Il hésitait.

« Décidez-vous sans tarder, dit M. Brownlow d'un ton
absolument calme et ferme. Si vous désirez que j'énonce
publiquement mon accusation et que je vous livre ainsi à un
châtiment dont je peux — non sans frémir — prévoir
l'étendue, mais dont je ne serai plus le maître, je vous le dis
encore une fois : vous connaissez le moyen. Si, au contraire,
vous faites appel à ma longanimité et à la miséricorde de
ceux que vous avez profondément lésés, asseyez-vous sans
dire un mot de plus dans ce fauteuil. Il vous attend depuis
deux jours entiers. »

Monks marmonna quelques mots inintelligibles, mais il
balançait toujours.

« Hâtez-vous, dit M. Brownlow. Un mot de moi et c'en
est à jamais fini du choix. »

L'homme hésitait encore.

« Je ne suis pas d'humeur à parlementer, dit M. Brownlow, et, représentant des intérêts qui, bien que m'étant
chers, ne sont pas les miens, je n'en ai pas le droit.

— N'y aurait-il pas..., demanda Monks d'une voix mal
assurée..., n'y aurait-il pas... quelque moyen intermédiaire ?

— Aucun. »

Monks regarda le vieux monsieur d'un œil inquiet ; mais,
ne lisant dans son expression que sévérité et détermination,

il pénétra dans la pièce et s'assit en haussant les épaules.

« Fermez la porte à clef de l'extérieur, dit M. Brownlow aux deux gardes du corps ; et venez aussitôt que je sonnerai. »

Les hommes obéirent, et les deux interlocuteurs restèrent en tête à tête.

« De la part du plus vieil ami de mon père, dit Monks en jetant à terre chapeau et manteau, voilà une jolie façon de me traiter, Monsieur !

— C'est bien parce que j'étais le plus vieil ami de votre père, jeune homme, répliqua M. Brownlow ; c'est parce que les espoirs et les vœux de mes jeunes et heureuses années étaient liés à lui et à cette ravissante créature du même sang et de la même race que lui qui fut rappelée à Dieu dans sa jeunesse, me laissant seul ici-bas ; c'est parce qu'il s'est agenouillé avec moi auprès du lit de mort de sa sœur unique, quand il n'était encore qu'un enfant, le matin même où elle aurait dû, si Dieu n'en avait décidé autrement, devenir ma jeune épouse ; c'est parce que mon cœur brisé s'est attaché à lui depuis ce jour-là, au milieu de toutes ses épreuves et malgré toutes ses fautes, jusqu'à sa mort ; c'est parce que de vieux souvenirs emplissaient ce cœur et que le fait même de vous voir le rend présent à ma mémoire ; c'est à cause de tout cela que je suis porté à vous traiter avec ménagement aujourd'hui — oui, Édouard Leeford, même aujourd'hui —, en rougissant de l'indignité de celui qui porte ce nom.

— Qu'est-ce que le nom a à voir dans cette affaire ? demanda l'autre, après avoir considéré en silence et non sans une maussade surprise l'émotion de son compagnon. Que représente-t-il pour moi ?

— Rien, répliqua M. Brownlow, rien pour vous. Mais c'était le sien, à elle ; et même après tant d'années, il ramène au vieillard que je suis la douce chaleur et le frémissement que je ressentais autrefois à l'entendre seulement prononcer par un étranger. Je suis très heureux que vous en ayez changé, très, très heureux.

— Tout ça, c'est bien joli, dit Monks (nous conserverons son nom d'emprunt), après un long silence durant lequel il n'avait cessé de s'agiter de droite et de gauche d'un air renfrogné et plein de défi, tandis que M. Brownlow restait assis, le visage caché derrière sa main. Mais que voulez-vous de moi ?

— Vous avez un frère, dit M. Brownlow, s'arrachant à ses pensées, un frère, dont le nom, que j'avais murmuré à votre oreille en m'approchant de vous par-derrière dans la rue, aurait presque suffi à lui seul pour vous décider à m'accompagner ici, tant vous étiez surpris et alarmé.

— Je n'ai pas de frère. Vous savez bien que j'étais fils unique. Pourquoi venez-vous me parler de frère ? Vous le savez aussi bien que moi.

— Écoutez donc ce que je sais, et que vous ignorez peut-être, dit M. Brownlow. Cela ne tardera pas à vous intéresser. Je sais que, du malheureux mariage auquel un orgueil de famille et une ambition des plus sordides et des plus bornées contraignirent votre pauvre père alors qu'il n'était encore qu'un adolescent, vous fûtes le fruit unique et dénaturé.

— Les épithètes brutales ne me gênent pas, répliqua Monks en l'interrompant d'un rire goguenard. Vous reconnaissez le fait et cela me suffit.

— Mais je sais aussi les souffrances, la lente torture, l'angoisse prolongée qu'entraîna cette union mal assortie. Je sais avec quelle apathie, avec quelle lassitude chacun des deux misérables conjoints traîna ses lourdes chaînes dans un monde empoisonné pour l'un et l'autre. Je sais comment à une froide politesse succédèrent les reproches méprisants ; comment l'indifférence fit place à l'antipathie, l'antipathie à la haine, la haine à l'exécration ; comment enfin ils firent sauter ces fers grinçants et se fixèrent en des lieux aussi éloignés que possible l'un de l'autre, chacun en emportant avec soi un fragment qui l'écorchait, mais dont seule la mort pouvait briser les rivets, et tentant de le cacher dans une nouvelle société sous les dehors les plus gais qu'ils purent se donner. Votre mère y parvint ; elle l'oublia bientôt. Mais celui de votre père rouilla et lui ulcéra le cœur durant des années.

— Eh bien, ils se séparèrent, dit Monks. Et puis après ?

— Quand ils eurent vécu chacun de son côté durant quelque temps, et que votre mère, qui s'était abandonnée

toute aux futilités du continent, avait complètement oublié
cet époux de dix ans plus jeune qu'elle, celui-ci, qui traînait,
en Angleterre, tout son avenir flétri, une vie sans joie, tomba
sur de nouveaux amis. Cela, en tout cas, vous le savez déjà.

— Moi ? non, dit Monks, en détournant les yeux et en
battant du pied le sol, comme un homme bien décidé à tout
nier. Non, je ne suis pas au courant de cela.

— Votre attitude, non moins que vos actes, m'est garante
que vous ne l'avez jamais oublié, que vous n'avez jamais
cessé d'y penser avec amertume, répliqua M. Brownlow. Je
parle d'il y a quinze ans ; à l'époque, vous n'aviez pas plus de
onze ans et votre père n'en avait que trente et un, car, je le
répète, il n'était qu'un adolescent quand son père à lui
l'obligea à se marier. Dois-je revenir sur des événements qui
jettent une ombre sur la mémoire de votre père, ou préférez-
vous l'éviter en me révélant la vérité ?

— Je n'ai rien à révéler, rétorqua Monks. Vous n'avez
qu'à poursuivre, si vous en avez envie.

— Soit ! Ces nouveaux amis étaient un officier de marine
en retraite, dont la femme était morte six mois auparavant,
et les deux enfants qu'elle lui avait laissés — il y en avait eu
d'autres, mais de toute la famille, il ne restait heureusement
que ces deux-là. C'étaient deux filles : l'une, âgée de dix-
neuf ans et extrêmement belle, l'autre encore en bas âge et
n'ayant que deux ou trois ans.

— En quoi tout cela me regarde-t-il ?

— Ils habitaient, poursuivit M. Brownlow sans se soucier
de cette interruption, une région de la campagne où votre
père était passé au cours de ses années errantes et où il s'était
installé. Rencontre, intimité, amitié, tout cela se succéda
assez rapidement. Votre père était doué comme peu
d'hommes le sont. Il avait l'âme et le physique de sa sœur.
Plus le vieil officier le connaissait, plus il l'aimait. Plût au
ciel que les choses en fussent restées là ! Mais il en fut de
même de sa fille. »

Le vieux monsieur s'arrêta ; Monks se mordait les lèvres,
les yeux rivés au plancher ; ce que voyant, M. Brownlow
reprit :

« Au bout d'un an, il avait contracté des engagements, des

engagements solennels, envers cette jeune fille, candide, dont il était la première, la sincère, l'ardente, la seule passion.

— Votre histoire est bien longue, fit remarquer Monks en s'agitant dans son fauteuil.

— C'est une histoire vraie, l'histoire de chagrins, d'épreuves et de douleurs, jeune homme, et de telles histoires sont généralement assez longues, en effet ; si c'en était une de bonheur et de joie sans mélange, elle serait fort brève. Enfin, un de ces riches parents auxquels, pour fortifier leurs intérêts et leur position, on avait sacrifié votre père (comme il arrive souvent : son cas n'est pas rare) mourut et, en réparation des maux qu'il avait contribué à susciter, laissa à votre père ce que cet homme considérait comme une panacée contre toutes les peines : de l'argent. Le légataire dut se rendre immédiatement à Rome, où ce parent était allé en hâte pour tenter de recouvrer la santé et où il était mort, laissant ses affaires dans un grand désordre. En Italie, votre père fut frappé d'une maladie mortelle ; dès que la nouvelle en parvint à Paris, votre mère alla le rejoindre, vous emmenant avec elle. Il mourut le lendemain de votre arrivée, sans laisser de testament — oui, sans laisser de testament — si bien que toute la fortune vous revint, à elle et à vous. »

A ce moment du récit, Monks retint son souffle et écouta avec une expression d'intense intérêt, encore que ses yeux ne fussent pas dirigés sur le narrateur. Quand M. Brownlow s'arrêta, il changea de position comme un homme qui éprouve un soulagement soudain, et essuya son front et ses mains moites.

« Avant de se rendre sur le continent, comme il passait par Londres, dit M. Brownlow, d'une voix lente et sans quitter l'autre des yeux, il vint me voir.

— Je n'avais jamais entendu parler de cela, dit Monks d'un ton qui voulait marquer l'incrédulité, mais qui reflétait plutôt une impression désagréable de surprise.

— Il vint me voir et me confia, entre autres choses, un portrait, un portrait qu'il avait peint lui-même d'après cette malheureuse jeune fille, et qu'il ne désirait pas laisser chez lui, mais qu'il ne pouvait pas emporter dans son voyage hâtif. L'inquiétude et le remords l'avaient usé, et il n'était plus que l'ombre de lui-même ; il me parla d'une façon véhémente, presque folle, de la ruine et du déshonneur dont il était responsable, et me confia son intention de réaliser, à n'importe quel prix, tout ce qu'il possédait et, après avoir assigné une partie de son récent héritage à sa femme et à vous, de s'expatrier — je devinais assez que ce ne serait pas seul — et de ne jamais plus remettre les pieds en Angleterre. Même à moi, son vieil ami de toujours, de qui la solide affection avait pris racine dans la terre qui recouvrait un être cher à tous deux, même à moi, il se retint de faire une confession plus détaillée ; mais il me promit de tout me raconter par lettre et de revenir me voir encore une fois, la dernière sur cette terre. Hélas ! ce fut cette fois-là, la dernière ! Je ne reçus aucune lettre et ne le revis jamais plus.

« Quand tout fut fini, reprit M. Brownlow après un court silence, je me rendis sur les lieux de... — j'emploierai l'expression dont userait spontanément le monde, sa réprobation ni sa faveur ne pouvant plus le toucher — sur les lieux de son coupable amour, résolu de faire en sorte, si mes craintes se réalisaient, que cette enfant égarée trouvât un cœur pour la plaindre et un foyer pour l'abriter. La famille avait quitté le pays la semaine précédente ; ils avaient fait établir les quelques petits comptes en suspens, réglé les notes, et étaient partis nuitamment. Pourquoi ? Pour où ? Personne ne sut me le dire. »

Monks respira, plus librement, et regarda autour de lui avec un sourire de triomphe.

M. Brownlow, se rapprochant, poursuivit :

« Lorsque votre frère, pauvre enfant chétif, abandonné, en haillons, fut jeté sur mon chemin par une main plus puissante que le seul hasard et que je le sauvai d'une existence de vice et d'infamie...

— Comment ! s'écria Monks.

— Oui, c'est moi qui l'en tirai. Je vous avais bien dit que je ne tarderais pas à vous intéresser. Je dis donc que c'est moi qui l'en tirai — je vois que votre madré complice vous avait caché mon nom, encore qu'il dût croire que celui-ci vous était totalement inconnu. Or donc, lorsque je le sauvai et tandis qu'il se remettait de sa maladie sous mon toit, je fus frappé d'étonnement à voir la forte ressemblance qu'il avait avec le portrait. Même quand je le vis dans toute sa crasse et sa misère, il y avait encore sur son visage quelque chose qui me donna cette impression qu'on a parfois quand surgissent dans un rêve intensément évocateur les traits de quelque ami disparu. Je n'ai pas besoin de vous dire que la ruse de certains me l'enleva avant que je connusse son histoire...

— Et pourquoi donc ? demanda vivement Monks.

— Parce que vous le savez aussi bien que moi.

— Moi ?

— Il est inutile de nier. Je vous montrerai que j'en sais long.

— Vous... vous... n'avez aucune preuve contre moi, balbutia Monks. Je vous défie de rien prouver !

— C'est ce que nous verrons, répliqua le vieillard en lui jetant un regard pénétrant. Je perdis donc trace de l'enfant et ne pus, malgré tous mes efforts, le retrouver. Votre mère étant morte, je savais que vous étiez le seul à pouvoir élucider le mystère, et comme, la dernière fois que j'avais entendu parler de vous, vous viviez dans vos propriétés des Antilles — où, comme vous le savez bien, vous vous étiez retiré à la mort de votre mère pour échapper aux conséquences de vos agissements pervers — je me décidai à faire le voyage. Vous étiez parti depuis plusieurs mois, et on croyait savoir que vous vous trouviez à Londres, mais personne ne put me dire exactement où. Je revins donc. Vos hommes d'affaires ne savaient pas où vous résidiez. Vous alliez et veniez, me dirent-ils, suivant les habitudes étranges qui furent toujours les vôtres : parfois vous étiez là pendant plusieurs jours, parfois vous étiez absent des mois entiers ; selon toute apparence, vous fréquentiez toujours les mauvais lieux et la même pègre infâme dont vous aviez déjà fait votre société, alors que vous n'étiez encore qu'un garçon brutal et ingouvernable. Je les fatiguai à force de demandes. Je battis les rues jour et nuit ; mais, il y a deux heures encore, tous mes efforts étaient restés vains, et je n'étais pas arrivé à vous apercevoir même un instant.

— Eh bien, maintenant vous me voyez, dit Monks en se levant avec effronterie ; et puis après ? Manœuvres frauduleuses et vol qualifié : ça sonne bien... et vous estimez que ces mots-là sont justifiés par une ressemblance imaginaire entre un sale lardon et une vague croûte peinte par un homme qui est mort ? Mon frère ! Vous ne savez même pas si un enfant est né de ce couple pleurnichard ; vous ne le savez même pas.

— Je ne le *savais* pas, répondit M. Brownlow, qui se leva à son tour ; mais, au cours de la dernière quinzaine, j'ai tout appris. Vous avez un frère, vous le savez, et vous le connaissez. Il y a eu un testament, que votre mère a détruit : elle vous a légué, à sa propre mort, et le secret et le profit. Dans ce testament, il était question d'un enfant qui résulterait vraisemblablement de cette malheureuse liaison, lequel enfant naquit en effet ; vous le rencontrâtes par hasard et sa ressemblance avec son père éveilla vos soupçons. Vous vous rendîtes au lieu de sa naissance. Il existait certaines preuves (restées longtemps dissimulées) de sa naissance et de sa filiation. Ces preuves, vous les détruisîtes, et maintenant, suivant les propres paroles que vous adressâtes à votre complice le Juif, " *les seules preuves de l'identité de l'enfant sont au fond du fleuve, et la vieille à laquelle la mère les avait confiées pourrit dans son cercueil* ". Fils indigne, lâche, menteur..., vous qui tenez conseil la nuit dans des pièces obscures avec des voleurs et des assassins..., vous dont les intrigues et les artifices ont causé la mort violente d'un être qui en valait des millions comme vous..., vous qui, depuis le berceau, ne fûtes pour votre père que fiel et amertume..., vous chez qui les passions mauvaises, le vice et la débauche ont couvé jusqu'au moment où elles se sont manifestées dans le mal hideux qui a fait de votre visage le reflet exact de votre âme..., vous, Édouard Leeford, irez-vous encore jusqu'à me braver ?

— Non, non, non ! répliqua le lâche, écrasé par toutes ces charges accumulées.

— Chacune de vos paroles, chacun des mots que vous avez échangés avec cet abominable gredin m'est connu. Des ombres qui glissaient sur le mur ont surpris vos chuchotements et me les ont rapportés ; la vue de cet enfant persécuté a métamorphosé le vice même et lui a donné le courage et presque les attributs de la vertu. Un meurtre a été commis, dont vous êtes moralement sinon physiquement complice.

— Non, non ! cria Monks. Je... je ne sais rien de cela ! j'allais m'enquérir des détails de cette affaire quand vous m'avez rejoint dans la rue. Je n'en connaissais pas le motif. Je croyais qu'il s'agissait d'une vulgaire querelle.

— L'assassinat a été causé par la révélation partielle de vos secrets. Êtes-vous disposé à dévoiler le reste ?

— Oui, je vais le faire.

— A signer de votre main une relation fidèle des faits et à la répéter devant témoins ?

— Je vous le promets aussi.

— Vous resterez ici sans bouger jusqu'à ce qu'on ait dressé le document, et vous m'accompagnerez à tel endroit que j'estimerai le plus approprié pour en attester la véracité ?

— Si vous y tenez, oui.

— Il y a encore quelque chose qu'il vous faudra faire : restituer sa fortune à un enfant innocent et inoffensif — car il l'est, bien qu'il soit le fruit d'un amour aussi malheureux que coupable. Vous n'avez pas oublié les clauses du testament. Exécutez-les en ce qui concerne votre frère ; ensuite, vous pourrez aller où bon vous semblera. Vous n'aurez plus besoin de vous rencontrer sur cette terre. »

Tandis que Monks, partagé entre ses craintes et sa haine, arpentait la pièce en réfléchissant d'un air sombre et rancuneux à cette proposition et aux possibilités de l'éluder, on entendit la clef tourner dans la serrure, et un homme (M. Losberne) entra, en proie à une violente agitation.

« L'individu sera arrêté, s'écria-t-il. Il sera arrêté ce soir !

— L'assassin ? demanda M. Brownlow.

— Oui, oui, répondit l'autre. On a vu son chien rôder autour d'une vieille masure, et il semble peu douteux que son maître s'y trouve ou s'y rende bientôt sous le couvert de la nuit. Des policiers sont aux aguets de tous côtés. J'ai causé avec ceux qui sont chargés de sa capture, et ils m'ont dit qu'il ne peut plus s'échapper. Le Gouvernement annonce ce soir une récompense de cent livres à qui le prendra.

— J'en ajouterai cinquante, déclara M. Brownlow, et je l'annoncerai de ma propre bouche sur les lieux, si je puis y atteindre. Où est M. Maylie ?

— Harry ? Dès qu'il se fut assuré que votre ami ici présent était bien monté en voiture avec vous, il s'est précipité à l'endroit où il a entendu dire ce que je vous ai répété ; alors il a sauté à cheval pour aller retrouver le premier détachement au point de ralliement convenu, quelque part dans les faubourgs.

— Et Fagin ? demanda M. Brownlow. Qu'en est-il de lui ?

— Aux dernières nouvelles, il n'était pas encore pris, mais il le sera ; peut-être l'est-il déjà maintenant. On est sûr de l'avoir.

— Êtes-vous décidé ? demanda M. Brownlow, à mi-voix, à Monks.

— Oui, répondit celui-ci. Mais vous... vous me promettez le secret ?

— Je le garderai. Restez ici jusqu'à mon retour. C'est votre seule chance de salut. »

Les deux hommes quittèrent la pièce, et la porte fut refermée à clef.

« Qu'avez-vous pu faire ? demanda tout bas le médecin.

— Tout ce que je pouvais espérer, et même davantage. En mettant bout à bout les renseignements fournis par cette pauvre fille, ce que je savais déjà et le résultat de l'enquête effectuée sur les lieux par nos bons amis, je ne lui ai laissé aucune échappatoire : j'ai étalé toute cette infamie, qui, à la lumière de l'ensemble de ces informations, était claire comme le jour. Écrivez, je vous prie, pour fixer le rendez-vous à après-demain, sept heures du soir ? Nous arriverons là-bas quelques heures avant, mais nous aurons besoin de nous reposer ; surtout la jeune fille : il lui faudra peut-être plus de force de caractère que vous et moi ne pouvons le prévoir pour le moment. Mais je bous d'impatience à l'idée de venger cette pauvre fille assassinée. Quel chemin ont-ils pris ?

— Allez droit au bureau de police, et vous arriverez à temps, répondit le Dr Losberne. Moi, je resterai ici. »

Les deux hommes se séparèrent en hâte, l'un et l'autre enfiévrés d'une agitation qu'ils ne pouvaient maîtriser.

CHAPITRE L

LA POURSUITE ET L'ÉVASION

Près de cette partie de la Tamise sur laquelle donne l'église de Rotherhithe [1], là où les bâtiments de la berge sont le plus sales et les bateaux du fleuve le plus noircis par la poussière des charbonniers et la fumée des maisons basses serrées les unes contre les autres, se trouve la plus étrange, la plus extraordinaire des nombreuses localités qui se cachent dans Londres, localité totalement inconnue, même de nom, à la majorité des habitants de la grande ville.

Pour atteindre ce lieu, le visiteur doit passer par un dédale de rues sans air, étroites et boueuses, où se pressent les plus grossiers et les plus pauvres des riverains, et dont le commerce est consacré à tout ce qui est censé convenir à pareille population. Dans les boutiques s'entassent les comestibles les moins coûteux et les moins délicats ; les articles d'habillement les plus rudes et les plus communs se balancent à la porte du marchand ou ruissellent par les fenêtres et le parapet de sa maison. Coudoyé par des chômeurs de la plus basse classe, des lesteurs, des déchargeurs de charbon, des femmes effrontées, des enfants déguenillés, par toute la racaille et tout le rebut du fleuve, ce visiteur se fraie un chemin difficile, assailli par les odeurs et les spectacles repoussants des étroites venelles qui s'amorcent à droite et à gauche, assourdi par le fracas des pesants camions sur lesquels s'amoncellent les marchandises enlevées aux piles des entrepôts qui s'élèvent de toutes parts. Quand il arrive enfin dans des rues plus écartées et moins fréquentées que celles par où il a dû passer, il longe des maisons aux façades branlantes en surplomb sur le pavé, des murs à demi ruinés qui semblent vaciller à son passage, des cheminées défoncées qui hésitent à s'écrouler, des fenêtres protégées par des barreaux de fer rouillés et presque

entièrement dévorés par l'âge et la crasse, bref tous les signes
imaginables de la misère et de l'abandon.

Tels sont les parages où, au-delà de Dockhead dans le
quartier de Southwark, se trouve l'Ile de Jacob, entourée
d'un fossé boueux, profond de six à huit pieds et large de
quinze à vingt à marée haute, autrefois appelé l'Étang de la
Fabrique, mais connu au moment où se place cette histoire
sous le nom de Fossé de la Folie. C'est une sorte de crique
ou de petit bras de la Tamise, et on peut toujours le remplir
à marée haute en ouvrant les écluses de la fonderie de plomb
qui lui a donné son nom. A ces moments-là, un étranger en
regardant du haut d'un des ponts de bois qui le traversent à
Mill Lane verra les habitants des maisons situées de part et
d'autre laisser descendre par les portes et les fenêtres de
derrière baquets, seaux et ustensiles ménagers de toutes
sortes pour remonter de l'eau : s'il détourne son regard de
cette activité pour le reporter sur les maisons elles-mêmes, il
sera considérablement étonné par la scène qu'il aura devant
lui. Branlantes galeries de bois communes aux derrières
d'une demi-douzaine de maisons et percées de trous permet-
tant de contempler la vase qui s'étend au-dessous ; fenêtres
aux carreaux brisés remplacés par du carton, par lesquelles
sortent des perches destinées à faire sécher un linge qu'on
n'y voit jamais ; pièces si petites, si infectes, si renfermées
que l'air semble devoir y être trop corrompu même pour la
saleté et la misère qu'elles abritent ; appentis de bois lancés
au-dessus de la boue et menaçant d'y choir — comme on l'a
vu faire à certains ; murs barbouillés aux fondations délabrées ; toutes les repoussantes caractéristiques de la pauvreté, tous les signes nauséabonds de la saleté, de la
pourriture et des immondices : voilà de quoi s'ornent les
berges du Fossé de la Folie.

Dans l'Ile de Jacob, les entrepôts, vidés, n'ont plus de
toit ; les murs s'écroulent ; les fenêtres ne sont plus des
fenêtres ; les portes tombent dans la rue ; les cheminées, bien
que noires de suie, ne lancent aucune fumée. Il y a trente ou
quarante ans, avant que des embarras financiers et des
procès en Cour de Chancellerie[1] ne s'abattissent sur elle,
c'était un lieu prospère ; maintenant, ce n'est plus qu'une île

désolée. Les maisons n'ont plus de propriétaires ; elles sont ouvertes à tous les vents, et y entre qui en a le courage. Il en est qui y vivent et y meurent ; mais quels puissants motifs ils doivent avoir de se cacher, ceux qui cherchent refuge dans l'Ile de Jacob, ou bien quel affreux dénuement doit être le leur !

A l'étage supérieur de l'une de ces bâtisses — maison isolée, assez grande, délabrée à certains égards, mais solidement défendue par ses portes et ses fenêtres, et dont les derrières donnaient sur le fossé comme on l'a décrit — trois hommes étaient réunis, qui, tout en échangeant de temps à autre des regards de perplexité et d'attente, restèrent assis quelque temps en silence. L'un d'eux était Toby Crackit, un autre M. Chitling, et le troisième un voleur d'une cinquantaine d'années, dont le nez avait été presque enfoncé au cours de quelque ancienne rixe et dont la face portait une effroyable cicatrice, à laquelle on pouvait sans doute assigner la même origine. Cet homme était un forçat évadé, et il se nommait Kags[1].

« J'aurais préféré, dit Toby en se tournant vers M. Chitling, qu' t'ayes choisi une autre piaule, quand les deux autres ont commencé à sentir mauvais, et qu' tu soyes pas v'nu ici, mon p'tit bonhomme !

— Pourquoi qu' t'es v'nu ici, bougre de corniaud ? dit Kags.

— Eh ben, j'aurais cru qu' vous seriez plus contents qu' ça de m' voir, répondit M. Chitling d'un air mélancolique.

— Ben dis donc, mon beau Monsieur, dit Toby, quand on s' garde aussi bien à carreau que j' l'ai fait et que, comme ça, on a comme caginotte une maison confortable ousque personne y vient fureter ou r'nifler, c'est plutôt râlant d'avoir l'honneur de recevoir la visite d'un jeune monsieur, quand il est dans ta position (même si c't' une personne bien respectable et charmante pour jouer aux cartes avec à l'occasion).

— Surtout quand le jeune homme qui se tient à carreau a un ami qui reste avec lui, qu'est arrivé plus tôt qu'on l'attendait de l'étranger, et qu'est trop modeste pour avoir

envie qu'on le présente aux juges à son retour », ajouta
M. Kags.

Il y eut un court silence, après lequel Toby Crackit parut
renoncer à faire d'inutiles efforts pour poursuivre ses
bravacheries de tête brûlée ; il se tourna vers Chitling et dit :
« Alors, quand c'est que Fagin s'est fait poisser ?

— Juste au moment du déjeuner — à deux heures
c't' après-midi. Charles et moi, on s'est esbignés par la
cheminée de la buanderie, et Bolter, y s'est plongé la tête la
première dans le tonneau à eau de pluie ; mais ses jambes
étaient si longues qu'elles dépassaient par le haut, alors on
l'a mouché aussi.

— Et Bet ?

— C'te pauv' Bet ! Elle est allée voir le cadavre pour le
reconnaître, répondit Chitling, dont la mine s'allongeait de
plus en plus, et elle est devenue folle ; elle s'est mise à
hurler, à divaguer, à se taper la tête contre les parois ; alors
on lui a mis la camisole de force, et on l'a emmenée à
l'hôpital — c'est là qu'elle est maintenant.

— Et le jeune Bates ? demanda Kags.

— Il est resté à traîner pour pas venir ici avant qu'y fasse
noir ; mais y s'ra bientôt là, répondit Chitling. Y a aucun
autre endroit où aller maintenant : tous ceux des Boiteux
sont au bloc, et la buvette de la boîte est pleine de
mouchards : j'y ai été et j' l'ai vu de mes yeux.

— C't' un sacré coup dur, fit observer Toby en se
mordant la lèvre. Y en aura plus d'un qui y restera.

— Les assises siègent en ce moment, dit Kags : si on
termine l'enquête en vitesse et si Bolter mange le morceau —
ce qu'il va sans doute pas manquer de faire après ce qu'il a
déjà dit — on pourra prouver que Fagin était complice par
instigation, faire passer l'affaire vendredi et, dans six jours
d'ici, y s' balancera au bout d'une corde, Bon Dieu !

— Si vous aviez entendu la foule gronder après lui ! dit
Chitling. Les agents ont dû se battre comme de beaux
diables pour qu'on ne l'écharpe pas. Il est tombé une fois,
mais ils ont fait cercle autour de lui et ils sont arrivés à se
frayer un passage en cognant. Si vous aviez vu comment
qu'y regardait autour de lui, tout plein de boue et de sang, et

qu'y s'accrochait à eux comme si que ce seraient ses
meilleurs amis. Je les vois encore ; ils pouvaient pas se tenir
droit tant la foule les pressait, pendant qu'ils l'entraînaient
avec eux ; je vois encore les gens sauter en l'air l'un derrière
l'autre, et montrer les dents et chercher à se jeter sur lui, je
vois le sang dans ses cheveux et sa barbe, et j'entends les cris
des femmes qui jouaient des coudes pour arriver au centre
de la foule au coin de la rue et qui juraient qu'elles allaient
lui arracher le cœur ! »

Le témoin horrifié de cette scène se pressa les mains sur
les oreilles et se leva, les yeux fermés, pour arpenter la pièce
avec frénésie, comme un fou.

Tandis qu'il s'agitait ainsi et que les deux hommes
restaient assis en silence, les yeux fixés sur le sol, on entendit
un piétinement rapide et léger sur les marches de l'escalier,
et le chien de Sikes bondit dans la pièce. Ils se précipitèrent
à la fenêtre, puis dans l'escalier et dans la rue. Le chien avait
sauté par une fenêtre ouverte ; il ne fit aucun mouvement
pour les suivre, et ils ne virent nulle part son maître.

« Qu'est-ce que ça veut dire ? s'écria Toby, en revenant.
C'est pas possible qu'il vienne ici. En tout cas, je... je
l'espère !

— S'il devait venir, il l'aurait fait avec le chien, dit Kags,
en se baissant pour examiner l'animal, qui s'était couché à
terre, pantelant. Dites donc ! Donnez-lui un peu d'eau ; il a
tant couru qu'il est fourbu.

— Il a tout bu, jusqu'à la dernière goutte, dit Chitling,
après avoir contemplé un moment le chien en silence.
Couvert de boue... éclopé... à moitié aveugle... il a dû en
faire du chemin !

— D'où qu'y peut bien venir ? s'écria Toby. Il a été aux
autres piaules, bien sûr, il les a trouvées pleines d'inconnus,
et il est venu ici, où il avait déjà été souvent. Mais d'où a-t-il
pu venir avant ça, et comment se fait-il qu'il soit ici seul,
sans l'autre ?

— Il... (personne ne donnait à l'assassin son nom d'autrefois) il peut pas s'être tué. Qu'est-ce que vous en pensez ? »
dit Chitling.

Toby hocha la tête.

« S'il l'avait fait, le chien voudrait nous conduire à l'endroit où ça se serait passé. Non. Moi, je crois qu'il a quitté le pays en abandonnant le chien. Il a dû le semer quelque part, ou le cabot ne serait pas si tranquille... »

Cette hypothèse paraissant la plus vraisemblable, elle fut adoptée comme la bonne ; le chien se glissa sous une chaise et se roula en boule pour dormir, sans que personne fît attention à lui désormais.

La nuit étant tombée, on ferma le volet ; une chandelle fut allumée et placée sur la table. Les terribles événements des deux derniers jours avaient fait sur tous trois une profonde impression, qu'accroissaient encore le danger et l'incertitude de leur propre position. Ils rapprochèrent leurs chaises, sursautant au moindre bruit. Ils parlaient peu et ce peu, ils ne le prononçaient qu'à voix basse, aussi silencieux et frappés de terreur que si les restes de la femme assassinée gisaient dans la pièce voisine.

Ils étaient restés quelque temps ainsi, quand des coups rapides résonnèrent soudain à la porte de la rue.

« C'est le jeune Bastes », dit Kags, jetant autour de lui un regard furieux pour faire pièce à la peur qu'il ressentait lui-même.

Les coups se renouvelèrent. Non, ce n'était pas lui. Il ne frappait jamais de cette façon-là.

Crackit alla à la fenêtre et, tremblant de tous ses membres, rentra la tête. Point n'était besoin de dire qui c'était : son visage livide suffisait. Le chien aussi fut immédiatement sur le qui-vive et courut en geignant à la porte.

« Faut lui ouvrir, dit Toby, saisissant la chandelle.

— Y a pas moyen de faire autrement ? demanda l'autre homme, d'une voix rauque.

— Non. Faut qu'il entre.

— Ne nous laisse pas dans le noir », dit Kags, qui prit une chandelle sur la cheminée et l'alluma d'une main si tremblante qu'on frappa encore deux fois avant qu'il eût fini.

Crackit descendit jusqu'à la porte et revint suivi d'un homme dont un foulard dissimulait le bas du visage, tandis qu'un autre était noué autour de la tête sous son chapeau. Il s'en débarrassa lentement. Face blême, yeux caves, joues creuses, barbe de trois jours, corps amaigri, souffle court et haletant, ce n'était plus que l'ombre de Sikes.

Il mit la main sur une chaise placée au milieu de la pièce ; mais, au moment de s'y laisser tomber, il frissonna, parut jeter un regard derrière lui, ramena le siège tout près du mur, aussi près que possible — le dossier en grinça contre la paroi — et s'assit enfin.

Pas un mot n'avait été prononcé. Il promenait son regard en silence sur chacun de ses compagnons. Si les yeux de l'un d'eux, levés à la dérobée, rencontraient les siens, ils se détournaient aussitôt. Quand, d'une voix sourde, il rompit le silence, tous trois sursautèrent. Ils semblaient ne l'avoir jamais entendue auparavant.

« Comment qu'il est venu ici, ce cabot ? demandait-il.

— Tout seul. Y a trois heures.

— Le journal de ce soir dit que Fagin a été pris. C'est vrai ou c't'un mensonge ?

— C'est vrai. »

Ils restèrent de nouveau silencieux.

« Que le diable vous emporte tous ! s'écria Sikes en passant la main sur son front. Personne a donc rien à m'dire ? »

Il y eut chez eux un mouvement de malaise, mais personne ne souffla mot.

« Toi à qui appartient c'te taule, dit Sikes, en se tournant vers Crackit, est-ce que t'as l'intention de m'vendre ou bien de m'laisser m'planquer ici jusqu'à ce que la poursuite soye finie ?

— Tu peux rester ici si tu crois qu't'y seras en sûreté », répondit l'interpellé, non sans hésitation.

Sikes porta lentement les yeux sur le mur placé derrière lui, essayant de tourner la tête plutôt que la tournant vraiment, et dit :

« Est-ce que... le corps..., est-ce qu'il est enterré ? »

Ils firent un signe de tête négatif.

« Et pourquoi ? répliqua-t-il, en jetant de nouveau le même regard derrière lui. Pourquoi qu'y gardent hors de la terre des horreurs pareilles ?... Qui c'est qui frappe ? »

Crackit sortit en indiquant d'un geste de la main qu'il n'y avait rien à craindre et revint suivi de Charley Bates. Sikes était assis en face de la porte, si bien que le garçon le vit dès qu'il entra dans la pièce.

« Toby ! s'écria le jeune Bates en reculant, tandis que l'assassin tournait les yeux vers lui. Pourquoi qu' tu m'as pas dit ça en bas ? »

Il y avait eu quelque chose de si effrayant dans la réserve crispée des trois hommes que le misérable chercha à se concilier ce simple gamin. Il lui adressa donc un signe de tête et fit mine de vouloir lui serrer la main.

« Laissez-moi aller dans une autre pièce, dit le garçon, en reculant un peu plus.

— Charles ! dit Sikes, qui s'avança. Tu... tu... me connais plus ?

— T'approche pas, répondit le garçon, battant toujours en retraite et contemplant le meurtrier avec une expression d'horreur. Monstre ! »

L'homme s'arrêta à mi-chemin, et leurs regards se croisèrent ; mais celui de Sikes s'abaissa peu à peu vers le parquet.

« Vous êtes témoins, vous autres, s'écria le garçon, qui brandissait son poing fermé et s'enflammait de plus en plus à mesure qu'il parlait. Vous êtes témoins : j'ai pas peur de lui... si y viennent le chercher ici, je l' donnerai. J' vous l' dis tout de suite. Y peut bien m' tuer si y veut ou s'il l'ose, mais si j' suis ici, je l' donnerai. Je l' donnerai même si on d'vait le rôtir tout vif. Au secours ! A l'assassin ! Si vous trois v's avez seulement un peu d'atout, vous m'aiderez. Au secours ! A l'assassin ! A mort ! »

Tout en déversant ces imprécations, accompagnées de gestes violents, le garçon se jeta effectivement, tout seul, sur le robuste cambrioleur et, par la force de son énergie et la soudaineté de son attaque, le précipita lourdement à terre.

Les trois assistants restèrent stupéfaits. Ils n'intervinrent en aucune façon ; et l'homme et le garçon roulèrent ensemble sur le sol ; l'enfant, insoucieux des coups qui pleuvaient sur lui, serrait de plus en plus ses poings sur les vêtements de l'assassin à hauteur de la poitrine, sans cesser un instant d'appeler à l'aide de toute la force de ses poumons.

La lutte était cependant trop inégale pour durer long-temps. Sikes l'avait terrassé et lui mettait le genou sur la gorge, quand Crackit tira le bandit en arrière ; la peur se lisait sur son visage, et il montra de la main la fenêtre. Des lumières brillaient en bas ; on entendait des voix qui discutaient bruyamment, avec animation ; on discernait aussi, résonnant sur le pont de bois le plus proche, un bruit de pas précipités, de pas sans nombre. Au milieu de ce rassemblement devait se trouver un homme à cheval, car un claquement de sabots sur le pavé inégal se détachait de la rumeur. L'éclat des lumières s'accrut ; le bruit de pas se fit plus nourri, plus proche. Puis, on frappa vigoureusement à la porte, et on entendit une rauque clameur faite d'une telle multitude de voix courroucées qu'elle aurait fait trembler le plus brave.

« Au secours ! hurla le garçon, d'une voix qui déchira l'air. Il est ici ! Enfoncez la porte !

— Au nom du Roi ! cria quelqu'un au-dehors ; et la clameur rauque s'éleva de nouveau, plus puissante que jamais.

— Enfoncez la porte ! hurla le gamin. J' vous dis qu'on n'ouvrira jamais. Montez tout droit là ousqu'y a de la lumière. Enfoncez la porte ! »

Des coups, lourds et répétés, ébranlèrent la porte et les volets des fenêtres, du rez-de-chaussée, au moment où il cessa de parler ; et la grande acclamation qui s'éleva alors de la foule donna pour la première fois une juste idée de son immensité.

« Ouvrez-moi la porte d'un endroit quelconque où enfermer ce môme braillard d'Enfer, s'écria avec fureur Sikes, qui, courant de-ci de-là, traînait maintenant le garçon avec autant d'aisance qu'il l'eût fait d'un sac vide. Cette porte-là. Vite ! (Il le jeta dans la pièce voisine, ferma la porte au verrou et tourna la clef dans la serrure.) La porte d'en bas est bien bouclée ?

— A double tour et la chaîne est mise, répondit Crackit,

qui, comme les deux autres, avait perdu la tête et restait les bras ballants.

— Les panneaux…, y sont solides ?

— Ils sont doublés de tôle.

— Les fenêtres aussi ?

— Oui, les fenêtres aussi.

— La peste vous étouffe ! s'écria le bandit aux abois, levant le châssis de la fenêtre pour menacer la foule. Faites le pis qu' vous pourrez ! J' vous aurai encore ! »

De tous les effroyables hurlements qui jamais atteignirent oreille humaine, aucun n'aurait pu l'emporter sur le rugissement qui monta de la foule en furie. Les uns criaient à ceux qui se trouvaient le plus près de la maison d'y mettre le feu ; d'autres hurlaient aux policiers d'abattre le bandit d'une décharge. Mais aucun ne montrait autant de fureur que le cavalier ; sautant à terre, il se lança au travers de la foule comme s'il fendait l'eau et arriva presque sous la fenêtre en criant d'une voix qui dominait toutes les autres :

« Vingt guinées à qui apportera une échelle ! »

Les personnes les plus proches répétèrent le cri, et des centaines d'autres le reprirent. On réclamait des échelles, des marteaux de forgeron ; les uns couraient en tous sens avec des torches comme pour chercher les objets demandés, puis revenaient pour crier de plus belle ; les autres s'époumonaient en vaines imprécations ; d'autres encore se portaient en avant avec tous les transports de la folie, empêchant ainsi d'agir ceux qui étaient à pied d'œuvre ; les plus audacieux enfin tentaient de grimper le long de la gouttière, en s'aidant des lézardes du mur ; toute cette masse ondulait dans les ténèbres comme un champ de blé agité par un vent furieux ; et, de temps à autre, tous s'unissaient en une clameur immense et frénétique.

« La marée ! cria l'assassin, qui revint en chancelant vers le milieu de la pièce pour ne plus voir tous ces visages ; la marée était haute, quand je suis venu. Passez-moi une corde, une longue. Ils sont tous par-devant. Je peux me laisser tomber dans le Fossé de la Folie et me barrer par là. Passez-moi une corde, sans ça y aura encore trois meurtres, et j' me tue après ! »

Les trois hommes, que la panique clouait sur place, montrèrent l'endroit où l'on rangeait les objets de ce genre ; l'assassin choisit vivement la corde la plus longue et la plus solide et s'élança vers le toit.

Toutes les fenêtres pratiquées sur les derrières de la maison étaient murées depuis longtemps, hormis, dans la chambre où était enfermé Charley, une petite lucarne trop étroite pour livrer passage même à un corps aussi petit que le sien. Mais, par cette ouverture, il n'avait pas cessé un instant de crier aux gens du dehors de garder ce côté de la maison ; de sorte que, lorsque le meurtrier finit par apparaître dans l'encadrement de la porte qui donnait sur le toit, un grand cri annonça l'événement à ceux qui étaient devant la maison, et ils commencèrent immédiatement à se déverser par-derrière, pressés les uns contre les autres en un seul flot ininterrompu.

Sikes arc-bouta solidement contre la porte une planche apportée à cette intention, de telle façon qu'il fût fort difficile d'ouvrir de l'intérieur ; puis, avançant avec précaution sur les tuiles, il regarda par-dessus le petit parapet.

La marée s'était retirée, et le fossé n'était plus qu'un lit de vase.

La foule avait fait silence durant ces quelques instants, car elle observait les mouvements du bandit en se demandant quelles étaient ses intentions ; mais dès qu'elle prit conscience de son dessein et sut qu'il était déjoué, elle poussa une clameur de haine triomphante, auprès de laquelle les cris précédents n'étaient que de simples murmures. Cette clameur s'éleva à plusieurs reprises. Les assistants qui étaient trop loin pour en connaître le motif la reprenaient pourtant, et elle rebondissait comme un écho de distance en distance ; on eût dit que la ville entière avait déversé là sa population pour couvrir l'assassin de malédictions.

Ceux qui se trouvaient du côté de la façade se portaient toujours vers les derrières de la maison ; le flot des gens s'écoulait, s'écoulait sans arrêt, en un puissant et torrentueux courant de visages irrités, piqueté çà et là de l'éclat des torches, qui faisaient ressortir toute la fureur de leur colère.

La populace avait envahi les maisons de l'autre côté du fossé ; les châssis étaient brutalement levés ou entièrement arrachés ; de multiples rangées de têtes emplissaient chaque fenêtre ; des grappes de gens se cramponnaient partout aux toits. Chaque petit pont (on en voyait trois) ployait sous le poids de la foule. Et le flot se déversait toujours, chacun s'efforçant de trouver quelque coin ou recoin d'où lancer ses imprécations ou voir, ne fût-ce qu'un instant, le misérable.

« On le tient maintenant ! cria un homme posté sur le pont le plus proche. Hourra ! »

Quantité de têtes se découvrirent, marquant la joie de la foule ; et à nouveau, la clameur s'éleva.

« Cinquante livres, cria du même endroit un vieux monsieur ; cinquante livres à qui le prendra vivant ! Je resterai ici jusqu'à ce qu'on vienne me les réclamer. »

Il y eut une nouvelle clameur. A ce moment, le bruit se répandit qu'on était enfin parvenu à forcer la porte et que l'homme qui avait le premier réclamé une échelle était monté dans la chambre. Comme cette nouvelle passait de bouche en bouche, le courant se renversa brusquement ; les gens postés aux fenêtres, voyant refluer ceux qui étaient sur les ponts, abandonnèrent leur poste d'observation et, descendus en hâte dans la rue, se joignirent à l'affluence qui se ruait maintenant pêle-mêle vers l'endroit qu'elle venait d'abandonner, chacun se démenant et écrasant son voisin, tout haletant de l'impatience d'arriver près de la porte et de contempler le criminel au moment où les policiers l'amèneraient. Les cris et les hurlements de ceux qui étaient pressés au point de suffoquer ou renversés et piétinés dans toute cette confusion étaient affreux ; les ruelles étroites étaient complètement obstruées ; à ce moment, la précipitation de ceux qui cherchaient à regagner l'espace situé devant la maison, et les efforts infructueux des autres pour se dégager de la masse, détournèrent du meurtrier l'attention immédiate de la foule, bien que l'impatience unanime de le voir capturer fût, si possible, encore accrue.

L'homme s'était tassé sur lui-même, entièrement terrassé par la férocité de la foule et l'impossibilité de toute évasion, mais, remarquant ce changement soudain aussi rapidement qu'il s'était produit, il bondit sur ses pieds, décidé à faire un dernier effort pour sauver sa vie en se laissant tomber dans le fossé et en tentant, malgré le risque d'enlisement, de s'échapper à la faveur de l'obscurité et de la confusion générale.

Animé d'une nouvelle force et d'une nouvelle énergie, stimulé par le bruit qu'il entendait à l'intérieur de la maison et qui confirmait l'entrée de ses poursuivants, il appuya son pied contre une souche de cheminée, autour de laquelle il attacha solidement un bout de corde, tandis que de l'autre il formait en une seconde à peine, à l'aide de ses dents et de ses mains, un fort nœud coulant. Il pouvait se laisser glisser à l'aide de la corde jusqu'à une distance du sol inférieure à sa propre taille et il tenait à la main son couteau, qui lui permettrait de la couper pour tomber.

Au moment même où il passait le nœud coulant autour de sa tête avant de le faire glisser sous ses aisselles et tandis que le vieux monsieur déjà mentionné (qui s'était suffisamment agrippé à la rambarde du pont pour résister à la force de la foule et se maintenir à sa place) signalait avec insistance à ceux qui l'entouraient que le criminel était sur le point de descendre, à ce moment même l'assassin, jetant un regard derrière lui sur le toit, leva les bras au-dessus de sa tête en poussant un hurlement de terreur.

« Encore ces yeux ! » s'écria-t-il d'une voix aiguë qui n'avait plus rien d'humain.

Chancelant comme s'il avait été frappé par la foudre, il perdit l'équilibre et tomba par-dessus le parapet. Le nœud coulant était autour de son cou. Il se serra sous son poids, la corde se tendit comme celle d'un arc, avec la rapidité de la flèche qu'elle décoche. L'homme fit une chute de trente-cinq pieds. Il y eut une brutale saccade, une terrible convulsion des membres, et il resta pendu, le couteau serré ouvert dans la main qui se raidissait.

La vieille cheminée trembla sous le choc, mais résista vaillamment. L'assassin se balançait sans vie contre le mur ; et le garçon, repoussant le cadavre ballant qui obstruait la lucarne, suppliait à grands cris les gens de venir, pour l'amour de Dieu, le tirer de là.

Un chien, qui était resté caché jusqu'à cet instant, se mit à courir sur le parapet en hurlant à la mort ; puis, ayant pris son élan, il chercha à sauter sur les épaules du pendu. Il manqua son but, tomba dans le fossé en faisant un tour complet sur lui-même, et, heurtant une pierre de la tête, se fracassa la cervelle.

CHAPITRE LI

QUI ÉCLAIRCIT PLUS D'UN MYSTÈRE
ET COMPORTE
UNE DEMANDE EN MARIAGE
OÙ IL N'EST QUESTION
NI DE DOT NI D'ÉPINGLES

Les événements rapportés au dernier chapitre ne dataient que de deux jours quand Olivier se trouva, à trois heures de l'après-midi, dans une berline de voyage qui roulait à vive allure en direction de sa ville natale. Avec lui étaient Mme Maylie, Rose, Mme Bedwin et le bon Dr Losberne ; M. Brownlow suivait dans une chaise de poste, en compagnie d'une autre personne dont le nom n'avait pas été mentionné.

On n'avait guère conversé durant le trajet ; Olivier, en effet, était en proie à une agitation et à une incertitude qui lui ôtaient tout pouvoir de rassembler ses pensées et presque de parler, et il semblait qu'il en fût de même de ses compagnons, qui partageaient son émoi à un degré au moins égal. M. Brownlow avait pris de grandes précautions en mettant l'enfant et les deux dames au courant de la nature des aveux qu'il avait arrachés à Monks ; ils savaient bien que l'objet de ce voyage était de compléter l'ouvrage si bien commencé, mais toute l'affaire restait enveloppée d'assez de doutes et de mystère pour les tenir intensément en haleine.

Le même ami dévoué, avec l'aide de M. Losberne, avait prudemment coupé toutes les voies par lesquelles aurait pu leur parvenir la nouvelle des terribles événements qui s'étaient récemment déroulés. « Il est certain, s'était-il dit, qu'elles les apprendront avant peu ; mais ce pourra être à un moment plus propice ; celui-ci ne saurait en tout cas l'être moins. » Ils voyageaient donc en silence ; chacun avait l'esprit préoccupé de l'objet de leur réunion, mais personne n'était enclin à exprimer à voix haute les pensées qui les assaillaient tous.

Cependant, si Olivier, pour toutes ces raisons, était demeuré silencieux tant qu'on roulait vers le lieu de sa naissance sur une route qu'il n'avait jamais vue, combien tout le cours de ses souvenirs reflua vers l'ancien temps, quelle foule d'émotions s'éveillèrent dans son cœur, quand on atteignit la route qu'il avait suivie à pied, pauvre orphelin errant, sans un ami pour l'aider, sans un toit pour abriter sa tête !

« Là, là, regardez ! cria-t-il en serrant passionnément la main de Rose et en passant le bras par la portière : voilà l'échalier que j'ai escaladé, voilà les haies derrière lesquelles je me suis glissé de peur que quelqu'un ne m'aperçoive et ne me force à rebrousser chemin ! Là-bas, c'est le sentier à travers champs, qui mène à la vieille maison où j'habitais quand j'étais petit ! Oh, Dick, Dick, mon cher vieil ami, si seulement je pouvais te voir maintenant !

— Tu le verras bientôt, répondit Rose, serrant doucement dans les siennes les petites mains jointes. Tu lui diras combien tu es heureux, combien tu es devenu riche ; et tu lui diras aussi que, parmi toutes tes raisons de bonheur, tu n'en as pas de plus grande que le fait de revenir pour le rendre heureux lui aussi.

— Oui, oui, s'écria Olivier, et nous... nous l'emmènerons d'ici, nous le ferons habiller et instruire, et nous l'enverrons dans quelque endroit tranquille à la campagne pour qu'il puisse reprendre des forces et se rétablir..., n'est-ce pas ? »

Rose acquiesça de la tête, car la vue du sourire de l'enfant à travers ses larmes de bonheur l'empêchait de parler.

« Vous serez douce et bonne pour lui, puisque vous l'êtes pour tout le monde, dit Olivier. Cela vous fera pleurer — je le sais — d'entendre ce qu'il aura à vous raconter ; mais peu importe, tout ça sera du passé et vous sourirez de nouveau

— je le sais aussi — en pensant à quel point son sort sera
changé ; vous avez déjà fait ainsi quand il s'agissait de moi.
Quand je me suis enfui, il m'a dit : " Dieu te bénisse ! "
s'écria l'enfant dans une explosion d'attendrissement ; et
moi, je vais le lui dire maintenant et lui montrer combien
cette parole m'avait été au cœur ! »

Quand on approcha de la ville pour en parcourir finalement les rues étroites, ce ne fut pas chose facile de contenir
les transports de l'enfant. Il y avait là la boutique de
Sowerberry, l'entrepreneur de pompes funèbres, pareille à
elle-même, mais plus petite et d'aspect moins imposant que
dans ses souvenirs ; il y avait toutes les boutiques, toutes les
maisons qu'il connaissait bien et dont presque chacune lui
rappelait quelque léger incident... voilà la charrette de
Gamfield, la même qu'il avait autrefois, arrêtée devant la
porte du vieux cabaret ; voilà l'hospice, cette morne prison
de son enfance, avec ses sombres fenêtres qui regardaient la
rue de leur air renfrogné ; voilà, debout à la grille, le même
portier décharné, à la vue duquel Olivier eut un mouvement
instinctif de recul, ce qui le fit rire lui-même de sa bêtise,
après quoi il se mit à pleurer, puis à rire de nouveau... il y
avait aux portes et aux fenêtres quantité de visages qu'il
reconnaissait bien... presque tout était resté si semblable
qu'il avait l'impression de n'être parti que la veille : toute
son existence récente n'était-elle donc qu'un rêve heureux ?
Mais non : c'était bien la pure et joyeuse réalité. On se
rendit tout droit à la porte du meilleur hôtel (sur lequel
Olivier écarquillait autrefois des yeux remplis d'une crainte
respectueuse, le considérant comme un palais magnifique,
mais qui avait quelque peu perdu de sa grandeur et de sa
majesté) ; M. Grimwig se trouvait là, prêt à les accueillir ; il
embrassa la jeune fille, et aussi la vieille dame, quand elles
descendirent de la voiture, comme s'il eût été le grand-père
de toute la société ; tout sourires et affabilité, il n'offrit à
aucun moment de se manger la tête — non, pas une fois :
pas même lorsqu'il fut en désaccord avec un très vieux
postillon sur la route la plus courte pour se rendre à Londres
et qu'il maintint qu'il la connaissait mieux, bien qu'il ne fût
venu par là qu'une fois, et dormant à poings fermés. Le

dîner avait été préparé, les chambres étaient prêtes : tout avait été réglé comme par enchantement.

En dépit de tout cela, quand l'affairement de la première demi-heure se fut calmé, le même silence contraint qui avait marqué leur voyage recommença à peser. M. Brownlow ne se joignit pas à eux pour le dîner, mais resta dans une autre pièce. Les deux autres messieurs ne cessèrent d'aller et venir d'un air soucieux et, durant les courts moments où ils se trouvaient là, ils s'entretenaient en aparté. A un moment, Mme Maylie fut appelée au-dehors ; après être restée absente près d'une heure, elle revint, les yeux rougis. Tout cela donnait une impression d'inquiétude et de malaise à Rose et à Olivier, auxquels on n'avait révélé aucun secret nouveau. Ils restaient là, silencieux, se demandant intérieurement ce qui se passait ; ou bien, s'ils échangeaient quelques mots, c'était à voix basse, comme s'ils avaient peur d'entendre leur propre voix.

Enfin, quand neuf heures eurent sonné, alors qu'ils commençaient à penser qu'ils n'en sauraient pas plus long ce soir-là, M. Losberne et M. Grimwig entrèrent dans la pièce, suivis de M. Brownlow et d'un homme à la vue duquel Olivier faillit pousser un cri de surprise, car on lui annonça que c'était son frère, et il voyait devant lui le personnage qu'il avait rencontré au bourg, ce même personnage qu'il avait vu l'examiner avec Fagin par la fenêtre de sa petite chambre ! Monks lança à l'enfant stupéfait un regard de haine que, même alors, il ne put dissimuler et s'assit près de la porte. M. Brownlow, des papiers à la main, s'approcha d'une table près de laquelle se trouvaient assis Rose et Olivier.

« C'est un pénible devoir que j'ai à remplir, déclara-t-il ; mais ces aveux, qui ont été signés à Londres en présence de nombreux témoins, doivent être répétés ici en substance. J'aurais voulu vous épargner cette honte ; il faut cependant que nous les entendions de votre propre bouche avant que nous nous séparions, et vous savez pourquoi.

— Allez-y, dit, en détournant le visage, la personne à qui s'adressaient ces paroles. Faites vite. Je pense en avoir déjà fait presque assez. Ne me retenez pas ici.

— Cet enfant, poursuivit M. Brownlow, attirant Olivier et posant la main sur sa tête, est votre demi-frère, enfant illégitime de votre père, Edwin Leeford, mon ami très cher, et de la pauvre petite Agnès Fleming, qui mourut en lui donnant le jour.

— Oui, dit Monks, en lançant un mauvais regard à l'enfant tremblant dont on aurait presque pu entendre battre le cœur. C'est bien leur bâtard.

— Le mot que vous employez, dit le vieillard d'un ton sévère, est un reproche adressé à ceux qui sont, depuis longtemps, à l'abri de la pauvre censure du monde. Il ne jette de honte sur aucun vivant, si ce n'est vous qui en usez. Passons. Il naquit dans cette ville.

— Dans l'hospice de cette ville, répondit Monks d'un ton maussade. Vous avez toute l'histoire là-dedans, ajouta-t-il en désignant avec impatience les papiers.

— Il me la faut ici également, déclara M. Brownlow, jetant un regard circulaire sur les personnes présentes.

— Eh bien, écoutez alors, tous tant que vous êtes! répliqua Monks. Son père, étant tombé malade à Rome, fut rejoint par sa femme, ma mère, dont il était depuis longtemps séparé; elle y alla de Paris, m'emmenant avec elle, afin de s'assurer de sa fortune — pour autant que j'en sache, car ils n'avaient guère d'affection l'un pour l'autre. Il ne sut rien de notre présence, car il avait perdu conscience; il resta dans le coma jusqu'à sa mort, qui eut lieu le lendemain. Parmi les papiers qui se trouvaient dans son bureau, il y en avait deux, datés de la veille du jour où il tomba malade, qui vous étaient destinés, dit-il en se tournant vers M. Brownlow; ils étaient joints à une courte lettre à votre adresse, et le paquet portait l'indication qu'il ne devait vous être envoyé qu'après sa mort. L'un de ces papiers était une lettre à cette fille, cette Agnès; l'autre, un testament.

— Et cette lettre?

— La lettre? C'était une simple feuille de papier, couverte d'une écriture dans tous les sens, qui comportait une confession pleine de remords et des prières à Dieu de venir au secours de la fille. Il lui avait fait accroire tout un conte

selon lequel une raison mystérieuse — qui serait un jour
éclaircie — l'empêchait pour le moment de contracter
mariage avec elle ; et c'est ainsi qu'elle avait continué à lui
faire confiance, au point d'y perdre ce que personne ne
pourrait jamais lui rendre. Elle était, à ce moment-là, à
quelques mois de ses couches. Il lui disait tout ce qu'il avait
eu l'intention de faire s'il avait vécu, pour cacher la honte de
la jeune fille, et il la suppliait, s'il mourait, de ne pas
maudire sa mémoire ; elle ne devait pas croire que les
conséquences de leur péché retomberaient sur elle ou sur
leur enfant, car toute la culpabilité était sienne. Il lui
rappelait le jour où il lui avait donné le petit médaillon et
l'anneau portant gravé le nom d'Agnès à côté d'un espace
réservé à celui qu'il avait espéré lui transmettre un jour ; il la
priait de le conserver, de continuer à le porter sur son cœur,
comme elle l'avait fait jusque-là ; et il recommençait en
termes presque identiques, il ressassait tout cela, à croire
qu'il était devenu fou. Peut-être l'était-il en effet.

— Et le testament ? » demanda M. Brownlow, tandis que
les larmes d'Olivier coulaient à flots.

Monks garda le silence.

« Le testament, déclara le vieillard en parlant à sa place,
était écrit dans le même esprit que la lettre. Leeford parlait
des souffrances que lui avait causées sa femme, de la nature
rebelle, des vices, de la méchanceté et des mauvaises
passions qui s'étaient prématurément révélés en vous, son
fils unique, dressé à le haïr ; il vous léguait, à l'un et à
l'autre, une rente de huit cents livres. Le gros de sa fortune,
il le divisait en deux parties égales : l'une destinée à Agnès
Fleming, l'autre à leur enfant s'il naissait vivant et atteignait
sa majorité. Si c'était une fille, elle hériterait inconditionnel-
lement ; mais si c'était un garçon, il était stipulé qu'il ne
devait jamais avoir, au cours de sa minorité, entaché son
nom d'aucun acte public de déshonneur, d'aucune vilenie,
d'aucune lâcheté, d'aucune mauvaise action. Cela — préci-
sait-il — pour marquer sa confiance en la mère et sa
conviction, encore accrue par l'approche de la mort, qu'elle
transmettrait à son fils sa douceur de cœur et sa noblesse de
caractère. Si cette attente était déçue, l'argent devait vous

revenir à vous, car alors, et pas avant, les deux fils étant égaux, il reconnaîtrait l'antériorité de vos droits à sa fortune, sinon à votre affection, à vous qui dès l'enfance l'aviez rebuté par votre froideur et votre aversion.

— Ma mère, dit Monks d'une voix plus ferme, fit ce qu'une femme devait faire. Elle brûla le testament. La lettre n'arriva jamais à destination ; mais elle la garda, ainsi que d'autres preuves, pour le cas où l'on tenterait d'effacer la faute par des mensonges. Le père de la jeune fille apprit d'elle la vérité, agrémentée de toutes les circonstances aggravantes que put inventer une haine violente — et je ne l'en aime que davantage à l'heure présente. Talonné par la honte et le déshonneur, il s'enfuit avec ses enfants jusqu'en un coin retiré du pays de Galles, où il changea de nom afin que ses amis ne découvrissent jamais sa retraite ; et c'est là qu'au bout d'assez peu de temps, on le trouva un matin mort dans son lit. La fille avait secrètement quitté la maison, quelques semaines auparavant ; il l'avait recherchée dans tous les environs, parcourant à pied villes et villages ; ce fut la nuit où il rentra chez lui, persuadé qu'elle s'était suicidée pour cacher leur honte à tous deux, que son vieux cœur se brisa. »

Il y eut un court silence, puis M. Brownlow reprit le fil de son récit :

« Des années plus tard, la mère de cet homme, de cet Édouard Leeford, vint me voir. Il l'avait abandonnée, alors qu'il n'avait encore que dix-huit ans, après lui avoir volé bijoux et argent ; il avait joué, dilapidé tout ce qu'il possédait, commis des faux, et s'était réfugié à Londres, où depuis deux ans il vivait mêlé au pire rebut de la société. Elle était minée par un mal douloureux et incurable, et elle désirait le retrouver avant de mourir. On entreprit une enquête et des recherches minutieuses furent faites, qui restèrent longtemps sans résultat ; mais elles finirent par aboutir, et il retourna en France avec elle.

— Elle y mourut, dit Monks, après une longue maladie ; et sur son lit de mort, elle me légua ces secrets en même temps que sa haine mortelle et inextinguible envers tous les intéressés — il n'en était d'ailleurs guère besoin, car je

l'avais déjà héritée de longue date. Elle ne voulait pas croire
que la fille se fût suicidée avec l'enfant ; elle était persuadée
qu'un garçon était né et qu'il était vivant. Je lui jurai, si
jamais il se trouvait sur mon chemin, de le traquer jusqu'à le
mettre aux abois, sans jamais le laisser en repos, de le
poursuivre sans relâche de l'animosité la plus implacable, de
passer sur lui la haine que je ressentais profondément, et de
cracher sur la creuse fanfaronnade de ce testament injurieux
en poussant l'enfant, si possible, jusqu'au pied même de la
potence. Or, elle avait raison : il finit par se trouver sur mon
chemin. J'amorçai bien l'affaire et, sans les bavardages de
cette traînée, je l'aurais aussi bien terminée ! »

Tandis que le scélérat serrait avec force ses bras croisés et
grommelait des imprécations contre lui-même dans l'impuissance de sa méchanceté confondue, M. Brownlow se
tourna vers le groupe qui était resté terrifié à ses côtés et
expliqua que le Juif, vieux complice et confident du
misérable, avait reçu une large récompense pour garder
Olivier dans ses rets ; qu'au cas où l'enfant serait délivré, il
devait restituer une partie de cette somme, et qu'une
discussion à ce propos avait amené la visite des deux
hommes à la maison de campagne pour identifier l'enfant.

« Le médaillon et l'anneau ? demanda M. Brownlow,
revenant à Monks.

— Je les achetai au couple dont je vous ai parlé, qui les
avait volés à la garde, qui les avait elle-même volés sur le
cadavre, répondit Monks sans lever les yeux. Vous savez ce
qu'ils sont devenus. »

M. Brownlow fit un simple signe de tête à M. Grimwig,
qui disparut promptement et revint bientôt en poussant
devant lui Mme Bumble et en traînant derrière lui le rétif
conjoint de ladite dame.

« Mes œils me trompent pas ! s'écria M. Bumble avec un
enthousiasme peu convaincant ; c'est le jeune Olivier ! Ah,
O-li-vier, si tu savais ce que j'ai pu me faire de mauvais sang
à ton sujet...

— Taisez-vous, imbécile, murmura Mme Bumble.

— Et alors, le naturel n'est plus le naturel, madame
Bumble ? protesta le maître surveillant de l'hospice. Est-ce

que je ne peux pas avoir du sentiment — moi qui l'ai élevé porossialement — quand je le vois assis là au milieu de messieurs-dames qui ont l'air si affable ! J'ai toujours aimé ce garçon-là comme si qu'il était mon… mon… mon propre grand-père, dit M. Bumble, qui s'était arrêté une seconde pour trouver une comparaison appropriée. Monsieur Olivier, mon cher enfant, tu te rappelles le bon monsieur au gilet blanc ? Eh bien, il est parti au Ciel la semaine dernière, dans un cercueil de chêne avec des poignées argentées, Olivier !

— Allons, Monsieur, fit M. Grimwig d'un ton acerbe, refoulez vos sentiments.

— Je vais faire mon possible, Monsieur, répondit M. Bumble. Comment allez-vous, Monsieur ? J'espère que vous êtes en excellente santé. »

Cette salutation s'adressait à M. Brownlow, qui s'était avancé assez près du respectable couple. Il demanda en désignant Monks :

« Connaissez-vous cette personne ?

— Non, déclara carrément Mme Bumble.

— Et vous non plus, peut-être ? dit M. Brownlow, se tournant vers le mari.

— Je ne l'ai jamais vu de ma vie.

— Et vous ne lui avez sans doute jamais rien vendu ?

— Non, répliqua Mme Bumble.

— Vous n'avez peut-être jamais eu en votre possession un médaillon et un anneau d'or ?

— Certainement pas, répondit l'intendante. Est-ce pour répondre à de pareilles sornettes qu'on nous a amenés ici ? »

M. Brownlow fit de nouveau un signe de tête à M. Grimwig et de nouveau celui-ci s'en fut en clopinant avec un étonnant empressement. Mais il ne revint pas avec un couple replet : cette fois-ci, il fit entrer deux vieilles paralytiques, qui tremblaient et vacillaient en marchant.

« Vous aviez fermé la porte le soir où est morte la vieille Sally, dit la première en levant une main parcheminée, mais vous n'avez pas pu empêcher le son de passer, ni étouffer les tintements du métal.

— Non, non, dit l'autre en jetant un regard circulaire et en remuant sa mâchoire édentée. Non, non, non.

— Nous l'avons entendue essayer de vous dire ce qu'elle avait fait, puis nous vous avons vue prendre de sa main un papier et nous vous avons suivie aussi le lendemain, quand vous êtes allée chez le prêteur sur gages, dit la première.

— Oui, ajouta la seconde, et c'était " un médaillon et un anneau d'or ". Nous avons découvert ça, et nous vous avons vue les recevoir. Nous étions tout près. Oh oui, tout près !

— Et nous savons encore d'autres choses, reprit la première, car elle nous avait souvent raconté, il y a bien longtemps, ce que lui avait dit la jeune mère : au moment où elle était tombée malade, sentant qu'elle ne s'en tirerait pas, elle s'était mise en route pour aller mourir auprès de la tombe du père de l'enfant.

— Désirez-vous voir le prêteur lui-même ? demanda M. Grimwig, esquissant un mouvement vers la porte.

— Non, répondit la femme ; si cet homme (elle désignait Monks) a été assez lâche pour avouer — et je vois qu'il l'a fait — et si vous avez interrogé toutes ces vieilles sorcières jusqu'à ce que vous tombiez sur les bonnes, je n'ai plus rien à dire. Oui, j'ai vendu ces objets, et ils se trouvent quelque part où vous ne pourrez jamais les récupérer. Et alors ?

— Rien, répondit M. Brownlow, sinon que nous aurons à prendre soin que jamais plus on ne vous confie, ni à l'un ni à l'autre, aucun poste de confiance. Vous pouvez vous en aller.

— J'espère, dit M. Bumble, qui regarda autour de lui avec une expression lugubre, tandis que M. Grimwig disparaissait avec les deux vieilles, j'espère que cette malheureuse petite affaire ne me privera pas de mes fonctions porossiales ?

— Bien sûr que si, répondit M. Brownlow. Vous pouvez vous y attendre et vous estimer heureux d'en être quitte à si bon compte.

— C'est Mme Bumble qui a tout fait. C'est elle qu'a absolument voulu, plaida M. Bumble, après s'être prudemment assuré que son épouse avait quitté la pièce.

— Ce n'est pas une excuse, répondit M. Brownlow. Vous

étiez présent au moment de la destruction de ces colifichets et vous êtes certainement le plus coupable des deux aux yeux de la loi, car celle-ci présume que votre femme agit sous votre direction.

— Si la loi elle présume ça, déclara Bumble, en serrant énergiquement son chapeau des deux mains, eh ben la loi est une bête... une idiote. Si c'est ça les œils de la loi, la loi elle est célibataire ; et le pire que je lui souhaite à la loi, c'est que ses œils soient ouverts par l'expérience..., oui, par l'expérience ! »

Ayant bien insisté par la répétition de ces mots, M. Bumble assujettit solidement son chapeau, fourra les mains dans ses poches et descendit rejoindre son épouse.

« Ma chère Demoiselle, dit M. Brownlow en se tournant vers Rose, donnez-moi votre main. Il n'y a pas de quoi trembler. Vous n'avez rien à craindre des quelques paroles qu'il me reste à prononcer.

— Si elles me concernent — je ne vois pas comment cela se pourrait, mais enfin si elles me concernent — je vous en prie, remettez-les à plus tard. Je n'ai pour l'instant ni la force ni le courage de les entendre.

— Que non ! rétorqua le vieux monsieur, qui passa le bras de la jeune fille sous le sien, je suis bien sûr que vous avez plus de force d'âme que cela. Connaissez-vous cette jeune fille, Monsieur ?

— Oui, répondit Monks.

— Je ne vous ai jamais vu, dit Rose, d'une voix faible.

— Moi, je vous ai vue souvent, répondit Monks.

— Le père de la malheureuse Agnès avait *deux* filles, dit M. Brownlow. Quel fut le sort de l'autre, de l'enfant ?

— L'enfant ? répondit Monks. Quand son père mourut, sous un nom d'emprunt, dans un endroit où il était inconnu, sans laisser la moindre lettre, le moindre livre, le moindre bout de papier donnant quelque indice qui eût permis de retrouver ses parents ou ses amis, l'enfant fut recueillie par de pauvres paysans, qui l'élevèrent comme leur fille.

— Continuez, dit M. Brownlow, faisant signe à Mme Maylie d'approcher. Continuez !

— Vous n'avez pas réussi à trouver l'endroit où ces gens

s'étaient réfugiés, dit Monks ; mais où l'amitié échoue, la haine parvient parfois à ses fins. Ma mère, elle, le découvrit après un an d'habiles recherches — oui, et elle découvrit l'enfant.

— Elle l'emmena, n'est-ce pas ?

— Non. Ces gens étaient pauvres et ils commençaient à être dégoûtés — l'homme tout au moins — de leur beau geste de générosité ; elle la leur laissa donc, en leur donnant une petite somme qui ne pouvait pas durer bien longtemps et en leur promettant d'autres secours, qu'elle n'avait aucune intention d'envoyer. Mais comme elle ne se fiait pas absolument à leur mécontentement et à leur pauvreté pour parfaire le malheur de l'enfant, elle leur raconta l'histoire du déshonneur de la sœur, en y apportant toutes les retouches qu'elle jugea utiles ; elle leur recommanda de prendre bien garde à la fillette, car, étant l'enfant illégitime de gens tarés, il était bien probable qu'elle tournerait mal un jour ou l'autre. Les circonstances étaient là pour confirmer ses dires, les gens la crurent, et l'enfant traîna là-bas une existence assez misérable pour nous satisfaire, jusqu'au moment où une dame veuve, qui résidait à l'époque à Chester, rencontra par hasard la fillette, en eut pitié et l'emmena chez elle. Quelque malédiction devait s'exercer contre nous, car, en dépit de tous nos efforts, elle y resta et y vécut heureuse. Je la perdis de vue, il y a deux ou trois ans, et ne la revis pas avant ces derniers mois.

— Et la voyez-vous en ce moment ?

— Oui. Elle est à votre bras.

— Mais elle n'en est pas moins ma nièce, s'écria Mme Maylie, qui enlaçait la jeune fille défaillante ; elle n'en est pas moins mon enfant chérie. Je ne voudrais pas la perdre maintenant pour tous les trésors du monde. Ma douce compagne, ma chère fille !

— Vous êtes la seule amie que j'aie jamais eue, s'écria Rose en se serrant contre elle. La meilleure, la plus tendre des amies. Mon cœur va se briser ; je ne puis en supporter davantage.

— Tu en as déjà supporté davantage et, au cours de toutes tes épreuves, tu as toujours été la meilleure et la plus

douce des créatures, répandant le bonheur sur tous ceux qui
t'approchaient, dit Mme Maylie en l'embrassant tendrement.
Allons, allons, ma chérie, rappelle-toi que quelqu'un attend
pour te serrer dans ses bras ; le pauvre enfant ! Vois donc...
Regarde, regarde, ma chérie !

— Non, pas ma tante, s'écria Olivier, en lui jetant les
bras autour du cou ; je ne l'appellerai jamais ma tante... c'est
ma sœur, ma sœur chérie, que, dès le début, mon cœur a
appris à aimer aussi tendrement ! Chère Rose, ma Rose
aimée ! »

Respectons les larmes répandues et les paroles entrecoupées qu'échangèrent, durant leur longue étreinte, les deux
orphelins. Ils avaient retrouvé un père, une sœur et une
mère pour les reperdre dans l'instant. Joie et tristesse se
mêlaient dans la même coupe ; mais leurs larmes n'étaient
pas amères, car le chagrin lui-même se présentait sous des
dehors tellement adoucis, il était enveloppé de tant de
délicats et tendres souvenirs qu'il perdait tout caractère
douloureux pour se muer en une joie solennelle.

On les laissa longtemps, longtemps seuls. Enfin, quelques
coups légers à la porte annoncèrent que quelqu'un se
trouvait là. Olivier ouvrit, puis se glissa dehors, laissant la
place à Harry Maylie.

« Je sais tout, dit celui-ci en s'asseyant près de la
ravissante jeune fille. Rose chérie, je sais tout. »

Il y eut un silence prolongé, puis le jeune homme ajouta :

« Je ne suis pas ici par hasard, et ce n'est pas ce soir que
j'ai tout appris : je l'ai su hier, mais hier seulement. Vous
devinez bien, je présume, que je suis venu vous rappeler une
promesse ?

— Attendez, dit Rose. Vous savez bien tout ?

— Tout. Vous m'avez autorisé à revenir sur le sujet de
notre dernier entretien à n'importe quel moment dans
l'année.

— En effet.

— Non pour vous presser de modifier votre décision,
poursuivit le jeune homme, mais pour l'entendre répéter, si
tel était votre vœu. Quant à moi, je devais mettre à vos pieds
ma position et ma fortune, quelles qu'elles fussent, et, si

vous vous en teniez toujours à votre précédente résolution, je m'engageais à ne chercher à la modifier ni par mes paroles ni par mes actes.

— Les mêmes raisons qui me déterminaient alors me détermineront encore aujourd'hui, déclara Rose avec fermeté. Si j'ai des devoirs stricts et rigides envers celle dont la bonté m'a sauvée d'une vie de souffrance et de misère, quand donc les sentirais-je mieux que ce soir ? C'est pour moi une lutte, mais une lutte que je suis fière de soutenir ; c'est une blessure douloureuse, mais que mon cœur saura supporter.

— Les révélations de ce soir..., dit Harry.

— Les révélations de ce soir, répondit doucement Rose, me laissent, en ce qui vous concerne, dans la même position que précédemment.

— Vous cuirassez votre cœur contre moi, Rose, protesta le jeune amant.

— Oh, Harry, Harry ! dit la jeune fille, en éclatant en sanglots ; plût au Ciel que je le pusse : une telle souffrance me serait épargnée !

— Alors, pourquoi donc vous l'infliger ? dit Harry, qui lui saisit la main. Songez, Rose chérie, songez à ce que vous avez entendu ce soir.

— Et qu'est-ce donc que j'ai entendu ? Qu'est-ce donc ? s'écria Rose ; sinon que le sentiment de son profond déshonneur avait tellement affecté mon père qu'il avait fui tous ceux qu'il connaissait... Voilà, nous en avons assez dit, Harry ; c'est assez comme cela.

— Pas encore, non, pas encore, dit le jeune homme en la retenant tandis qu'elle se levait. Mes espérances, mes désirs, mon avenir, mes sentiments, tout ce qui dans la vie occupait mes pensées, hormis mon amour pour vous, tout s'est transformé. Ce que je vous offre maintenant, ce ne sont plus des honneurs au milieu d'une foule bruyante, ce n'est plus de vous mêler à une société malveillante de dénigreurs où le sang monte aux joues des honnêtes gens pour de tout autres raisons que le déshonneur ou la honte véritables ; ce que je vous offre, c'est un foyer... un cœur et un foyer... oui, ma Rose bien-aimée ; cela seul est tout ce que j'ai à vous offrir.

— Que voulez-vous dire ? balbutia-t-elle.

— Seulement ceci : quand je vous ai quittée, à ma dernière visite, c'était avec la ferme détermination d'aplanir toutes les barrières imaginaires qui s'élevaient entre vous et moi ; j'étais résolu, si mon monde ne pouvait être le vôtre, à faire du vôtre le mien, de sorte que nul fat imbu de sa naissance ne pût avoir pour vous une moue de dédain, puisque j'aurais pris les devants en me détournant de lui. Cela, je l'ai fait. Ceux qui, pour cette raison, m'ont battu froid ont fait de même pour vous et montré ainsi que dans une certaine mesure vous aviez raison. Les gens en place qui me patronnaient, les parents influents et bien nés qui me souriaient jusqu'alors me regardent maintenant avec froideur ; mais, dans le plus riche comté d'Angleterre il y a des champs qui, eux, nous sourient et de grands arbres qui nous font signe en agitant leurs grandes branches ; près d'une certaine église de village — qui est mienne, Rose, mienne ! — se trouve une rustique demeure, dont vous pouvez me rendre plus fier que de toutes les espérances auxquelles j'ai renoncé, fussent-elles multipliées par mille. Voilà mon rang et ma situation actuels, que je dépose ici à vos pieds. »

. . . .

« Il est vraiment agaçant d'attendre pour souper que des amoureux aient fini de se conter fleurette », dit M. Grimwig, qui, en s'éveillant, retira le mouchoir dont il s'était couvert la tête.

A vrai dire le souper attendait depuis un temps tout à fait déraisonnable. Ni Mme Maylie, ni Harry, ni Rose (qui descendirent tous trois ensemble) ne purent invoquer la moindre circonstance atténuante.

« J'ai vraiment pensé à manger ma propre tête, ce soir, dit M. Grimwig : je commençais à croire que je n'aurais rien d'autre. Si vous me le permettez, je vais prendre la liberté d'embrasser la future mariée. »

M. Grimwig mit sans tarder cet avis à exécution sur la joue de la jeune fille rougissante ; cet exemple contagieux fut aussitôt suivi par le Dr Losberne et M. Brownlow ; certaines personnes affirment qu'on avait vu Harry Maylie le donner le premier dans l'ombre propice d'une pièce voisine, mais les meilleures autorités considèrent que c'est là pure médisance, étant donné sa jeunesse et son état de pasteur.

« Olivier, mon petit, dit Mme Maylie, où donc étais-tu, et pourquoi as-tu l'air si triste ? Tu as encore en ce moment des larmes sur les joues. Qu'y a-t-il donc ? »

Nous vivons dans un monde de déception : et ce sont souvent nos espoirs les plus chers, ceux qui font le plus grand honneur à notre nature, qu'elle atteint.

Le pauvre Dick était mort !

CHAPITRE LII

LA DERNIÈRE NUIT DE FAGIN

Du sol au plafond, la salle du tribunal n'était qu'une mosaïque de visages humains. De chaque pouce de l'espace étaient braqués des yeux avides et inquisiteurs. Depuis la barre des accusés jusqu'au fin fond du dernier recoin des galeries, tous les regards étaient fixés sur un seul homme, Fagin : devant, derrière, au-dessus, au-dessous, à droite, à gauche ; il semblait se dresser au centre d'un firmament tout scintillant de centaines d'yeux luisants.

Il était là debout, sous les feux de cette lumière vivante, une main posée sur la barre de bois placée devant lui, l'autre mise en cornet à son oreille, et la tête penchée en avant pour mieux entendre chaque parole de la bouche du président, qui exposait l'accusation aux jurés. Par moments, il portait vivement son regard sur ceux-ci pour observer l'effet du plus petit indice qui fût en sa faveur ; quand les charges contre lui étaient énoncées avec une terrible précision, il regardait son avocat comme pour le supplier, en un muet appel, d'avancer, même alors, quelque plaidoyer en sa faveur. En dehors de ces manifestations d'anxiété, il ne remuait ni le pied ni la main. Il n'avait guère bougé depuis le début du procès ; et, quand le juge cessa de parler, il conserva encore, tout entier tendu, cette attitude d'extrême attention, les yeux fixés sur le magistrat comme s'il l'écoutait encore.

Un léger remue-ménage dans la salle le rappela à lui. Regardant autour de lui, il vit que les jurés se trouvaient assemblés pour délibérer. Tandis que ses yeux se promenaient sur la galerie, il vit les gens se hausser les uns au-dessus des autres pour apercevoir son visage ; certains ajustaient vivement leurs lorgnettes et d'autres parlaient à l'oreille de leur voisin avec une expression d'aversion extrême. Quelques-uns paraissaient ne lui prêter aucune attention et ne regardaient que les jurés, en se demandant avec impatience pourquoi ils pouvaient bien tarder. Mais sur aucun visage — pas même chez les femmes, qui étaient nombreuses — il ne put lire la plus petite expression de sympathie à son égard, ni aucun autre sentiment que le profond désir de l'entendre condamner.

Au moment où il saisissait tout cela d'un seul coup d'œil hébété, le silence de mort s'établit de nouveau et, reportant son regard en arrière, il constata que les jurés étaient tournés vers le juge. Chut !

C'était seulement pour demander la permission de se retirer.

Tandis qu'ils passaient devant lui pour sortir, il observa leurs visages d'un air songeur comme pour voir de quel côté penchait la majorité ; mais ce fut en vain. Le gardien lui toucha l'épaule. Il le suivit machinalement jusqu'à l'extrémité du banc et s'assit sur une chaise. L'homme la lui avait désignée, sans quoi il ne l'aurait pas vue.

Il regarda de nouveau vers la galerie. Quelques personnes étaient en train de manger, tandis que d'autres s'éventaient avec leur mouchoir, car, dans cette salle comble, il faisait très chaud. Un jeune homme prenait un croquis de sa figure sur un petit calepin. Il se demanda si le dessin était ressemblant et, quand l'artiste ayant cassé la mine de son crayon se mit à le retailler, il continua de le regarder comme eût pu le faire n'importe quel spectateur inoccupé.

De même, lorsqu'il tourna les yeux vers le juge, sa pensée commença de travailler à propos de la façon de sa robe, de ce qu'elle pouvait coûter, de la manière dont il fallait procéder pour la revêtir. Il y avait aussi au banc des magistrats un vieux monsieur corpulent, qui était sorti près d'une demi-heure auparavant et qui venait de reprendre sa place. Le Juif se demanda si cet homme était allé dîner, ce qu'il avait pu manger et où ; il suivit ce même cours de pensées nonchalantes jusqu'à ce qu'un nouvel objet attirât son attention et leur donnât une autre orientation.

Non que, durant tout ce temps, son esprit fût un instant délivré du sentiment oppressant, écrasant, de la tombe qui s'ouvrait devant lui ; l'idée lui en était toujours présente, mais d'une façon si vague et si générale qu'il ne parvenait pas y attacher ses réflexions. Ainsi, alors même qu'il tremblait, brûlant de fièvre à l'idée d'une mort prochaine, il se mit à compter les pointes de fer qu'il avait devant lui, à se demander comment l'une d'elles avait été brisée, si on la remplacerait ou si l'on laisserait la grille telle quelle. Puis il pensa à toutes les horreurs de la potence et de l'échafaud, s'interrompit pour regarder un homme qui arrosait le plancher et recommença à penser.

On entendit enfin crier : « Silence ! » et chacun tourna, haletant, ses regards vers la porte. Les jurés revinrent et passèrent tout près de l'accusé. L'expression de leurs visages ne lui donna rien à glaner : ils auraient aussi bien pu être de pierre. Suivit une immobilité absolue... pas un bruissement... pas un souffle... Coupable.

Tout le bâtiment retentit d'une immense clameur, puis d'une autre, et d'une autre encore ; elles se transformèrent en grondements sonores, qui prenaient force à mesure qu'en gagnant l'extérieur ils enflaient comme un tonnerre furieux : c'était l'explosion de joie de la populace accueillant la nouvelle qu'il serait pendu le lundi suivant.

Le vacarme s'apaisa, et le Juif s'entendit demander s'il avait quelque raison à donner pour que la sentence de mort ne fût pas mise à exécution. Il avait repris son attitude attentive et il regardait fixement celui qui lui posait la question ; mais on dut la lui répéter deux fois pour qu'il parût l'entendre, et il se contenta alors de murmurer qu'il était un vieillard... un vieillard... un vieillard d'une voix de plus en plus faible jusqu'à ce qu'il se tût complètement.

Le juge se couvrit de son bonnet noir, tandis que le prisonnier gardait toujours le même air et la même position.

Dans la galerie, une femme poussa une exclamation, provoquée par ce terrible cérémonial ; il leva vivement les yeux, comme mécontent de l'interruption, et se pencha en avant avec plus d'attention encore. Le discours qu'on lui adressa était d'une solennité impressionnante, la sentence terrible à entendre. Il resta cependant debout, comme une statue de marbre, sans le moindre frémissement. Son visage hagard était toujours penché en avant, la mâchoire inférieure pendante et les yeux fixés droit devant lui, quand le gardien lui posa la main sur le bras et lui fit signe de le suivre. Il promena un instant autour de lui un regard stupide et obéit.

On le conduisit à travers une salle dallée située sous le tribunal, où quelques détenus attendaient leur tour, tandis que d'autres parlaient à leurs amis serrés contre une grille donnant sur la cour. Il n'y avait personne là pour lui parler à lui ; mais, comme il passait, les autres s'écartèrent pour permettre aux gens agrippés aux barreaux de le mieux voir, et ils l'agonirent d'injures, de cris et de sifflements. Il agita le poing et il aurait voulu leur cracher dessus ; mais ses gardiens l'entraînèrent rapidement, par un couloir sombre vaguement éclairé de quelques faibles lampes, jusqu'à l'intérieur de la prison.

Là, on le fouilla de peur qu'il ne portât sur lui de quoi devancer la Loi ; cette formalité accomplie, on le mena dans une des cellules de condamnés à mort, où on le laissa — seul.

Il s'assit face à la porte sur un banc de pierre qui servait en même temps de siège et de lit et, fixant sur le sol ses yeux injectés de sang, il essaya de rassembler ses pensées. Au bout d'un moment, il commença à se rappeler quelques bribes isolées de ce qu'avait dit le juge, bien que, sur le moment, il lui eût semblé ne pas en entendre un mot. Ces bribes prirent peu à peu la place qui leur revenait, en suggérant graduellement d'autres, si bien qu'il ne tarda pas à avoir devant lui la totalité de l'adresse, telle qu'elle avait été prononcée... « pendu par le cou jusqu'à ce que mort s'ensuive », c'est ainsi qu'elle se terminait ; oui : « Pendu par le cou jusqu'à ce que mort s'ensuive. »

A mesure qu'augmentaient les ténèbres, il se mit à penser à tous ceux qu'il avait connus et qui étaient morts sur

l'échafaud, certains par son entremise. Ils se dressaient
devant lui, en une succession si rapide qu'il pouvait à peine
les compter. Il avait assisté à la fin de certains d'entre eux,
... et il s'était moqué de ce qu'ils fussent morts une prière
aux lèvres. Avec quel fracas la trappe s'abattait, avec quelle
rapidité ces hommes forts et vigoureux se muaient en un
amas de vêtements pendillants !

Certains avaient peut-être habité cette cellule même,
... peut-être s'étaient-ils assis à ce même endroit. Il faisait
très sombre ; pourquoi n'apportait-on pas de lumière ? La
cellule avait été bâtie bien des années auparavant. Quantité
d'hommes avaient dû passer là leurs dernières heures. On
avait l'impression d'être assis dans un caveau jonché de
cadavres... le capuchon, le nœud coulant, les bras liés, les
visages qu'il reconnaissait même sous le voile hideux... De la
lumière, de la lumière !

Enfin, alors que ses mains étaient tout écorchées d'avoir
tant frappé sur la lourde porte et sur les murs, deux hommes
parurent : l'un portait une chandelle qu'il enfonça dans un
chandelier scellé dans le mur, l'autre traînait un matelas sur
lequel il passerait la nuit, car le condamné ne devait plus
rester seul.

Puis vint la nuit... la nuit sombre, morne, silencieuse.
D'autres parmi ceux qui ne dorment pas sont heureux
d'entendre sonner les horloges, car elles sont un signe de vie
et elles annoncent l'approche du jour. A lui, elles n'appor-
taient que désespoir. Le retentissement de chaque coup sur
l'airain lui arrivait chargé de ce seul son profond et sourd :
Mort. A quoi bon le bruit et le mouvement du joyeux matin,
qui lui parvenaient même là ? Ce n'était qu'une autre forme
de glas, où la raillerie s'ajoutait à l'avertissement.

La journée s'écoula. Journée ? Il n'y eut pas de journée :
elle fut partie aussitôt que venue... et la nuit tomba de
nouveau ; cette nuit si longue, et cependant si courte :
longue en son redoutable silence, courte en la fuite de ses
heures. A certains moments, il délirait et blasphémait ; à
d'autres, il hurlait et s'arrachait les cheveux. Des hommes
vénérables de sa confession étaient venus prier à ses côtés,
mais il les avait renvoyés avec force imprécations. Quand ils

avaient voulu renouveler leurs efforts charitables, il les avait violemment chassés.

La nuit du samedi. Il n'allait plus en avoir qu'une à vivre. Comme il pensait à cela, le jour se leva... : dimanche.

Ce ne fut pas avant le soir de cette horrible journée que le sentiment écrasant de sa situation désespérée s'imposa dans toute son intensité à son âme défaite ; non qu'il eût jamais entretenu aucun espoir de grâce défini ou positif, mais il n'avait jamais pu envisager jusqu'alors que d'une façon très vague la probabilité d'une mort prochaine. Il n'avait guère parlé aux deux hommes qui se relayaient pour le surveiller, et eux, de leur côté, n'avaient nullement cherché à exciter son attention. Il était resté assis là, en une sorte de rêve éveillé. A présent, il se dressait toutes les minutes et, la bouche ouverte comme s'il étouffait, la peau brûlante de fièvre, il se précipitait de côté et d'autre dans un tel paroxysme de terreur et de rage que ses gardiens eux-mêmes, habitués pourtant à de tels spectacles, s'écartaient de lui avec horreur. Les tortures de sa conscience coupable finirent par le mettre dans un état si terrible qu'un homme seul ne pouvait plus supporter de rester assis à le regarder, et les deux gardiens se décidèrent à veiller de compagnie.

Il se blottit sur sa couche de pierre et se mit à méditer sur le passé. Il avait été blessé par certains projectiles lancés par la foule le jour de sa capture, et il avait la tête enveloppée d'un bandage de toile. Ses cheveux roux pendaient sur son visage exsangue ; sa barbe, à demi arrachée et emmêlée, formait des nœuds ; ses yeux brillaient d'un éclat terrible ; sa peau non lavée se fendillait sous l'effet de la fièvre qui le consumait. Huit heures... neuf heures... dix heures... Si ce n'était pas là un artifice destiné à l'effrayer, si c'étaient bien les heures réelles qui se succédaient sur les talons l'une de l'autre, où serait-il quand elles reviendraient ?

Onze heures ! Une nouvelle heure sonnait avant que la voix de la précédente eût cessé de vibrer. A huit heures, il serait le seul membre de son propre cortège funèbre ; à onze heures...

Ces affreux murs de Newgate, qui ont caché tant de misères et de si indicibles angoisses non seulement au regard mais aussi trop souvent et trop longtemps à la pensée des hommes, ne continrent jamais spectacle aussi effrayant. Les quelques passants qui ralentissaient le pas devant la prison en se demandant ce que pouvait bien faire l'homme qui allait être pendu le lendemain, auraient bien mal dormi cette nuit-là s'ils avaient pu le voir.

Dès les premières heures de la soirée jusqu'aux environs de minuit, de petits groupes de deux ou trois personnes se présentèrent à la loge du portier pour demander d'un air anxieux si on n'avait pas reçu l'ordre de surseoir à l'exécution. Sur la réponse négative, elles transmettaient cette nouvelle désirée aux gens rassemblés dans la rue, qui se montraient mutuellement la porte par laquelle devait sortir le condamné et l'endroit où s'élèverait le gibet, avant de s'éloigner à contrecœur, en se retournant pour évoquer la scène. Peu à peu, ils abandonnèrent la place l'un après l'autre, et, au cœur de la nuit, la rue fut livrée pour une heure aux ténèbres et à la solitude.

On avait déjà dégagé l'emplacement situé devant la prison et jeté en travers de la chaussée de solides barrières peintes en noir pour contenir la pression de la foule attendue, quand M. Brownlow et Olivier se présentèrent au guichet en tendant un permis de visiter le prisonnier, signé d'un des shérifs. Ils furent aussitôt admis dans la loge.

« Le jeune homme doit-il venir aussi, Monsieur ? dit l'homme qui était chargé de les conduire. Ce n'est guère un spectacle pour les enfants, Monsieur.

— Ce ne l'est certes pas, en effet, mon ami, répondit M. Brownlow ; mais ce que j'ai à demander au condamné concerne de très près ce garçon ; et comme celui-ci l'a vu dans le plein exercice d'une scélératesse triomphante, j'estime préférable — dût-il en coûter quelque peine et quelque terreur — qu'il le voie maintenant. »

Il avait prononcé ces quelques mots à l'écart, de façon qu'Olivier ne pût les entendre. L'homme toucha le bord de son chapeau et, tout en jetant à l'enfant un regard de curiosité, ouvrit une autre porte en face de celle par laquelle ils étaient entrés ; il les mena ensuite par des couloirs sombres et tortueux vers les cellules.

S'arrêtant dans un passage où deux ouvriers étaient en train de faire certains préparatifs dans le plus profond silence, le gardien dit :

« C'est par ici qu'il doit passer. Si vous voulez venir de ce côté, vous pourrez voir la porte par laquelle il sortira. »

Les ayant conduits dans une cuisine dallée et garnie de cuivres destinés à la préparation de la nourriture des détenus, il leur montra une porte. Il y avait au-dessus une grille non vitrée, par laquelle venait un bruit de voix d'hommes mêlé de coups de marteau et du fracas de planches jetées à terre. On était en train de monter l'échafaud.

Poursuivant leur chemin, ils franchirent plusieurs portes épaisses, qui leur furent ouvertes de l'intérieur par d'autres guichetiers ; puis, après être passés par une cour à ciel ouvert, ils montèrent un étroit escalier et atteignirent un couloir, à gauche duquel s'étendait une rangée de robustes portes. Le porte-clefs leur fit signe de rester où ils étaient et frappa de son trousseau à l'une d'elles. Les deux surveillants, après un colloque à voix basse, apparurent dans le couloir en s'étirant, comme heureux de ce répit temporaire, et firent signe aux visiteurs de suivre le geôlier dans la cellule. Ce qu'ils firent.

Le condamné, assis sur sa couche, se balançait de part et d'autre, et il avait plus l'air d'une bête prise au piège que d'un être humain. Sa pensée vaguait évidemment parmi les souvenirs de sa vie passée, car il continuait à marmonner, sans que leur présence parût représenter pour lui autre chose qu'une part de ses visions :

« Tu es un brave garçon, Charley... bien joué... et Olivier aussi, ha, ha, ha ! Olivier aussi... il a tout du monsieur maintenant... tout du... qu'on mette ce gamin au lit ! »

Le geôlier prit la main libre d'Olivier, lui dit à l'oreille de ne pas avoir peur et continua de regarder sans ajouter mot.

« Qu'on le mette au lit ! cria Fagin. Vous m'entendez, vous autres ? C'est lui qui a... qui a été, en quelque sorte, la cause de tout. Il faut le lui faire payer... à la gorge de Bolter, Bill ; ne t'occupe pas de la fille... à la gorge de Bolter ; tranche aussi profond que tu pourras. Scie-lui la tête !

— Fagin, dit le geôlier.

— C'est moi ! cria le Juif en retombant instantanément
dans la posture attentive qu'il avait eue pendant le procès.
Un vieillard, Votre Honneur ; un vieillard très, très âgé !

— Allons, dit le porte-clefs, qui posa la main sur la
poitrine du Juif pour le faire tenir tranquille. Voici quelqu'un qui a voulu vous voir pour vous demander quelque
chose, je pense. Fagin, Fagin ! Soyez un homme.

— Je ne le serai plus bien longtemps, rétorqua-t-il, levant
un visage qui n'exprimait plus rien d'humain que la rage et
la terreur. Que le diable les emporte tous ! Quel droit ont-ils
de m'assassiner ? »

Tandis qu'il parlait, il aperçut Olivier et M. Brownlow. Se
recroquevillant dans le coin extrême de la banquette, il
demanda ce qu'on lui voulait.

« Du calme, dit le geôlier, le maintenant toujours. Eh
bien, Monsieur, demandez-lui ce que vous désirez. Faites
vite, s'il vous plaît : son état empire à mesure que le temps
s'avance.

— Vous possédez, dit M. Brownlow en s'approchant,
certains papiers que vous remit pour plus de sûreté un
homme nommé Monks !

— Tout ça n'est que mensonge, répliqua Fagin. Je n'en ai
pas un... pas un...

— Pour l'amour de Dieu, dit M. Brownlow d'une voix
solennelle, ne dites pas cela maintenant, au seuil de la mort ;
indiquez-moi où ils sont. Vous savez que Sikes est mort, que
Monks a avoué, qu'il n'y a plus rien à y gagner. Où sont ces
papiers ?

— Olivier, s'écria Fagin en lui faisant signe. Viens ici !
Que je te le dise à toi seul.

— Je n'ai pas peur, dit Olivier d'une voix grave en
lâchant la main de M. Brownlow.

— Les papiers, dit Fagin, qui attira Olivier tout près de
lui, sont dans un sac de toile, caché dans une cavité de la
cheminée, pas très haut, dans la chambre du devant au
second étage. Je voudrais te parler, mon cher enfant. Je
voudrais te parler.

— Oui, oui, répondit Olivier. Laissez-moi dire une

prière. Je vous en supplie ! Une seule ! Dites-en une, à
genoux, avec moi ; et nous parlerons jusqu'au matin.

— Dehors, dehors ! dit Fagin, poussant le garçon devant
lui vers la porte et regardant d'un air hébété par-dessus sa
tête. Dis que je me suis endormi... on te croira, toi. Tu peux
me faire sortir, si tu m'emmènes comme ça. Allons, allons !

— Ah, que Dieu pardonne à ce malheureux ! s'écria
l'enfant, qui fondit en larmes.

— C'est cela, c'est cela, dit Fagin. Voilà qui nous aidera.
Cette porte-là, d'abord. Si je tremble en passant devant
l'échafaud, ne fais pas attention, mais presse le pas. Allons,
allons, allons !

— Vous n'avez rien d'autre à lui demander, Monsieur ?
dit le geôlier.

— Non, rien d'autre, répondit M. Brownlow. Si je
pouvais espérer le ramener au sentiment de sa position...

— Il n'y a rien à faire, Monsieur, répondit l'homme en
hochant la tête. Mieux vaut le laisser. »

La porte de la cellule s'ouvrit et les deux surveillants
reparurent.

« Pressons, pressons, s'écria Fagin. Sans bruit, mais pas si
lentement. Plus vite, plus vite ! »

Les gardiens le saisirent et, libérant l'enfant de son
étreinte, le maintinrent en arrière. Il se débattit un moment
avec toute l'énergie du désespoir ; puis il se mit à pousser
une succession de cris stridents qui, traversant même ces
murailles massives, résonnèrent aux oreilles de M. Brownlow et d'Olivier jusqu'au moment où ils arrivèrent à l'air
libre de la cour.

Il fallut quelque temps avant qu'ils pussent quitter la
prison. Olivier faillit s'évanouir après cette scène affreuse et
il en resta tellement affecté que, durant plus d'une heure, il
n'eut pas la force de marcher.

Le jour pointait quand ils ressortirent. Une grande foule
était déjà assemblée ; les fenêtres étaient remplies de gens
qui fumaient ou jouaient aux cartes pour tromper l'attente ;
dans la multitude, les gens se poussaient, se querellaient ou
échangeaient des lazzi. Tout parlait de vie et d'entrain,
hormis, au centre de tout cela, un sombre amas d'objets : le

noir échafaud, la potence, la corde, tout le hideux appareil de la mort.

CHAPITRE LIII

ET DERNIER

Le destin de ceux qui ont figuré dans ce récit est maintenant presque accompli. Le peu qu'il reste à dire tiendra en quelques simples mots.

Trois mois ne s'étaient pas écoulés que Rose Fleming et Harry Maylie étaient mariés dans l'église du village où devait dorénavant s'exercer l'activité du jeune pasteur ; et ce même jour, ils prirent possession de leur nouveau et heureux foyer.

Mme Maylie vint se fixer auprès de son fils et de sa belle-fille, afin de jouir, durant le paisible restant de ses jours, du plus grand bonheur que puissent connaître l'âge et la dignité : la contemplation du bonheur de ceux à qui ont été consacrés, au cours d'une vie bien employée, la plus chaude affection et les soins les plus attentifs.

Il ressortit d'une enquête complète et minutieuse que, si l'on divisait également entre Olivier et Monks les débris de la fortune qui restait à la garde de ce dernier — elle n'avait à aucun moment prospéré entre ses mains non plus qu'entre celles de sa mère — il ne leur reviendrait à chacun guère plus de trois mille livres. D'après les stipulations du testament, Olivier aurait eu droit à la totalité ; mais M. Brownlow, ne voulant pas priver le fils aîné de l'occasion de racheter ses fautes antérieures en poursuivant une carrière honnête, proposa ce mode de partage, que son jeune protégé accepta avec joie.

Monks, conservant ce nom d'emprunt, se retira avec sa part en une région lointaine du Nouveau Monde ; après l'avoir rapidement dilapidée, il retomba dans ses anciens errements et, après un long emprisonnement pour de nouvelles escroqueries, finit par succomber en prison à une attaque de son ancienne maladie. Les principaux survivants de la bande de son ami Fagin moururent de même, loin de leur patrie.

M. Brownlow adopta Olivier. Il vint s'installer avec lui et la vieille gouvernante à moins d'un mille du presbytère où résidaient ses chers amis, satisfaisant ainsi le dernier vœu que pût formuler le cœur chaud et sincère de l'enfant, et rassemblant étroitement une petite société dont la condition approcha, autant qu'il est possible en notre monde changeant, du bonheur parfait.

Peu après le mariage des deux jeunes gens, le digne médecin retourna à Chertsey, où, privé de la présence de ses vieux amis, il aurait versé dans l'aigreur et, si son tempérament lui avait permis pareil sentiment, fût certainement devenu un vieillard atrabilaire si seulement il avait su comment s'y prendre. Les deux ou trois premiers mois, il se contenta de laisser entendre que le climat devait commencer à ne plus lui convenir ; puis, trouvant que cet endroit n'était vraiment plus pour lui ce qu'il avait été, il céda sa clientèle à son assistant, loua une petite maison de célibataire près du village dont son jeune ami était pasteur, et retrouva immédiatement la santé. Là, il s'adonna au jardinage, aux plantations, à la pêche, à la menuiserie et à d'autres occupations de ce genre, auxquelles il apporta toute l'impétuosité qui le caractérisait ; dans chacune d'elles il s'est acquis depuis lors une telle réputation qu'il passe dans tout le voisinage pour être la meilleure autorité en la matière.

Avant de déménager, il avait trouvé moyen de contracter envers M. Grimwig une forte amitié, que cet original personnage lui rendit cordialement. Aussi M. Grimwig vient-il séjourner chez lui plusieurs fois par an. A chacune de ces visites, il plante, pêche et menuise avec la plus grande ardeur ; il pratique ces exercices d'une façon très particulière dont on ne connaît aucun précédent, et maintient toujours — non sans appuyer ses dires de son affirmation habituelle — que sa méthode est la bonne. Le dimanche, il ne manque jamais de critiquer le sermon à la face du jeune pasteur, pour confier ensuite, de bouche à oreille, à M. Losberne qu'il l'a trouvé excellent, mais qu'il estime préférable de ne pas le dire. C'est une plaisanterie classique de la part de M. Brownlow d'ironiser sur sa vieille prédiction au sujet d'Olivier et de lui rappeler le soir où ils étaient restés assis de part et d'autre de la montre, attendant le retour de l'enfant ; mais M. Grimwig arguë qu'en somme il avait raison, puisque Olivier *n'était pas revenu*, après tout ; ce qui met toujours les rieurs de son côté et accroît sa bonne humeur.

M. Noé Claypole, ayant été gracié comme dénonciateur de Fagin, et considérant que sa profession n'était pas tout à fait aussi sûre qu'il pourrait le désirer, fut fort embarrassé pendant quelque temps de trouver un moyen d'existence qui ne fût pas grevé de trop de travail. Après mûre réflexion, il s'est fait mouchard, métier qui lui assure une honnête subsistance. Sa manière de procéder est la suivante : il sort le dimanche à l'heure de l'office, accompagné de Charlotte bien décemment vêtue. La dame s'évanouit devant la porte de cabaretiers charitables ; Claypole, à qui l'on a fourni alors six sous d'eau-de-vie pour la ramener à elle, en fait le lendemain la dénonciation et empoche la moitié de l'amende[1]. Parfois, c'est lui-même qui s'évanouit, mais le résultat est le même.

M. et Mme Bumble, dépossédés de leurs situations, furent peu à peu réduits à une grande misère et finirent par faire partie des pensionnaires indigents de ce même hospice où ils avaient autrefois régné en maîtres. On a entendu M. Bumble déclarer que ces revers et cette dégradation sont tels qu'il n'a même plus le cœur de se féliciter d'être séparé de sa femme.

Quant à M. Giles et à Brittles, ils demeurent toujours à leur ancien poste, encore que le premier soit complètement chauve et que le second, le « garçon », ait les cheveux tout gris. Ils couchent au presbytère, mais partagent si également leurs services entre ses habitants, Olivier, M. Brownlow et M. Losberne, qu'à ce jour les gens du village n'ont encore jamais pu découvrir à quelle maison ils appartiennent en fait.

Le jeune Charley Bates, épouvanté par le crime de Sikes, se livra à toute une suite de réflexions pour savoir si, après tout, le mieux n'était pas de mener une vie honnête. Étant parvenu à une conclusion éminemment affirmative, il tourna le dos au passé, bien décidé à réformer sa vie dans une nouvelle sphère d'activité. Il dut lutter durement et en souffrit beaucoup pendant quelque temps ; mais il savait se contenter de peu et il avait de la persévérance ; aussi finit-il par aboutir à ses fins ; après avoir débuté comme homme de peine dans une ferme et aide-roulier, c'est à présent le plus joyeux des jeunes éleveurs de tout le Comté de Northampton.

Et maintenant, la main qui trace ces lignes hésite en approchant de la conclusion ; elle aimerait continuer à tisser encore un peu les fils de ces aventures.

Je m'attarderais volontiers auprès des personnages parmi lesquels j'ai si longtemps évolué, pour partager leur bonheur en tentant de le dépeindre. Je montrerais Rose Maylie dans tout l'éclat et la grâce de sa jeune féminité, répandant sur le chemin de sa vie retirée une douce et bienfaisante lumière qui tombe sur tous ceux qui le parcourent avec elle et brille jusqu'au fond de leur cœur. Je la peindrais comme la vie et la joie du cercle réuni au coin du feu et de la bande si animée de l'été ; je la suivrais à midi à travers les champs embrasés et j'entendrais les murmures de sa douce voix au cours des promenades du soir, au clair de lune ; je l'observerais tandis qu'elle prodigue au-dehors sa bonté et sa charité ou que, chez elle, souriante, elle s'acquitte assidûment de ses devoirs domestiques ; je la peindrais, heureuse dans l'amour qu'elle porte à l'enfant de sa sœur morte et qu'il lui rend largement, ou passant avec lui des heures entières à se représenter leurs parents si tristement perdus ; j'évoquerais, aussi, les joyeux petits visages assemblés autour de ses genoux et j'entendrais leur gai babil ; je rappellerais le timbre de ce rire clair et je ferais surgir les larmes affectueuses qui scintillent dans les doux yeux bleus. Tout cela, ces regards, ces sourires, et mille pensées et paroles..., que j'aimerais les rappeler chacun à tour de rôle !

Comment M. Brownlow se consacra, jour après jour, à remplir l'esprit de son enfant adoptif de toutes sortes de connaissances et s'attacha de plus en plus à lui à mesure que sa nature se développait, montrant que prospéraient en lui les germes de tout ce que le vieillard désirait le voir devenir

— comment il retrouvait en lui de nouveaux traits de son ami de jeunesse, qui éveillaient en son propre cœur de vieux souvenirs, doux et apaisants en dépit de leur mélancolie — comment les deux orphelins, éprouvés par l'adversité, se rappelèrent ses leçons en prodiguant leur compassion à autrui, en s'aimant mutuellement et en remerciant avec ferveur Celui qui les avait protégés et préservés — ce sont là des choses qu'il n'est pas nécessaire de raconter. J'ai dit qu'ils étaient véritablement heureux ; or, sans une solide affection, sans l'humanité du cœur, sans la gratitude envers l'Être dont la loi est la Miséricorde et le premier attribut la Bienveillance envers tout ce qui respire, le bonheur ne sera jamais atteint.

Près de l'autel de la vieille église du village se trouve une plaque de marbre blanc, qui ne porte jusqu'ici qu'un seul mot : « AGNÈS. » Il n'y a aucun cercueil dans le tombeau, et puisse-t-il s'écouler bien des années avant qu'un autre nom y figure ! Mais si jamais les esprits des morts reviennent sur terre pour visiter les lieux sanctifiés par l'amour — l'amour qui survit à la tombe — de ceux qu'ils ont connus de leur vivant, je pense que l'ombre d'Agnès doit parfois hanter ce coin solennel. Je le crois d'autant plus que ce coin se trouve dans une église, et qu'elle fut faible et pécheresse.

Dossier

VIE DE CHARLES DICKENS

La vie de Charles Dickens est exemplaire, je veux dire : conforme à ce qu'on imagine devoir être la vie d'un génie littéraire de ce tempérament et aussi de cette époque : début misérable, acharnement au travail, quelques chagrins d'amour, puis la célébrité, enfin la gloire mondiale ; à la cime de cette gloire, mort prématurée, par épuisement. Un scénariste de Hollywood n'inventerait pas mieux. L'histoire peut se diviser en trois parties, ou, comme on disait au temps des feuilletons de cinéma muet, en trois « épisodes ».

Charles Dickens est né à Portsmouth le 17 février 1812. Famille nombreuse. Père employé à la Trésorerie de la Marine. Ce père est un homme charmant, jovial, mais impécunieux : comme chef de famille, totalement irresponsable. Il a fait néanmoins à son fils un cadeau inestimable : il lui a servi de modèle pour l'immortel Mr. Micawber de *David Copperfield*. En 1823, transféré au bureau de Londres, c'est le désastre. Criblé de dettes, Mr Dickens est enfermé à la prison de Marshalsea pour insolvabilité. Le petit Charles, douze ans, est placé comme apprenti dans une fabrique de cirage. Cet apprentissage sera surtout celui de la misère et de la honte. Dickens en gardera un souvenir indélébile. C'est l'épreuve cruciale de sa vie : tout est sorti de là : l'attendrissement sur soi-même, la pitié pour les exploités, la connaissance familière des petites gens, — et surtout Londres, ce Londres des rues populeuses, de la foule, du brouillard, cette ville hallucinatoire qui est présente dans tous les livres de Dickens, et qui est la Ville telle que l'a vue et vécue un enfant malheureux, apeuré et hypersensible : une vision enfantine, avec tout ce qu'elle comporte de démesure, de proportions déformées jusqu'au grotesque ou jusqu'à l'atroce...

Ajoutons à cette expérience fondamentale la lecture passionnée des *Mille et Une Nuits* et des romans de Smollett et Fielding. Voici un romancier de douze ans dont l'imagination est définitivement peuplée, et qui n'aura presque plus rien à apprendre.

A quinze ans, Dickens est clerc d'avoué. A vingt et un ans, le voici reporter sténographe au Parlement. L'année suivante, il publie son premier conte, sans grand succès, puis, trois ans plus tard, les *Esquisses de Boz*. Cet ouvrage lui vaut l'attention d'un éditeur, qui lui commande un livre sur un club d'excentriques : ce sera *Les Aventures de M. Pickwick*. Entre-temps, Charles a rencontré un trio de demoiselles, les sœurs Hogarth, Catherine, Mary, Georgina. Ce n'est pas son premier amour. Il a déjà convoité une certaine Maria Beadnell, petite personne menue, d'apparence enfantine, qui incarne son idéal féminin : Dickens aime les femmes-enfants, il en peuplera ses livres. Maria Beadnell, fille d'un banquier, a repoussé ce soupirant pauvre. Avec les sœurs Hogarth, Dickens est comblé : trois femmes-enfants d'un seul coup. Comme la polygamie n'est pas encore entrée dans les mœurs, Dickens n'épousera qu'une des trois demoiselles, Catherine ; mais les deux autres vivront au foyer conjugal. Hélas, un an plus tard, Mary meurt. Dickens est inconsolable. Cependant, *Pickwick* paraît en livraisons mensuelles. Les premières passent inaperçues. Soudain, à la sixième, avec l'apparition de l'inénarrable Sam Weller, où toute l'Angleterre reconnaît un de ses archétypes, la vente monte en flèche. C'est le commencement du succès. Dickens a vingt-quatre ans. Fin du premier épisode.

Il a signé avec l'éditeur Bentley un contrat au terme duquel il s'est engagé à livrer trois romans. Il est submergé de travail, mais c'est un homme d'une vitalité exceptionnelle, capable d'abattre une besogne qui demanderait à d'autres dix fois plus de temps et d'effort. *Olivier Twist* est publié en 1838, *Nicholas Nickleby* en 1839, *Le Magasin d'antiquités* en 1840, *Barnabé Rudge* en 1841, *Martin Chuzzlewit* en 1843. Une fécondité à la Balzac, à la Victor Hugo. Dickens est de la race de ces géants romanesques du XIXe siècle, éteinte aujourd'hui. Il est allé en Amérique, en a rapporté des *Notes américaines* où il ne cache pas sa déception : il croyait trouver là-bas une démocratie, il a trouvé le capitalisme le plus cynique ; c'est que Dickens s'est éveillé à la conscience sociale. Son époque est celle de la Révolution industrielle, de l'exploitation éhontée d'une main-d'œuvre enfantine dans les usines, des villes devenant tentaculaires à tous les sens du mot : elles s'étendent en faubourgs infinis et elles étouffent la vie du citoyen. Dickens voit tout cela et le dit avec une force percutante. Karl Marx et Engels le lisent, font grand cas de lui. Mais l'opinion bourgeoise est alarmée par la virulence des attaques de Dickens. Ce qui n'empêche nullement le succès toujours croissant du romancier, qui est en train de devenir une gloire nationale. La vie de famille est bénie par de nombreuses naissances. En 1845, Dickens fait un voyage en Italie, passe par Paris où il constate qu'il est presque aussi célèbre qu'en Angleterre. Peu après, il entreprend son grand roman autobiographique, *David Copperfield*. Une deuxième crise sentimentale, peut-être érotique, guette l'écrivain quadragénaire : une jeune artiste, Ellen Tenan, lui inspire une passion dévastatrice. Dickens se sépare de sa femme l'année suivante (1858). Fin du deuxième épisode.

Les dernières années sont une apothéose de gloire, — la sorte de gloire que seuls connaissent certains grands acteurs, presque jamais des écrivains : celle qui se concrétise par les applaudissements d'un public enthousiaste. Dickens s'est en effet lancé dans les tournées de lectures publiques : il lit des extraits choisis de ses propres œuvres. Il fait plus que les lire : il les mime, les joue. Ses dons de comédien étaient grands. Il donne donc des séances à Londres, puis dans toute l'Angleterre et aux États-Unis. C'est, chaque fois, le triomphe. Dickens lisait notamment la scène du meurtre de Nancy par Sikes dans *Olivier Twist*, morceau épuisant. A ce surmenage, la santé de l'écrivain s'altère. Le 15 mars 1870, il donne la dernière de ses 423 lectures publiques. Consécration suprême : il est reçu par la reine Victoria. Après quoi, comme s'il n'avait plus rien à attendre du monde, il meurt, le 9 juin de la même année. Toute l'Angleterre est en deuil. On fait à Dickens des funérailles nationales, à l'abbaye de Westminster. « En 1870, lorsque Dickens mourut et que, dans toutes les maisons anglaises, américaines, canadiennes, australiennes, on annonça cette mort aux enfants eux-mêmes comme un deuil de famille, on raconte qu'un petit garçon demanda : " Mr. Dickens est mort ? Est-ce que le Père Noël va mourir aussi ? " » (André Maurois). Peut-il y avoir plus belle justification d'une vie et d'une œuvre ?

J.-L. C.

NOTES

Les Aventures d'Olivier Twist, à la suite d'un accord conclu avec l'éditeur Bentley en août 1836, parurent régulièrement, par tranches de seize pages, dans *Bentley's Miscellany*, de février 1837 à mars 1839, magazine mensuel dont Dickens venait d'être nommé rédacteur en chef. La publication en volume eut lieu dès octobre 1838, avec Boz pour nom d'auteur, sous le titre d'*Oliver Twist, or the parish boy's progress*.

Page 19.

1. Cette préface définitive (de 1867) est un remaniement de la préface primitive de 1841. Les passages supprimés ne contiennent pas grand-chose qui ne soit dit ou sous-entendu dans la nouvelle rédaction : c'est pourquoi nous jugeons superflu de les restituer. Simplement, Dickens avait eu d'abord à se justifier de plus près d'avoir mis en scène des voleurs et une prostituée, et jugé nécessaire d'appeler à la rescousse Fielding, De Foe, Goldsmith, Smollett, Richardson et Mackensie en outre de Hogarth.

Page 20.

1. Nous gardons, pour le *Beggar's Opera* de John Gay, le titre de la première traduction française de 1750. On a reconnu l'*Opéra de Quatre Sous*.

2. Marble Arch remplace aujourd'hui ces fourches patibulaires

3. Edward George Bulwer, plus connu en France sous le nom de Bulwer Lytton et comme l'auteur des *Derniers jours de Pompéi*. Ce fut un grand ami de Dickens, lequel écoutait ses avis puisqu'il changea le dénouement de *Grandes Espérances* sur son conseil.

Page 22.

1. On trouvera au chapitre L la description de ce misérable îlot. Dickens, qui l'avait déjà dénoncé publiquement à plusieurs reprises avant d'écrire *Olivier Twist*, s'était fait dire par un certain Sir Peter Laurie (l' « étonnant échevin » dont il est question dans la même phrase) qu'il n'existait que dans son imagination.

Page 28.

1. Le jury : l'ensemble des jurés qui, en cas de mort violente ou subite, accompagnaient le coroner dans son enquête.

2. Il n'y a aucune nuance ecclésiastique dans ce terme de « bedeau » (de même qu'il faut entendre de manière purement territoriale, quand on le rencontre ici, le mot « paroisse »). C'est pour le bien marquer que le traducteur a écrit « bedeau de justice » qui est en effet le vieux terme français approprié. Dans la suite il écrira simplement : « bedeau ». Les bedeaux de justice étaient chargés notamment d'effectuer certaines assignations, d'arrêter les voleurs, d'opérer les saisies, etc.

Page 29.

1. La plupart des noms de personnages, ici, signifient ou suggèrent quelque chose. Je crois que *Mann* évoque, plutôt qu'un caractère hommasse, la manne que la mégère dispense à ses pensionnaires.

2. *Bumble* évoque un gros bourdon.

Page 30.

1. Le texte porte « dans le Daffy », c'est-à-dire dans le sirop sédatif de Daffy où le gin, évidemment, n'a que faire.

Page 31.

1. *Twist*, c'est à peu près « tordu » ; « Olivier Letordu » aurait-on pu traduire le titre du livre si l'on n'avait craint d'aller contre la tradition. *Unwin* suggère la déveine. *Vilkins*, corruption du très courant *Wilkins*, montre seulement que l'orthographe du bedeau laisse à désirer.

Page 40.

1. Peut-être le nom de M. Gamfield (*field*, c'est « champ », *gam* une longue graminée) évoque-t-il la paille que le ramoneur faisait flamber dans les cheminées pour précipiter la descente de ses aides.

2. Allusion à l'imprécation « Maudits soient tes yeux ! » aussi courante que grossière.

Page 49.

1. Le nom de M. « Sowerberry » prépare à toute l'âcreté d'une baie sure.

Page 58.

1. *Claypole*, c'est « tête d'argile ».

Page 59.

1. La culotte de cuir que portaient les enfants assistés.

Page 62.

1. M. Bumble confond assurément « antinomique » avec la secte luthérienne des Antinomiens qui, insistant particulièrement sur le Salut par la foi, déclaraient la Loi pernicieuse.

Page 70.

1. Le *muffin* est un gâteau spongieux, moins sphérique que la brioche, mais plus renflé que la galette. La casquette qui en affectait la forme était encore un accessoire de l'uniforme des enfants assistés.

Page 72.

1. Hospice de St Bride's Well, à Londres, devenu maison d'arrêt.

Page 76.

1. Le bedeau de justice exécutait la sentence du fouet.

Page 84.

1. Au bedeau et à son fouet.
2. Olivier se trouve donc à une dizaine de milles au nord de Londres.

Page 86.

1. Le traducteur recourt à l'argot des *Mystères de Paris* qui est exactement de la même époque qu'*Olivier Twist*. Nous donnerons la clef de tous les termes auxquels on risquerait de s'achopper. Un « curieux » est un juge.

2. *Sinve* veut dire « simplet ».

3. Le moulin de discipline, ou « escalier sans fin », était un long cylindre que les condamnés faisaient tourner en en montant les degrés. Cette force motrice était d'ailleurs employée à quelque fin utile, le plus souvent à moudre.

4. *Morfiller*, c'est se sustenter.

Page 88.

1. Jack : non pas Jacques, mais un diminutif de John.

2. Entrant à Londres par le nord, Olivier va traverser le quartier de Holborn.

Page 89.

1. Fagin : ainsi s'appelait l'un des jeunes garçons en compagnie desquels Dickens travailla, enfant, dans une fabrique de cirage londonienne (cf. le fragment autobiographique que nous avons traduit et mis en note à *David Copperfield* dans la « Bibliothèque de la Pléiade »).

2. Un *blavin* est un mouchoir.

Page 92.

1. « au vieux pasteur » : à l'aumônier de la prison qui, apparemment, n'était pas une tombe ; cette accusation sera portée à plusieurs reprises par Dickens.

Page 102.

1. Ce sont des fenêtres à guillotine.

2. Le Polichinelle des guignols ambulants qu'on voyait si fréquemment dans les rues de Londres.

Page 104.

1. *Fang*, c'est un croc, un boutoir. M. Fang est le portrait d'un certain M. Laing, magistrat célèbre pour sa hargne insolente. Dickens alla le voir opérer un matin : on a une lettre de lui à Ainsworth où il demande à être introduit clandestinement dans le bureau de ce Laing pour pouvoir le mettre tout vif dans le numéro suivant d'*Olivier Twist*.

2. Nous sommes encore dans Holborn.

Page 105.

1. On sait que ces courettes en contrebas, pratiquées devant les

maisons et sur lesquelles donnent les communs ou d'humbles logements, sont extrêmement fréquentes à Londres.

2. Newgate. Célèbre prison, aujourd'hui remplacée par un tribunal criminel. Souvent détruite et reconstruite depuis le XIIIe siècle, elle était bien debout au temps de Dickens qui en connaissait tous les aîtres et l'a maintes fois décrite.

Page 110.

1. Cf. *Mesure pour Mesure*, II, II, 118-123 : « Mais l'homme, l'homme orgueilleux,/Revêtu d'une petite autorité sans lendemain,/Et le plus ignorant de ce qu'il tient pour le plus sûr/— Son essence de verre — tel un singe en colère/A la face du Ciel joue des tours si grotesques/Qu'ils font pleurer les anges... » La phrase s'adresse à Angelo, figure de l'autorité inflexible et indigne.

Page 112.

1. Pentonville. Faubourg nord de Londres, alors agréablement en retrait de la ville.

Page 115.

1. C'est la mèche de ces veilleuses qui était en moelle de jonc.

Page 117.

1. Qu'était-ce que cette machine à prendre, ou à faire, des portraits ? S'agit-il du daguerréotype naissant ou simplement de la machine à profils qui aidait à découper une silhouette ?

Page 120.

1. Les philosophes utilitaristes que Dickens prendra si violemment à partie dans *Temps difficiles*.

Page 122.

1. C'est naturellement une autre chanson, le célèbre *A Frog he would a-wooing go*, que fredonne le Renard.

Page 123.

1. « les railles l'ont mouché ». Le Renard dirait aujourd'hui : « Il s'est fait poisser par les cognes. »

Page 124.

1. *Belcher*. Nous laissons le mot en anglais puisque le contexte

l'éclaire. Il s'agit d'un foulard à pois comme ceux qu'avait mis à la mode le pugiliste Jim Belcher.

Page 125.

1. *Fourgat* : receleur.

Page 128.

1. Ratcliffe. Quartier de Whitechapel, plus « éloigné » que « comme il faut ».

Page 132.

1. *Grimwig* évoque une perruque rébarbative.

Page 133.

1. Le *cribbage* est un jeu de cartes.

Page 145.

1. Un grinche est un voleur.

Page 146.

1. Bonnir : dire.

Page 148.

1. *La Gazette de la Police* fournit aliment à la curiosité populaire pendant le premier tiers du siècle dernier.

Page 152.

1. Grosvenor Square est le type du lieu de résidence le plus choisi de l'ouest de Londres, par opposition à Smithfield, quartier populaire de la Cité.

2. La Foire St-Barthélemy : célèbre foire qui se tenait à Smithfield depuis le Moyen Age. Ben Jonson l'a puissamment évoquée dans *Bartholomew Fair*.

Page 153.

1. Serré : enfermé.

Page 154.

1. Camoufle : chandelle.

Page 159.

1. « Maudits soient tes yeux ! »

Page 166.

1. La « gardeuse », non pas la « gardienne ». Dickens dit même : « fermière ».

Page 173.

1. Old Bailey : Cour criminelle centrale, contiguë à Newgate.

Page 175.

1. Le globe qui surmonte le dôme de la cathédrale St Paul, à Londres (cf. *La Sphère et la Croix* de Chersterton).

Page 177.

1. Coquer la pègre : dénoncer ses complices.

Page 178.

1. D'atout : de courage.
2. La rousse : la police, bien sûr.
3. Calter : déguerpir.

Page 179.

1. Au suif : au boulot.
2. Un ponte : un individu.

Page 180.

1. Il y a dans « Chitling » *chit*, qui signifie le petit d'un animal. C'est entre « coquelet » et « morveux ».

Page 182.

1. On sait que Whitechapel est un quartier déshérité et ténébreux de l'est.
2. Spitalfields (étymologiquement : champs de l'hôpital). Fagin marche vers le nord-ouest sans quitter la zone de la pègre.

Page 184.

1. Un porte-respect : un casse-tête.
2. Chertsey. Bourg du Surrey.

Page 185.

1. Nourrir le poupard : préparer un coup.
2. Toby Crackit : Toby le Casseur.

Page 187.

1. Fagot : forçat.

2. Il existait déjà une maison pour les jeunes délinquants, mais il est probable, étant donné le peu de mesures prises à cet égard et le retard de la législation, qu'en invoquant une société agissante et bénéfique en ce domaine, Dickens souligne plutôt un manque.

Page 190.

1. Common Garden. Sans doute une mauvaise prononciation de Covent Garden, grand marché de Londres.

2. Le poupard est bien nourri : cf. note 1, p. 185.

3. Décarrer : partir.

Page 198.

1. Momacque : le môme.

Page 199.

1. Tronche : tête.

Page 200.

1. Les jacques sont des pinces à levier qui rendent de grands services aux cambrioleurs. Le traducteur a transformé une tête de mouton en coquille Saint-Jacques pour ne pas gâter le trait d'esprit de M. Sikes.

Page 202.

1. Barbican est moins un quartier qu'une rue, ainsi nommée en souvenir d'une barbacane qui s'élevait là.

Page 205.

1. Hampton. Localité qui rend un son familier au lecteur français à cause du palais de Hampton Court. Sikes et Olivier, après avoir traversé tout Londres, se sont enfoncés au sud-ouest dans le Middlesex.

Page 210.

1. Est-il besoin de dire que Toby parle simplement de la mine d'Olivier ?

Page 219.

1. Attaque directe contre la Nouvelle Loi sur le Paupérisme de

1834 (Dickens la connaissait bien pour avoir assisté, en tant que journaliste parlementaire, aux débats d'où elle était sortie), loi qui avait supprimé les secours à domicile. Dickens l'a sans cesse en tête lorsqu'il parle du régime de l'hospice, notamment quand il fait allusion à la séparation du mari et de la femme devenue obligatoire pour les assistés.

Page 232.

1. Le sac que le bourreau vous passe sur la tête avant de vous pendre.

2. On appelle « double » au whist un coup par lequel un des joueurs marque dix points alors que son adversaire n'en a marqué aucun ; l'enjeu est alors doublé.

Page 233.

1. Tocquard : cafardeux.

Page 234.

1. Si j' l'avais coquée (cf. note 1, p. 177) : si j'avais dénoncé la fille.

Page 236.

1. Passé-singe : criminel émérite.

2. C'est une marque de cirage.

Page 237.

1. La casse a loupé : le cambriolage a échoué.

Page 239.

1. *Lively* signifie alerte, plein de vie.

Page 240.

1. Corruption de *non est inventus,* formule consacrée pour signifier que le destinataire d'une assignation n'a pas été trouvé.

Page 242.

1. Le nom de ce personnage, qui, disons-le indiscrètement, se révélera des plus noirs, fut évidemment inspiré par M. G. Lewis, surnommé Monk Lewis après son fameux *Moine* (1795).

Page 245.

1. Jack Ketch : bourreau du XVIIᵉ et, depuis lors, *le* bourreau par excellence.

Page 252.

1. Bien que M. Bumble ne soit pas, nous l'avons dit, un bedeau au sens moderne ecclésiastique du terme, il a néanmoins un lien officiel (puisqu'il n'y a point séparation entre l'Église et l'État) avec l'église de la paroisse sur le territoire de laquelle il exerce ses fonctions.

Page 261.

1. *Brittles* évoque la fragilité, le tremblement.

Page 267.

1. L'étameur craint que M. Giles ne prononce le mot « pantalons », absolument tabou en Angleterre au XIXᵉ siècle.

Page 283.

1. *Blathers* évoque quelqu'un qui parle à tort et à travers, et *Duff* un balourd qui n'est bon à rien.

Page 288.

1. *Chickweed* veut dire « mouron », mais pourrait avoir ici un sens second qui nous échappe, bien que sa consonance drolatique suffise peut-être à l'expliquer.

Page 289.

1. Ces étranges parties de chasse consistaient à mettre un blaireau dans un tonneau et à le faire débusquer par des chiens.

2. *Spyers* évoque l'espionnage.

Page 337.

1. C'est un vêtement, comparable au tablier des francs-maçons, que portent les hauts dignitaires de l'Église d'Angleterre.

Page 354.

1. Le traducteur est contraint de distribuer sur deux mots le jeu de mots implicite de *trained down* (par opposition à *trained up*).

Page 356.

1. Ce que nous appelons une montre-bijou.

Page 372.

1. Le laudanum s'achetait librement et était d'usage courant parmi les prostituées.

Page 373.

1. Dickens ramène son lecteur au moins à dix ans en arrière, car les veilleurs de nuit, à l'époque d'*Olivier Twist*, avaient déjà été remplacés par des policiers.

Page 391.

1. Au diable, évidemment, personnage que la politesse interdit de nommer.

Page 398.

1. Soit à l'ouest de Smithfield.

Page 406.

1. *Bolter*, c'est quelqu'un qui décampe (en emportant la caisse, par exemple).

Page 407.

1. On dit en Angleterre « numéro un » en parlant de soi-même pour signifier que l'on considère d'abord son intérêt propre.

Page 411.

1. Fameux recueil d'annales relatant les exploits des principaux malfaiteurs qui passèrent par Newgate.

Page 413.

1. Bow Street : où se trouvait un tribunal de police.

Page 416.

1. Annuaire contenant le nom et l'adresse des personnes présentées à la Cour.

Page 417.

1. Le titre de vice-président de la Chambre des Communes n'existe que dans l'esprit du Renard.

Page 420.

1. Le Boulanger : surnom du Diable.

Page 429.

1. Le Pont de Londres est le premier pont en amont du Pont de la Tour.

Page 438.

1. Le pathos de ce chapitre ne doit pas nous faire oublier que Dickens devait fonder dix ans plus tard, avec l'aide financière de Miss Coutts, un foyer pour filles repenties auquel il consacra des efforts considérables. Une des solutions offertes aux filles secourues était l'émigration en Australie.

Page 443.

1. Cf. note 1, p. 92.

Page 450.

1. Ce mémorial marque l'endroit où les cloches de Cheapside auraient chanté au jeune Dick Whittington — il s'en était allé avec son chat, désespérant de subsister à Londres, qu'il regardait maintenant à ses pieds de la colline de Highgate — : « Reviens-t'en, Whittington, / O digne citoyen / Trois fois Maire de Londres. » Il faut avouer qu'en anglais la consonance chantante des mots rend la chose tout à fait plausible. Lord-Maire en tout cas, il le fut bel et bien à trois reprises avant sa mort qui survint en 1423.

2. Le Bois de Caen se nomme maintenant Kenwood.

3. De la lande de Hampstead, où dansèrent jadis les sorcières, restent aujourd'hui encore quelques traces.

4. Sikes, parti par le nord-est, erre maintenant dans le Middlesex.

5. Voilà Sikes qui s'enfonce dans le Hertfordshire.

Page 457.

1. Ameuté par *hue and cry*, c'est-à-dire par une proclamation qui invitait tout un chacun à se saisir du criminel, quitte à l'abattre s'il résistait.

Page 470.

1. Rotherhithe est un quartier de l'est de Londres, situé au sud de la Tamise.

Page 471.

1. Les dispendieuses lenteurs des procès en Cour de Chancellerie seront dénoncées sans merci par Dickens, quinze ans plus tard, dans *Bleak House*.

Page 472.

1. *Kags*, il y a du baril dans ce nom.

Page 510.

1. M. Claypole opère le dimanche, jour où le cabaretier n'a pas le droit de vendre de l'alcool.

Table 535

COLLECTION FOLIO

Dernières parutions